Als Steffen Plate gefunden wird, ist er kaum mehr zu identifizieren, Ratten haben ihn bei lebendigem Leibe zernagt. Kommissarin Francesca Dante, eine impulsive Neapolitanerin, und ihr Vorgesetzter Jessen, der reservierte Hanseat mit einer Schwäche für Maßanzüge und Alte Geschichte, stoßen schnell auf eine »kalte Fährte«. Vor 18 Jahren war Plate in ein Verbrechen verstrickt: Eine Familie wurde in Geiselhaft genommen, ein Banküberfall scheiterte. Eine der Töchter starb, aber auch Plates Komplize. Es gibt viele Ungereimtheiten bei diesem alten Fall, und bald sind sich Dante und Jessen sicher: Hier befindet sich jemand auf einem minutiös geplanten, mit erschreckender Geduld ausgeführten Rachefeldzug. Die drängendste Frage ist also: Wer hat sich damals noch schuldig gemacht und ist damit vemutlich das nächste Opfer?

Susanne Mischke wurde in Kempten im Allgäu geboren, lebt in Hannover und schreibt seit zwanzig Jahren erfolgreich Romane. Sie wurde ausgezeichnet mit dem Georg-Christoph-Lichtenberg-Preis für Literatur und der *Agathe*, dem Frauenkrimipreis der Stadt Wiesbaden. Zuletzt erschienen von ihr die Krimis *Töte, wenn Du kannst!* (2013) und *Einen Tod musst du sterben* (2014). Ihre Bestseller *Mordskind* und *Die Eisheilige* wurden vom ZDF verfilmt.

Susanne Mischke
KALTE FÄHRTE

Kriminalroman

Berlin Verlag Taschenbuch

Mehr über unsere Bücher und Autoren:
www.berlinverlag.de

ISBN 978-3-8333-1059-1
August 2016
© Berlin Verlag in der Piper Verlag GmbH,
München/Berlin 2015
Alle Rechte vorbehalten
Umschlaggestaltung: ZERO Werbeagentur, München
Umschlagmotiv: © Toni Watson/arcangel
Druck und Bindung: CPI books GmbH, Leck
Printed in Germany

Heute war Judith an der Reihe, das Tischgebet zu sprechen. Sie machte es kurz: *Komm, Herr Jesus, sei unser Gast und segne, was du uns bescheret hast, amen.*

»Amen«, wiederholten die Eltern. Hannah dagegen bewegte nur die Lippen. Ihr eisiger Blick traf ihre Schwester Judith, die trotzig das Kinn reckte. Unter dem leeren Blick des Erlösers in Eiche griff der Vater nach der Suppenkelle.

Jeden Abend um Punkt sieben Uhr versammelte sich die Familie im Esszimmer, jemand sprach das Tischgebet, danach wurde die Mahlzeit eingenommen, schweigend. Peter Lamprecht war der Meinung, die Nahrung sei ein Geschenk Gottes, das es verdiene, mit Andacht gegessen zu werden, ohne Geschwätz und Plauderei. Also hörte man nur das nervtötende Ticken der Standuhr und die Essgeräusche der vier Personen.

Judith senkte den Blick auf ihren Teller. Sie fand es abstoßend, wie ihr Vater jeden Bissen zwischen seinen Kiefern zermalmte, als wäre er ein wiederkäuendes Rind. Wenn er ihn dann endlich hinunterschluckte, bewegte sich sein Adamsapfel und ein leises, gurgelndes Geräusch entstand. Am liebsten hätte sie sich während des Essens die Kopfhörer ihres tragbaren CD-Players übergestülpt, den man ihr gekauft hatte, damit sie Klavierkonzerte anhören konnte, um sie später umso perfekter nachzuspielen. Manchmal borgte Judith ihrer Schwester den CD-Player heimlich aus. Als Gegenleistung erhielt sie von Hannah selbst gebrannte

CDs mit Musik, die nichts mit Schubert oder Mozart gemein hatte und über deren Herkunft sich Hannah ausschwieg.

Judith wusste, dass ihre Eltern stolz auf sie waren, auch wenn sie das nicht zeigten. Denn es wäre verwerflich, stolz zu sein auf eine Gabe, die allein Gott der Herr ihr geschenkt hatte. Zuweilen wurde sie aber doch gelobt: wenn sie fleißig übte oder wenn ihr ein Auftritt besonders gut gelungen war. Einzig für sie war der schwarz glänzende Flügel angeschafft worden, der beinahe die Hälfte des Esszimmers einnahm und dem ansonsten schlicht eingerichteten Raum Eleganz verlieh.

An diesem Abend bestand Gottes Geschenk aus Kartoffelsuppe mit Speck und Hackbraten mit Rosenkohl, ein Gericht, das zum Wetter und zur Jahreszeit passte. Es war der 31. Januar 1998, draußen fiel Schnee.

Judith aß mit gutem Appetit, Hannah dagegen rührte ihr Essen kaum an. Kurz vorher hatte es eine Auseinandersetzung gegeben. Den Eltern war zu Ohren gekommen, dass Hannah in der Theaterwerkstatt der Schule mitmachte, und das bereits seit Beginn des Schuljahrs. Dies allein war schon schlimm genug, aber nachdem sie gehört hatten, was für ein Stück aufgeführt werden sollte, war ihr Vater fast ausgerastet. *Clockwork Orange*! Das kenne er, es sei die schiere Verherrlichung von Gewalt.

»Sie spielt die Mrs Alexander und wird auf der Bühne mit einer Schere ausgezogen und vergewaltigt«, hatte Judith Öl ins Feuer gegossen. Ja, es war sündhaft, neidisch zu sein. Aber manchmal konnte sie sich nicht dagegen wehren. Denn der Herr hatte auch Hannah eine Gabe mitgegeben, genaugenommen gleich mehrere: blonde Locken, vergissmeinnichtblaue Augen, harmonische Gesichtszüge und einen gut entwickelten Busen.

Immer wieder wurde Hannah gesagt, dass sie sich auf ihr Aussehen nichts einzubilden brauche und dass Eitelkeit etwas Verwerfliches, Verderbtes sei. »Schönheit vergeht.« Mag sein, dachte Judith dann, aber bis es so weit ist, fährt man damit nicht schlecht.

Hannah war siebzehn, und die Jungs in der Schule verrenkten sich die Hälse nach ihr. Judith dagegen wurde wenig beachtet. Klavierspielen war keine Tugend, mit der man beim heranwachsenden männlichen Geschlecht punkten konnte. Judith war nicht hässlich, aber im Vergleich zu Hannah nur Durchschnitt. Ihre Brüste waren kaum der Rede wert, sie hatte das mausbraune, dünne Haar ihrer Mutter geerbt und man erlaubte ihr nicht, es zu färben oder sich Locken zu drehen. Auch Hannah musste ihr prächtiges Haar zu einem Zopf geflochten tragen.

Hannah. Seit einigen Monaten schien sie es geradezu darauf anzulegen, die Eltern zu verärgern. Neulich war sie dabei erwischt worden, wie sie mit geschminkten Lippen und blau verspachtelten Augenlidern zur Schule gehen wollte. Ein paar saftige Ohrfeigen und vier Wochen Hausarrest waren die Strafe gewesen, die Schminksachen waren im Müll gelandet und ihr Vater hatte sie zwar nicht direkt eine Hure genannt, aber gebrüllt, er dulde kein hurenhaftes Benehmen in seinem Haus.

Und jetzt diese Theatersache. War es etwa Hannahs heimlicher Traum, Schauspielerin zu werden? Wie lächerlich! Nur weil sie, Judith, öffentlich auftrat, glaubte Hannah nun ebenfalls, auf einer Bühne stehen zu müssen? Vor ein paar Jahren, fiel Judith ein, hatte Hannah beim Krippenspiel der Kirchengemeinde die Heilige Jungfrau gespielt. Die Rolle hatte sie mit Bravour gemeistert, und viele Zuschauer hatten Tränen der Rührung in den Augen gehabt, auch ihre Mutter. Ihr Vater war nicht gekommen, er fand das Krippenspiel »unangebracht«. Man könne sich auch ohne dieses Spektakel an der Geburt des Heilands erfreuen. Ja, ihr Vater fiel nicht so leicht auf Hannah herein. Auch vorhin war er hart geblieben. Wie Hannah ein gutes Abitur schaffen wolle, wenn sie sich nebenbei mit solchem Dreck beschäftige, hatte er sie gefragt.

Hannah hatte trotzig ihre Unterlippe vorgeschoben. Die Schule käme schon nicht zu kurz.

»Nein, das wird sie auch nicht. Denn du wirst ab sofort nicht mehr an diesen Theaterproben teilnehmen.«

»Das ist ein Wahlfach. Ich kann nicht mittendrin aufhören, das wird benotet.«

»Oh doch, das wirst du. Ich lasse nicht zu, dass eine meiner Töchter auf offener Bühne Unzucht treibt.«

Es sei doch nur gespielt, hatte sich Hannah verzweifelt gewehrt.

»Ich habe Nein gesagt.«

Dummes Geschöpf, hatte Judith gedacht. Kapierte sie denn nicht, dass es zwecklos war, gegen ihren Vater zu rebellieren? Konnte sie nicht einfach abwarten, so wie Judith auch?

Vor zwei Monaten war sie achtzehn geworden, im Mai würde sie ihr Abitur machen und dann, ab dem Herbst, an der Musikhochschule in Hannover studieren. Sie würde in einer richtigen Stadt leben, ohne Eltern, ohne Verbote. Das Paradies war greifbar nah, sie zählte die Tage.

Das Abendessen war beendet. Ihre Mutter stand auf und

trug die Reste des Hackbratens hinaus, Judith räumte die Teller ab. Auf dem von Hannah lag noch eine halbe Scheibe Braten, was normalerweise nicht akzeptiert wurde. Um den Vater aber nicht schon wieder zu reizen, stellte Judith rasch einen anderen Teller darauf.

»Gut, Papa, meinetwegen. Ich werde aus der Theater-AG wieder austreten.«

Judith, auf halbem Weg in die Küche, blieb stehen und wandte sich um. Wie war das? Hannah gab freiwillig nach, ohne Gezeter, ohne tagelanges Schmollen? Das war so ganz und gar nicht ihre Art. Im Gegenteil, das stank zum Himmel. Ihr Vater fiel doch nicht etwa auf dieses Theater herein? Anscheinend schon. Er nickte ihr wohlwollend zu und sagte, sie könne aufstehen und in ihrem Zimmer noch einmal über ihren Fehler nachdenken. »Geh morgen nach der Andacht zur Beichte und bereue, dass du deine Eltern belogen hast und aufsässig warst.«

Wie? Noch nicht einmal beim Abwasch sollte sie mithelfen? Hatte dieses raffinierte Biest es tatsächlich geschafft, ihn um den Finger zu wickeln? Vielleicht sollte man ihren Vater mal darüber aufklären, was Hannah neben den heimlichen Theaterproben sonst noch alles trieb. Judith hatte schon eine entsprechende Bemerkung auf den Lippen, als alle drei zusammenschreckten. Vom Flur her hörte man ein Geräusch, das wie splitterndes Glas klang, und in der nächsten Sekunde drangen zwei dunkle, maskierte Gestalten ins Zimmer.

Andrej wusste, dass sie ihn beobachteten. Bemüht, nicht auf die Ritzen der Gehwegplatten zu treten, trottete er die Straße hinunter, vorbei an Garagentoren und Vorgärten, in denen weiß blühende Sträucher einen giftig-süßen Duft verströmten. Er hoffte, sein Trödeln würde sie veranlassen, nach Hause zu gehen und ihn in Ruhe zu lassen. Doch eigentlich war ihm klar, dass das nicht passieren würde.

Am Montag hatten sie sein Pausenbrot verlangt, am Dienstag hatte er ihnen drei Euro von seinem Ersparten gegeben, und gestern noch einmal fünf, die er aus dem Portemonnaie seiner Mutter genommen hatte. »Damit dir unterwegs nichts passiert, du kleiner Scheißer«, hatte Johannes gesagt. Im Grunde, das ahnte Andrej, ging es ihnen gar nicht nur ums Geld. Sie würden ihn verprügeln, das war so unausweichlich wie die Tatsache, dass ein wackeliger Zahn früher oder später herausfällt. Also konnte es ebenso gut heute passieren.

Seine Bummelei kam ihm plötzlich erbärmlich vor, zeigte sie den anderen doch nur, dass er Angst hatte. Also ging er schneller weiter, obwohl ihm dabei ganz grummelig im Magen wurde. Das alles konnte nur geschehen, weil Ivo krank war. Seit Samstag schon hatte er Fieber und war deshalb nicht in der Schule gewesen.

Sie waren in der Einfahrt zu einem Garagenhof stehen geblieben und traten von einem Fuß auf den anderen, wie Fußballspieler, die auf den Anpfiff warteten. Als Andrej schon fast an ihnen vorbeigegangen war, setzte ihm Johannes mit ein paar langen Schritten nach und überholte ihn.

»Wohin denn so eilig, kleiner Scheißer?«

Andrej blieb stehen.

»He, ich rede mit dir!«

»Nach Hause«, flüsterte Andrej.

»In deine verfickte Kanakensiedlung?«

Andrej schwieg.

»Was ist mit dem Wegzoll?«

»Hab ich nicht dabei«, nuschelte Andrej.

»Er hat nichts dabei!«, wiederholte Johannes gespielt fassungslos und drehte sich mit ratlos ausgebreiteten Armen zu seinen Freunden um. Torsten und Lukas grinsten. Sie waren Brüder, hatten dieselben breiten Nasen, prallen Wangen und aufgeworfenen Oberlippen und taten immer, was Johannes sagte. Alle drei waren fast einen Kopf größer als Andrej. Wenn Ivo nur hier wäre!

»Hast du Schiss?«, fragte Johannes.

»Ja, klar, guck doch mal, wie der zittert«, sagte Lukas.

Sie umringten ihn und begannen, Andrej zwischen sich hin und her zu schubsen wie einen Ball, bis er über ein ausgestrecktes Bein stolperte und lang hinfiel. Johannes riss ihn am Arm in die Höhe. Andrejs Handballen waren aufgeschürft und brannten. Er kam gar nicht auf den Gedanken, sich zu wehren, was Johannes noch gereizter zu machen schien. Dicht vor Andrejs Gesicht zerhackte er mit ein paar Karateschlägen die Luft.

»Gleich pisst er sich in die Hosen«, kicherte Torsten.

Blitzschnell und ohne Vorwarnung fuhr Johannes' Faust Andrej in den Magen. Der krümmte sich.

»Wie höflich er ist, er verbeugt sich«, lachte Lukas.

Andrej rang nach Luft, kämpfte mit einem Brechreiz und den aufsteigenden Tränen.

Ein silberner Smart näherte sich, wurde langsamer und hielt neben ihnen an. Silke Fosshage, die Kunstlehrerin. Sie war neu an der Schule und jung, jedenfalls jünger als die anderen Lehrerinnen. Der Unterricht entglitt ihr stets nach wenigen Minuten und endete im Chaos, aber Andrej mochte ihre sanfte Stimme und ihre großen hellbraunen Kuhaugen.

Jetzt stieg sie aus. Kam näher in ihrem bunten Flatterrock und den langen Haaren, die so rot waren wie ein Feuerwehrauto. »Was ist da los?« Sie hatte die Hände in die Seiten gestützt und musterte die kleine Gruppe argwöhnisch.

Die vier Jungs blickten die Lehrerin finster an, am finstersten Andrej. Warum fuhr sie nicht einfach weiter? Noch ein paar Minuten, dann hätte er die Sache überstanden gehabt. Wenn sie sich jetzt einmischte, würde bei der nächsten Gelegenheit alles nur noch schlimmer werden.

»Nichts«, antwortete Johannes und grinste sie unter seiner umgedrehten Baseballkappe unverschämt an.

»Andrej, steig ein, ich fahr dich nach Hause.«

Andrej schluckte. Kapierte sie denn nicht, wie lächerlich sie ihn damit machte? Und was würde seine Mutter sagen, oder gar sein Vater, wenn er von einer Lehrerin im Auto nach Hause gebracht wurde? Nie im Leben würden sie ihm glauben, dass er nichts angestellt hatte, und selbst wenn ... Seine Mutter war eifrig darum bemüht, dass ihre Kinder »so wie die anderen« waren. Damit meinte sie nicht die Nachbarskinder, sondern die aus den Häusern an der Hauptstraße. Häuser, in denen nur eine Familie wohnte und vor denen kein Müll lag und kein Gerümpel. Häuser wie die von Johannes und Torsten und Lukas. Andrej und sein Bruder Ivo wurden dazu angehalten, in der Schule brav zu sein, keine Schimpfwörter zu benutzen und außerhalb der Wohnung nur deutsch zu sprechen. Auf gar keinen Fall jedoch sollten sie auffallen, weder unangenehm noch sonst irgendwie. Von einer Lehrerin nach Hause gefahren zu werden, das war Andrej klar, ohne dass er darüber nachdenken musste, war das Gegenteil von »so wie die anderen« sein.

Es gab jetzt nur noch eine Möglichkeit. Er bewegte sich ein paar Schritte auf die Lehrerin zu, tat so, als wollte er ihrer Aufforderung nachkommen, schlug dann aber einen Haken und rannte davon. Seine kurzen Beine flogen nur so über das Pflaster, der Schulranzen klopfte ihm auf den Rücken und er fragte sich, ob seine Peiniger es wagen würden, ihn vor den Augen der Lehrerin zu verfolgen. Gut möglich. Gegen Typen wie die kam die Fosshage doch eh nicht an. Wäre doch bloß der Sportlehrer vorbeigekommen! Aber Andrej hörte nur das Aufklatschen seiner eigenen Sohlen und die Dose mit den Stiften, die wild im Ranzen herumklapperte. Jetzt erst fiel ihm ein, dass es sinnvoller gewesen wäre, in die andere Richtung zu laufen, nach Hause, anstatt zurück in Richtung Schule. Aber das war nun nicht mehr zu ändern. Er rannte, bis seine Lungen brannten. Die Grundschule und die Wohnhäuser hatte er längst hinter sich gelassen, jetzt kam nur noch ein graues Bauernhaus, das ein Stück vom Weg entfernt stand. Vor dem Haus qualmte ein Feuer. Eine Frau stand daneben, sie hielt eine Axt in der Hand und blickte ihm böse nach, als er vorbeirannte. Bestimmt eine Hexe!

Allmählich ließen seine Kräfte nach, er wurde langsamer und bog in einen Feldweg ein, der sich eine Anhöhe hinaufschlängelte. Zwischen den Treckerfurchen wuchs hohes

Gras. Erst als er den Waldrand erreichte, blieb er stehen. Stiche fuhren durch seinen Oberkörper, er rang hektisch nach Atem, aber die Luft erreichte seine Lungen kaum. Er stützte die Hände auf die Knie, Speichel lief aus seinem Mund. Ein paar Minuten lang verharrte er so, bis er allmählich wieder Luft bekam und das Stechen nachließ. Dann richtete er sich auf und schaute sich um. Den Weg säumten Farne, zwischen denen sich ein Stapel dicker, geschälter Baumstämme auftürmte. Andrej streifte seinen Ranzen ab und kletterte hinauf. Eine Duftwolke umfing ihn, ähnlich wie das Schaumbad, das seine Mutter hin und wieder benutzte. Oben setzte er sich hin und kniff die Augen zusammen. Weit und breit war kein Mensch zu sehen, und langsam wich die Spannung aus seinem Körper. Die Sonne schien, aber von Westen drückte eine Wolkenwand herein. Hinter dem Dorf leuchteten zwei weiße Rechtecke aus dem Dunst, wie hingestreute Würfel. Im Dorf, wo auch die Schule war, lebten die Einheimischen und in den zwei Würfeln die Fremden. Andrej und Ivo waren im Krankenhaus in Göttingen geboren worden, so wie die meisten seiner Schulkameraden, aber dennoch gehörten sie zu den Fremden. Über den Grund dafür hatte er sich noch nie den Kopf zerbrochen und jetzt war erst recht nicht der Zeitpunkt dafür.

Verdammt, er könnte längst zu Hause sein, wäre er nicht in die falsche Richtung geflohen. Saublöd von ihm. Und was jetzt? Am besten wäre es, wenn er hier wartete und später zurückging. Aber wie lange warten? Ab wann konnte er sicher sein, dass sie ihm nicht mehr auflauerten? Wenn es dunkel wurde? Aber es wurde jetzt immer erst spät dunkel. Seine Mutter würde sich Sorgen machen und wütend werden, und noch wütender wäre sein Vater. Falls der zu Hause war. Das wusste man bei ihm leider nie im Voraus. Andrej saß in der Falle. Das Dorf bestand mehr oder weniger aus der Hauptstraße, von der kurze Straßen abzweigten, wie die Rippen von einer Wirbelsäule. Schwer möglich, den Ort zu durchqueren, ohne von seinen Feinden gesehen zu werden. Und vor Andrej lag der Wald. Unweigerlich musste er an die unheimlichen Geschehnisse denken, die sich in Wäldern abspielten, und an die Wesen, die dort wohnten: Wölfe, Luchse, Wildschweine, Schlangen. Außerdem Räuber, Hexen und fiese, krüppelige Zwerge. Aber dieser Wald war nicht besonders groß, fiel Andrej ein. Wenn er am Wohnzimmerfenster stand, konnte er weit in die Landschaft schauen und der Wald bedeckte lediglich die Kuppe des Hügels, hinter dem immer die Sonne unterging. Wie eine Mütze. Wenn er diesem Weg folgte und hinter dem Wald über die Felder ging, müsste er bei den Fischweihern herauskommen, dort wo Ivo schon einmal eine Forelle mit der Hand gefangen hatte. Ab da kannte er sich aus. Das Ganze war zwar ein Riesenumweg und er käme viel später als sonst nach Hause, aber das ließ sich nun einmal nicht ändern. Er kletterte wieder hinunter, nahm seinen Ranzen und trat in den Schatten des Waldes. Augenblicklich begann er zu frösteln. Obwohl die Sonne schon recht warm war, spürte man hier, im Dämmerlicht der Bäume, sofort eine erdige Kühle, die einem die Beine hinaufkroch. Vielleicht lag tief im Wald sogar noch Schnee. Er ging schneller, bis er fast schon wieder rannte. Ihm war kalt und ja, er fürchtete sich auch ein wenig. Oder sogar ziemlich.

Der Waldweg war während der Holzernte von schweren Fahrzeugen zerfurcht worden und der aufgewühlte Boden roch faulig-scharf. Bäume standen neben dem Weg, abweisend und streng wie Soldaten. Andrej horchte im Gehen auf die Geräusche seiner Umgebung: das Vogelgeschwätz, das Rauschen des Windes in den Baumkronen. Und immer war irgendwo am Boden ein Krispeln und Knispeln, ein Rascheln und Tuscheln. Eichelhäher krächzten, ein Greifvogel flatterte mit lautem Flügelklatschen dicht über ihm von einem Ast auf. Andrej fuhr zusammen, hastete weiter. Immer wieder sanken seine Sneakers in die schwarze Erde, sie waren schon völlig verdreckt. Am Wegrand hockten unheimliche Gestalten: ein buckliger Gnom, eine sprungbereite Raubkatze, ein kriechendes Krokodil. Manchmal hatte er das Gefühl, dass rechts oder links von ihm Zweige knackten, als würden sie gerade zertreten werden, und ihm war, als beobachtete ihn jemand oder etwas aus der grünlichen Dunkelheit heraus. Was, wenn er sich irrte, wenn dies hier ein ganz anderer, viel größerer Wald war als der, den er vom Fenster aus sah?

Dann wurde es heller. Er passierte einen Streifen aus Birken, deren Stämme von silbernen Flechten bedeckt waren, und dort brach endlich wieder die Sonne durch die Bäume. Dünne, goldene Saiten aus Licht. Der Wald war zu Ende.

Hatte er vorhin vorübergehend die Orientierung verloren, so wusste er jetzt schlagartig wieder, wo er war: oberhalb der alten Ziegelei. Dort war er schon einmal mit Ivo gewesen. Der Hang, der nun vor ihm lag, war vor kurzem abgeholzt worden, abgeschälte Rindenstücke und Äste lagen herum, dazwischen wucherten Brombeeren. Andrej vergaß, dass er es eigentlich eilig hatte, nach Hause zu kommen und kämpfte sich durch das Gestrüpp den Abhang hinab. Die Ruinen übten eine seltsame Anziehungskraft aus, auch wenn ihm dabei nicht ganz geheuer war. Doch wer weiß, vielleicht fand sich irgendwo noch etwas Interessantes, etwas, das er Ivo mitbringen könnte, als Beweis dafür, dass er sich allein hierhergewagt hatte.

Das Fabrikgebäude aus roten Backsteinen war zur Hälfte eingestürzt und man konnte hineinsehen wie in ein Puppenhaus: mächtige eiserne Stahlträger, Rohre, die im Nichts endeten. Der hölzerne Dachstuhl war noch größtenteils vorhanden, aber die Ziegel waren herabgefallen und lagen zerbrochen und von Unkraut überwuchert auf dem Boden. In der Mitte der ehemaligen Fabrikhalle stand noch der Brennofen, ein riesiger, gemauerter Kasten, darauf ein mächtiger Schlot, der jedoch in Höhe der Dachkante eingestürzt war. Die Vorderfront des Ofens bildete eine dicke Platte aus geschwärztem Eisen. Das Tor zur Hölle! Es gab drei kleinere Nebengebäude, von denen nur noch Skelette aus Holz und Mauerresten übrig waren.

Er entdeckte die Spuren eines Lagerfeuers und ein paar leere Bierdosen, die er eine nach der anderen gegen einen gemauerten Kreis kickte, der zwischen dem Fabrikgebäude und den Resten eines Schuppens aufragte. Ein seltsamer, dumpfer Laut ließ ihn innehalten. Menschlich beinahe, und doch irgendwie auch wieder nicht. Unmöglich zu sagen, wo das Geräusch hergekommen war. Er sah sich um, horchte, aber alles blieb still. Nein, da war niemand. Eine Geisterstimme aus dem Nichts. Vielleicht der Wind, der durch die Eisenrohre strich. Er kickte weiter Dosen hin und her. Da war es wieder, das Geräusch, und dieses Mal kam es ihm so vor, als hätte jemand »aaah« gerufen oder »iiih«. Oder vielleicht auch »Hallo«, aber sehr undeutlich und gedämpft. Die Dosen lagen vor der runden Mauer, die von einer hölzernen Platte verschlossen wurde, wie ein Topf von einem Deckel. Andrej hätte geschworen, dass diese ... Stimme von dort gekommen war. Er fragte sich, was Ivo an seiner Stelle täte. Na was wohl? Nachsehen. Was war das überhaupt für ein rundes Ding? Andrej versuchte, den Holzdeckel zu bewegen, aber der rührte sich keinen Millimeter. Doch jetzt war er neugierig geworden. Der Deckel musste weg. Er suchte sich einen festen Halt im schütteren Gras, legte die Hände an die Kante und stemmte sich mit seinem ganzen Gewicht dagegen. Mit letzter Kraft schaffte er es, den Deckel ein klein wenig beiseitezuschieben, gerade so viel, dass er hinabspähen konnte. Doch da war nichts als Schwärze. Bestimmt, dachte er, war das mal ein Brunnen gewesen, so einer wie in dem Märchen vom Froschkönig. Er warf einen kleinen Stein hinunter, der mit einem schlichten, trockenen *Plopp* auf Grund traf. Es hatte sich nach Erde angehört, nicht nach Wasser. Sehr tief konnte der Schacht auch nicht sein, der Fall des Steins hatte kaum eine Sekunde gedauert. Andrej schirmte seine Augen gegen das Sonnenlicht ab und starrte hinab. Allmählich gewöhnten sich seine Pupillen an die Finsternis, er erkannte die groben Mauersteine der Wände, und ganz unten irgendetwas Helles. Das sah aus wie ein ... Gesicht! Er zog scharf die Luft ein und einem ersten Impuls gehorchend, wollte er zurückweichen. Aber er erinnerte sich an die »Ungeheuer« des Waldes, die sich allesamt als Büsche, Baumstümpfe, Felsbrocken oder bizarr geformte Wurzeln erwiesen hatten. Wenn er jetzt hochsah, würde es wieder eine Weile dauern, bis er im Dunkeln etwas erkennen konnte. Dieses Helle sah wirklich aus wie ein Gesicht, und war das da vorn nicht ein menschliches Bein? Unmöglich, dachte Andrej, als sich das helle Oval bewegte.

Ja, es war ein Gesicht, es hatte zugekniffene Augen, eine Nase, einen Mund, umrahmt von einem dunklen, dichten Bartgestrüpp, und jetzt bewegte sich der Mund und er hörte wieder die Stimme. Sie klang nicht mehr gedämpft, aber heiser und brüchig und ganz leise.

»Hallo!«

Andrej hielt vor Schreck den Atem an.

Wieder tönte die Stimme aus dem Brunnen, dieses Mal waren es mehrere Worte, sie klangen wie »bist du« oder »wer bist du?«. Andrej wurde von einem nie zuvor gekannten Grauen erfasst. Sein Schrei blieb ihm im Hals stecken, er fuhr zurück und torkelte ein paar Meter, so als hätte er vergessen, wie man geht.

»Bleib hier«, röchelte es aus dem Schacht.

Automatisch griff Andrej nach seinem Ranzen, der neben der Feuerstelle lag. Er nahm sich nicht einmal die Zeit, ihn aufzusetzen, er umklammerte ihn nur mit den Armen und rannte damit davon, den Hügel hinab, über die rissigen Betonplatten, die noch übrig geblieben waren von der Straße, die einst zur Ziegelfabrik geführt hatte.

Als Andrej die Wohnung betrat, merkte er sofort, dass etwas anders war als sonst. So als hätte jemand die Möbel umgestellt. Aber das war es nicht. Doch es hatte eine atmosphärische Veränderung stattgefunden, vielleicht nur ein veränderter, kaum wahrnehmbarer Geruch? Und dann fiel es ihm ein: Ivo. Er war nicht in ihrem gemeinsamen Zimmer. Er war doch krank, er hätte da sein müssen. Aber die Bettdecke lag ordentlich einmal gefaltet auf dem Bett, so als wäre er verreist oder als käme er nie wieder. Andrej suchte nach einer Nachricht ihrer Mutter, den gewohnten Anweisungen in einem knappen Telegrammstil – *Essen im Kühlschrank, Mikrowelle 5 Min., komme nach 8* –, als kostete sie jedes überflüssige Wort ein Vermögen. Ein solcher Zettel klebte auch jetzt am Kühlschrank. *Ivo Krankenhaus*. Die vertrauten Blockbuchstaben waren schlampiger hingeschrieben worden als sonst. Kein Hinweis, was er essen sollte.

Seine erste Regung war Enttäuschung. Er hatte darauf gebrannt, Ivo von der Stimme im Brunnen zu erzählen. Als Nächstes fragte er sich, was aus ihm werden würde, sollte Ivo sterben. Denn es musste seinem Bruder sehr schlechtgehen, sonst wäre er ja nicht im Krankenhaus. Im Krankenhaus wurden Kinder geboren und Leute starben. Wer würde ihn dann beschützen?

Eine halbe Stunde später kam ihre Mutter nach Hause. Sie wirkte etwas abgekämpft. Andrej hatte zwei Scheiben trockenes Brot gegessen und ein Glas Milch getrunken und saß jetzt auf einem der Küchenstühle, die Arme um die Knie geschlungen, in düstere Gedanken gehüllt.

Ivo sei nur zur Beobachtung in der Klinik, sagte sie. Eine Vorsichtsmaßnahme. Und nein, Andrej dürfe Ivo nicht besuchen.

Sie lügt, dachte Andrej. Er wird sterben.

Wurde es Abend, oder lag es an seinen Augen? Wie lange hatte er schon keinen Sonnenstrahl mehr gesehen? Unmöglich, das einzuschätzen, denn das Wissen um Tage, Jahre oder auch nur Stunden war ihm genommen worden.

Wieder erleben, wie es Abend wird. Eine langsam einsetzende Dunkelheit, statt einer Lampe, die willkürlich an- und ausgeschaltet wird.

Sein Magen fühlte sich an wie ein Stein. Nach dem Hunger zu urteilen, der in seinem Inneren wütete, mussten seit der letzten Nahrungsaufnahme Tage vergangen sein. Tage oder Nächte, es war kein Unterschied. Er erinnerte sich an seine letzte Mahlzeit, dasselbe pampige Zeug wie immer. Und wie immer hatte er sich gierig darauf gestürzt und alles aufgegessen, denn dass es bis zum nächsten Essen sehr lange dauern konnte, das wusste er schon. Danach blieb er immer so lang wie möglich wach, um den Zustand des Sattseins auszukosten, doch letztes Mal musste er gleich eingeschlafen sein. Aufgewacht war er, weil er fror und seine Decke nicht finden konnte. Die absolute Dunkelheit, die ihn umgab, hatte ihn im ersten Moment nicht allzu sehr beunruhigt. Das kannte er, so war es oft. Ebenso wie die Lampe manchmal sehr lange ohne Unterbrechung brannte. Aber schon bald hatte er begriffen, dass er *woanders* war, und hatte eine Art inneres Flattern verspürt, als wäre in seinem Körper etwas, das Flügel besäß. Es war Angst, unbändige Angst. Die Veränderung hatte zu keiner Verbesserung seiner Situation geführt. Im Gegenteil: Er lag auf einem unebenen Untergrund und ringsherum waren Wände, die sich jedoch anders anfühlten als die, die er kannte. Er hatte Schmerzen bei jedem Atemzug und jeder Bewegung. Seine Schulter tat besonders weh, vielleicht war etwas gebrochen. Nachdem sich die erste Panik gelegt hatte, war er ganz ruhig geworden. Hatte zusammengekauert dagelegen und gedacht: Das ist also das Ende. Lebendig begraben in irgendeinem kalten Loch unter der Erde. Denn so roch es, nach feuchter Erde und Moder. Er würde hier verhungern, verdursten, verfaulen. Es gab angenehmere Arten zu sterben, aber trotzdem hatte er den bevorstehenden Tod freudig begrüßt wie einen alten Freund, mit dem man schon gar nicht mehr gerechnet hatte.

Anfangs – was hieß das, wie lange war das her? – hatte er sich nach Freiheit gesehnt, nach anderen Menschen, nach gutem Essen, Wärme, Musik, Sex. Bis er begriffen hatte, dass er nie wieder frei sein würde. Von da an hatte er sich gewünscht, zu sterben, aber nie so intensiv wie nun, an diesem neuen Ort. Jetzt war es nur noch eine Frage von Tagen oder Stunden. Hier, in diesem Erdloch, war für ihn Endstation. Mit einem eigenartig distanzierten Interesse registrierte er, wie seine Kräfte zum Erliegen kamen. Es gelang ihm kaum noch, sich aufzusetzen, und schon das Heben eines Arms kostete ihn ungeheure Anstrengung. Gleichzeitig verfluchte er sein Herz und seine Lungen, die immer noch arbeiteten, obwohl es doch vollkommen sinnlos geworden war, und er war wütend auf diesen Schwächling, der die feuchten Wände ableckte wie eine Eiswaffel und dadurch den Tod doch nur hinauszögerte. Aber der Durst brannte in seiner Kehle, die Zunge fühlte sich an, als wäre sie aus Leder, und gleichzeitig lähmte die Kälte seine Hände und Füße, dann die Arme und Beine, bis er sie nicht mehr spürte. Irgendwann war auch sein Hirn vollkommen leer und es verblassten auch noch die wenigen letzten Erinnerungen an sein altes Leben. Jetzt und hier zu sterben war das Einzige, woran er denken konnte. Die Todessehnsucht und das Wissen um sein nahes Ende hatten ihn zwischenzeitlich so euphorisiert, dass er die Schmerzen, die Kälte und den Hunger kaum noch wahrnahm und sein Geist sich öffnete und sich dem überließ, was sein würde. Ganz egal, was es war, alles war diesem leidvollen Dasein vorzuziehen, selbst wenn es das schiere Nichts sein würde oder brüllendes Höllenfeuer. Doch plötzlich hatte er dieses Geräusch gehört, dieses helle Scheppern, und dann war Licht eingedrungen, Licht, das wie ein Messer in die Augen schnitt. Und jetzt war da noch immer ein Streifen schwindender Helligkeit, der bezeugte, dass er keiner Halluzination aufgesessen war. Er dachte an dieses ... Wesen, das zu ihm hinabgeschaut hatte. Das geatmet hatte. Nur einen Schatten hatte er erkennen können, aber er war ganz sicher, einen Kopf gesehen zu haben. Ein Kind vielleicht. Ein Kind, das sich erschreckt hatte, denn ein Erwachsener hätte ihm doch wohl geantwortet und wäre nicht einfach verschwunden. Aber wo ein Mensch war, waren bestimmt noch andere. Vielleicht kam bald noch jemand. Jemand, der blieb, jemand, der mit ihm redete, der ihm half, ihn rettete. Vielleicht waren diese Menschen schon auf dem Weg hierher. Der Lichtstreifen wurde blasser. Er stellte sich einen Abendhimmel vor, rosarot wie Zuckerwatte. Zum ersten Mal seit unendlich langer Zeit schöpfte er wieder Hoffnung, während sich die Nacht herabsenkte und die letzte Wärme aus seinem Körper saugte.

Am Montag kam Ivo wieder nach Hause. Er hatte noch immer leichtes Fieber, aber seine Backen sahen nicht mehr aus wie die eines Hamsters, und er konnte wieder beinahe schmerzfrei kauen und schlucken. Dennoch bekam er von ihrer Mutter Haferbrei und püriertes Gemüse serviert, und Andrej musste das Zeug mitessen. Aber er hätte alles gegessen, solange er nicht ohne Ivo zur Schule musste.

Der Doktor, der Andrej am Freitag untersucht hatte, hatte gemeint, er sei gesund, dürfe aber so lange nicht in die Schule, bis man ganz sicher sein konnte, dass er sich nicht bei seinem Bruder mit Mumps angesteckt hatte. Nicht in die Schule! Das wenigstens war eine gute Nachricht gewesen.

Am Dienstag saß ihr Vater am Küchentisch, und Andrej schwante, dass etwas nicht stimmte. Er kannte diesen lauernden Blick aus halb geschlossenen Augen. Für gewöhnlich bekam Ivo die Launen des Vaters zu spüren. Nun aber, da Ivo krank war, hatte Andrej die Befürchtung, dass er an der Reihe war. Oder hatte es gar nichts damit zu tun? Ivo war zwölf und schien in letzter Zeit keine Angst mehr vor seinem Vater zu haben. Es war schon eine ganze Weile her, dass er zum letzten Mal Prügel kassiert hatte.

»Warum lungerst du hier herum, musst du nicht in die Schule?«

»Der Arzt hat gesagt, ich darf noch nicht. Wegen der Ansteckung.«

»Der Arzt! Was weiß der schon?«

Andrej war in die Küche gekommen, um etwas zu trinken, doch nun bereute er es. Und er hätte besser auch den Arzt nicht erwähnt. Sein Vater hasste die Studierten, diese »Kopfficker«.

Andrej wusste nicht, was sein Vater arbeitete. Manchmal hockte er wochenlang in der Wohnung herum, dann wieder war er kaum zu sehen oder man musste tagsüber leise sein, weil er schlief. Wenn er tagelang fort war, hoffte Andrej jedes Mal insgeheim, sein Vater würde nie wiederkommen.

Seine Wut hing wie eine Rauchwolke in der Luft. Er war oft wütend. Wut schien eine Art Grundstimmung bei ihm zu sein, und wenn er sich freute, dann war es stets eine grimmige Schadenfreude.

»Die Schlampe von nebenan hat sich bei mir beschwert.« Jetzt schaute er Andrej durchdringend an, die Augen kleine, boshafte Schlitze. »Hast du dazu was zu sagen?«

Andrejs Verstand arbeitete fieberhaft. Worum ging es? Redete er von Elenas Mutter? Warum sollte die sich über ihn beschweren? Er hatte die Frau doch immer gegrüßt, wie ihre Mutter es verlangte. »Ich weiß nicht«, sagte Andrej unsicher. Er wünschte, seine Stimme würde weniger piepsig klingen.

Sein Vater stand auf, beugte sich über den Tisch. Kurze, kräftige Arme, ein massiger Körper und ein runder Kopf, der halslos überging in einen fleischigen Nacken. »Was ist das für eine beschissene Geschichte, die du da in der Gegend rumerzählst?«

Ihre Mutter duldete nicht, dass er und Ivo solche Worte sagten, ihrem Vater hingegen war das nicht abzugewöhnen. Andrej wünschte, ihre Mutter würde nach Hause kommen, jetzt, in diesem Augenblick.

»Geschichte?«, flüsterte Andrej, der allmählich kapierte. Elena musste die Sache mit dem Geist im Brunnen ihrer Mutter erzählt haben. Dabei sollte es doch ihr Geheimnis bleiben.

»Machst dich wohl gerne wichtig, was? Bist ein kleiner Wichtigtuer, ein kleiner Klugscheißer. Denkst, du bist bald klüger als dein Vater, hm?«

Andrej versuchte, dem Atem zu entkommen, der ihm warm ins Gesicht blies und nach Alkohol und Tabak roch.

»Nein.«

»Nein? Wieso muss ich mich dann von dieser Alten anscheißen lassen, weil ihr Blag nachts heult und sich einpisst? Weil mein Herr Sohn Geistergeschichten erzählt?« Er war laut geworden, und sein Gesicht bekam einen Stich ins Violette.

»Aber es ist wahr«, sagte Andrej wider besseres Wissen trotzig.

Sein Vater griff nach Andrejs Ohr und drehte es um. Andrej presste die Lippen aufeinander, um nicht vor Schmerz zu schreien. Sein Ohr wurde nach oben gerissen, und er wappnete sich innerlich gegen die Prügel, die nun folgen würden. Aber dann, von einer Sekunde auf die andere, schien sein Erzeuger die Lust an der Erziehungsmaßnahme verloren zu haben. Er ließ Andrejs Ohr wieder los, mit dem Hinweis, er solle in Zukunft seine vorlaute Schnauze halten.

Das Ohr brannte und fühlte sich größer an als vorher.

»Ab morgen geht ihr zwei wieder in die Schule, mir reicht das jetzt hier!«

»Was war denn los?«, fragte Ivo, als Andrej zurück ins Zimmer kam.

»Nichts«, flüsterte Andrej.

Sie hörten ihren Vater fluchen, etwas rumpelte, dann fiel die Wohnungstür zu.

»Du glaubst mir doch das mit dem Geist?«

Ivo runzelte die Stirn, so dass seine beiden Augenbrauen einen geraden, fast durchgehenden schwarzen Strich bildeten. Er hatte versprochen, mit Andrej zur Ziegelei zu gehen und nach dem Geist zu sehen, sobald er wieder das Haus verlassen durfte.

»Ja«, sagte er. »Klar.«

Als das Wetter nach drei regnerischen Tagen wieder aufklarte, unternahm eine Gruppe, die aus sieben Erwachsenen und sechs Kindern bestand, einen Ausflug zur alten Ziegelei. Von Zwingenrode war es ein Fußmarsch von einer knappen Stunde. Sie würden sich Zeit lassen und ein munteres Picknick daraus machen. Alles, was man dazu brauchte, hatten sie dabei: Decken, kalten Früchtetee, Apfelchips und Blaubeermuffins.

Am Anfang ließen sie sich Zeit. Die Erwachsenen genossen den Frühlingstag. Silke Fosshage kehrte die Lehrerin heraus und machte die Kinder auf Pflanzen und Vögel aufmerksam, als unterrichte sie Biologie und nicht Kunst. Aber die Kinder wollten nicht wirklich etwas über Waldmeister, Veilchen oder den Kuckuck hören. Die Wonnen des Maitags ließen sie kalt, und je näher sie ihrem Ziel kamen, desto schneller liefen sie, allen voran die beiden Söhne der Meyers. Der neunjährige Oskar hatte die Geistergeschichte, die seit Tagen kursierte, lediglich mit einem herablassenden Grinsen kommentiert, aber sein zwei Jahre jüngerer Bruder Moritz war schon einige Nächte hintereinander weinend aufgewacht. Dennoch hielt er jetzt eifrig mit Oskar Schritt, dicht gefolgt von Ann-Kathrin Totzke und Mia Gelling, beide acht Jahre alt. Leon und Lisa, die zwei Sechsjährigen, stolperten atemlos hinterher.

Tagsüber, in der Schule oder beim Spielen am Nachmittag, hatten sie über den Geist im Brunnen gelacht und sich darin übertrumpft, neue schaurige Details zu erfinden. Aber in der Nacht sah die Sache anders aus. Als Leon Gelling plötzlich wieder ins Bett zu machen begann und seine Schwester Mia bei den Eltern schlafen wollte, hatten diese die Faxen endgültig dicke gehabt. Etwas musste geschehen. Also hatten sie sich diesen Nachmittag freigenommen, ebenso wie die Totzkes und die Meyers. Auch Silke Fosshage, die Kunstlehrerin, hatte sich ihnen angeschlossen. Deren Tochter Lisa weigerte sich seit Wochenbeginn aus Angst vor Albträumen überhaupt noch zu schlafen.

Während es den Eltern um die zarten Psychen ihres Nachwuchses und um die Wiederherstellung ihrer ungestörten Nachtruhe ging, indem sie beweisen wollten, dass am Grund dieses besagten Brunnens *nichts* war, waren die sechs Kinder darauf gefasst, dort einen Geist vorzufinden. Oder ein schreckliches Tier, ein Ungeheuer, einen Zombie. Die Ängste der Nacht waren der Neugier gewichen. In der Gruppe und begleitet von ihren Eltern fühlten sie sich stark und beschützt, und die Spannung unter ihnen wuchs mit jedem Schritt.

Unwillkürlich passten sich die Erwachsenen dem erhöhten Tempo an. Bettina Totzke kam dabei gehörig ins Schwitzen. Sie besaß füllige Hüften, für die Thomas Gelling vorhin gegenüber seiner Frau Sigrid einen weniger charmanten Ausdruck benutzt hatte. Aber sie wollte nicht hinter den anderen zurückbleiben, schon allein deshalb, weil ihr Mann Günter neben Silke Fosshage herging. Die Lehrerin trug – wie unpassend für einen Ausflug ins Grüne! – einen dünnen, weiten Rock, der ihre elfengleiche Figur bei jedem Windstoß apart umspielte. Sie stammte nicht von hier, erst zu Beginn des Schuljahres war sie aus Hannover hergezogen. Alleinerziehende Mütter, dachte Bettina. Da war Wachsamkeit angesagt. Worüber redeten sie? Sie hatte nicht verstanden, was ihr Mann sonor gebrummt hatte, aber Silke Fosshage war gut zu hören. »Ich weiß auch nicht, wer das aufgebracht hat. Die Geschichte schwirrt schon die ganze Woche in Lisas Klasse herum.«

Ihre Stimme klang schnatterig und das Gesagte in Bettinas Ohren unaufrichtig. Ihre Ann-Kathrin jedenfalls hatte die Geistergeschichte von einer gewissen Elena aus den Hochhäusern. Klar, woher auch sonst? Es gab doch ständig Ärger mit diesem Gesocks.

Die Gruppe hatte den Wald durchschritten, und die alte Ziegelei kam in Sicht. Pflanzen, die sich im Lauf der Zeit ihren Raum zurückerobert hatten, verliehen dem halb verfallenen Gemäuer etwas Romantisches.

Das sähe ja unglaublich malerisch aus, jubilierte denn auch prompt Silke Fosshage, und Stefan Meyer wusste zu berichten, dass er schon als Kind mit seinen Freunden dort unten in der Ruine gespielt habe. »Heimlich geraucht und Feuerchen gemacht«, fügte er verträumt lächelnd hinzu.

»Pscht!«, mahnte seine Frau, aber die Kinder hasteten bereits ohne Rücksicht auf die Brombeerranken einen abgeholzten Hang hinab, und als die Erwachsenen ankamen, standen die sechs erwartungsvoll um das gemauerte Rund. »Das muss der Brunnen sein«, sagte Oskar altklug. »Es ist das einzige Ding, das hier wie ein Brunnen aussieht.«

Ein Holzdeckel saß bündig auf der Mauer. Keines der Kinder hatte es gewagt, ihn anzufassen. Das war Sache der Väter, darin waren sie sich einig, ohne darüber gesprochen zu haben. Die Mütter ließen indessen jegliches Gespür für den magischen Moment vermissen und kümmerten sich lieber um das Picknick. Sie fanden eine ebene, halbwegs saubere Stelle und breiteten die mitgebrachten Decken aus. Bettina Totzke ließ sich stöhnend zu Boden sinken. Schweißperlen glänzten auf ihrer Oberlippe und das T-Shirt hatte dunkle Flecken unter den Achseln. Die Männer setzten die Rucksäcke neben den Decken ab und gingen dann hinüber zum Brunnen, wo die Kinder ungeduldig in der Sonne standen und warteten. Mia Gelling kaute an den Fingernägeln. Die Schuhspitzen der Meyer-Jungs malten Linien in die Erde.

»Jetzt kommt der Geisterjäger«, verkündete Stefan Meyer und wedelte mit einer riesigen Taschenlampe vor ihren Gesichtern herum. Es sollte ein Scherz sein, aber Silke Fosshage nahm ihre Lisa bei der Hand und zog sie ein paar Schritte vom Brunnen weg. Günter Totzke und Thomas Gelling schoben den Holzdeckel mit einem Hauruck zur Seite und lehnten ihn gegen die Mauer. Die drei Männer beugten sich über den Rand, Stefan Meyer knipste die Lampe an. Der Lichtfleck glitt die bemoosten Ziegelwände hinab. Ein schrilles Quieken tönte aus dem Grund zu ihnen herauf, und dann dauerte es ein paar Sekunden, ehe der Verstand begriff, was die Augen sahen: ein Gewimmel von kleinen, haarigen Leibern und nackten Schwänzen. Sie krochen übereinander her und die Ersten begannen nun, an den Brunnenwänden hinaufzuklettern, dem Licht entgegen.

Oberkommissarin Dante telefonierte seit elfeinhalb Minuten. Wie immer, wenn sie italienisch sprach, gestikulierte sie, als stünde der Gesprächspartner vor ihr, und wurde dabei so laut, dass Jessen sie durch die Glaswände seines Büros hören konnte. Er hätte es niemals zugegeben, aber ihm gefielen diese melodiösen Kaskaden von Vokalen, von deren Bedeutung er nur einzelne Brocken verstand. So bekam das vermutlich Banale etwas Geheimnisvolles.

Prinzipiell allerdings missbilligte er es, wenn im Dienst Privatgespräche geführt wurden. Nur konnte er im Augenblick schlecht meckern, denn er hatte sich bestechen lassen. Mit *profiteroles*, diesen cremigen Windbeuteln, Teufelszeug, unwiderstehlich. Seit zwei Monaten erst war Oberkommissarin Francesca Dante in seinem Dezernat, und er hatte schon ein Kilo zugenommen. Gut, er konnte das vertragen, aber wenn das so weiterging? Nein, das durfte nicht so weitergehen. Ab morgen war Schluss damit. Nur noch diesen einen.

Sein Telefon klingelte. Um den Genuss gebracht, aber nicht um die Kalorien, registrierte er verärgert, als er den köstlichen Bissen viel zu rasch hinunterschluckte und den Hörer abnahm. »Dezernat für Todesermittlungen, Hauptkommissar Jessen am Apparat.« Die Leitstelle. Er machte sich während des Gesprächs ein paar Notizen, dann stand er auf, ging ins benachbarte Großraumbüro und baute sich vor Francesca Dantes Schreibtisch auf. Stand einfach nur da, stumm wie ein Leuchtturm.

»*Scusi, Sergio, un attimo!*« Sie legte die Hand auf den Hörer und blickte ihren Chef schuldbewusst und ein wenig erschrocken an. Ihre Augen hatten dieselbe Farbe wie der Schokoladenüberzug der *profiteroles*. »Sergio«, flüsterte sie. »Ich habe ihm schon hundertmal gesagt, er soll mich nicht im Dienst anrufen, aber ...« Ihre freie Hand schien nach Worten zu suchen.

»Ich fahre jetzt zu einem Leichenfund. Und Sie begleiten mich, falls Sie es einrichten können.« Er wandte sich um und war mit wenigen Schritten an der Tür, während hinter ihm jemand ruck, zuck abgefertigt wurde. *Cadavere* hörte er sie sagen und *ciao*. Im Flur rief sie ihm nach: »Nun warten Sie doch! Es hat nicht jeder so lange Stelzen wie Sie.«

Er drosselte das Tempo. »Hätte ich früher so etwas zu meinem Vorgesetzten gesagt, wäre ich strafversetzt worden«, sagte er, als sie herangetrippelt war.

»War das, als alle noch diese Pickelhauben trugen?«

Das Land Niedersachsen schrieb für Polizistinnen eine Mindestgröße von einem Meter dreiundsechzig vor, und Jessen war absolut sicher, dass Francesca Dante keinen Millimeter größer war. Im Gegenteil, er hatte viel eher den Verdacht, dass jemand beim Einstellungstest beide Augen zugedrückt hatte.

Francesca zog den Beifahrersitz weit nach vorn. Bestimmt hatte zuvor Daniel Appel hier gesessen, der Anwärter-Lulatsch. Abgesehen von der Körperlänge hatte Daniel Dumpfbacke mit ihrem Chef aber rein gar nichts gemeinsam.

»Was ist das für eine Leiche?«

Jessen zuckte mit den Schultern. Die Angaben der Leitstelle hätten seltsam geklungen, um nicht zu sagen: konfus.

»Irgendwas mit einem Toten und Ratten, und das alles in einem alten Brunnen im Eichsfeld.«

Francesca überlief ein Schauder. »Das ist ja grässlich.«

»Allerdings. Erzkatholische Enklave und ehemaliges Zonenrandgebiet. Aber wir können uns die Tatorte nun mal nicht aussuchen.«

Jessens Humor. Francesca schielte zu ihm hinüber. Sie mochte sein Profil, es war klar und edel. Von vorn betrachtet, verlor er ein wenig. Sein Gesicht wies Disharmonien auf, wie fast bei jedem Menschen, aber bei Jessen waren sie deutlich ausgeprägt. Die linke Augenbraue war kühn geschwungen, die rechte dagegen fast gerade. Auch saß das rechte Auge etwas tiefer als das linke und zusammen vermittelte dies den Anschein, als würde Jessen stets die linke Braue auf eine arrogante oder leicht belustigte Art hochziehen. Am Anfang hatte Francesca das sowohl irritiert als auch fasziniert.

»Mögen Sie Ratten?«, fragte sie, ehe er wieder in Schweigsamkeit versinken konnte.

»Nicht besonders.« Er warf ihr einen Seitenblick zu. »Nervös?«

»Nein, wieso?« Francesca hörte auf, ihr Pistolenholster unter der Jacke zu befummeln, und faltete die Hände im Schoß. »Ich freu mich total«, gestand sie.

Jessen warf ihr einen indignierten Seitenblick zu.

»Ja, ich weiß, das klingt ein bisschen komisch und man sollte sich natürlich nicht freuen, wenn ein Mensch womöglich ermordet worden ist. Aber seit ich bei Ihnen im Dezernat bin, gab es noch keinen einzigen richtigen Fall. Ich meine, nichts, wobei man wirklich ermitteln musste. Bei der Messerstecherei mit Todesfolge wusste man gleich, wer's war, die zwei Altenheimleichen, bei denen der Notarzt *unbekannte Todesursache* angekreuzt hatte, sind letztendlich doch eines natürlichen Todes gestorben und der Junkie von neulich war auch keine große Herausforderung für den kriminalistischen Spürsinn.«

»Verstehe.«

»Aber eine Leiche im Brunnen ... Das klingt nach einem richtigen Verbrechen, oder?«

»Schon, ja.«

Die Sonne stach durch die Scheibe, Francesca klappte die Sonnenblende herunter. Kein Spiegel! Manchmal übertrieben sie es wirklich mit der Sparsamkeit. Sie seufzte. »Endlich wieder etwas Sonne. Ich dachte schon, der ganze Mai wird verregnet.«

»Ich mag Regen«, sagte Jessen.

Das sah ihm ähnlich. Dennoch fragte sie ihn, wieso.

»Dann sind weniger Leute unterwegs.«

»Wissen Sie was? Sie sind nicht nur ein Misanthrop, sondern auch noch stolz darauf.«

Das habe sie präzise erkannt, pflichtete Jessen ihr bei.

»Einzelkind?«

»Ja.«

Erstaunlich, wie viel er in einer einzigen Silbe ausdrücken konnte: Distanz, Verdrossenheit und die unausgesprochene Warnung: bis hierher und nicht weiter. Francesca verschluckte die Bemerkung »beneidenswert«, die ihr auf der Zunge gelegen hatte. Stattdessen sagte sie: »Jetzt freuen Sie sich schon, dass Frühling ist und die Sonne scheint! Mein Papa sagt immer: *Wir haben nur ein Leben, und obendrein ist es kurz.*«

Jessens Entgegnung bestand aus einem undefinierbaren

Laut. Vielleicht ein Seufzer. Francesca wusste inzwischen, dass man besser den Mund hielt, wenn Jessen anfing, einsilbig zu werden. Neulich hatte er sie gefragt, ob sie das Schweigen zwischen zwei Menschen als Notstand begreife, den es mit vereinten Kräften zu beseitigen gelte.

Sie kramte in ihrer Handtasche und setzte sich ihre große Prada-Sonnenbrille auf die Nase. Die grün überhauchten Felder bekamen einen Blaustich. Apfelbäume blühten, ein knallroter Trecker zog einen Tankwagen über einen Acker, aus dem im hohen Bogen Gülle spritzte. Aber die Winde war ihnen gnädig, kein Gestank drang ins Wageninnere. Normalerweise war Francesca eine schlechte Beifahrerin, aber jetzt fühlte sie sich zu ihrer eigenen Verwunderung recht wohl. Sie hatte den Eindruck, dass Jessen gerne über Land fuhr, auch wenn es gerade nicht regnete, und es genoss, den Audi in die Kurven zu legen. »Männer mögen Kurven«, hatte Anke Mellenkamp, die Sekretärin des Kommissariats, neulich behauptet, als Francesca vor dem Spiegel der Damentoilette über ihren Hüftumfang geklagt hatte. Das mache gar nichts, solange man dazu eine schmale Taille habe, hatte die selbst nicht ganz schlanke Mittdreißigerin Francesca wissen lassen. Eine ausgeprägte Taillen-Hüft-Kurve sei ein Fruchtbarkeitssignal und mache die Männer verrückt. Na dann, hatte Francesca gedacht.

Sie passierten ein langgezogenes Dorf. Die Durchgangsstraße hatte man verkehrsberuhigt, aber sie lud dennoch nicht zum Bummeln ein, sondern war noch immer lediglich eine Schneise für den Verkehr. Etwa in der Mitte verlangsamte Jessen das Tempo und schaute aus dem Fenster. Das Haus, das er betrachtete, stammte etwa aus den Siebzigern, ebenso wie die anderen Gebäude in diesem Abschnitt der

Straße. Einige hatten seitdem neue Balkone erhalten, überdimensionierte Wintergärten oder pastellfarbene Holzverkleidungen, und in den Gärten waren die neuesten Errungenschaften der Baumarktkultur zu bewundern. Dem Haus, das Jessen anstarrte, waren nachträgliche Anbauten erspart geblieben, lediglich das Dach war erneuert worden, die Ziegel glänzten im Farbton von Auberginen. Haus und Garten waren ordentlich, fast schon steril. Die Besichtigung dauerte nur wenige Sekunden, dann gab er wieder Gas, den Blick starr auf die Straße gerichtet. Francesca, die seine angespannte Stimmung auffing wie ein Seismograph, wagte nicht, ihn nach dem Haus zu fragen. Vorsichtshalber schwieg sie, bis sie an ihrem Ziel angelangt waren.

Jessen parkte hinter einer Armada von Einsatzfahrzeugen. Sie stiegen aus und schauten sich um. Sanft geschwungenes Hügelland, Wälder, Felder, Dörfer. Eine typische mitteleuropäische Mittelgebirgslandschaft genau in Deutschlands Mitte. Mittelmäßig, kraftlos, langweilig, dachte Jessen. Er mochte es dramatischer. Die Alpen, das Meer, die Wüste, egal, alles, nur nicht so mittel. Außerdem neigte Jessen dazu, schönen Landschaften zu misstrauen. Er fragte sich bei ihrem Anblick stets, welche Untaten sie verbargen. Denn man musste nur ein wenig graben, und das im wörtlichen Sinn, und schon kam das Verborgene, Versteckte wieder ans Licht: Knochen und Waffen, Überbleibsel von Schlachten, Feldzügen, Raubüberfällen, Morden. Nicht selten hatten die grausigsten Massaker in den schönsten Gegenden stattgefunden. Das Harzhorn, nicht weit von hier, war das schönste Beispiel aus der früheren Geschichte. Bis 1989 hatte sich mitten durch das Eichsfeld der Eiserne Vorhang erstreckt, mit Stacheldraht, Wachtürmen, Minen, Selbstschussanlagen und allem Drum und Dran. Dieser Riss, der zwei Welten, zwei Systeme, voneinander getrennt hatte, und ein historisch bedingt tief verwurzelter Hang zum Katholizismus hatte Jessens Erfahrung nach nicht gerade die Weltoffenheit der Bevölkerung befördert. Deshalb mied er diesen Landstrich so gut es ging.

»Nette Gegend«, meinte Francesca.

Er nickte.

Die Maschinerie, die ein Leichenfund für gewöhnlich nach sich zog, war bereits in vollem Gang. Streifenwagen standen mit zuckenden Blaulichtern vor der Kulisse einer Industrieruine aus der vorigen Jahrhundertwende, die inmitten der Äcker so deplatziert wirkte, als sei sie einst vom Himmel gefallen. Die Beamten der ländlichen Dienststellen trugen wichtige Mienen zur Schau. Sie hatten das Gelände mit Flatterband abgesperrt, ein Rettungswagen, der Kombi der Spurensicherung und der Leichentransporter der Rechtsmedizin parkten davor. Auch die Feuerwehr war mit zwei Einsatzwagen vertreten. Was für ein Betrieb, dachte Jessen und kämpfte ein plötzlich aufkommendes Gefühl von Überdruss nieder.

Die Spurensicherer hatten die Feuerwehrleute angewiesen, mit der Bergung der Leiche zu warten, bis die Kripo den Toten gesehen hatte.

»Die Leute da drüben haben die Leiche gefunden«, erklärte ein korpulenter Uniformierter mit Schnäuzer und wies auf drei Männer und zwei Frauen, alle in Wanderkleidung, die in einer Traube zusammenstanden und neugierig in ihre Richtung blickten.

Der Schnäuzer führte sie zu einer hüfthohen runden Ziegelmauer von knapp zwei Metern Durchmesser. Die Abdeckung lag daneben, die verwitterten Holzplanken hatten Moos angesetzt. Ob dieser Schacht tatsächlich ein Brunnen gewesen war oder anderen Zwecken gedient hatte, ließ sich schwer sagen. Eine Einrichtung zum Hochpumpen von Wasser fehlte jedenfalls. Rechts und links der Mauer standen zwei Scheinwerfer auf Stativen. Frank Uhle kratzte an der Oberfläche der Steine herum. Sein stets gerötetes Gesicht, das aus dem weißen Schutzanzug hervorleuchtete, ließ ihn aussehen wie ein Streichholz. Aus gutem Grund nannte man ihn hinter seinem Rücken Bommerlunder.

Jessen bemerkte nun einen kräftigen Mann mit rötlicher Mähne, Holzfällerhemd und Wikingerbart und ging auf ihn zu. Francesca Dante folgte ihm im Windschatten, als befürchtete sie, ohne ihn einen falschen Schritt zu machen. Sie war während der letzten Minuten recht schweigsam gewesen, für ihre Verhältnisse geradezu auffallend still. Hatte sie nun, da es ernst wurde, etwa Muffensausen bekommen?

Die beiden Männer begrüßten sich mit Handschlag. Jessen schätzte Sunderberg, er war gründlich und geradeheraus, ohne die typischen Medizinermacken. Sie kannten sich schon lange, auch außerdienstlich. Aber das hatte im Moment keinen zu interessieren. »Darf ich bekannt machen? Das ist Oberkommissarin Dante. – Dr. Jürgen Sunderberg von der Rechtsmedizin.«

Sunderberg lächelte Francesca zu, die ihm mit Ach und Krach bis zur Schulter reichte. Sie hatte die Sonnenbrille zwischen ihre Locken geschoben, an denen jetzt der Wind zupfte. Ihr Haar erinnerte an Kastanien, wenn sie frisch aus der Schale kamen. Ob die Farbe wohl echt war? Er kam zu dem Schluss, dass Haarefärben irgendwie nicht zu Francesca Dantes pfefferminzhafter Natürlichkeit passte. Andererseits wusste man bei Frauen ja nie.

»*Salve, dottore*«, lächelte nun auch Francesca.

»Wir kennen uns bereits«, klärte Sunderberg Jessen auf.

»Ach ja?« Die Welt war klein, besonders in Göttingen, dieser anheimelnd gemütlichen Universitätsstadt.

»Die Altenheimleichen«, erinnerte ihn Francesca.

»Stimmt.« Er selbst hatte sie zu den Obduktionen geschickt, damit sie sich an den Anblick von Leichen gewöhnte und im Ernstfall nicht gleich umkippen würde. Und damit es im Büro einmal für ein paar Stunden ruhig zuging.

»Darf ich mal?« Francesca Dante hielt es jetzt anscheinend nicht länger aus und machte Anstalten, auf den Brunnen zuzugehen. Jessen ließ sie gewähren, doch Bommerlunder krächzte: »Ich würde es lieber lassen. Ist kein schöner Anblick.«

Frank Uhle galt nicht gerade als zart besaitet. Wenn der einen schon warnte, dann nicht grundlos. Oberkommissarin Dante stemmte die Hände in die Hüften und holte gerade tief Luft für ihren Prostest, aber da sagte Sunderberg: »Das ist tatsächlich nicht der schlechteste Rat.«

Wozu sie schonen? fragte sich Jessen. Sie war so scharf auf diesen Leichenfund, sollte sie doch ruhig sehen, was es zu sehen gab. Aber er registrierte auch, wie Sunderberg ihn eindringlich anschaute und dabei kaum merklich seinen breiten Bernhardinerschädel hin und her bewegte. Jessen begriff und bat seine Mitarbeiterin, doch schon mal mit den Zeugen zu reden, die die Leiche gefunden hatten.

Zu seiner Verblüffung fuhr sie nicht die Krallen aus, um ihnen allen an die Kehle zu gehen, sondern ließ die Luft wieder aus ihrem Brustkorb weichen und zuckte mit den Schultern. »Ganz, wie die Herren meinen.«

Sieh an, dachte Jessen. Sie steht also auf den Wikingertyp. Oder auf Doktortitel? *Salve, dottore.* Lieber Himmel, Sunderberg war Mitte vierzig, sein Jahrgang, viel zu alt für sie!

Die drei sahen ihr nach, wie sie in ihren Sandaletten geschickt die Schlammpfützen umtänzelte, die während der vergangenen drei Regentage entstanden waren.

Bommerlunder schnalzte mit der Zunge.

»Niedlich«, feixte Sunderberg.

»Halt dich zurück«, sagte Jessen und fragte sich, kaum dass er es ausgesprochen hatte, warum er das gerade zu Sunderberg gesagt hatte. Er fand keine Antwort darauf, kam sich idiotisch vor und ging nun selbst auf den Brunnen zu. Das Mauerwerk war auf der Innenseite mit Moos bewachsen. Der Schacht reichte bis etwa drei Meter in die Tiefe und war gut, zu gut, ausgeleuchtet von den beiden Scheinwerfern. Jessen musste unweigerlich an das Wort denken, das Francesca vorhin am Telefon verwendet hatte: *cadavere.* Nur ein paar Fetzen Stoff und der Umriss des Körpers ließen den Schluss zu, dass es sich um einen Menschen und nicht etwa um einen Tierkadaver handelte. Zwischen Knochen und Fleisch glaubte er einen bräunlichen Haarschopf zu erkennen. Der Kieferknochen ragte hervor, wo einmal die Wange des Toten gewesen war. Ein paar abgemagerte, tote Ratten lagen neben dem Körper und etwas, das wie ein sehr schmutziger Schuh aussah. Es konnte aber auch eine weitere tote Ratte sein. Schon stieg ihm der unverkennbare Geruch von Verwesung in die Nase und Jessens erster Gedanke war, dass er froh war, Francesca Dante diesen Anblick erspart zu haben. Jessen war gewiss kein Macho, dessen war er sich ziemlich sicher, aber manche Dinge musste man Frauen einfach nicht zumuten. Er richtete sich wieder auf und atmete einmal tief durch.

»Kotz mir nicht den Tatort voll«, ermahnte ihn Bommerlunder.

Jessen überhörte die Bemerkung. Er war verwirrt. Zwangsläufig war er im Lauf der Jahre mit etlichen Leichen konfrontiert worden, und nicht alle waren appetitlich gewesen, aber so etwas... Er wandte sich an Sunderberg und fragte etwas ratlos: »Worum geht es denn hier?«

»Um Ratten«, sagte der Mediziner. »Sehr viele Ratten.«

»Ratten«, wiederholte Jessen. »Und wo sind die jetzt?«

»Kaum war der Deckel unten, fingen die an, die Wand hochzuklettern!« Stefan Meyer schüttelte sich vor Ekel. »Dann kamen sie aus dem Brunnen raus, erst nur ein paar, dann wurden es immer mehr, es war wie in einem Albtraum.«

»Wie viele waren es denn?«, fragte Francesca.

»Wahnsinnig viele. Hundert, zweihundert – ich weiß es nicht.«

»Das stimmt, es hörte gar nicht mehr auf«, bestätigte Meyers Frau Doris. »Und die flitzten dann überall herum. Eine ist mir sogar über die Füße gelaufen, das war so...« Sie schauderte, genau wie zuvor ihr Mann. Die zwei Enddreißiger waren sich auch sonst sehr ähnlich: hochgewachsen, graue Augen und schlanke, sehnige Körper, die vor Fitness nur so strotzten. Beide trugen olivgrüne Hosen mit zig Reißverschlüssen und Taschen und dazu identisch karierte Hemden.

Es sei das Widerlichste gewesen, was er je erlebt habe,

meinte nun auch der Typ, dem der Bauch über die Jeans quoll. Günter Totzke.

»Und was geschah dann?«, fragte Francesca.

»Wir haben zugesehen, dass wir die Kinder so schnell wie möglich von hier wegbringen.« Die Antwort kam von Sigrid Gelling, einer blonden Endzwanzigerin, dürr und hüftlos, die ständig ihre Oberarme rieb, als würde sie frieren. Ihr Porzellanteint mit den blassblauen Augen erinnerte an eine Delfter Kachel.

»Wo sind die Ratten denn hin?« Francesca schaute sich reflexartig um. Es war keine zu sehen, was sie nicht bedauerte.

»Die rannten erst desorientiert herum und dann haben sie sich zwischen den Ruinen und im Gebüsch verkrochen«, erklärte Thomas Gelling. Er war um die fünfzig, sein Dreitagebart angegraut, das Haar kurz geschoren und so dicht, dass es aussah, als trüge er eine graue Fellmütze. Seine Füße steckten in Trekkingschuhen und mit dem Rucksack, der neben ihm stand, hätte man auch am K2 *bella figura* gemacht. Garantiert ist die Delfter Kachel Fellmützes zweite Frau, spekulierte Francesca und fragte Gelling, warum sie denn eigentlich den Deckel von diesem Brunnen abgenommen hätten.

»Um nach dem Geist zu suchen«, antwortete Thomas Gelling.

»Bitte?«

»Oder nach dem Ungeheuer, das sich in diesem Brunnen verbirgt«, setzte er hinzu.

»Ungeheuer?«, wiederholte Francesca. Wollte der Typ sie gerade verschaukeln?

Er nickte. Plötzlich sei diese Geschichte in allen möglichen Variationen unter den Kindern kursiert, die davon schlimme Träume bekommen hätten. Daraus sei der Entschluss erwachsen, den Kindern zu beweisen, dass an der Sache nichts dran sei, und zu diesem Zweck habe man den gemeinsamen Ausflug hierher unternommen.

»Das ging ja wohl voll in die Hose«, entschlüpfte es Francesca und sie erntete dafür einen vorwurfsvollen Blick von Doris-Karobluse-Meyer, die nun zu jammern anfing: »Jetzt wird unser Moritz statt von Geistern von Ratten träumen. Und wir können nicht mal sagen, dass es erfunden ist. Wie in aller Welt kommen denn bloß so viele Ratten in diesen Brunnen?« Sie schaute Francesca an, als wäre es deren Pflicht, Auskunft darüber zu geben.

Francesca vergewisserte sich: »Der Deckel war verschlossen, als Sie ankamen?«

»Ja«, bestätigte Günter Totzke, und die anderen Männer nickten.

»Die Kinder – wo sind die jetzt?«

»Bettina, meine Frau, und Silke Fosshage, die Lehrerin, sind schon mit ihnen nach Hause gegangen«, antwortete Totzke.

Francesca notierte sich die beiden Namen. »Haben die Kinder die Leiche gesehen?«

»Nein!«, rief Doris Meyer, hell entsetzt bei der schieren Vorstellung. »Zum Glück nicht.«

»Die Kinder wissen noch gar nichts von der Leiche«, erklärte ihr Mann. »Als wir die Ratten sahen, haben unsere Frauen die Kinder sofort weggebracht. Die Leiche haben wir erst später entdeckt.«

Francesca fragte sich, was Jessen wohl davon halten würde. Erst ein Geist im Brunnen, dann Ratten... Einen einzelnen Zeugen, der ihr so etwas aufgetischt hätte, hätte sie als nicht zurechnungsfähig eingestuft. Aber hier waren fünf Leute, die allesamt einen geistig stabilen Eindruck machten, wenn man einmal vom Partnerlook des Ehepaars Meyer absah. Trotzdem: fünf Personen, die alle das Gleiche berichteten. Andererseits musste das nichts heißen. Es glichen sich ja auch die Berichte von Leuten, die Ufos gesehen haben wollten.

Thomas Gelling, der Mann mit der Fellmützenfrisur und offenbar das Alphamännchen der Truppe, fuhr fort: »Als keine Ratten mehr aus dem Brunnen herauskamen, sind Stefan, Günter und ich noch mal zum Brunnen hin. Wir wollten ... ich weiß nicht ... eben der Sache nachgehen. Als wir runtergeleuchtet haben, sahen wir dann diesen ... Toten. Die Kinder waren da schon längst auf dem Heimweg, die haben nichts mitgekriegt.« Der letzte Satz galt der Beruhigung der beiden Frauen, die dennoch skeptisch dreinblickten.

»Dann werden sie es spätestens morgen erfahren«, murmelte Sigrid Gelling und rieb sich erneut die Oberarme. »Mein Gott, hätten wir doch bloß nichts unternommen! Jetzt ist alles nur noch viel schlimmer.«

Wer denn diese Geschichte von dem Geist im Brunnen in die Welt gesetzt habe, wollte Francesca wissen.

Doris Meyer zuckte mit den Achseln. »Wenn wir das wüssten. Das fing zu Beginn der Woche an, plötzlich ging das herum wie ein Virus. Unser Oskar fand das ja lustig, aber unser Jüngster ist nachts ein paar Mal schreiend aufgewacht.«

»Wir müssen mit den Kindern reden«, sagte Francesca bestimmt.

»Muss das sein?«, erwiderte Sigrid Gelling alarmiert.

»Ja«, bekräftigte Francesca.

»Aber nicht heute«, sagte Doris Meyer angriffslustig. »Die haben schon genug mitgemacht.«

»Wieso? Sie sagten doch, sie hätten nur ein paar Ratten gesehen. Nicht mal einen Geist«, fügte Francesca mit einem kleinen Lächeln hinzu.

Aber die beiden Frauen fanden das nicht witzig, und aus der Erfahrung mit ihren Schwägerinnen wusste Francesca, dass es aussichtsreicher war, sich mit ein paar Drogenbossen anzulegen als mit Müttern. »Vielleicht reden Sie ja mal mit Ihren Kindern«, schlug Francesca vor. »Versuchen Sie, rauszukriegen, wer das mit dem Geist aufgebracht hat.«

Sigrid Gelling schaute in die Runde und begann zögernd. »Könnte nicht Oskar …? Ich meine, er hat doch schon öfter die Kleinen mit Gruselgeschichten erschreckt.«

»Unser Oskar?« Die Stimme von Doris Meyer war mit einem Mal schrill wie ein Trompetenstoß. »Wie kannst du das behaupten? Oskar hat damit nichts zu tun. Die Jungs haben das in der Schule aufgeschnappt.«

»Ist ja gut«, wehrte Sigrid Gelling ab.

»Nein, gar nichts ist gut, Sigrid, was setzt du hier für Gerüchte in die Welt?«

»Beruhige dich, Doris, sie hat es doch nicht so gemeint«, kam Thomas Gelling seiner jungen Frau zu Hilfe.

»Ach ja? Warum behauptet sie es dann?«, keifte Doris.

»Ich habe gar nichts behauptet, ich habe nur gefragt!«, erwiderte Sigrid Gelling und feuerte eine Salve giftiger Blicke auf ihre Gegnerin ab.

»Jetzt mal ganz sachte …«

»Was mischst du dich da jetzt ein, Stefan?«

»Na, weil es vielleicht mein Sohn ist, den ihr hier verdächtigt?«

Francesca fand, dass dies ein guter Zeitpunkt war, um sich zu verdrücken. Sie duckte sich unter der Absperrung hindurch und ging in Richtung Brunnen. Dort waren gerade die Feuerwehrleute mit einer Seilwinde zugange. Jessen stand aufrecht und regungslos da und schaute ihnen zu. In seinem Maßanzug wirkte er neben den Männern in den orangefarbenen Monturen wie ein Alien. Aber eines musste man ihm dennoch lassen: Jessen bewegte sich in seinen Anzügen so lässig, als trüge er einen Schlafanzug. Seine Familie stammte aus Kiel, das hatte ihr Anke Mellenkamp verraten. Kiel. Schon fast Skandinavien. Ja, wenn man ihn so ansah, so groß und knochig und blond, könnte er durchaus als Schwede durchgehen, trotz seines klassisch-römischen Profils. Aber was war eigentlich mit Leuten los, die ihren Sohn Carolus nannten?

Francesca stellte sich neben ihn, und er erkundigte sich, was sie Erhellendes in Erfahrung gebracht habe.

»Eine Geistergeschichte.«

»Ach was.«

Sie setzte ihn ins Bild und meinte: »Wir sollten rasch ins Dorf fahren, damit wir die Kinder noch erwischen, ehe die da zurückkommen.« Sie wies mit einer Kopfbewegung auf die soeben Befragten, die wohl ihren Streit beendet hatten und nun in mürrischer Schweigsamkeit den Rückweg antraten. Bestimmt, dachte Francesca, waren das mal ganz vernünftige, umgängliche Menschen, bevor sie Mini-Meyers-Gellings-Totzkes produziert hatten.

»Sagten Sie nicht gerade, die Eltern wollen nicht, dass wir die Kinder ohne sie befragen?«

»Ja«, knurrte Francesca. »Aber mal ehrlich: Wo kämen wir denn hin, wenn wir ständig darauf Rücksicht nehmen würden, was die Leute wollen?«

Jessen runzelte die Stirn, dann sagte er: »Gut. Fahren Sie ins Dorf, ich warte hier. Bis die hier fertig sind, mache ich einen Spaziergang und halte nach Reliktpflanzen aus der Römerzeit Ausschau. Aber holen Sie mich freundlicherweise wieder ab, ehe es dunkel wird.«

Reliktpflanzen! Francesca war nicht sicher, ob er das ernst meinte, aber zuzutrauen war es ihm. Sie schnappte sich den Autoschlüssel und eilte zum Dienstwagen. Manchmal war Jessen ja doch für eine Überraschung gut, dachte sie, als der Audi über die Betonplatten den Hügel hinabholperte.

Sie hielt vor dem schneeweißen Gartenzaun der Totzkes und verfluchte wenig später die Erfindung des Mobiltelefons. Bettina Totzke bewachte die Tür ihrer Doppelhaushälfte wie ein Zerberus und zischte: »Sie wollen doch den Kindern nicht etwa von der Leiche erzählen? Die haben heute schon genug Aufregung gehabt.«

»Ich möchte nur wissen, woher sie die Geschichte mit dem Geist im Brunnen haben«, erklärte Francesca. Sie stellte sich dabei auf die Zehenspitzen und schielte an Bettina Totzkes massigem Leib vorbei in ein Wohnzimmer, in dem die Traumatisierten vor einem Videospiel hockten und dem ältesten Jungen Kommandos zubrüllten: »Mach ihn fertig! – Nimm die MP! – Boah, den hat's voll zerfetzt!«

»Das kommt alles von da drüben«, sagte Bettina Totzke und streckte den Arm gen Osten aus.

»Aus Russland?«

»Aus den Blöcken, in denen die ganzen Ausländer wohnen. Mit denen gibt's doch dauernd Ärger. Fragen Sie die Fosshage, ich glaube, die weiß mehr, als sie zugibt.«

Silke Fosshage wohnte nur fünfzig Meter weiter in einem schmalen Reihenhaus. Im Garten standen Skulpturen aus Ton und Metall und jede Menge Windräder, die vor sich hin ratterten. Mit den bunten Klamotten und ihrem geranienroten Haar, das gegen die graue Eintönigkeit der Dorfstraße anleuchtete, wirkte die junge Kunstlehrerin wie ein Überbleibsel aus der New-Age-Ära. Anscheinend war sie nicht angerufen und entsprechend instruiert worden, denn sie bat Francesca freundlich herein. Am Küchentisch saß ein kleines Mädchen und schnitt mit einer stumpfen Schere an einem Stück Stoff herum. »Wir machen ein Wandbild«, erklärte die Kleine ungefragt und schaute die Besucherin neugierig an. Um ihren Mund war ein Kranz von Kakaospuren. Der Tisch war mit bunten Stoffresten bedeckt, einige hatten dasselbe Muster wie der Rock ihrer Mutter.

Silke Fosshage führte ihre Besucherin in den Wintergarten, den sie offenbar als Atelier benutzte. Zwei Staffeleien standen darin, ein Arbeitstisch aus schrundigem Holz mit vielen Farbklecksen und ein Regal mit allerhand Materialien, die man zum kreativen Schaffen brauchte. So einen Wintergarten hätte ich auch gern zum Malen, dachte Francesca ein wenig neidisch.

Die Lehrerin deutete auf einen der Klappstühle und klärte die Kommissarin flüsternd darüber auf, dass ihre Lisa noch nichts von der Leiche im Brunnen wisse.

Francesca kam sofort zur Sache und fragte, von wem Lisa die Geschichte mit dem Geist gehört hatte.

»Keine Ahnung. Die ganze Schule spricht seit Anfang der Woche darüber.«

»Und wer hat sie in Umlauf gebracht?«

»Das weiß ich nicht«, sagte sie und wickelte ihre blaue Strickjacke enger um den Körper.

»Sind die Eltern des Kindes vielleicht Migranten oder illegale Einwanderer?«

Sie wirkte ertappt und seufzte. »Ich möchte nicht, dass der... das Kind Schwierigkeiten bekommt. Die Stimmung ist eh schon...«

Francesca nickte. Frau Fosshage brauchte ihr nicht zu erklären, wie die Stimmung war.

»Ich will nur mit dem Kind reden. Niemand muss davon erfahren.«

Die Augen der Lehrerin waren auf Francesca gerichtet, als wolle sie diese röntgen. Schließlich seufzte sie: »Kommen Sie morgen um halb zwölf an die Schule.«

Die hydraulische Winde setzte das Drahtseil in Bewegung, und über dem Rand des Brunnens erschien der Kopf von Dr. Jürgen Sunderberg. Er hatte den Leichnam unbedingt vor Ort in Augenschein nehmen wollen. Hätte auch nicht jeder gemacht, dachte Jessen.

Sunderbergs Gesichtsausdruck war schwer zu deuten. »Und?«, fragte ihn Jessen gespannt, kaum dass der Doktor wieder festen Boden unter den Füßen hatte.

»Männliche Leiche.«

»Wie alt?«

»Ganz schwer einzuschätzen.«

»Wie lange liegt er schon da unten?«

»Kann ich noch nicht genau sagen.«

»Verdammt noch mal, wozu hat man dich denn studieren lassen? Sind es fünf Jahre oder fünf Tage?«

»Ein paar Tage«, grinste Sunderberg und befreite sich von dem Klettergurt, an dem man ihn in den Brunnenschacht hinabgelassen hatte. »Mehr dazu, wenn ich ihn auf dem Tisch habe. Oder vielmehr das, was noch von ihm übrig ist. Diese verdammten Ratten haben ihn schier aufgefressen.«

»Eine makabre Art, eine Leiche zu beseitigen«, sagte Jessen.

Sunderberg schüttelte langsam den Kopf.

»Was?«, fragte Jessen.

»Da unten ist viel Blut. Ich fürchte, der Mann hat noch gelebt, als jemand die Ratten in den Brunnen geworfen hat.«

Der Junge war acht Jahre alt, wirkte aber wie ein Sechsjähriger. Blasses Spitzmausgesicht, die Schultern hochgezogen, scheue Augen, immer auf der Hut. Ein typisches Opfer, dachte Francesca, und in ihrem Innern zog sich etwas zusammen. Sie ahnte, mit welchem Gefühl er durchs Leben ging. Mithilfe von Silke Fosshage hatten sie herausgefunden, dass Andrej bereits am Donnerstag, den 8. Mai, in der alten Ziegelei gewesen war, eine Woche bevor die Ausflügler den Leichnam entdeckt hatten.

Es hatte geklingelt, die Pause war vorbei. Aus dem Augenwinkel betrachtete Francesca die Schüler, die vom Hof in das kleine Schulgebäude strömten. Die Grundschule kämpfte um ihren Erhalt, pro Jahrgang gab es nur eine Klasse. Francesca musste an die Äußerung von Bettina Totzke denken und fragte sich, was die Frau eigentlich wollte. Die Kinder sahen doch bis auf wenige Ausnahmen alle urdeutsch aus. Sozusagen fast eine heile Welt, wenn man Frau Totzkes Sichtweise zugrunde legte.

Silke Fosshage musste wieder zum Unterricht und ließ Francesca mit dem Jungen im Sanitätsraum zurück. Dort roch es nach Gummi, aber das war Francesca lieber als dieser typische Schulgeruch, der in den Gängen herrschte. Der Raum war groß und bot Platz für eine Pritsche und drei nagelneue Turnmatten, die nebeneinander auf dem Boden lagen. Die Wände waren erbsengrün gestrichen, neben der Tür hingen ein Medizinschrank und ein Defibrillator. Auf dem Plakat am Kopfende der Pritsche waren die wichtigsten Erste-Hilfe-Maßnahmen dargestellt, auf dem, das bei den Turnmatten hing, Yoga- und Pilatesübungen. Ertüchtigte sich hier die Lehrerschaft in den Freistunden? Gute Idee. Allerdings sahen die Matten nicht sehr abgenutzt aus. Francesca überlegte, ob in ihrem Gemeinschaftsbüro Platz für so eine Matte wäre. Nein, aber nebenan, bei Jessen. Sie musste grinsen, als sie sich ausmalte, was der wohl dazu sagen würde.

Andrej saß auf der Pritsche, Francesca auf einem Stuhl davor. Sie hatte ihm erklärt, wer sie war und wozu das Aufnahmegerät gut war, und hatte ihm versichert, dass er keine Angst zu haben brauche. Aber er müsse ihr unbedingt die Wahrheit sagen. Er hatte zu allem nur genickt. Jetzt schaltete sie das Gerät an und erkundigte sich, wieso er denn überhaupt bei der alten Ziegelei gewesen war.

Falsche Frage, erkannte sie sofort an seiner verschlossenen Miene.

»Warst du dort allein?«

Ein kaum hörbares Ja drang aus seiner Kehle.

»Und warum hast du in diesen Brunnen geschaut?«

Er blickte Francesca an. Eine Mischung aus Wachsamkeit und Misstrauen.

»Du kannst es ruhig erzählen, es ist nicht verboten, in einen Brunnen zu schauen. Du warst einfach neugierig, stimmt's?«

Er nickte.

»War der Brunnen denn offen?«, fragte Francesca.

»Nein. Da war ein Deckel drauf.«

»Ein Deckel. Aus Eisen?«

»Aus Holz.«

»Und der war ganz zu?«

»Ja.«

»Bist du da völlig sicher?«

»Ja.«

»Und du hast also den Deckel aufgemacht.«

»Ein kleines Stück.«

»Wie klein?«

Er zeigte mit den Händen etwa dreißig Zentimeter an.

»Aber der Deckel war doch sicher ganz schön schwer? Wie hast du das gemacht?«

»So.« Er streckte die Arme aus, als wollte er etwas wegdrücken.

»Alle Achtung, dazu braucht man sicher eine Menge Kraft.«

Er sah sie unsicher an. Offenbar war er Lob nicht gewohnt. »Ich hab einen Stein reingeworfen«, fuhr er von sich aus fort.

»Um zu hören, wie tief er ist, nicht wahr? Das war klug.«

»Ich wollte wissen, ob da Wasser drin ist. War aber nicht.«

»Und dann hast du reingeschaut?«

»Mhm.«

»Was hast du gesehen?«

Er stützte die Hände auf die Pritsche, sein Blick schweifte zum Fenster, die Beine schaukelten vor und zurück. Seine Jeans war unterhalb der Knie schon fast durchgewetzt.

»Ich habe auch mal einen Geist gesehen«, sagte Francesca.

Ein paar Sekunden vergingen. »Wo?«, fragte er.

Jetzt war Phantasie gefragt. »In einem Spukhaus«, sagte Francesca. »Natürlich wusste ich da noch nicht, dass es eines war. Es stand leer und ich habe mich dort versteckt, weil mich größere Kinder geärgert haben. So ähnlich wie bei dir.« Silke Fosshage hatte Francesca von dem Vorfall erzählt, den sie an jenem Tag nach Schulschluss beobachtet hatte.

»Wie hat der Geist ausgesehen?«

»Der war so groß...« Francesca erhob sich kurz von ihrem Stuhl und streckte den Arm mit der angewinkelten Hand in Richtung Decke. »Die Haare waren hell und ein bisschen durcheinander, er war ziemlich dünn und er hatte einen Anzug an. Eigentlich sah er wie ein ganz gewöhnlicher Mann aus. Geister sehen oft ganz normal aus, die können sich gut tarnen.«

Andrej hing jetzt gespannt an ihren Lippen, auch seine Beine wurden endlich ruhig.

»Das Eigenartige war, dass er fast durchsichtig war«, fügte Francesca hinzu. »Sonst hätte ich gar nicht gemerkt, dass es ein Geist war.«

»Was hat der gemacht?«

»Nichts. Ich bin ganz schnell weggelaufen, weil ich Angst hatte.«

Andrej quittierte die Aussage mit einem sachverständigen Nicken.

»Wie sah der Geist aus, den du gesehen hast?«, fragte Francesca.

Plötzlich klang er wütend: »Die sagen, ich täte lügen!« Er schob die Unterlippe vor und verschränkte die Arme vor seiner schmalen Brust. Zwei feuchte Flecken waren auf dem Kunstleder der Pritsche zu sehen, wo vorher seine Hände gewesen waren. »Aber es war ein Geist.«

»Weißt du, Leuten, die noch nie einen Geist gesehen haben, fällt es schwer, das zu glauben. Mir hat damals auch keiner geglaubt. Aber du und ich, wir wissen, dass es wahr ist. Also, wie sah der Geist aus?«

»Weiß. Wie ein Gespenst eben.«

»Hatte er Augen, einen Mund?«

»Ja.«

»Hatte er auch einen Körper?«

»Ein Bein. Ich habe nur ein Bein gesehen. Es war ja dunkel.«

»Was hat er gemacht, der Geist?«

Wieder begann der Junge mit den Beinen zu schaukeln.

»Hat er da unten gesessen? Gestanden? Oder gelegen?«

Andrej sah Francesca mit gerunzelter Stirn an, dann sagte er: »Der ist da so rumgeflogen.«

Francesca ließ das mal so stehen. »Er hat sich also bewegt.«

»Er hat geredet. So, wie wenn man Halsweh hat«, erklärte Andrej.

»Eine raue Stimme also. Was hat er gesagt?«

Andrej zögerte. Francesca lächelte ihm aufmunternd zu.

»Wer bist du«, presste Andrej hervor.

»Das hat er gesagt? *Wer bist du?*«

»Kann sein«, sagte Andrej. »Es war so leise. Er hat auch *Hallo* gesagt. Als ich die Dosen rumgekickt hab.«

»Hast du deswegen in den Brunnen geschaut? Weil du seine Stimme gehört hast?«

Er nickte kaum merklich.

»Gut. Du machst das sehr gut. Was passierte danach?«

»Der hat mich angeschaut. So.« Andrej legte den Kopf in den Nacken, kniff die Augen zusammen und blinzelte.

»Ich verstehe«, sagte Francesca. »Und dann?«

»Dann bin ich weggelaufen«, kam es kaum hörbar.

»Das hätte an deiner Stelle jeder getan«, sagte Francesca, aber offenbar war ihm das kein Trost. Sein Kopf sank beschämt nach unten, so dass seine Halswirbel hervorstachen wie Zahnräder.

»Als du weggelaufen bist, hast du da den Deckel vom Brunnen wieder zugemacht?«

Er schüttelte den Kopf, den Blick noch immer nach unten gewandt. Das dunkle Haar hing ihm wie ein Vorhang ins Gesicht. Es sah aus, als hätte ihm die Mutter selbst einen Topfschnitt verpasst.

»Der Deckel war also noch ein Stück weit offen, als du gegangen bist«, hielt Francesca fest und fragte: »Wem hast du danach von dem Geist erzählt?«

»Ich wollte es Ivo sagen. Aber der war im Krankenhaus.«

»Deinen Eltern hast du nichts erzählt?«

Jetzt hob er den Kopf. »Nein. Meine Mutter will nicht, dass ich allein so weit weggehe.«

»Aber du hast es jemandem erzählt, nicht wahr? Einem Freund vielleicht?«

»Elena«, murmelte Andrej.

»Elena?«

»Die wohnt neben uns. Die ist sieben.«

»Ist sie deine Freundin?«

»Nein! Der Sascha war auch dabei. Aber der ist erst sechs.«

»Nur noch eine Frage: Hast du im Brunnen oder in der Nähe irgendwo Ratten gesehen?«

Er schaute sie verwundert an. »Nein.«

»Keine Ratten, nirgends?«

Kopfschütteln.

»Dann danke ich dir, du hast mir sehr geholfen.« Francesca schaltete das Diktiergerät aus. »Du hättest jetzt eigentlich Kunst bei Frau Fosshage, nicht wahr?«

»Ja.« Er war von der Pritsche gerutscht und stand schon an der Tür.

»Ich könnte dich bei ihr entschuldigen. Ich würde dir gerne ein paar Tricks zeigen.«

»Zaubertricks?«

»Nein, Andrej.« Francesca deutete auf die Matten. »Polizeitricks. Das sind Tricks, mit denen du feigen Kerlen ordentlich weh tun kannst, wenn sie dir wieder was tun wollen. Was meinst du, willst du die lernen?«

Er nickte, und über sein kleines Spitzmausgesicht glitt der Hauch eines Lächelns.

»Sag bloß! Unser Chef ist dir schon als Geist erschienen?«, kicherte Daniel Appel. Sie saßen an dem kleinen runden Tisch in Jessens Büro und hatten sich gerade die Aufnahme von Andrejs Befragung angehört.

»Ich musste ja irgendwie sein Vertrauen gewinnen«, murmelte Francesca verlegen. Vorhin, während der Befragung von Andrej, hatte sie das witzig gefunden, jetzt, als sie Jessens undurchdringliche Miene sah, bereute sie ihre Albernheit.

»Das war gut«, sagte Jessen. »Sie können gut mit Kindern.«

Deswegen bin ich auch als Patentante so gefragt, dachte Francesca und fasste zusammen: »Wir wissen jetzt, dass der Deckel des Brunnens fest geschlossen war, als der Junge dort war. Der Mann muss zu dem Zeitpunkt noch gelebt haben. Er hat den Jungen gehört und sich bemerkbar gemacht, aber offenbar war er schon sehr schwach.«

»Der Typ könnte noch am Leben sein, wenn das verdammte Gör den Mund aufgemacht hätte«, meinte Daniel. Niemand antwortete ihm. Francesca fuhr fort: »Zu diesem Zeitpunkt waren noch keine Ratten im Brunnen. Der Junge hat den Deckel ein Stück offen gelassen, als er wegrannte. Als die Ausflügler acht Tage später dort waren, war der Deckel geschlossen und im Brunnen wimmelte es von Ratten. Also hat in der Zwischenzeit jemand die Ratten in den Brunnen gelassen und dann den Deckel wieder geschlossen. Oder wie muss man sich das vorstellen?« Die Frage war ausschließlich an Jessen gerichtet, denn auf die Meinung von Daniel Dumpfbacke legte Francesca grundsätzlich keinen Wert.

Der Hauptkommissar bestätigte Francescas Theorie. »Dr. Sunderberg sagt, dass der Mann noch gelebt hat, als man die Ratten dort hineingeworfen hat. Der Todeszeitpunkt war wahrscheinlich letzten Samstag oder Sonntag, genauer wollte er sich nicht festlegen. Also vier bis fünf Tage vor dem Auffinden der Leiche.«

Daniel Appel musste erneut seinen Senf dazugeben: »Da hatten die Biester also lange genug Zeit für eine ausgedehnte Mahlzeit. Vielleicht hätten sie ihn noch ganz abgenagt, wenn diese Leute nicht gekommen wären.«

»Aber, dass Ratten Menschen fressen …«, wunderte sich Francesca.

»Na ja. Wenn sie richtig Hunger haben und wenn's nichts anderes gibt«, meinte Daniel. »Umgekehrt passiert das ja auch. In den Chinarestaurants kriegt man …«

Jessen brachte ihn mit einem vernichtenden Blick zum Schweigen. Francesca empfand eine tiefe, aufrichtige Schadenfreude, denn es wurmte Daniel Appel über die Maßen, dass er gestern nicht dabei gewesen war. »Da passiert endlich mal was, und ich bin auf so einem scheiß Lehrgang!«, hatte er heute früh gejammert. »Heul doch«, hatte Francesca erbarmungslos erwidert.

»Weiß man inzwischen, wer der Tote im Brunnen war?«, fragte sie.

»Nein«, sagte Jessen. »Keine Papiere, die Fingerabdrücke fielen den Ratten zum Opfer, das Ergebnis der DNA-Untersuchung ist noch nicht da. Nachher trifft sich die Sonderkommission, da wird sich hoffentlich einiges klären. Bis morgen hätte ich gern die unterschriebenen Zeugenaussagen der Leute, die den Toten gefunden haben. Sie beide kümmern sich darum, ja?«

Francesca nickte und wandte sich an Appel. »Du nimmst die Meyers und die Gellings, ich den Rest.«

»Von mir aus«, meinte Daniel gönnerhaft.

Ein Anflug schlechter Laune streifte Francesca, wie häufig in Daniel Appels Gegenwart. Der Typ war fünf Jahre jünger als sie, ein blutiger Kommissar z. A. – zur Anstellung –, sie dagegen war schon seit sieben Jahren Polizistin und vor kurzem zur Oberkommissarin befördert worden. Doch Appel tat, als wären sie Gleichgestellte. Es war ein Fehler gewesen, ihm anfangs das Du anzubieten, das hatte Francesca mittlerweile erkannt. Gutmütigkeit rächte sich immer. »Das war kein Vorschlag, das war eine Dienstanweisung«, fuhr sie ihn an.

»Klar«, sagte Appel mit verhaltenem Ärger.

Jessen erhob sich und setzte sich an seinen Schreibtisch, das klare Zeichen für seine Mitarbeiter, das Büro zu verlassen. Auf dem Weg zur Tür fiel Appel dann aber doch noch etwas ein: »Ich brauche die Personalien von diesem

Jungen, mit dem du geredet hast.« Obwohl der Satz Francesca galt, schielte Appel dabei zu Jessen hinüber.

Miese kleine Ratte! Er hatte sie vorhin schon danach gefragt und sie hatte ihm geantwortet, dass ihn das nicht zu kümmern habe. Jetzt sagte sie deutlich und womöglich eine Spur zu laut: »Der Junge bleibt anonym. Ich habe ihm und der Lehrerin versprochen, dass er keinen Ärger kriegt.«

Wie zu erwarten gewesen war, plusterte sich Appel mächtig auf. »Aber er ist ein wichtiger Zeuge.«

»Er ist ein Kind.«

»Ja, und zwar ein ziemlich doofes, das einen Menschen für einen Geist hält, aber deswegen ...«

Francesca fiel ihm ins Wort: »Sag mal, raffst du's nicht? Ist dir vielleicht in deinem rasierten Schädel mal der Gedanke gekommen, dass die Eltern dieses Jungen als sogenannte Illegale hier leben könnten?«

Appel, dem die rechtschaffene Empörung aus jeder Pore quoll, wandte sich an Jessen, der den Streit mit undurchdringlicher Miene verfolgt hatte. »Wir brauchen doch seine Personalien, oder?«, fragte Appel mit Zustimmung heischendem Blick.

»Herr Appel, gehen Sie an Ihren Platz«, sagte Jessen. »Frau Dante, setzen Sie sich bitte einen Augenblick.« Francesca ließ sich auf die Kante des Besucherstuhls sinken. Appel grinste im Hinausgehen, durchbohrt von Francescas wütenden Blicken.

Als die Tür zu war, meinte Jessen: »Warum glauben Sie, dass der Junge Ärger bekommt?«

»Die Familie des Jungen stammt aus Tschetschenien. Ich weiß nicht, wie ihr Aufenthaltsstatus ist, aber in manchen Familien scheut man grundsätzlich den Kontakt mit der

Polizei. Die Lehrerin hat angedeutet, dass mit dem Vater nicht zu spaßen sei. Wir wissen doch jetzt, was wir wissen wollten.«

Jessen lehnte sich zurück und verschränkte dabei seine langen Arme. Dann sagte er: »Wenn ich mich recht erinnere, wollten Sie gestern die Kinder dieser Ausflügler verhören, obwohl die Eltern ausdrücklich dagegen waren.«

»Diese Kinder kriegen keine Prügel von den Eltern, wenn ihretwegen die Polizei vor der Tür steht. Aber dieser Junge...« Francesca ließ den Satz offen.

»Kann es sein, dass Sie mit zweierlei Maß messen, Frau Dante?«

»Natürlich«, sagte Francesca. »Es gibt ja auch zwei Welten in diesem Land.«

Während Jessens ausgedehntem Schweigen suchte Francescas Blick vergeblich Halt an der sterilen Ödnis von Jessens Schreibtisch. Wie konnte ein Mensch arbeiten, ohne dass etwas herumlag? Wie es wohl bei ihm zu Hause aussah? Lagen seine Unterhosen gebügelt und gestapelt im Schrank? Sich solche Dinge auszumalen half ein wenig gegen ihre Nervosität, die sich von Sekunde zu Sekunde steigerte.

Endlich sagte Jessen: »Frau Dante, ich möchte, dass diese Streitereien mit Daniel Appel aufhören.«

»Ich versuche es. Aber ich glaube, er hat ein Problem mit Frauen. Mit Frauen in übergeordneter Position«, fügte Francesca hinzu.

Jessen sah sie an und meinte: »Sie haben doch Brüder, nicht wahr? Die, die ständig hier anrufen.«

»Vier«, bestätigte Francesca. »Salvatore ist der Älteste, dann kommt Antonio, dann Marcello, dann Sergio. Ich bin die Jüngste. ›Ein Mädchen hätte ich noch gern, dann ist Schluss‹, soll mein Vater angeblich schon nach Antonios Geburt gesagt haben. Deshalb haben Marcello und Sergio bis heute Minderwertigkeitskomplexe.« Ich rede zu viel, registrierte Francesca. Ihr war klar, dass Schweigen viel cooler wäre, oder zumindest weniger reden, so wie Jessen, damit jedes Wort automatisch ein großes Gewicht bekäme. Aber immer, wenn sie unsicher war, sprudelte es nur so aus ihr heraus. Und Jessen, Herrgott ja, der Mann schaffte es immer wieder, sie zu verunsichern. Wenn sie nämlich nicht redete, würde sie noch nervöser werden und ihre Unterlippe begänne zu zittern wie eine Ultraschallzahnbürste. Was war jetzt los? Lächelte er? Ja, tatsächlich.

Das Lächeln versiegte rasch, nur in den Augenwinkeln hockte noch ein Rest, als er sagte: »Bei so viel Erfahrung mit testosterongesteuerten Geschöpfen werden Sie doch wohl noch einen wie Appel in den Griff bekommen.«

»Sicher.« Sie wartete darauf, dass Jessen weiterredete, aber es dauerte und dauerte, und schließlich hielt Francesca es nicht länger aus und fragte: »Was ist jetzt mit dem Jungen, unserem Zeugen?«

Er sah auf, blinzelte mit schweren Lidern, als hätte man ihn gerade aus dem Schlaf gerissen. »Was soll mit dem sein? Es ist so, wie Sie sagen. Wir wissen, was wir wissen wollten.«

Die neu gebildete Sonderkommission, der irgendein Scherzkeks den inoffiziellen Namen Soko Ratte gegeben hatte, traf sich am späten Nachmittag im großen Konferenzraum. Eine Mittdreißigerin stellte sich als Nina Ulrich von der Staatsanwaltschaft vor. Ihr sei dieser Fall zugeteilt worden, erklärte sie nicht ohne Stolz. Francesca hatte die Frau mit der schwarzen Balkenbrille und dem sandfarbenen Chanel-Kostüm noch nie gesehen, aber Jessen schien sie zu kennen und ebenso der in Ehren ergraute Kripochef Werner Zielinski, dessen Anzüge immer ein wenig schlechter saßen als die von Jessen. Zielinski sprach von einem außergewöhnlich grausamen Mordgeschehen und stellte fest, dass dies auch die Aufmerksamkeit der Presse auf sich gezogen habe…

»Ach was!«, flüsterte Frank Uhle alias Bommerlunder dicht neben Francescas Ohr, wobei der Hauch einer Alkoholfahne zu riechen war.

… schon deshalb müsse das Team mit voller Kraft … und so weiter, und so weiter, was Führungskräfte in solchen Situationen eben sagen. Francesca hörte erst wieder konzentriert zu, als Frank Uhle an der Reihe war und die bisherigen Ergebnisse der Spurensicherung erläuterte. Viel war das nicht. Die Fußspuren um den Brunnen herum stammten allesamt von den Findern, es gab keine Reifenspuren, die zum Brunnen führten. »Es hat zuvor drei Tage lang geregnet und der Grund ist sandig, da ist nichts übrig geblieben«, bedauerte Bommerlunder. Interessant sei nur eine kaputte Klemme aus Plastik, die man neben dem Brunnen gefunden habe. Sie gehöre zu einem größeren Nagetierkäfig und diene dazu, den Gitterteil mit dem Boden des Käfigs zu verbinden. Leider sei der Käfig ein gängiges Modell, das es in jeder Zoohandlung und bei etlichen Internethändlern zu kaufen gebe. »Dennoch lohnt es sich vielleicht, nachzuforschen, ob jemand eine größere Anzahl davon gekauft hat, denn irgendwie müssen diese Viecher ja transportiert worden sein.«

»Sollten wir nicht auch nachforschen, ob irgendwo viele Ratten gekauft wurden?«, wagte sich Francesca aus der Deckung.

An dieser Stelle meldete sich die Dame mit der Ponyfrisur und dem Tweedkostüm zu Wort, die zusammen mit Dr. Sunderberg gekommen war. »Dr. Anna Buchholz, Professorin an der Tierärztlichen Hochschule Hannover«, stellte sie sich vor und erklärte dann, sie habe einige der toten Ratten aus dem Brunnen untersucht. Es handele sich dabei um Wanderratten. Für Tierversuche würden meistens die sogenannten Farbratten verwendet und auch fast alle der Zoohandlungen, die Ratten als Haustiere anboten, verkauften vorwiegend Farbratten oder Hausratten. Die DNAs der von ihr untersuchten Tiere hätten auf eine enge Verwandtschaft zwischen diesen hingewiesen. Es läge demnach die Vermutung nahe, dass jemand sie selbst gezüchtet habe, aus einem Paar oder einem Wurf. Die Tragezeit, so erfuhren die Zuhörer, belaufe sich bei Wanderratten auf 22 bis 24 Tage, eine Ratte werfe durchschnittlich acht Junge, mitunter aber auch bis zu zwanzig. Binnen knapp drei Monaten sei der Nachwuchs wieder geschlechtsreif. Normal seien drei, vier Würfe pro Jahr, unter günstigen Bedingungen, die man in der Zucht herstellen könne, wären aber auch zehn Würfe pro Jahr möglich. Es dauere also nur wenige Monate, dann habe man eine stattliche Anzahl Tiere beisammen.

Sie schaute aufmerksam in die Runde, aber niemand hatte eine Frage.

Ratten, fuhr sie fort, seien Allesfresser, die meisten Arten ernährten sich aber überwiegend pflanzlich. Wanderratten dagegen zählten zu den Karnivoren, den Fleischfressern. Zu ihrer Beute gehörten kleine Säugetiere, zum Beispiel Mäuse, und Wirbeltiere wie Vögel und Vogeleier. Lebten die Ratten in der Nähe von Menschen, fänden sie ihre Nahrung in deren Vorräten oder im Abfall. »Dabei sind sie nicht wählerisch, sie fressen auch Papier, Stoff, Leder, Pelze und sogar Seife«, erklärte die Wissenschaftlerin. »Ratten sind sehr gute Kletterer. Eine senkrechte Mauer oder ein glatter Baum stellt kein Problem dar, sie können sogar senkrechte Drähte hochklettern. Was die Aussagen Ihrer Zeugen, die Ratten wären sehr rasch aus dem Brunnen herausgekommen, durchaus glaubhaft erscheinen lässt.«

Wie schon gestern, als die Rede auf die Ratten gekommen war, spürte Francesca ein unangenehmes Kribbeln am ganzen Körper. Dabei hatte Frau Professor gerade erst angefangen.

Die von ihr untersuchten Ratten, erklärte die Expertin nun, seien in keinem guten Ernährungszustand gewesen. Das lasse den Schluss zu, dass der Halter die Tiere eine Weile hungern ließ. »Vermutlich waren die Tiere rasend vor Hunger und außerdem gestresst durch die Verbringung an einen unbekannten Ort. Ratten sind an ihre Umgebung gebunden. Werden sie woandershin verfrachtet, so bedeutet das Stress für sie. Aus dem fest verschlossenen und stockfinsteren Brunnen kamen sie nicht heraus und die Tatsache, dass sie in sehr großer Anzahl vorhanden waren, führte dazu, dass die Tiere nicht nur diesen bedauernswerten Menschen anfielen, was Ratten unter normalen Umständen nicht tun würden, sondern auch sich gegenseitig. Die von mir untersuchten Exemplare wiesen Bissspuren ihrer Artgenossen auf.« Frau Buchholz, die bisher um einen nüchternen Tonfall bemüht gewesen war, senkte den Blick und fügte hinzu, sie wolle sich lieber gar nicht ausmalen, was dort unten am Grund des Brunnens vorgegangen sein müsse.

Ihr Vortrag hinterließ entsetzte, angewiderte Gesichter. Niemand wollte einen Kommentar dazu abgeben, keiner machte einen dummen Witz, nicht einmal Appel. Francesca dachte darüber nach, was ein Mensch getan haben musste, damit ihn jemand auf diese Weise tötete. Hass, dachte sie. Nein, besser: eine eiskalte, sehr sorgfältig geplante Rache. Oder war es einfach nur Sadismus? Ein perverses Experiment? Wenn man nur schon wüsste, wer der Tote war.

Nach der Professorin erhob sich Dr. Jürgen Sunderberg, der heute mit gestutztem Bart und in einem braunen Jackett erschienen war. Die Todesursache wisse man inzwischen, verkündete er. Das Opfer, ein Mann Mitte dreißig, sei verblutet. »Das bedeutet, dass der Mann am Leben war, als ihn die Ratten angegriffen haben. Im Blut, das sich noch im Körper befand, konnten Spuren von Barbituraten nachgewiesen werden, also Betäubungsmittel…«

»Heißt das, er war betäubt, als die Ratten über ihn herfielen?«, fragte Jessen dazwischen.

»Nein«, antwortete Sunderberg. »Es gib einige tote Ratten mit Quetschungen und Knochenbrüchen, die nicht von ihren Artgenossen stammen können. Deshalb gehe ich davon aus, dass er versucht hat, sich zu wehren.«

»Oh Gott«, stöhnte irgendjemand.

Das sei aber leider noch nicht alles, fuhr Sunderberg fort, und Francesca streifte der Gedanke, dass sie seiner sonoren Stimme eigentlich gerne zuhören würde, wenn er nur etwas schönere Dinge zu sagen gehabt hätte.

Vermutlich, so Sunderberg, habe der Täter dem Opfer die Barbiturate für den Transport zum Brunnen verabreicht.

Es sei unwahrscheinlich, dass der Mann über einen längeren Zeitraum in diesem Schacht festgehalten wurde. Dort unten sei es kalt und bis vor wenigen Tagen habe es im Eichsfeld noch Nachtfröste gegeben. In seiner desolaten Verfassung wäre der Mann längst erfroren gewesen.

Was Sunderberg mit »desolater Verfassung« meine, hakte die Staatsanwältin nach.

Das Opfer sei stark untergewichtig und der Zustand seiner Zähne und des Knochengerüsts wiesen auf einen eklatanten Mangel an Vitamin D hin. Seine Muskulatur, soweit noch vorhanden, sei extrem atrophiert, also verkümmert, was auf einen langzeitlichen Mangel an ausgewogener Nahrung und Bewegung hindeute. Auffällig sei zudem eine Deformierung des Schienbeins oberhalb der Fußknöchel. Im Gewebe habe das Labor Spuren von Eisen nachweisen können. »All diese Fakten lassen den Schluss zu, dass der Mann unter Zuhilfenahme einer Fußfessel über einen längeren Zeitraum auf sehr engem Raum und ohne Tageslicht gefangen gehalten wurde«, schloss Sunderberg seinen Bericht.

»Wie lange?«, fragte Jessen.

»Schwer zu sagen. Ein, zwei Jahre mindestens, es kann aber auch länger gewesen sein.«

Anke Mellenkamp stand auf und ging mit zusammengepressten Lippen hinaus.

Ein Handy gab ein paar sphärisch klingende Töne von sich. Francesca folgte Zielinskis verärgertem Blick, der den Störer bereits identifiziert hatte, einen Typen mit weißem Hemd, Schnöselfrisur und einem Smartphone in der Hand. Wie hieß er noch gleich? Robert. Robert und irgendwas Englisches. Anke Mellenkamp hatte Francesca schon vor ihm gewarnt: Er sei der ärgste Womanizer der Polizeidirektion. »Was durchaus verständlich ist«, hatte sie wehmütig seufzend hinzugefügt. Robert Graham gehörte eigentlich zum Fachkommissariat 3, das sich mit Wirtschafts- und Computerkriminalität beschäftigte. Wieso war er hier? Vermutete Zielinski hinter der brutalen Mordmethode das organisierte Verbrechen?

»Treffer«, verkündete Robert und grinste, wobei er ein tadelloses blendend weißes Gebiss präsentierte.

Zielinski platzte der Kragen. »Graham, wenn Sie lieber Spiele auf Ihrem Dingsda ...«

Der Angesprochene fiel dem Kripochef ins Wort: »Das LKA hat einen Treffer in der DNA-Datenbank. Wir wissen, wer das Opfer ist.«

Alle Augen im Raum waren jetzt auf Robert Graham gerichtet, der dies sichtlich genoss.

»Ja, und?«, platzte Bommerlunder heraus.

»Steffen Plate«, sagte Graham.

Fragende Mienen. Die meisten im Raum konnten mit dem Namen ebenso wenig anfangen wie Francesca, die jedoch bemerkte, wie Zielinski und Jessen einen Blick wechselten.

»Steffen Plate«, wiederholte Zielinski. »Mein Gott. Ist der nicht schon seit vier Jahren tot?«

Francesca stand in der Tür zu Jessens Büro und beobachtete, wie seine Augen die Ordnerrücken im Schrank abscannten. Dabei murmelte er etwas von einer gottverdammten Akte, während Francesca mit leiser Genugtuung registrierte, dass er trotz seines Ordnungsfimmels offenbar auch nicht immer alles gleich fand.

»Sie werden im ewigen Höllenfeuer schmoren, wenn Sie weiter so fluchen!«

Jessen wandte sich um und schaute sie finster an. »Es liegt mir nicht, an Dinge zu glauben, die sich der Vernunft entziehen.«

»Dann macht das Fluchen doch aber erst recht keinen Sinn«, stichelte Francesca.

»Im Übrigen ist es in der Dante'schen Hölle kalt«, stellte Jessen klar.

Das sei ihr bekannt, sagte Francesca und schlug vor, er solle es doch mal im Archiv versuchen.

Er nickte, befahl ihr, hier zu warten und eilte mit wehendem Jackett davon.

Francesca schaute auf die Uhr. Halb fünf. Ob im Archiv noch jemand war, noch dazu an einem Freitag? Anke Mellenkamp war auch schon gegangen, und Daniel Appel saß wahrscheinlich auf dem Klo und schmollte. Nach der Besprechung hatte Jessen ihnen mitgeteilt, dass bis zur Aufklärung dieses Mordfalls Robert Graham das Fachkommissariat 1 verstärken würde. Das hatte Daniel Dumpfbacke die Laune gründlich verhagelt.

Das Mordopfer Steffen Plate, so hatte Zielinski vorhin noch erklärt, hatte angeblich im Januar 2010 Selbstmord begangen. Zumindest habe man das bis eben geglaubt. Auf einer der Nachtfähren nach Schweden hatte ein Seemann eines Morgens seine Kleidung und seine Schuhe vor der Reling des Außendecks entdeckt. In der Tasche der Jacke steckten seine Papiere und ein Zettel mit der Botschaft *Ich kann nicht mehr.*

»Seine Leiche«, so Zielinski, »wurde damals allerdings nie gefunden.«

Bis Jessen wiederkam, überlegte Francesca, könnte sie ja mal ein wenig Ordnung schaffen, damit es nicht wieder hieß, auf ihrem Schreibtisch herrsche das Inferno. Als Erstes brachte sie drei Tassen mit Kaffeeresten – auf einem schwamm bereits ein bisschen Schimmel – in die Teeküche und spülte sie ab. Etliche benutzte Papiertaschentücher, ein angebissener Apfel, ein altes Kaugummi, ein kaputtes Brillenetui und zwei leere Joghurtbecher wanderten in den Mülleimer. Stifte, Radiergummis und den Locher warf sie in die *dienstliche* Schublade. (Die andere, die *persönliche*, barg Handcremes, Vitaminpillen, Kaugummis, Kekse, Nagelfeilen, Zahnseide, Papiertücher, Haarspangen, Bürsten, etliche Sonnenbrillen und mehrere Sorten Lutschbonbons.) Unter dem drei Wochen alten Essensplan der Kantine entdeckte sie zu ihrer großen Freude den verloren geglaubten Lieblingslippenstift und die seit Tagen vermisste Papierschere. Einmal in Fahrt, ergriff nun der Putzteufel vollends Besitz von ihr. Sie holte einen Lappen und Glasreiniger, wischte den Bildschirm sauber, befreite die Schreibtischplatte von diversen klebrigen Flecken und kratzte mit der Nagelfeile einen Fetzen angetrockneten Parmaschinken vom Sockel des Bildschirms. Auch die Tastatur wurde abgestaubt und umgedreht, wobei eine beachtliche Menge an Kekskrümeln und Locher-Konfetti herausfiel. Noch einmal über den Schreibtisch gewischt – *perfetto*. Nur der Ablagekorb quoll noch immer über, aber auch dafür gab es eine Lösung: ab damit auf die Fensterbank. Sie durfte es mit der Ordnung nicht übertreiben, sonst würden die Mellenkamp oder Daniel Dumpfbacke noch denken, sie machte das wegen Robert Graham.

Wo blieb nur Jessen so lange? Das alles roch verdächtig

nach einem verkorksten Wochenende. Francesca ging im Geist ihre Pläne für die nächsten zwei Tage durch. Samstag: einkaufen und die Wohnung putzen, unbedingt. Am Abend drohte die Geburtstagsfeier ihrer Schwägerin Laura, Marcellos Frau. Wie alt wurde sie eigentlich? Egal. Ihr Alter würde erst wieder ein Thema werden, wenn man sie wegen mangelnder Frische austauschte. Francesca musste unwillkürlich an ihren Dreißigsten denken. Daran, wie ihre Mutter sie beiseitegenommen und gemeint hatte, sie sei ja jetzt auch keine ganz junge Frau mehr. Letzten Monat, an ihrem Einunddreißigsten, hatte sie gar nichts mehr gesagt. Aber man durfte sicher sein, dass bei Lauras Geburtstagsfeier wieder irgendjemand den Freund eines Freundes anschleppen würde, um ihn Francesca mit einem peinlichen Augenzwinkern vorzustellen.

Sie setzte sich an ihren blitzsauberen Schreibtisch und checkte ihre Mails. Tatsächlich. Ihr Bruder Antonio fragte scheinheilig nach, ob sie denn auch ganz bestimmt zu Lauras Geburtstag käme. Eine rhetorische Frage, denn als Nächstes schrieb er, sie solle sich besonders hübsch machen.

Wütend klickte sie auf *löschen*. Wahrscheinlich liefen unter den Brüdern und den Cousinen geheime Wetten, wer es wohl schaffen würde, sie endlich an den Mann zu bringen.

Von heute Morgen war noch eine Mail von Anke Mellenkamp im Postfach, die lediglich einen Link enthielt, den die Sekretärin mit einem zwinkernden Smiley versehen hatte. Francesca hatte ihn bis jetzt nicht geöffnet, da ihr heute noch nicht nach klavierspielenden Katzen oder tanzenden Hunden zumute gewesen war. Um es hinter sich zu bringen, klickte sie den Link jetzt an. Keine niedlichen Haustiere dieses Mal, sondern Männer, die sich altertümliche Gewänder anzogen: einen Brustpanzer, ein Kettenhemd. Im Hintergrund antik wirkende Zelte und ein Lagerfeuer. Das Filmset zu einem Sandalenfilm? Wo blieb der Gag? Vielleicht würde es helfen, mal den Ton laut zu stellen. Ah! Eine weibliche Stimme erklärte etwas über die jüngsten sensationellen Funde aus der Römerzeit am Harzhorn, deretwegen man die Geschichte Niedersachsens neu schreiben müsse. Dann stellte sie eine Reenactment-Gruppe vor, die ein Gefecht zwischen römischen Legionen und Germanen nachstellen wolle. Ein älterer Mann in Römermontur erklärte in breitem Hessisch etwas zu den historischen Gewändern, die sie selbst anfertigen würden aus den Materialien, die damals zur Verfügung gestanden hatten. »Kein Plaschdik, alles audendisch.« Schnitt. Die Schlacht. Francesca, die Schlachten uninteressant fand, spulte vor bis zu einer Nahaufnahme von zwei Kämpfern, die brüllend und säbelschwingend aufeinander losgingen. Aber was war das? Ihr blieb fast das Herz stehen, sie beugte sich über den Schreibtisch. Das war doch... Nein, das konnte nicht wahr sein! Noch mal zurück. Sie hielt den Film an, als der kämpfende Römer deutlich zu sehen war. »Heiliges Kanonenrohr!«, flüsterte sie. Kein Zweifel, dies war ihr Vorgesetzter, Hauptkommissar Carolus Jessen, in ledernem Lendenschurz und Brustpanzer. Die sehnigen Arme schlammverschmiert, die Beine in geschnürten Sandalen, drosch er mit einem Säbel – einem »Gladius«, wie die Stimme sie gerade aufklärte – auf einen rotbärtigen »Germanen« ein. Sie ließ die Aufnahme weiterlaufen. Moment mal! Das wurde ja immer besser. Den Germanen in seinem Fellkittel kannte sie doch auch. Das war Sunderberg! Dr. Jürgen Sunderberg, der Rechtsmediziner.

Nicht zu fassen. Ein Hauptkommissar und ein Rechtsmediziner gingen am Wochenende in martialischem Outfit mit Säbeln aufeinander los! Dagegen konnte freilich keine klavierspielende Katze anstinken, selbst wenn sie eine Schubertsonate zustande brächte. Sie spulte vor und zurück und kam dabei nicht umhin zu bemerken, dass die beiden Herren wirklich was hermachten. Besonders Jessen. Er sah schon in seinen Anzügen nicht übel aus, aber als blonder Römer ... Sie schwankte noch zwischen Erheiterung und einer gewissen Faszination, als sich Schritte näherten. Rasch klickte sie das Bild weg.

Jessen schleppte ein Aktengebirge heran, das er nun mit Karacho auf ihren Schreibtisch plumpsen ließ. Eine Staubwolke kontaminierte die blank gewischte Fläche, und Francesca verspürte einen Niesreiz und aufkommenden Ärger. Warum lud er den muffigen Krempel nicht auf seinem eigenen Tisch ab?

»Bettlektüre«, meinte Jessen.

»Können Sie mir nicht einfach erzählen, was mit diesem Plate los ist?«

»Steffen Plate war im Februar 1998 in einen Raubmord verwickelt, dies ist die Ermittlungsakte.« Er klopfte sich den Staub von seinem Jackett. »Möglicherweise besteht ein Zusammenhang zwischen den damaligen Vorfällen und seiner Ermordung.«

»Das ist ja ewig her!«

So *ewig* her sei das nun auch wieder nicht, bemerkte Jessen, immerhin sei er da schon bei der Polizei gewesen.

»'98«, wiederholte Francesca und starrte den Aktenstapel so andächtig an, als wäre er eine Ming-Vase. »Da wurde Google gerade erfunden!«

Polizeidirektion Göttingen   *Montag, 2. Februar 1998*

Protokoll der Vernehmung von Heike Lamprecht, geborene Trautschke, geb. am 18.3.1955 in Duderstadt, wohnhaft in Zwingenrode, Hauptstraße 58
Vernehmende Beamte: Leitender Hauptkommissar Ludwig Beringer, Kommissar Carolus Jessen.
Beginn der Vernehmung: 15:30 Uhr
Die Zeugin wurde über ihre Rechte und Pflichten aufgeklärt.

Beringer: Gut, Frau Lamprecht, dann schildern Sie uns bitte die Ereignisse am Abend des 31. Januar 1998 aus Ihrer Sicht.
Heike Lamprecht: Wir waren gerade mit dem Abendessen fertig. Ich war in der Küche, mein Mann und die Mädchen waren noch im Esszimmer. Auf einmal klirrte es draußen im Flur. Dann stürmten zwei Männer herein. Sie waren schwarz gekleidet und trugen Mützen, die das Gesicht verdeckten.
Beringer: Skimasken?
Heike Lamprecht: Ja, so etwas. Der eine war ein bisschen kleiner, vielleicht eins fünfundsiebzig, der andere war ziemlich groß. Der Große hatte eine Waffe in der Hand.

Beringer unterbrach sie. Ob die Zeugin sagen könne, was für eine Waffe das gewesen sei.

Heike Lamprecht gibt an, sich mit Waffen nicht auszukennen. Kommissar Jessen zeigt ihr seine Dienstpistole.

Ja, so ähnlich habe die Waffe ausgesehen.

Also eine Pistole.

Einer habe sie am Arm gepackt und ins Esszimmer geschubst, zu den anderen. Dann habe der Mann mit der Pistole verlangt, sie sollten sich alle hinsetzen und den Mund halten. »Mein Mann und Hannah saßen ja noch am Tisch, und Judith und ich haben uns dazugesetzt. Der andere hatte einen Rucksack dabei und holte eine Rolle Klebeband heraus. Damit hat er die Mädchen und mich an die Stühle gefesselt.«

Beringer: Wie sprachen sie?

Heike Lamprecht: Deutsch. Aber gesprochen hat eigentlich nur der Größere.

Beringer: Mit Akzent?

Heike Lamprecht: Nein. Ganz normal. Wie man hier im Untereichsfeld eben spricht. Danach hat der mit der Pistole erklärt, sein Kumpel werde nun mit meinem Mann zur Bank fahren. Dort sollte er den Tresor leer räumen und dann mit dem Geld zurückkommen. Mein Mann hat entgegnet, dass er allein gar nicht an den Tresor kann. Man braucht zwei Schlüssel, um ihn zu öffnen, und den zweiten Schlüssel hat ein anderer Mitarbeiter. Aber das hat ihm der mit der Pistole nicht geglaubt.

Jessen: Stimmte das denn?

Heike Lamprecht: Das weiß ich nicht. Aber mein Mann lügt eigentlich nie.

Jessen: Aber in so einer Situation ... Vielleicht wollte er die Täter damit von ihrem Vorhaben abbringen?

Beringer: Sie weiß es nicht. Frau Lamprecht, fahren Sie bitte fort.

Heike Lamprecht: Er sagte, wenn mein Mann nicht innerhalb von einer Stunde mit dem Geld wiederkäme, dann würde er uns der Reihe nach erschießen. Wenn alles gutginge, würde uns nichts geschehen. Also hat mein Mann den Bankschlüssel aus seinem Arbeitszimmer geholt und ist mit dem Kleineren gegangen. Vorher sagte mein Mann zu uns, wir sollten uns keine Sorgen machen, der Herr würde uns beschützen. Dann gingen sie raus und ich hörte unseren Wagen losfahren. Ich habe versucht, mit dem Mann zu reden, aber er sagte, wenn wir nicht still wären, würde er uns knebeln. Er kam mir nervös vor, er konnte nicht stillsitzen, stand immer wieder auf, ging um den Tisch herum, setzte sich, stand wieder auf ... Ich hatte Angst, die Pistole würde bei dem Gezappel noch versehentlich losgehen, also habe ich die ganze Zeit nur stumm gebetet. Die Mädchen sagten auch nichts. Nach etwa einer Viertelstunde klingelte das Telefon. Es hörte gar nicht wieder auf und der Mann wurde noch unruhiger. Er machte Hannah vom Stuhl los und sagte, sie solle sich ganz normal melden. Er ging zusammen mit Hannah hinaus in den Flur, wo das Telefon hängt. Einen schnurlosen Apparat wollte mein Mann nie, er meinte, damit würden die Mädchen nur stundenlang in ihren Zimmern telefonieren mit Gott weiß wem. Ich hörte, wie Hannah sich meldete. Kurz danach brüllte der Mann, das würde er nicht glauben und ob er ihn wohl verarschen wolle. So sagte er das. Er wolle sofort mit seinem Freund sprechen. Ich begriff, dass mein Mann am Telefon war. Er hat ein Handy. Dann begann der Kerl wieder zu brüllen, dass er uns alle erschießen würde, wenn mein Mann nicht in einer halben Stunde mit dem Geld da wäre. Das sagte er noch ein paar Mal, dann legte er auf und kam wieder ins Zimmer. Ich dachte, dass es um die Sache mit dem zweiten Tresorschlüssel ging. Von dem Unfall wusste ich ja noch nichts.

Beringer: Wo war Hannah zu dem Zeitpunkt?

Heike Lamprecht: Ich glaube, sie stand neben ihm.

Jessen: Hat er sie wieder gefesselt?

Heike Lamprecht: Nicht an den Stuhl, aber ihre Hände waren noch gefesselt. Nach dem Anruf war der Mann noch nervöser als vorher, er lief im Zimmer auf und ab wie ein Tiger im Käfig und immer wieder hielt er einer von uns die Pistole an den Kopf. So, als wollte er ... ich weiß nicht ... uns quälen. Ich fragte ihn, was denn passiert sei, aber er schrie mich nur an. »Halt die Schnauze«, schrie er. Auf einmal hörten wir Sirenen. Daraufhin band er auch Judith vom Stuhl los. Dann befahl er den beiden, nach oben zu gehen. Ich flehte ihn an, er solle die Mädchen in Ruhe lassen, aber er gab keine Antwort und sie gingen alle drei nach oben.

Jessen: Was meinen Sie, Frau Lamprecht, warum ist er mit den Mädchen nach oben gegangen?

Heike Lamprecht: Ich weiß es nicht. Ich hatte Angst, dass er ... dass er sie entweder erschießt oder vielleicht ... Sie wissen schon ... sie anfassen wollte.

Jessen: Sie sagten, er war in Panik. Er hörte die Sirenen und glaubte, dass jeden Moment die Polizei eintreffen würde. Denkt einer in so einer Situation an Vergewaltigung?

Beringer: Woher soll Frau Lamprecht denn wissen, was so ein Irrer denkt?

Heike Lamprecht: Die Sirenen sind näher gekommen, aber sie sind am Haus vorbeigefahren. Danach ist eine Weile alles still gewesen. Doch plötzlich habe ich von oben mehrere Schüsse gehört. Kurz darauf ist der Kerl die Treppe runtergerannt und hat das Haus verlassen.

Jessen: Konnten Sie sehen, ob er die Waffe bei sich hatte?

Heike Lamprecht: Nein, es ist alles so schnell gegangen und ich habe wegen der Schüsse eine furchtbare Angst gehabt. Ich habe nach den Mädchen gerufen, immer wieder, aber es ist alles still geblieben, so schrecklich still! Ich weiß nicht mehr, wie viel Zeit nach den Schüssen vergangen ist, aber auf einmal ist Hannah zur Tür hereingekommen. Sie kam durch die Haustür, sie war nass, voller Schnee. Sie band mich los, und wir gingen zusammen hinauf. Und da ... und da war Judith ...

(die Zeugin schluchzt)

Beringer: Es ist gut, Frau Lamprecht. Es ist gut, vielen Dank.

Hauptkommissar Beringer erklärt die Vernehmung für beendet.

Francesca legte die Akte neben sich auf das Sofa. Es war eigentlich zu groß für den Raum mit den schrägen Wänden. Sie hatte es seinerzeit wegen Max gekauft. Damit jeder von ihnen bequem in einer Ecke lümmeln und dennoch die Füße hochlegen konnte. Max hatte stets die linke Seite okkupiert, und obwohl man von dort einen besseren Blick auf den Fernseher hatte, blieb Francesca auch jetzt noch immer in ihrer rechten Ecke. Heute stapelten sich auf Max' Seite Ordner und Papiere.

Der Tee, den sie gekocht hatte, war kalt geworden, und sie selbst fröstelte auch. Sie streckte die Hand nach dem Heizkörper aus. Warm. An der Temperatur im Raum lag es nicht. Sie zog die Wolldecke höher und nahm sich den Obduktionsbericht von Judith Lamprecht vor. Judith Lamprecht, achtzehn Jahre alt. Vier Schüsse waren aus nächster Nähe abgegeben worden. Drei der vier 9-mm-Geschosse hatte man in der Leiche gefunden, zwei im Brustraum, eine im Bauch. Das vierte Projektil hatte den Hals durchdrungen und war im Genick wieder ausgetreten. Jeder der Schüsse in Brust und Hals wäre für sich allein tödlich gewesen. Die Fotos vom Tatort: Judith lag rücklings auf dem Bett, ihr Haar war zum Pferdeschwanz gebunden, sie trug einen blauen, knielangen Rock und einen hellgrauen Pullover, auf dem die Einschüsse deutlich zu sehen waren. Das Blut aus der Halsschlagader hatte die rosengemusterte Bettdecke durchtränkt. Die Patronenhülsen lagen vor dem Bett auf dem hellen Webteppich. Laut dem Bericht der Spurensicherung gehörten sie zu einer Makarow PM, die Pistole der NVA. Nach der Wende waren solche Waffen im kriminellen Milieu gehäuft aufgetaucht, als hätte damals eine Art Schlussverkauf stattgefunden. Auch heute, wusste Francesca, mangelte es nicht an Nachschub. Die russischen Streitkräfte benutzten die Waffe noch, anscheinend kam da immer mal wieder was weg.

Auf einigen Fotos sah man Teile des Zimmers. Schmales Bett, Schreibtisch, Stuhl, Bücherregal, Schrank. Kein Computer. Lindgrüne Gardinen, die Wände weiß. Ein einziges Poster: War das der Petersdom von innen? Ja, tatsächlich.

Auf einem Foto erkannte man, dass unter dem Bett ein Buch hervorschaute. *Carrie* von Stephen King. Francesca betrachtete noch einmal das Foto der Leiche auf dem Bett. Irgendetwas irritierte sie, aber sie kam nicht darauf, was es war.

Ihr Magen knurrte. Was musste eigentlich geschehen, fragte sie sich, dass es ihr den Appetit verdarb? Sie hatte keine Lust, sich jetzt etwas zu kochen, sie wollte weiterlesen. Trotzdem ging sie in die Küche. Ein trockener Ranken Brot war noch da, den sie mit Halbfettmargarine und Nutella bestrich. Dazu brühte sie sich eine Tasse Pfefferminztee auf und bezog dann wieder ihren Posten auf dem Sofa. Der Couchtisch war übersät mit Papier; Obduktionsprotokolle, forensische Analysen, der Tatortbericht der Spurensicherung, der Bericht des Kriminaltechnischen Labors, die Vernehmungsprotokolle der Lamprechts, der Freunde von Plate, einer Lehrerin, die Ergebnisse der Nachbarschaftsbefragung, der Bericht des Gutachters...

Das Telefon klingelte. Sie ließ es läuten. Zum einen hatte sie den Mund voll, zum anderen ermittelte Oberkommissarin Francesca Dante gerade in ihrem ersten richtigen Mordfall, und da war es ihr schnurzegal, welches ihrer Patenkinder Zähne bekam oder wer sich mit wem worüber gestritten hatte. Ihre Familie musste sich allmählich daran gewöhnen, dass sie nicht überall und jederzeit zu sprechen war.

Apropos Telefon. Was hatte es mit dem Anruf bei den Lamprechts auf sich gehabt? Von was für einem Unfall hatte Frau Lamprecht gesprochen? Sie nahm sich das Vernehmungsprotokoll des Vaters, Peter Lamprecht, vor.

Diese Zeugenvernehmung hatte der Leitende Hauptkommissar Ludwig Beringer offenbar alleine durchgeführt.

Hatte Jessen die Nase voll gehabt? Bei der Vernehmung von Heike Lamprecht hatte ihn Beringer ständig gerüffelt und abgebügelt. Sie rechnete. Im Februar 1998 war Jessen noch keine neunundzwanzig gewesen, sein Geburtstag war im Juni. Bestimmt hatte er einen Mordsrespekt vor dem altgedienten Dienststellenleiter gehabt. Der musste inzwischen pensioniert sein. Francesca kannte den Mann nicht, konnte aber nicht widerstehen, sich in Gedanken sein Aussehen auszumalen: schütteres Haar, gedrungene Figur, rötlich aufgedunsenes Gesicht. So ein rumpelnder Patriarch, ein alter Haudegen, der heutzutage ständig mit der Gleichstellungsbeauftragten im Clinch liegen würde. Auf ihrer ersten Polizeiwache, dem Dezernat für Verkehrsdelikte in Northeim, hatten sich noch ein paar dieser Fossile herumgedrückt, aber bereits in ihrer vorigen Dienststelle, dem hiesigen Fachkommissariat für Kinder- und Jugendkriminalität, Graffiti und Fahrraddiebstähle, hatte man solche Kandidaten auf klangvollen Posten geparkt, wo sie bis zu ihrer Pension keine größeren Schäden anrichten konnten.

Damals jedoch war Hauptkommissar Beringer garantiert einer gewesen, der seine Leute fest im Griff hatte und keinen Widerspruch duldete. Schon gar nicht von einem, der teure Anzüge trug. Trug Jessen die damals schon? Garantiert. Die Art, mit der er sich darin bewegte, ließ darauf schließen, dass er schon im Dreiteiler geboren worden war.

Sicher hatte Beringer ihn zur Sau gemacht. »Jessen, wenn Sie mir noch einmal...« Nein, nicht *Sie*. Einer wie Beringer duzte seine Untergebenen. »Junge, wenn du mir noch einmal in die Vernehmung pfuschst, dann sorge ich dafür, dass du bald wieder den Verkehr regelst!«

Halt, Moment. Francesca stutzte. Das Datum von Peter

Lamprechts Vernehmung war der 1. Februar 1998, der Sonntag. Wieso einen Tag vor seiner Frau, wieso hatte man das Paar nicht parallel vernommen oder gleich nacheinander?

Peter Lamprecht: Jahrgang 1950, von Beruf Leiter der Duderstädter Filiale des Bankhauses *Mehring & Graf*, eine Privatbank mit Sitz in Kassel, und außerdem Vorstandsmitglied im Gemeinderat der katholischen Kirche von Zwingenrode.

Lamprecht sagte aus, er habe trotz der Masken sofort gewusst, dass die Täter recht jung waren, wegen der Stimmen und der unflätigen Sprache. Nein, erkannt habe er keinen von ihnen. Der Zeitpunkt des Überfalls, Samstag der 31. Januar, sei jedoch mit Bedacht gewählt worden. Zum Monatsanfang läge immer mehr Bargeld als sonst im Tresor, weil da die alten Leute vorbeikämen, um ihre Renten in bar abzuheben.

Wem diese Tatsache bekannt war?

Das könne sich jeder mit ein bisschen Grips leicht selbst ausrechnen.

Beringer: Von welchem Betrag sprechen wir?
Peter Lamprecht: Etwa um die hundertfünfzigtausend.

Donnerwetter, dachte Francesca, bis ihr einfiel, dass hier ja noch von D-Mark die Rede war. Trotzdem.

Peter Lamprecht gab an, er habe den beiden Maskierten erklärt, dass er den Tresor allein gar nicht öffnen könne. Aber der Typ mit der Pistole habe ihm nicht glauben wollen und der andere habe offenbar nichts zu melden gehabt. Also sei ihm nichts anderes übrig geblieben, als zur Bank zu fahren. Dort, so seine Überlegung, hätte sich der Komplize dann selbst von der Unmöglichkeit ihres Plans überzeugen können. »Ich war natürlich schrecklich nervös. Wahrscheinlich bin ich deswegen zu schnell gefahren. Ja, bestimmt. Es war kalt, es hatte am späten Nachmittag angefangen zu schneien und die Straße war noch nicht geräumt oder gestreut worden. Plötzlich, in einer Kurve, hat der Wagen angefangen zu schlingern. Ich habe gebremst, was wahrscheinlich genau falsch war.«

Beringer: Sie waren aufgeregt, Sie hatten Angst um Ihre Familie.
Peter Lamprecht: Das stimmt. Schreckliche Angst. Und ich bin kein besonders routinierter Autofahrer, ich fahre sonst immer sehr vorsichtig. Der Wagen hat sich auf der eisglatten Straße einmal um die eigene Achse gedreht, dann kam er von der Fahrbahn ab und raste eine steile Böschung hinunter. Er hat sich überschlagen, ich glaube zwei Mal, es ging alles blitzschnell. Ich habe es nur noch um mich herum krachen gehört. Dann ist der Wagen wieder zum Stehen gekommen, Gott sei Dank auf den Rädern. Ein Scheinwerfer hat noch gebrannt und ich konnte sehen, dass vor mir ein Acker war. Zugleich habe ich bemerkt, dass der Platz neben mir leer war. Die Frontscheibe war zu Bruch gegangen, überall waren diese Körnchen aus Glas, und ein Ast hat auf dem Armaturenbrett gelegen.
Beringer: War der andere angeschnallt gewesen?
Peter Lamprecht: Ich glaube nicht.
Beringer: Und Sie?

Lamprecht beteuerte, er schnalle sich immer an, so auch dieses Mal.

»Ich stieg aus. Zuerst dachte ich, er wäre geflohen. Durch den Schnee auf dem Feld und den einen noch intakten Scheinwerfer am Wagen konnte ich ein bisschen etwas sehen, und so fand ich ihn ein paar Meter weit entfernt vom Wagen, an der Böschung. Er muss hinausgeschleudert worden sein. Ich habe ihn an der Schulter berührt, aber er hat sich nicht bewegt. Ich habe ihm diese grässliche Mütze vom Kopf gezogen, und dabei bemerkte ich, dass er am Kopf stark blutete. Ich wusste nicht, ist er bewusstlos oder tot … Ich habe mein Handy herausgeholt und den Notruf gewählt. Vielleicht hätte ich mich danach besser um ihn kümmern sollen, aber in diesen Momenten überwog die Angst um meine Familie. Deshalb habe ich danach zu Hause angerufen, um dem anderen von dem Unfall zu erzählen.«

Warum er denn nicht die Polizei über die Geiselnahme in seinem Haus informiert habe, wollte Beringer wissen.

Er habe gehofft, der andere Täter würde die Sache abbrechen, wenn er von dem Unfall höre. Er, Lamprecht, habe eine Eskalation der Dinge befürchtet, wenn die Polizei anrücke und das Haus umstelle. Er fügte an, er habe in dem Moment nicht klar denken können, der Schreck über den Unfall habe ihm noch zu sehr in den Gliedern gesteckt. »Im Nachhinein bereue ich mein falsches Handeln zutiefst, das dürfen Sie mir glauben.«

Beringer: Sie standen unter Schock, Herr Lamprecht, niemand macht Ihnen einen Vorwurf. – Wie verlief das Telefonat?

Lamprecht: Es dauerte lange, bis jemand abhob. Dann war Hannah am Apparat, aber gleich darauf der ... der junge Mann. Ich schilderte ihm, was passiert war. Er glaubte mir nicht und wollte mit seinem Komplizen reden. Aber der war ja nicht ansprechbar. Ich sagte ihm, dass der Junge bewusstlos wäre, und da schrie er herum, ich würde ihn verarschen, wie er es nannte. Er drohte, meine Töchter und meine Frau zu erschießen, wenn ich nicht wie geplant mit dem Geld zurückkäme. Also erklärte ich ihm zum zweiten Mal, dass das Auto kaputt im Graben läge. Ich wollte ihn überzeugen, dass es klug von ihm wäre, aufzugeben, ehe alles nur noch schlimmer würde. Aber er fluchte nur in einem fort und drohte mir mit der Erschießung meiner Familie, das Gespräch drehte sich im Kreis. Ich hatte den Eindruck, dass er völlig außer Kontrolle war und mit der Situation nicht umgehen konnte. Sein Kumpan schien ihm nicht mehr besonders wichtig zu sein, es ging ihm nur um das Geld. Dann legte er plötzlich auf. Ich dachte, es wäre an der Zeit, jetzt doch die Polizei zu informieren. Aber da hörte ich von weitem die Sirenen und kurz darauf war der Notarzt da und dann kam die Ambulanz. Sie brachten den Jungen weg. Ich weiß nicht, ob der da schon tot war. Ich glaube, ja.
Beringer: Er hieß Marcel Hiller, sagt Ihnen das was?
Peter Lamprecht: Nein, gar nichts. Und wer war der andere?

Beringer antwortete ausweichend, sie hätten einen Verdacht, er könne aber zurzeit nicht mehr dazu sagen.

Lamprecht gab an, kurz nach der Ambulanz sei eine Streife gekommen. Den Beamten habe Lamprecht berichtet, was zu Hause los war. »Den Rest kennen Sie. Bis die Sondereinheiten eintrafen, war meine Tochter schon tot und ihr Mörder geflohen.«

Damit endete das Verhör. Francesca verspürte plötzlich ein starkes Verlangen nach Alkohol. Es war ja Freitag. Allerdings würde sie morgen zum Dienst gehen müssen, aber vielleicht ein Stündchen später als sonst. Sie entkorkte eine Flasche Primitivo und trank ein Glas auf ex.

Beringer hatte geschwindelt, als er gegenüber Lamprecht von einem Verdacht sprach. Zu dem Zeitpunkt hatte man noch keine Ahnung gehabt, wer der zweite Täter war. Wahrscheinlich hatte er den Mann nur beschwichtigen wollen.

Marcel Hiller war achtzehn gewesen, so wie Judith Lamprecht. Zwei tote Jugendliche, gestorben für nichts und wieder nichts, dachte Francesca, und gleich darauf: Als ob es auf der Welt irgendetwas gäbe, das dem Tod eines jungen Menschen einen Sinn verlieh.

Es gab Fotos vom Unfallwagen und vom Unfallort. Ein älterer Passat, verbeult und voller Erde und Laub, stand auf einem Schneefeld. Von der Windschutzscheibe waren nur noch Fragmente in den Ecken vorhanden. Anscheinend hatte der Wagen keine Airbags besessen oder sie waren nicht aufgegangen. Man sah die Schneise im Gebüsch, die der Wagen gerissen hatte. Ein kleinerer Baum war sogar entwurzelt worden. Laut Unfallbericht der Kollegen aus Duderstadt hatte der Notarzt, ein gewisser Dr. Röhrs, keine Vitalzeichen mehr bei Marcel Hiller feststellen können. Diese Aussage machte auch der Rettungssanitäter, der mit Dr. Röhrs zusammen am Unfallort gewesen war, ein gewisser Alf Schleifenbaum.

War Alf nicht dieser haarige Außerirdische gewesen, in dieser Serie aus den Achtzigern?

Schon wieder klingelte ihr Telefon. Sie wartete, bis der Ton von selbst verstummte. Sie wollte weitermachen, wollte sich in diesen Fall hineinwühlen und die daran beteiligten Menschen kennenlernen, die sie allmählich vor sich sah, als wären sie gerade aus dem Familienalbum gekrochen.

»Und wenn das Ganze gar nichts mit Plates Ermordung zu tun hat?«, hatte sie Jessen angesichts der dicken Akte gefragt.

»Das kann gut sein«, hatte er geantwortet. »Aber wir müssen jede Variante durchspielen, in all ihren Verästelungen. Werfen Sie einen frischen Blick auf das Geschehen und teilen Sie mir alle Ihre Erkenntnisse mit.«

Frischer Blick, dachte Francesca, nahm einen Schluck Wein und gähnte.

Hannah Lamprecht war am Montag, dem 2. Februar, vernommen worden, gleich nach ihrer Mutter, wieder von Beringer und Jessen zusammen. Der Anfang deckte sich im Großen und Ganzen mit den Angaben ihrer Eltern. Nach dem Anruf ihres Vaters sei der Vermummte sehr wütend geworden und habe sich mit ihrem Vater am Telefon gestritten. Dann hätten sie plötzlich die Sirenen gehört. Von da an sei er völlig durchgeknallt. Er habe auch Judith vom Stuhl losgemacht und ihnen beiden befohlen, nach oben zu gehen.

»Es war ein totales Durcheinander, meine Mutter schrie herum, der Typ brüllte zurück, Judith heulte. Dann gingen wir nacheinander die Treppe rauf, er hinter uns. Die ganze Zeit hat er mit der Pistole herumgefuchtelt. Mich schubste er in mein Zimmer...«

Woher der Mann denn gewusst habe, welches ihr Zimmer war, hakte Jessen nach.

Hannah Lamprecht: Keine Ahnung, ob der das wusste. Aber es ist das erste neben der Treppe. Er sagte, ich solle da reingehen und drin bleiben und mich ruhig verhalten. Dann hat er die Tür zugemacht.

Ob er auch abgeschlossen habe?
Die Zeugin erklärte, es habe für die Türen der Mädchen keine Schlüssel gegeben. Ihr Vater sei der Ansicht gewesen, in seiner Familie habe niemand etwas zu verbergen.

Beringer: Waren Sie noch gefesselt, als er Sie nach oben brachte?
Hannah Lamprecht: Ja, aber nur die Hände auf dem Rücken.
Jessen: Und die Pistole? Wo war die?
Hannah Lamprecht: Die hatte der Typ noch immer in der Hand.
In ihrem Zimmer habe sie gehört, wie die Tür gegenüber auf- und wieder zuging. Sie habe angenommen, er verschanze sich mit Judith in deren Zimmer, weil man von dort aus die Straße gut überblicken könne.
Jessen: Warum mit Judith? Warum nicht mit Ihnen? Oder mit Ihnen beiden?
Hannah Lamprecht: Was weiß denn ich? Vielleicht, weil Judith am meisten Angst hatte. Die hat die ganze Zeit geheult. Von ihr war am wenigsten Widerstand zu erwarten.

Ob Hannah denn keine Angst gehabt hätte, wollte Jessen wissen.

Hannah Lamprecht: Doch. Aber ich habe nicht rumgeflennt so wie sie. Ich habe mich zusammengerissen.

Sie schilderte, wie es weitergegangen war: Als sie dann allein gewesen sei, habe sie versucht, die Fessel loszuwerden. Das Klebeband an ihren Handgelenken hatte sich inzwischen gelockert. Das habe sie diesem Mistkerl natürlich nicht auf die Nase gebunden. Nachdem sie es geschafft hatte, sei sie aus dem Fenster geklettert und in den Garten gesprungen. Das sei nicht besonders hoch und man lande einigermaßen weich im Kräuterbeet. Sie sei losgerannt, um bei den Nachbarn Hilfe zu holen. Mitten im Lauf habe sie die Schüsse gehört. Vier Schüsse, kurz nacheinander. »Ich bin erschrocken und hab mich in den Schnee geschmissen, weil ich zuerst dachte, der schießt auf mich. Ich bin bis zum Gartenschuppen gerobbt und habe mich dahinter versteckt. Ich hatte eine Wahnsinnsangst, dass der mich suchen kommt. Aber dann hörte ich auf einmal Schritte und ich habe gesehen, wie er die Straße runterrannte.«

Ob es denn nicht zu dunkel gewesen sei, um ihn zu erkennen, hatte Jessen eingeworfen. Außerdem habe es doch auch geschneit.

Hannah erklärte, sie habe ihn an der Statur erkannt, als er den Lichtkegel der Straßenlaterne passiert habe. Außerdem herrsche in Zwingenrode nach Einbruch der Dunkelheit eine beschauliche Ruhe, die man auch als tote Hose bezeichnen könne. Jedenfalls würden nicht gar so viele Leute abends auf der Straße herumrennen. Sie habe keinen Moment daran gezweifelt, dass er das war. Danach habe sie noch ein wenig gewartet, ehe sie sich aus ihrem Versteck gewagt habe. Sie sei ins Haus zurückgelaufen und habe ihre

Mutter losgebunden. Danach hätten sie Judith gefunden, auf dem Bett, erschossen.

Beringer: Sagt Ihnen der Name Marcel Hiller etwas?
Hannah Lamprecht: Das ist der Typ, der bei meinem Vater im Auto saß, nicht wahr? Nein, den kenne ich nicht. Nie gesehen.

Hauptkommissar Beringer wollte wissen, ob Hannah mit jemandem über ihren Vater und dessen Funktion in der Bank gesprochen habe. In der Schule oder woanders.

Nein, habe sie nicht. Aber natürlich wisse man innerhalb der Klassen, welche Berufe die Eltern der Mitschüler haben. Es sei in Duderstadt und natürlich erst recht in ihrem Wohnort Zwingenrode kein Geheimnis gewesen, dass sie und Judith die Töchter des Filialleiters von *Mehring & Graf* waren. Aber niemand habe sie in letzter Zeit darauf angesprochen oder sie gar darüber ausgefragt.

Damit endete diese Vernehmung. Anders als bei der Mutter, deren Schluchzen protokollarisch festgehalten worden war, war bei Hannah keine derartige Reaktion vermerkt worden.

Es gab Kopien von Zeitungsausschnitten. Kleine Feuilletons über Judith Lamprechts Konzerte. Judith war seit ihrem zwölften Lebensjahr öffentlich als Pianistin aufgetreten. Zuerst im Gemeindehaus von Zwingenrode, dann in Duderstadt, dann wurden ihre Kreise größer. Göttingen, Hannover, Kassel, Braunschweig, Magdeburg... Immer wieder wurde sie als *hoffnungsvolles Talent* bezeichnet. Man lobte die Leichtigkeit ihres Spiels, den gefühlvollen Anschlag, ihre manchmal eigenwillige, jugendlich-frische Interpretation der Stücke.

Eine graue Maus, die auf der Bühne aufblüht, dachte Francesca. Graue Maus? Wieso graue Maus, wie war sie darauf gekommen? Durch ein Foto von Hannah. Hannah war zweifellos eine kleine Schönheit, während Judith selbst im kleinen Schwarzen am Flügel eher durchschnittlich aussah. Neben einer Schwester wie Hannah musste man entweder vor Neid vergehen oder eben, wie Judith, irgendein besonderes Talent entwickeln. Eine Superkraft, wie es ihre Nichten und Neffen nennen würden.

Leute, die ein Musikinstrument virtuos beherrschten, waren Francescas Erfahrung nach ungemein diszipliniert und verbrachten täglich sehr viel Zeit mit dem Üben. Solche Kinder wurden fast unweigerlich zu Außenseitern. Sie waren exotische Vögel, wurden zuerst bespottet und dann, irgendwann, gar nicht mehr wahrgenommen.

Warum hatte dieses Mädchen an jenem Winterabend sterben müssen? Ein Handgemenge war ausgeschlossen, sie war noch gefesselt gewesen, als man sie fand. Hatte sie Plate mit Worten provoziert, verletzt? Unwahrscheinlich, wenn Hannahs Aussage stimmte, dass sie sehr verängstigt gewesen war. Was dann? Hatte sie den Täter etwa erkannt?

Francesca schob die Fotos vom Tatort auf einen Haufen zusammen. Bei einem stutzte sie. Wusste plötzlich, was sie vorhin irritiert hatte. Judiths Rock. Glatt, ohne eine einzige Falte bedeckte er knapp die Knie des Mädchens. Darunter ragten die Beine hervor, in schwarzen Wollstrümpfen, die Füße nur eine Handbreit auseinander. Fast wie aufgebahrt, durchzuckte es Francesca. Das schlichte Kreuz aus Messing, das über dem Kopfende des Bettes hing, verstärkte diesen Eindruck. So sah niemand aus, der von vier Schüssen niedergestreckt worden war. Hatte sich Plate noch die Zeit genommen, seinem Opfer diesen letzten Respekt zu erweisen und ihre Kleidung zu ordnen? Nein, Quatsch, denk doch nach! Francesca schlug sich mit der flachen Hand gegen die Stirn. Es war natürlich Heike Lamprecht gewesen. Sie und Hannah hatten die Tote gefunden, und Heike wollte sicher nicht, dass die Polizei ihre Tochter mit hochgerutschtem Rock und obszön verdrehten Beinen sah. Ja, das ergab einen Sinn.

Heike, Mutter, 43 Jahre alt. Nicht berufstätig, sehr gläubig, Typ Hausmütterchen, vergöttert ihren Mann, schrieb Francesca in ihren Notizblock und befürchtete fast, dass es zu der Frau nicht viel mehr zu sagen gab. Ein bisschen, registrierte Francesca voller Unbehagen, erinnerte sie Heike Lamprecht an ihre eigene Mutter. Die war 1975 mit neunzehn Jahren, als Jungfrau, wie sie gern betonte, aus dem Hinterland von Neapel nach Göttingen gekommen. Die Familien Dante und Rossi hatten die Ehe mit Francescas Vater arrangiert, denn Emilio Dante, Francescas Großvater väterlicherseits, war der Meinung gewesen, sein Sohn Salvatore brauche eine Ehefrau aus der Heimat, die noch nichts von dieser neuesten Unsitte, die sich Emanzipation nannte, gehört hatte. Anna-Maria Rossi hatte ihren Zukünftigen vorher nur einmal gesehen, sich angeblich aber laut Familienlegende sofort in ihn verliebt. Tatsache war: Sie bekam innerhalb von sieben Jahren fünf Kinder und war zeit ihres Lebens abhängig von ihrem Mann, sowohl finanziell als auch emotional. Die Affären ihres Gatten mit seinen Studentinnen und Doktorandinnen nahm sie klaglos hin, in der Hoffnung, das würde schon wieder vorbeigehen. Jedenfalls hatte Francesca sie nie darüber sprechen hören.

Sie schob den Gedanken an ihre Mutter beiseite und betrachtete den Melderegisterauszug mit dem Passfoto Heike Lamprechts in Schwarzweiß. Straff zurückgekämmtes Haar, ein hageres Gesicht mit hohen Wangenknochen und schmalen Lippen. Ein Mund wie eine Schleie, dachte Francesca. Die Sorte, die man lieber nicht zur Nachbarin haben will. Hatte unter ihrem frommen Göttergatten sicher nicht viel zu lachen gehabt, die Gute.

Mein Mann lügt eigentlich nie.
Heiliger Strohsack!
Oder war es umgekehrt? Bedeutete dieses fortwährend wiederholte »mein Mann«, dass sie ihn als ihren Besitz betrachtete und in der Ehe die Hosen anhatte? Möglich, aber Francescas Gefühl wies in die andere Richtung. Sie notierte: *Peter Lamprecht. Familientyrann, bigott, Kontrollfreak.* Wie kann man jungen Mädchen die Zimmerschlüssel wegnehmen? Gut vorstellbar, dass die Mädchen ihren Vater gehasst hatten.

Die Schlüssel ... Stimmte eigentlich Lamprechts Behauptung, der Tresor ließe sich nur mit zwei Schlüsseln öffnen? Wie Jessen schon vermutet hatte, könnte es eine List gewesen sein. Oder gar eine Komödie für Frau und Töchter, weil der Familienvater mit den Tätern gemeinsame Sache gemacht hatte? Im Protokoll stand nichts darüber. Nun wusste Francesca natürlich, dass nicht immer alles ins Protokoll einging, was gesagt wurde. Ganz besonders schien das in diesem Fall zuzutreffen. Die Protokolle wirkten sehr effizient. Um nicht zu sagen: dürftig, steril, konstruiert. Wo waren die Bänder? Wieso hatte Jessen ihr die nicht auch gebracht?

Francesca nahm noch einen Schluck Wein. Peter Lamprecht der Komplize zweier krimineller Jugendlicher. Die

Theorie war vielleicht weit hergeholt, aber Jessen hatte ja ausdrücklich einen »frischen Blick« gewünscht. Und Verästelungen.

Hannah Lamprecht. Sie hatte sich beim Verhör wacker gehalten, dabei war eine polizeiliche Vernehmung für eine Siebzehnjährige sicherlich nicht alltäglich. Über Hannah gab es keine Zeitungsartikel, und es gab auch kein Foto, auf dem ihr Zimmer zu sehen war. Nur das Protokoll. Eine Stelle hatte Francesca angestrichen. *Aber ich habe nicht rumgeflennt so wie sie. Ich habe mich zusammengerissen.* Redete man so über seine vor zwei Tagen ermordete Schwester? Vielleicht hatte Hannah das Theater um Judiths Musik gründlich sattgehabt? Dieses ständige Geklimper im Haus musste einen doch verrückt machen. Hatte sie Judith beneidet um die öffentliche Aufmerksamkeit und den Stolz der Eltern? Gut möglich.

Francesca überlegte: Wie war ich in dem Alter? Wie ticken meine Nichten, die sich gerade in den verschiedenen Stadien pubertärer Monsterwerdung befinden? Laut den Klagen ihrer Mütter waren sie launisch, überempfindlich, eitel, vollkommen ichbezogen und mit ihrem Smartphone verwachsen. Eine Siebzehnjährige wie Hannah fragte sich womöglich: Warum bin ich nicht so berühmt wie meine verdammte Schwester? Ich würde doch auf der Bühne viel besser aussehen als dieser Trampel. Und bestimmt hatte umgekehrt Judith ihre Schwester Hannah glühend um deren attraktives Aussehen beneidet. Klavierkonzerte, schön und gut, aber wem außer alten Leuten imponierte das schon? Die Jungs in der Schule hatten garantiert andere Prioritäten.

Kam eine der Schwestern als Mittäterin in Frage? Judith stand kurz vor dem Abitur und am Anfang einer Karriere.

Wo war ihr Motiv? Hatte man Judith zum Üben ans Klavier gezwungen, hatte sie den Druck nicht mehr ausgehalten und wollte weg? Aber warum sollte Plate seine Komplizin erschießen? Sie versuchte, sich in Steffen Plates Lage zu versetzen. Die Nachricht vom Unfall, die bittere Erkenntnis, dass die ganze Sache gescheitert ist, dann die Sirenen von draußen ... Aber noch kann er unerkannt davonkommen. Dazu muss er jedoch seine Mitwisserin töten, damit sie nicht redet. Ein Mord, um einen versuchten Raub zu vertuschen? Alles schon da gewesen, in Panik denkt man nicht rational.

Und Hannah? Mochten die Eltern sie im Geheimen lieber, weil sie hübscher war? Eltern hatten immer ein Lieblingskind, auch wenn sie es noch so energisch abstritten. Oder fühlte sie sich vernachlässigt, im Schatten von Judiths Talent, hatte einfach die Nase voll gehabt von allem, wie es bei Teenagern zuweilen vorkam, und wollte von zu Hause abhauen – aber nicht mit leeren Taschen?

Wäre der Überfall nicht in der digitalen Steinzeit geschehen, bedauerte Francesca, dann wäre man den potentiellen Komplizen über ihre Handys und Mails sofort auf die Schliche gekommen.

Wie aufs Stichwort klingelte schon wieder ihr Telefon. Jetzt reichte es ihr. »Ja«, bellte sie in den Hörer. Es war Antonio, der ihr sagte, dass es schon zehn Uhr sei.

Danke, antwortete Francesca, aber sie besitze selbst eine Uhr.

Wo Francesca denn bleibe, kam es vorwurfsvoll, alle würden auf sie warten.

Im Hintergrund klang es wie in einer Kneipe.

Lauras Geburtstag, den könne sie doch nicht vergessen haben.

Mist! War der nicht erst morgen? Offenbar nicht. Sie musste sich im Tag vertan haben. Andererseits war dies *die* Gelegenheit, um ein Exempel zu statuieren.

»Antonio, ich habe euch letztes Mal schon gesagt, dass ich nicht mehr komme, wenn mir ständig irgendwelche Heiratskandidaten präsentiert werden. Das ist mir einfach zu peinlich.«

»Wo ... woher weißt du ...?«, kam es stotternd.

»Ich bin bei der Kripo, schon vergessen?«

»Aber, *cara*, er ist Arzt. Ein *dottore* ...«

»Ja, schön für ihn. Lass mich in Ruhe.«

»Wenn du so weitermachst, endest du als einsame alte Schachtel mit zwei Katzen.«

»Was soll daran denn schlecht sein?«, entgegnete Francesca und fügte hinzu, er solle das Geburtstagskind herzlich von ihr grüßen. Sie müsse das ganze Wochenende arbeiten. *Buona notte!*«

Für einen Moment bedauerte sie, nicht so einen vorsintflutlichen Apparat zu besitzen, wie er auf Jessens Schreibtisch stand, bei dem man den Hörer auf die Gabel werfen konnte und es ordentlich schepperte. Das hatte eine viel dramatischere Wirkung, als nur auf einen Knopf zu drücken. Hoffentlich würden ihre Brüder die Lektion auch so begreifen.

Nein, im Moment hatte Francesca wirklich keine Lust auf dieses Spiel. Sie und Max hatten sich vor einem knappen Jahr getrennt, nach zwei schönen und zwei langweiligen Jahren. Danach hatte sie eine Weile lang kopflos herumgedatet. Es war immer dasselbe gewesen: Treffen in einem angesagten Café oder in einer Bar, gemeinsames Schwärmen über Lieblingsfilme oder die Lieblingssongs. Oder, noch schlimmer: Reisen und Urlaubsziele. Irgendwann im Lauf des Abends kam dann unweigerlich die Sprache auf ihren Beruf. Warum sie denn ausgerechnet Polizistin geworden sei?

Die Wahrheit: Ihr war nach dem Abitur nichts Besseres eingefallen. Dann hatte sie ein Plakat gesehen, das für den Polizeidienst warb, und hatte gedacht: Warum eigentlich nicht? Den Test kann man ja mal machen.

Ihren Verabredungen erklärte sie stets, sie sei bei der Polizei, weil sie auf kahl geschorene, muskelbepackte Kerle stehe. Für die mit wenig Humor war der Abend an dieser Stelle dann meistens gelaufen. Für manche auch schon früher, nämlich sobald das Wort Polizei fiel. Francesca merkte es jedes Mal an der verkrampften Haltung, die sie dann unwillkürlich einnahmen. Es gab natürlich auch das Gegenteil: die, die es besonders prickelnd gefunden hätten, mal eine Polizistin in die Kiste zu bekommen. Der erste Spruch, der von Handschellen handelte, war dann auch der Zeitpunkt, an dem Francesca ein Taxi bestellte.

War Antonios *dottore* auch so einer? Francesca verspürte wenig Lust, es herauszufinden. Inzwischen hatte sie sich mit ihrem Singledasein arrangiert und ausgesöhnt. Zuweilen genoss sie es sogar. Für jemanden, der in einer siebenköpfigen Familie aufgewachsen war, hatten Stille und Alleinsein etwas durchaus Erstrebenswertes. Und es war weniger anstrengend als die verzweifelte Suche nach Mr Nice.

Sie spülte den Nachgeschmack, den der Anruf hinterlassen hatte, mit einem weiteren Schluck vom Primitivo hinunter und nahm sich die Zeitungsberichte vor, die der Akte beigefügt waren.

Der Tod kam beim Abendessen. Brutaler Mord an junger Pianistin

Zwei kriminelle Halbstarke bringen Unglück über eine heile Familie und töten ein junges Mädchen mit großer Zukunft, so der Tenor der Zeitungen.

Im Oktober 1998, als der Prozess gegen Plate gerade begonnen hatte, stand im *Eichsfelder Tagblatt*: **»Der Plan zum Bankraub stammte von Marcel«** – Steffen P., der mutmaßliche Mörder von Judith Lamprecht, belastet seinen toten Komplizen.

Eine vorhersehbare Finte des Angeklagten, urteilte Francesca.

Zwei Tage später war zu lesen: Mutter des Mittäters Marcel H. weist Plates Anschuldigungen energisch zurück. Ihr Sohn sei allenfalls ein Mitläufer gewesen.

Das hatte in dezenten Lettern auf Seite drei gestanden. Das Titelblatt derselben Ausgabe trug die fette Schlagzeile: **Gedächtnislücke? Steffen P. kann sich angeblich an nichts erinnern.**

Der Angeklagte habe durch seinen Anwalt verlauten lassen, rund um das Mordgeschehen klaffe ein schwarzes Loch in seiner Erinnerung.

Der Anwalt hieß Roland Lobenstein. Der reinste Zungenbrecher, was dachten sich manche Eltern nur? Francesca nahm an, dass er ein Pflichtverteidiger gewesen war, denn woher sollte Plate das Geld für einen guten Strafverteidiger nehmen? Oder Lobenstein war ein junger Anwalt gewesen, der sich mit dem aufsehenerregenden Fall profilieren wollte und deshalb auf ein Honorar verzichtet hatte.

Anfang November lautete der Aufmacher des Lokalblatts: **Anwalt von Steffen P. plädiert auf Unzurechnungsfähigkeit,** und Tage später, nach dem Urteilsspruch, verkündete das Blatt empört: **Keine Haftstrafe für Judith Lamprechts Mörder! Richter schickt den Mörder in die Psychiatrie.**

Der Gutachter der Verteidigung hatte Plate psychotische Schübe und eine Borderline-Erkrankung attestiert. Dazu kamen die einschlägigen Aussagen einer Mitarbeiterin des Jugendamts und dreier ehemaliger Lehrerinnen von Steffen Plate, die gut in dieses Bild passten. Die Staatsanwaltschaft hatte auf ein Gegengutachten verzichtet.

In den Augen der Presse bedeutete das Urteil eine Niederlage der Gerechtigkeit und bestimmt, so vermutete Francesca, dachten die meisten Leser des *Eichsfelder Tagblattes* genauso. Die öffentliche Meinung verlangte, dass einer wie Plate ins Gefängnis wanderte, und zwar für lange Zeit. Das Mädchen würde schließlich auch nicht wieder lebendig. Auge um Auge.

»Schwarzes Loch.« Francesca deutete auf den Zeitungsartikel. »Seine Erinnerung an den Mord. Der Brunnen – ein schwarzes Loch. Das könnte eine Anspielung des Täters sein. Eine Metapher.« Dieser Geistesblitz hatte sie gestern Abend noch erhellt, kurz bevor sie über den Akten auf dem Sofa weggedämmert war.

Jessen verzog einen Mundwinkel. »Hat beinahe etwas Poetisches, wenn nicht gar Melodramatisches. Und wie passen die Ratten in dieses Bild?«

»Weil Plate in den Augen seines Mörders eine Ratte war, ein fieser, raffinierter Typ, der sich seiner gerechten Strafe entzogen hat.«

Er ließ das unkommentiert und wollte wissen, was Francesca sonst noch für Erkenntnisse habe.

Wenige. Aber ein paar Theorien und einen Haufen Fragen.

Vielleicht zuerst die Erkenntnisse, damit man nicht völlig durcheinandergerate.

Natürlich. Jessen verabscheute Durcheinander und liebte klare Strukturen.

Sie begann mit dem, was sie sich über die einzelnen Mitglieder der Familie Lamprecht notiert hatte. Heike Lamprecht: ein Hausmütterchen, das ihren Mann vergötterte. Mehr sei ihr zu der Frau nicht eingefallen. »Aber natürlich können auch Hausmütterchen zum Racheengel werden.«

»Gerade die!«

Machte er sich über sie lustig? Draußen schien die Sonne und drang durch die Jalousie. Jessen saß mit dem Rücken zum Fenster, sein Profil in Streifen getaucht. Schon deshalb war es schwer, in seinem Gesicht zu lesen. Heute, vielleicht weil Samstag war, trug er statt der sonst üblichen Sakkos über dem hellblauen Hemd einen anthrazitgrauen Pullover aus Kaschmir. Ein Edelteil, keine Kaufhausqualität, wie Francesca sofort erkannt hatte.

»Hatte Heike Lamprecht eigentlich einen Beruf?«, fragte sie.

»Sie war Musiklehrerin an einer privaten Musikschule.«

»Klavier?«

»Ich glaube, ja. Sie gab aber nur ein paar Stunden in der Woche. Ansonsten machte sie viel Ehrenamtliches für die Kirchengemeinde.«

Francesca verkniff sich einen Kommentar und las vor, was sie zu Peter Lamprecht notiert hatte. Sie fühlte sich dabei ein bisschen wie eine Schülerin bei der Hausaufgabenkontrolle: *Familientyrann, bigott, Kontrollfreak.*

»Den scheinen Sie nicht ins Herz geschlossen zu haben«, bemerkte Jessen. Sie habe ihn aber recht gut getroffen.

»Hat man je nachgeprüft, ob der Tresor wirklich nur von zwei Personen mit unterschiedlichen Schlüsseln zu öffnen war?«

»Ja. Es stimmt nicht. Er allein hatte den Generalschlüssel.«

»Dann könnte Peter Lamprecht mit den Tätern unter einer Decke gesteckt haben.«

Das, meinte der Hauptkommissar, das sei ja nun wirklich mal eine steile These.

»Sie wollten einen frischen Blick«, erinnerte ihn Francesca

und argumentierte: »Die Bankfiliale wurde im Jahr 2000 dichtgemacht. Vielleicht hat er das damals schon gewusst und wollte sich seinen drohenden Vorruhestand ein wenig versüßen? Vielleicht hatte er Spielschulden oder eine teure Geliebte.«

Jessen schüttelte den Kopf. Die finanzielle Situation der Familie sei sehr solide gewesen, das habe man überprüft. Keine Schulden, das Haus fast abbezahlt. Die Familie habe sparsam gelebt.

»Aber ein Handy hat sich der Hausherr schon gegönnt«, erwiderte Francesca. »Das war 1998 noch nicht der Standard, da fragt man sich doch, wozu? Okay, vielleicht weil er ein Egoist war, der sich selbst gern mal einen kleinen Luxus genehmigte, während sich seine Familie in christlicher Bescheidenheit üben durfte. Oder aber das Ding ist für den Überfall angeschafft worden. Um mit Plate kommunizieren zu können.«

Jessen trank von seinem grünen Tee, nickte und schwieg sich aus.

War wohl besser, das Thema Peter Lamprecht fürs Erste fallen zu lassen. Stattdessen fragte Francesca ihn nun, ob er sich damals nicht auch die Frage nach einem Verbündeten der Täter in der Familie gestellt habe.

»Sie denken an Hannah?«

»Hannah oder Judith.«

»Judith? Das Opfer?«

»Vielleicht erschoss er sie, damit sie ihn nicht verraten konnte.«

»Warum hätte sich Judith auf diesen Wahnsinn einlassen sollen? Sie war doch sozusagen schon auf dem Sprung in ein neues Leben.«

»Jugendlicher Leichtsinn?«, schlug Francesca vor. »Vielleicht hatte sie das Geklimper satt, diesen Druck und die Erwartungshaltung der Eltern. Sie war zwar gut, aber ein Weltstar wäre sie wahrscheinlich nicht geworden. Um gegen die Konkurrenz aus Russland und Asien zu bestehen, muss man mit achtzehn schon weitergekommen sein als bis Kassel und Hannover. Sie wäre immer in der zweiten Reihe geblieben, also wozu der ganze Aufwand? Vielleicht wollte sie was ganz anderes studieren, etwas, das ihre Eltern aber nicht geduldet hätten. Und dazu brauchte sie Geld.«

»Interessant. Ihre Theorien.«

Es klang jedoch nicht so, als ob sie ihn überzeugt hätte.

Der Gedanke an Hannah liege natürlich näher, räumte Francesca ein. »Vielleicht waren Hannah und Steffen Plate ein heimliches Liebespärchen.«

»Hätte Hannah als Plates Exkomplizin oder Exfreundin ein Motiv, ihn sechzehn Jahre später umzubringen? Sie muss ihm doch eher dankbar gewesen sein, für sein jahrelanges Schweigen«, hielt Jessen dagegen und meinte, es habe seinerzeit keine Anzeichen gegeben, dass Plate und Hannah sich kannten oder ein Paar waren. Auch Plate habe nie etwas Derartiges verlauten lassen, weder in den Vernehmungen noch im Prozess.

Wurde er überhaupt danach gefragt? dachte Francesca. Laut sagte sie: »Warum auch? Hannah hätte es abgestritten. Die Schwester des Mordopfers der Mittäterschaft zu beschuldigen hätte Plate nicht entlastet, sondern höchstens noch ein schlechtes Licht auf ihn geworfen. Schon die Beschuldigung seines toten Komplizen Marcel Hiller kam vor Gericht nicht so gut an. Als sein Anwalt hätte ich ihm davon abgeraten.«

Jessen war anderer Meinung. »Erstens: Für Hannah geht es lediglich um Anstiftung zum Raub, und das als Jugendliche. Zweitens: Um Plate zum Schweigen zu bringen, muss man ihn nicht jahrelang gefangen halten. Nein, ich denke, Sie liegen gar nicht so falsch mit der Metapher vom schwarzen Loch. Dieser Aufwand über Jahre, diese Grausamkeit. Da wollte jemand Richter spielen.«

»Steffen Plate hat immerhin Hannahs Schwester ermordet«, gab Francesca zu bedenken.

»Hannahs Motiv wäre also Rache für den Mord an der Schwester?«, fragte Jessen.

»Ja, wieso nicht«, fragte Francesca leicht verunsichert. »Die Liebe zu ihrer Schwester schien allerdings nicht allzu groß gewesen zu sein«, räumte sie ein und wies auf die angestrichene Stelle im Protokoll: *Aber ich habe nicht rumgeflennt so wie sie.*

Zwischen Jessens Augen grub sich eine nachdenkliche Zwillingsfalte. Er stützte die Ellbogen auf, legte die gespreizten Finger aneinander und tippte damit gegen sein Kinn. Seine Nachdenkpose. Schließlich sagte er: »Wir müssen uns doch fragen: Was steckt hinter dem Impuls der Rache?«

Francesca schaute ihn fragend an.

»Im Grunde ist Rache ein auf andere verschobenes Schuldgefühl. Welche Schuld sollte Hannah gegenüber ihrer Schwester empfunden haben? Und waren ihr Schuldgefühl und ihr Schmerz wirklich groß genug für eine solch perfide Rache, die sich über Jahre erstreckte?«

»Sie könnte sich für Judiths Tod verantwortlich fühlen«, spekulierte Francesca. »Hannah wollte mit Plates Hilfe ein bisschen Kohle abziehen, um von zu Hause abzuhauen. Plate verliert jedoch die Nerven, rastet aus und erschießt ihre

Schwester. Aber weil das Ganze Hannahs Idee war, fühlt sie sich schuldig an Judiths Tod.«

Jessen musste zugeben, dass dieser Gedanke seine Berechtigung hatte. Überzeugt wirkte er nicht.

Francesca fuhr fort: »Hannah war siebzehn und der Typ, auf den Jungs abfahren wie Affen auf Erdnüsse. Die Eltern erzkatholisch, der Vater ein autoritärer Patriarch. Wenn das kein Zündstoff ist.«

Jessen schmunzelte für zwei Sekunden.

»Was ist mit Marcel Hillers Mutter?«, fiel Francesca ein. »Sie könnte Plate für den Tod ihres Sohnes verantwortlich machen. Sie hat außerdem vor der Presse behauptet, Marcel sei von Plate in die Sache hineingezogen worden, nachdem Plate es zuvor genau umgekehrt dargestellt hatte. Das muss sie doch ziemlich wütend gemacht haben. Sie hat gewartet, bis Plate herauskam …«

»Zehn Jahre!«, warf Jessen dazwischen.

»Zehn Jahre Zeit, um Vorkehrungen für ihre Rache zu treffen. Und ihre Wut wuchs womöglich von Jahr zu Jahr.«

In Jessens Miene kam Leben. »Ein guter Gedanke. Der Schmerz über ein verlorenes Kind ist sicherlich der Größtmögliche und nicht vergleichbar mit dem Verlust einer Schwester.« Er deutete mit zwei Fingern auf Francesca und wetterte plötzlich los: »Das ist übrigens auch so etwas, das ich der Religion vorwerfe: Sie fordert zwar Vergebung, geht aber nicht auf den Schmerz der Verletzten ein.«

»Okay, aber mich müssen Sie nicht dafür geißeln, ich hab's nicht erfunden«, erwiderte Francesca.

Jessen lächelte, ehe er anordnete: »Überprüfen Sie die Frau.«

Francesca trank von ihrem Kaffee, der längst kalt geworden war. Sie spürte Jessens Blick auf sich ruhen und fühlte sich unwohl. Denn je länger sie sich mit der Akte beschäftigt hatte, desto mehr hatte sie den Eindruck gewonnen, dass bei dieser Ermittlung einiges nicht mit rechten Dingen zugegangen war. Wie aber sollte sie diesen Verdacht äußern, ohne dabei Jessen auf die Zehen zu treten? Sie wollte ihren Vorgesetzten nur ungern in die Lage bringen, zugeben zu müssen, dass er damals vor Beringer gekuscht hatte. Aber sie würden auch nicht weiterkommen, wenn sie jetzt dasselbe tat. Also holte sie tief Luft und verkündete feierlich, sie werde jetzt ihre ehrliche Meinung zu der Sache sagen, auch wenn es sie den Kopf kosten sollte.

»Den Kopf! Also wirklich, Frau Dante, übertreiben Sie nicht ein bisschen? Wirke ich denn so bedrohlich?«

»Manchmal schon.«

Sie zählte all das auf, was ihr aufgefallen war: die überaus knappen Protokolle, die unterschiedlichen Zeitpunkte der Vernehmungen, die Tatsache, dass Lamprecht von Beringer allein verhört worden war. Die vielen Dinge, die offenbar *nicht* geschehen waren: Befragungen der Freunde von Plate, der Mutter von Steffen Plate, der Mutter von Marcel Hiller... Hatten sie nicht stattgefunden oder waren sie nur nicht protokolliert worden? Und wo waren die Tonaufzeichnungen der Vernehmungen? Die ganze Ermittlung, so Francesca, habe sich anscheinend einzig und allein darauf konzentriert, Plate wie ein Monster aussehen zu lassen und die Lamprechts wie die heilige Familie. Was sicherlich der Ermittlungsleiter Ludwig Beringer zu verantworten habe, fügte sie hastig hinzu. Aber nun, da jemand grausame Rache an Plate geübt habe, müsse eben alles wieder auf den Tisch.

Als sie fertig war, schwieg Jessen.

Mal wieder typisch, grollte Francesca. Schweigen war seine Waffe und gleichzeitig ihr Schwachpunkt. Aber schweig du nur, bis du schwarz wirst. Kein Laut würde über ihre Lippen kommen, sie würde heute nicht die sein, die in diesem Duell zuerst zuckte.

Als Francesca das Gefühl hatte, dass ihre Bluse bereits durchgeschwitzt war, sagte Jessen, er habe die Mitschnitte der Verhöre auch schon vergeblich gesucht und er werde denen im Archiv am Montag noch einmal Beine machen. Im Übrigen habe Francesca vollkommen recht, Beringer habe es leider mit der Aktenführung und dem Protokollieren seiner Verhöre nie so genau genommen, weshalb hier leicht der Eindruck der Schlamperei und der Unkorrektheit entstehen könne. Und ja, sie solle ruhig erneut mit allen Beteiligten sprechen. Jede Kleinigkeit könne für die Aufklärung dieser Tat wichtig sein, man müsse jeden Stein noch mal umdrehen.

Francesca fiel erst einmal ein Stein vom Herzen.

»Das Haus«, sagte sie. »Als wir durch Zwingenrode fuhren, haben Sie ein Haus angestarrt. War das …?«

»Ja. Das ist das Haus der Lamprechts. Sie wohnt noch immer dort.«

»Sie?«

»Heike Lamprecht. Ihr Mann ist bereits gestorben.«

»Lamprecht ist tot?«, rief Francesca erstaunt.

»Seit sechs Jahren. Er starb im Juli 2008«, bestätigte Jessen. »Auch wenn Sie ihn liebend gern ans Kreuz genagelt hätten.«

»Sie haben diese Familie also im Auge behalten?« Francesca hatte das schon öfter gehört. Für jeden Ermittler gab es im Lauf seines Berufslebens Fälle, die einen nicht mehr losließen. Weil sie nie aufgeklärt wurden oder weil sie einen aus anderen Gründen besonders berührten. Bestimmt war dieses Verbrechen Jessens Nemesis, der Fall, der bis heute an ihm nagte.

»Nein«, antwortete Jessen auf ihre Frage. »Der Kollege Appel hat das gerade eben herausgefunden.«

Diese umfangreiche Ermittlung habe Appel sicherlich über Stunden in Anspruch genommen, bemerkte Francesca und schloss die Frage an, was eigentlich Robert Graham bei ihnen zu suchen habe.

Jede Mordkommission brauche heutzutage ihren Nerd, versetzte Jessen.

Da war etwas dran. Kluge Entscheidung von Jessen. Er selbst stand nämlich mit der digitalen Welt – nun, vielleicht nicht gerade auf Kriegsfuß, aber man konnte auch nicht sicher sein, ob er das Einschubfach für CDs an seinem Computer nicht für einen Becherhalter hielt.

Die beiden jungen Herren, erklärte Jessen, kümmerten sich um den Zeitabschnitt nach Plates Entlassung aus der Psychiatrie. Darüber wisse man bis jetzt nicht viel und es könne ja auch dort das Mordmotiv verborgen sein.

Francesca begriff. Die Verästelungen. Ein Gedanke blitzte auf. Was, wenn er sie auf einen abgestorbenen Ast angesetzt hatte? Als Beschäftigungstherapie, damit sie aus dem Weg war. Und wieso, verdammt noch mal, glaube ich das? Leide ich an einem chronischen Minderwertigkeitskomplex?

Jessen war aufgestanden, der Hauch eines sehr herben Eau de Toilette wehte durch den Raum.

»Da ist aber noch was …«, begann sie, aber er hatte bereits die Tür geöffnet und Graham und Appel herangewinkt. Nachdem die beiden Platz genommen hatten, fasste er Francescas abendfüllende Recherche und ihre zurückliegende Diskussion in einem enttäuschend schlichten Satz zusammen: »Frau Dante und ich verfolgen das Rachemotiv, das sich aus dem Fall Lamprecht ergeben könnte.«

Immerhin hat er »Frau Dante und ich« gesagt. Er würde vielleicht ihre, aber doch niemals seine kostbare Zeit auf eine Spur verwenden, die nichts versprach. Oder wollte er sie nur kontrollieren? Herr im Himmel, jetzt hör schon auf mit diesem argwöhnischen Gegrübel, befahl sich Francesca und konzentrierte sich auf Robert Graham. Dessen kieselfarbene Augen, die kühn geschwungenen Brauen und der gepflegte Dreitagebart waren eine Augenweide, vor allem neben Daniel Appels Schweinsäuglein und Schaufelladerkinn. Wie ungerecht die Natur doch ihre Gaben verteilte.

»Steffen Plate, geboren am 12. Januar 1979, wurde im Juni 2009 aus dem MRVZN Moringen, dem Maßregelvollzugszentrum Niedersachsen, entlassen. Er hat dort zehn Jahre und sieben Monate verbracht«, begann Graham seinen Bericht. »Plates Prognose war günstig, die letzten drei Jahre hat er in einer betreuten Wohngemeinschaft verbracht. Draußen hat niemand auf ihn gewartet. Seine Mutter lebt in Spanien, sie hat ihn während seiner Zeit in Moringen nicht ein einziges Mal besucht. Offenbar hat Plate nach seiner Entlassung nicht so recht gewusst, wohin er sich wenden soll, also hat er das Allerdümmste gemacht...« Graham legte eine Kunstpause ein, redete jedoch rasch weiter, als sich Jessens Stirn zu kräuseln begann: »Er zog wieder nach Duderstadt. In dieselbe Siedlung, in der er elf Jahre zuvor mit seiner Mutter und dem Stiefvater gewohnt hatte.

Dort stehen immer billige Wohnungen leer. Zwischenzeitlich lebten dort hauptsächlich Migranten, aber auch noch ein paar Bewohner von früher. Es dauerte nicht lange, bis sich in Duderstadt das Gerücht verbreitete, dass ›der Mörder‹ wieder da sei. Bei der Stadt und der dortigen Dienststelle gingen Anrufe ein, ob man *so einen* in der Nachbarschaft dulden müsse. Er erhielt anonyme Drohbriefe, es gab Schmierereien an der Hauswand und an seiner Wohnungstür, von wegen *Kein Platz für Mörder, Mörder hau ab.* Die übliche Leier, man kennt das ja.«

Francesca wollte wissen, wie Plates angeblicher Selbstmord vonstattengegangen war.

Graham berichtete: Ein Angestellter der Fähre *Nils Holgersson* von Travemünde nach Trelleborg habe am Morgen des 15. Januar 2010 eine sauber zusammengelegte Jacke und ein Paar Männerschuhe der Größe 44 gefunden, beides abgelegt vor der Reling des Achterdecks. Die Nacht sei eiskalt und windig gewesen, kein Mensch habe sich da freiwillig an Deck aufgehalten. In der Jackentasche steckten Steffen Plates Personalausweis und eine Art Abschiedsbrief, der aber nur aus dem Satz *Ich kann nicht mehr* bestand. Aufgrund von Steffen Plates Vorgeschichte und seiner schwierigen Lebenssituation habe man keinen Grund gesehen, an seinem Suizid zu zweifeln. »Dass seine Leiche in der Ostsee nie gefunden wurde, hat niemanden wirklich verwundert«, schloss Graham.

»Wahrscheinlich ist die Alte jetzt stinksauer«, grinste Appel.

»Wer?«, fragte Francesca.

»Plates feine Frau Mutter. Die dachte doch, dass die Leiche ihres missratenen Sprösslings schon vor Jahren Fischfutter war. Und jetzt muss sie womöglich für die Beerdigungskosten aufkommen.«

Francesca begnügte sich damit, die Augen zu verdrehen.

»Wir haben die Nachricht vom Tod ihres Sohnes an die spanische Polizei weitergeleitet. Ich bin gespannt, ob von dort eine Rückfrage kommen wird«, fügte Appel hinzu.

Francesca fasste zusammen: »Das bedeutet, dass Plate seit Januar 2010 gefangen gehalten wurde. Mehr als vier Jahre!«

»Davon müssen wir ausgehen«, bestätigte Jessen. »Plates Suizid wurde von seinem späteren Mörder vorgetäuscht, damit man ihn erst gar nicht sucht. Das alles war ein gut durchdachter Plan.«

Ein eiskalter Schauer lief Francesca den Rücken hinab. Sie fragte sich, wie man zu so etwas fähig sein konnte. Sowohl psychisch als auch praktisch. Um jemanden gefangen zu halten, bedurfte es immerhin einer gewissen Infrastruktur. Man brauchte einen ausbruchssicheren Raum, der abgelegen war oder schalldicht, einen Keller vielleicht … Sie hörte nur mit halbem Ohr hin, was Appel zu berichten hatte. Jessen hatte ihn gebeten, herauszufinden, wem das Grundstück gehörte, auf dem sich die alte Ziegelei befand.

»Ursprünglich betrieb die Ziegelei eine Firma Ott. Die ging 1984 in Konkurs. Der ganze Besitz wurde von der K+S AG, früher Kali und Salz AG, mit Sitz in Kassel günstig aufgekauft und einem ihrer Tochterunternehmen angegliedert. Es ging ihnen lediglich um die umliegenden Felder, die zur Ziegelei gehörten. Das ist praktisch der ganze Hügel. Dort wollten sie Versuche mit genmanipulierten Pflanzen durchführen. Als das in Zwingenrode durchsickerte, gab es das übliche Geschrei. Die umliegenden Höfe protestierten, man gründete eine Bürgerinitiative. In der Folge hat K+S von dem Vorhaben Abstand genommen und der Gemeinde Zwingenrode das Land zum Rückkauf angeboten. Die wiederum hat es an einen Landwirt namens Martin Konrad unterverpachtet. Der Mann ist Anfang fünfzig und wurde vor drei Tagen aus dem Krankenhaus entlassen, wo er eine neue Hüfte bekommen hat. Das wurde von der Klinik bestätigt, und ebenfalls von seiner Frau.«

»Überprüfen Sie trotzdem, ob es von diesem Bauer irgendeine Verbindung zu Plate oder den Lamprechts gibt. Graham, Sie und Appel kümmern sich weiterhin um den Zeitraum zwischen Plates Entlassung im Juni 2009 und seinem angeblichen Selbstmord ein halbes Jahr danach. Mit wem verkehrte er, hat er gearbeitet und wenn ja, wo ... alles, was Sie kriegen können muss auf den Tisch.«

»Alles klar«, sagte Graham.

Er und Appel verließen das Büro, während Francesca noch ihre über den ganzen Tisch verteilten Papiere aufsammelte.

»Und wir beide«, sagte Jessen, der ebenfalls aufgestanden war, »sind morgen Nachmittag beim Chef zum Kaffee eingeladen.«

»Bei Zielinski? Wie das?«, fragte Francesca verblüfft.

»Nicht bei Zielinski. Bei Exhauptkommissar Ludwig Beringer. Treffpunkt um halb drei am Parkplatz.«

Ehe sie etwas erwidern konnte, war er schon mit einem knappen »bis morgen dann« gegangen. Francesca schaute ihm kopfschüttelnd nach. Nebenan, im großen Gemeinschaftsbüro, klebten Grahams Augen schon wieder am Bildschirm. Appel war nicht am Platz, sicher holte er Kaffee oder etwas zu essen, der Kerl war ununterbrochen am Mampfen und würde, wenn er nicht aufpasste, bald eine ordentliche Wampe vor sich herschieben.

Sollte sie die Jalousie schließen? Nein, zu auffällig. Francesca kam sich vor wie eine Ladendiebin, als sie zu Jessens Schreibtisch schlich. Ihr Puls ging rascher als sonst. Es war nicht so ganz in Ordnung, was sie da tat, aber für Umwege war jetzt keine Zeit. Unter den wenigen Dingen auf Jessens Schreibtisch – darunter eine kleine Bronzefigur irgendeines römischen Kaisers – befand sich auch ein alphabetisches Telefonverzeichnis. Sie schlug die Seite S auf. Es lebe die Ordnung, da war die gesuchte Information: *Sunderberg, Dr. Jürgen*. Drei Telefonnummern, dienstlich, mobil und privat. Francesca schrieb die Nummern hastig auf den Notizblock, der gleich danebenlag, riss das Blatt ab und steckte es in die Tasche ihrer Jeans. Sie klappte das Telefonverzeichnis wieder zu und eilte an ihren Arbeitsplatz. Noch immer spürte sie dieses dämliche Herzklopfen.

»Ich werde dich nicht verraten!«

Sie zuckte zusammen und konnte nicht verhindern, dass sie rot anlief.

Robert Graham hatte sich zu ihr umgedreht, lässig im Schreibtischsessel zurückgelehnt und die Hände hinter dem Kopf verschränkt. Unter dem Hemd zeichneten sich seine Bizepse ab. Poser, dachte Francesca und sagte: »Es war was Dienstliches.« Sie fragte sich, ob Graham wohl auch schon das Römer-Video gesehen hatte, und einen Augenblick später fragte sie sich, warum sie sich das fragte. Es war doch vollkommen egal.

Graham grinste, nickte und meinte: »Er ist ein echter Kauz, was?«

Vorsicht, dachte Francesca und erkundigte sich, wie er das meine.

Nicht böse, beruhigte sie Graham. Er wisse nur zufällig, dass sich Jessen für Archäologie interessiere. Vor allem für Dinge aus der Römerzeit. Er sei außerdem Mitglied in einem numismatischen Verein. »Münzen«, erklärte er.

»Ich weiß, was Numismatik bedeutet«, erwiderte Francesca unwirsch. »Was, bitte schön, ist daran kauzig?« Und wieso verteidige ich Jessen? fragte sie sich. Und warum ließ Graham sie so bereitwillig an seinem Herrschaftswissen teilhaben? »Woher weißt du überhaupt so viel über ihn?«, fragte sie Graham.

»Sag bloß, du googelst nicht die Leute, mit denen du zu tun hast.«

Francesca blieb die Antwort schuldig. Freilich hatte sie Jessen schon gegoogelt. Aber offenbar weniger erfolgreich als Graham. Sie wusste, dass er im oberen Teil des Ostviertels wohnte, der Nobelgegend der Stadt. Sie war sogar schon einmal, rein zufällig natürlich, an seinem Haus vorbeigeradelt; aufwendig renovierter Jugendstil vom Feinsten, den Klingelschildern nach nur drei Wohnungen auf schätzungsweise sechshundert Quadratmetern. Sie hatte sich gewundert, wie sich ein Beamter von Jessens Dienstgrad ein solches Domizil leisten konnte.

»Bist du so eine Art Hacker?«, fragte Francesca.

Graham wies dies entrüstet von sich und meinte, er nutze nur bestehende Möglichkeiten. Aber wenn sie mal was brauche, er stehe zu Diensten.

Danke, sie könne sich schon selbst helfen. Er könne die Zeit also nutzen, um sie zu googeln.

Das habe er längst getan, grinste Graham.

Was denn dabei herausgekommen sei?

»Du malst und hattest schon kleine Ausstellungen. Deine Bilder sehen aus, als hätte da Vinci sich von Picasso inspirieren lassen. Du hast vier Brüder und zig Cousinen und Cousins...«

»Dreizehn Cousinen und acht Cousins, wir wollen schon korrekt sein.«

»Du gibst einen Haufen Geld für Designersonnenbrillen aus. Du hattest längere Zeit Ballettunterricht, aber jetzt machst du Yoga. Und du findest deinen Hintern zu dick. Dabei beschreibt er lediglich eine perfekte Sinuskurve, wie ein Fabergé-Ei...«

Francesca zog scharf die Luft ein. »Das hast du also alles aus dem Internet, ja?«, blaffte sie Graham an.

»Nein. Das nennt man Beobachtungsgabe. Deine Haltung ist aufrecht und du kannst ewig auf Zehenspitzen stehen, das sieht man, wenn du was aus dem oberen Fach des Aktenschranks nehmen musst, wo du mit deinen eins zweiundsechzig nicht rankommst...«

»Eins dreiundsechzig!«

»...in deinem Spind steht eine zusammengerollte Yogamatte und du trägst immer Blusen, die wie Nachthemden aussehen.«

»Danke. Wenn ich noch mehr Lebens- und Stilberatung brauche, sag ich's.«

»Sorry. Ich wollte dir nicht zu nahe treten.« Seine zerknirschte Miene war so echt wie ein Wahlversprechen.

Francesca hatte eigentlich vorgehabt, eine Weile zu schmollen, aber plötzlich fiel ihr ein, wie sie Grahams bußfertige Stimmung ausnutzen konnte. Vielleicht könne er ihr doch helfen, meinte sie. Aber diskret.

Worum es gehe.

»Ich wüsste gern alles über Ludwig Beringer, Jessens alten Chef.«

»Ah, die dunkle Seite der Macht«, grinste Graham. »Sonst noch was?«

»Möglichst bis morgen Mittag.«

Wie jeden Samstag waren auch heute Scharen von Menschen aus den Vorstädten und dem Umland in die City geströmt, um ihr Geld loszuwerden und durch die Altstadt zu flanieren. Dr. Jürgen Sunderberg hatte es trotzdem geschafft, einen kleinen Tisch vor dem P-Cafe an der Nikolaikirche zu ergattern. Vor ihm standen die Überbleibsel eines großen Frühstücks. Er trug wieder eines seiner Holzfällerhemden mit hochgekrempelten Ärmeln. Auf seinen Unterarmen schimmerte dichtes Haar golden im Sonnenlicht. Der Germane im Fell, dachte Francesca und musste grinsen.

»*Salve, dottore.* Tut mir leid, dass ich Ihren Samstag ruiniere.«

Davon könne gar keine Rede sein, er hätte ohnehin einen Stadtbummel machen wollen. »An einem Maitag wie diesem liegt beinahe ein Hauch von Paris über dem Nikolaiviertel, finden Sie nicht?«

Francesca fragte sich, was er damit meinte. Die beiden Teenager da drüben, die gerade gegenseitig versuchten, ihre Gesichter aufzuessen? »Ein Hauch, ja«, sagte Francesca. Ihre Wohnung lag nur zwei Blocks von hier entfernt, und sie konnte der allsamstäglichen Invasion nichts abgewinnen.

Am Nebentisch aß man Waffeln, deren Duft verführerisch herüberwehte. Francesca riss sich zusammen und bestellte frisch gepressten Orangensaft.

Sunderberg kam zur Sache. Was es denn so Dringendes gebe?

Francesca legte ohne Umschweife den Obduktionsbericht von Marcel Hiller neben Sunderbergs leer gegessenen Teller. Der Mediziner zog eine Lesebrille aus der Tasche seines Hemdes.

»Ah, Professor Daubner«, murmelte Sunderberg über das Obduktionsprotokoll gebeugt.

»Sie kennen ihn?«

»Kennen? Er war mein Mentor, als er noch am Fuß seiner steilen Karriereleiter stand. Jetzt arbeitet er in Boston.«

Auch das noch, eine Koryphäe. Vermutlich Sunderbergs großes Idol. Aber jetzt gab es kein Zurück. Ihr sei da etwas aufgefallen. Der Unfallbericht sage aus, dass Marcel Hiller aus dem Wagen geschleudert wurde. Laut Obduktionsbericht habe er neben Rippenbrüchen und Prellungen am Stirnbein ein schweres Schädeltrauma am Schläfenbein erlitten, welches zum Tode führte …

»Lassen Sie mal sehen.« Sunderberg las die entsprechenden Stellen gründlich durch. »Und weiter?«, fragte er, als er damit fertig war.

Francesca meinte, sie könne sich nicht so recht erklären, woher die schwere Schädelverletzung stamme. Im Obduktionsbericht stehe dazu nur *möglicherweise durch Aufprall auf harten Untergrund.* »Das ist mir zu vage. Was könnte das sein, worauf müsste er denn geprallt sein, um zu so einer Verletzung zu kommen?«

Sunderberg blätterte nach hinten. Es gab Fotos, auch von dem bewussten Schädeltrauma. »Eine Bordsteinkante, zum Beispiel.«

»Es gab keinen Bordstein. Es war eine Landstraße, und Marcel Hiller lag unterhalb einer Böschung.«

Es könne alles Mögliche gewesen sein. Ein scharfkantiger Stein vielleicht. An solchen Böschungen liege doch immer jede Menge Schrott.

»Könnte es auch sein, dass die Verletzung durch Fremdeinwirkung mit dem berühmten stumpfen Gegenstand entstanden ist?«, fragte Francesca rundheraus.

Sunderberg rührte in seiner Milchkaffeeschale. Es war ihm anzusehen, dass er sich nicht besonders wohlfühlte. Völlig ausschließen könne man das nicht, räumte er widerstrebend ein.

»Hätte das dann nicht im Obduktionsbericht stehen müssen?«, forschte Francesca.

Sunderberg zögerte. Schließlich sagte er, es sei Ermessenssache, inwieweit der Obduzent das Geschehen am Tatort interpretiere. Professor Daubner habe die Todesursache einwandfrei festgestellt, nämlich den Schädelbruch. Herauszufinden, wie es dazu gekommen war, sei eindeutig Sache der Ermittler. Nicht umsonst, dozierte er, habe der Gesetzgeber vorgeschrieben, dass ein Vertreter der Staatsanwaltschaft bei der Obduktion dabei sein müsse. In der Praxis sei das meistens jemand von der Kripo, da die Staatsanwälte im Allgemeinen viel zu überlastet seien, um sich auch noch in die Niederungen eines Sektionssaales zu begeben. »Wir sind hier ja schließlich nicht bei *CSI*«, meinte er abschließend.

Wie war das mit den Krähen und dem Augenaushacken? dachte Francesca. Aber was hatte sie eigentlich erwartet? Dr. Sunderberg würde dem Professor, seinem Mentor, selbstverständlich auch nach so vielen Jahren nicht ans Bein pissen. Und zu allem Überfluss war der Rechtsmediziner auch noch Hauptkommissar Jessens Kumpel beim Krieg spielen.

Als hätte er ihre Gedanken gelesen, fragte Sunderberg, was denn Jessen von der Sache halte.

»Nichts. Ich wollte zuerst mit Ihnen sprechen, ehe ich mich womöglich blamiere.«

Sunderbergs Bartgestrüpp geriet in Bewegung, als er geschmeichelt lächelte. Dann riet er ihr, denjenigen zu fragen, der damals als Vertreter der Staatsanwaltschaft Zeuge der Obduktion gewesen sei.

»Hauptkommissar Beringer«, sagte Francesca. »Kennen Sie ihn?«

Er nickte. Er habe ihn einige Male bei Sektionen getroffen, unter anderem auch bei der von Judith Lamprecht, bei der er, Sunderberg, mitgewirkt habe. »Ein Polterer, aber im Grunde harmlos.«

Francesca wechselte das Thema. »Haben Sie Steffen Plate eigentlich mal gesehen – ich meine, früher, als er noch am Stück war?«

»Jetzt werden Sie aber makaber!«, lachte Sunderberg. Nein, er habe Plate nie lebend getroffen.

»Auch nicht beim Prozess?«

Nur Professor Daubner habe im Prozess aussagen müssen, eine reine Formsache, er selbst sei nicht dort gewesen. Er lehnte sich zurück und schnippte die Reste eines Croissants von seinem Hemd. Dann fragte er unvermittelt, wie sie denn mit Jessen zurechtkomme.

»Gut«, sagte Francesca vorsichtig.

»Sie dürfen sich von seinem zynisch-intellektuellen Duktus und diesem Tick mit den teuren Anzügen nicht einschüchtern lassen. Das macht er nur, um die Leute auf Distanz zu halten. Dahinter verbirgt sich nur ein ziemlich sensibler ...«

»*Sorrellina!*«

Das hätte sie sich ja denken können. Noch nie hatte Francesca es geschafft, samstags vor die Tür zu gehen, ohne einem Mitglied des Dante-Clans zu begegnen. Verdammt noch mal, ausgerechnet jetzt, wo es gerade interessant wurde! Marcello und Antonio steuerten zielstrebig auf ihren Tisch zu, wobei ihnen die Neugierde in die Gesichter geschrieben stand. Francesca sprang auf, sie tauschten die üblichen *baci* aus, aber schon beim zweiten Wangenkuss sagte Antonio vorwurfsvoll: »Wie, du sitzt im Café herum? Hast du nicht gesagt, du müsstest das ganze Wochenende arbeiten? Da hättest du doch gestern auch zu Lauras Geburtstag kommen können.«

Francesca war im Begriff, klarzustellen, dass auch das hier Arbeit sei, aber dann hatte sie eine Idee. Sie setzte sich wieder hin, wobei sie mit dem Stuhl etwas näher an den von Sunderberg heranrückte. Dann legte sie den Kopf auf dessen Schulter und ihre Hand auf seinen Arm und meinte zu Antonio. »Für mein Privatleben muss ja auch noch ein wenig Zeit bleiben.«

Antonio blieb der Mund offen stehen und er starrte Sunderberg an wie eine Erscheinung, während Francesca sagte: »Das ist *dottore* Jürgen Sunderberg. *Amore*, das sind meine zwei mittleren Brüder, von denen ich dir schon so viel erzählt habe.«

Zum Glück war der *dottore* nicht schwer von Begriff. Er stand kurz auf und schüttelte jedem Bruder die Hand. Als er sich wieder hingesetzt hatte, legte er den Arm um Francescas Schulter und meinte: »Ja, sie arbeitet zu viel, auch ich fühle mich vernachlässigt, nicht wahr, *amore*?«

Francesca lächelte ihn schmachtend an, während sie ihren Brüdern ein Zeichen machte, dass sie sich verdrücken sollten.

Marcello grinste schief: »Okay, *dottore* Sunderberg, dann … dann sehen wir uns ja sicher bald einmal wieder.«

»Ganz bestimmt«, versicherte Sunderberg.

Die beiden zogen ab, nicht ohne sich noch ein paar Mal nach dem Paar umzudrehen. Erst als sie um die Ecke verschwunden waren, nahm Sunderberg seinen Arm von Francescas Schulter.

»Danke!«, seufzte Francesca.

»Gern geschehen«, feixte Sunderberg. »Sie haben reizende Brüder.«

»Gleich werden ein paar Handys anfangen zu glühen«, prophezeite Francesca. »Aber jetzt habe ich vielleicht ein paar Wochen Ruhe vor ihren ständigen Versuchen, mich unter die Haube zu bringen. Toll, dass Sie mitgespielt haben.«

»Es war mir ein Vergnügen«, versicherte Sunderberg und fragte, ob man vielleicht wieder einmal einen Kaffee zusammen trinken könne, auch wenn gerade kein Mordfall anliege oder Brüder an der Nase herumgeführt werden mussten.

Hübsche Augen, dachte Francesca. So ein treuer bernsteinfarbener Hundeblick, der nicht ahnen ließ, dass er es den ganzen Tag mit Leichen zu tun hatte. »Sicher, warum nicht?«, sagte Francesca und lächelte. Aber jetzt müsse sie gehen. Sie habe tatsächlich noch sehr viel zu tun.

Das war keine Lüge gewesen. Zunächst hastete sie durch einen Supermarkt und raffte die wichtigsten Grundnahrungsmittel für die nächsten paar Tage zusammen. Dann eilte sie nach Hause, stoppte unterwegs aber ruckartig vor dem Schaufenster einer Boutique. An einer Puppe hing ein blaues Kleid, schlicht und gerade geschnitten, mit einem tiefen Schlitz an der Seite und einem aparten Lochmuster an Saum und Ausschnitt. Ein bunt gemustertes Tuch war um die Hüften drapiert. Ob ihr das Kleid wohl stehen würde? Zusammen mit dem Tuch? Man könnte es ja mal anprobieren... Im nächsten Augenblick fragte sie sich, ob sie noch ganz bei Verstand sei. Nur weil dieser Graham eine dumme Bemerkung über ihre Klamotten gemacht hatte... »So weit kommt's noch!«, murmelte sie.

Es war eine Siedlung, wie es sie an der Peripherie jeder Stadt in unterschiedlichen Größenordnungen gab. Hier wohnten die Friseurinnen, Gebäudereiniger, Pizzaboten und Postzusteller, die Kassiererinnen der Discounter und Billigläden, die Minijobber, Hartz-IV-Empfänger, Rentner und alleinerziehenden Mütter, die Ausländer aus den weniger geschätzten EU-Ländern und jene Gestrandeten aus ferneren Kontinenten, die es geschafft hatten, das Asylantenheim hinter sich zu lassen. Das Prekariat und die gescheiterten Existenzen. Leute, die man im Alltag kaum bemerkte, weil sie an Orten lebten, die man nie besuchte. Jedenfalls nicht freiwillig.

In der Siedlung am Rand der Eichsfelder Kleinstadt herrschten dennoch einigermaßen geordnete Verhältnisse. Der Rasen zwischen den Wohnblocks war gemäht, und es lag wenig Müll herum. Die Balkonverkleidungen hatten schwarze Streifen vom Regenwasser, aber es gab immerhin Balkone, von denen die meisten mit Satellitenschüsseln ausgestattet waren.

Robert Graham kannte ähnliche Wohngegenden in anderen Städten, die deutlich schäbiger waren als diese hier. Eine davon kannte er sogar besonders gut, weil er darin aufgewachsen war. Aber das hatte er längst weit hinter sich gelassen. Niemand in seinem neuen Leben als Staatsdiener wusste davon, und wäre sein Hirn ein Computer, hätte er die Erinnerung an diese Zeit längst für immer von der Festplatte eliminiert, und zwar ganz ohne Back-up. Doch in Augenblicken wie diesem kam wieder so einiges hoch, wie Sodbrennen. Um Daniel Appels angewiderten Rundumblick nicht länger ertragen zu müssen, fixierte Graham die Namensliste, die er erstellt hatte. Darauf standen zum einen Bewohner, die seit 1998 hier wohnten, und ein paar weitere, die sich nach Plates Entlassung aus dem MRVZN Moringen über diesen beschwert hatten.

»Teilen wir uns auf, damit es schneller geht?«, fragte Appel. »Ich will nicht den ganzen Tag in dieser Asisiedlung rumhängen.«

Graham zögerte. Das war gegen die Regeln. Andererseits fühlte er jetzt schon Beklemmungen und einen Widerwillen, der sich wie ein schlechter Geschmack auf seine Zunge legte. Auch konnte er gut auf Appels Gesellschaft verzichten. »Du weißt, worauf du achten musst?«, fragte er.

»Möglichst viele Einzelheiten über Plates Leben und Umgang vom Juni 2009 bis Anfang 2010 rauskriegen und Personen identifizieren, die eine besondere Abneigung gegen Plate hegen«, schnurrte der Anwärter herunter.

»Und?«, fragte Graham.

»Und nach den fünf Typen fragen.« Appel klopfte auf seine Brusttasche, in der der Zettel war, den ihm Graham gegeben hatte. Darauf standen die Namen der jungen Männer, die man im Prozess als Zeugen vorgeladen hatte und die angeblich zu Plates Clique gehört hatten: Boris Heiduck, Alexander Kimming, Matthias Radek, Dustin Koslowsky und Jan Trockel. Laut Melderegister wohnte zwar keiner von ihnen mehr hier, aber vielleicht hatte die Clique bei einigen Bewohnern einen bleibenden Eindruck hinterlassen.

»Okay. Du übernimmst die Herrschaften aus Nummer neun, Kümmel, Zollner und Slavik. Ich mach den Rest.«

Appel nickte und tastete unwillkürlich nach dem Pistolenholster unter seiner schwarzen Lederjacke, die sich wie ein Korsett an seinen gedrungenen Körper schmiegte.

»Wenn's irgendwie kritisch wird, verzieh dich. Dann gehen wir zu zweit oder mit Verstärkung rein«, sagte Graham, der unter seinem zerknitterten Leinensakko unbewaffnet war. »Mach hier auf keinen Fall einen auf Rambo, klar?«

»Klar.«

Denn das hier, fügte Graham im Geist hinzu, ist ein Dschungel.

In ihrer Wohnung angekommen, ignorierte Francesca die deutlichen Anzeichen der Verlotterung ihres Haushalts und machte sich stattdessen sofort wieder über den Aktenberg her. Steffen Plate und Marcel Hiller. Sie wusste noch viel zu wenig über die beiden Täter.

Marcel Hiller war Azubi in einer kleinen Spedition gewesen. Bis zu seinem Tod hatte er auf einem Bauernhof zwischen Duderstadt und Zwingenrode gelebt. Er war ein Nachzügler gewesen, seine Mutter, Elisabeth Hiller, war bei seiner Geburt im April 1979 neununddreißig Jahre alt, seine Schwester Jette sechzehn. 1984 starb sein Vater Olaf Hiller mit nur zweiundfünfzig Jahren an Leberzirrhose. Die Mutter hatte danach nicht mehr geheiratet. Laut Jugendamt galten die Verhältnisse als geordnet. Ein Foto von Marcel lag zwischen den Zeitungsausschnitten. Ein schmales, glattes Gesicht mit fast noch kindlichen Konturen. Scheuer Blick aus tiefliegenden Augen, dunkles, in der Mitte nach oben gegeltes Haar.

Bis zu jenem verhängnisvollen Abend war Marcel Hiller nie polizeilich in Erscheinung getreten. Vor diesem Hintergrund erschien Francesca die Behauptung seiner Mutter, Plate habe ihren Sohn in diese üble Sache hineingezogen, durchaus glaubhaft.

Dagegen hatte es Steffen Plate bis zu seinem neunzehnten Lebensjahr schon zu zwei Bewährungsstrafen gebracht: eine wegen Drogenbesitzes, die andere wegen Diebstahls. Auch von ihm gab es ein Bild. Blonde Haarsträhnen fielen ihm in die hohe Stirn, Hals und Schultern waren auffallend muskulös, wie von einem, der regelmäßig Gewichte stemmte. Ein recht ansprechendes Gesicht, trotz der etwas groben Nase und dem kräftigen Kinn. Herausfordernder, offener Blick, in den Mundwinkeln hockte ein verschmitztes Lächeln. Verglichen damit hatte der Ausdruck von Marcel eher etwas Verschlagenes.

Aber Fotos lügen häufig, das wusste Francesca aus ihren einschlägigen Erfahrungen mit Partnerbörsen im Internet.

Steffen Plate war zum Zeitpunkt des Überfalls arbeitslos gewesen und hatte herumgejobbt. Er hatte mit seiner Mutter und seinem Stiefvater in einer Wohnblocksiedlung am Rand von Duderstadt gewohnt, ein sozialer Brennpunkt von kleinstädtischer Dimension. Das oft strapazierte Klischee von der schweren Jugend traf bei ihm durchaus zu, wenn man dem psychiatrischen Gutachten glauben durfte, das Plates Anwalt Lobenstein beim Prozess vorgelegt hatte. Sein Vater war unbekannt, die Mutter Alkoholikerin. Wenn sie wieder einen ihrer Abstürze hatte, wurde Steffen im Heim oder bei Pflegeeltern untergebracht. Als ihr Sohn zwölf war, heiratete sie. Allerdings war der Stiefvater ein sadistischer Choleriker, der Steffen verprügelte und sich einen Spaß daraus machte, den Jungen dubiosen Mutproben zu unterziehen, um »einen Mann aus ihm zu machen«, wie er das nannte. Einmal habe er im Wald russisches Roulette mit einem echten Revolver mit ihm gespielt. Seine ehemaligen Lehrkräfte bezeichneten den Jungen unisono als verhaltensauffällig. Er habe oft unentschuldigt gefehlt, und wenn er da war, habe er den Unterricht gestört, sich mit anderen geprügelt und es gegenüber den Lehrkräften an Respekt fehlen lassen. Als herauskam, dass er über mehrere Monate Mitschüler um Geld erpresst hatte, sollte er von der Schule verwiesen werden. Nur aufgrund der eindringlichen Fürsprache der Vertrauenslehrerin, einer gewissen Stefanie Kilmer, habe er noch bis zum Ende der zehnten Klasse bleiben dürfen. Da er nicht dumm war, schaffte er zu guter Letzt einen recht ordentlichen Realschulabschluss und bekam eine Lehrstelle bei Otto Bock in Duderstadt. Dort benahm er sich jedoch ähnlich wie in der Schule, weshalb seine Ausbildung zum Industriekaufmann schon nach der Probezeit endete. Auch an einer zweiten Lehrstelle behielt man ihn nur ein halbes Jahr.

Mit Stefanie Kilmer sprechen, notierte sich Francesca.

Es gab drei Protokolle über Vernehmungen von Steffen

Plate, durchgeführt von Hauptkommissar Ludwig Beringer und Oberkommissarin Ingrid Stupka im Abstand von mehreren Tagen.

Ingrid Stupka? Nie gehört. Wo war sie jetzt? Francesca notierte sich den Namen.

Die Protokolle waren kurz. Plate hatte bei sämtlichen Vernehmungen eisern geschwiegen, nur der Anwalt hatte geredet und den Tathergang aus Sicht seines Mandanten geschildert – soweit sich dieser erinnern konnte. Das Erinnerungsvermögen ließ ihn jedoch exakt nach dem Anruf Peter Lamprechts vollkommen im Stich. Auch über den Verbleib der Tatwaffe wusste er nichts zu sagen.

Nachdem Plate im Gerichtsverfahren vor dem Landgericht seinen Komplizen Marcel belastet hatte, was weder bei Richter und Staatsanwalt noch bei der Presse gut angekommen war, hatte Lobenstein seinen Mandanten zum Schweigen verdonnert.

Es war ein Indizienprozess. Es gab keine Augenzeugen für den Mord an Judith Lamprecht, und Plate berief sich auf seine partielle Amnesie. Die Mordwaffe war und blieb verschwunden.

Francesca fragte sich, ob Lobenstein seinem Mandanten mit dem Gutachten wirklich einen Gefallen getan hatte. Im Nachhinein betrachtet, wohl eher nicht. Der Maßregelvollzug war meist schlimmer als die normale Strafhaft, und mit seinen neunzehn Jahren hätte Plate bei einem Schuldanerkenntnis die Chance gehabt, nach Jugendstrafrecht verurteilt zu werden und in eine Jugendhaftanstalt zu kommen. Höchststrafe zehn Jahre, fünfzehn bei »besonderer Schwere der Schuld«. Auch nicht gerade wenig, aber bei einer Haftstrafe wusste man wenigstens, wann sie spätestens zu Ende war, und es gab die Möglichkeit einer vorzeitigen Entlassung bei guter Führung. Hatte der Anwalt befürchtet, dass der Richter das Erwachsenenstrafrecht anwenden und womöglich noch eine Sicherungsverwahrung draufsetzen würde? Hatte er deshalb lieber auf Schuldunfähigkeit plädiert?

»Hör zu, mein Junge, du spielst jetzt ein Weilchen ihr Spiel mit. Benimm dich ordentlich, mach bei jedem verdammten Ringelpiez mit, absolviere ein Antiaggressionstraining, mal schöne Bilder, sag ihnen, du warst mit zehn noch Bettnässer und was sie sonst noch von dir hören möchten. Du kriegst mit der Zeit schon raus, wie der Hase läuft, und wenn du artig mitspielst, bist du bald wieder draußen. Psychiater wollen schließlich auch Erfolge vorweisen.«

Francesca ermahnte sich im Geist, nicht genauso voreingenommen zu sein wie die Provinzpresse. Es konnte doch sein, dass der Gutachter schlicht und einfach recht hatte mit seiner Einschätzung. Dass Steffen Plate tatsächlich psychisch krank war und Hilfe brauchte anstatt Strafe. Ein größerer Dachschaden würde zumindest die Sinnlosigkeit seiner Tat erklären.

Aber ganz gewiss hatten der Anwalt Lobenstein und sein Mandant Steffen Plate nicht damit gerechnet, dass es über zehn Jahre dauern sollte, bis Plate wieder in die Freiheit entlassen wurde. Und erst recht hatte keiner von ihnen ahnen können, dass diese Freiheit nur ein paar Monate dauern würde.

»Steffen Plate wohnte also direkt gegenüber von Ihnen?«
»Genau. Wissen Sie, hier musste man sich ja schon einiges bieten lassen im Lauf der Jahre, aber das ging mir dann doch über die Hutschnur, mit einem Mörder...«

»Ist Ihnen etwas aufgefallen?«, erstickte Graham die Tirade im Keim.

»Aufgefallen? Was hätte mir denn auffallen sollen?« Hildegard Wolter schüttelte den Kopf, wobei ihr Doppelkinn mitschwang wie bei einem Basset. Der Küchenstuhl, auf dem sie thronte, verschwand fast unter diesem formlosen Gebirge aus Fleisch. Sogar ihre Nase erinnerte an einen wild wuchernden Pilz. Für Robert Graham war der Anblick dieses deformierten Körpers die schiere Qual.

»Hatte er, zum Beispiel, mal Besuch?«

Das wisse sie nicht. Sie hänge ja schließlich nicht den ganzen Tag am Türspion.

Graham bezweifelte dies und versuchte, flach zu atmen. In der Wohnung roch es nach ungewaschenem Menschen, Katzenfutter und Katzenpisse. Eine Graue strich ihm um die Beine. Typisch. Die Biester kamen immer zu ihm, als röchen sie, dass er sie nicht leiden konnte. »Wissen Sie, ob er gearbeitet hat?«

Offiziell war Plate arbeitslos gemeldet gewesen und hatte Hartz IV bezogen. Aber das hieß ja nicht, dass er nicht doch irgendwo jobbte.

»Nein, ich glaube nicht«, antwortete der Fleischberg. »Der war die meiste Zeit da drüben.«

»Woher wissen Sie das?«

»Man hörte diese Musik auf dem Flur. So grässliches Zeug, was diese Rocker und Satanisten hören.«

Heavy Metal also, oder Punkrock. »Haben Sie mal mit ihm gesprochen?«, fragte Graham.

»Nein!« Der Blick, den sie ihm dabei zuwarf, vermittelte den Eindruck, als zweifelte sie ernsthaft an seinem Verstand. Sie habe versucht, ihm aus dem Weg zu gehen, setzte sie hinzu.

»Wenn er sich, abgesehen von zu lauter Musik, gut benommen hat, warum haben Sie sich denn dann beim Bürgermeister beschwert?«

»Warum?«, krächzte sie. »Weil ich nicht mit einem Mörder Tür an Tür leben möchte, darum! Nächtelang habe ich kein Auge zugemacht vor lauter Angst.«

Graham war versucht, ihr entgegenzuhalten, dass Plate zehn Jahre Therapie hinter sich hatte und eine gute Prognose. Aber ihm war klar, dass er sich das ersparen konnte. Für die Hildegard Wolters dieser Welt war die Psychiatrie Pipifax, der moderne Strafvollzug ein Wellnesshotel, und Leute wie Plate gehörten ohnehin aufgehängt.

Frau Wolter hatte nun ihr Thema gefunden. »Wissen Sie, das hier war früher einmal eine anständige Gegend. Bescheiden, aber anständig. Aber dann…« Ihre reich beringten Wurstfinger winkten ab. Mit den Türken habe es angefangen, dann seien Russen gekommen und danach der halbe Balkan und jetzt hätten sie sogar schon etliche Schwarze hier, natürlich alles Drogenhändler, und eine Zigeunerfamilie auf Nummer neun. Ja, ja, sie wisse schon, dass man die jetzt Roma nennen müsse, aber das ändere ja nichts an der Tatsache, dass deren Auftauchen in einer Wohnsiedlung den endgültigen Niedergang besiegele.

Graham litt stumm vor sich hin und wartete, bis sie sich ausgekotzt hatte. Darum kam man nicht herum, wollte man etwas von ihr erfahren.

Irgendwann nutzte er eine ihrer Atempausen, um zu fragen, ob sie Steffen Plate vor 1998 auch schon gekannt hatte.

Nur vom Sehen. Sie habe Plate und die anderen Halbstarken immer gemieden. Die seien ihr alle nicht geheuer gewesen mit ihren schwarzen Klamotten.

»Kennen Sie die Namen dieser Freunde?«

»Ich kannte den Alexander Kimming, die wohnten im Erdgeschoss. Sind aber schon vor Jahren weggezogen. Und natürlich den Radek, den kannte hier jeder, der hatte die größte Klappe von denen. Als der dann totgefahren wurde, tat mir das nicht gerade leid, das muss ich zugeben. Höchstens für seine Mutter.«

»Totgefahren?«

»Wissen Sie das nicht? Gut, das ist schon ewig her, Sie sind ja noch jung. Der lief auf der Landstraße nach Hause, nachts. Kam von der Disko. Ich nehme mal an, der war betrunken und torkelte auf der Straße herum, schwarz angezogen, wie immer. Jedenfalls hat ihn wer angefahren, volle Pulle, es gab nicht mal Bremsspuren, das stand damals in der Zeitung. Man fand ihn am nächsten Morgen im Straßengraben, überfahren wie einen Fuchs.«

Graham hatte den leisen Verdacht, dass sie die Vorstellung noch heute genoss. Wer Radek denn angefahren habe?

Das wisse man bis heute nicht. Fahrerflucht. Sie erinnere sich noch daran, wie die Polizei alle Fahrzeuge auf den Parkplätzen der Wohnblocks genau angeschaut habe. »Als ob einer so blöd wäre und hinterher sein Auto hier abstellt!«

»Wohnt die Mutter von diesem Radek noch hier?«

Die sei längst weggezogen, und sie habe keine Ahnung, wohin.

»Wann genau geschah dieser Unfall?«

»Hm. Wann war das? Lassen Sie mich überlegen. Den Kater habe ich seit Weihnachten 2000 ... das müsste im Herbst davor gewesen sein.«

»Herbst 2000«, wiederholte Graham.

Ja, das käme hin. Jetzt aber müsse er sie entschuldigen, jeden Moment erwarte sie ihr Essen auf Rädern.

Wahrscheinlich zwei Portionen, dachte Graham und verabschiedete sich.

Die Wände des kleinen Ladens in der Altstadt waren zugepflastert mit Fotografien tätowierter Körperteile, und auf einem Regal lagen Kladden mit Vorlagen in den unterschiedlichsten Stilrichtungen. Bei vielen Motiven musste man, wie bei einem wirren Comic, angestrengt hinsehen, um etwas zu erkennen, und etliches hätte sich durchaus geeignet, um die Wände eines Chinarestaurants zu zieren. Was fanden die Leute nur an Drachen? Auch Adler, Schmetterlinge und Schlangen schienen sehr beliebt zu sein, ebenso keltische Symbole, chinesische Schriftzeichen, Herzen, Kreuze, Madonnen und Florales. Francesca kam ihr Vater in den Sinn, der bei solchen Gelegenheiten Tucholskys Ausspruch *Kitsch ist das Echo der Kunst* zu zitieren pflegte.

Eine mit bunten Perlenschnüren verhangene Tür führte in einen Nebenraum, der mit einer Liege und den obligatorischen Instrumenten ausgestattet war.

Die Inhaberin von *Ingrids Tattoos* war neben sie getreten. Am besten, ließ sie Francesca wissen, gingen momentan vegane Tattoos.

»Vegane Tattoos? Meinen Sie die Farben?«

»Die Farben und die Motive. Was früher der Autoaufkleber war, kommt heute auf die Haut. Die Lebensweise, die politische Überzeugung, die Religion, die Nicht-Religion, das Lebensmotto ... Aber natürlich ist auch noch immer der Name des Partners gefragt.«

»Riskant. Dafür sollte man vielleicht ein Bio-Tattoo wählen«, meinte Francesca.

Ihr Gegenüber schüttelte den Kopf. »Das ist Schwindel. Diese sogenannten Bio-Tattoos verschwinden nicht, die verblassen nur und sehen dann echt scheiße aus.«

»Gut zu wissen.«

Francesca betrachtete die Schlangen, die sich um Ingrid Stupkas linken Oberarm ringelten. Den rechten zierte eine Art Drache. Sie trug ein schwarzes Muscle-Shirt und eine Hose aus dünnem Stretch, der nichts verzieh. Sie hatte Francesca am Telefon gebeten, kurz vor Ladenschluss zu kommen, dann könnten sie sich ungestört unterhalten.

Francesca deutete auf eine Blume, die der Graphik in einem antiquarischen Pflanzen-Almanach nachempfunden war. »Die ist sehr schön«, sagte sie und fügte im Geist hinzu: auf einer Teetasse. »Entwerfen Sie die Motive selbst?«

»Nicht alle, aber einige schon, ja.«

Nachdem Ingrid Stupka mit einem jungen Muskelprotz, offensichtlich ein Stammkunde, einen Termin vereinbart hatte, schloss sie denn auch pünktlich um 16 Uhr ihr kleines Reich zu. »Das ist ein ganz Lieber«, meinte sie. »Lässt sich die Porträts seiner beiden Hunde auf die Waden stechen, damit sie für immer bei ihm sind.« Sie bot Francesca einen Stuhl an. Ihr Alter war schwer zu schätzen, vielleicht Ende vierzig. Herbe Gesichtszüge, blond gesträhntes, splissiges Haar, grobporige Raucherhaut. Jetzt ließ sich die Tätowiererin auf einen Sessel plumpsen, der hinter einer kleinen Theke stand, und streifte die Sandaletten von den Füßen. Um den rechten Fußknöchel ringelte sich eine grüne Nixe, von den Zehennägeln blätterte der Lack.

»Dann sind Sie also meine Nachfolgerin im Fachkommissariat 1.«

»Nicht wirklich. Ich bin erst seit zwei Monaten dort«, erklärte Francesca. »Wann sind Sie weggegangen?«

»Vor zehn Jahren schon.«

Francesca fragte sie nach dem Grund.

Sie eierte ein wenig herum. Die Polizei und sie, das hätte doch nicht so ganz zusammengepasst. Sie sei wohl doch nicht so nervenstark gewesen, wie sie als junge Frau geglaubt hatte.

»Lag es an Beringer?«, fragte Francesca rundheraus.

Es war, als hätte man ein Fass angestochen. Unter Beringers Fuchtel, begann Frau Stupka zu klagen, wäre sie nie weitergekommen, denn weibliche Polizisten seien grundsätzlich ein rotes Tuch für ihn gewesen. Dass sie überhaupt in seinem Dezernat gelandet war, sei eine Anordnung von oben gewesen. Was sie, die Quotenfrau, leider erst später erfahren habe. Sie hätte sich natürlich versetzen lassen können. Aber mit welcher Begründung? Beringer sei raffiniert gewesen. Er habe nie etwas gesagt oder getan, was man ihm hätte vorwerfen können. Jedenfalls nicht vor Zeugen. Aber sein Repertoire an zotigen Witzen sei unerschöpflich gewesen. »Das hier«, Ingrid Stupka machte eine ausladende Geste, »war Zufall. Meine Nachbarin, der dieses Studio vorher gehörte, wollte aus gesundheitlichen Gründen aufhören und fragte mich, ob ich nicht jemanden wüsste. Ich hatte immer schon eine künstlerische Ader, also habe ich bei der Polizei gekündigt, eine Ausbildung zur Tätowiererin gemacht und den Laden übernommen. Jetzt bin ich meine eigene Chefin und fühle mich bedeutend wohler.«

Wie um ihre Aussage zu unterstreichen, zündete sie sich eine Zigarette an und inhalierte bis in die Lungenspitzen. »Und was ist Ihr Notfallplan?«

»Wie bitte?«, fragte Francesca, die nicht sofort begriff. Nein, einen solchen habe sie nicht, verriet sie dann. Bis jetzt habe sie noch nie ernsthaft ans Aufhören gedacht. »Frau Stupka, Sie waren vor sechzehn Jahren bei den Vernehmungen von Steffen Plate dabei ...«

»Stimmt es, was in der Zeitung steht, dass man ihn tot und von Ratten zerfressen in einem Brunnenschacht gefunden hat?«

Deshalb sei sie hier, bestätigte Francesca und fragte, was die Exkommissarin damals für einen Eindruck von ihm gehabt habe.

Frau Stupka schickte zunächst eine Rauchwolke in Richtung Decke, ehe sie antwortete. Ganz normal sei der Typ nicht gewesen. Ständig habe er herumgezappelt, die Hände oder Füße ineinander verknotet, mit dem Bein auf und ab gewippt ... Je länger man ihm zugesehen habe, desto größer sei der Drang geworden, auch damit anzufangen. Wenn man sie frage, so hatte Steffen Plate mindestens ADHS. Gesprochen habe er allerdings kein Wort während der Vernehmungen. Was das angehe, habe er sich sehr gut beherrschen können, bewundernswert geradezu. Denn wenn Beringer sonst einen Zeugen grillte ... Aber Plate habe nur seinen Anwalt reden lassen und ab und zu mit dem Mann geflüstert. »Ein paar Mal dachte ich, Beringer geht jetzt gleich einem von den zweien an die Gurgel. Der Anwalt war tough, der hatte Beringer mit Konsequenzen gedroht, sollte der versuchen, seinen Mandanten ohne sein Beisein zu befragen. Beringer war überzeugt, dass das Bürschchen, wie er Plate immer nannte, uns verarschte. Er setzte alles daran, um ihn zu provozieren, aber das klappte nicht.« Ingrid Stupka lachte heiser bellend auf. »Das hat den Alten vielleicht gewurmt.«

»Und was dachten Sie?«, wollte Francesca wissen.

»Ich bin ja weder ein Psychiater noch ein Profiler. So vom Gefühl her würde ich sagen, dass der Junge in dem Moment, als er geschossen hat, vielleicht wirklich nicht ganz bei sich gewesen ist. Ich meine, er hatte doch keinen Grund, dieses arme Mädchen zu erschießen. Mit vier Schüssen! Aber dass der sich hinterher angeblich an nichts mehr erinnern konnte, das habe ich ihm auch nicht abgenommen. Immerhin hat er sich ja bei seinem Kumpel versteckt, bei diesem Boris Heiduck. So was macht doch keiner, der nicht weiß, was er getan hat, oder?«

»Nein«, sagte Francesca und bemerkte, dass es sie wundere, wie Frau Stupka den Namen dieses Kumpels noch parat habe, nach so vielen Jahren.

Weil sie eine derjenigen gewesen sei, die Plate dort aufgespürt hatten, ließ sie Francesca wissen. »Zuerst wussten wir ja gar nicht, nach wem wir überhaupt suchen sollten. Die Mutter des Jungen, der bei dem Autounfall gestorben war, hatte, wie üblich, keine Ahnung, mit wem sich ihr Sprössling herumtrieb. Sie vermutete lediglich, dass es ein paar Jungs aus dieser Duderstädter Problemsiedlung gewesen sein könnten. Also sind Jessen und ich und noch ein paar Kollegen los und haben alle Wohnungen abgeklappert, bis wir die ganze Bande aufgescheucht hatten.«

»Es gab eine Bande?«

»So eine Clique halt. Die machten ein bisschen auf rechtsradikal, trugen Doc Martens und sprühten Hakenkreuze und Türken-raus-Sprüche in der Gegend herum. Natürlich wollte keiner von denen irgendwas gewusst haben. Aber der entscheidende Hinweis ist schließlich von der Mutter des ermordeten Mädchens gekommen.

»Welcher Hinweis«, fragte Francesca verwundert.

»Der mit der Hose«, sagte Frau Stupka.

Francesca kam sich gerade ein wenig dumm vor. Es stehe nichts von einer Hose in den Protokollen, erklärte sie.

Da stehe so manches nicht drin, erwiderte Ingrid Stupka. Diesen Eindruck gewann Francesca allmählich auch.

»Beringer empfand es als Zumutung, dass er seine Arbeit überhaupt dokumentieren musste. Deshalb wurde quasi immer nur die Essenz einer Vernehmung protokolliert. Die Bandaufnahme ›vergaß‹ er auch sehr häufig, und wenn ich ihn daran erinnerte, wurde ich giftig angeschaut.«

»Verstehe«, sagte Francesca, der einige Lichter aufgingen. »Aber was war nun mit der Hose?«

Nach drei oder vier Tagen sei Frau Lamprecht plötzlich eingefallen, dass der Täter, der bei ihnen im Haus geblieben war, eine auffällige Hose getragen habe. Eine dunkle Jeans, die im Bereich der Knie mit schwarzem Wildleder verstärkt gewesen sei. Es habe so ausgesehen, als sei das Leder im Nachhinein aufgenäht worden, von Hand und nicht sehr professionell. Da hat sie sich erinnert, dass anderthalb Jahre zuvor das Bad in ihrem Haus neu gemacht worden war. Der Fliesenleger hatte einen jungen Handlanger dabei. Der, so erinnerte sich Frau Lamprecht, habe genau so eine Hose getragen. »Der Fliesenleger bestätigte uns, dass er in der fraglichen Zeit eine Hilfskraft beschäftigt hatte. Nicht sehr lange, weil der Kerl so unzuverlässig gewesen war. Da fiel zum ersten Mal der Name Steffen Plate.« Ingrid Stupka unterbrach ihren Redefluss, um an ihrer Zigarette zu ziehen.

Ein Handwerker! Deshalb kannte sich Plate auch im Haus aus, wahrscheinlich hatte er sich während seines Jobs mit den Bewohnern unterhalten. Waren sich Hannah oder Judith und Steffen Plate auf diese Weise nähergekommen?

»Wir also mit sechs Mann vom SEK zu Plate nach Hause, vielmehr in die Wohnung der Mutter«, fuhr Frau Stupka fort. »Aber der war nicht da, und sie und ihr Mann hatten den Jungen in den letzten Tagen angeblich auch noch gar nicht vermisst. Ich hab ihr das sofort geglaubt, die Frau war längst jenseits von Gut und Böse.« Ingrid Stupka machte eine Trinkbewegung. »Und ihren Typen hat das Ganze erst recht nicht interessiert. Steffen wäre öfters tagelang bei irgendwelchen Kumpels, er sei ja schließlich volljährig, hieß es. Daraufhin knöpften wir uns die Jungs aus seiner Clique noch mal einzeln vor und drohten ihnen an, sie wegen Beihilfe zum Mord dranzukriegen. Da haben sie immerhin zugegeben, dass Steffen Plate sich in letzter Zeit oft mit diesem Marcel Hiller getroffen habe.«

»Marcel Hiller hat nicht zu dieser Clique gehört?«

»Nein. Der wohnte ja außerhalb, auf einem Bauernhof. Steffen Plate und Marcel Hiller kannten sich von der Berufsschule.« Sie drückte ihre Zigarette aus. Einer von Plates Freunden habe ihr schließlich einen Tipp gegeben, wo sich Plate versteckte. »Das war echt ein Witz! Die Wohnung von Heiduck lag direkt über der von Plates Mutter. Er fiel uns praktisch in den Schoß wie ein reifer Apfel.«

»Uns?«

»Mir und Jessen und den Jungs vom SEK. Die haben wir dazugerufen, wir waren ja nicht lebensmüde. Immerhin war er ein Mörder, und wir mussten annehmen, dass er die Waffe, mit der er Judith Lamprecht erschossen hatte, noch besaß. Aber als das SEK die Bude stürmte, da hat der nur in der Ecke gehockt, die Arme um die Knie gelegt, und ist immer vor und zurück gewippt, wie ein kleines, verstörtes Kind. Ein bisschen plemplem war der schon, wenn Sie mich fragen.«

»Hat er was gesagt?«

»Nein. Jessen belehrte ihn über seine Rechte, und er fragte sofort nach einem Anwalt. Das war das Einzige, was er immer wieder sagte, auch auf der Dienststelle. So lange, bis er einen bekam.«

Francesca kramte in ihrer Handtasche nach dem Notizbuch. »Wie hieß noch mal der Freund, bei dem er sich versteckt hatte?«

»Boris Heiduck. Aber den können Sie gleich wieder streichen. Der lebt nicht mehr. Der wurde erstochen.«

»Was?«

»Ja, im Rotlichtviertel in Hannover. Er war dort zuerst in einem Club und dann bis um fünf Uhr in der Früh in einem Puff. Heiduck hat in Hannover bei einem Finanzdienstleister gearbeitet. Machte einen auf dicke Hose, mit Anzug und Laptop und so. Bei der Obduktion wurde festgestellt, dass er bis obenhin zugekokst war. Der Fall wurde nie gelöst, bis heute nicht, soviel ich weiß. Hat wahrscheinlich die Klappe zu weit aufgerissen.«

»Wann war das?«

»Im Frühjahr 2004, kurz bevor ich aus dem Dienst ausgeschieden bin.«

Francesca notierte das und fragte, ob einer von Plates Freunden mal Hannah Lamprecht erwähnt habe.

Ingrid Stupka verneinte. »Angeblich wussten die alle von nichts. Beringer wollte davon auch nichts hören. Meinte, das sei ja völlig absurd, das Mädchen der Komplizenschaft zu verdächtigen. Ich fand das gar nicht absurd und Jessen auch nicht, aber Beringers Meinung war damals so was wie das Evangelium. Er hat uns regelrecht einen Maulkorb verpasst.« Sie langte unter die Ladentheke und holte eine Flasche Kognak heraus. »Auch 'nen Feierabendschluck?«

Francesca lehnte ab mit dem Hinweis, sie habe heute noch nicht so bald Feierabend.

Ingrid Stupka goss sich eine großzügig bemessene Ration in ein Wasserglas und kippte sie auf ex hinunter.

»Beringer hielt also die Hand über die Familie Lamprecht«, sagte Francesca.

Ja, so könne man das sagen.

Da frage man sich, warum.

Die hätten doch alle in diesem Kaff gewohnt, meinte Ingrid Stupka. Da kenne man sich halt. Außerdem seien die Eichsfelder ohnehin ein Schlag für sich.

»Wie meinen Sie das?«

»Engstirnig, hinterwäldlerisch und erzkatholisch, das weiß doch jeder. Jahrhundertelange Inzucht eben.«

Francesca musste an Jessen denken, der sich ähnlich geäußert hatte.

Aber Nachbarschaft und mangelnde Weltoffenheit als Begründung für Beringers Verhalten? Das reichte Francesca nicht. Es musste eine andere Verbindung geben. »Ist Beringer ein Kirchgänger?«

»Der? Höchstens an Weihnachten. Und spätestens als seine Frau schwer krank wurde, hatte sich das Thema Gott für ihn erledigt. Das hat er zumindest behauptet.«

»Was hatte sie?«

»Krebs. Es zog sich über zehn Jahre hin, ein ewiges Auf und Ab. 2006 ist sie schließlich gestorben. Ich habe die Todesanzeige gelesen und mich gewundert, dass sie es doch noch so lange gemacht hat.«

»Kannten sich vielleicht Frau Lamprecht und Frau Beringer?«

»Das weiß ich wirklich nicht. Möglich wär's schon, die ging wohl regelmäßig zur Kirche, das hat er mal erwähnt. Aber in dem Kaff kannten sich doch sowieso alle.«

Francesca wollte noch wissen, wie Beringer auf Steffen Plates Gerichtsurteil reagiert habe.

Getobt habe er. Diese Richter hätten allesamt keine Eier in der Hose und keine Ahnung, was da draußen abginge. Da reiße man sich den Arsch auf, um die Verbrecher zu kriegen, nur damit diese Sesselfurzer sie wieder laufen ließen oder in die Klapse schickten, wo sie dann die Psycho-Fuzzis in Kürze wieder auf die Menschheit losließen. Ingrid Stupka lachte auf. »Meine Fresse, hatte der einen Brass! Wir haben kaum noch gewagt, zu husten, selbst Jessen nicht. Beringer«, fuhr sie fort, »ist einfach fünfzig Jahre zu spät geboren worden. Bei den Nazis wäre der bestimmt 'ne ganz große Nummer geworden. Oder er hätte in Texas zur Welt kommen und so ein Redneck-Sheriff werden sollen.«

Selbst Jessen nicht, hallte es in Francescas Kopf nach, während sie darüber nachdachte, ob es völlig abwegig war, Beringer als Verdächtigen im Fall Plate zu betrachten. Ein frustrierter Exbulle, der es sich zur Mission machte, die Defizite der weltlichen Gerechtigkeit auszugleichen?

»Wie kam denn Jessen mit Beringer klar?«

»Jessen.« Frau Stupka schenkte sich noch einmal großzügig von ihrem Feierabendelixier ein. Jessen habe mit Beringer ganz gut gekonnt.

»Reden wir von Arschkriecherei?«, fragte Francesca ohne Umschweife. Allerdings konnte sie sich Jessen nicht so recht als devoten Karrieristen vorstellen.

»Nicht direkt. Jessen wusste eben, wann er den Mund zu halten hatte. Jedenfalls war er Beringers Kronprinz, was alle gewundert hat, da er ja ein völlig anderer Typ ist. Aber vielleicht hat ihm dieses großbürgerliche Stock-im-Arsch-Gehabe imponiert. Stammt ja aus einem reichen Stall, der Junge, alter Kieler Stadtadel, sein Vater macht irgendwas mit Schiffsmotoren.« Sie und ihre Kollegen hätten sich immer gefragt, warum um alles in der Welt Jessen eigentlich bei der Polizei gelandet wäre, der passe da doch gar nicht hin.

Ob sie den Grund denn inzwischen wisse, fragte Francesca gespannt.

»Nein«, enttäuschte sie Frau Stupka. Darüber habe Jessen nie ein Sterbenswörtchen verlauten lassen. Sie genehmigte sich noch einen Schluck und sagte dann, sie glaube ja, Jessen habe Beringer mit der Zeit immer geschickter manipuliert. Jetzt verzog sie das Gesicht, aber sicherlich nicht wegen des Kognaks.

»Wie meinen Sie das, manipuliert?«

Ganz allgemein. Beringer sei zwar bullig und laut und autoritär gewesen, aber eben auch durchschaubar für einen hellen Kopf wie Jessen. Der habe in Beringer gelesen wie in einem offenen Buch. Ihr sei nach wenigen Monaten klar gewesen, dass Jessen eines Tages Beringers Posten bekommen würde, obwohl nach Alter und Dienstgrad eigentlich sie an der Reihe gewesen wäre. Aber eine Frau als seine Nachfolgerin hätte Beringer, dieser Erzmacho, nie und nimmer zugelassen. »Und Jessen«, schloss sie, »wusste das ganz genau. Der ist ein Fuchs. Der spannt jeden vor seinen Karren.«

Frau Zollner sah aus, als würde sie Besuch erwarten. Ihr weißes Haar war hochtoupiert und mit Haarspray fixiert, sie trug einen dunklen Rock und eine geblümte Bluse und bat Daniel Appel freundlich herein, nachdem dieser erklärt hatte, warum er sie sprechen wolle. Nur die Schuhe möge er bitte ausziehen, wegen des hellen Teppichbodens. Sie selbst trug gestreifte Plüschpuschen und ließ es sich nicht nehmen, Tee zu kochen, während er im Wohnzimmer auf sie wartete. Dann saß er in Socken zwischen akkurat geknickten Sofakissen und blickte auf eine Schrankwand, die vollgestellt war mit Nippes und Fotos. Es war warm im Zimmer, aber er wollte seine Jacke lieber nicht ausziehen, aus Angst, die Pistole könnte die hochbetagte Dame zu Tode erschrecken. Wie alt sie wohl war, achtzig? Eher neunzig. Dafür waren sie und der Haushalt aber tipptopp in Schuss. Auf keinem der Möbel war Staub zu sehen und bis auf ein Strickzeug lag nichts herum. Wenn er da an den verwahrlosten Typen dachte, bei dem er gerade eben gewesen war … Furchtbar, wie manche Menschen sich gehenließen! Für ihn als angehenden Kommissar war es manchmal wirklich schwierig, solches Gesocks als »Bürger« zu betrachten und auch so zu behandeln.

Wenig später gestand Frau Zollner etwas verlegen, sie habe sich im Herbst 2009 von anderen Bewohnern zum Unterschreiben der Beschwerde drängen lassen. Im Grunde hätte sie es aber schon kurz darauf bereut. Ja, sie habe Plate schon als Jungen gekannt. Der sei gar nicht so übel gewesen, hätte er nur andere Freunde und vor allen Dingen andere Eltern gehabt. »Darf ich Ihnen noch Tee einschenken, Herr...«

»Appel. Nein, danke. Der ist sehr gut. Die Kekse auch.«

Sie saß ihm gegenüber an der Kante eines gestreiften Ohrensessels und lächelte ihn an, während sie mit ihren knotigen Händen die Etagere mit der Gebäckmischung über den Tisch näher zu ihm hinschob. Daniel Appel langte noch einmal zu. Er passte höllisch auf, nicht zu krümeln. Irgendetwas hatte sie an sich, das ihn anrührte und zur Rücksichtnahme veranlasste. »Frau Zollner, Sie kannten also auch Steffen Plates Freunde?«

»Kennen ist zu viel gesagt. Die lungerten halt hier herum. Im Grunde waren das harmlose Jungs, die nur mal eine strenge Hand gebraucht hätten. Damit meine ich nicht Prügel, sondern ein Vorbild. Aber die Eltern...«, sie machte eine wegwerfende Handbewegung. »Bei den meisten waren die Väter längst über alle Berge, oder wenn welche da waren, dann taugten sie nichts. Und die Mütter waren auch nicht besser. Ist es da ein Wunder, wenn sich die Jugendlichen eine Ersatzfamilie suchen?« Sie blickte Appel durchdringend an. Ihre Augenfarbe war unmöglich zu bestimmen, so als wäre die Iris mit der Zeit verblasst.

Appel fragte zurück: »Was denn für eine Ersatzfamilie?«

»Ihre Clique.«

»Ach so«, sagte Appel.

Die seien ihr allemal lieber gewesen als das, was heute hier so herumliefe. Hinter diesem ganze Getue mit den Springerstiefeln und den Hakenkreuzen sei nämlich überhaupt nichts gewesen. Arme Würstchen wären das in Wahrheit gewesen.

»Das waren Neonazis?«, vergewisserte sich Appel, in dessen Hirn die Begriffe »Springerstiefel« und »Hakenkreuze« hängen geblieben waren.

»Nein«, widersprach die alte Frau etwas ungeduldig. »Ich sagte doch gerade: Die taten nur so. Vielleicht fanden sie das schick, vielleicht wollten sie damit auch nur die Türken erschrecken, die zu dieser Zeit hier ihr Unwesen trieben.«

»Sie meinen, sie sahen zwar aus wie Neonazis, aber waren keine?«

»Genau.«

Woher sie das denn so genau wisse?

Die vielen Runzeln in ihrem Gesicht änderten die Richtung wie ein Heringsschwarm, als sie schelmisch lächelte. »Eines Tages, es war der 20. April, saßen sie wieder einmal alle auf dem Tonnenhäuschen und tranken Bier. Ich kam vorbei und fragte sie, ob sie wüssten, was für ein Tag heute sei. Einer – ich glaube, es war der Radek, der hatte ja immer die größte Klappe –, also der antwortete mir: Donnerstag. Daraufhin fragte ich, ob sie vielleicht bei dem vielen Stress, den sie hätten, vergessen hätten, dass heute Führers Geburtstag sei. Und wissen Sie, was der mir antwortete?«

Daniel Appel schüttelte den Kopf.

»Wer ist denn Führer?« Sie lachte kurz auf, musste dann aber heftig in ein Taschentuch husten, das sie aus dem Ärmel ihrer Bluse hervorzupfte. Daniel Appel überlegte kurz, ob es sinnvoll wäre, ihr auf den Rücken zu klopfen. Aber am Ende würde er ihr dabei noch einen Wirbel brechen, also ließ er es sein und wartete, bis der Anfall vorbei war und Frau Zollner das Taschentuch wieder zurück in den Ärmel stopfte. Danach stemmte sie sich aus ihrem Sessel, wackelte hinüber zur Schrankwand und nahm ein gerahmtes Foto in die Hand. Sie wolle ihm etwas zeigen, verkündete sie mit wichtiger Miene.

Daniel Appel war, etwas widerstrebend, ebenfalls aufgestanden. So nett die Alte war, er hatte weder Zeit noch Lust, sich jetzt die Ahnengalerie erklären zu lassen. Aber so leicht gab es kein Entrinnen. Schon hielt sie ihm den Silberrahmen mit dem Schwarzweißfoto unter die Nase. Ein junges Mädchen mit Gretchenfrisur reichte einem Mann in Uniform einen Blumenstrauß.

»Das bin ich«, strahlte sie. »Beim BDM. Da haben wir Führers Geburtstag immer groß gefeiert. Einmal kam sogar Goebbels zu Besuch. Und ich durfte ihm den Blumenstrauß reichen.«

Francesca nahm einen tiefen Atemzug, nachdem sie Ingrid Stupkas verräucherten Laden verlassen hatte. Ein lauer Wind griff nach ihrem Haar, und sie genoss es, mit dem Rad quer durch die Stadt zu fahren.

Einen Notfallplan, sinnierte sie vor sich hin. Nein, den hatte sie nicht. Ihr Vater hatte stets gehofft, dass sie Kunst studierte, er hätte es sogar unterstützt, wenn sie ihre Malerei zum Beruf gemacht hätte. Aber Francesca hatte keine Lust gehabt, ein Leben lang finanziell am Tropf ihrer Eltern zu hängen. Außerdem fand sie sich selbst nicht wirklich kreativ. Sie erlernte gern Techniken, kopierte Malstile und vermischte sie, aber das war ein Zeitvertreib, weiter nichts.

Dass sie zur Polizei gegangen war, hatte Salvatore Dante senior bis heute nicht verschmerzt. »Schon zweieinhalb Beamte in der Familie, wo bleiben die Schöngeister?«, hatte er sich beschwert, denn sein Ältester, der nach ihm benannte Salvatore, war Gymnasiallehrer für Mathematik und Physik –

»Von mir hat er das nicht!« – und Antonio war Angestellter der Stadtwerke im Bereich Öffentlichkeitsarbeit, also ein halber Beamter. Sergio, der jüngste der Brüder, arbeitete in einer Drei-Mann-IT-Klitsche, von der niemand genau wusste, was sie dort eigentlich trieben. »Spionieren für die NSA«, pflegte Sergio zu scherzen. Aber wer immer in der Familie ein Problem mit seinem Computer hatte oder sein Smartphone nicht in den Griff bekam, rannte damit zu Sergio. Der Einzige, der ansatzweise kreativ war, wenn auch kein lupenreiner Schöngeist, war Marcello, der in seinem Feinschmeckerlokal kochte. Ihre Mutter wiederum klagte regelmäßig, wie gefährlich Francescas Beruf sei. Das sehe man schließlich dauernd im Fernsehen. Bis vor kurzem hatte Francesca sie noch beruhigen können, indem sie darauf hinwies, dass die Bearbeitung von Graffiti und Fahrraddiebstahl ein relativ geringes Gefahrenpotential berge und es außerdem hierzulande mit der Mafia nicht ganz so schlimm sei wie in Kampanien. Aber seit Antonio, dieses Trampeltier, versehentlich das Wort »Mordkommission« fallen gelassen hatte, galt Francesca bei ihrer Mutter als Todgeweihte.

Mütter, dachte Francesca, als sie in einer gesichtslosen, verkehrsberuhigten Vorstadtstraße anhielt und ihr Rad abschloss. Einmal in Rage, sind sie zu so manchem fähig.

Hier wohnten laut Einwohnermeldeamt Elisabeth Hiller und ihre Tochter Jette in einem von drei ziemlich identischen Wohnblöcken. Rotes Mauerwerk, große Balkone, geraniengeschmückt. Den gefältelten Gardinen nach zu urteilen, schienen hier eher ältere Leute zu leben. Francesca fand das Namensschild *E. Hiller* und klingelte, insgesamt drei Mal, aber es schien niemand da zu sein.

Eine winzige Frau mit bläulicher Dauerwelle, großer

Brille und einem Rollator war hinter ihr stehen geblieben und fragte nun halb neugierig, halb misstrauisch, zu wem sie denn wolle.

»Zu Elisabeth Hiller. Ich bin von der Polizei!«

»Ist was passiert?«

»Es geht nur um ein paar Auskünfte.«

Die Frau antwortete freundlich: »Da müssen Sie ein bisschen warten. Die sind jetzt alle noch da drüben.«

»Wer alle?«, fragte Francesca.

»Na, die Alten«, sagte die Frau, die bestimmt schon an die neunzig war.

»Aha. Und *wo* drüben sind die?«

»Da.« Sie wies auf ein hohes Gebäude schräg gegenüber. »Das ist hier eine Anlage für betreutes Wohnen. Im Pflegeheim, dem wir angeschlossen sind, ist heute Bingo-Nachmittag, der ist sehr beliebt. Ich nenne es immer den Bunga-Bunga-Nachmittag, aber das kapieren die gar nicht. Die halten mich eh für plemplem.«

Francesca grinste. »Und wie lange geht die Sause schätzungsweise?«

»Höchstens bis sieben.«

Noch fast eine Stunde. »Wieso sind Sie nicht beim Bingo?«, erkundigte sich Francesca.

»Das ist mir zu kindisch. Wissen Sie, viele hier sind ein bisschen …« Sie fächelte mit der Hand vor ihrer Stirn hin und her. »Ich muss jetzt weiter, ich will nämlich noch mit meinem Urenkel skypen.« Sie zog einen Schlüsselbund aus der Tasche des Kleidungsstücks, das Leute ihrer Generation gerne als »Übergangsmantel« bezeichneten.

»Warten Sie, ich helfe Ihnen mit der Tür«, bot Francesca an.

»Danke, nicht nötig.«

Tatsächlich schwang die Tür automatisch auf, nachdem die Frau eine kleine Fernbedienung an ihrem Schlüsselbund gedrückt hatte. Technisch schien man hier vollends auf der Höhe der Zeit zu sein. Francesca folgte ihr in den geräumigen Hausflur, in dem es nach einem zitronigen Putzmittel roch. »Kennen Sie Frau Hiller?«

»Ja, die wohnt über mir, im vierten Stock«, sagte die Frau, während sie auf den Aufzug wartete. »Die ist recht fit im Oberstübchen. Ist ja auch noch jung, könnte glatt meine Tochter sein.«

Der Aufzug kam, und die Blauhaarige rollte hinein und wünschte Francesca noch einen schönen Abend, ehe sich die Türen schlossen. Francesca überlegte. Sollte sie auf das Ende der Veranstaltung warten? Oder besser morgen wiederkommen, mit einem Kollegen, wie es ohnehin der Vorschrift entsprochen hätte. Aber Francesca wollte Jessen ein Ergebnis liefern, also nahm sie die Treppe bis ins vierte Stockwerk und setzte sich auf die Stufen, die zum Dachgeschoss führten. Elisabeth Hiller war schließlich kein Drogenboss, sondern eine Frau von, laut Meldebehörde, dreiundsiebzig Jahren, die in einer betreuten Wohnanlage lebte. Dennoch konnte sie eine grausame Mörderin sein, sagte sich Francesca. Die Kriminalitätsrate unter den Senioren war seit Jahren im Steigen begriffen, und einer Frau in den frühen Siebzigern war noch einiges zuzutrauen. War sie auch dazu in der Lage, einen bewusstlosen Mann in ein Fahrzeug zu verfrachten, ihn wieder herauszuheben und in einen Brunnen zu werfen? Wenn sie einen Bauernhof gehabt hatte, dürfte sie ans Zupacken gewöhnt sein. Es gab Leute ihres Alters, die noch Marathon liefen und den

Mount Everest bestiegen. Aber die lebten nicht in betreuten Wohnanlagen, hielt sich Francesca vor Augen. Hier, in diesem Wohnblock, konnte sie Steffen Plate jedenfalls nicht gefangen gehalten haben.

Sie wurde in ihren Gedankengängen unterbrochen, als sich die Aufzugtür öffnete. Eine Frau in einem Rollstuhl fuhr aus dem Aufzug und auf die Tür zu, an der der Name Hiller stand.

»Ich fürchte, wir müssen morgen noch mal hier antanzen«, maulte Daniel Appel und berichtete, ihm hätten nur zwei Leute geöffnet. »Samstag sind die alle bei Lidl und KiK.«

»Und?«, fragte Graham. »Was rausgefunden?«

Appel verdrehte die Augen. Erich Kümmel, ein sonnenstudiogebräunter Frührentner mit einer Schnaps-Knoblauch-Fahne, der in einem Messie-Haushalt lebe, habe herumgetönt, dass Plate genau das bekommen habe, was ihm zustünde. Darüber hinaus sei nichts Brauchbares bei seiner Befragung herausgekommen. »Das war nur ein Schwätzer, der zieht so eine Nummer wie das mit dem Plate nie im Leben durch«, meinte Appel und holte tief Luft. »Aber dann kam's dicke...«

Graham musste lachen, nachdem Appel mit der Schilderung seines Besuchs bei »der Nazi-Oma« fertig war. »Und du hast dich nicht mit *Heil Hitler* verabschiedet?«, fragte er.

»Und dabei fand ich sie am Anfang echt süß«, gestand Appel noch immer erschüttert. »Garantiert hat sie ihr Schlafzimmer mit Hitlerbildern zugepflastert. Und wie war's bei dir?«

»Ähnlich«, sagte Graham und fügte noch hinzu, dass

man Matthias Radek von der Liste streichen könne. »Exitus im Jahr 2000, Fahrerflucht.«

Appel fiel noch etwas ein. »Ach ja, der Messie sagte, von einem von Plates Clique, Jan Trockel, wohnt angeblich die Mutter noch hier. Die heißt jetzt aber anders.«

»Und wie?«, fragte Graham.

»Das wusste der nicht. Nur dass sie auf Nummer sieben wohnt.«

»Das kriegen wir raus«, sagte Graham.

»Du meinst, jetzt?« Appel hatte sich offenbar schon Hoffnungen auf einen frühen Feierabend gemacht.

»Klar, jetzt«, sagte Graham. Sie gingen zum Wagen, wo Graham sein MacBook aus dem Rucksack holte. Er setzte sich bei geöffneter Tür auf den Fahrersitz und hackte auf der Tastatur herum. »Okay«, murmelte er dann, »Silvia Schmuck, das muss sie sein.« Er steckte das Gerät wieder in den Rucksack, hängte ihn sich über die Schulter und schloss den Wagen ab.

»Sicher ist sicher, was«, grinste Appel angesichts einer Handvoll Jugendlicher, die auf einem Unterstand für Mülltonnen saßen und vermutlich exakt dem Feindbild von Plates ehemaliger Springerstiefel-Gang und der netten alten Frau Zollner entsprachen.

Durch die Tür von Haus Nummer sieben wurde gerade ein Kinderwagen geschoben. Graham hielt der jungen Mutter die Tür auf, damit sie ungehindert weitertelefonieren konnte. Sie bedankte sich, indem sie Graham kurz mit den Augen abscannte und lächelte. Kaum zwei Schritte von der Tür entfernt, blieb sie stehen und zündete sich eine Zigarette an. Der Figur nach könnte sie eine Tochter von Hildegard Wolter sein, spekulierte Graham.

»Was 'ne Schlampe«, meinte Appel. »Wenn meine Frau vor meinem Kind rauchen würde...« Er verriet nicht, was dann los wäre.

»Dazu wird's hoffentlich nie kommen«, murmelte Graham.

»Wie ... wie meinst du das?«, fragte Daniel Appel, nachdem ein, zwei Sekunden verstrichen waren.

»Gefällt die dir etwa?«, entgegnete Graham.

»Was? Nein. Nein, natürlich nicht«, stammelte der verwirrte Appel.

Sie klingelten an einer Tür im ersten Stock, hinter der das Geheul eines Staubsaugers zu hören war. Erst nach mehrmaligem Läuten wurde das Gerät abgestellt, Schritte näherten sich und eine verhärmte Frau in den Fünfzigern öffnete die Tür.

»Frau Schmuck? Silvia Schmuck?«

»Ja?«

Robert Graham stellte sich und Appel vor.

»Sie sind von der Polizei?« Unregelmäßige Flecken erschienen auf ihrer blassen Gesichtshaut.

Graham, der vor einer Sekunde genau dies gesagt hatte, nickte und zeigte ihr seinen Dienstausweis. Der schien sie aber nicht zu interessieren. Sie schaute ihn mit großen angstgeweiteten Augen an. Dann stieß sie mit atemloser Stimme hervor: »Kommen Sie wegen Jan? Haben Sie meinen Sohn gefunden?«

Ein winzig kleiner Mund saß wie eine Rosine zwischen Frau Hillers aufgedunsenen Wangen, die im krassen Gegensatz zu ihrem schmächtigen Körper mit den hängenden Schultern standen. Sie leide an Multipler Sklerose, erklärte sie ungefragt. Deshalb wohne sie hier, in dieser Wohnung, die sozusagen eine Übergangslösung sei, bis sie ins Pflegeheim ziehen müsse.

»Das tut mir leid«, sagte Francesca verlegen. Frau Hiller bot ihr Tee an, aber Francesca lehnte ab. Sie hatte nicht vor, lange zu bleiben, in dieser kleinen, überheizten Wohnung mit den düsteren Möbeln, die alles Licht aufzusaugen schienen. Das Sofa, auf dem sie saß, war durchgesessen und roch muffig. Die Frau nach ihrem Alibi für letztes Wochenende zu fragen erschien Francesca sowohl überflüssig als auch peinlich. »Sei wann wohnen Sie hier, Frau Hiller?«

»Seit zwei Jahren.«

»Davor hatten Sie einen Hof?«

»Ja. Musste verkauft werden, um diesen Palast hier zu finanzieren.« Sie machte eine ausladende Geste und lächelte sarkastisch.

»Ihre Tochter Jette wohnt bei Ihnen?« Besonders groß kam Francesca die Wohnung nicht vor. Vom Flur gingen vier Türen ab. Vorausgesetzt, es gab nirgends ein Durchgangszimmer, dann bedeutete das, dass es neben Bad, Küche und Wohnzimmer nur ein Schlafzimmer gab. Ziemlich eng für Mutter und Tochter, besonders, wenn man ein Bauernhaus gewohnt war, das sicherlich reichlich Platz geboten hatte.

»Jette«, sagte Frau Hiller, und ihr Lächeln war bitter wie Kaffeesatz. »Seit der Hof verkauft ist, treibt sie sich irgendwo in Fernost herum. Die letzte Post kam aus Thailand.«

»Haben Sie eine Adresse?«

»Nein. Ich sagte doch gerade, sie treibt sich herum.« Sie klang verletzt und deutete anklagend auf vier Postkarten, die in der Schrankwand vor einer Reihe von Buchclubliteratur aus den Siebzigerjahren lehnten. Weiße Strände, türkisblaues Meer, ein Palast in fernöstlicher Architektur, eine Art Dschungel.

»Sabbatjahr nennt sie das. War schon immer ihr Traum.«

Woher ihre Tochter das Geld dafür nehme, wollte Francesca wissen.

Jette habe lange dafür gespart und ein Anteil des Erlöses aus dem Verkauf des Hofes habe ja auch ihr gehört.

Francesca gab sich Mühe, zu verbergen, was sie davon hielt. Weder sie selbst noch einer ihrer Brüder würde sich ein »Sabbatjahr« gönnen, wenn ihre Mutter so krank wäre wie Frau Hiller. Und sie waren immerhin fünf Geschwister und nicht die einzige Tochter, so wie Jette Hiller. Nein, mit dem Familiensinn war es bei den Hillers offensichtlich nicht allzu weit her.

Francesca erkundigte sich nun nach Steffen Plate. Ob Frau Hiller ihn gesehen habe, nach seiner Entlassung im Jahr 2009.

Das verneinte sie und sagte rundheraus: »Hätte er sich bei mir blicken lassen, hätte ich ihn schon damals umgebracht, das können Sie mir glauben.«

»Wieso?«

Der Blick ihrer muschelgrauen Augen verhärtete sich. »Schlimm genug, dass der Mistkerl unseren Marcel zu dieser Irrsinnstat überredet hat. Aber dann hat er auch noch vor Gericht frech behauptet, dass es Marcels Idee gewesen wäre.«

»Sie waren bei der Verhandlung?«

»Natürlich, jeden gottverdammten Tag. Aber wenigstens hat der Richter ihm das mit Marcel als Anstifter nicht abgenommen.« Sie schnaubte erbost. »Auf einmal war Plate dann plötzlich gar kein Verbrecher mehr, sondern ein Kranker.« Sie spie das Wort aus wie etwas Verdorbenes.

»Haben Sie denn auch mit Herrn Lamprecht gesprochen – ich meine, über den Unfall?«

»Einmal, auf dem Flur vor dem Gerichtssaal. Da ist er hergekommen, hat mir die Hand gedrückt und gesagt, es täte ihm sehr leid.« Sie seufzte und zuckte mit den Achseln. »Na ja. Was sollte er auch sonst sagen?«

Gar nichts, dachte Francesca und fragte: »War Frau Lamprecht auch dabei?«

»Nein. Die war nur da, als sie als Zeugin aussagen musste.«

»Erinnern Sie sich an Hannah Lamprecht?«

»Ja. Die hat ebenfalls ausgesagt.« Sie machte wieder eine Pause. Entweder fiel ihr das Sprechen schwer, oder sie überlegte sich ihre Worte sorgfältig. »Diese Hannah war ein hübsches Ding. Ich hatte den Verdacht, dass die mit drinsteckte. Plates Verteidiger hat sie auch danach gefragt. Aber sie hat das abgestritten und der Plate auch, und seine Kumpanen wollten das Mädchen auch nie gesehen haben. Leute wie die … die kommen immer davon. Und unseren Marcel konnte ja keiner mehr fragen.«

Um acht Uhr am Abend, Francesca hatte sich gerade in der Südkurve des Sofas eingerichtet und sich über das lausige Fernsehprogramm geärgert, klingelte ihr Handy. Graham. Er habe Informationen über Beringer. Ob er vorbeikommen solle?

Auf gar keinen Fall, entschied Francesca nach einem prüfenden Rundumblick. »Kennst du die kleine Espressobar Da Giovanni bei mir um die Ecke?«

»Finde ich. Viertelstunde?«

»Okay.«

Aufgelegt. Der Mann war effektiv. Sie legte frische Schminke auf und zog ein türkisfarbenes T-Shirt an, das eng genug war, um nicht an ein Nachthemd zu erinnern.

Kaum hatten Giovanni, der Inhaber des Cafés, und Francesca sich begrüßt und den neuesten Nachbarschaftsklatsch ausgetauscht, stieg draußen auch schon Robert Graham von seinem Rad, betrat die Bar und legte Fahrradhelm, MacBook und Rucksack auf einem der kleinen Tische ab. Die Insignien des hippen Großstädters, dachte Francesca. Um die Gerüchteküche nicht noch mehr anzuheizen, sollte sie Graham wohl besser ausdrücklich als ihren Kollegen vorstellen. Ihr Bruder Sergio wohnte nämlich im dritten Stock dieses Hauses und nahm hier wochentags seinen morgendlichen *caffè* ein. Giovanni würde Sergio Montagfrüh sofort von Graham erzählen, Sergio würde es weitertratschen und dabei würden sie herausfinden, dass Graham unmöglich der *dottore* sein konnte, mit dem sie heute Mittag vor der Nikolaikirche gesessen hatte. Francesca grinste bei dieser Vorstellung und bestellte einen trockenen Martini. Graham schloss sich ihr an, wobei er gestand, er kenne das Getränk nur aus James-Bond-Filmen.

»Was trinkst du denn sonst, Club Mate?«, fragte Francesca.

»Rhabarberschorle«, antwortete er und schaute sich um. »Sieht aus wie Palermo in den Sechzigern, cool.«

Francesca verschwieg, dass Giovanni in Wirklichkeit Jannis hieß und seine Familie aus Athen stammte. Nicht dass sie Sehnsüchte nach dem Italienklischee der Sechzigerjahre gehabt hätte. Sie hatte nicht einmal Sehnsucht nach dem heutigen Italien. Das Land ihrer Vorfahren beschwor bei ihr zweierlei Erinnerungen herauf: zum einen ermüdende Streifzüge durch Museen und Palazzi mit ihrem endlos schwadronierenden Vater, zum anderen das durchgereicht und mit Pasta vollgestopft werden bei der Verwandtschaft in Kampanien. Dorthin zog es inzwischen allerdings keinen mehr aus der Familie, nicht einmal ihre Mutter. Das Hinterland von Neapel war verpestetes Land, *terra dei fuochi*, das Land der Feuer, wo der Müll von halb Europa brannte oder vor sich hin rottete und das Erdreich vergiftete. Kampanien war zerstört worden von Geldgier, Gleichgültigkeit und der Camorra. Das zu sehen schmerzte, also fuhren sie lieber gar nicht mehr hin oder nur noch zu Beerdigungen. Die letzte hatte voriges Jahr stattgefunden. Pino, der Sohn einer Cousine, war an Leukämie gestorben, er war nur drei Jahre alt geworden.

»*Earth calling* Francesca!«

»Was?«

»Du wirktest gerade so abwesend.«

»Das täuscht, ich bin ganz Ohr«, sagte Francesca, und Graham klappte seinen Mac auf und legte los.

Ludwig Beringer wurde am 3. August 1947 in Nörthen-Hardenberg geboren. Er hatte die mittlere Reife erlangt und war 1965 mit achtzehn Jahren in den Polizeidienst eingetreten. Er holte in der Abendschule das Abitur nach, 1970 hatte er es geschafft. Es folgte die Polizeihochschule. Danach arbeitete er sich kontinuierlich nach oben und wurde 1990, mit dreiundvierzig, zum Leiter des 1. Fachkommissariats der Polizeidirektion Göttingen ernannt. Er galt als einer, der Kriminelle hart anpackte und die Dienstvorschriften großzügig auslegte. Deswegen war er einige Male bei der Staatsanwaltschaft angeeckt und gelegentlich gab es Dienstaufsichtsbeschwerden. Aber er hatte im Gegenzug auch Erfolge vorzuweisen. Neben der Aufklärung zahlreicher Tötungsdelikte hatte er es geschafft, einen Bankraub mit Geiselnahme unblutig zu beenden, unter seiner Regie war ein in ganz Norddeutschland agierender Rauschgiftring zerschlagen worden. Die Aufklärungsrate bei den Gewaltdelikten war zu seiner Zeit überdurchschnittlich hoch und diese Tatsache hatte so manchen Vorgesetzten über seine menschlichen Defizite hinwegsehen lassen.

Sein Privatleben war für einen Polizeibeamten typisch. Die erste Ehe dauerte von 1975 bis 1982. Eine Tochter ging daraus hervor, Mareike, 1976 geboren. Sie blieb nach der Scheidung bei ihrer Mutter. 1986 heiratete Beringer seine zweite Frau Gertrud, eine Floristin, die elf Jahre jünger war als er. Beringer war inzwischen neununddreißig und bereits bei der Kripo Göttingen. Mit Gertrud baute er ein Haus in Zwingenrode, in dem er heute noch wohnt. Das Paar bekam keine Kinder mehr, aber 1996 zog die inzwischen zwanzigjährige Tochter Mareike zu ihnen, weil sie in Göttingen Jura studierte. Sie wohnte dort bis 2001. Im Oktober 2006 starb Beringers zweite Frau nach längerem Leiden an Krebs. Zwei Jahre danach ging Beringer in Pension.

»Diesen August wird er achtundsechzig. Er lebt allein, die Tochter ist in Schweden verheiratet.« Graham leerte sein Glas. »Geiles Gesöff. Soweit die Fakten. Willst du noch ein bisschen Gossip hören?«

»Unbedingt.«

»Es heißt, dass die Ermittlungserfolge Beringers aus seinen letzten fünfzehn Dienstjahren zum größten Teil auf Jessens Konto gehen.«

»Sieh an.«

»Und es wird unter den älteren Kollegen gemunkelt, dass unser werter Carolus Jessen zeitweise was mit Mareike Beringer, der Tochter des Alten, laufen hatte.«

»*Pazzia!* Der Wahnsinn!«

»Wie gesagt, das ist nur Klatsch.«

»Wo Rauch ist, ist auch Feuer«, entgegnete Francesca. »Waren sie auch im Januar 1998 zusammen?«

»Das weiß ich nicht. Aber wenn es dir wichtig ist, kann ich es rausfinden.«

»Nur, wenn's keine Umstände macht«, meinte Francesca und dachte: Das würde ja so manches erklären. Dann fragte sie: »Wusste Beringer von dem Verhältnis?«

»Davon ist auszugehen. Beringer war einer, der das Gras wachsen hörte. Ich glaube kaum, dass man ihm so etwas auf Dauer verheimlichen konnte.«

»Danke, das war sehr aufschlussreich.« Francesca fühlte sich gerüstet für den morgigen Besuch in der Höhle des Löwen.

Graham klappte seinen Rechner zu und schaute sie forschend an. »Und sonst?«, fragte er.

»Was meinst du mit *sonst*?«, fragte Francesca zurück. Sollte das der Auftakt zum außerdienstlichen Teil des Abends werden? Mal abgesehen davon, dass es grundsätzlich besser war, mit Kollegen nichts anzufangen: Graham sah wirklich verdammt gut aus, Grundsätze hin oder her. Es war ein Vergnügen, ihn anzusehen. Ein Gefühl, als würde man ein schönes Tier betrachten oder ein Gemälde. Aber Francesca musste sich eingestehen, dass sie beim Anblick von *La Gioconda* im Louvre mehr Herzklopfen verspürt hatte als jetzt unter Grahams Blick. Kein erhöhter Puls, nicht die kleinste Flamme des Begehrens. Stimmte etwas nicht mit ihr? Anke Mellenkamp, zum Beispiel, hatte nicht nur einmal verkündet, dass sie »dieses Schnuckelchen« keinesfalls von der Bettkante schubsen würde.

»Was spricht die Akte?«, fragte er.

»Die Akte…«, wiederholte Francesca halb erleichtert, halb enttäuscht. »Tja, also, die Mutter des zweiten Täters, Marcel Hiller, können wir schon mal abhaken. Die lebt in einer Anlage für betreutes Wohnen und sitzt im Rollstuhl. Hat MS.« Francesca verspürte sofort wieder dieses ungute Gefühl beim Gedanken an die Unterhaltung mit Elisabeth Hiller. Die Kranke hatte ihr leidgetan, aber gleichzeitig hatte Francesca auch die Kälte wahrgenommen, die die Frau verströmte. Waren es die Augen gewesen, die Mimik? Oder die Stimme, der verbitterte Tonfall? Sie hatte die Antwort darauf bis jetzt nicht gefunden.

Die Akte… Sollte sie Graham von Marcel Hillers Obduktionsbericht erzählen? Oder von dem toten Freund Plates? Ein kleines Bonbon hatte er sich eigentlich schon verdient, für seine Recherche über Beringer. Sie gab wieder, was sie von Ingrid Stupka über den Tod von Boris Heiduck im Hannover'schen Rotlichtviertel gehört hatte.

»Finanzberater vor einem Puff erstochen«, grinste Graham. »Es gibt also doch einen Gott!«

»Ansonsten stecke ich noch bis zum Hals in Papier. Und was war bei euch los?«

Graham holte tief Luft und für einen Augenblick schien es, als wappnete er sich für eine längere Rede. Aber dann sagte er nur: »Nichts Besonderes«, leerte sein Glas und stand auf.

»Der geht auf mich«, sagte Francesca.

Der Volvo schaukelte auf ausgeleierten Stoßdämpfern über die Landstraße. Noch schien die Sonne, aber im Westen zogen sich die Wolken zusammen wie drohende Fäuste.

»Das gute Stück«, hatte Francesca vorhin, beim Einsteigen süffisant bemerkt.

»Skandinavische Wertarbeit, in zwanzig Jahren noch keine nennenswerte Reparatur!«, hatte Jessen entgegnet.

Er hatte erklärt, er wolle nicht, dass ihr Besuch bei Beringer von vornherein einen dienstlichen Charakter habe, deshalb sein Privatwagen.

Francesca hatte in Gedanken entgegnet, sie fühle sich absolut im Dienst, denn mit ihrer Freizeit wisse sie etwas Besseres anzufangen, als pensionierte Kripobeamte zu besuchen. Laut sagte sie, sie habe allerdings ein paar ziemlich dienstliche Fragen, die sie Beringer stellen wolle.

»Was wollten Sie denn von Sünderberg?«, fragte Jessen etwas später. Die Frage kam völlig unvermittelt, einer seiner typischen Überraschungsangriffe aus dem Nichts.

Francesca löste ihren Blick von einer kleinen Kapelle, die ganz allein an der Flanke eines Hügels stand, und seufzte. »Wer hat gepetzt?«

Niemand. Sie habe Spuren hinterlassen.

»Spuren?«

Ja, Spuren. Sein Telefonverzeichnis habe bei seiner Rückkehr sechs Zentimeter weiter links gelegen als gewöhnlich und der Kugelschreiber nicht parallel davor. Außerdem habe sie den Notizblock verrückt und darauf Telefonnummern notiert, die sich auf das Blatt darunter durchgedrückt hätten. Mit Bleistift schraffiert, seien sie deutlich zu lesen gewesen.

War das zu fassen? Er schien auch noch stolz auf seinen befremdlichen Ordnungswahn zu sein. »Haben Sie auch Fingerabdrücke genommen?«

Nein, er habe gleich gesehen, dass es ihre Schrift war.

Francesca erklärte, dass sie Sunderberg wegen Marcel Hillers Obduktionsbericht hatte sprechen wollen. »Sie haben sich ja gestern so blitzartig verdrückt, sonst hätte ich Sie schon selbst gefragt.«

»Ich musste zu einer Münzauktion, ich war schon spät dran.«

»Es ist doch so«, begann sie zu erläutern, »Marcel Hiller wird aus dem Wagen geschleudert, er kommt auf dem Boden auf. Peng!« Zur Untermalung ihrer Schilderung schlug sie mit der Faust aufs Armaturenbrett, was Jessen einen missbilligenden Laut entlockte. Davon unbeeindruckt, fuhr sie fort: »Rippen angeknackst, Delle am Kopf. Aber Hiller hatte laut Obduktionsbericht *zwei* Kopfwunden. Eine tiefe, tödliche am Schläfenbein und eine Prellung am Stirnbein. Ein menschlicher Kopf ist aber doch kein Fußball, der zweimal aufklatscht, oder?«

Die leichtere Verletzung könne von der Windschutzscheibe stammen und die tiefe Wunde vom Untergrund, wandte Jessen ein.

Francesca widersprach: »Laut Bericht der KTU ging die Scheibe durch Äste zu Bruch, als der Wagen durch die Böschung brach, nicht durch Marcels Schädel.«

»Dann war es vielleicht der Ast, der die Windschutzscheibe zertrümmert hat, der die Prellung an der Stirn verursacht hat.«

Das sei möglich, musste Francesca einräumen, ehe sie weiterredete: »Beringer war bei der Obduktion dabei. Wieso ist ihm das mit den zwei Kopfwunden nicht aufgefallen, wenn es sogar mir schon auffällt?« Sie schaute ihren Vorgesetzten prüfend von der Seite an.

Sie solle ihr Licht nicht unter den Scheffel stellen, meinte der. Was denn Sunderberg dazu sage?

»Ärzte!« Sie winkte ab. »Legen sich doch nie fest.« Sie wurde deutlicher: »Ist Ihnen beiden nie der Gedanke gekommen, dass Peter Lamprecht Marcel erschlagen haben könnte?«

»Dafür gab es keinen Beweis.«

»Wurde denn danach gesucht? Diese zwei Wunden – da entsteht doch zumindest ein Anfangsverdacht.«

»Wonach hätte man denn Ihrer Meinung nach suchen sollen?«

»Nach etwas an der Böschung, das die schwere Kopfwunde hätte verursachen können«, schlug Francesca vor.

»Die Obduktion fand Montag oder Dienstag nach dem Unfall statt...«, begann Jessen.

»Dienstag«, präzisierte Francesca.

Von Samstagabend bis Montag früh, erinnerte sich Jessen, habe es mehr oder weniger durchgeschneit. Mindestens zwanzig Zentimeter Schnee hätten gelegen. Ja, es hätte Lamprecht entlastet, wäre dieser Stein, oder was auch immer es gewesen sein mochte, gefunden worden. Aber da andererseits kein Verdacht gegen Lamprecht bestanden habe... Jessen zuckte die Achseln unter seinem Sakko.

Schlamperei, dachte Francesca. Elende Vetternwirtschaft!

Sie passierten zwei triste, von der Landflucht gezeichnete Dörfer und erreichten schließlich Zwingenrode. Kein Mensch war auf der Straße zu sehen. Was taten die Bewohner der ländlichen Region wohl am Sonntag, wenn sie in ihrem Regenerationsraum im Grünen ausharren mussten, weil die City geschlossen hatte? Zur Kirche gehen? Und danach? Sonntagsspaziergang? Sich zu Tode langweilen?

Erneut betrachteten beide das Haus der Lamprechts. Der Besuch bei Frau Lamprecht stand nach dem Treffen mit Beringer auf dem Plan.

»Haben Sie damals Judiths Leiche gesehen?«, fragte Francesca.

Jessen verneinte. Er habe an dem Wochenende seinen Vater in Kiel besucht. An jenem Samstagabend seien zunächst die Kollegen aus Duderstadt gerufen worden. Der dortige Kommissar war ein junger Ehrgeizling, der den Fall am liebsten an sich gerissen hätte, deshalb habe er es erst im Verlauf des nächsten Tages für nötig gehalten, die Kripo Göttingen über die Vorfälle zu informieren. Allerdings sei zu dem Zeitpunkt Hauptkommissar Beringer durch die Buschtrommeln bereits auf dem Laufenden gewesen. Sein Chef sei recht penibel gewesen, was Zuständigkeiten anging, und habe dem Kommissar aus Duderstadt damals anständig in den Hintern getreten. »Ist ja auch verständlich«, urteilte Jessen. »Beringer wohnte hier, er kannte die Familie…«

»Woher?«, unterbrach Francesca Jessens Schilderung.

Die Frage schien ihn zu verwundern. »Das weiß ich nicht. Hier kennen sie sich doch alle, vermute ich mal.« Er selbst, kam Jessen auf Francescas ursprüngliche Frage zurück, habe das Haus erst am Montag nach der Tat zum ersten Mal betreten.

»Wo waren da die Lamprechts?«

»In einem Hotel in Göttingen. Die Spurensicherung hatte das Haus erst Mitte der Woche wieder freigegeben.«

Francesca versuchte, sich vorzustellen, wie die Familie zurückkehrte in das Haus, in dem ihre Tochter, ihre Schwester, ermordet worden war. Ihr Haus, das kein Zuhause mehr war, sondern ein Tatort. Wer von ihnen hatte es als Erstes gewagt, in Judiths Zimmer zu gehen? War es sofort geschehen oder erst nach Tagen, und wie mochte es dort ausgesehen haben? Waren noch Blutflecken zu sehen gewesen zwischen den Hinterlassenschaften der Spurensicherung?

»Wie sah es da drin denn aus?«, fragte sie Jessen.

Der seufzte. Selbst wenn man die tragischen Geschehnisse ausklammere, sei die Atmosphäre beklemmend gewesen. Kaum Bilder an den Wänden, in jedem Raum ein Kreuz, mit oder ohne Jesus. Die Zimmer der Schwestern hätten wie die eines Pilgerhotels ausgesehen, nicht wie die von Teenagern. »Schrecklich ordentlich. Und wenn ich das schon sage!«, warf er selbstironisch ein. Bei Judith habe ein Bild vom Petersdom gehangen...

»Das war auf einem der Fotos zu sehen«, fiel Francesca ein. »Nicht gerade der typische Wandschmuck einer Achtzehnjährigen.«

»Das ist nicht alles, was untypisch war«, fuhr Jessen fort. Judiths Kleidung habe größtenteils aus langen Röcken und Kleidern bestanden und ihre wenigen Bücher seien religiösen Inhalts gewesen. Oder Schulbücher. Sie habe weder Schmuck noch Schminksachen besessen, keine Jugendzeitschriften oder Comics, nur ein paar schwarzgebrannte CDs von Eminem, den Ärzten und Shakira, verborgen zwischen den

Hüllen von Klassik-CDs, und unter dem Bett einen Roman von Stephen King aus der Schulbibliothek.

Versteckte CDs und Bücher – wie bei Strafgefangenen, dachte Francesca schaudernd. »Und Hannahs Zimmer?«, fragte sie.

Ähnlich. Dort habe eine Weltkarte an der Wand gehangen, neben dem unvermeidlichen Kreuz. »Hannah schien etwas mehr Eigenleben zu besitzen. Sie hat Sport getrieben, sie besaß sogar ein Rennrad, es stand in der Garage. Ihr Zimmer wurde nicht so gründlich durchsucht wie das von Judith, dazu bestand ja keine Notwendigkeit. Wir haben nur überprüft, ob man von dort wirklich in den Garten springen kann. Man kann.«

»Fußabdrücke?«

»Konnte man nur noch andeutungsweise erkennen, wegen des Schneefalls.«

Vielleicht, überlegte Francesca, war Hannah nicht nur an jenem Tag aus dem Fenster gesprungen …

»Darf ich Sie mal was fragen?«

Das tue sie doch schon die ganze Zeit, gab Jessen zurück.

»Was ist das für ein Ding da, auf dem Rücksitz?«

»Eine Metallsonde.« Manchmal, erklärte er auf ihren erstaunten Blick hin, streife er damit durch die hiesigen Wälder und hoffe, Spuren früheren Lebens zu finden.

»Bei Regen«, ergänzte Francesca.

»Genau. Da sind weniger Leute unterwegs, die dumme Fragen stellen.«

»Und? Haben Sie schon was gefunden?«

»Oh ja. Zwei Nägel einer römischen Legionärssandale, ein Hufeisen für Maultiere, zwei römische Münzen und eine Gabel aus Nirosta-Stahl mit SS-Prägung. Ansonsten viel modernen Zivilisationsmüll.«

»Darf man überhaupt mit so einer Sonde durch die Gegend laufen?«

Nur wenn man beim Landesamt für Denkmalpflege angemeldet sei, belehrte sie Jessen. Was auf ihn selbstverständlich zutreffe. Er habe einen Kurs machen müssen, denn es könne ja zum Beispiel passieren, dass man auf einen Blindgänger aus dem Zweiten Weltkrieg stoße. »Aber natürlich träume ich im Geheimen von so einem Jahrhundertfund wie dem am Harzhorn.« Er lächelte versonnen, und als Francesca nicht gleich antwortete, erklärte er: »2008 haben illegale Sondengänger Speerspitzen, Katapultbolzen und eine Hipposandale gefunden, das ist eine Sandale für Pferde und Maultiere, wie man sie nur in der römischen Armee benutzte. Die Finder haben diese Dinge zunächst dem Mittelalter zugeordnet. Erst durch ein Internetforum wurde klar, dass es römische Funde waren. In der Folge fand man etwa fünfzig Pfeilspitzen, hundertdreißig Katapultprojektile, weitere Speerspitzen, Teile römischer Rüstungen und andere Ausrüstungsgegenstände, die auf ein intensives Kampfgeschehen hinweisen. Sogar Reste eines Kettenhemdes. Und natürlich auch Münzen.«

»Schön, aber was ist denn daran so sensationell? Die Römer waren doch fast überall in Europa und haben Spuren hinterlassen.«

»Das stimmt. Aber am Harzhorn fand man, unter anderen, zwei Münzen, deren Prägung auf das Jahr 228 nach Christus zurückging, die Zeit des Kaisers Severus Alexander. Bis dahin hatte niemand die Römer im 3. Jahrhundert so weit im Osten Germaniens vermutet. Bedenken Sie, dass die berühmte Varusschlacht, bei der die Germanen angeblich die Römer besiegten, bereits im Jahre 9 nach Christus stattfand.«

»Ich verstehe«, sagte Francesca. »Darum geht es.«

»Durch diese Funde muss die Geschichte der Römer in Niedersachsen neu geschrieben werden«, behauptete Jessen.

»Sie sammeln Münzen?«, fragte Francesca.

»Ja.«

»Klingt aufregend.«

»Spotten Sie nur«, sagte Jessen. »Münzen sind hochinteressant. Wussten Sie, dass die Römer sogenannte Bordellmünzen besaßen? Die galten, wie der Name schon sagt, in den Bordellen und darauf waren die entsprechenden Dienstleistungen bildlich dargestellt.«

»Ts. Die Römer!«, grinste Francesca.

Selten hatte Jessen so viel am Stück geredet, noch dazu über Außerdienstliches. Aber nun schien er geradezu entfesselt. »Wo es keine Schriften gibt, erzählen uns Münzen oft als einzige Zeugnisse die Geschichte. Man kann daran ablesen, welcher Herrscher an der Macht war und wo Feldzüge verliefen. Anhand ihrer Zusammensetzung kann man auf den Grad des Wohlstands einer Gesellschaft schließen: War den Münzen viel billiges Metall beigemischt, dann ging es dem Volk schlecht. Da es zu allen Zeiten Schurken gibt, wurden auch immer schon falsche Münzen geprägt. In den römischen Provinzen bestand jedoch häufig ein Mangel an Kleingeld, deshalb wurde diese Falschmünzerei bis zu einem bestimmten Grad toleriert.«

»Das kenne ich von meinen Ferien bei der Verwandtschaft«, meinte Francesca. »Als es in Italien noch Lire gab, bekamen wir Kinder oft Bonbons statt Kleingeld zurück.

Indem man sie lutschte, hat man sie sozusagen als Währung akzeptiert.«

»Da sehen Sie es!«, triumphierte Jessen und lächelte.

»Warum sind Sie nicht Archäologe geworden?«

Er zuckte mit den Schultern. Das frage er sich in letzter Zeit auch immer öfter. Aber so etwas Ähnliches sei er ja nun auch. »Wühlen wir nicht auch so lange im Dreck, bis wir etwas Aussagekräftiges zutage fördern?«

Sie hatten die Hauptstraße verlassen und fuhren an einem Friedhof und einer Kirche aus groben grauen Natursteinen vorbei. Danach folgte ein leichter Anstieg. Das musste der Nobelhügel des Ortes sein, die Häuser wirkten gediegener und die Grundstücke waren größer als unten an der Hauptstraße.

Vor einem Backsteinhaus mit Friesengiebel, Erkern und Sprossenfenstern hielt Jessen an. Rosen kletterten an weißen Spalieren hinauf. Das Haus hätte freilich besser nach Föhr oder Amrum gepasst, besaß aber dennoch mehr Charme als das, was Francesca bis jetzt von diesem Ort gesehen hatte. »Das ist ja putzig!«, meinte sie verblüfft. Nach allem, was sie bisher über Beringer gehört hatte, hatte sie eine Doppelhaushälfte mit Jägerzaun erwartet. Erst auf den zweiten Blick wurde deutlich, dass das Haus nicht nur ansprechend, sondern auch ziemlich groß war. Nicht ganz stilecht waren die vergitterten Fenster zur Straße hin, aber als Polizist hörte man wohl einfach zu viel über Einbrüche.

Sie passierten den von Unkraut überwucherten Vorgarten und bevor sie klingeln konnten, wurde ihnen geöffnet.

Das also war Beringer. Die zweite Überraschung des Tages. Ein großgewachsener, dürrer Mann mit gebeugtem Rücken. Die Haut schien zu groß für sein Gesicht, das die

Farbe von altem Leinen hatte. Das Auffälligste daran waren die ausgeprägten Tränensäcke. Über die Wangenknochen dagegen spannte sich die Haut wie rissiges Leder. Ein grauer Haarkranz reichte von einem Ohr bis zum anderen. Nein, Beringer wirkte ganz und gar nicht wie einer dieser rüstigen Rentner, die heutzutage der Standard waren. Beringer sah vielmehr aus wie ein trauriges, altes Pferd.

»Jessen. Schön, dass du mal wieder vorbeischaust.« Seine Stimme war heiser, ein wenig brüchig, ließ aber ahnen, dass sie einmal kräftig gewesen war.

Jessen begrüßte Beringer mit »Tag, Chef!«, was diesen sichtlich freute, und stellte seine Begleitung vor. Beringers Händedruck war viel zu kräftig, wie häufig bei alten Männern, die unbedingt beweisen müssen, dass noch Kraft in ihnen steckt. Er bat sie in den Wintergarten, wo er den Kaffeetisch mit rührend unbeholfener Sorgfalt gedeckt hatte. Das Tischtuch hing auf einer Seite zu weit herunter, und er hatte Teetassen hingestellt, obwohl es nach Filterkaffee roch. Verwitwete Männer, dachte Francesca. Hatten immer etwas Mitleiderregendes.

»Sie haben ein wunderschönes Haus«, bemerkte sie.

»Danke«, sagte Beringer. »Meine Frau wollte unbedingt ein Friesenhaus. Sie hing sehr daran. Leider bin ich kein großer Gärtner, Sie hätten den Garten sehen müssen, als sie noch lebte.«

In der Tat sah man dem Grundstück an, dass die professionelle Hand schon seit längerem fehlte. Der Rasen hatte braune Stellen, die Büsche, die das Grundstück umsäumten, waren ins Kraut geschossen, in den Beeten ging es drunter und drüber. Konnte oder wollte sich Beringer keinen Gärtner leisten?

Auf einer Platte in der Mitte des Tisches lag das, was ländliche Bäckereifilialen ihren Kunden als Kuchen zumuteten und das erfahrungsgemäß wie ein voller Staubsaugerbeutel schmeckte. Im Auto hatte Francescas Magen noch leise vor sich hin gegrummelt, jetzt hatte sie plötzlich keinen Appetit mehr. Es war nicht nur der Kuchen, sondern der Geruch hinter Beringers Rasierwasserwolke: eine säuerliche Ausdünstung nach versteckter Fäulnis, beißend und scharf. Altmännerschweiß, Krankheit, Tod, dachte Francesca.

»Ja, der Fall Plate«, seufzte der pensionierte Kommissar. Scheußliche Sache. Dabei sei man doch sicher gewesen, dass der Kerl schon längst auf dem Grund der Ostsee liege. Was sie denn schon für Erkenntnisse hätten?

Jessen antwortete, man wisse nur, dass Plate über einen Zeitraum von mehreren Jahren, wahrscheinlich seit jenem vermeintlichen Suizid im Januar 2010, irgendwo unter ziemlich schlechten Bedingungen festgehalten wurde.

»Festgehalten?«

»Gefangen gehalten«, präzisierte Jessen. »Und dann grausam getötet. Du hast es ja sicher gehört. Die Sache mit den Ratten.«

»Wir vermuten ein Rachemotiv«, mischte sich Francesca ein. Sie hatte nicht vor, hier nur die Blumentöpfe anzustarren und sich Filterkaffee mit Kondensmilch einzuverleiben.

Beringer warf ihr einen Blick zu wie einem vorlauten Kind, dem man in Gegenwart seiner Eltern über den Mund zu fahren sich scheut.

»Deshalb rollen Hauptkommissar Jessen und ich den Fall Lamprecht noch einmal auf«, ergänzte Francesca. Sie hatte Jessens Titel mit Absicht erwähnt, um Beringer in aller Deutlichkeit vor Augen zu führen, dass jetzt Jessen das Sagen hatte.

Statt ihr zu antworten, schaute Beringer Jessen mit einem Ausdruck an, als zweifle er daran, ob man sie ernst nehmen müsse.

Jessen fragte seinen ehemaligen Vorgesetzten, ob er Plate nach dessen Entlassung aus der Psychiatrie gesehen habe.

»Ich? Nein. Der ist ja prompt wieder in das Rattenloch zurückgekrochen, aus dem er kam. Was sollte ich da bitte schön verloren haben?«

Interessante Wortwahl, dachte Francesca und fragte Beringer, was genau er denn mit Rattenloch meine.

»Na, diese Siedlung, in der das ganze Gesocks wohnt. Asoziale, Ausländer…« Er unterbrach sich und taxierte Francesca, als nähme er soeben zum ersten Mal Notiz von ihr. »Verzeihung, ich meine damit natürlich nicht Sie und Ihresgleichen.« Sein Schildkrötenmund verzog sich zu einem falschen Lächeln.

»Keine Sorge. Ich und meinesgleichen fühlen sich damit nicht angesprochen«, entgegnete Francesca. »Mein Großvater stand in den Sechzigern bei VW in Wolfsburg am Band und musste sich noch als ›Itaker‹ und ›Spaghettifresser‹ beschimpfen lassen. Aber dann kam ja das ganze andere Gesocks, so dass wir Italiener inzwischen im Migranten-Ranking recht weit oben stehen.« Sie gab Beringers unechtes Lächeln zurück und da sie gerade der Hafer stach, fügte sie hinzu: »Zum Glück konnte sich mein Vater gut integrieren, so wie die meisten *Secondos*. Er ist Professor für Kunstgeschichte an der Uni Göttingen.«

»Kunst!«, rief Beringer mit gespielter Begeisterung. »Ach ja. Die Italiener hatten es ja schon immer mit der Kunst.«

Jessen beendete das Scharmützel, indem er sich räusperte und Beringer fragte: »Hattest du in letzter Zeit einmal Kontakt zu Heike Lamprecht oder ihrer Tochter Hannah?«

Beringer schüttelte den Kopf. Er sei bei Lamprechts Beerdigung gewesen und habe der Witwe kondoliert, mehr nicht. »Wir wohnen zwar im selben Ort, aber anscheinend verkehren wir in ganz unterschiedlichen Kreisen. Ich sehe die Frau so gut wie nie.«

Francesca dachte darüber nach, wie man wohl gestrickt sein musste, um in dem Haus wohnen zu bleiben, in dem diese Tat geschehen war. Ständig das Zimmer vor Augen zu haben, in dem die Tochter in ihrem Blut gelegen hatte. Um Beringer aus der Reserve zu locken, stellte sie die Frage in den Raum.

»Was blieb ihnen denn anderes übrig? Wer kauft schon ein Haus, in dem ein Mord geschah? Hier, auf dem Land, wo jeder Bescheid weiß und genug andere Häuser leer stehen?« Die Lamprechts, so Beringer, seien sehr christliche Menschen gewesen, und das nicht nur auf dem Papier. Die hätten ihren Glauben wirklich gelebt. Deshalb hätten sie ihr Schicksal akzeptiert und es mit Würde ertragen.

Halleluja, dachte Francesca und fragte: »Gilt das auch für Hannah?«

Ja, das gelte auch für Hannah.

Woher er diese Gewissheit nehme?

Menschenkenntnis. Die Lamprechts seien eine grundanständige Familie gewesen, dafür lege er seine Hand ins Feuer. Er wandte sich an Jessen und fragte: »Habt ihr auch eine brauchbare Spur oder nur wilde Anfängerphantasien?«

»Wir müssen alles in Erwägung ziehen«, sagte Jessen, wie immer die Ruhe in Person.

»Eure Theorien in Ehren, aber die Lamprechts könnt ihr dabei ruhig ausklammern«, wiederholte der Exkommissar und trank seine Tasse in einem Zug aus.

Francesca jedoch hatte sich gerade erst warm gelaufen und war nun in der richtigen Stimmung, um in den Ring zu steigen. Denn irgendetwas hatte dieser alte Mann trotz seiner augenscheinlichen Gebrechlichkeit an sich, das sie bis aufs Blut reizte. »Haben Sie Peter Lamprecht eigentlich schon vor diesem Überfall gekannt?«, fragte sie.

Beringers Blick ruhte einen Tick zu lange auf ihr, ehe er antwortete: »Das ist ein kleiner Ort. Hier kennt man sich.«

Hatte er nicht eben gerade noch von ganz unterschiedlichen Kreisen gesprochen? Sie nahm sich vor, zu vergessen, dass Beringer ein Expolizist und Jessens früherer Chef war, und ihn stattdessen als einen Menschen zu betrachten, der sich verdächtig benommen hatte. »Und weil *man sich hier kennt*, haben Sie Lamprecht in Ihrem Verhör mit Samthandschuhen angefasst?«, formulierte Francesca ihre Kampfansage.

Die Schlaffheit wich aus Beringers Gesicht, als wäre er binnen Sekunden geliftet worden. Sein Blick wurde stechend, und Francesca bekam eine Ahnung davon, wie furchteinflößend er früher gewesen sein mochte. »Was wollen Sie damit sagen?«, fragte er gefährlich leise. Als Francesca nicht antwortete – wozu auch, er hatte sie ganz genau verstanden –, wurde er lauter: »Der Mann ist einen Tag zuvor Opfer eines schrecklichen Verbrechens geworden! Seine Tochter wurde erschossen. Was hätte ich Ihrer Meinung nach tun sollen? Ihn foltern?«

Francesca hielt ihm die Dürftigkeit der Vernehmungsprotokolle vor Augen und die auffällige Tatsache, dass bei der Befragung von Peter Lamprecht kein zweiter Beamter zugegen gewesen war. Sie tat das in wohlgesetzten, fast schon verharmlosenden Worten, aber es wurde doch deutlich, dass sie, die kleine Oberkommissarin Francesca Dante, die Arbeit des großen Zampanos kritisierte. Des ehemaligen großen Zampanos, das musste sie sich immer wieder ins Gedächtnis rufen. *Er ist nur ein alter Mann, der Dreck am Stecken hat.* Trotzdem war sie froh, dass Jessen neben ihr saß, auch wenn der keine Miene verzog und sie den Verdacht hatte, dass er sich im Geheimen amüsierte. Jetzt schaute sie Beringer direkt in die Augen, wohl wissend, dass Blickkontakt konfrontativ wirkte, und ihre Impertinenz gipfelte in der Frage, warum Beringer den Zeugen Peter Lamprecht nicht zu der rätselhaften zweiten Kopfwunde von Marcel Hiller befragt hatte.

»Wovon, zum Teufel, reden Sie eigentlich?«, knurrte Beringer wie ein gereizter Löwe. Sein Gesicht zeigte inzwischen eine ungesunde Röte, die ins Bläuliche spielte.

»Sie waren doch selbst bei der Obduktion dabei.« Francesca erklärte ihm den Sachverhalt so wie vorhin ihrem Chef, obwohl ihr klar war, dass Beringer genau wusste, wovon sie redete. »Peter Lamprecht könnte doch Marcel Hiller erschlagen haben. In heiligem Zorn, sozusagen«, fügte sie hinzu und blickte Beringer herausfordernd an.

Danach war es ein paar Sekunden lang so still wie in einem Sarg.

Beringer warf Jessen einen Blick zu, der in etwa besagte: Muss ich mir das bieten lassen?

Der aber saß da wie ein Stein.

Etwas ging nun vor in Beringers Gesicht, etwas, das Francesca warnte. Langsam bohrte sich der Stachel des Unbehagens in ihr Hirn.

Denn jetzt holte Beringer tief Luft und sagte: »Na gut, junge Frau. Dann sag ich Ihnen mal, wie das war.«

Minuten später saßen sie in Jessens Wagen und rollten den Hügel hinab.

Francesca kochte vor Wut. Nicht auf Beringer, nein. Sie hatte ihn ja provoziert und wahrscheinlich war sie die Erste seit fünfzig Jahren gewesen, die es gewagt hatte, seine Arbeit zu kritisieren. Den Rauswurf, der postwendend erfolgt war, hatte sie einkalkuliert. Nein, sie war stinkwütend auf Jessen. »Konnten Sie mir nicht vorher sagen, dass Lamprecht Marcel gar nicht erschlagen haben konnte, weil er beide Handgelenke gebrochen hatte?«

»Nein«, sagte Jessen ruhig. Und als Francesca empört schnaubte, setzte er hinzu: »Er brauchte das. Diesen Triumph. Das Gefühl, dass er Oberwasser hat.«

»Sie haben mich also ins offene Messer laufen lassen, nur um einem alten Mann ein gutes Gefühl zu geben?«, fasste Francesca zusammen.

»Ja.«

»Warum?«, rief sie entrüstet.

»Weil Beringer ab jetzt entspannter sein wird. Der Mensch will doch immer zuerst zeigen, wer er ist. Jetzt denkt er, hätte die Fäden in der Hand. Ab jetzt wird man vernünftig mit ihm reden können.«

Reden? Sie würde garantiert kein Wort mehr mit diesem Reptil reden, verkündete Francesca. Das könne Jessen ab jetzt ruhig alleine machen, und dabei diese Kaffeeplörre trinken und sich faschistoide Sprüche anhören. Ohnehin glaube sie nicht, dass Beringer noch Brauchbares zu bieten hatte. »Ich war also das Bauernopfer«, stellte sie abschließend fest.

»Wenn Sie sich irgendwann wieder beruhigen, dann werden Sie zugeben müssen, dass Sie sich in diese Rolle förmlich gedrängt haben.«

»Nein, habe ich nicht. Sie haben mich geschickt manipuliert! Nennt man das psychologische Kriegführung? Lernt man das bei Ihren komischen Römerschlachten?« Kaum war es raus, wünschte sie, sie hätte geschwiegen.

Jessen seufzte.

Je länger er nichts sagte, desto mehr wuchs Francescas Unbehagen. Was dachte er nun, dass sie ihn *googelte*? »Entschuldigen Sie. Es geht da so ein Link im Büro herum...«

Nach einer Ewigkeit sagte er: »Selbst wenn am Tod von Marcel Hiller etwas faul gewesen sein sollte – was würde uns diese Erkenntnis noch groß nützen? Peter Lamprecht ist tot, er kann nicht mehr dafür belangt werden.«

»Beringer schon, falls er einen Mörder deckt«, erwiderte Francesca, fügte aber sogleich hinzu, dass sich das ja nun erledigt habe.

»Wir sollten unser Ziel nicht aus den Augen verlieren: die Aufklärung des Mordes an Plate«, erinnerte sie Jessen.

Das tue sie nicht, versicherte Francesca. Aber sie kümmere sich eben auch um die *Verästelungen*.

Wieder breitete sich dieses schwere Schweigen im Wagen aus, bis Francesca es nicht mehr aushielt und herausplatzte: »Steht Ihnen aber gut, dieses Römerzeugs.«

Jessen taute auf. Ja, die Römer hätten Geschmack und Sinn für Ästhetik besessen und gewusst, wie Kleider auf Menschen wirken.

»Aber Sunderberg im Fell sah auch nicht schlecht aus.« Francesca musste plötzlich lachen.

Jessen sandte einen Blick zur Wagendecke, dann sagte er: »Sunderberg ist nichts für Sie.«

»Was?« Francesca glaubte, sich verhört zu haben.

»Seine Beziehungen haben die Haltbarkeit von Crème fraîche, wenn Sie verstehen, was ich meine.«

Francesca war nicht wohl bei diesem Thema. Was dachte er? Dass sie von Torschlusspanik getrieben krampfhaft nach einem Ehemann suchte? Sie fragte, wie Jessen denn früher mit Beringer als Chef klargekommen sei.

Jessen riskierte einen Seitenblick. »Okay. Themawechsel. Verzeihen Sie, es geht mich ja auch nichts an.« Er sei recht gut mit Beringer klargekommen, indem er seine Meinung meist für sich behalten und außerdem darauf verzichtet habe, seinen Chef zu provozieren. »Beringer war ein guter Polizist. Etwas eigen und zuweilen cholerisch, aber er hatte was drauf. Ich konnte viel von ihm lernen.«

Wie man Zeugen und Beweismittel manipuliert und Frauen mobbt, dachte Francesca und runzelte skeptisch die Stirn.

»Sie müssen nicht alles glauben, was die Stupka so erzählt.«

Allmählich wurde er ihr unheimlich. Oder hatte sie gerade laut gedacht? »Lassen Sie mich beschatten?«

Keineswegs. Aber da der Name der früheren Kollegin im Vernehmungsprotokoll stehe, Francesca die Frau aber noch mit keiner Silbe erwähnt habe, zöge er daraus seine Schlüsse.

»Himmel!«, stieß Francesca hervor. »Bin ich froh, dass ich nicht mit Ihnen verheiratet bin.«

»Ich erst«, gab Jessen zurück.

Woraufhin Francesca schwieg und ihre riesige Sonnenbrille aufsetzte, obwohl sich die Wolkendecke inzwischen verdichtet hatte.

Die Stupka, erklärte Jessen, sei nicht nur gegangen, weil sie mit Beringer nicht zurechtgekommen sei, sondern sie habe auch ein kleines Alkoholproblem gehabt.

Francesca nickte.

Sie habe sich doch hoffentlich kein Tattoo aufschwatzen lassen?

»Nein«, sagte sie. Zur Abwechslung, dachte sie, kann ja auch ich mal einsilbig werden.

Als er den Wagen vor dem Haus der Lamprechts anhielt und den Motor abstellte, fragte er: »Meinen Sie, Sie können sich ein wenig beherrschen, wenn wir gleich mit Heike Lamprecht sprechen?«

»Ja«, knirschte Francesca.

»Und noch etwas: Auch wenn Sie die Neugierde plagt – verzichten Sie bitte auf den Trick mit der Toilette, um dann im Haus herumzuschnüffeln. Das ist nicht unser Stil.«

»Hatte ich nie vor.«

Sie stiegen aus.

»Tut mir leid. Das mit Beringer«, sagte Francesca.

»Muss es nicht«, sagte Jessen. »Ich habe mich glänzend unterhalten. Sie haben dem alten Knurrhahn ganz schön zugesetzt, sogar mehr, als Sie ahnen. Es hat nur noch gefehlt, dass Sie von ihm verlangt hätten, Ihnen seinen Keller zu zeigen.«

»Mist! Daran hätten wir denken sollen.«

Der Garten war so gepflegt wie vor sechzehn Jahren, auf jene spießig-langweilige Art, die Jessen immer als typisch deutsch empfand. Die Rhododendren neben der Pforte standen kurz vor der Blüte, und der Rasen war frisch gemäht. Die Thujenhecken, die das Grundstück auf beiden Seiten von den Gärten der Nachbarn abschirmten, hatte es auch im Jahr '98 schon gegeben, allerdings waren sie damals nicht über mannshoch gewesen, so wie jetzt. Als er zum ersten Mal den Garten betreten hatte, erinnerte sich Jessen, hatte eine Schneedecke gelegen, die Zaunlatten und die kleinen Tannen hatten Zipfelmützen aus Schnee getragen. Auch die Tannen waren hoch geworden und überschatteten das Grundstück. Während sie sich dem Haus näherten, spürte Jessen auf einmal wieder dieselbe Beklemmung von damals. Ob sich wohl inzwischen etwas verändert hatte? Die massive Eingangstür fiel ihm sofort auf. Die alte Tür hatte einen Einsatz aus Milchglas gehabt, das die Täter eingeschlagen hatten, um an die Türklinke zu gelangen. Jetzt hörte er das Klacken mehrerer Sicherheitsschlösser, ehe Frau Lamprecht ihnen öffnete.

Aufrecht und kerzengerade stand sie da, wie eine düstere Zypresse, und bat ihre Besucher ohne ein Anzeichen der Verwunderung herein. Hatte sie von Plates Tod gehört und mit ihrem Besuch gerechnet, oder hatte Beringer sie angerufen und vorgewarnt?

Natürlich könne sie sich noch an Jessen erinnern, antwortete sie auf dessen Frage. Ein kleiner, wuscheliger Hund kläffte und knurrte aufgeregt. Er wurde in die Küche gesperrt mit dem Versprechen, ihn bald wieder herauszulassen. »Max ist Besuch nicht gewohnt«, erklärte sie.

Da war die Treppe nach oben. Derselbe Kokosläufer mit den goldfarbenen Messingstangen. Obwohl Jessen sich dagegen wehrte, kamen ihm die Bilder von damals wieder ins Gedächtnis: das leere Bett in Judiths Zimmer, die Kreidemarkierungen und das Rußpulver der Spurensicherung. Francesca Dante hatte schon recht mit ihrer Frage, wie die Lamprechts es fertiggebracht hatten, hier wohnen zu bleiben, wo andere Menschen schon nach einem Einbruch die Wohnung wechselten. Hatten sie den Pfarrer herbestellt, um das Grauen mit Weihwasser und Segenssprüchen zu bannen? Jessen ermahnte sich, seinen Zynismus zu zügeln.

Sie betraten das große Wohn- und Esszimmer, und Jessen erinnerte sich wieder an das Ambiente aus verbissener Frömmigkeit und Flucht vor der Moderne, an die in kaltem, makellosem Weiß gestrichenen Wände, deren asketische Leere ihn abgeschreckt und deprimiert hatte, obwohl er selbst einen Hang zum Purismus pflegte. Heute waren die Wände zwar immer noch weiß wie Bettlaken, aber es hingen vereinzelt gestickte Bilder daran. Hunde, Pferde, eine Landschaft. Frau Lamprechts neues Hobby? Die Bilder waren von herausragender Scheußlichkeit, aber immerhin gab es welche. Er erkannte die schweren moosgrünen Gardinen an den Fenstern wieder und einige Möbel. Die Standuhr, deren aufdringliches Ticken und Schlagen er als unangenehm empfunden hatte, war noch da, aber das Pendel bewegte sich nicht. Ein Strauß mit kleinen weißen Nelken stand auf dem polierten Nussbaumtisch, an dessen Ende noch immer der gekreuzigte Heiland still und geduldig vor sich hin litt. Das Zimmer kam ihm heute größer vor, und er wusste auch sofort, warum. Wo früher der gewaltige Konzertflügel gestanden hatte, befand sich jetzt ein mickriger Hundekorb. In einem Bücherregal – es war neu und sah nach Ikea aus – standen Mittelalterromane und dicke Wälzer, die man wohl »Frauenromane« nannte. Bibeln konnte er auf die Schnelle keine entdecken, aber einen Ratgeber zur Hundeerziehung.

Der taugte anscheinend nicht viel, denn der Hund kläffte sich gerade nebenan die Seele aus dem Leib. Auf der Anrichte waren Fotos von Judith aufgereiht: ein silbergerahmtes, das sie am Flügel zeigte, eines mit Schultüte, eines im Garten. Keines von Hannah, keines von ihrem Mann. Natürlich war das auch Francesca nicht entgangen. Sie warf ihm einen Blick zu, sagte aber nichts. Sie hatte ja ihren Auftritt heute schon gehabt.

Dass der Nachmittag bei Beringer nicht harmonisch verlaufen würde, hatte Jessen nicht nur vorausgeahnt, sondern sogar eingeplant. Und Francesca Dante hatte ihn diesbezüglich nicht enttäuscht. Furchtlos und blindlings wie ein Terrier hatte sie sich auf ihre Beute gestürzt, denn Terrier waren nun einmal nur dazu da, Radau zu machen und das Wild aus der Deckung zu scheuchen. Es zur Strecke zu bringen war anderen vorbehalten.

Er würde dieser Tage noch einmal mit Beringer reden. Allein und Tacheles. Nicht dass er sich darauf freute, im Gegenteil, ihm graute davor. Aber es ging nicht anders.

»Ich habe gehört, was geschehen ist«, sagte Heike Lamprecht. »Ich weiß allerdings nicht, was Sie von mir wollen.«

Sie schien in den letzten sechzehn Jahren nicht nennenswert gealtert zu sein. Das mochte daran liegen, dass sie damals auf ihn, den Endzwanziger, schon recht alt gewirkt hatte, mit ihren harten Augen und dem Reißverschlussmund. Ihr Haar, ein stumpfes Braun mit grauen Strähnen, war zu einem straffen Knoten gebunden gewesen und wann immer er ihr begegnet war, hatte sie Kleider oder Röcke getragen, mit wollenen Strumpfhosen darunter und Wolljacken darüber, es war ja Winter gewesen. Wie eine Quäkerin, hatte er seinerzeit gedacht.

Jetzt war ihr Haar kürzer und die Chemie hatte einen warmen Haselnusston hervorgezaubert, der ihr gut stand. Sie hatte hängende Mundwinkel, aber über den Wangenknochen saß die Haut noch stramm. Für ihre Verhältnisse wirkte sie geradezu sportlich; sie hatte ein marineblaues T-Shirt und dunkelgraue Hosen aus Funktionsmaterial an, wie Senioren sie bei Wanderungen zu tragen pflegten. Jessen ertappte sich bei dem Gedanken, dass der Tod ihres Mannes vielleicht ein überschaubares Unglück in ihrem Leben darstellte.

Nachdem er und Francesca auf den steifen Stühlen Platz genommen hatten, fragte er Frau Lamprecht ohne Umschweife, ob sie Steffen Plate nach dessen Entlassung begegnet sei.

Sie verneinte. Sie habe von seiner Freilassung gewusst und habe tatsächlich Angst gehabt, ihm irgendwann einmal zufällig beim Einkaufen in Duderstadt über den Weg zu laufen.

»Angst?«, wiederholte Jessen.

»Ja, Angst«, stieß sie hervor. »Was glauben Sie denn?«

Er glaube gar nichts.

Sie gab zu, erleichtert gewesen zu sein, nachdem sie von seinem angeblichen Selbstmord erfahren hatte. »Und jetzt so etwas. Das ist ... ich weiß nicht, was ich davon halten soll.«

Francesca Dante hielt es nun nicht länger aus und wollte wissen, wie Frau Lamprecht seinerzeit das Urteil aufgenommen habe.

»Es war mir egal. Es hätte mir meine Tochter so oder so nicht wiedergebracht. Mein Mann hat gesagt, ich solle für diese verirrte Seele beten. Aber das habe ich dann doch nicht fertiggebracht.«

»Wie geht es Hannah?«, fragte Jessen.

»Ich denke, gut. Wir haben wenig Kontakt.«

»Darf ich fragen, warum?«

»Hannah ist eben schwierig.« Sie warf einen nervösen Blick in Richtung Küche, wo der Hund sich in Rage bellte. »Das war sie zeit ihres Lebens«, fuhr Frau Lamprecht fort, als Jessen gerade dachte, das wäre alles gewesen. »Sie war... schon als Kind war sie schrecklich widerspenstig. Bis sie drei war, schrie sie oft halbe Nächte durch, niemand wusste, warum, auch nicht der Arzt. Später kam es mir oft so vor, als würde mein eigenes Kind mich hassen.«

Jessen spürte, wie es ihm die Kehle zuschnürte. Er starrte Frau Lamprecht an.

»Ja, ich weiß, so etwas sollte man nicht sagen. Aber Hannah... sie hatte manchmal so etwas an sich. Etwas Boshaftes. Obwohl sie meine leibliche Tochter war, hatten wir nie einen besonders guten Draht zueinander, von Anfang an hat sie mich abgelehnt...«

Er ertrug es nicht. Keinen Augenblick länger. Ihm wurde übel und der Drang, aufzustehen und zu gehen, war alles, woran er noch denken konnte. *Raus! Raus aus diesem Zimmer, aus diesem Haus, diesem Albtraum, weg von hier.* Aber genau wie in einem Albtraum gehorchten ihm seine Muskeln nicht. Stattdessen saß er starr da und fixierte diesen sprechenden Mund, der umgeben war von einem Kranz aus Fältchen. Eine heiße Welle überspülte ihn.

Dann war es vorbei. Frau Lamprecht verstummte, nachdem sie eine Entschuldigung gemurmelt hatte, und dass sie so nicht über ihre Tochter hätte sprechen sollen. Für einige Momente hörte man nur das Wutgebell des kleinen Hundes aus der Küche.

Jessen atmete durch, sein Hemd klebte an seinem Rücken. Er fing Francesca Dantes Blick auf, der fragend und zugleich besorgt schien. Sie hob zaghaft die Hand, wie eine schüchterne Schülerin, und Jessen erteilte ihr mit einem fast unmerklichen Nicken das Wort.

»Frau Lamprecht, wie haben Ihre Töchter sich untereinander denn verstanden?«

»Wie meinen Sie das?«

»Hielten sie zusammen oder konnten sie sich nicht ausstehen? Das kommt ja bei Geschwistern vor, ich habe selber vier Brüder.« Sie lächelte, als könne sie kein Wässerchen trüben.

»Worauf wollen Sie hinaus?« Das Thema schien Heike Lamprecht nicht zu behagen, ihr Blick wanderte zum Fenster, als suche sie die Antwort da draußen. »Sie haben sich gut verstanden«, sagte sie schließlich. »Nicht jeden Tag, aber grundsätzlich doch.«

Sie lügt, dachte Francesca, ließ es jedoch dabei bewenden.

Jessen hatte sich wieder im Griff. Er räusperte sich und wollte dann wissen, wie und wo Hannah die vergangenen Jahre zugebracht habe.

Nach dem Abitur, berichtete ihre Mutter, habe sie diverse Studiengänge angefangen, aber keinen davon beendet. Dann sei sie herumgereist, habe zeitweise im Ausland gelebt, unter anderem in Portugal und in Irland. Inzwischen lebe sie in einer Öko-Kommune im Ostharz.

Kommune, dachte Jessen. Ein Wort, bei dem man unwillkürlich an die wilden Partys, die Drogen und den enthemmten Sex der 68er-Generation dachte. Glaubte Frau Lamprecht, dass Hannah so lebte?

»Wissen Sie, wo Hannah im Januar 2010 gewesen ist?«, fragte er, auf den Zeitpunkt anspielend, an dem Plate sich angeblich von der Fähre in die Ostsee gestürzt hatte.

Frau Lamprecht schüttelte den Kopf. Nein, das wisse sie nicht.

Wieder meldete sich Francesca Dante zu Wort: »Darf ich Sie fragen, warum Sie immer noch hier wohnen – in dem Haus, in dem Ihre Tochter getötet wurde?«

Sie seufzte schwer und zuckte dann mit den Schultern. »Was hätte ein Umzug denn schon geändert? Ich würde Judith ja nicht vergessen, nur weil ich woanders lebe. Das Unglück folgt einem sowieso überallhin.«

»Woran ist Ihr Mann eigentlich gestorben?«, fragte Jessen.

»An einer Magenblutung.«

Erbärmliches Geheul aus der Küche.

»Er war ja noch nicht alt«, meinte Jessen.

»Achtundfünfzig.« Sie stand auf, und ihre Stimme zitterte ein wenig, als sie sagte: »Ich möchte nicht unhöflich sein, aber ich kann Ihnen nicht weiterhelfen. Außerdem muss der Hund raus. Wenn Sie Hannahs Adresse brauchen, die kann ich Ihnen geben.«

»Ja, bitte.« Jessen war ebenfalls aufgestanden.

Francesca blickte verwirrt von ihm zu Frau Lamprecht, ehe auch sie in die Höhe schnellte. Frau Lamprecht verschwand in der Küche und kam mit einem Zettel zurück, den Hund auf den Fersen, der Jessen anknurrte. Der bedankte sich, steckte den Zettel ein und verabschiedete sich.

Heute sei wohl der Tag der Rauswürfe, bemerkte Francesca, nachdem die Haustür hinter ihnen ins Schloss gefallen war. Dieses Mal könne sie aber nichts dafür.

Jessen bestätigte das.

Sie gingen zurück zum Wagen. Vielmehr stakste Francesca Dante storchenbeinig über die Gehwegplatten aus Waschbeton. War das ihr Sonntagsoutfit, diese hohen Schuhe und das enge blaue Kleid, das ihre Formen ziemlich gut zur Geltung brachte? Trug sie nur wochentags Sneakers, Jeans und zeltartige Oberteile?

Der Himmel hatte sich verdüstert, die Luft roch nach Regen, Erde und Blüten.

»War sie früher auch schon so ... seltsam?«, fragte Francesca, nachdem sie sich angeschnallt und Jessen den Motor gestartet hatte.

»Verglichen mit damals schäumte sie heute geradezu vor Lebensfreude.«

Damals habe die Frau gerade ihre Tochter verloren, gab Francesca zu bedenken.

Das meine er nicht. Er spreche von den kitschigen Bildern an den Wänden, von dem Hund, den Büchern und dem gefärbten Haar. »Und sie trug Hosen. Das kommt einer Revolution gleich. Es scheint auch einen Fernseher zu geben, auf dem Dach ist jedenfalls eine Satellitenschüssel.«

Zum einen lebe sie jetzt eben nicht mehr unter der Fuchtel dieses bigotten Monstrums, analysierte Francesca, zum anderen blühten Witwen häufig auf nach dem Tod ihrer Männer, während die Männer oft gar nichts mit sich anzufangen wüssten und verlotterten. Man brauche sich nur Beringer anzusehen, diesen Ritter von der traurigen Gestalt.

Jessen nickte.

»Haben Sie es bemerkt?«, fuhr seine Oberkommissarin eifrig fort. »Sie hatte nur Fotos von Judith auf der Anrichte, keines von Hannah. Wo sie doch jetzt ihre einzige Tochter ist.«

»Ja«, sagte Jessen.

»Und wieso stand da kein Foto von ihrem verstorbenen Mann?« Sie schaute ihn fragend an. »Welches Hühnchen hat sie wohl mit ihm zu rupfen gehabt?«

»Ich weiß es nicht«, antwortete Jessen wahrheitsgemäß.

»Vielleicht hat es nichts zu bedeuten. Sie kann ja noch woanders Fotos aufgehängt haben.«

»Ja, vielleicht.«

»Nerve ich Sie? Rede ich zu viel?«

»Nein. Nein, ist schon gut. Der Besuch eben hat mich nur ein wenig deprimiert, entschuldigen Sie.«

»Die Erinnerungen?«

»Ja, die Erinnerungen.«

»Hatten Sie deshalb da drin diesen Aussetzer?«, kam es unverblümt von der Seite.

»Welchen Aussetzer?«, entgegnete er verlegen. Bis dahin hatte er sich eingeredet, dass sie es nicht bemerkt hatte. Aber sie hatte weder Tomaten auf den Augen, noch war sie unsensibel.

Aber sie überging seine Gegenfrage taktvoll und meinte nur: »Das war ganz schön krass, wie sie über Hannah gesprochen hat.«

»Diese ganzen kaputten Familien«, brach es aus ihm heraus. »Diese hier und die von Plate ...«

Sie nickte und sagte ausnahmsweise einmal nichts. Die ersten Tropfen zerplatzten auf dem Asphalt und auf der Frontscheibe des Volvo. Er betätigte die Waschanlage, um das Geschmier aus Regen und Blütenstaub zu entfernen.

Was Plate angehe, meinte Francesca Dante nun, wie ein

Racheengel sei ihr Heike Lamprecht zwar nicht vorgekommen, aber theoretisch könnte sie Plate in ihrem Haus gefangen gehalten haben. Einen Keller gebe es jedenfalls, sie habe die vergitterten Fensterschächte von außen gesehen, und diese hohen Hecken...

»Theoretisch«, wiederholte Jessen. Er glaubte das nicht. Aber völlig von der Hand weisen konnte man es tatsächlich nicht.

Francesca Dante hob die Hand und streckte den Zeigefinger in die Höhe. Ihr falle gerade etwas ein, meinte sie lebhaft. Sie habe bis jetzt noch nirgends ein Foto von Peter Lamprecht gesehen. Wie er denn ausgesehen habe?

Auf jeden Fall nicht, wie man sich ein »bigottes Monstrum« vorstellte, und auch nicht wie der typische Kleinstadt-Bankfilialleiter, gab Jessen Auskunft. »Eher ein Frauentyp. Ein bisschen wenig Haar vielleicht, aber sonst durchaus attraktiv.«

»Die Eichsfelder Version von George Clooney?«

»Na ja«, meinte Jessen. »Aber schon recht gut. Sogar irgendwie sympathisch.«

Sogleich stürzte sich Francesca auf diesen Krümel. Bestimmt habe Lamprecht Affären gehabt. Deshalb kein Foto! Zu Hause habe er den Hardcore-Katholiken gegeben und in Wirklichkeit wahrscheinlich den halben Kirchenchor aufs Kreuz gelegt.

Jessen musste über ihre Wortwahl schmunzeln.

»Na, wenigstens lächeln Sie mal wieder«, stellte sie fest. »Was freut Sie denn so?«

»Ihre Lästerei. *Aufs Kreuz gelegt*. Dabei sind Sie doch auch katholisch.«

»Nur am Sonntag.«

»Sie gehen zur Messe?«

»Ab und zu.«

»Dann haben Sie also einen exquisiten Draht nach oben.«

»Wer lästert jetzt?«

»Tut mir leid«, sagte er. »Ich wollte Ihnen nicht zu nahe treten.« Er stellte die Scheibenwischer ab. Sie waren dem Regen davongefahren, die Straße war trocken und zwischen den Wolken zeigten sich erste blaue Lücken.

»Ich mag die Rituale, die Tradition und das Gefühl, irgendwo dazuzugehören. Das hat etwas ... Erhebendes und manchmal auch Tröstliches.«

»Sie müssen sich für nichts rechtfertigen, Frau Dante. Ich respektiere es durchaus, wenn Menschen in einem vernünftigen Rahmen religiös oder wertkonservativ sind. Die Moderne hat ja auch nicht auf alles eine Antwort.« Jessens Familie war protestantisch, aber nur auf dem Papier. Ihn selbst hatte der liebe Gott zu einer Zeit im Stich gelassen, als er noch gern an ihn geglaubt hätte. Der Katholizismus, dieser naive Kinderglaube voller Folklore, hatte ihn stets gleichermaßen befremdet und amüsiert.

»Wissen Sie, das gehört einfach dazu: Die Familie trifft sich zum Gottesdienst, wir reinigen unsere Seelen und hinterher frönen wir bei Mama und Papa ordentlich der Todsünde der Völlerei. Das dauert dann meistens bis nachmittags um vier, danach gehen wir nach Hause, um uns die Woche über den restlichen Sünden zu widmen.«

Jessen musste lächeln, als er sich das vorstellte. In Gedanken riet er ihr, sich das nicht miesmachen zu lassen, schon gar nicht von ihm. Laut sagte er: »Und Sie glauben also, dass Sie es mit dieser lockeren Einstellung in den Himmel schaffen werden, ja?« Aus vollkommen unerfindlichen Gründen war er auf einmal gut gelaunt.

Bis ins Fegefeuer habe sie es ja immerhin schon geschafft, versetzte sie.

Wie sie das denn meine?

»Na, unsere Dienststelle hat zuweilen schon Purgatoriumscharakter, finden Sie nicht?«

Jetzt musste er wirklich lachen. Das schien sie zu freuen, sie strahlte ebenfalls, was wiederum Jessen auf rätselhafte Weise anrührte. Wann, dachte er dabei mit leiser Wehmut, würde dieser Job ihr die Lebensfreude nehmen? Aber wer weiß, vielleicht würde das gar nicht passieren. Vielleicht war sie aus robusterem Holz geschnitzt als er. Womöglich brauchte man genau dieses fröhliche Temperament und dieses bodenständige Gottvertrauen, um die Einblicke in die Abgründe menschlicher Seelen zu ertragen, die diese Arbeit für einen bereithielt. Weil er gerade Spaß daran hatte, polemisierte er weiter: »Für mich wäre der Himmel allerdings die Hölle. Allein der Gedanke, für ewig mit Menschen zusammen sein zu müssen, dazu noch mit guten! Und diese ständige Singerei. Mir wäre bestimmt sterbensfade, da erscheint mir das Inferno als das kleinere Übel.«

Das sei ihr vollkommen klar, gab Francesca Dante zurück, ehe sie nach rechts aus dem Fenster deutete und hochstimmige Laute des Entzückens ausstieß.

An einem Hang graste eine Herde Schafe. Hingestreute weiße Tupfer, wie lauter kleine Wölkchen, die nicht am Himmel standen, sondern mitten in saftigem Grün. Der Schafshimmel, vermutlich, dachte Jessen.

Francesca zog das blaue Kleid aus, feuerte die unbequemen Schuhe in eine Ecke und schlüpfte in Shorts und ein T-Shirt. Dann riss sie die Fenster weit auf, denn in ihrer schlecht isolierten Mansarde war die Luft zum Ersticken. Sie hatte Heißhunger und schrecklichen Durst und trank als Erstes zwei Gläser Leitungswasser. Jetzt eine riesige Portion Pasta! Mit Öl und Knoblauch und einem Hauch Chili. Aber aus Rücksicht auf ihre Silhouette im neuen Kleid, begnügte sie sich mit einem Salat. »Schickes Kleid, übrigens, steht Ihnen gut«, hatte Jessen ihr hinterhergerufen, als er sie vor dem Haus abgesetzt hatte. Bis dahin hatte sie ihn schon etliche Male im Stillen einen ignoranten Büffel genannt. Aber besser spät als nie, hatte sie gedacht, ihm unter der Tür einen divenhaften Blick über die Schulter zugeworfen und dabei »na, endlich« gemurmelt. Ob er es gehört hatte, war unklar.

Sie ging unter die Dusche und klemmte sich danach ans Telefon. Den blinkenden Anrufbeantworter, der elf neue Anrufe verzeichnete, ignorierte sie. Um die Fragen und Kommentare von *la famiglia* zu ihrem vermeintlichen neuen Liebhaber konnte sie sich auch noch später kümmern.

Auf der Rückfahrt hatte sie sich Beringers markantes Anwesen ins Gedächtnis gerufen und sich ernsthaft gefragt, ob man dort unbemerkt vier Jahre einen Menschen gefangen halten könnte. Fazit: ohne weiteres. Motiv: Selbstjustiz. Als Nächstes hatte sie sich gefragt, wie ein Hauptkommissar so ein stattliches Haus, das noch dazu auf einem recht großen Grundstück stand, eigentlich finanzierte.

Manchmal kann es auch von Nutzen sein, wenn man eine große Familie hat, dachte sie, während sie die Nummer ihrer Cousine Marta wählte. Marta Müller, die bei der Göttinger Filiale der Bank *Mehring & Graf* arbeitete. Die war gerade dabei, ihre Kinder ins Bett zu bringen. Das konnte dauern. Francesca war zwei Mal bei Emma und Leo babysitten gewesen, danach hatte sie immer eine Ausrede erfunden. Sie war überzeugt: Sollte sie jemals an unerfülltem Kinderwunsch leiden, würde ein Abend mit diesen beiden Ungeheuern ausreichen, um sie für alle Zeiten zu kurieren.

Sie begann damit, in der Küche klar Schiff zu machen, denn es hatte sich so einiges angesammelt. Beim Abschrubben angetrockneter Tomatensoße von den Kacheln hinter dem Herd fiel ihr etwas ein, das keinen Aufschub duldete. Also warf sie den Putzschwamm in die Spüle, ging ins Wohnzimmer und schlug die Akte auf. Noch einmal las sie sorgfältig den Unfallbericht vom 31. Januar 1998 der Kollegen aus Duderstadt. Mit keinem Wort waren darin Peter Lamprechts gebrochene Handgelenke erwähnt. Der Sanitäter, ein gewisser Alf Schleifenbaum, hatte lediglich angegeben, Lamprecht habe leichte Schürfwunden und vermutlich einen Schock erlitten, denn er habe wirres Zeug über einen Überfall geredet. Sie klappte die Akte zu und machte sich erneut über ihre Küche her.

Das Telefon klingelte.

Marta. Jetzt habe sie Zeit zum Plauschen, sagte sie, während im Hintergrund Geplärr und die genervte Stimme ihres Ehemanns zu hören waren. Ihr sei zu Ohren gekommen, dass Francesca einen neuen *amante* habe…

Um ihr Liebesleben ginge es jetzt nicht, stellte Francesca als Erstes klar. Vielmehr wolle sie Marta um einen Gefallen bitten.

»Oh. Was denn?«, fragte Marta, der man die Enttäuschung anhörte.

»Was passierte eigentlich mit den Kunden eurer Bank, nachdem die Duderstädter Filiale dichtgemacht hat?«

»Die wurden von uns übernommen, oder von der Zweigstelle in Kassel, je nachdem, was ihnen lieber war.«

Es gehe um einen gewissen Ludwig Beringer. Ob sie vielleicht herausfinden könnte, ob der zufällig sein Haus in Zwingenrode über die ehemalige Filiale von *Mehring & Graf* in Duderstadt finanziert hatte. »Genau gesagt, muss ich wissen, ob es im Jahr 1998 eine geschäftliche Verbindung zwischen Beringer und dem damaligen Filialleiter Peter Lamprecht gegeben hat. Du bist im Controlling, du kommst doch an alle Daten.«

Marta schnaubte wie ein Haflinger. Ob Francesca schon einmal das Wort Bankgeheimnis gehört habe?

»Marta, es ist unglaublich wichtig«, bedrängte Francesca ihre Cousine. »Mein erster richtiger Mordfall, und du bist meine einzige Hoffnung! Es erfährt kein Mensch, von wem ich die Information habe, das schwöre ich. Ich werde sie nicht einmal verwenden, ich muss es nur *wissen*, verstehst du?« Außerdem sei Lamprecht ja schon tot, fügte sie hinzu.

»Der andere aber nicht, oder?«, hielt Marta dagegen.

»Nein, aber fast«, sagte Francesca.

Nach einer kleinen Pause und einem tiefen Seufzer meinte Marta, sie würde sehen, was sich machen ließe.

»*Mille, mille grazie*, du bist die Allerbeste!«

Aber dann müsse Francesca ihr auch alles über ihren neuen Liebhaber erzählen!

Das werde sie, versprach Francesca. Ganz bestimmt. Alles, nur nicht Leo und Emma beaufsichtigen. Letzteres dachte sie sich nur.

Inzwischen war sie hundemüde und setzte sich mit einem Glas Weißwein vor den Fernseher. Es lief eine Komödie, in der Til Schweiger mit einer Horde ungezogener Kinder und einem zweiten Gesichtsausdruck kämpfte. Ihre Gedanken schweiften ab, sie dachte an den zurückliegenden Tag mit Jessen, ihre Unterhaltung über dies und das und daran, wie verschieden sie doch waren. Denn obwohl Francesca *la famiglia* manchmal zum Teufel wünschte, so wusste sie doch, dass sie ohne sie einsam und hilflos wäre. Irgendwo hatte sie einmal gelesen, dass Mäuse in engen Familienverbänden lebten und man einer Maus nichts Schlimmeres antun könnte, als sie dort herauszureißen und in fremder Umgebung auszusetzen. Dann lieber den Tod. Und wenn sie, Francesca, eine Maus war, dann war Jessen ein... ein Adler. Ein Adler, der einsam und souverän über allem schwebte und Autismus als Lebenshaltung kultivierte. Aus dem Schatzkästchen ihrer gesunden Halbbildung kam ihr ein Satz von Sigmund Freud in den Sinn, der behauptete, der Mensch könne nicht in der Vereinzelung existieren. Wäre Freud jemals Jessen begegnet, hätte er seine Meinung ganz bestimmt geändert.

Am Montagmorgen erschienen neben der üblichen Besetzung auch Kripochef Werner Zielinski und Nina Ulrich, die Staatsanwältin, zur Morgenlage im großen Besprechungsraum. Sie sahen angespannt aus. Jessen dagegen trug sein Pokerface zur Schau. Irgendetwas war im Gange, das spürte Francesca. Robert Graham stand vor einem Whiteboard und trommelte mit dem Stift gegen seine Handfläche. Was meine Blusen zu weit sind, sind seine Hosen zu eng, dachte Francesca, die wieder ihren üblichen Büro-Look trug. Darin fühlte sie sich einfach sicherer.

Als alle rund um den Konferenztisch Platz genommen und sich Kaffee eingeschenkt hatten, begann Graham eine Linie zu ziehen. Ziemlich weit links setzte er einen kleinen Querstrich auf die Gerade und schrieb einen Namen und ein Datum darunter. Dazu erklärte er: »In der Nacht von Freitag, den 22. September 2000, auf Samstag, den 23. September, besuchte Matthias Radek, damals einundzwanzig Jahre alt, einen Club in Göttingen. Auf der Heimfahrt, etwa gegen drei Uhr, ging ihm acht Kilometer vor seinem Wohnort Duderstadt das Benzin aus. Er ließ den Wagen am Straßenrand stehen und machte sich zu Fuß auf den Heimweg. Kurz vor der Ortschaft Nesselröden wurde er angefahren und dabei tödlich verletzt. Gefunden wurde er erst vier Stunden später. Der Unfallfahrer konnte nie ermittelt werden.« Er zeichnete einen weiteren Strich und trug das Datum 17. April 2004 darauf ein.

»Boris Heiduck, vierundzwanzig Jahre alt, angehender Finanzberater bei der AWD in Hannover und ein Wochenend-Kokser. Er wurde in den frühen Morgenstunden vor einem Bordell in Hannover niedergestochen. Fünf Messerstiche in Rücken und Hals, der Täter wurde nie gefasst.«

Francesca presste die Lippen zusammen und ballte die Fäuste unter dem Tisch.

Graham, der ihren Blick mied, schrieb 14. August 2007 auf den Zeitstrahl und erklärte: »Alexander Kimming lebte seit 2003 in Kassel. Er jobbte herum und hatte zwei Vorstrafen wegen Rauschgifthandels, stets kleinere Mengen. Er war selbst ein Gelegenheitsjunkie und hatte gute und weniger gute Phasen. Im August 2007 hatte er offenbar eine ganz miese. Man fand ihn auf einer Parkbank im Staatspark Karlsaue. Ebenfalls erstochen, ein Stich in den Rücken, einer in den Hals. Er war völlig zugedröhnt und ist an Ort und Stelle verblutet. Auch dieser Mord konnte nie aufgeklärt werden.« Er zog den nächsten Strich im Januar 2010. »Angeblicher Selbstmord von Steffen Plate auf der Fähre nach Schweden«, sagte er nur dazu und zog den nächsten Strich. Mai 2012. »Jan Trockel wohnte seit sieben Jahren mit Frau und Kind in Clausthal-Zellerfeld, er hatte sich dort als Optiker selbständig gemacht. Am Wochenende fuhr er ab und zu allein oder mit einem Kumpel zum Angeln. Am 6. Mai war er allein unterwegs und kam nicht zurück. Die Ehefrau alarmierte die Polizei. Erst Wochen später fand man sein Auto, es steckte bis zum Dach in einem Sumpf in der Nähe des Großen Kellerhalsteichs. Seine Frau meinte aber, dort habe er nie geangelt. Er wurde bis heute nicht gefunden.«

Graham blickte in die Runde, alle mussten das Gehörte erst einmal sacken lassen. Nina Ulrich blinzelte hinter ihrer

Brille. Anke Mellenkamp hatte kürzlich den Verdacht geäußert, die Brille wäre mit Fensterglas bestückt und die Ulrich trage sie nur, damit sie älter und intellektueller aussehe. Diese Theorie wurde von dem strengen Kurzhaarschnitt gestützt, der ihre ohnehin schon recht schmale, dünne Nase noch spitzer erscheinen ließ. Ein Millimeter weniger, und sie könnte als US-Marine durchgehen, dachte Francesca und erwog, künftig ebenfalls Kostüm und Brille zu tragen, um zu demonstrieren, dass sie es ernst meine mit dem Job.

»Dustin Koslowsky«, hörte sie Graham sagen. »Er ist der Letzte von Steffen Plates damaliger Clique.« Graham setzte eine seiner Kunstpausen, ehe er verkündete: »Er lebt noch. Vom Herbst 1998 bis September 2008 war er bei der Bundeswehr, auch auf Auslandseinsätzen in Afghanistan. Nach seiner Entlassung zog er nach Göttingen und wurde ein paar Wochen später wegen Einbruchdiebstahls aktenkundig. Er erhielt zunächst eine Bewährungsstrafe. Seit 2011 sitzt er jedoch wegen schweren Raubes in der JVA Rosdorf ein.«

»Ich sag's ja, unsere Knäste sind sicher«, witzelte Appel, verstummte aber sogleich errötend unter dem Scharfrichterblick von Zielinski.

Graham fasste zusammen: »Radek 2000, Heiduck 2004, Kimming 2007, Plates Schein-Suizid und vermutliche Gefangennahme 2010, Trockels Verschwinden 2012, Plates Tötung 2014.«

»Immer ein paar Jahre Abstand, so dass es nicht auffällt«, sagte Appel, der wie immer seinem Drang nachgab, auszusprechen, was sich jeder halbwegs intelligente Mensch denken konnte. »Ganz schön raffiniert. Und wer weiß, was mit diesem Koslowsky passiert wäre, wäre er nicht beim Kriegspielen gewesen oder im Knast«, fügte er hinzu.

»Schon gut, wir haben es kapiert«, fauchte ihn Francesca an. Dabei galt ihr Ärger eigentlich Robert Graham, diesem hinterhältigen Aas, das ihre Informationen hier eiskalt als seine Recherche verkaufte.

»Konnte man im Wagen von Jan Trockel forensische Spuren vom Täter sicherstellen?«, erkundigte sich die Staatsanwältin.

Graham schüttelte den Kopf. »Nein. Man fand den Wagen in einem sumpfigen Tümpel, die Scheiben waren runtergedreht, der Innenraum voller Schlamm. Da war nichts zu machen.« Alle Opfer, fuhr Graham fort, konnten Steffen Plates Freundeskreis zugerechnet werden und hatten außerdem im Herbst 1998 in dem Prozess ausgesagt, in dem sich Plate wegen des Überfalls auf die Familie Lamprecht verantworten musste. Die Verteidigung hatte sie vorgeladen.

Was sie denn ausgesagt hätten, wollte Zielinski wissen.

Dieses Mal antwortete Jessen: »Dass sie von nichts gewusst haben wollen. Was ich ihnen sogar glaube. Plate wollte die zu erwartende Beute bestimmt lieber nur durch zwei anstatt durch sechs teilen. Daher hat er einen Außenstehenden, nämlich Marcel Hiller, als Komplizen gewählt.«

»Das heißt, wir reden hier...«, begann Zielinski, brachte aber das, was er sich dachte, doch nicht über die Lippen.

»Von einem Massenmord«, übernahm Daniel Appel, und seine Knopfaugen glänzten wie Christbaumkugeln.

»Zumindest von einer Serie«, meinte Graham. »Denn so viel Zufall halte ich für ausgeschlossen. Ein Junkie wie Kimming mag vielleicht gefährlich leben, aber der Rest...«

Auch wenn er mit seinen Worten zurückhaltender war als Appel, wirkte er dennoch wie ein Beagle vor der Fuchsjagd.

»Dass da vorher nie jemand einen Zusammenhang gesehen hat!« Zielinski schüttelte den Kopf und murmelte dann: »Gute Arbeit, wirklich gute Arbeit.«

Francesca schwankte zwischen Faszination, Ärger über Graham und Neid. Graham und Appel hatten bei dieser Ermittlung wohl eindeutig das bessere Los gezogen als sie. Momentan sah es ganz danach aus, als ende die Lamprecht-Fährte in einer Sackgasse. Wahrscheinlich hatte dieser Überfall von 1998 gar nichts mit Plates Ermordung zu tun.

Jessen warf die Frage auf, ob ein politisches Motiv dahinterstecken könnte. Immerhin sei die Gruppe mit Nazisprüchen und rechtslastigen Schmiereien auffällig geworden.

»Die Nazi-Oma«, begann Appel, »äh, … ich meine, Frau Zollner, eine ältere Zeugin, die die Jungs von früher kennt, meinte, die hätten nur so getan, als wären sie Nazis, um die Türken zu erschrecken.«

»Das Ganze war Ende der Neunziger«, erläuterte Graham, der sich nun ebenfalls an den ovalen Tisch gesetzt hatte. »Aber Jan Trockel verschwand 2012. Der Kollege Appel und ich haben mit seiner Mutter gesprochen. Sie sagt, er habe seit Jahren ein vollkommen bürgerliches Leben geführt. Okay, Mütter wissen nie alles«, räumte Graham ein. »Aber er war ein Unternehmer, er lebte in einer Kleinstadt und hatte Frau und Kind. Auch Kimming war längst kein Nazi oder Pseudo-Nazi mehr, der entsprach eher deren Feindbild. Und man mag von Finanzberatern halten, was man will, aber den Kollegen in Hannover, die den Fall bearbeitet haben, ist über rechtsradikale Umtriebe im Zusammenhang mit Heiduck nicht das Geringste bekannt geworden.«

Francesca gab Graham im Geheimen recht. Außerdem musste sie sich eingestehen, dass auch sie ein gewisses Prickeln verspürte. Eine sich über Jahre hinziehende Mordserie! Das konnte jedenfalls noch aufregend werden.

Werner Zielinski tauschte einen Blick mit der Staatsanwältin, die ihm mit einer Geste den Vortritt ließ. Dann meinte der Kripochef: »Danke, Oberkommissar Graham. Dann informiere ich jetzt die Kollegen vom Landeskriminalamt über die Zusammenhänge. So wie ich das sehe, ist das deren Angelegenheit und außerdem ein paar Nummern zu groß für uns.«

Nachdem Zielinski und Nina Ulrich den Besprechungsraum verlassen hatten, saßen alle wortlos um den Tisch und schauten Jessen so lange an, bis der ungeduldig fragte, ob sie denn nichts zu tun hätten.

»Aber der Boss sagte doch gerade...«, begann Appel, verstummte aber unter Jessens Blick.

Noch sei hier gar nichts entschieden, sagte Jessen. Wenn das LKA sie bei der Aufklärung dieser alten Todesfälle unterstütze, sei das sehr zu begrüßen, aber da wäre immer noch der Mord an Plate aufzuklären. Und zwar von ihrem Kommissariat. Und dessen »Boss« sei immer noch er, Jessen.

»Sie denken, dass Plate nicht in diese Serie gehört, weil das Tatmuster abweicht?«, fragte Francesca.

»Richtig«, sagte Jessen und räumte ein: »Kann sein, kann nicht sein, ich weiß es nicht.« Er stand auf. »Findet es raus.«

»Ich würde gerne diesen Koslowsky im Knast besuchen«, meinte Graham.

Was ihn daran hindere? gab Jessen zurück.

»Ich möchte Kommissarin Dante mitnehmen«, sagte Graham. Der Häftling würde in Anwesenheit einer charmanten jungen Frau vielleicht gesprächiger sein.

»Wenn *Ober*kommissarin Dante damit einverstanden ist«, antwortete Jessen.

»Eine Venusfalle, wie originell«, höhnte Francesca, die immer noch sauer auf Graham war. Kein Sterbenswörtchen hatte er bei Giovanni verlauten lassen, obwohl er da schon mindestens von Radeks Unfall gewusst haben musste. »Nein, *sorry*, heute habe ich überhaupt keine Zeit.«

Graham seufzte und sagte: »Hätte ich vorhin im Meeting erwähnen sollen, dass der Tipp mit Heiduck von dir kam?«

»Ja, verdammt«, fauchte Francesca, während Jessen leicht irritiert von einem zum anderen blickte.

»Wie sieht's morgen aus?«, fragte Graham.

»Mal sehen. Muss ich mich nuttig anziehen?«

»Nein, es reicht schon so«, grinste Graham und duckte sich vor ihrer drohenden Faust, während Jessen etwas von unreifen Kindsköpfen murmelte und den Raum verließ.

Eine gewisse Marta Müller habe schon zwei Mal für sie angerufen, verkündete Anke Mellenkamp, als Francesca wieder an ihren Schreibtisch zurückkehrte. Zu deren Missfallen verzichtete Francesca auf eine Erklärung, wer das war, sondern verdrückte sich in die Teeküche, wo sie ihre Cousine vom Handy aus anrief. Eine Vorsichtsmaßnahme, um keine elektronischen Spuren auf dem Dienstapparat zu hinterlassen.

Sie habe etwas herausgefunden, erklärte Marta. Sie könne aber nicht hier, in der Bank und am Telefon, darüber sprechen, wisperte sie so leise, dass sie kaum zu verstehen war.

Sie verabredeten sich für kurz nach zwölf auf dem Kornmarkt.

Martas Vater war der jüngere Bruder von Francescas Vater. Von ihm hatte Marta die kräftigen, dunklen Locken der Dantes geerbt und als Gegensatz dazu den blassen, sommersprossigen Teint ihrer deutschen Mutter. Sie trug am liebsten knallbunte, flatterige Sachen und war immer mit Modeschmuck behängt wie ein Christbaum. Jetzt hätte Francesca sie beinahe nicht erkannt, so fremd und solide sah sie aus mit ihrem straffen Pferdeschwanz, dem dunkelblauen Blazer und dem engen Rock, dessen Saum knapp unter dem Knie endete.

»Du siehst aus wie eine Lufthansa-Stewardess«, begrüßte Francesca ihre drei Jahre ältere Cousine.

In der Bank sei man eben konservativ, seufzte Marta. Es gebe zwar keine direkte Vorschrift, die Frauen das Tragen von Hosen verbiete, aber man sehe es dennoch nicht so gern.

»Willkommen im einundzwanzigsten Jahrhundert«, meinte Francesca, während Marta eine tellergroße Sonnenbrille aufsetzte, quasi als Zeichen, dass nun der konspirative Teil der Unterhaltung begann. »Dieser Ludwig Beringer ist tatsächlich ein Kunde von uns«, sagte Marta, nachdem sie zwei Cappuccini bestellt und dann einen Blick über die Schulter geworfen hatte, als befürchte sie heimliche Lauscher hinter aufgeschlagenen Zeitungen.

»Aha!«

»Er hat ein Girokonto, und bis zum letzten Jahr lief die

gesamte Hausfinanzierung über uns, das heißt bis zu deren Schließung im Jahr 2000 über die Filiale in Duderstadt.«

»Gab es dabei etwas Auffälliges?«

Das könne man wohl sagen. Francesca müsse ihr aber bei allen Heiligen und der Jungfrau Maria schwören, dass sie die nun folgende Information nicht von ihr habe.

Francesca hob die Hand und schwor. »Rück raus.«

»Beringer hat 1986 rund 600 000 Mark aufgenommen, um das Grundstück zu kaufen und das Haus zu bauen. Der Vertrag lief über zehn Jahre zu einem festen Zinssatz von 3,8 Prozent bei einem Prozent Tilgung. Das waren immerhin rund zweitausendvierhundert Mark monatlich. Im Finanzierungsplan war vorgesehen, dass nach zehn Jahren zwei Drittel des Kredits durch einen Fonds abgelöst werden sollte. Dieser Fonds wurde der Bank jedoch nicht als Sicherung übereignet.«

»Also ein Geschäft auf Treu und Glauben«, erkannte Francesca.

»Sozusagen. Auf dem Land, wo die Leute sich kennen, ist das nicht gar so ungewöhnlich, so viel Spielraum hat ein Filialleiter schon. Die Bank hat ja immer noch das Haus und das Grundstück als Sicherheit.« Marta verstummte, weil der Kaffee gebracht wurde. Erst als die Bedienung wieder weg war, fuhr sie im Flüsterton fort. »Zum Ende des Jahres 1996 lief also die Zinsbindung aus, und da man sich damals in einer Hochzinsphase befand, wurde für das Darlehen plötzlich ein Zinssatz von 6,8 Prozent fällig. Das erhöhte die monatliche Rate auf fast viertausend Mark.«

»Aber was war mit dem Fonds?«, warf Francesca ein.

»Das ist die Frage. Der Fonds lief nicht über uns, keine Ahnung, was das für einer war. Vielleicht ging damit etwas schief, oder sie haben das Geld anderweitig ausgegeben, oder er hat gar nie existiert. Jedenfalls wurde keine größere Summe zurückgezahlt.«

»Beringer war also klamm«, schlussfolgerte Francesca.

»Er pfiff aus dem letzten Loch. Er hat seine Lebensversicherung vorzeitig gekündigt, um die Raten zu bedienen, und man hat zum Jahresende '97 die Tilgung des Darlehens für drei Jahre ausgesetzt, um die Monatsrate zu senken. Aber es wäre dennoch nicht mehr lange gutgegangen. Ein Jahr vielleicht noch, dann hätte er das Haus verkaufen müssen.«

»Ich verstehe. Und dann?«, fragte Francesca gespannt.

»Dann wurde der alte Kreditvertrag – der ja nach wie vor bestand, es war lediglich die Zinsbindung ausgelaufen – zum Ende Februar 1998 aufgelöst. Gleichzeitig wurde über die verbliebene Summe von rund 530 000 Mark – ein bisschen war ja schon getilgt – ein neuer Vertrag abgeschlossen. Mit einem Zinssatz von sagenhaften 3,5 Prozent. Also sogar noch weniger als vorher, und das Ganze mit einer Laufzeit von 15 Jahren. Unterschrieben wurde dieser neue Vertrag von Peter Lamprecht selbst, und zwar am 16. Februar 1998.«

Zwei Wochen nach dem Überfall, rechnete Francesca. »Wahnsinn!«

»Allerdings«, meinte Marta. »Das Ganze war schon mehr als kulant, um es mal vorsichtig auszudrücken. Dass die interne Revision da nicht aufgejault hat, ist ein Wunder.«

Was ist schon ein Rüffel der internen Revision gegen eine Anklage wegen Totschlags? dachte Francesca.

Marta war noch nicht ganz fertig: »Übrigens wurde im Oktober 2006 ein ziemlicher Batzen auf einmal abgelöst.«

»Die Lebensversicherung seiner Frau wurde fällig, weil sie gestorben ist«, riet Francesca.

»Richtig. 220 000 Euro.«

»Das hilft mir auf jeden Fall weiter. Ich danke dir!«

»Ich hab dir eine Kopie des zweiten Kreditvertrags gemacht«, sagte Marta und reichte ihr unter dem Tisch einen Umschlag. »Aber die hast du auch nicht von mir! Ich bin meinen Job los und finde mich im Knast wieder, wenn das rauskommt.«

»Quellenschutz ist Ehrensache«, versicherte Francesca. »Ich würde mich eher foltern und umbringen lassen, als dich zu verraten.«

»Das wollte ich nur noch mal hören«, lächelte Marta.

Beide wussten, dass sie sich aufeinander verlassen konnten. Denn es gab ein Gesetz, das über allen anderen Gesetzen stand und in dessen Bewusstsein sie beide aufgewachsen waren: Die Familie muss zusammenhalten und sich gegenseitig helfen, wo immer es möglich ist.

Beringer, jetzt hab ich dich! fieberte Francesca. Sie malte sich aus, wie das damals zugegangen sein mochte: Beringer ist pleite, seine Frau ist schwer krank und er wird ihr früher oder später eröffnen müssen, dass sie das Haus nicht mehr halten können, das hübsche Friesenhaus mit dem schönen Garten, an dem sie doch so sehr hängt. Warum hatte es eigentlich so groß sein müssen? Hatten sie Kinder eingeplant, die dann nicht gekommen waren? Egal. Beringer verspricht also Lamprecht, dass er tun wird, was in seiner Macht steht, um ihm und seiner Familie jeglichen Ärger vom Hals zu halten. Ja, das ist ein Ausdruck, der zu Beringer passt: *in seiner Macht*.

Und was ist mit Lamprechts gebrochenen Handgelenken,

die nirgendwo in der Akte vermerkt sind? Hat Beringer sie möglicherweise gestern Nachmittag erfunden, um ihr den Wind aus den Segeln zu nehmen? Verdammt, wieso hat sie es versäumt, Heike Lamprecht danach zu fragen? Und falls es so war, wieso hatte Jessen nichts dazu gesagt?

»Gern geschehen!« Martas zwitschernde Stimme riss Francesca aus ihren Gedanken. »Und nun zu dir...« Marta schob die Sonnenbrille ins Haar und lehnte sich lächelnd zurück mit dem Ausdruck von jemandem, der nach getaner Arbeit seinen gerechten Lohn in Empfang zu nehmen gedenkt. »Was ist mit deinem *dottore*, hm? Ich höre...«

Francesca hatte diesen Schwindel schon fast wieder vergessen und verspürte wenig Lust, Marta eine detaillierte Lügengeschichte aufzutischen, die binnen Stunden die Runde machen würde. Im Grunde war es doch armselig, dass man überhaupt so eine Komödie aufführen musste, nur um in Ruhe gelassen zu werden. Warum können sie, verdammt noch mal, nicht akzeptieren, dass mein Leben andere Prioritäten hat, als mir einen Ehemann zu krallen und Kinder in die Welt zu setzen? Von einem Moment auf den anderen war ihre Euphorie verflogen. »Alles Schwindel«, sagte sie zu Marta, der das Lächeln aus dem Gesicht rutschte wie ein zu locker gebundener Schal. »Ich wollte bloß mal eine Weile meine Ruhe haben. Der Nächste, der mich nämlich mit irgendwem verkuppeln möchte oder der mich zum Babysitten anheuert, um mich *auf den Geschmack* zu bringen, mit dem werde ich für sehr lange Zeit kein Wort mehr reden.« Die letzten Sätze hatten heftiger geklungen als beabsichtigt, und Marta schien einen Moment zu überlegen, ob sie die Beleidigte spielen sollte. Aber schließlich schüttelte sie nur den Kopf. »Also weißt du! Du bist mir vielleicht eine. Sie meinen es doch nicht böse. Und dieser Alf, der am Freitag auf Lauras Party war, der war echt süß!«

Alf. Wo hatte sie diesen Namen kürzlich gehört? Nein, sie hatte ihn gelesen, und zwar in der Fallakte. »Wie hieß der mit Nachnamen?«

»Keine Ahnung, da musst du Antonio fragen. Ich muss jetzt los. Zur Strafe, weil du uns so angeschwindelt hast, zahlst du die Rechnung.« Marta ging im selben Augenblick davon, in dem Francesca ihr Handy aus der Tasche nahm.

Sie erreichte Antonio auf dem Dienstapparat seiner Arbeitsstelle und wie üblich wirkte er sehr entspannt. Was es denn so Wichtiges gebe?

»Dieser Alf, den ihr meinetwegen auf Lauras Party geschleppt habt. Wie heißt der mit Nachnamen?«

»Schleifenbaum. Er arbeitet an der Uni. Dr. Alf Schleifenbaum.«

Das war es. Sie hatte beim Lesen der Akte noch gedacht, was für seltsame Namen es doch gab. Alf Schleifenbaum, der Rettungssanitäter.

»Bruderherz, kannst du es arrangieren, dass ich ihn treffe? Und zwar so schnell wie möglich.«

Antonio schnappte nach Luft. »Also wirklich! Erst willst du gar keinen Kerl, jetzt kriegst du plötzlich nicht genug. Was willst du denn von ihm, du hast doch schon deinen anderen *dottore*.«

Sie hätten Schluss gemacht, sagte Francesca. »Also, was ist jetzt?«

Carolus Jessen war im Begriff, seinen Glaskasten zu verlassen und sich draußen die Beine zu vertreten, als Anke

Mellenkamp verkündete, eine gewisse Hannah Lamprecht würde an der Pforte warten und wünsche ihn zu sprechen.

Er war überrascht und ging selbst hin, um sie abzuholen. Sie hatte dem Gebäude den Rücken zugewandt und hielt das Gesicht in die Sonne, als wolle sie jeden Strahl auskosten. Als er ihren Namen sagte, wandte sie sich langsam um. Sie war inzwischen dreiunddreißig, das hatte Jessen unterwegs ausgerechnet. Noch immer hatte sie langes Haar, das in waschbrettartigen Wellen bis über die Schulterblätter fiel. Ein weites Kleid aus einem in leuchtenden Grüntönen changierenden Stoff reichte bis über die Waden und wurde in der Taille von einem bestickten Stoffgürtel zusammengehalten. Darüber trug sie eine braune, gehäkelte Weste und ein unförmiger Wildlederbeutel baumelte an einem Riemen von ihrer Schulter. Sie begrüßten sich per Handschlag und er bat sie, mitzukommen. Geschmeidig und lautlos ging sie in ihren flachen Sandaletten neben ihm her. Sie wog kein Gramm zu viel, sogar ihr Busen schien kleiner geworden zu sein. Oder trog ihn, was das anging, die Erinnerung? Ihre Arme waren dünn, aber muskulös.

Um in sein Büro zu gelangen, mussten sie an den anderen Schreibtischen vorbei: an Robert Graham, der bei Hannahs Anblick mit einem spitzbübischen Lächeln die Brauen hob, während Appel fast die Augen auf die Tastatur fielen, und an Anke Mellenkamp, die die Besucherin mit einem stutenbissigen Gesichtsausdruck taxierte. Seit Graham in ihrem Dezernat war, schminkte sich die Sekretärin auffälliger und ihre Röcke waren noch enger und kürzer als sonst, was ihr nicht unbedingt zum Vorteil gereichte. Wo war eigentlich Francesca Dante, dauerte deren Mittagspause nicht schon ziemlich lang?

Jessen bat seine Besucherin mit einer galanten Bewegung in sein Büro, bot ihr den Stuhl vor seinem Schreibtisch an und schloss die Jalousien an den Wänden zum großen Büro.

Sie setzte sich hin, aufrecht und mit durchgedrücktem Kreuz, das Haar floss golden über die Stuhllehne. Ihre Haut war gebräunt, als hätte sie gerade zwei Wochen am Strand gelegen. An beiden Armen klimperten dünne silberne Armreifen herum, an den Fingern steckten verschiedene Ringe mit und ohne Stein und um ihren Hals hing ein Lederband mit einem Amulett und kleinen Federn daran. Den rechten Flügel ihrer schmalen Nase zierte ein dünner Goldring.

Er bot ihr etwas zu trinken an, aber sie lehnte ab und kam gleich zur Sache. Sie habe erfahren, was mit Steffen Plate geschehen sei, und nehme an, dass die Polizei mit ihr sprechen wolle. Und nun sei sie hier.

Jessen begriff: Sie wollte verhindern, dass die Polizei in ihrer Öko-Kommune auftauchte.

Während ihrer Erklärung hatte sie den Kopf etwas schief gehalten und ihn auf eine intensive Weise angesehen, so als würde sie ihm zuhören, anstatt umgekehrt. Das kräftige Blau ihrer Iris verlieh dem Blick eine zusätzliche Intensität, und hätte Jessen es nicht besser gewusst, hätte er auf farbige Kontaktlinsen getippt. Wo hatte sie ihn sich angewöhnt, diesen distanzlosen Ausdruck einer überengagierten Junglehrerin? »Schade. Jetzt haben Sie mir meinen Ausflug verdorben«, sagte Jessen. »Ihre Kommune im Harz hätte mich sehr interessiert.«

»Kommune. Den Ausdruck haben Sie sicher von meiner Mutter.« Jetzt lächelte sie. An ihrem vorderen linken Schneidezahn war eine kleine Ecke abgebrochen. Das Leben hinterließ Spuren.

»Seit wann leben Sie dort?«

»Seit drei Jahren.«

»Was genau muss ich mir darunter vorstellen?«

»Es ist eine Lebensgemeinschaft von Menschen, die ein ökologisches Bewusstsein haben und naturnah und spirituell leben möchten.«

Ach ja, dachte Jessen. Diese ewige Sehnsucht nach dem anderen Leben.

Wovon sie naturnah und spirituell lebten?

»Wir produzieren Honig, Ziegen- und Schafskäse, Obst und Gemüse und naturgefärbte Wolle. Außerdem veranstalten wir diverse Seminare.« Sie griff in den Lederbeutel und schob ihm ein buntes Faltblatt über den Schreibtisch zu.

Jessen warf einen Blick hinein. *Selkehof*. Veganismus, Schafzucht, Gartenarbeit, fernöstliche Sportarten und Weisheiten in schöner Harzlandschaft. Er fragte sich, ob Hannah den strengen Katholizismus ihres Elternhauses gegen die nächste Vision getauscht hatte, die sich bei näherem Hinsehen ebenfalls als Totalitarismus entpuppen würde. Vielleicht konnte jemand, der so aufgewachsen war wie sie, gar nicht ohne Zwang von außen leben.

»Ich unterrichte Yoga und Pilates, führe die Wandertouren und leite den veganen Ayurvedakochkurs«, erklärte Hannah ungefragt. Wieder ein Lächeln, begleitet von diesem aufdringlichen Blick, der Jessen langsam gehörig auf die Nerven ging.

»Aus wie vielen Leuten besteht denn diese Lebensgemeinschaft?«

Der harte Kern bestehe aus zwölf Personen, im Sommer kämen manchmal ein paar Dauergäste, die dann ebenfalls Seminare anböten oder einfach nur dort lebten und arbeiteten. »Vielleicht möchten Sie ja mal etwas für sich tun. Sie sind herzlich willkommen – als Privatmann.«

Jessen lehnte dankend ab, mit dem Hinweis, er beschäftige sich seit Jahren mit der Geschichte der Menschheit und sei daher von Utopien geheilt.

Er täusche sich. Sie wollten niemanden zwangsbeglücken, bei ihnen könne jeder ganz autonom und individuell seinen Weg finden.

»Und? Haben Sie ihn gefunden, Ihren Weg?«, fragte Jessen.

Statt einer Antwort lächelte sie beseelt, und Jessen schien es nun an der Zeit, die Präliminarien zu beenden. Ob sie etwas dagegen habe, wenn er das Gespräch ab jetzt aufzeichne?

»Also ist es ein Verhör? Brauche ich einen Anwalt? Immerhin bin ich freiwillig hergekommen«, erinnerte sie ihn.

Jessen zuckte mit den Achseln. Sie würde garantiert keinen Anwalt anrufen, da war er ziemlich sicher. »Es ist eine Vernehmung«, stellte Jessen sachlich fest, schaltete das Aufnahmegerät ein und machte die für ein Protokoll notwendigen Angaben zu Ort, Zeit und Personen.

»Ich nehme an, Sie haben keine Spur von Plates Mörder«, sagte sie. »Sonst würden Sie nicht meine Mutter und mich verdächtigen.«

»Frau Lamprecht, wo haben Sie Ihr Abitur gemacht? Am Eichsfeld-Gymnasium jedenfalls nicht, das habe ich überprüft.«

»Collegium Augustinianum Gaesdonck«, schnurrte sie herunter. »Ein Internat am Niederrhein. Katholisch natürlich.«

»Warum dort?«

»Sagen wir mal so: Ich habe die Gelegenheit beim Schopf gepackt.«

»Um von Ihrer Familie wegzukommen?«

»Ja.«

Verständlich, dachte Jessen und fragte: »Wo waren Sie vorletztes Wochenende?«

Sie spielte die Überraschte. »Ich brauche ein Alibi?«

»Ja.«

Zu Hause sei sie gewesen, in ihrer *Kommune*. Ein mokantes Lächeln begleitete das letzte Wort.

»Gibt es dafür Zeugen?«

»Meine Mitbewohner und die sechs Teilnehmer eines Wochenendseminars. Die sind am Freitag angekommen, am Samstag gab es Koch- und Yogastunden und am Sonntag eine Kräuterwanderung mit Meditation.«

»Die Namen?«

Sie drehte nervös an ihren Ringen herum. Ihre Fingernägel waren nicht lackiert und sehr kurz. Am rechten Zeigefinger hatte sie Schwielen, wie sie vom ständigen Gebrauch eines Arbeitsgeräts entstehen. »Muss das sein? Bis jetzt war es nämlich überaus entspannend, mit Menschen zu leben, die nichts von meiner Vergangenheit wissen.«

Unter Umständen könne er sich darauf beschränken, nur die Seminarteilnehmer zu befragen, sagte Jessen gnädig. Er war sicher, dass sie verstanden hatte, welche *Umstände* er meinte: dass diese Vernehmung ab jetzt wie am Schnürchen lief.

Sie versprach, ihm die Namen und Adressen zu mailen.

Ob sie sich vielleicht jetzt gleich an ein paar Namen erinnern könnte?

»Tut mir leid. Wir nennen uns während der Kurse nur beim Vornamen.«

Jessen versuchte erst gar nicht, zu verbergen, was er davon hielt.

»Ich kann zu Hause anrufen, wenn Sie mir kurz Ihr hübsches antikes Telefon überlassen«, sagte Hannah, die Jessens finstere Miene offenbar falsch deutete. »Vielleicht erreiche ich Tina im Büro.«

»Mailen Sie mir die Namen, das reicht schon«, lenkte Jessen ein. Dann fragte er sie, wo sie im Januar 2010 gewesen sei.

»Januar 2010? Warten Sie. In Portugal. Oder schon in Spanien? Keine Ahnung.« Sie hob die Hände, ihre Armreifen klirrten. Sie sei mit einem Engländer zusammen gewesen, mit dem sie durch Europa gereist sei.

»Wovon haben Sie gelebt?«

Sie hätten gearbeitet. Als Erntehelfer oder bei der Weinlese. »Und im Sommer habe ich gemalt. Straßenmalerei. Da kommt in manchen Städten schon was zusammen.«

Jessen dachte sich seinen Teil. Wo man diesen Engländer denn erreichen könne?

Das wisse sie nicht. Sie hätten sich gegen Ende des Trips verkracht, es bestünde kein Kontakt mehr.

»Haben Sie sich mit Ihrer Mutter auch verkracht?«, fragte Jessen.

»Was?«

»So schwierig war die Frage ja nun nicht.«

Hannah errötete unter ihrer Sonnenbräune. »Was wird das hier? Eine Therapiesitzung? Es ist doch meine Sache, ob ich Kontakt zu meiner Mutter habe oder nicht.« Jessen erwiderte nichts, und sie setzte etwas milder hinzu: »Wir hatten noch nie einen besonders guten Draht zueinander.«

»Wann haben Sie Ihre Eltern zuletzt gesehen?«

»Ein paar Mal war ich Weihnachten da.«

»Weihnachten«, wiederholte Jessen. »I welchen Jahren?«

»Ich weiß es nicht mehr«, kam es patzig zurück.

»Wie oft haben Sie in den Jahren bis 2008 mit Ihren Eltern Weihnachten gefeiert?«, beharrte Jessen ungerührt.

»Vielleicht zwei oder drei Mal.«

»Und die anderen Male? Wo waren Sie da?«

Zwei Zornesfalten gruben sich zwischen ihre Brauen. »Würden Sie mir erklären, was es mit dem Tod von diesem Plate zu tun hat, wann und wie oft ich mit meinen Eltern Weihnachten gefeiert habe?«

Jessen fand, dass es nun Zeit wurde, die Gangart zu wechseln. »Frau Lamprecht, ich möchte, dass Sie mir aufschreiben, wo Sie während der letzten sechzehn Jahre waren, und zwar lückenlos und mit Benennung von Zeugen.«

»Sind Sie verrückt?«, fragte Hannah entgeistert. »Wieso denn?«

Er hob die Augenbrauen. »Bis morgen«, sagte er.

Ihr verärgertes Geschnaube erinnerte Jessen erneut an den Teenager Hannah Lamprecht.

»Okay. Ich versuch's. Verraten Sie mir vielleicht auch gütigerweise, wozu Sie das brauchen?«

»Im Moment kann ich noch nicht darüber sprechen«, wich er aus.

»Na, toll! Vielleicht sollte ich mir doch einen Anwalt suchen.«

»Bestellen Sie ihn dann am besten gleich in den Harz.«

Sie presste die Lippen aufeinander, bis sie weiß wurden.

Ob sie Steffen Plate in den letzten Jahren mal getroffen habe, fragte Jessen ein wenig milder.

»Plate? Wo hätte ich den treffen sollen, in der Psychiatrie?«

»Zum Beispiel.«

»Warum hätte ich diesen Arsch, der unsere Familie zerstört hat, besuchen sollen?«

Sie besitze ja doch Familiensinn, bemerkte Jessen.

Und er sei immer noch derselbe Zyniker, versetzte Hannah.

»Noch einmal: Sind Sie Plate nach seiner Entlassung begegnet?«

Hannah Lamprecht schüttelte den Kopf und erklärte, »diesen Typen« nach dem Prozess nie wieder gesehen zu haben. Sie schlug unter ihrem Kleid ein Bein über das andere und fragte: »Sagen Sie bloß, Sie denken immer noch, dass ich Plates Freundin war und den Überfall auf die Bank meines Vaters geplant habe, um mit ihm durchzubrennen?«

Jessen dachte an seine Gespräche mit Hannahs Schulkameradinnen und den Jungs aus Plates Clique. All das hatte hinter Beringers Rücken geschehen müssen, denn aus irgendeinem Grund, den Jessen bis heute nicht kannte, hatte sich sein Chef nicht nur geweigert, in diese Richtung zu ermitteln, sondern er hatte es seinen Leuten sogar ausdrücklich verboten. Verliebte Teenager, hatte Jessen damals gedacht, brauchen ein Publikum, sie wollen ihre Gefühle aller Welt demonstrieren. Aber der Name Steffen Plate war Hannahs Mitschülerinnen kein Begriff gewesen und keine hatte auf dem Foto wiedererkannt. Auffällig war dabei gewesen, dass keines der Mädchen sich als Hannahs Freundin bezeichnet hatte. Wegen ihres Außenseitertums und des strengen Vaters, der ihr vermutlich den Kopf abgerissen hätte, mochte Hannah vielleicht wirklich niemandem von ihrer Beziehung zu Plate erzählt haben. Aber Plate? Ein Junge aus einer sozial randständigen Siedlung, der die bildhübsche Tochter einer gutsituierten Familie erobert hat – nie im Leben hätte der den Mund gehalten. Doch auch Steffen Plates Freunde hatten alle behauptet, Hannah nicht zu kennen. Diesen Kerlen war zwar nicht uneingeschränkt zu trauen, aber warum hätten sie in dieser Angelegenheit lügen sollen?

Zu Hannah, die ihn mit schief gelegtem Kopf und ihrem aufgesetzten Lächeln abwartend ansah, sagte er ausweichend: »Eher nicht. Sie und Plate lebten auf zwei verschiedenen Planeten. Es ist fraglich, ob Sie sich verstanden hätten.«

Zu Jessens Verwunderung schien sie seine Antwort zu ärgern. »Ja, natürlich! Er war der arme benachteiligte Junge aus der Vorstadt und ich die Tochter des Bankers, die nach Strich und Faden verwöhnt wird«, höhnte sie.

»Das habe ich nicht…«, fing Jessen an, aber Hannah schnitt ihm das Wort ab. Ob er überhaupt eine Ahnung habe, wie es gewesen sei, unter der Fuchtel eines religiösen Fanatikers aufzuwachsen, und mit einer Mutter, die immer nur kuschte und ansonsten kalt wie ein Eisblock war? Ob er sich vorstellen könne, wie sich ein heranwachsendes Mädchen gefühlt habe, das sich nicht kleiden durfte wie die anderen, nicht einmal, wenn sie zu einer Party eingeladen war? Einer Party, von der sie der Vater dann um Punkt zehn Uhr abholte, so dass sie schließlich beim nächsten Mal lieber erst gar nicht mehr hinging. Was er wohl glaube, wie viele Freundinnen ihr unter diesen Umständen noch geblieben seien? Ob er je darüber nachgedacht habe, wie öde die Abende gewesen sein mussten, ohne Fernseher, ohne Musikanlage? »Punkt sieben Uhr hatten wir zu Hause zu sein, und nach dem Abendessen war sozusagen Einschluss. Und wenn man doch erwischt wurde…« Sie holte tief Luft und sagte dann: »Wissen Sie, nicht nur in den Vorstädten kriegen Kinder Prügel. Wie heißt es so schön in der Bibel bei Salomos Sprüchen: *Wer seine Rute schont, hasst seinen Sohn.* Was das angeht, war mein Vater ausnahmsweise einmal für die Gleichberechtigung.«

Jessen starrte sie an. Etwas Dunkles kroch ganz tief aus seiner Erinnerung hervor, dem er sich jedoch ausgerechnet jetzt nicht stellen wollte.

Hannah war noch nicht fertig. »Trotz allem hab ich jahrelang um die Liebe meiner Eltern gebuhlt. Bin in die Kirche gegangen, hab sogar im Kirchenchor gesungen. Kinder sind wie Hunde. Ihr Herrchen mag ein sadistisches Arschloch sein, sie lieben ihn trotzdem und wehren sich nicht. Erst viel später habe ich begriffen, dass unsere Eltern nur Kinder hatten, weil ihnen ihre bescheuerte Religion Verhütungsmittel verbot. Und natürlich: um Gott zu gefallen. Immer musste alles Gott gefallen. Was *mir* gefallen hätte, war denen scheißegal. Sogar in den Ferien mussten wir um sechs Uhr aufstehen, weil Gott anscheinend etwas gegen das Ausschlafen hat. Angeblich hat er auch was gegen Schminke und Jeans.« Sie lächelte bitter, als sie hinzufügte: »Tja, und dann hat sie ihr Gott ganz schön hängenlassen.«

Jessen fragte sich, warum sie ihm das alles sagte, und nicht ihrer Mutter. Er verspürte zudem den Drang, ihr zu entgegnen, dass es schlimmere Eltern gab als die ihren, aber im Grunde hatte Jessen das Gefühl, dass dieses Gespräch mit Hannah sechzehn Jahre zu spät stattfand.

Im Internat, fuhr sie nun etwas ruhiger fort, habe sie deutlich mehr Freiheiten gehabt. »Ich habe es genossen«, gestand sie.

Folglich habe mit dem Tod ihrer Schwester ihr Leben erst richtig begonnen, konstatierte Jessen.

»Ich vermisse meine Schwester«, erwiderte Hannah. »Wir

waren nicht immer ein Herz und eine Seele, aber wir waren...« Sie verstummte und biss sich auf die Unterlippe. Sie trug keinen Lippenstift, auch sonst kein Make-up, soweit Jessen das beurteilen konnte. Hatte sie auch nicht nötig. Ihr Teint war makellos und die Saphiraugen entfalteten ihre Wirkung ganz von allein.

»Sie waren?«, hakte Jessen nach.

»Nichts. Ich hätte nur gerne erlebt, was aus ihr und ihrem Talent geworden wäre.«

»Was Ihr Elternhaus betraf – hat Judith ähnlich empfunden wie Sie?

»Judith hatte ihre Musik, damit hat sie viel kompensiert. Aber auch sie hat es kaum erwarten können, im Herbst an die Musikhochschule zu kommen. Ich habe sie beneidet um das Jahr, das sie älter war und früher ausziehen konnte. Das klingt heute banal, aber ein Jahr kann ganz schön lang sein, wenn man siebzehn ist.«

»Frau Lamprecht, erinnern Sie sich noch an die Renovierung des Badezimmers in Ihrem Elternhaus?«

Sie schien überrumpelt von dem abrupten Themenwechsel. »Was?«

»Das war im August 1996.«

»Wenn Sie das sagen.«

»Wie lange zog sich das hin?«

»Daran erinnere ich mich kaum noch. Doch, ja, jetzt fällt es mir wieder ein. Ich musste zwei Wochen lang im Schwimmbad duschen. Das war herrlich, jeden Tag ins Schwimmbad gehen zu können. Warum?«

»Steffen Plate war damals der Handlanger des Fliesenlegers. Ist er Ihnen nicht aufgefallen?«

Hannah schüttelte den Kopf.

Jessen verlor die Geduld. »Ich bitte Sie. Sie waren zu der Zeit fünfzehn. Erzählen Sie mir nicht, dass Sie ihn nicht beachtet haben: einen gutaussehenden Siebzehnjährigen, der mehrere Tage bei Ihnen im Haus verkehrte. Bestimmt haben Sie mit ihm gesprochen. Vielleicht, wenn Ihre Eltern es nicht sahen. Irre ich mich?«

Hannah lachte kurz auf. »Und Sie denken, ich habe ihn bei dieser Gelegenheit kennengelernt, wir wurden ein Liebespaar und haben diesen Überfall zusammen ausbaldowert, ja?«

»Nicht unbedingt. Aber Sie hätten ihn aufgrund dieser Begegnung während des Überfalls wiedererkennen können.«

»Jetzt passen Sie mal auf!«, fauchte Hannah. »Wir waren die Geiseln eines total durchgeknallten Typen, der eine Maske trug und ständig mit einer Pistole herumfuchtelte und drohte, eine von uns oder uns alle zu erschießen. Wir hatten Todesangst! Würden Sie sich in so einer Situation an einen Handwerker erinnern, der anderthalb Jahre zuvor bei Ihnen war?«

Hannahs Mutter habe sich hinterher immerhin an Plates Hose erinnert, sagte Jessen betont ruhig.

»Ja, mag sein«, erwiderte Hannah voller Überdruss. »Nehmen Sie's mir nicht übel, aber derlei Einzelheiten habe ich wirklich längst vergessen.«

»Kennen Sie die alte Ziegelei bei Zwingenrode?«

Die kenne schließlich jeder, der dort wohne.

»Auch den Brunnen?«

»An den erinnere ich mich nicht. Ich war da nur ein oder zwei Mal, ich durfte ja abends nicht weg, wenn die anderen sich dort im Sommer trafen und Feuerchen machten. Aber hätte ich Plate umgebracht, wüsste ich bei uns im Harz bessere Plätze, um seine Leiche verschwinden zu lassen, und zwar auf Nimmerwiedersehen.«

Vielleicht sei es gerade nicht darum gegangen, ihn für immer verschwinden zu lassen, gab Jessen zu bedenken.

»Sondern?«

»Ein Exempel. Eine Botschaft.«

Jetzt war es an Hannah, spöttisch zu lächeln, und fast erwartete Jessen einen Spruch wie: Wohl zu viele Ami-Serien geschaut? Aber sie winkte nur müde ab und sagte: »Ich habe den Kerl nicht umgebracht. Außerdem graut mir vor Ratten.«

Die Sache mit den Ratten war zwischenzeitlich landesweit von sämtlichen Medien genussvoll durchgekaut worden. Zum Glück hielt Zielinski sein Gesicht gern vor Kameras, so brauchte Jessen sich damit nicht herumzuschlagen.

Er fixierte Hannah, die schon wieder nervös an ihren Ringen herumschraubte. »Was glauben Sie? Warum hat Plate Ihre Schwester erschossen?«

Dieses Mal wich sie seinem forschenden Blick aus und sagte: »Weil er ein Irrer war. Das hat sich doch herausgestellt, es gab doch sogar ein Gutachten darüber. Plate war in Panik und er hatte eine geladene Pistole in der Hand. Manche Leute vertragen das nicht. Gib denen eine Waffe, und sie kriegen einen Machtrausch.«

»Einen Machtrausch«, wiederholte Jessen.

»Soll auch bei Polizisten schon vorgekommen sein«, bemerkte Hannah.

»Hat Ihr Vater jemals über den Autounfall in jener Nacht gesprochen?«

»Nein. Ich bin ja schon wenige Tage nach dieser … Sache ins Internat gekommen.«

Auch innerhalb weniger Tage könne man viel reden, hielt Jessen dagegen.

Sie hätten die ganze Zeit nur über Judith gesprochen, wenn überhaupt. Was habe da schon der Unfall gezählt?

»Immerhin ist dabei ein junger Mensch ums Leben gekommen.«

»Ein Verbrecher«, sagte Hannah. »So hat ihn jedenfalls mein Vater genannt. Einen Verbrecher.«

»Also ist doch darüber geredet worden.«

Hannah seufzte genervt auf. Ihr Vater habe einmal gesagt, dass der Verbrecher seine Strafe bekommen habe. »Ansonsten haben wir sehr wenig miteinander geredet. Wir waren ja die ersten paar Tage noch in diesem Hotel, bis die Polizei das Haus freigegeben hat. Ich hatte mein eigenes Zimmer, mit Fernseher. Ich bin da kaum rausgegangen, es war mir ganz recht so.«

»Wurde später einmal über den Unfall gesprochen?«

Hannah Lamprecht verneinte. »Nachdem ich einmal von zu Hause weg war und unter Menschen gelebt habe, die mich nicht wie eine Leibeigene behandelten, wollte ich nicht mehr nach Hause. Ich habe meinen Vater bis zu seinem Tod nicht mehr gesehen. In den Ferien, wenn das Internat geschlossen wurde, bin ich zu meiner Tante nach Hameln gefahren.«

»Sagten Sie nicht vorhin, Sie wären ein paar Mal an Weihnachten bei Ihren Eltern gewesen?«

»Das war gelogen. Ich war nur noch einmal zu Vaters Beerdigung in Zwingenrode. Meine Tante hatte mich darüber informiert. Warum ich hingegangen bin, weiß ich selbst nicht mehr.«

»Du hast was verpasst«, wurde Francesca von Appel begrüßt, als sie wieder in ihr Büro kam. »Hannah Lamprecht. Alter, was ein scharfes Gerät.«

»Eher eine aufgedonnerte Öko-Schlampe«, murmelte Anke Mellenkamp.

»Scheiße«, meinte Francesca. Sie stellte ihre Tasche ab, nicht ohne eines der Aprikosentörtchen herauszunehmen, die sie unterwegs in einem italienischen Feinkostladen gekauft hatte. Die Pappe mit dem Törtchen in der Hand, klopfte sie an Jessens Bürotür.

»Ja?« Er hob den Blick von einem Prospekt, den er auf dem Schreibtisch liegen hatte.

»Wie war es, was hat sie gesagt?«

»Viel und nichts«, antwortete Jessen. Seinem Gesichtsausdruck nach schien er nicht besonders gut gelaunt zu sein.

Francesca stellte das Törtchen auf seinen Schreibtisch. »Ein *dolce* gefällig?«

Er brummte etwas von einer Kalorienbombe, bedankte sich dennoch und sagte dann: »Darf ich fragen, womit Sie sich die Zeit vertrieben haben?«

Auf diese Frage war Francesca vorbereitet. Von Beringers Kreditvertrag konnte sie Jessen natürlich nichts erzählen, ohne zu riskieren, Marta in Schwierigkeiten zu stürzen, aber sie hatte auch sonst noch einiges erledigt: »Ich war bei Plates Anwalt, diesem Lobenstein, der jedoch auf seine Schweigepflicht gepocht und mich nach drei Sätzen höflich verabschiedet hat. Dann habe ich mit einem von Plates Therapeuten aus Moringen telefoniert, um einen Gesprächstermin zu vereinbaren. Doch als er den Namen Plate hörte, verwies er mich, genauso wie schon der Anwalt, auf § 203 StGB, der auch für Verstorbene gelte, und sagte nicht sehr freundlich, den Weg nach Moringen könne ich mir sparen. Aber immerhin habe ich mit Steffen Plates Vertrauenslehrerin gesprochen. Stefanie Kilmer, sie unterrichtet noch immer an derselben Realschule. Zum Glück gilt für Lehrer keine Schweigepflicht.«

»Und?«

»Hat nicht viel gebracht. Steffen sei ein aufgeweckter Junge gewesen, der leider aus schwierigen Verhältnissen stammte. Sie traut ihm keinen Mord zu. Sie hat ihn allerdings zum letzten Mal gesehen, als er sechzehn war.«

»Ja, manchmal kann unsere Arbeit sehr frustrierend sein«, meinte Jessen etwas offener.

»Allerdings. Ich wäre besser hiergeblieben und Hannah Lamprecht begegnet. Warum war sie hier? Hatten Sie sie vorgeladen?«

Nein, sie sei freiwillig gekommen. Jedenfalls fast. In erster Linie wohl, um einen Besuch der Polizei in ihrer Öko-WG zu verhindern. Dort scheine man nichts über ihre Vergangenheit zu wissen. Er wies mit einer Kopfbewegung auf den Aktenschrank. »Im Gerät steckt eine Kassette mit der Aufzeichnung des Gesprächs, extra für Sie.«

»Sie sind ein Schatz!«, strahlte Francesca. Kaum war es raus, wurde sie auch schon rot wie ein Stichling. »Verzeihung«, murmelte sie.

»Keine Ursache«, sagte Jessen, und da sie glaubte, ein winziges Lächeln auf seinen Lippen erspäht zu haben, nutzte sie die Gelegenheit und fragte: »Die Bänder der Vernehmungen von damals sind nicht zufällig wieder aufgetaucht?«

Im Archiv seien sie jedenfalls nicht, er habe extra noch einmal nachgefragt, antwortete Jessen und räumte ein, dass auch er diesen Umstand seltsam finde. Francesca stimmte ihm zu, nahm das Aufnahmegerät und wandte sich zum Gehen.

»Hier«, sagte Jessen und reichte ihr das bunte Faltblatt des Selkehofs, das er gerade überflogen hatte. »Falls Sie etwas für Ihre Spiritualität oder Ihre Kochkünste tun wollen. Die haben auch Wollschweine, eine Heidschnuckenherde und einen Barfußpfad.«

Dr. Alf Schleifenbaum war zwar keine Schönheit, dafür hatte er zu wenig Haar und war einen Tick zu klein, aber er hatte ein gewinnendes Lächeln und seine Augen ähnelten tatsächlich denen des haarigen Außerirdischen. Francesca stellte sich seine Eltern vor, wie sie im Kreißsaal ihr Baby anschauten und dabei grübelten, an wen sie diese Augen erinnerten ... Jedenfalls war er Francesca auf Anhieb sympathisch, deshalb beschloss sie, ehrlich zu sein. Sie sagte ihm rundheraus, dass dieses Treffen, obwohl es in einem schummrigen Bistro stattfand, kein Rendezvous sei, sondern dass sie ihn wegen eines Falles sprechen wolle, an dem sie gerade arbeite. Die Sache sei heikel, deshalb müsse das Gespräch inoffiziell stattfinden.

Natürlich hätte Francesca den Mann auch einfach in ihrer Eigenschaft als Polizistin vorladen und befragen können, aber dann hätte sie zumindest eine Aktennotiz darüber anfertigen müssen, und das wollte sie nicht. Ihr Instinkt riet ihr, vorsichtig zu sein, was Jessen und sein Verhältnis zu Beringer anging. Sie konnte sich durchaus vorstellen, dass Jessen sauer reagieren würde, sollte er erfahren, dass sie hinter seinem alten Chef her schnüffelte – und damit auch indirekt hinter ihm. Eines hatte Francesca im Lauf der Jahre bei der Polizei gelernt: Man durfte den dort herrschenden

Korpsgeist nicht unterschätzen, dieses ausgeprägte Wir-gegen-den-Rest-Gefühl. »Ich bin Ihnen nicht böse, wenn Sie Nein sagen«, fügte Francesca hinzu.

Nun sei er natürlich am Boden zerstört, gestand Schleifenbaum mit schiefem Grinsen. »Darf ich Sie trotzdem zu einem Glas Wein einladen, oder sind Sie jetzt quasi inoffiziell im Dienst?«

Francesca lächelte ihn an. Nein, sie sei nicht im Dienst und dies sei auch kein Verhör. Sie brauche vielmehr seine Hilfe. Und ja, ein Glas Rotwein wäre wunderbar.

Bis der Wein bestellt und serviert wurde, nutzte Francesca die Zeit, um sich für ihren Bruder zu entschuldigen. »Es ist so was von peinlich, wie meine Familie ständig versucht, mich zu verkuppeln. Deshalb bin ich auch nicht zu der Party gegangen.«

Zwei Grübchen erschienen auf seinen glattrasierten Wangen, als er lächelte. So etwas habe er sich schon gedacht. Er habe sich auf dieser etwas lahmen Pärchenfete tatsächlich zunächst ziemlich unwohl und deplatziert gefühlt, da er außer Antonio keinen Menschen gekannt habe.

»Das tut mir leid. Wie gesagt, meine Familie ist unmöglich.«

Sie müsse sich dafür nicht entschuldigen. Immerhin sei das Essen hervorragend gewesen.

Urplötzlich und ohne es zu wollen, brach es aus Francesca heraus: »Wissen Sie, fast alle in meiner Verwandtschaft haben Kinder, und ständig halten sie mir ihre sabbernden Babys hin wie Blumensträuße und hoffen darauf, dass ausgerechnet ihres bei mir so eine Art Schalter umlegt oder einen Hormonschub auslöst. Dabei interessieren sie mich kein bisschen. Aber wenn ich das sage, sehen sie mich mit diesem mitleidigen Blick an, so als hätte ich eine unheilbare Krankheit, und dann kommen die Sprüche, von wegen, das würde sich ändern, sobald nur der Richtige käme...« Francesca hielt inne, denn sie musste an ihren Exfreund Max denken, an die vielen vorgeschobenen Gründe, weshalb sie und er nicht zusammengepasst hatten, dabei wusste sie tief im Innern ganz genau, wann der Riss entstanden war, der schließlich zum Bruch geführt hatte: Es war der Moment gewesen, an dem er angefangen hatte, Anekdoten von den Sprösslingen der Kollegen zu erzählen. Und von Francescas zahlreichen Nichten und Neffen hatte er auf einmal genau gewusst, wie sie hießen, wie alt sie waren und zu welchem Elternpaar sie gehörten.

Sein mitfühlendes Lächeln bewog Francesca, weiterzureden: »Ich glaube, es sind gar nicht die Kinder an sich, sondern tief in mir drin steckt die Angst, zu werden wie meine Mutter. Sie war sozusagen eine Importbraut, das pure Klischee der italienischen Mama aus den Sechzigerjahren, und ich bin ganz sicher, dass sie sehr oft unglücklich war. Ich denke, mein Vater, meine vier Brüder und ich haben ihr das Leben vollkommen ausgesaugt.«

Eine Kellnerin in einer langen Schürze brachte zwei Gläser Merlot. »Oh Gott, tut mir leid«, sagte sie. »Ich wollte Ihnen nichts vorjammern.«

Sind das schon die ersten Anzeichen der Vereinsamung? fragte sie sich erschrocken. Werde ich als Nächstes dem Postboten auflauern, um ihm ein Gespräch aufzudrängen?

»Das passiert mir öfter«, meinte Schleifenbaum. »Ich scheine etwas an mir zu haben, das die Leute zum Reden bringt. Ich hätte doch Psychiater werden sollen.«

Sie stießen an. Eigentlich ist er ja schon ein ganz Netter, dachte Francesca.

»Aber jetzt bin ich neugierig«, bekannte er. »Was hat uns nun doch noch hier zusammengebracht?«

»Ein Fall aus dem Jahr 1998«, erklärte Francesca. »Sie waren zu der Zeit Rettungssanitäter, ist das richtig?«

»Ja. Ich wartete auf meinen Studienplatz in Medizin und dachte mir, eine Ausbildung zum Rettungssanitäter wäre die beste Vorbereitung und würde sich im Lebenslauf gut machen. Etwa ein Jahr lang bin ich an den Wochenenden im Rettungswagen mitgefahren. Es hat mir als verwöhntem Unternehmersöhnchen die Augen für die Realitäten des Lebens geöffnet.«

»Haben Sie entdeckt, dass Sie kein Blut sehen können?«

»Nein, das war es nicht. Aber die Wohnungen, in die man gerufen wurde ...« Er nahm einen tiefen Atemzug und auch noch einen Schluck Wein. »Sagen wir mal so: Dieser Job hat mir zu vielen unfreiwilligen Milieustudien verholfen. Das war manchmal wie Reality-TV, nur noch härter.«

»Das ging mir so ähnlich«, gestand Francesca. »Nachdem ich die ersten paar Male auf Streife gewesen bin, ist mir klargeworden, dass ich doch ziemlich beschützt und privilegiert aufgewachsen bin. Als Kind kam mir das nie so vor. Als unser Vater endlich habilitiert wurde, war ich schon zehn. Bis dahin war das Geld manchmal ganz schön knapp gewesen. Unser Reihenhaus war bis unters Dach ausgebaut, mein Zimmer hatte acht Quadratmeter und schräge Wände. Es ging schrecklich laut und eng zu, und immer roch es nach Essen. Wenn mich Freundinnen besuchten, schämte ich mich für das Durcheinander und dafür, dass wir fünf Geschwister waren, und wünschte meine Brüder oft zum Teufel. Heute weiß ich allerdings, dass manche meiner Freundinnen überhaupt nur wegen meiner Brüder zu mir gekommen sind.«

»Aber Sie sind dabeigeblieben, bei der Polizei«, stellte Schleifenbaum fest.

»Ja. Am Anfang gab es schon Momente, da wollte ich den Job hinschmeißen. Aber dann hätte ja mein Vater recht behalten, der immer noch der Meinung ist, die Polizei wäre kein Arbeitsplatz für Frauen, und für seine Tochter schon gar nicht.«

»Da waren Sie tapferer als ich«, sagte ihr Gegenüber. »Ich habe mich in den Elfenbeinturm zurückgezogen, indem ich an der Uni geblieben bin, in der Forschung.«

»Schämen Sie sich etwa dafür?«

»Nein, natürlich nicht. Aber wir sind abgeschweift«, meinte Schleifenbaum.

»Allerdings. Jetzt habe ich Ihnen auch noch meine Familiengeschichte erzählt, obwohl wir uns gar nicht kennen, wie peinlich!« Francesca kam nun endlich auf ihr Anliegen zu sprechen. »Erinnern Sie sich an den Abend des 31. Januar 1998? Sie wurden zu einem Unfall zwischen Zwingenrode und Duderstadt gerufen. Ein mit zwei Personen besetzter Passat war auf eisglatter Straße von der Fahrbahn abgekommen und eine Böschung hinuntergestürzt.«

»Und ob ich mich erinnere«, antwortete Schleifenbaum. »Ich war damals erst seit zwei Wochen dabei, und der Junge war mein erster Toter. Das hätte auch ein Kumpel von mir sein können, ich war ja selbst erst einundzwanzig. So etwas vergisst man nie wieder.«

»Er war also schon tot, als Sie eingetroffen sind?«

»Ja. Dr. Röhrs, der Notarzt, hat zwar noch versucht, ihn zu reanimieren, aber da war nichts mehr zu machen.«

»War Ihnen damals die Todesursache klar?«

»Er hatte einen Schädelbruch. Zumindest sah die Kopfwunde danach aus. Er ist offenbar aus dem Wagen geschleudert worden, lag ein ganzes Stück davon entfernt.«

»Haben Sie irgendetwas entdeckt, das diese Wunde verursacht haben könnte?«

»Nein. Danach haben wir auch nicht gesucht, das haben wir der Polizei überlassen. Außerdem schneite es wie verrückt. Ehrlich gesagt, hatte ich nur noch das Bedürfnis, möglichst schnell wieder von dort wegzukommen.«

Wegen des Verkehrsunfalls, fiel Francesca ein, hatte es ein Ermittlungsverfahren gegen Peter Lamprecht gegeben, das jedoch vom Staatsanwalt rasch wieder eingestellt worden war. Glatteis, Schnee, die Aufregung wegen des Überfalls – ein tragischer Unfall, keine Fahrlässigkeit.

Alf Schleifenbaum seufzte in sein Weinglas. »Die Mutter des toten Jungen kam ein paar Wochen danach bei uns vorbei, als Dr. Röhrs und ich wieder Bereitschaft hatten.«

»Elisabeth Hiller?«

»Kann sein, an den Namen erinnere ich mich nicht.«

»Was wollte sie?«

»Sie wollte wissen, wie ihr Junge gestorben war. Dr. Röhrs sagte zu ihr, dass er an seiner schweren Kopfwunde gestorben wäre und dass er nicht gelitten hätte. Das sagen sie immer zu den Angehörigen. Sie wollte wissen, ob jemand bei ihm gewesen war, als er starb. Ich habe sie angelogen und gesagt, ich sei während des Transports zum Krankenhaus bei ihrem Jungen hinten im Wagen gewesen und hätte bis zum Schluss seine Hand gehalten. Das hat sie ein bisschen getröstet. Sie hat mir unter Tränen dafür gedankt, und ich kam mir vor wie … ich weiß nicht. Man nennt das wohl eine fromme Lüge. Aber es war furchtbar, ganz furchtbar.« Er zog die Schultern hoch und schauderte.

Das konnte Francesca ihm gut nachfühlen. »Wenn es ihr geholfen hat, war es sicher richtig, sie ein wenig zu beschwindeln«, meinte sie. »Manchmal ist die Wahrheit einfach zu schwer zu ertragen.«

»Ja, das hat Dr. Röhrs auch gesagt«, antwortete Schleifenbaum.

»Erinnern Sie sich an das zweite Unfallopfer?«

»Ja, das war ein älterer Mann, so um die fünfzig. Wir dachten zuerst, der Schwerverletzte wäre sein Sohn. Aber dann sagte er, er kenne den Jungen gar nicht. Das hat mich gewundert. Ich nahm an, dass er einen Anhalter mitgenommen hätte. Andererseits – wer trampt schon abends bei so einem Wetter in dieser öden Gegend?«

»War der Ältere auch verletzt?«, fragte Francesca.

Alf Schleifenbaum schüttelte den Kopf. »Der hatte fast nichts abgekriegt, nur Prellungen und Schürfwunden. Aber er lief panisch herum und schrie, er müsse sofort nach Hause, jemand würde seine Familie mit einer Pistole bedrohen. Das hat er auch den Polizisten erzählt, die kurz nach uns eingetroffen sind.«

»Schürfwunden und Prellungen, sagen Sie. Sonst hatte er nichts?«

»Jedenfalls nichts, was man auf den ersten Blick erkennen konnte. Er wollte auch gar nicht von uns verarztet werden.«

»Hatte er gebrochene Handgelenke?«

Der Arzt runzelte nachdenklich die Stirn. »Nein, davon haben wir nichts bemerkt.«

Ha! Beringer, jetzt bist du fällig! »Kann man sich die Handgelenke brechen und es gar nicht spüren?«, fragte Francesca vorsichtshalber.

»Normalerweise spürt man das recht deutlich. Aber durch einen Schock wird das Schmerzempfinden unterdrückt, es kann also schon sein, dass er es erst später realisiert hat. Zum Beispiel spüren Leute, die sich einen Finger abhacken, häufig erst einmal keinen Schmerz. Auch eine extreme Stresssituation kann eine Schockreaktion auslösen. Bestimmt hatte er nach dem Unfall eine wahnsinnige Angst um seine Familie. Das war doch diese Sache, bei der die Familie als Geisel genommen wurde, und der Mann sollte den Banktresor ausräumen, nicht wahr?«

»Ja«, sagte Francesca. Diese Nachricht musste sie erst einmal mit einem gehörigen Schluck Merlot hinunterspülen.

»Also, wie gesagt, ich hatte den Eindruck, dass dem Mann nicht viel fehlte, außer, dass er sehr durcheinander war. Und der Ersthelfer hat auch nichts Derartiges gesagt.«

»Welcher Ersthelfer?«, fragte Francesca verwirrt. »Ich dachte, Sie und der Notarzt waren die Ersten am Unfallort.«

»Nicht ganz. Vor uns hatte ein Autofahrer angehalten. Zum Glück, sonst hätten wir die Unfallstelle womöglich gar nicht gefunden. Der ist aber sofort, nachdem wir angekommen waren, verschwunden. Der Notarzt sagte noch zu ihm, er dürfe nicht so einfach abhauen, er müsse warten, bis die Polizei käme. Aber er sagte, er wäre selbst von der Polizei und die Kollegen wüssten Bescheid. Er wedelte mit seinem Ausweis herum und fuhr dann weg.«

Francesca hatte Mühe, ihre Verblüffung zu verbergen. »Wissen Sie, wie der hieß?«

»Leider nein.«

»Wie sah er aus?«

»Hm, wie sah der aus«, wiederholte Schleifenbaum und zog die Schultern hoch. »Ziemlich groß war er, und ich glaube blond.«

»Figur?«

»Konnte ich nicht sehen. Er trug eine Daunenjacke. Aber dick war er wohl nicht. Eher athletisch.«

»Alter?«

»So mittel. Jetzt komme ich mir aber doch ein wenig wie in einem Verhör vor.«

»Tut mir leid«, sagte Francesca. »Aber das höre ich gerade zum ersten Mal, das könnte wichtig sein.«

»Ich kann es wirklich nicht genau sagen, es war dunkel und es schneite, und er hat ja nur ein paar Sätze mit uns gewechselt, ehe er wieder wegfuhr. Ich dachte noch, vielleicht hatte er einen im Tee und will keinen Ärger.«

»Und das Auto?«, fragte Francesca. »Was fuhr er für ein Auto?«

»Einen Volvo«, sagte Schleifenbaum. »Volvo Kombi, älteres Modell. Schwarz oder dunkelblau.«

Irgendwann fand sie sich zu Hause auf dem Sofa wieder. Hätte man sie gefragt, worüber sie und Alf Schleifenbaum beim zweiten Glas Merlot gesprochen hatten, sie hätte es nicht sagen können. Die meiste Zeit hatte ohnehin er geredet. Sie hingegen hatte einen Brummkreisel im Kopf, der sich immer nur um eines drehte. Ein blonder Mann. Ein Polizist. Ein Volvo.

Ich war so dumm, sagte sie sich zum wiederholten Mal. So naiv, so hirnvernagelt, so blind. Nicht Jessen schützte

Beringer, sondern Beringer schützte Jessen und Jessen schützte sich selbst. Deshalb sein Schweigen zu Beringers dreister Lüge über Lamprechts angeblich gebrochene Handgelenke.

Was hatte er dort verloren gehabt, an einem Winterabend gegen acht Uhr in diesem gottverdammten Nest? Na klar, seine Freundin! Beringers Tochter Mareike. Es war also richtig, was Graham zugetragen worden war.

Die Enttäuschung über Jessen tat überraschend weh. Sie hatte nie einen Zweifel an ihm gehabt, er war für sie die Integrität in Person gewesen, ein Vorbild, eine Respektsperson. Aber die Worte von Alf hatten all das in Frage gestellt. Je krampfhafter sie versuchte, ihre Gedanken zu ordnen, desto mehr Fragen tauchten auf. Was ist dort an jenem Abend passiert? Hat Jessen Lamprecht überrascht, wie er Marcel erschlägt – womit auch immer? Aber warum verlässt er dann den Unfallort? Vielleicht hatte er zu viel getrunken, wie Alf angedeutet hatte. Aber Jessen lässt doch deswegen keinen Mörder laufen? Oder? Alles in ihr sträubte sich gegen diese Vorstellung. Nein, das ist völlig undenkbar! Anderes Szenario: Marcel Hiller ist schon tot, als Jessen eintrifft. Der denkt natürlich, Marcels Tod sei eine Folge des Unfalls. Er hört den Rettungswagen kommen und verdrückt sich, weil er zu viel Promille im Blut hat und ohnehin nichts mehr für Marcel tun kann. Vielleicht fährt er zu Beringer, und der rät ihm, zu verschweigen, dass er am Unfallort war. Verspricht ihm, das alles schon irgendwie hinzubiegen.

Am 3. Februar wird Marcel Hiller obduziert, und Ludwig Beringer nimmt höchstpersönlich an der Sektion teil. Warum tut er das? Ahnt er bereits etwas? Kommt es dem alten Hasen verdächtig vor, dass Lamprecht nur leicht verletzt, der Junge dagegen tot ist? Oder hat ihm Lamprecht die Tat bereits gestanden? Wie dem auch sei, bei der nächsten Besprechung unterrichtet Beringer seine Kollegen über die Ergebnisse der Obduktion, allerdings unter Auslassung eines bestimmten Details: der zweiten Kopfwunde. Welcher Beamte liest schon das Sektionsprotokoll nach, wenn ihm das Ergebnis mundgerecht serviert worden ist? Danach konfrontiert Beringer seinen Banker Lamprecht mit dem Obduktionsbericht. Selbst wenn Peter Lamprecht unschuldig sein sollte – die zweite Wunde an Marcel Hillers Kopf könnte ihn arg in die Bredouille bringen. Für Beringer, der seinen Kredit nicht mehr abzahlen kann, ist dies die Chance, Lamprecht seine Loyalität zu beweisen. Wenn der Leiter eines Kommissariats die Regeln verbiegen kann, dann kann der Filialleiter einer Bank das doch wohl auch. Eine Hand wäscht die andere ... Und so kommen Beringer und Lamprecht ins Geschäft, und Jessen, der selbst Dreck am Stecken hat, drückt beide Augen zu und lässt seinen Chef nach Herzenslust tricksen und mauscheln.

Herrgott, ist das alles zum Kotzen!

Und jetzt? Wie ging es jetzt weiter? Mit wem könnte sie darüber reden? Graham? Nein, dem war nicht zu trauen, das hatte er heute Morgen im Meeting bewiesen. Zielinski? Aber um den ganzen Saustall aufzudecken, bräuchte sie zuallererst einmal Beweise. Lamprecht war tot. Selbst wenn Alf Schleifenbaum Jessen identifizieren könnte, was nach sechzehn Jahren und unter den gegebenen Umständen mehr als fraglich war, was würde das bringen? Jessen würde bestätigen, dass Marcel bereits tot gewesen sei und behaupten, er habe sich vom Unfallort entfernt, weil er zu viel getrunken hatte. Wenn man es so formulierte, bemerkte Francesca, klang es wirklich nach einer Lappalie. Kripochef Zielinski würde herzlich wenig daran liegen, noch nach Jahren eine große Sache daraus zu machen, aber Francesca könnte danach sofort ihren Schreibtisch leer räumen, denn bliebe sie im Dienst, würde sie die schiere Hölle erwarten. Selbst wenn sie sich in eine andere Stadt versetzen ließe. Jessen und Beringer würden schon dafür sorgen, dass ihr der Ruf einer Denunziantin und Nestbeschmutzerin überallhin vorauseilte.

Was dann? Stillhalten? Schweigen, das Gehörte vergessen, verdrängen? Oder ihr Wissen ausspielen und damit ihre Karriere befördern – unter Inkaufnahme des Verlustes jeglicher Selbstachtung.

Es war höchste Zeit für einen Notfallplan.

Plötzlich merkte sie, dass ihr die Tränen über die Wangen liefen. Sie ging ins Bad und schaufelte sich kaltes Wasser ins Gesicht. Dann atmete sie tief durch, schnäuzte und befahl sich, sofort mit der Heulerei aufzuhören. Das fehlt noch, dachte sie, dass ich an dieser korrupten Bande verzweifle.

Wieder im Wohnzimmer, fiel ihr auf, dass der Anrufbeantworter blinkte. Sie drückte auf Wiedergabe und schrak zusammen, als sie Jessens Stimme hörte. Er bat sie, morgen die Akte mitzubringen, die Kollegen vom LKA würden sie brauchen.

Das LKA ... Und wenn man die Kollegen der Landesbehörde auf gewisse Ungereimtheiten aufmerksam machte? Vielleicht konnte man das sogar diskret anstellen. Aber Jessen war ja nicht blöd, er wusste schließlich, wem er die Unterlagen gegeben hatte.

Francesca Dante, du hast ein Problem!

Die Ausweglosigkeit ihrer Situation realisierend, tat sie etwas, was sie schon lange nicht mehr getan hatte und auch früher nur, wenn sie wirklich nicht weiterwusste. Sie rief Salvatore an. Sie müsse dringend mit ihm reden.

Ihr Bruder klang müde. »Was, jetzt? Es ist schon elf durch.«

»Oh! Ich hab nicht auf die Uhr geschaut, sorry. Nein, dann... dann nicht. Lass nur.« Francesca bereute ihren spontanen Anruf. Der Oberstudienrat musste schließlich morgen wieder früh raus, um Gymnasiasten mit Mathematik und Physik zu quälen. Mit beinahe vierzig war er ja auch nicht mehr der Jüngste.

»Hast du geweint?«, fragte er. »Du klingst so.«

»Was, ich? Nein...«

»Ich bin gleich bei dir. Mach mir einen anständigen *caffè nero*.«

Eine Viertelstunde später klingelte es an der Tür, und Augenblicke später fand sie sich in Salvatores Armen wieder, der ein wenig atemlos war, vom Fahrradfahren und vom Treppensteigen in den vierten Stock.

Sie setzte den schon vorbereiteten Espressokocher auf die Gasflamme. Alle Dantes konnten *caffè* zu jeder Tages- und Nachtzeit trinken, ohne dass ihr Schlaf darunter litt. Vermutlich hatten sie das Koffein schon im Mutterleib aufgesogen und sich daran gewöhnt. Ihr Bruder hängte seine nasse Jacke über die Stuhllehne. Francesca hatte gar nicht bemerkt, dass es draußen regnete. Auch das noch, der Ärmste. Vergeblich versuchte er, sein Haar glattzustreichen, aber genau wie bei Francesca standen die störrischen Borsten bei feuchtem Wetter in alle Richtungen vom Kopf ab.

»Angela war wohl nicht so begeistert, dass du noch einmal weggegangen bist?«, fragte Francesca, die vorhin am Telefon die Stimme ihrer Schwägerin im Hintergrund gehört hatte.

»Aber nein. Was sollte sie denn dagegen haben, wenn ich meine Schwester besuche?«

»Dann leidet sie wohl am Tourette-Syndrom«, stellte Francesca fest und bedauerte wieder einmal, dass ihr ältester Bruder so einen Drachen geheiratet hatte. Anderenfalls würde sie ihn bestimmt öfter besuchen. Der Espresso blubberte in der Kanne.

»Was ist los, *piccola*? Hast du Liebeskummer?«

»Nein, es ist was Ernstes.«

»Bist du krank?«, fragte er erschrocken.

»Nein. Kannst du den Mund halten, wenn ich dir etwas Dienstliches erzähle?« Francesca wusste, dass Salvatore der einzige ihrer Brüder war, der das überhaupt konnte. Zumindest, wenn man es ihm einschärfte: »Worüber wir jetzt reden, darfst du wirklich keinem Menschen erzählen, auch nicht Mama oder Papa oder den Brüdern – denen schon gar nicht. Und auch nicht deiner Angela.«

Salvatore nickte. »Du machst mir Angst.«

Es brauchte zwei Tassen Kaffee, ehe Salvatore einigermaßen im Bilde war, denn sie musste ja sozusagen bei Adam und Eva anfangen. »Und jetzt weiß ich nicht, was ich machen soll. Mach ich den Mund auf, kann ich mir einen neuen Job suchen, halte ich still, kann ich mich selbst nicht mehr ausstehen.«

»Kann der mit dem Volvo nicht ein anderer Polizist gewesen sein?«

Francesca zuckte mit den Schultern. »Wie viele große blonde Polizisten mit einem dunklen Volvo Kombi wohnten wohl seinerzeit im Umkreis von Duderstadt oder Zwingenrode? Er erzählt sogar noch jedem, wie toll das Ding seit zwanzig Jahren läuft.«

»Bevor du dir da nicht hundertprozentig sicher sein kannst, unternimmst du erst einmal gar nichts«, riet ihr Salvatore.

Francesca nickte. Sie war plötzlich furchtbar erschöpft und musste sich anstrengen, um nicht zu gähnen.

»Kann es sein, dass es gar nicht nur um diese Geschichte geht?«, forschte ihr Bruder.

»Worum soll es denn sonst gehen?«

»Das Ganze ist sicher eine ernste Angelegenheit, aber dass du deshalb so panisch reagierst... Kann es sein, dass dieser Jessen für dich etwas mehr ist als nur dein Chef?«

»Blödsinn!«, stieß Francesca hervor. »Ich bin einfach nur enttäuscht, weil ich den Mann für integer gehalten habe. Ich zweifle an mir selbst. Anscheinend besitze ich null Menschenkenntnis. Das ist nicht gerade eine gute Voraussetzung für meinen Beruf.«

Sie sah ihm an, dass er ihren Worten keinen Glauben schenkte. Das wiederum war typisch für die Dante-Machos. Wenn eine Frau heult, kann es nur um einen Kerl gehen, basta. Francesca, die sich schon wieder besser fühlte, bereute es nun beinahe, ihren Bruder eingeweiht zu haben. Womit konnte er ihr schon helfen? Trotzdem hatte es gutgetan, sich auszusprechen. Das sagte sie ihm jetzt und fügte hinzu: »Geh nach Hause. Du musst ja morgen wieder in den Ring steigen.«

Salvatore nickte und stand auf. »Wenn du meinen Rat willst: Nimm dir eine Auszeit. Geh ein bisschen raus an die Luft und denk in Ruhe über alles nach. Wenn man etwas

Abstand gewinnt, sieht oft vieles gar nicht mehr so düster aus.«

Im Prinzip war sein Vorschlag nicht übel. Aber sie konnte sich doch nicht einfach ausklinken, jetzt, wo man gerade dabei war, eine Mordserie aufzudecken. Wie würde das denn aussehen?

»Notfalls gibt es auch noch andere Jobs. Die Familie findet bestimmt was für dich«, meinte Salvatore zuversichtlich, ehe er ihr einen Abschiedskuss auf die Wange drückte.

»Sicher«, sagte Francesca und sah sich schon mit dem Pfannenwender neben Marcello in der Restaurantküche stehen.

Francesca stand am nächsten Morgen eine Stunde früher als sonst auf und scannte jedes Dokument der Fallakte Lamprecht, das ihr einigermaßen wichtig erschien, in ihren Computer ein. Danach quetschte sie den Papierturm in ihren Fahrradkorb. Zu schnell durfte sie nicht radeln, sonst würde der ganze Kladderadatsch noch auf der Straße landen. Es war halb neun, als sie im Büro ankam, die Arme lahm vom Schleppen der Akten von der Pforte bis hierher. Prompt wurde sie von Anke Mellenkamp aufgehalten. »Morgen, Francesca, sind das die Unterlagen zum Fall Lamprecht?«

»Ja.«

»Gib sie mir. Die warten schon darauf.«

»Wer?«

»Jessen und Zielinski. In einer Stunde findet ein Meeting mit den Leuten vom LKA statt.«

Francesca lud den Berg auf dem Schreibtisch der Sekretärin ab und fragte sich, wozu die beiden die Akten vorher brauchten. Um sie noch ein bisschen zu frisieren? Reiß dich zusammen, sagte sie sich. Du kannst nicht allem und jedem misstrauen. Aber klüger wär's, sagte eine andere Stimme in ihrem Kopf.

»Das mit dem Bauernhof der Hillers stimmt übrigens«, sagte Anke Mellenkamp.

»Was?«, fragte Francesca verwirrt.

Anke Mellenkamp grinste. »*Wer, was* ... bist wohl noch nicht ganz wach, wie? Warst du gestern einen trinken?«

Francesca begnügte sich mit einem finsteren Blick als Antwort.

»Ich habe beim Grundbuchamt nachgefragt, ob und wann der Hof der Hillers verkauft wurde. Das Haus wurde im Juli 2012 versteigert. Die Namen des Käuferpaars und die Adresse liegen auf deinem Schreibtisch.«

»Ich danke dir«, sagte Francesca, die sich vage daran erinnerte, die Sekretärin gestern darum gebeten zu haben.

»Du siehst so blass aus, ist dir nicht gut?«, hakte die Mellenkamp mit einer Mischung aus Fürsorge und Neugierde nach.

»Schlecht geschlafen«, sagte Francesca und zog sich an ihren Schreibtisch zurück. War ja nicht gelogen.

Neben dem Zettel mit Anke Mellenkamps runder, fast kindlicher Handschrift lag eine Kopie des Grundbuchauszugs. Die Käufer hießen Thomas Ritter und Juliane Fröhlich, Jahrgang 1982 und 1984. Francesca machte eine Notiz für die Fallakte und heftete den Grundbuchauszug daran.

Bis das Meeting anfing, war noch Zeit, also hörte sie sich erneut das Band der Vernehmung von Hannah Lamprecht an. Beim ersten Durchgang gestern Nachmittag war sie mehr auf Hannahs Antworten fixiert gewesen. Jetzt achtete sie genau darauf, was Jessen sagte. Er hatte sie recht geschickt aus der Reserve gelockt, fand Francesca. Allerdings hatte er auch Hannah, wie zuvor schon deren Mutter, nicht gefragt, ob ihr Vater gebrochene Handgelenke gehabt hatte. Warum auch, er wusste ja längst, dass das gelogen war. Davon abgesehen – diese Frau strotzte vor Hass, dass konnte man deutlich hören. Allerdings schien sich der hauptsächlich gegen ihre Eltern zu richten, nicht gegen Plate, auch wenn sie ihn als Arsch bezeichnet hatte, der ihre Familie zerstört habe. Welche Familie, dachte Francesca. So wie Hannah es beschrieb war das Familienleben der Lamprechts ohnehin kein sehr glückliches gewesen, zumindest nicht aus Sicht der Töchter. Und hatte Jessen nicht gemeint, der Kummer über den Verlust einer Schwester sei nicht groß genug, um eine Tat zu begehen, wie Plates Mörder sie begangen hatte? Aber Jessens Theorie war schließlich nicht das Evangelium. Seit gestern war ohnehin fraglich, ob man dem Mann überhaupt noch ein Wort glauben konnte.

Das LKA hatte zwei hängeschultrige Zausel in Lederjacken geschickt, einen in Jessens Alter und einen jüngeren. Das Meeting mit den beiden war größtenteils eine Wiederholung der gestrigen Morgenlage. Graham zog wieder seine One-Man-Show ab, dieses Mal sogar in Form einer affigen PowerPoint-Präsentation. Es hatte sich ein neuer Aspekt ergeben. Laut den Recherchen von Graham und Appel hatten Heiduck, Kimming und Radek im September 1999 einen gemeinsamen Wohnungseinbruch bei einer alleinstehenden älteren Frau aus Göttingen begangen, während diese im Universitätsklinikum lag. Der Tipp zu dem Bruch war von Kimming gekommen, der in der Uniklinik, in der die Frau lag, seinen Zivildienst abgeleistet hatte. Durch diese Verbindung zum Opfer war man dem Trio seinerzeit auf die Spur gekommen. Sie hatten Schmuck gestohlen und Bargeld und dafür Bewährungsstrafen bekommen. Die alte Dame aber konnte danach nicht mehr in ihrer Wohnung leben. Sie litt an Angstzuständen und musste in ein Altersheim ziehen. Dort nahm sie sich vier Monate später das Leben. Daraufhin war im *Goettinger Tageblatt* ein langer Artikel erschienen, in dem die Familie ihres Sohnes den drei Tätern die Schuld am Tod ihrer Mutter und Großmutter gab. Nachdem der Sohn die Namen und Adressen der drei Delinquenten in einer Kleinanzeige im selben Blatt veröffentlicht hatte, hatten Radek, Kimming und Heiduck anonyme Todesdrohungen erhalten.

»Jan Trockel war bei diesem Einbruch nicht dabei«, stellte Jessen fest.

Der könne auch freiwillig abgetaucht sein. So was komme ja vor, meinte Graham.

»Jan Trockel hatte es als Einziger dieser Clique zu etwas gebracht. Warum sollte ausgerechnet der verschwinden?«, streute Francesca ein wenig Salz in die Wunde. Außerdem deute die Tatsache, dass Trockels Wagen in ein Sumpfloch befördert wurde, eher auf ein Verbrechen hin, als auf ein freiwilliges Verschwinden, schob sie hinterher.

Graham musste zugeben, dass er dafür keine Erklärung hatte.

»Und was ist mit dem Tod von Plate?«, bohrte Francesca weiter.

Es sei nicht sicher, ob Plate wirklich in diese Serie gehöre, antwortete Graham und wiederholte damit, was Jessen gestern schon gesagt hatte: Die anderen seien auf unauffällige, effektive Weise beseitigt worden, bei Plate habe sich der Täter die Mühe gemacht, ihn jahrelang festzuhalten und dann praktisch zu Tode zu quälen.

Richtig, das sei ein ganz anderes Tatmuster, stimmte Zausel junior eifrig zu.

Was du nicht sagst, dachte Francesca. Darauf wären wir einfältigen Provinzbullen nie im Leben gekommen.

Allerdings sei Plate auch nur durch einen großen Zufall

entdeckt worden, warf nun Daniel Appel ein. Man müsse sich fragen, ob vielleicht auch Jan Trockel irgendwo gefangen gehalten werde.

Der Fall Lamprecht wurde im Lauf der Besprechung nur am Rande erwähnt, worüber Francesca nicht traurig war. Solange Graham und die Zausel einen vermeintlichen Serienkiller jagten, hatte sie wenigstens ihre Ruhe. Allerdings hatte sie im Moment das Gefühl, auf der Stelle zu treten.

Als sie wieder an ihrem Schreibtisch saß, fiel ihr Blick auf die Broschüre, die Jessen ihr gestern gegeben hatte. Die Bilder sprachen für sich: Wald, Wiesen, Berge, Blumen, ein Pferch mit Schafen, ein Apfelbaum, glückliche Hühner. Gedankenverloren starrte sie die Fotos an, bis sie beinahe die Hühner gackern hörte und den Misthaufen roch.

»Ich glaube nicht, dass du fürs Landleben geschaffen bist.«

Francesca zuckte zusammen. Graham stand hinter ihr und linste neugierig über ihre Schulter. »Musst du dich immer so anschleichen?«, maulte sie.

»Ich wollte dir nur sagen, dass du dich schick genug gemacht hast.«

Francesca verstand nur Bahnhof. Das weiße T-Shirt war uralt, wenn auch kein »Zelt«, und die Perlmuttkette stammte vom Flohmarkt. Davon abgesehen – wovon redete ihr selbst ernannter Stilberater überhaupt? »Schick wofür?«

»Für unseren Knastbesuch natürlich.«

Verdammt! Das hatte sie ja vollkommen vergessen.

Dustin Koslowsky hatte ein rundes Gesicht mit roten Backen, auch die Unterlippe war rot und voll. Er saß ihnen in einem der Anwaltszimmer gegenüber. Es war ein fensterloser, kahler Raum, in dem eine Neonleuchte Licht verströmte, das alle Anwesenden wie Leichen aussehen ließ. Er trug keine Handschellen. Graham hatte darum gebeten, als vertrauensbildende Maßnahme. Dass vor der Tür ein Vollzugsbeamter stand, beruhigte Francesca nur wenig, denn Koslowsky war ein Kleiderschrank, der ohne weiteres in der Lage sein würde, sie beide plattzumachen. Aber der Häftling war offenbar bemüht, durch gute Führung zu glänzen, und benahm sich seinen Besuchern gegenüber tadellos, wenn man einmal großzügig davon absah, dass er Francesca nicht immer nur ins Gesicht schaute. Er war einverstanden damit, dass sie das Gespräch aufzeichneten.

Warum ist er nicht beim Bund geblieben? fragte sich Francesca. Wieso war es ihm als eine gute Idee erschienen, eine Spielothek auszurauben, dafür das eigene Auto zu benutzen und drei Straßen weiter in eine Radarfalle zu fahren?

Weder Graham noch Francesca fragten ihn danach. Stattdessen wollte Graham wissen, ob Koslowsky bereits vom Tod Steffen Plates erfahren habe. Er hatte. Natürlich wusste er auch Bescheid über das Ableben der anderen drei Freunde und über Jan Trockels Verschwinden.

»Kam Ihnen das nie seltsam vor, diese vielen Todesfälle?«, fragte Graham.

»Bis jetzt nicht«, meinte Koslowsky.

»Würden Sie ›jetzt‹ präzisieren?«, forderte ihn Graham auf.

Seit er vom grausamen Tod Steffen Plates erfahren habe. Allerdings mache er sich wegen Matthias Radeks Tod schon länger Vorwürfe.

»Wieso das?«, fragte Graham erstaunt.

Koslowsky gab an, er habe im September 2000 ein paar Tage Heimaturlaub gehabt und sei an jenem Abend ebenfalls in dieser Diskothek gewesen, die Radek besucht habe. Zufällig und ohne sich verabredet zu haben. »Und dann fährt den ein paar Stunden später irgendein besoffenes Arschloch tot.« Er schüttelte den Kopf. »Wären wir zusammen hingefahren, wäre das vielleicht nicht passiert.«

»Warum waren Sie nicht zusammen dort?«, schaltete sich Francesca ein. »Trifft man sich denn nicht mit alten Freunden, wenn man Heimaturlaub hat?«

Koslowsky antwortete, er sei mit seiner damaligen »Schnecke« dort gewesen. Zudem habe sich das Verhältnis zu Radek ein wenig abgekühlt, seit sich zwei Jahre zuvor ihre Wege getrennt hatten. »Er fand es bescheuert, dass ich mich beim Bund verpflichtet habe«, erklärte er und setzte rasch hinzu: »Aber er war trotzdem noch mein Freund.«

»Haben Sie beobachtet, wann Radek den Laden verlassen hat?«, fragte Francesca.

»Nein. Jedenfalls nach mir. Ich bin ... wir sind schon um eins gegangen, da ging es dort meistens erst richtig los.«

»Warum so früh?«

Er grinste und sagte zu Francescas Dekolleté: »Die Hormone, Frau Kommissarin, die Hormone.«

Francesca ließ das mal so stehen, und er redete weiter: »Als der Boris Heiduck abgestochen wurde ... Nein, da hatte ich keinen Verdacht. Der Boris hat gern mal eine dicke Lippe riskiert. Das gab schon früher oft Ärger. Und bei den ganzen Türken und Russen und Albanern, die sich da im Hannover'schen Rotlichtbezirk rumdrücken, da gerät man halt mal an den Falschen.«

»Woher wissen Sie das?«, fragte Francesca.

»Woher weiß ich was?«

»Dass sich in Hannovers Rotlichtbezirk Türken, Russen und Albaner *rumdrücken*«, wiederholte Francesca.

»Das weiß doch jeder, der da schon mal war.«

»Und Sie waren da schon mal?«

»Klar. Aber nicht oft.«

»Und drei Jahre später starb also Alexander Kimming...«, fuhr Graham fort.

Das habe ihn wirklich nicht überrascht, gestand Koslowsky. Junkies lebten nun einmal gefährlich. Er machte sich nicht die Mühe, seine Verachtung für diese Spezies zu verbergen.

Graham und Francesca wechselten einen Blick.

»Hatten Sie noch Kontakt zu Alexander Kimming?«, fragte Francesca.

»Nein. Der war mir irgendwann echt zu abgedreht. Aber als dann vor zwei Jahren der Jan verschwunden ist, da dachte ich mir schon, dass da was nicht stimmt. Der Jan hatte es echt geschafft. Der war glücklich in seinem Bullerbü.«

»Sie meinen Clausthal-Zellerfeld?«, fragte Graham.

»Ja. Ich war mal da, hab ihn besucht. Lauter so putzige, bunte Holzhäuschen, sieht wirklich aus wie Bullerbü, nur mit Chinesen.«

»Chinesen?« Francesca sah ihn fragend an.

»Chinesen und Russen. Die haben da eine technische Uni, und da studieren jede Menge Ausländer, von weiß der Teufel woher. Aber ganz viele Chinesen eben.«

»Haben Sie was gegen Chinesen?«

Ein feindseliger Ausdruck war in seine Augen getreten, nur ganz kurz. Dann sagte er: »Ich? Nein, wieso?«

»Oder gegen andere Ausländer?«, forschte Francesca weiter. »Russen, Albaner, Türken ...«

»Solange sich einer anständig benimmt, habe ich gegen keinen was«, sagte Koslowsky. Auf Francesca wirkte der Satz einstudiert. »Ihre Clique stand seinerzeit im Ruf, der Neonazi-Szene nahezustehen«, hielt sie ihm vor und beobachtete ihn dabei scharf. Seine Miene blieb unbewegt, aber sie hatte das Gefühl, dass sich sein Rücken versteifte. Sie wollte gerade zur nächsten Frage ansetzen, da mischte sich Graham ein: »Wie war das mit Jan Trockel? Hatte der was gegen Russen und Chinesen? Hat er vielleicht auch eine dicke Lippe riskiert, so wie Heiduck?«

»Der? Im Gegenteil. Dem gefiel das ›internationale Flair‹. Seine Worte. Viele von den Schlitzaugen haben sich bei ihm Brillen machen lassen. Der hat sogar ein paar Brocken Chinesisch gesprochen.« Er schüttelte den Kopf mit dem Borstenhaarschnitt. »Der Jan verschwindet, die anderen sind tot, und jetzt das mit Steffen. Das ist schon merkwürdig.«

»Haben Sie Angst?«, wollte Graham wissen.

»Hier drin bin ich ja wohl sicher«, entgegnete Koslowsky und fügte hinzu, es wäre ja wohl ein Witz, wenn er im *homeland* getötet würde, nachdem ihn schon die Taliban nicht gekriegt hatten.

Was er glaube, wer oder was hinter den Tötungsdelikten stecken könnte, fragte Francesca.

»Definitiv null Ahnung!«, sagte Koslowsky.

»Der Fall Lamprecht?«, half sie ein wenig nach.

Damit hätten seine Kumpels doch nichts zu tun gehabt.

»Nein?«, zweifelte Francesca und fragte: »Woher hatte Steffen Plate denn eigentlich die Makarow?«

»Das weiß ich nicht«, kam es etwas zu schnell.

Sie lächelte und beugte sich ein wenig über den Tisch, was Koslowsky neue Perspektiven eröffnete. »Herr Koslowsky, ich kann verstehen, wenn Sie sich selbst nicht belasten wollen oder einen Ihrer toten Freunde. Das ehrt Sie. Aber hier geht es um vierfachen Mord, mindestens, und auch um Ihre Sicherheit, wenn Sie wieder draußen sind. Sagen Sie uns nur, ob einer aus der damaligen Clique die Waffe besorgt hat. Ich will gar nicht wissen, wer es war.«

Koslowsky senkte den Kopf und nickte. Der Radek habe die Waffe »organisiert«. Von drüben. Aber Plate, erklärte er dann, sei nicht damit herausgerückt, wofür er die Waffe brauche. Dieser Überfall auf den Banker und seine Familie sei ein Ding gewesen, das Plate ganz allein gedreht habe. »Beziehungsweise mit dieser kleinen Schwuchtel, die es dann erwischt hat.«

»Marcel Hiller war schwul? Wissen Sie das bestimmt?«, fragte Graham.

»Nein, Quatsch, ich kannte den doch kaum«, wiegelte Koslowsky ab. »Das war nur so 'n Spruch. Der kam mir halt so vor.«

Graham hakte nach: »Und Steffen Plate? War der auch eine Schwuchtel?«

Koslowsky rollte mit den Schultern, als wolle er etwas abstreifen, das ihm im Nacken saß. Seine Muskeln schienen dabei jeden Moment das Hemd zu sprengen, er musste viel Zeit im Kraftraum zubringen. »Damals hatte ich manchmal so ein vages Gefühl. Immer, wenn wir von Wei… Frauen geredet haben, Sie wissen schon, wie Kerle halt manchmal so reden, da hat der nie mitgemacht.«

Vielleicht war er nur nicht ganz so primitiv wie der Rest, dachte Francesca.

»Und heute?«, fragte Graham.

»Was, heute?«

»Sie sagten gerade, damals hätten Sie manchmal das Gefühl gehabt, dass Plate homosexuell war. Wie denken Sie heute darüber?«

Koslowsky ließ sich Zeit. »Ich weiß es nicht.« Er lachte trocken auf. »Komisch, was? Man sollte meinen, nach zehn Jahren Bund und drei Jahren Knast sollte ich eigentlich einen Seifenbücker erkennen, wenn ich einen vor mir habe. Aber bei Plate war ich mir nie sicher.«

Ob er ihn je danach gefragt habe, wollte Graham wissen.

Nein, natürlich nicht.

Vielleicht, überlegte Francesca, war Koslowsky, dieses Testosteronpaket, einfach nur homophob und sah in jedem halbwegs gutaussehenden Mann einen potentiellen Schwulen. Sie wechselte das Thema: »Steffen Plate wurde im Juni 2009 aus dem Maßregelvollzug entlassen. Haben Sie ihn danach mal getroffen?«

»Ja. Ich war zwei oder drei Mal bei ihm. War ja eine arme Sau und ich war der Einzige, den er noch von früher kannte. Nicht mal seine Mutter wollte was von ihm wissen. Die ist mit ihrem Macker an die Costa del Sol gezogen, um sich dort die Kante zu geben.«

»Worüber haben Sie gesprochen?«

»Über alles und nichts. Er wirkte ziemlich depri. Redete immer davon, dass man ihn beschissen hätte und dass alles beschissen wäre.«

»Wer hat ihn beschissen?«, fragte Graham

»Keine Ahnung! Der schimpfte auf Gott und die Welt, ich hab da gar nicht so genau hingehört. Er trank Wodka-Brause, hat aber nichts vertragen.«

»Wovon hat er gelebt?«, fragte Francesca.

»Na, von der Stütze. Am Anfang hat er noch in einer Spielhölle die Automaten aufgefüllt, schwarz natürlich, aber dort hat er wohl mehr verspielt als verdient. Ich wollte ihn mal besuchen, da hat mir der Typ gesagt, dass er ihn rausgeworfen hätte. Er kam angeblich nie pünktlich zum Dienst und die Kasse hat wohl auch nicht immer gestimmt. Apropos Kasse: Manchmal faselte Steffen so was daher, dass er bald einen Haufen Geld kriegen würde.«

Francesca wurde hellhörig, ebenso Graham, der fragte: »Sagte er, von wem und wofür?«

»Nein, und ich habe auch nicht gefragt. Das war doch garantiert nur wieder eines seiner Hirngespinste. Wenn Sie mich fragen – die hätten den besser dortbehalten sollen, in der Psychiatrie.«

Graham ließ das unkommentiert und fragte: »Mit wem hatte er sonst noch Kontakt?«

»Keine Ahnung. Ich fürchte fast, mit niemandem. Nur einmal kam eine Frau zu ihm, gerade als ich mich vom Acker machte.«

»Was für eine Frau?«, fragten Francesca und Graham im Chor.

Der Häftling grinste. »Was weiß denn ich, ich kannte die doch nicht. Die war schon etwas älter – also nicht mein Beuteschema.«

»Mitte fünfzig?« Francesca hatte sofort Heike Lamprecht vor Augen.

»Nein, so alt nun auch wieder nicht. Vielleicht zehn Jahre jünger.«

»Haben Sie Plate nach der Frau gefragt?«, wollte sie wissen.

»Nein. Ich war ja gerade am Gehen. Danach hatte ich so

schnell keinen Bock mehr, ihn zu besuchen. Ich hab's immer wieder aufgeschoben. Er tat mir zwar leid, aber dieses ewige Gejammer und Gemotze, das zog einen total runter.«

Graham bat ihn, Plates Besucherin zu beschreiben.

Koslowsky tat einen tiefen Atemzug und meinte, Graham habe vielleicht Nerven, das sei ja nun auch schon wieder fast fünf Jahre her. Außerdem sei das im Winter gewesen. Die Frau habe einen dunklen Parka getragen und darunter einen Kapuzenpulli. »Die Kapuze hatte sie auf. Ich weiß nur noch, dass ich dachte, das ist vielleicht eine, die er in der Psychiatrie kennengelernt hat.«

Wieso er das gedacht habe, wollte Francesca wissen.

»Die hatte so einen stechenden Blick. Hat mich ganz komisch angesehen, das weiß ich noch. Wirkte irgendwie durchgeknallt.«

»Augenfarbe?«, fragte Graham.

»Keine Ahnung.«

»Größe?«

»Mittel. Mittel bis groß. Eins fünfundsiebzig, wenn ich schätzen müsste.«

Graham machte sich Notizen. »Schmales oder rundes Gesicht?«

Eher schmal, aber Koslowsky könne es nicht beschwören. Er habe sie doch nur für einen Moment gesehen. Die Frau habe geklingelt, Steffen habe ihr aufgemacht und er sei gegangen. Er habe nicht stehen bleiben und gaffen wollen. Sie hätte auch eine Nachbarin oder von den Zeugen Jehovas gewesen sein können.

»Hat sie die Wohnung betreten?«, fragte Graham.

»Keine Ahnung, ich bin gegangen!«, wiederholte der Gefragte ungeduldig.

»Herr Koslowsky«, begann Francesca, »hat Steffen Plate je mit Ihnen darüber gesprochen, was an jenem Tag bei den Lamprechts passiert ist?«

Koslowsky verneinte. Kein Wort habe sein Freund über die Vorfälle in dem Haus verlauten lassen.

»Er war ja ganz schön lang da drin«, meinte Graham. »Über zehn Jahre. Hat er mal gesagt, warum?«

»Er hat mir erzählt, dass er denen dort am Anfang immer verklickern wollte, dass er unschuldig ist und eigentlich gar nicht in die Klapse gehört. Aber das wollen die natürlich nicht hören, die wollen Geständnisse und Aufarbeitung und den ganzen Seelenstriptease. Es hat wohl ein paar Jahre gedauert, bis Steffen das endlich kapiert und mitgespielt hat.«

»Sie sagen *mitgespielt*«, wiederholte Graham. »Glauben Sie auch, dass Plate unschuldig gewesen ist?«

Er zuckte mit den Schultern. »Keine Ahnung. Ich vermute mal, er ist in Panik geraten und ausgeflippt und hat es hinterher vor sich selbst geleugnet. So was kenn ich. Das ist im Einsatz auch schon vorgekommen, dass die Leute vor lauter Angst austicken, Scheiße bauen und sich hinterher nicht mehr daran erinnern, was passiert ist. Aber irgendwann holt es einen ein, und dann wird's noch schlimmer.«

»Sie sprechen von posttraumatischen Belastungsstörungen«, präzisierte Graham. »Der andauernde Stress nach Situationen großer Angst.«

Kleiner Klugscheißer, dachte Francesca. Aber Koslowsky hatte durchaus recht: Da wurden junge Männer in einen Krieg geschickt, von dessen Sinnlosigkeit große Teile der heimischen Bevölkerung ziemlich überzeugt waren. Zurück kamen aber leider oft nicht mehr dieselben netten Jungs, die sie zuvor gewesen waren, sondern psychische Wracks. Vielleicht hatte die idiotische Tat, wegen der Koslowsky nun hier einsaß, ihre Wurzeln in Afghanistan oder wo immer er gewesen war. Ihr fiel das Gerichtsgutachten über Steffen Plate ein, das sich in der Akte befand. Das russische Roulette des Stiefvaters. Sicher hatte es noch andere sadistische Spielchen gegeben. Vielleicht hatte Steffen Plate ebenfalls an einer Art posttraumatischer Belastungsstörung gelitten.

Koslowsky fuhr fort: »Was Steffen anging, hatte ich den Eindruck, dass der vor der Klapse normaler war als hinterher. Ich meine, wenn man zehn Jahre unter lauter Irren lebt, da muss man doch gaga werden, oder nicht?«

Sie standen in der Schlange vor einer roten Ampel. Grahams lange, schlanke Finger trommelten auf das Lenkrad. »*Fuck, fuck, fuck!*«

»Was ist? Hast du es so eilig?«, fragte Francesca.

Aber Graham nervte nicht der Verkehr. »Wer, zum Geier, war diese Frau, die Plate besucht hat?«

Francesca zuckte mit den Schultern. Vielleicht, überlegte sie, war es doch Heike Lamprecht, und Koslowsky, der die Frau nur flüchtig gesehen hatte, hatte sich um zehn Jahre verschätzt. Sich die Bankersgattin in Parka und Hoodie vorzustellen fiel Francesca allerdings nicht ganz leicht. Aber wenn sie Böses plante, trug sie vielleicht auch die typische Uniform der Bösewichte. Vom Alter her käme die Schwester von Marcel in Frage, Jette Hiller, die angeblich in Fernost weilte. Francesca war versucht, Graham davon zu erzählen, bremste sich aber. Der würde das nur wieder als seine eigene Idee verkaufen. »Gab es eine Art Betreuerin?«, fragte sie stattdessen. »So was wie eine Bewährungshelferin für Entlassene aus der Psychiatrie?«

»Nein. Man hatte ihm empfohlen, einmal die Woche an einem ambulanten Gesprächskreis teilzunehmen. Aber er ist nie hingegangen. Zwingen kann man die Leute wohl nicht dazu.«

Francesca nickte. Sie dachte darüber nach, warum Plate zuerst angab, sich an nichts erinnern zu können, was mit Judiths Tod zu tun hatte, später jedoch behauptete, er wäre unschuldig. Sie kam aber zu keinem zufriedenstellenden Ergebnis. Stattdessen fragte sie Graham: »Wieso hast du eigentlich dazwischengefunkt, als ich dabei war, Koslowsky wegen seiner Gesinnung auf den Zahn zu fühlen?«

»Ich wollte ihn damit nicht verärgern. Schließlich wollten wir was von ihm, oder nicht?«, entgegnete Graham.

»Ich glaube, der hat sich nicht geändert«, meinte Francesca. »Diese Bemerkungen über Ausländer und Schwule...«

»Mag sein. Kann uns aber egal sein. Hinter Plates Tod steckt sicher kein politisches Motiv.«

Aber vielleicht hinter den Ermordungen der anderen, überlegte Francesca, und schaute Graham finster von der Seite an: »Auch wenn du dich für den Allergrößten hältst: Unterbrich nicht noch einmal meine Befragung eines Verdächtigen!«

»Okay, okay. Das war deutlich, ich hab's verstanden.«

Eine Weile herrschte Funkstille zwischen den beiden, dann, als das Schweigen sich allzu lang ausdehnte, fragte Francesca: »Deine Theorie von heute Morgen, der Einbruch bei der Frau, die sich später umbrachte – ist da wirklich was dran?«

Graham grinste. »Möglich wär's. Aber die LKA-Fuzzis sind erst mal beschäftigt, und das ist doch die Hauptsache.«

»Die Hauptsache ist, dass wir Plates Mörder finden«, erinnerte ihn Francesca, »nicht eure Hähnchenkämpfe!«

»Eine größere Frau mittleren Alters in Parka und Kapuzenpulli mit schmalem Gesicht und einem irren Blick«, hielt Jessen fest. »Das ist also momentan unsere einzige Spur. Das ist ein wenig dürftig.«

Sie saßen zu viert in seinem Büro, denn er hatte auch Appel dazu gebeten.

»Vom Alter her könnte es Jette Hiller sein, die Schwester von Marcel«, sagte Francesca Dante, und Jessen entging nicht, wie Robert Graham bei diesen Worten überrascht aufsah. Francesca Dante hatte schnell gelernt, ihre Trümpfe für sich zu behalten und sie zum richtigen Zeitpunkt auszuspielen. Sie hatte noch ein weiteres Ass im Ärmel, von dem Graham offenbar nichts wusste: »Dieser ›Haufen Geld‹, den Plate gegenüber Koslowsky erwähnte, hätte Schweigegeld sein können.«

»Wofür?«, fragte Jessen.

»Vielleicht war Hannah Lamprecht ja doch Plates Komplizin und Plate hatte es verschwiegen, weil er sich von Peter Lamprecht eine Belohnung dafür erhoffte.«

Jessen fand diese Theorie zwar interessant, hatte aber seine Zweifel daran.

»Außerdem«, meldete sich Graham zu Wort, »hat Koslowsky die Vermutung geäußert, Plate könnte schwul gewesen sein.«

»Aber er wusste es nicht genau«, ergänzte Francesca. »Auf mich wirkte er homophob und seine Gesinnung scheint mir sehr weit rechts. Kein Wunder, erst die Armee, dann der Knast ... so was prägt.«

»Deshalb sagte ich ja: *Vermutung*«, erwiderte Graham gereizt.

Jessen kam noch einmal auf das vorige Thema zurück: »Frau Dante, Sie denken also, Peter Lamprecht hätte sich mit dem Mörder seiner Tochter auf einen derartigen Deal eingelassen?«

»Möglicherweise schon«, erwiderte Francesca. »Vielleicht war es kein Deal, sondern geschah auf die Initiative von Plate. Aus einer Art Ganovenehre heraus. Es hätte ihm ja nichts genützt, Hannah als seine Komplizin zu verraten, dadurch wäre seine Schuld kein bisschen gemindert worden. Aber als er dann endlich wieder draußen war, wollte er vielleicht den Lohn für sein Schweigen einstreichen.«

»Aber Lamprecht ist ein Jahr zuvor gestorben. Seine Frau sagt, sie sei Plate nicht begegnet, nachdem er draußen war«, hielt Jessen dagegen.

»Ja, das sagt *sie*. Aber an wen hat Plate sich wohl gewandt, nachdem Peter Lamprecht tot war?«

»Vielleicht sollte man diese Dame noch einmal gründlich in die Mangel nehmen«, meinte Graham. Er wirkte angesäuert, und Jessen hatte den Eindruck, dass zwischen den beiden dicke Luft herrschte. Offenbar war Francesca Dante nicht bereit, sich von *Mr Smart-Arse* die Butter vom Brot stehlen zu lassen. Der Terrier zeigt die Zähne, dachte er amüsiert. Dabei hatte Jessen nicht das Geringste gegen Graham – außer, dass der Kerl viel zu gut aussah. Laut sagte er: »Die Befragung von Heike Lamprecht übernehme ich. Frau Dante, Sie sehen bitte zu, dass das Protokoll der Vernehmung mit Koslowsky so rasch wie möglich in die Akte kommt. Graham, Sie und Appel fahren noch mal raus in die *banlieues* von Duderstadt und erkundigen sich nach dieser Frau.«

»Wohin?«, fragte Appel, der die ganze Zeit stumm wie ein Karpfen dagesessen hatte.

»Zu deiner Nazi-Oma«, sagte Graham.

Jessen signalisierte, dass die Besprechung zu Ende war. Alle standen auf, aber Francesca drehte sich in der Tür um und fragte, ob er noch einen Augenblick Zeit habe.

»Natürlich.« Gab es eine weitere Theorie, die sie in Gegenwart von Graham nicht hatte erörtern wollen? Andererseits hatte er ihr ohnehin einen Vorschlag machen wollen, über den er allerdings lieber noch eine Weile nachgedacht hätte.

»Kann ich ab morgen eine Woche Urlaub haben?«

Jessen glaubte, sich verhört zu haben, er schaute sie irritiert an, aber sie wich seinem Blick aus. »Was, jetzt?«, entfuhr es ihm.

»Nein, ab morgen«, wiederholte Francesca. Es sei leider unumgänglich. Sie müsse nach Neapel fliegen. Ihre Großtante Ersilia, bei der sie als Kind stets die Ferien verbracht habe, sei letzte Nacht gestorben. Das Herz.

Jessen ließ sich Zeit mit der Antwort, während er sie mit Blicken durchbohrte, bis sie rot wurde wie eine Languste.

»Ja, da kann man wohl nichts machen«, sagte er schließlich und fügte kurz – sehr kurz – angebunden hinzu, sie solle ihm den Urlaubsschein auf den Schreibtisch legen.

»Danke«, murmelte sie, und er schaute ihr nach, wie sie aus dem Büro schlich. Wie ein Hund, der den Sonntagsbraten verschlungen hat, dachte er. Irgendetwas stimmte da nicht, und sollte Graham damit zu tun haben, würde er ihm eigenhändig den Kopf abreißen!

An ihrem Schreibtisch angekommen, hätte sich Francesca am liebsten darunter verkrochen. Aber sie bewahrte Haltung, denn sie spürte Daniel Appels neugierigen Blick auf sich ruhen. Der saß breit und bräsig auf seinem Stuhl und erinnerte Francesca, wie immer, an einen rosa Schinken. So wie er seinen Finger anschaute, hatte Francesca den Verdacht, dass er damit gerade in der Nase gebohrt hatte. Offenbar wartete er auf Graham, der weiß der Teufel wo war, vielleicht auf dem Klo, um sich frisches Gel ins Haar zu schmieren. Appel und Graham schienen ein gutes Gespann abzugeben, sie sollte aufpassen, dass sie sich nicht gegen sie verschworen. Vielleicht wäre es ganz nützlich, etwas Sand ins Getriebe zu streuen, indem man Appel, diesem blinden Huhn, auch einmal ein Korn zukommen ließ.

»Daniel, ich hätte einen Tipp für dich.«

»Was denn?«, fragte Appel und sein Gesicht verriet, dass er sich innerlich bereits für eine von Francescas kleinen Bosheiten wappnete.

»Jemand sollte mal nachforschen, wo Koslowsky war, als Heiduck und Kimming ermordet wurden und Jan Trockel verschwand. Bei Radek war er jedenfalls im Lande, sogar in derselben Diskothek an jenem Abend. Zufällig, wie er behauptet.«

»Du meinst, er könnte …?«

»Ich meine gar nichts. Es wäre nur der Vollständigkeit halber. Freunde können sich bekanntlich verkrachen, und Koslowsky kommt mir so vor, als hätte er seine Gesinnung seit den seligen Kindertagen nicht groß geändert, im Gegensatz zu den anderen.«

»Und warum machst du das nicht selbst?«, erkundigte sich Appel, noch immer misstrauisch.

»Ich muss jetzt das Protokoll tippen, hast du ja gehört, und morgen bin ich nicht da. Eine Familienangelegenheit. Aber wenn du keine Zeit hast, weil du für Graham den Dackel spielen musst... Es kann auch noch ein, zwei Tage warten, kein Problem.«

»Nein, nein. Geht in Ordnung, mach ich«, sagte Appel voller Eifer.

»Danke«, lächelte Francesca. »Sag Graham aber nichts davon. Wir sind in dieser Sache nämlich nicht ganz einer Meinung.«

Die Luft war noch warm und es roch nach Sommer. Jessen fuhr langsam, hatte beide Seitenfenster offen, genoss den Fahrtwind und dachte – wieder einmal – über Francesca Dante nach. Großtante gestorben! Für so dumm konnte sie ihn doch unmöglich halten. Er hätte wirklich gern gewusst, was das sollte, und jetzt, wo es zu spät war, ärgerte er sich, dass er sie so einfach hatte davonkommen lassen. Hatten sie die Scharmützel mit Graham so mürbe gemacht? Kaum vorstellbar. Oder bestand die winzige Möglichkeit, dass es wirklich stimmte? Was wusste er schon über die Gepflogenheiten und Zwänge in einer italienischen Großfamilie? Der Zusammenhalt schien jedenfalls sehr eng zu sein, sonst würde sie nicht so häufig mit den Mitgliedern ihres Clans telefonieren. Jessen verlor sich in einem Phantasieszenario, in dem zwei bis drei Dutzend Menschen um ihn herumkreisten, wie Satelliten. Eltern, Brüder, Onkel, Tanten, Cousinen, Cousins, Schwager und Schwägerinnen, die sich in alles einmischten, alles kommentierten. Für ihn war das eine schiere Horrorvorstellung. Aber wenn man in ein solches Gefüge hineingewachsen war, hatte es sicherlich auch seine schönen Seiten. Zu wissen, dass immer jemand da war, mit dem man sich austauschen konnte, das gab einem bestimmt auch viel Halt. Mit einem Heer von Verwandten wären seine eigene Kindheit und Jugend sicherlich völlig anders verlaufen.

Er blinzelte in die tiefstehende Sonne und bemühte sich,

die Gespenster der Vergangenheit zu verscheuchen, indem er sich wieder dem aktuellen Problem namens Francesca Dante widmete.

Er ahnte, was geschehen war. Francesca hatte herausgefunden, dass Beringer gelogen hatte, was Lamprechts gebrochene Handgelenke betraf. Und da er, Jessen, dazu geschwiegen hatte, glaubte sie nun, er wäre in die Machenschaften Beringers verstrickt. Aber warum hatte sie ihn dann nicht zur Rede gestellt? Sie nahm doch auch sonst kein Blatt vor den Mund. Eigentlich hatte er seit Montagmorgen jede Sekunde damit gerechnet, dass sie rechtschaffen empört in sein Büro stürmte und eine Erklärung verlangte. In diesem Fall hätte er sie gebeten, ihm noch ein paar Tage Zeit zu lassen, bis er mit Beringer gesprochen hätte. Danach würde er ihr erklären, was es zu erklären gab.

Stattdessen verschwand sie mit einer fadenscheinigen Ausrede von der Bildfläche. So hatte er Francesca Dante wirklich nicht eingeschätzt und er musste zugeben, dass ihn ihr Verhalten enttäuschte. Er hatte mehr Kampfgeist, mehr Durchhaltevermögen von ihr erwartet. Oder lag es an ihm? Er war doch alles andere als ein autoritärer Vorgesetzter, oder? Er ließ seinen Leuten viele Freiheiten, ließ sie Verantwortung übernehmen und lobte sie, wenn es ihm angebracht erschien. Man konnte doch mit ihm reden, ihm vertrauen, er war doch kein... kein Beringer! Der hatte stets das Gefühl der Macht gebraucht, um sich auf seinem Posten sicher zu fühlen. Aber er, Jessen, doch nicht! Im Gegenteil, sein Posten war ihm zwischenzeitlich ziemlich egal.

Jessen hatte nie ein Machtmensch sein wollen, hatte jedoch befürchtet, unter der Fuchtel seines Vaters einer zu werden. Dies war einer der Gründe, weshalb Jessen sich geweigert hatte, in das Familienunternehmen einzusteigen, das er eines Tages hätte übernehmen sollen – neben einem ausgeprägten Desinteresse am Bau von Schiffsmotoren und dem Bedürfnis, seinem Vater so einiges heimzuzahlen. Staatsbedienstete jeglicher Couleur gehörten seit jeher zum erklärten Feindbild von Jörn Jessen, einem Unternehmer vom alten Schlag. Mit nichts hätte ihn sein Sohn Carolus mehr treffen können als mit der Entscheidung, Beamter zu werden. Da es diesem trotz allen Aufbegehrens aber dann doch zu fade erschien, sein künftiges Leben als Finanzbeamter zu verbringen, hatte Carolus Jessen sich bei der Polizei beworben. Von dieser Berufswahl hatte er sich das notwendige Maß an Kurzweil versprochen.

Seit fünfundzwanzig Jahren fuhr Jessen dennoch etwa alle vier Wochen nach Kiel, und sei es nur, um dem Alten die Stirn zu bieten. Der war inzwischen zweiundachtzig, hatte die Unternehmensleitung vor ein paar Jahren in professionelle Hände gegeben und realisierte zu seiner Verblüffung, dass dadurch weder die Welt noch seine Firma untergingen. Im Gegenteil, die Geschäfte liefen besser denn je, die Gewinne stiegen. Diese Erfahrung, und vielleicht auch das Alter, hatte ihn offenbar milde gestimmt, so dass es in letzter Zeit den Anschein hatte, als habe er sich mit der Berufswahl seines Sohn abgefunden und ihm sogar verziehen. Ob hingegen Jessen junior seinem Vater schon verziehen hatte, war nicht so sicher. Die Zeiten des Trotzes und Hasses waren zwar vorbei, allerdings hegte Jessen noch immer einen unterschwelligen Groll gegen seinen Erzeuger. Eine verlorene Kindheit wog eben schwer, in diesem Punkt harmonisierte er sogar mit Hannah Lamprecht. Die hatte tatsächlich gestern Morgen eine Mail an Jessen geschickt, in der ihre Aufenthaltsorte während der letzten sechzehn Jahre mehr oder weniger lückenlos aufgeführt waren. Die Angaben waren jedoch schwer nachzuprüfen, da sie angeblich viel allein gereist war und von ihren zeitweiligen Reisegefährten nur die Vornamen und die Nationalität notiert hatte. Nur von einigen wenigen gab es eine Mailadresse.

Der Volvo kroch den Hang hinauf und oben angekommen, parkte Jessen vor dem Friesenhaus. Er fühlte einen Kloß im Magen, während er den verwilderten Vorgarten durchquerte. Feigling, elender, dachte er in einem Anflug von Selbstkritik. Drückst dich schon seit Tagen vor diesem Gespräch, obwohl es unumgänglich ist.

Er klingelte und es dauerte lange, bis Beringer an die Tür kam.

Er wirkte nicht überrascht, obwohl Jessen seinen Besuch nicht angekündigt hatte. »Da bist du ja«, sagte er zur Begrüßung. Er sah noch elender aus als am Sonntag. Sein weniges Haar war fettig, die Haut stumpf und bleich wie Mehl. Trotz der Wärme trug er einen dicken Pullover und Altmännerpantoffeln aus kariertem Filz, wie Jessen sie niemals tragen würde, und sollte er hundert werden. Der Anblick des früh gealterten Mannes versetzte Jessen einen Stich. Seine Augen waren eingesunken, nur noch eine müde, verbrauchte Hülle war übrig von dem einst kraftstrotzenden, energiegeladenen Menschen.

»Guten Abend«, grüßte Jessen zurück. Die Anrede »Chef« sparte er sich heute.

»Komm rein. Das Bier für dich steht schon kalt.«

Auf dem Weg zur Küche warf Jessen einen Blick ins Wohnzimmer. Papiere, Ordner und Fotoalben bedeckten

Tisch und Sofa, etliche Pappschachteln standen auf dem Fußboden.

»Was treibst du denn da?«, fragte Jessen.

»Totenputz. So nennen das die Schweden. Ordnung in seine Sachen bringen, bevor man stirbt. Man will ja bei den Nachkommen seinen guten Ruf bewahren, also schmeißt man weg, was den beschädigen könnte.«

»Die Pornosammlung kannst du mir hinterlassen«, witzelte Jessen und dachte: Da komme ich ja gerade richtig.

Sie setzten sich an den Küchentisch. Der Raum mit den Einbaumöbeln aus heller Eiche sah noch so aus wie früher, nur schmuddeliger und unaufgeräumter. Sie hatten im Lauf der Jahre einige Male hier gesessen, Bier getrunken und jene Männergespräche geführt, die es zwar an Tiefgang vermissen ließen, einem aber doch ein gewisses Gemeinschaftsgefühl verschafften. Der allzu tiefe Blick ins eigene Seelenleben war weder Beringers noch Jessens Sache gewesen. Schließlich wusste man nie, was dort lauerte.

Jessen sah zu, wie sein alter Chef zwei Flaschen Jever aus dem Kühlschrank nahm, öffnete und sich dann schnaufend ihm gegenüber auf den Stuhl fallen ließ. Wo Jessen denn heute den welschen Giftzahn gelassen habe? Eine rhetorische Frage, denn er fuhr sogleich fort: »Wo hast du die eigentlich aufgegabelt?«

»Sechstes Fachkommissariat, Graffiti und Fahrraddiebstähle«, antwortete Jessen wahrheitsgemäß. *Welscher Giftzahn.* Der Ausdruck gefiel ihm, er würde ihn bei Gelegenheit anbringen.

»Verstehe. Erhöht die Frauen- und Migrantenquote, die ja neuerdings wichtiger ist als die Aufklärungsquote.«

Beringer, erkannte Jessen, war unverbesserlich. Während

seiner Dienstzeit unter ihm war Jessen oft genug Zeuge der Ironie des Schicksals geworden. Denn Beringer war seinem Vater ungemein ähnlich. Beide hatten es wie Caligula gehandhabt: *Mögen sie mich hassen, solange sie mich fürchten.* Jessen dagegen verabscheute diesen kalten Hochmut, er hielt sich weder für unantastbar, noch fürchtete oder unterdrückte er Kritik. Hatte er das vielleicht zu wenig nach außen kommuniziert? Hatte Francesca Dante etwa *Angst* vor ihm? Okay, er war nicht der Typ, der im Büro jeden Geburtstag mitfeierte oder sich dazustellte, wenn am Kaffeeautomaten getratscht wurde. Das hatte nichts mit seinem Dienstrang zu tun, so war er immer schon gewesen. Geschwätz und Small Talk langweilten und verdrossen ihn, das Privatleben der Kollegen interessierte ihn einfach nicht. Jetzt gerade erinnerte er sich jedoch mit einem wehmütigen Lächeln an die verbalen Scharmützel, die er in letzter Zeit mit Francesca Dante geführt hatte. Er mochte ihre Aufmüpfigkeit und ihre direkte Art. Sie war so *normal.* Umso rätselhafter erschien ihm ihr momentanes Verhalten.

Sollte er Beringer erklären, dass sie durchaus schon ihre Verdienste verbuchen konnte? Eine jugendliche Selbstmörderin hatte sie durch viel Reden, was ja ihre Stärke war, vom Dach geholt, und durch ihren Undercover-Einsatz in der Sprayer-Szene war es gelungen, einen Typen festzunehmen, der seit Jahren die Stadt verschandelte. Auf diesen Einsatz schien Francesca jedoch nicht besonders stolz zu sein, jedenfalls wurde sie nicht gerne darauf angesprochen. Wahrscheinlich hatte sie sich mit einigen Graffitikünstlern angefreundet. Dass verdeckte Ermittler so eine Art Stockholm-Syndrom entwickelten, kam nicht selten vor.

»Nein«, sagte Jessen. »Nicht wegen der Quote. Ich habe

sie eingestellt, weil sie nicht auf den Kopf gefallen ist. Zum Beispiel dürfte sie inzwischen rausgefunden haben, dass deine Geschichte von Lamprechts gebrochenen Handgelenken gelogen war.«

Beringer zog es vor, nichts darauf zu antworten.

»Falls es dich interessiert«, fuhr Jessen fort, »wir ermitteln inzwischen in drei weiteren Tötungsdelikten und einem Vermisstenfall.«

In die müden, alten Augen kam Leben. »Wie bitte?«

»Es gibt seit dem Jahr 2000 eine auffällige Häufung von Todesfällen in Plates ehemaligem Freundeskreis. Das LKA hat sich eingeschaltet.« Weil Beringer schwieg und ihn nur fragend ansah, zählte Jessen die Fakten auf. Es war nur ein Warmlaufen. Eigentlich, das war ihm klar, ging es hier nicht um seine momentane Arbeit, sondern um die seines früheren Chefs. »Ein fünfter, Koslowsky, lebt wahrscheinlich nur noch, weil er die meiste Zeit als Soldat im Auslandseinsatz und danach im Knast war«, schloss Jessen seine Ausführungen.

Beringer meinte, er erinnere sich an den Fall Radek, die Fahrerflucht mit Todesfolge. »Ihr glaubt, dass das alles mit Plate zusammenhängt?«

»Vielleicht ja, vielleicht nein. Es ist noch nichts bewiesen.«

Beringers Blick saugte sich am Etikett der Bierflasche fest, als wolle er die Angaben darauf auswendig lernen.

»Gibt es etwas, das du mir über den Fall Lamprecht erzählen möchtest?«, half ihm Jessen auf die Sprünge.

Es gäbe da schon einiges, räumte Beringer nach einem Schluck Bier ein. Er überlege nur gerade, womit er anfangen solle.

»Vielleicht mit dem Obduktionsbericht von Marcel Hiller. Ich habe mich seinerzeit auf deine mündliche Zusammenfassung verlassen. Mein Fehler, ich hätte nicht so bequem und vertrauensselig sein dürfen, sondern hätte das Protokoll selber lesen müssen. Jetzt hat das natürlich der welsche Giftzahn getan, und es ist nur eine Frage von Tagen, wann diese Unstimmigkeiten den Kollegen vom LKA ebenfalls auffallen werden.«

Da sich Beringer mit einem Nicken als Kommentar begnügte, redete Jessen weiter: »Dass an der Ermittlung im Fall Lamprecht irgendetwas faul war, war mir damals ziemlich bald klar. Ich habe sogar hinter deinem Rücken ermittelt.«

»Denkst du, das hätte ich nicht mitgekriegt?«, blaffte ihn Beringer an.

»Aber ich habe dir vertraut und meinen Mund gehalten«, fuhr Jessen unbeirrt fort. »Ja, ich war ein Feigling und ein Opportunist, keine Frage. Aber es ist lange her und das Ganze hat mich längst nicht mehr interessiert. Der Mensch ist geschickt im Verdrängen, und ich wohl besonders. Doch jetzt ist dieser Plate ermordet worden und vorher offenbar drei oder vier seiner ehemaligen Freunde. Ich muss jetzt endlich wissen, was da los war.«

»Wenn du mal die Luft anhalten könntest«, knurrte Beringer. »Man kommt ja nicht zu Wort.«

Jessen trank von seinem Pils, das ihm normalerweise schmeckte, aber jetzt gerade nicht. Er versuchte, sich zu erinnern, wann er damals zu ahnen begonnen hatte, dass etwas nicht stimmte. War es, nachdem er Beringer gefragt hatte, wann man denn Peter Lamprecht verhören würde, und sein Vorgesetzter ihm geantwortet hatte, das habe er schon erledigt? Waren die ersten Zweifel während der Vernehmungen von Heike und Hannah Lamprecht aufgekommen, als ihm sein Chef immer wieder über den Mund gefahren war? Oder als Beringer irgendwann zornbebend verkündet hatte, er wolle von einer Komplizenschaft Hannahs kein Wort mehr hören, von niemandem? Vermutlich war eins zum anderen gekommen und hatte sich zu jenem unguten Gefühl verdichtet, das sich bis heute einstellte, wenn Jessen an den Fall Lamprecht dachte. Deshalb hatte er die Akte Francesca Dante gegeben: weil er mit der ganzen Geschichte am liebsten nichts mehr zu tun haben wollte. Soll sie doch die ganzen Ungereimtheiten aufdecken und zur Sprache bringen, hatte er gedacht. Es schien an der Zeit, endlich reinen Tisch zu machen, auch auf die Gefahr hin, dass er selbst dabei ein paar Federn lassen würde. Und nun? Wo standen sie? Ging es Francesca Dante gerade so wie ihm damals? Quälte auch sie sich mit Zweifeln an der Integrität ihres Vorgesetzten herum und wusste nicht, was sie tun sollte? Wiederholte sich jetzt das Schauspiel: schweigen – hinterrücks ermitteln – und dann doch wieder schweigen? Hatte sie deshalb Urlaub genommen, um sich aus der Schusslinie zu nehmen, um darüber nachzudenken, was sie tun sollte? Je häufiger seine Gedanken zu Francesca Dante schweiften, desto mehr plagte ihn sein schlechtes Gewissen. Er hätte sie mit dem Fall nicht allein lassen dürfen. Anstatt ihr Urlaubsgesuch zu bewilligen, hätte er mit ihr reden sollen. *Hätte, hätte, hätte. Jessen, du warst schon wieder konfliktscheu, um nicht zusagen: ein feiger Hund!*

Beringers Stimme riss ihn aus seinen Grübeleien. Der war nun offenbar bereit, die verlangte Erklärung abzugeben, und begann unvermittelt zu erzählen: »Ich hatte den Samstagnachmittag bei einem Kollegen in Duderstadt verbracht, der seinen Sechzigsten feierte. Als ich gegen halb acht von dort losfuhr, schneite es und die Straßen waren arschglatt. Ich fuhr entsprechend langsam, obwohl Gertrud daheim schon mit dem Abendessen wartete.«

»Hattest du was getrunken?«, fragte Jessen.

Zwei Bier habe er getrunken gehabt, mehr nicht. Er sei also im Schneegestöber die Landstraße entlanggeschlichen und plötzlich habe ein entgegenkommender Wagen angefangen zu schlingern und sei dann über die Böschung der Gegenfahrbahn hinausgeschossen. Beringer habe vorsichtig gebremst, gewendet und sei zu der Stelle zurückgefahren, an der er das Auto hatte verschwinden sehen. »Dort war eine Schneise im Gebüsch und der Wagen stand im Acker. Ein Scheinwerfer hat noch gebrannt, sonst hätte ich ihn womöglich gar nicht gesehen. Ich schnappe mir die Taschenlampe aus dem Handschuhfach und kraxle die Böschung runter. Zuerst sehe ich niemanden, nur den verbeulten Passat mit der zerbrochenen Windschutzscheibe. Dann bemerke ich ein paar Meter vom Wagen entfernt einen Mann, der am Boden kniet und sich über einen anderen beugt, der im Schnee liegt. Ich rufe: ›Hallo, kann ich helfen?‹, und der kniende Mann zuckt zusammen, dreht sich um und schaut zu mir her. Da sehe ich, dass es Lamprecht ist.«

»Demnach habt ihr euch gekannt?«, hielt Jessen fest.

Dazu komme er später noch, raunzte Beringer, der es schon früher nicht schätzte, wenn er unterbrochen wurde. »Als Nächstes fällt mir auf, dass Lamprecht einen Wagenheber in der Hand hält. Ich leuchte ihm ins Gesicht und rufe seinen Namen und frage ihn, was er da macht. Er starrt mich an und sagt: ›Ich kann das nicht. Ich kann das nicht.‹ Der hat einen Schock, denke ich. Der weiß nicht, wie man Erste Hilfe leistet. Ich frage ihn, ob er verletzt ist. Er verneint und ich sage zu ihm, er solle mal zur Seite gehen. Dann sehe ich mir den Mann am Boden an. Es ist ein junger Kerl, bewusstlos, aber er atmet. Also bringe ich ihn in die stabile Seitenlage und danach frage ich Lamprecht, wer das ist und was er mit dem Wagenheber vorhatte. Die ganze Situation ist... grotesk, irgendwie surreal. Bis auf den Lichtstrahl des Autoscheinwerfers und meine Funzel ist alles stockdunkel, man hört nur den Schnee fallen, eigentlich mehr Graupel. Und Lamprecht steht da, hält mir den Wagenheber hin und sagt schon wieder: ›Ich kann das nicht.‹ Ich kapiere nicht, wovon der überhaupt redet, und ich weiß auch nicht mehr, was ich ihm geantwortet habe. Als Nächstes erzählt mir Lamprecht in recht wirren Worten, dass der Komplize von dem Typen, der vor uns am Boden liegt, seine Familie zu Hause mit einer Waffe bedrohen würde und er, Lamprecht, derweil mit ihm zur Bank fahren sollte, um den Tresor auszuräumen. Ich wusste, dass Lamprecht der Filialleiter von *Mehring & Graf* war, Gertrud und ich hatten unser Haus über diese Bank finanziert. Daher kannten wir uns auch.«

»Entschuldige, wenn ich dich schon wieder unterbreche. Hatte Lamprecht zu dem Zeitpunkt schon mit Plate telefoniert?«

Ja, das hatte er wohl, bestätigte Beringer. »Dieser Anruf hat ihn ja so wütend gemacht, dass er drauf und dran war, den anderen Kerl fertigzumachen.«

»Ihn mit dem Wagenheber zu erschlagen«, präzisierte Jessen.

»Offensichtlich. Aber Lamprecht war nicht der Typ, der so was durchzieht. Außerdem bin dann ja ich aufgetaucht.«

Jessens Blick wanderte zum Fenster. Die Sonne versank als roter Ball hinter einer Baumgruppe. Er hatte das Gefühl, dass da gerade etwas auf ihn zurollte, etwas, dem er lieber ausgewichen wäre. Aber nun war es zu spät. »Und dann?«

»Lamprecht sagte, er habe wegen des Unfalls schon den Notruf verständigt, mit seinem Handy. Die Situation zu Hause habe er aber verschwiegen. Warum, habe ich gefragt. Er stotterte herum: Weil er durcheinander gewesen sei und weil er Angst um seine Familie habe. Der andere Täter habe ihm den Unfall nämlich nicht geglaubt, der sei aggressiv und unberechenbar und habe mehrmals gedroht, seine Frau und die Töchter zu erschießen. Und wie wir gerade so reden...«

Beringer hielt inne, als suche er nach den richtigen Worten.

Jessen spürte, wie sich etwas in seinen Magen krallte.

»In dem Moment also, wo Lamprecht halb verrückt vor Angst um seine Familie ist und ich das ganze Ausmaß des Schlamassels gerade erst so langsam kapiere, da kommt der Typ am Boden wieder zu sich...« Beringer ließ ein paar Sekunden verstreichen.

Die Kralle um Jessens Magen wurde enger.

»Jessen, du weißt, wie ich diese Halbstarken schon immer gehasst habe, diese fiesen, berechnenden Typen, die glauben, sich alles rausnehmen zu können, weil wir in einem Rechtsstaat leben, weil sie sicher sein dürfen, einen laschen Jugendrichter zu finden, so einen Täterversteher, der sie mit ein paar Sozialstunden davonkommen lässt. Dieser ganze Frust, die jahrelang angestaute Wut, kam in diesem Augenblick in mir hoch. Da liegt nun einer von denen vor mir, der gerade eine grundanständige Familie beim Abendessen überfallen hat und nun eine Bank ausrauben will. Wäre er doch nur bewusstlos geblieben oder hätte er gejammert oder gestöhnt! Aber nein, dieser kleine Kretin kommt zu sich und hebt den Kopf, und das Erste, was der sagt, ist: ›Gottverdammte Scheiße‹. Da ist bei mir eine Sicherung durchgebrannt. Den Wagenheber hielt ich noch in der Hand, den hatte mir Lamprecht ja gerade erst gegeben. Da habe ich zugeschlagen. Ein einziges Mal nur. Danach war er still.«

Beringer schwieg.

Ebenso Jessen, der versuchte, seinem Entsetzen Herr zu werden. Eine Weile lang hört man nur das Ticken der Küchenuhr, ein Plastikding mit vergilbtem Zifferblatt und römischen Zahlen. Dann flüsterte Jessen: »Weiß das sonst noch jemand?«

Sein alter Chef war in sich zusammengesunken, als hätten sich seine Knochen gerade aufgelöst. Wie ein morscher Baum, dachte Jessen. Jetzt nahm er wieder Haltung an und schüttelte den Kopf. Er habe es jedenfalls keinem gesagt.

»Heike Lamprecht?«, fragte Jessen.

»Damals zumindest wusste sie es nicht.«

»Was geschah dann?«

»Wir hörten Sirenen näher kommen, und jetzt geriet ich in Panik. Anstatt einfach dazubleiben und die Ruhe zu bewahren, bin ich die Böschung wieder raufgeklettert, aber als ich oben war, stand schon der Rettungswagen direkt hinter meinem Auto. Ein Notarzt und ein Sani stiegen aus. Ich zeigte denen meinen Dienstausweis und sagte, die Kollegen seien unterwegs und dass unterhalb der Böschung ein Schwerverletzter liege. Daraufhin haben sie sich nicht mehr um mich gekümmert, sondern ihre Geräte und eine Trage rausgeholt und sind gleich den Hang runter, zu dem Jungen.« Beringer unterbrach sich und schüttelte den Kopf, wobei er rätselhafterweise lächelte. »Ein paar Tage später habe ich mit den beiden das Protokoll aufgenommen. Die haben mich tatsächlich nicht wiedererkannt! Du kennst das ja, wie das mit den Zeugen ist. Es hat an dem Abend aber auch wirklich geschneit wie Sau, es war dunkel und wir haben nur ein paar Worte gewechselt. Im Protokoll habe ich ihre Aussage, dass bereits ein Ersthelfer am Unfallort war, einfach weggelassen. Beide haben unterschrieben, ohne es durchzulesen.« Beringer verstummte erneut, und wieder tickte die Uhr aufdringlich die Zeit herunter.

Nachdem eine Minute vergangen war, fragte Jessen in die Stille: »Warum hat Peter Lamprecht hinterher geschwiegen?«

Beringer zuckte kraftlos mit den Schultern. »Weiß ich nicht. Vielleicht, weil er ja selbst kurz davor gewesen war, es zu tun. Ich war sozusagen …« Er schien nach dem richtigen Wort zu suchen.

»Sein Vollstrecker«, sagte Jessen.

Beringer nickte. »Möglicherweise hatte er aber auch denselben Gedanken wie wir damals: dass Hannah mit drinsteckte. Damit das nicht rauskommt, brauchte er meine Hilfe.«

»Sein Schweigen gegen deines«, begriff Jessen.

»Wir haben aber nie darüber gesprochen. Es war kein verabredeter Deal, falls du das glaubst.«

Aber eine stumme Übereinkunft, dachte Jessen und stellte fest: »Deshalb hast du uns jedes Mal zurückgepfiffen, wenn wir in diese Richtung ermitteln wollten.«

»Was hätte ich denn tun sollen?« Die Augen des Mannes, der einmal sein Mentor gewesen war, sahen ihn halb verzweifelt, halb trotzig an. Durch das Gelb seiner Augäpfel zog sich ein Netz aus roten Äderchen.

»Ich weiß es nicht«, sagte Jessen. Nachdem die Tat einmal geschehen war, Marcel tot war, gab es wohl nur noch zwei Möglichkeiten: gestehen oder schweigen. Schweigen und tricksen.

Jessen fragte sich, warum ihn sein ehemaliger Vorgesetzter mit diesem Geständnis belastete, wo es doch ein Leichtes gewesen wäre, ihn in dem Glauben zu lassen, Lamprecht habe den Jungen erschlagen und er, Beringer, habe dessen Tat aus welchen Gründen auch immer gedeckt. Stattdessen bekannte sich Beringer zu einem Mord oder wenigstens einem Totschlag und machte ihn, Jessen, zum Mitwisser. Was um alles in der Welt erwartete Beringer von ihm?

Der wollte nun offenbar wirklich reinen Tisch machen, denn nachdem eine weitere Schweigeminute verstrichen war, fuhr er fort: »Ich hatte natürlich eine Mordsangst, dass Lamprecht einknickt und doch noch irgendwann redet. Der war ja überaus religiös und solche Leute ...« Er brachte den Satz nicht zu Ende, sondern sagte: »Aber dann kam dieser Vertrag.«

Jessen hob die Augenbrauen.

»Ein neuer Kreditvertrag für unsere Hypothek. Die Zinsen dafür hatten sich nach Ablauf der Zinsbindung fast verdoppelt und ich wusste bald nicht mehr, wie ich das Geld für die Raten noch zusammenkriegen sollte. Ich war in dieser Zeit schier am Verzweifeln. Schon vor Monaten hatte ich mit Lamprecht darüber gesprochen. Damals hatte er nur gemeint, wir hätten nun mal gerade eine Hochzinsphase, da wären auch ihm die Hände gebunden. Aber Gertrud hing so sehr an diesem Haus! Ich wusste, es würde ihr das Herz brechen, wenn wir es verlieren sollten. Dabei brauchte sie doch ihren Lebensmut und ihre Kraft, um gegen diesen verdammten Krebs anzukämpfen. Zwei Wochen nach der Sache lag plötzlich ein neuer Kreditvertrag im Briefkasten, unterzeichnet von Lamprecht. Die Monatsrate war sogar noch niedriger als früher, ich musste nur noch unterschreiben. Von da an wusste ich, Lamprecht würde den Mund halten.«

»Herrgott!« Jessen war fassungslos. Erstaunlicherweise widerte ihn diese Geschichte mehr an als das vorangegangene Mordgeständnis. Dass Beringer Marcel Hiller erschlagen hatte, war schockierend, aber die Tat passte irgendwie zu Beringer. Er war ein Choleriker gewesen, Jessen wusste noch gut, wie sehr sein Chef jedes Mal getobt hatte, wenn die Delinquenten, die sie festgenommen hatten, ein paar Tage später wieder frei herumspazierten und der Polizei eine Nase drehten. Aber dieser kümmerliche Deal mit dem Kredit – das war einfach nur erbärmlich! Jessen spürte, wie er zornig wurde, aber eine innere Stimme ermahnte ihn, sich zurückzuhalten. War er jetzt nicht zu arrogant? Konnte er solche Sorgen, wie sie Beringer über Monate gequält hatten, überhaupt verstehen? Er, der noch nie ernsthafte Geldprobleme gehabt hatte und höchstwahrscheinlich auch nie haben würde?

Ob Jessen immer noch enterbt war – falls er es jemals gewesen war –, wusste er nicht, und es interessierte ihn auch nicht besonders. Selbst der Pflichtteil seines Erbes wäre schon ein ordentlicher Batzen. Außerdem hatte ihm seine Großmutter, als sie vor neunzehn Jahren starb, ein Vermögen hinterlassen, das ihm ein gutes Auskommen bis zum Ende seiner Tage garantierte.

Wie leicht hätte er Beringer damals den notwendigen Betrag leihen können. Wahrscheinlich hätte es schon gereicht, die beiden Uhren zu verkaufen, die zu Hause im Safe lagen und kaum getragen wurden. Es waren Geschenke seines Vaters zur Konfirmation und zum Abitur gewesen, und es wäre Jessen nicht schwergefallen, sich davon zu trennen, ganz im Gegenteil.

»Mich konntest du nicht um Geld bitten?« Was wie eine Frage klang, war eigentlich eine Feststellung.

»Nein«, sagte Beringer nur.

Der Stolz. Natürlich. Ein gestandener Leitender Hauptkommissar über fünfzig haut nicht seinen ihm unterstellten Kommissar, der noch fast grün hinter den Ohren ist, um hohe Geldbeträge an, auch wenn es für diesen kein Problem wäre. In der Welt eines Ludwig Beringers ging so etwas nicht, nicht einmal einer schwer kranken Frau zuliebe. Denn wie will man jemandem Anweisungen geben oder ihn maßregeln, in dessen Schuld man steht? Zugegeben, das hätte mehr als ein »Gschmäckle« gehabt und hätte letztendlich auch ihm, Jessen, geschadet. Aus ähnlichen Gründen war Beringer auch nicht gerade begeistert gewesen, als er hinter Jessens Verhältnis mit seiner Tochter Mareike gekommen war. Nicht, weil Beringer etwas gegen Carolus Jessen als Person gehabt hätte, sondern aus Prinzip. Jessen hatte das eingesehen, ja sogar ein wenig bewundert. Diese Linientreue.

Und dann hatte dieser Mann innerhalb weniger Tage sämtliche Prinzipien über den Haufen geworfen. Hatte er sich gesagt: Wer schon einen umgebracht hat, der kann auch korrupt sein, darauf kommt es nun auch nicht mehr an?

»War's das jetzt?«, fragte Jessen sein Gegenüber. »Oder zeigst du mir als Nächstes den Kellerraum, in dem du Plate versteckt und die Ratten gezüchtet hast?«

»Das war's«, sagte Beringer. Er wirkte erleichtert, wie jeder Sünder nach der Beichte.

Totenputz, dachte Jessen. Da hatte er jetzt aber gründlich ausgemistet. Jessens Mund fühlte sich trocken an. »Hast du noch ein Bier?«

Der Hausherr deutete mit dem Kinn in Richtung Kühlschrank.

Jessen stand auf, nahm noch einmal zwei Flaschen heraus und öffnete sie. Er trank einen großen Schluck, stellte die Flasche beiseite und dann brach es aus ihm heraus: »Warum musstest du mir das sagen? Konntest du es nicht einem Pfaffen beichten, wenn du es unbedingt loswerden musstest? Erwartest du von mir etwa Absolution? Das kannst du vergessen! Du hast einen wehrlosen, verletzten Jungen erschlagen, du hast…«

»Weil du mich gefragt hast«, unterbrach ihn Beringer. »Außerdem – was soll ich bei einem Pfaffen? Du kennst mich. Du wärst sogar fast mein Schwiegersohn geworden«, erinnerte er Jessen mit einem kleinen Lächeln.

»Warst nicht du derjenige, der meinte, seine Tochter wäre zu schade für einen Polizisten?«

»Es tut mir leid, dass ich euch auseinandergebracht habe, wirklich.«

Überheblich, wie Beringer nun einmal war, glaubte er dies tatsächlich. Dabei hatten sie sich getrennt, weil Mareike parallel zu ihrer Beziehung mit Jessen etwas mit einem Kommilitonen angefangen hatte und Jessen dahintergekommen war. Es hatte nichts mit Beringers Widerstand zu tun gehabt, der für das Paar eher eine Herausforderung und zuweilen sogar einen gewissen Nervenkitzel dargestellt hatte. Nachdem sich der ärgste Liebeskummer verflüchtigt hatte, war Jessen erleichtert gewesen, dass ihm Beringer als Schwiegervater erspart geblieben war. Ihn zum Chef zu haben hatte schon gereicht.

Jessen verzichtete auch jetzt darauf, die Sache richtigzustellen. Das war nicht mehr wichtig. Er saß da und ließ den Kopf hängen. Noch nie im Leben hatte er sich so ratlos gefühlt. Was sollte er mit diesem Geständnis anfangen, wie sollte er darauf reagieren?

»Eines noch«, sagte Beringer und wartete, bis Jessen ihn wieder ansah. »Ich bin am Arsch, das siehst du ja. Es ist so was Ähnliches wie bei Gertrud. Ich weiß nicht, wie lange es noch geht. Ein paar Wochen vielleicht, oder ein paar Monate, mehr nicht.«

»Tut mir verdammt leid«, sagte Jessen, der sich so etwas schon gedacht hatte. Was kam jetzt? Spielte Beringer die Mitleidskarte aus, würde er sich wirklich so erniedrigen? Am liebsten wäre Jessen aufgestanden und Hals über Kopf geflohen.

»Du hast jetzt zwei Möglichkeiten. Du kannst den Mund halten und warten, bis ich sterbe – falls du das kannst. Oder du redest mit dem Staatsanwalt. Das würde ich dir nicht übel nehmen, glaub mir. In dem Fall bitte ich dich nur um eines: Sag mir vorher Bescheid. Den Knast, das wird dir wohl einleuchten, den möchte ich mir am Ende meiner Tage lieber ersparen.«

Jessen sprang auf. Was wollte ihm dieser Mann denn eigentlich noch alles zumuten? »Das hast du dir ja wirklich schön ausgedacht!«, rief er wütend. »Du stellst mich vor die Wahl, entweder zu deinem Komplizen zu werden oder zu deinem Henker?«

Auch Beringer erhob sich, langsam und mit steifen Bewegungen. Er schwankte ein wenig, als hätte er einen Rausch, aber dann standen sie sich gegenüber, Auge in Auge, wie zwei Boxer, zwischen sich den Tisch mit den Bierflaschen.

»Ich weiß wirklich nicht, was mich daran hindern sollte, dir auf der Stelle Handschellen anzulegen und dich ins Präsidium zu zerren!«, zischte Jessen.

»Hast du denn welche dabei?«, fragte Beringer.

Typisch Beringer. Demut war seine Sache nicht.

Jessen gab das Duell der Blicke verloren. »Ich geh jetzt.« Er wollte nur noch weg hier. Nach Hause, in seine viel zu große Wohnung, und nachdenken über all das.

Beringer brachte ihn bis zur Haustür.

Jessen legte seinem alten Chef die Hand auf die Schulter. Seine Wut war zwar noch längst nicht verraucht, dennoch suchte er krampfhaft nach den passenden Worten. Aber was um alles in der Welt sagte man jemandem, der todkrank war und einem gerade die schrecklichsten Dinge gestanden hatte?

»Eine Frage«, sagte Beringer.

»Was denn noch?«

»Es geht um euren Fall ... Habt ihr die Mutter von Marcel Hiller überprüft?«

»Ja. Deine italienische Freundin war bei ihr. Sie kommt als Täterin nicht in Frage, obwohl ihr Motiv durchaus plausibel wäre: Ihr Sohn, das Unschuldslamm, wird von Plate zu einem Verbrechen verführt, in dessen Verlauf er zu Tode kommt.«

»Warum habt ihr sie dann ausgeklammert?«

»Weil sie dreiundsiebzig Jahre alt ist, in einer Art Altenheim lebt und im Rollstuhl sitzt. – Was ist denn daran lustig?«, fragte Jessen, der mit Befremden registrierte, wie Beringer ein paar trockene Lacher ausstieß, die mehr wie Husten klangen.

»Ach, ihr Jungbullen«, sagte der Hauptkommissar a. D. und winkte verächtlich ab. »Redet ihr denn nicht mit den Leuten? Hab ich dir nicht beigebracht, dass man Papier allein nicht trauen kann, dass man auf die Leute hören muss, den Klatsch, die Gerüchte?«

Jessen riss der Geduldsfaden. »Jetzt sag schon, worauf du hinauswillst!«

»Die Frau, von der du redest, das ist vielleicht auf dem Papier die Mutter von Marcel. In Wirklichkeit ist sie wohl eher die Großmutter.«

»Was?« Jessen starrte Beringer an. Wie er da in seiner Strickjacke schief im Türrahmen hing, hatte er etwas von einer Vogelscheuche. Aber zum ersten Mal an diesem Abend trat wieder etwas Glanz in seine Augen.

»Es gab da so ein Gerücht. Der alte Olaf Hiller war zu der Zeit nämlich schon ein halb totgesoffenes Wrack. Dass der noch ein Kind zeugt mit einer Frau, die schon fast vierzig ist, das hat im Dorf kein Mensch so richtig glauben wollen. Und die Jette, die war ja damals in der Landjugend …«

Jessen stand da, wie vom Blitz getroffen. Als wieder Leben in ihn kam, schaute er Beringer an mit einem Blick, der sonst Leuten vorbehalten war, die ihm im Verhörraum gegenübersaßen. »Sag mir die Wahrheit. Hast du den Jungen erkannt, als er vor dir lag?«

»Nein«, antwortete Beringer, ohne zu zögern. »Nein, ich habe diese Geschichte erst einige Wochen später herausgefunden. Um ganz ehrlich zu sein, habe ich sie zufällig in der Wirtschaft aufgeschnappt. Der Hof liegt ziemlich abseits, ich habe die Frauen und das Kind vor… vor dieser Sache nie gesehen. Nur den Mann kannte ich, vom Sehen, aus dem Wirtshaus. Bitte, Jessen, das musst du mir glauben!«

»Gut«, sagte Jessen. »Glaub ich dir. Wiedersehen.«

»Wiedersehen, Jessen«, sagte Beringer. Für einen Augenblick sah es fast so aus, als wollte er Jessen an sich drücken, aber dann sagte er nur: »Danke fürs Zuhören.« Dann drehte er sich um und schloss leise die Tür.

»Heute bist du aber extrem ruhig«, bemerkte Jürgen Sunderberg.

»Tut mir leid.«

»Ist schon okay«, meinte Sunderberg, während er den Wein kreisen ließ. Es war ein schwerer Burgunder, der bräunliche Schlieren an der Wand des bauchigen Glases hinterließ. »Solange es hier was Anständiges zu trinken gibt, kannst du mich anschweigen, so viel du willst. Allerdings muss ich dir sagen, dass du schon besser ausgesehen hast. Du solltest mal wieder ausschlafen. Deine Tränensäcke haben das Stadium erreicht, in dem du mit ihnen kleine Kinder erschrecken kannst.«

Jessen murmelte, dass er ihn mal könne, und Sunderberg grinste.

Es hatte sich mit der Zeit zwischen den beiden eine Tradition entwickelt, sich einmal in der Woche zu treffen, mal bei Jessen und mal bei Sunderberg, wobei die Zusammenkünfte bei Letzterem oft in die Kneipe verlegt wurden, denn Sunderbergs Wohnung war ein ziemlicher Saustall. Er kochte zwar gern, hatte es aber nicht so mit dem Putzen und Aufräumen. Beinahe hätte Jessen an diesem Abend ihre Verabredung vergessen, aber Sunderberg, der geahnt hatte, dass der Mordfall Plate seinen Freund zurzeit ganz schön auf Trab hielt, hatte ihn vorsichtshalber per SMS daran erinnert.

Hin und wieder, vor allem wenn sie sich bei Jessen trafen und dieser Zeit für Planung und Einkauf gefunden hatte, kochten sie zusammen ein aufwendiges Menü. Heute jedoch mussten eine Platte mit verschiedenen Sorten Käse, dazu ein Baguette und ein paar Oliven genügen. Jessen machte sich deswegen keine Gedanken, wusste er doch, dass man Jürgen Sunderberg mit Käse und Wein glücklich machen konnte, solange nur beides von herausragender Qualität war. Später würde der Rechtsmediziner sich noch eine Zigarre anzünden, deren Qualm man hinterher noch tagelang roch. Seltsamerweise machte Jessen das nichts aus, im Gegenteil, er mochte den Geruch. Es gab für Jessen nicht allzu viele Menschen, mit denen sich interessante Gespräche führen ließen. Sunderberg gehörte dazu. Er war ein heller Kopf, humorvoll und geistreich, manchmal auch chaotisch, aber er wusste viel und ertrug auch Schweigsamkeit.

Sie saßen an ihrem Lieblingsplatz in der »Bibliothek«, die genaugenommen kein eigener Raum war, sondern eine um zwei Stufen erhöhte Nische, die zu Jessens großzügigem Wohnzimmer gehörte. Zwischen den Bücherregalen breitete sich ein Persenrteppich auf dem Parkett aus, darauf stand ein

Tisch, flankiert von zwei ledernen Ohrensesseln, die aussahen, als hätte man sie direkt aus einem britischen Herrenclub entführt. Die Regale reichten bis an die hohe Decke, an die oberen Fächer kam man nur, indem man die hölzerne Bibliotheksleiter erklomm. Jessens Bücherbestand umfasste wenig zeitgenössische Belletristik, dafür viele Fachbücher über Archäologie und römische Geschichte. Das mittlere Regal beherbergte die besonderen Schätze, alte, in Leder gebundene Folianten mit Goldschnitt. Die gediegen-kuschelige Atmosphäre der Bibliothek bildete einen Gegensatz zur minimalistischen Einrichtung des sich anschließenden Zimmers. Jessens Wohnung nahm die gesamte Beletage einer Jugendstilvilla ein und war im Grunde viel zu groß für ihn allein. Ursprünglich hatte er ja auch vorgehabt, zu zweit hier zu wohnen. Nach dem Tod Ulrikas hatte ihm jedoch die Kraft für einen Umzug gefehlt und inzwischen hatte er sich daran gewöhnt. Das geräumige, helle Zimmer mit dem kleinen Balkon zum Garten hinaus, das Ulrikas privater Rückzugsort hätte werden sollen, stand allerdings noch immer leer. »Was macht deine kleine Italienerin?«, erkundigte sich Sunderberg, während ihm ein Krümel vom Roquefort aus dem Bart in sein Weinglas fiel. Die Frage hatte so beiläufig geklungen, dass Jessens Alarmglocken zu schrillen begannen.

»Ärger«, sagte er, bevor er aufstand und für seinen Freund ein frisches Glas holte.

»Frauen halt«, meinte Sunderberg, womit im Grunde alles gesagt war. Er trank den Rest des Weins, in dem der Käse schwamm, in einem Zug leer, was seinen Gastgeber dazu veranlasste, ihn einen Barbaren zu nennen.

Sunderberg nahm es als Kompliment.

Aber dann – vielleicht, weil sonst der Drang, mit seinem Freund über Beringers Geständnis zu sprechen, übergroß geworden wäre – erzählte Jessen, dass seine Mitarbeiterin Francesca Dante sich gestern mit einer mehr als durchsichtigen Lüge, die geradezu seine Intelligenz beleidige, für den Rest der Woche aus dem Dienst verabschiedet hatte. »Und das, wo wir gerade einem Serientäter auf der Spur sind und sie so scharf auf ihren ersten richtigen Mordfall war. Das versteh einer!«

»Hm«, meinte Sunderberg. Er schien nachzudenken und sagte schließlich: »Kann es sein, dass sie hinter eure Mauscheleien gekommen ist und deshalb die Segel gestrichen hat?«

Jessen richtete sich in seinem Sessel auf, drückte das Kreuz durch und fragte Sunderberg mit dezenter Schärfe im Tonfall, ob dieser die Begriffe »eure« und »Mauschelei« eventuell präzisieren könne.

Sunderberg grinste ihn aus seinem Bartgestrüpp heraus an. »Mit *euch* meine ich dich und deinen früheren Chef. Und was die *Mauschelei* angeht, so rede ich von dem Obduktionsbericht, den sie mir am Samstag gezeigt hat. Hat sie nicht mit dir darüber gesprochen?«

»Doch, doch, natürlich. Danke übrigens, mein lieber Freund, dass du sie auf komische Ideen gebracht hast.«

»Bitte«, gab Sunderberg dickfellig zurück. »Ich habe sogar noch mehr getan und gestern mit Professor Daubner telefoniert. Mir hat diese Sache keine Ruhe gelassen.«

»Ach«, sagte Jessen und stellte die Frage in den Raum, ob der Herr Rechtsmediziner sich wohl auch so reingehängt hätte, hätte Daniel Appel ihn nach dem Obduktionsbericht gefragt.

»Wer?«

»Vergiss es!«

»Professor Daubner erinnert sich noch gut an den Fall, und er ist ziemlich sicher, dass er deinem Chef während der Sektion anschaulich erklärt hat, dass man ein Gewaltverbrechen nicht ausschließen könne. Daubner meinte noch, er habe sich seinerzeit gewundert, dass es nie zu einer Ermittlung gekommen ist.« Sunderberg nahm einen Schluck aus dem frischen Glas, das Jessen ihm eingeschenkt hatte. »Der Gute war damals wohl schon zu sehr mit der Vorbereitung seines Karrieresprungs in die Staaten beschäftigt, um deswegen nachzuhaken. Bei mir wärt ihr nicht so billig davongekommen.«

»Könntest du vielleicht mal den Plural weglassen«, schnauzte Jessen.

»Ich bin eh schon fertig.« Sunderberg griff mit seinen Pranken zum Käsemesser und schnitt sich ein unverschämt großes Stück Gruyère ab.

»Das mit Daubner hast du ihr sicher schon brühwarm erzählt? Vielleicht verbunden mit einer kleinen Verabredung...?« Ich benehme mich dermaßen idiotisch, erkannte Jessen, kaum dass ihm die Worte über die Lippen gekommen waren.

»Nein. Ich wollte erst mit dir reden«, sagte Sunderberg, auf einmal betont sachlich.

»Ich habe nicht gemauschelt«, stellte Jessen richtig. »Ich war nur naiv. Beringer hat uns damals alle eiskalt über den Tisch gezogen. Ich habe geahnt, dass an dem Fall Lamprecht etwas nicht ganz koscher ist, aber ich bin der falschen Spur hinterhergelaufen. Dass mit dem Tod von Marcel etwas nicht stimmt, habe auch ich erst jetzt erfahren, das kannst du mir glauben oder nicht. Ich habe heute mit Beringer gesprochen, es war ein ... ein sehr intensives Gespräch. Deswegen ist es auch später geworden. Es war wirklich keine angenehme Unterhaltung«, fügte Jessen hinzu.

»Dann erzähl das doch einfach deiner ehrgeizigen Kommissarin«, meinte Sunderberg.

»Das ist ...«, begann Jessen. »Es ist kompliziert.«

»Ach was«, grinste Sunderberg.

»Beringer ist todkrank, ich will nicht, dass er am Ende seines Lebens ...« Jessen ließ den Satz unvollkommen. Sunderberg war kein Idiot, er konnte sich denken, was gemeint war.

»Traust du ihr nicht?«

»Doch, schon. Aber die ganze Wahrheit kann ich ihr unmöglich sagen, ihr nicht und dir auch nicht. Also müsste ich lügen, und das will ich erst recht nicht. Es wurde in all den Jahren schon viel zu viel gelogen.«

Sunderberg nickte bedächtig mit seinem Bernhardinerschädel und ließ die Luft hörbar aus seinem Brustkorb entweichen. »Das ist wie in der Medizin. Manchmal gibt es keine Lösung, man kann allenfalls das kleinere Übel wählen.«

»Weise gesprochen, alter Mann«, meinte Jessen.

»Wie geht es deiner Mutter?«, erkundigte sich Sunderberg. Keine sehr glückliche Themenwahl. Jessens Gesicht blieb ausdruckslos, aber sein Inneres verhärtete sich. Vor zehn Jahren hatte Jörn Jessen seine Frau in der betreuten Wohngruppe einer psychiatrischen Anstalt untergebracht. Gut dreißig Jahre zu spät, wie Jessen bei dieser Gelegenheit mit Bitterkeit festgestellt hatte. Er besuchte seine Mutter dort etwa einmal im Jahr und es war jedes Mal eine Tortur für ihn. Natürlich sagte er sich, dass sie kein böser Mensch sei und all die Dinge, die sie ihm als Kind angetan hatte, eine Folge ihrer Krankheit – paranoide Schizophrenie – gewesen waren. Doch sie schaffte es immer noch, die Angst, die Hoffnungslosigkeit und die Dumpfheit seiner Kindheit und Jugend erneut in ihm aufleben zu lassen, Erinnerungen und Gefühle, die er am liebsten für immer aus seinem Gedächtnis radieren würde. Aber jener dunkle Lebensabschnitt würde ihn bis zu seinem Tod begleiten. Um das zu wissen, musste man kein Experte sein.

Stellvertretend für die Kranke, die man ja deswegen nicht hassen durfte, hatte er lange Zeit seinen Vater gehasst und ihm die Schuld an allem gegeben. Denn der hatte sich seinerzeit lieber um den Aufbau der Firma gekümmert, anstatt seinen Sohn vor der Besessenheit seiner Frau zu beschützen. In anhaltender Verkennung oder Verleugnung der Realität hatte Jessen senior seinen Sohn den sadistischen Wahnvorstellungen seiner Ehefrau und einer langen Reihe wechselnder Kindermädchen überlassen. Carolus' Großmutter väterlicherseits war die Einzige gewesen, die seine Mutter durchschaut und begriffen hatte, was bei ihnen zu Hause los war. Ihr allein verdankte es Jessen, dass ein halbwegs normales menschliches Wesen aus ihm geworden war. In den Schulferien hatte sie ihn, so oft es ging, zu sich nach Hamburg geholt, und dies waren die einzigen Phasen seiner Kindheit, an die Jessen sich gerne erinnerte.

»Sie achten darauf, dass sie ihre Pillen nimmt«, sagte er nun zu Sunderberg. Er war der Einzige, mit dem Jessen jemals über die Sache gesprochen hatte. »Sie kennen die Tricks. Man kann nur hoffen, dass das gutgeht und sie weder sich noch anderen schadet. Ich war schon länger nicht mehr dort und mein Bedürfnis, es zu tun, hält sich in Grenzen. Soll ich noch eine Flasche aufmachen?«

»Was denkst du denn? Dass ich zum Vergnügen hier bin?«

»Die Frage war rein rhetorisch«, stellte der Hausherr richtig.

»Wo wir gerade von Vergnügen sprechen«, begann Sunderberg. »Uns fehlt für den nächsten Samstag wahrscheinlich wieder ein Zenturio. Unser Helmut laboriert immer noch an seinem Bandscheibenvorfall herum, was meinst du, hättest du Lust, einzuspringen? Es hat doch das letzte Mal einen mordsmäßigen Spaß gemacht, und ich kann's kaum erwarten, dir wieder mit dem Gladius eins überzuziehen.«

Jessen setzte sein Glas ab, aus dem er gerade hatte trinken wollen, nahm Jürgen Sunderberg scharf aufs Korn und knurrte dabei wie ein Rottweiler. Dann deutete er mit dem Finger über den Tisch auf seinen Gast und sagte: »Dass du es überhaupt wagst, mich daran zu erinnern! Kein Schwein hat mir vorher gesagt, dass das Ganze gefilmt und ins Internet gestellt wird. Das Video macht seit Tagen in der Dienststelle die Runde, Frances... Oberkommissarin Dante hat es natürlich auch schon zu Gesicht bekommen und süffisante Bemerkungen gemacht.«

»Na und?«, erwiderte sein Gast, sichtlich amüsiert. »Du hast schließlich bei einer authentisch nachgestellten Römerschlacht mitgemacht, nicht bei einem Porno.«

»Ich bin die Lachnummer vom Dienst«, brummte Jessen, dem es zwischenzeitlich viel besser ging als noch vor einer Stunde.

»Wo dein Ruf nun schon einmal ruiniert ist, kannst du ja getrost wieder mitmachen. Vielleicht bekommst du dieses Mal sogar ein Pferd gestellt.«

»Nein, kein Pferd. Die Viecher sind mir zu groß«, wehrte Jessen ab. »Ich überlege es mir.«

»Wetten, unsere Kommissarin hat Stielaugen gekriegt, als sie dich in voller Schönheit in dem Video gesehen hat? Und mich natürlich«, setzte Sunderberg hinzu und brach dann in ein dröhnendes Lachen aus, das ansteckend wirkte. Sogar Jessen ließ sich zu einem Lächeln hinreißen, fragte aber dann, was Sunderberg denn mit »unsere Kommissarin« meine.

»Gar nichts«, behauptete der. »Mir ist nur aufgefallen, dass wir beinahe schon den ganzen Abend lang über sie reden.«

»Du übertreibst.«

Der Doktor nahm einen weiteren Schluck Wein, wischte sich über den Mund und meinte dann mit einem tückischen Lächeln: »Zu schade, dass sie nicht der Typ Frau ist, der mit dem Chef etwas anfangen würde.«

»Ja, ja«, nickte Jessen und legte nun ebenfalls ein wölfisches Grinsen an den Tag. »Ich denke aber auch, dass sie einen Blick für notorische Schürzenjäger hat. Deswegen wirst du bei ihr erst recht nicht landen können, mein Lieber. Darf ich dir nachschenken?«

Francesca wurde wach, als jemand gegen die Tür hämmerte und ihren Namen rief. Aus einem tiefen Schlaf gerissen, fuhr sie in die Höhe, blinzelte und registrierte dann: Das ist nicht mein Schlafzimmer, dieser karg eingerichtete Raum mit den Landschaftsfotografien an den weißen Wänden. Wo bin ich, was mache ich hier, was ist heute für ein Tag?

»Francesca? Aufstehen! Die Schafe müssen gemolken werden!«

Die Stimme vor der Tür half ihr, ins Hier und Jetzt zurückzufinden. Sie gehörte Simon: kerniger Typ, braune, leicht angegraute Locken, Augen so grün wie frisches Laub und ein von asiatischen Kampfkünsten und Landarbeit gestählter Körper. Nun wusste sie auch wieder, wo sie war: *Selkehof – Zentrum für Wohlbefinden, Spiritualität und Lebensqualität.* Vorgestern Abend hatte sie dort angerufen, nachdem sie mit schlechtem Gewissen den Urlaubsschein auf Jessens Schreibtisch gelegt hatte. Es hatte sich nicht nach Urlaub angefühlt, eher so, als hätte sie gekündigt.

Eine »Tina« hatte sich gemeldet. Francesca hatte ihre kurzfristige Anfrage damit begründet, dass sie ihren Resturlaub nehmen müsse, der verfalle sonst. Zufällig sei sie im Internet auf diese Seite gestoßen, als sie nach beschaulichen Landhotels gesucht habe.

Sie seien aber alles andere als ein Wellnesshotel, hatte Tina klargestellt. Bei ihnen müssten die Gäste mit anfassen.

Das sei ja gerade das, was ihr so gefalle, hatte Francesca behauptet und dabei ihre Stimme so begeistert klingen lassen, wie sie es eben vermochte. Das einfache Leben suche sie, sie wolle einige Tage im Einklang mit der Natur verbringen, um aufzutanken für das kräftezehrende Leben bei der ... bei den Göttinger Stadtwerken.

Ob sie im Vierbettzimmer schlafen wolle oder im Einzelzimmer?

Im Einzelzimmer!

Zurück in ihrer Wohnung, hatte sie ihre Sachen gepackt und bei *stadt-teil-auto* einen Opel Corsa mit Navi gebucht. Gestern Morgen, nach einem ausgedehnten Frühstück, war sie losgefahren, und mit jedem Kilometer, den sie sich von der Stadt entfernt hatte, war ihr leichter ums Herz geworden und sie war Salvatore im Nachhinein dankbar für seinen klugen Rat, eine Auszeit zu nehmen.

Vom Harz hatte Francesca bislang wenig kennengelernt, eigentlich nur den Brocken, der hin und wieder Ziel eines Schulausflugs gewesen war und den sie als kahl, kalt und zugig in Erinnerung hatte. Gegen Mittag hatte sie den Ostharz erreicht und war angenehm überrascht gewesen, wie schön und ursprünglich die Landschaft war. Wieso, fragte sie sich, war sie vorher noch nie hier gewesen? Weil sie den Harz immer mit einem kindischen Hexenkult, geschmacklosen Holzfiguren und Seniorentellern assoziiert hatte.

Die letzten Kilometer hatten Francesca über steile, schmale Schotterwege geführt und sie war ins Zweifeln geraten, ob dem Navigationsgerät wirklich noch zu trauen war oder ob sie in Kürze an der Kante eines dieser Felsstürze stehen würde, von denen sie schon einige gesehen hatte.

Aber schließlich war sie wie durch ein Wunder heil am Selkehof angekommen, der oberhalb eines Seitentals des gleichnamigen Flusses lag. Hannahs Prospekt hatte nicht zu viel versprochen. Der eigentliche Hof, ein ehemaliger Gutshof, war ein einstöckiges, liebevoll restauriertes Fachwerkgebäude von großzügigem Ausmaß. Daneben gab es Stallungen und etliche kleinere Häuser in komplett unterschiedlichen Baustilen. Ein kleines, buntes Paradies – beinahe zu niedlich, um echt zu sein.

Francesca hatte sich für die Kurse eingetragen, die Hannah leitete: Yoga und ayurvedisch-veganes Kochen. Hätte sie nicht die Aufzeichnung des Gesprächs zwischen Hannah und Jessen noch frisch im Gedächtnis gehabt, wäre sie bei der Kurswahl ziemlich aufgeschmissen gewesen, denn woher sollte man wissen, dass Hannah Lamprecht sich hier Saira nannte? Damit es nicht so auffiel, dass sie die Nähe von Hannah suchte, hatte sie vorgegeben, sich außerdem auch noch für Schafhaltung und die Herstellung von Schafskäse zu interessieren.

Als Folge davon stand Simon jetzt, um sechs Uhr in der Früh, vor ihrer Tür und versuchte, sie zu wecken. Francesca fluchte und war drauf und dran, einen Rückzieher zu machen. Was juckten sie Schafe in aller Herrgottsfrühe? Aber da stahl sich ein Sonnenstrahl durch den Spalt zwischen den Vorhängen, und sie gab sich einen Ruck. »Ich komme gleich!«, ächzte sie verschlafen und widerstand der großen Versuchung, den Kopf noch einmal kurz auf dem Kissen abzulegen. Es war mit irgendwelchen Körnern gefüllt und fühlte sich wie ein Sack Getreide an, aber sie hatte erstaunlich gut darauf geschlafen. Tapfer stand sie auf, fuhr in die Klamotten und begnügte sich mit Zähneputzen und einer

Katzenwäsche im Gemeinschaftsbad – Einzelzimmer, hatte sie lernen müssen, hieß nicht, dass man auch ein eigenes Bad hatte.

Sie schnappte sich ihre Sonnenbrille und ging die Treppen hinunter, wobei sie leise aufstöhnte. Der Muskelkater machte sich bemerkbar. Gestern Nachmittag hatte der erste Yogakurs stattgefunden und die Übungen waren anspruchsvoller gewesen als erwartet und hatten Francesca an ihre Grenzen geführt. Hannah alias Saira strebte dabei unerbittlich nach größtmöglicher Perfektion. Zudem hatte Francesca höllisch aufpassen müssen, damit ihr nicht der falsche oder vielmehr der richtige Name herausrutschte. Aber außer den Anweisungen zur Verbesserung ihrer zu nachlässig ausgeführten *Asanas* hatte Saira ohnehin nicht viel mit ihr geredet. Francesca wollte heute versuchen, mit ihr ins Gespräch zu kommen.

Gähnend trat sie vor die Tür, mitten hinein in einen glitzernden Morgen. Tau lag noch auf den Wiesen und Dunst über dem Tal. Aber der blassblaue, wolkenlose Himmel versprach einen sonnigen Tag. Wie weich das Licht am frühen Morgen war, bemerkte Francesca, und wie würzig es hier roch: nach Gras und Kräutern, nach frischer, sauerstoffreicher Luft, durchsetzt von den würzigen Aromen des Misthaufens. Und diese Stille! Aber eigentlich war es gar nicht so still. Die Geräusche waren nur komplett andere als die in der Stadt. Hier rumpelte keine Müllabfuhr, hier fuhren weder Busse noch Autos, stattdessen zwitscherten Vögel, blökten Schafe und man hörte echte Hühner gackern anstatt der Teenager auf dem Schulweg. In einem Blumenkübel brummte eine Hummel, weiter entfernt hackte jemand Holz und irgendwo bellte ein Hund. Absolut still ist es wohl nur in der Arktis, philosophierte Francesca vor sich hin, oder in einer Höhle, tief unter der Erde.

Dem Muskelkater trotzend, hob sie die Arme und streckte sich. Noch ein tiefer Atemzug von dieser prickelnden Luft, schon war sie bereit für diese neue andere Welt.

Ihr Weg führte sie vorbei an einem gemauerten Brunnen, der dem, in dem Plates Leiche gefunden worden war, ziemlich ähnlich sah. Sein Anblick hatte sie bereits gestern daran erinnert, dass dieser Kurzurlaub nicht ausschließlich der Erholung und der spirituellen Erbauung diente. Der Brunnen, so hatte sie später erfahren, war noch in Betrieb, eine mit Solarstrom betriebene Pumpe förderte das Grundwasser zutage. Die gesamte Wasserversorgung des Selkehofs speise sich aus mehreren Grundwasserbrunnen. Man strebe größtmögliche Autarkie an. Deshalb stand auf dem Hang unterhalb des Waldes auch eine große Photovoltaikanlage. Das Paradies gibt's nicht umsonst, dachte Francesca. Hier jedenfalls war eine Menge Geld investiert worden.

Auch andere waren früh aufgestanden. Drei Frauen, die gestern ebenfalls an der Yogastunde teilgenommen hatten, waren mit Gießkannen im Gemüsebeet und im Gewächshaus zugange. Eine davon kannte Francesca schon. Sie war Anfang fünfzig, hieß Gudrun, und Francesca hatte mit ihr während der Übungen ein paar Mal gequälte Blicke getauscht, während die vierköpfige Abordnung eines Bad Hersfelder Hormonyogakurses die Übungen exakt und scheinbar völlig mühelos ausgeführt hatte.

»Streberinnen«, hatte Francesca ihrer Leidensgenossin am Ende der Stunde zugeflüstert, und die hatte genickt und komplizenhaft gelächelt.

Beim Abendessen hatten die Gäste des Selkehofs an einem

langen, massiven Holztisch gesessen: Francesca und Gudrun rechts außen, daneben ein Pärchen mit Dreadlocks, ein schwules Männerpaar, zwei übergewichtige Freundinnen in Francescas Alter, ein Ehepaar in den Vierzigern, das seine Mountainbikes mitgebracht hatte, und ganz links die vier ständig giggelnden Yogini aus Bad Hersfeld. Francesca hatte bei dieser Anordnung an da Vincis Abendmahl denken müssen. Fehlte nur noch Simon in der Mitte, als Jesus. Denn dass er hier der Alphawolf war, hatte Francesca ziemlich rasch begriffen.

Sie setzte sich in Bewegung. Wo der Schafstall war, wusste sie bereits, und selbst wenn nicht, sie hätte nur dem Blöken folgen müssen.

Ein mittelgroßer Mischlingshund umsprang zwei Schafe, die vor dem Melkstand warteten, der sich an den Schafstall anschloss. Sie ging an den Tieren vorbei und schaute durch die offene Tür ins Innere. Simon kauerte auf einem Schemel. Vor ihm, auf einer hölzernen Bank, stand ein Schaf, dessen Zitzen er in den Händen hielt. Dünne Milchstrahlen schossen in einen Metalltopf.

»Hier bin ich«, sagte Francesca.

»Einen wunderschönen guten Morgen!« Er wandte sich um und sah sie an, ohne seine Tätigkeit zu unterbrechen. Sein Alter war schwer zu schätzen, auf den ersten Blick wirkte er wie Ende dreißig, erst wenn man genauer hinsah, entdeckte man Anzeichen, die auf ein höheres Alter schließen ließen.

»Nur die drei? Was ist mit den anderen?« Francesca wies über ihre Schulter auf die kleine Herde, die ein Stück hangaufwärts eine Obstwiese abgraste.

Simon schaute sie erneut an, lächelte ein bisschen von

oben herab und erklärte dann im Tonfall eines geduldigen Lehrers, die anderen Schafe würden von ihren Lämmern »gemolken«, die im April zur Welt gekommen seien.

Francesca biss sich auf die Unterlippe. Wie dämlich war sie eigentlich? Das hätte sie sich doch denken können. »Und diese hier?«, fragte sie.

»Zwei hatten eine Totgeburt, das dritte kam zu früh und die Krähen waren schneller.«

Francesca schluckte.

»Komm rein.«

Der kleine Raum war dämmrig und roch etwas ranzig: nach Milch, Schweiß und Tier.

»Ich sag's gleich: Ich kann nicht melken. Weder Schafe noch sonst was. Und ich ... ich glaube, ich will das auch lieber nicht.« Das ist mir dann doch ein bisschen zu viel Natur, fügte sie in Gedanken hinzu.

»Musst du auch nicht. Die Schafe sind an mich gewöhnt, die würden es mir übel nehmen, wenn ich jemand fremden an sie ranließe.«

»Wozu bin ich dann so früh aufgestanden?«

»Damit du nicht die Hälfte dieses wunderbaren Tages verschläfst und damit die Tiere dich kennenlernen«, antwortete Simon. »Falls du dir das mit dem Melken doch noch anders überlegst.«

Bestimmt nicht, dachte Francesca und beobachtete ihn bei seiner Arbeit. »Das sind ja nur zwei Zitzen«, stellte sie fest.

»Tatsächlich«, grinste Simon und meinte dann: »Du hast nicht besonders viel Bezug zur Natur, oder?«

Francesca schüttelte den Kopf. »Nein. Das ist, ehrlich gesagt, das erste Schaf, das ich aus der Nähe sehe. Mit Ausflügen ins Grüne hatten es unsere Eltern nicht so. Ein Picknick auf der Schillerwiese oder ein Spaziergang im Botanischen Garten zählte zu den extremsten Naturerlebnissen meiner Kindheit.«

Er goss die Milch durch ein Sieb, das aussah, als liege Watte darin. Das Schaf suchte derweil das Weite und das nächste drängelte herein und erklomm die niedrige Holzbank. Gut erzogen waren die Tiere, das musste man ihnen lassen.

Simon setzte sich wieder auf den Melkschemel und kurz darauf schoss erneut die Milch in den Topf. »Und was suchst du hier?«, fragte er.

Es entstand eine Pause, in der man nur hörte, wie die Milch aus dem Euter in den Topf spritzte. War sie aufgeflogen? Hätte sie sich doch unter falschem Namen angemeldet! Aber sie war nicht sicher gewesen, ob man sie bei der Anmeldung nach ihrem Personalausweis fragen würde. – Man hatte nicht.

»Was meinst du?«, erwiderte sie vorsichtig.

»Dich selbst? Erleuchtung? Trost? Klarheit über ein Problem – jeder, der hierherkommt, sucht doch irgendwas.«

Klarheit über Jessen, dachte Francesca und antwortete: »Nein, ich suche nichts, ich habe einfach ein Natur-Defizit und brauche mal einen Tapetenwechsel.« Sie lächelte, was er allerdings nicht sehen konnte, da er ihr den Rücken zuwandte. Wenig später stand er auf und goss erneut die Milch ab. Danach trat er dicht hinter sie, legte ihr die Hände auf die Schultern und meinte: »Dann hoffe ich, dass wir dir was bieten können. Ich jedenfalls werde mein Bestes tun.«

»Das hoffe ich doch. Ich erwarte vollen Einsatz«, hörte sich Francesca sagen, und auf einmal lag eine atmosphärische Spannung in der Luft, wie kurz vor einem Gewitter. Schon gestern Abend, beim Rundgang über das Gelände, hatte dieses erotische Knistern zwischen ihnen geherrscht, doch Francesca hatte sich gesagt: Bestimmt legt der Typ jede Woche eine andere flach, aber ich werde mich nicht in diese Kette allzu williger weiblicher Sinnsuchender einreihen. Jetzt, wo sie die Konturen seines sehr definierten Körpers am Rücken spürte und seinen Atem in ihrem Nacken, war sie versucht, diesen hehren Vorsatz noch einmal zu überdenken. Was hatte sie schon zu verlieren? Allerdings muss das nicht noch vor dem Frühstück und in dieser stickigen Milchkammer geschehen, dachte Francesca gerade, als hinter ihnen die Stimme von Saira sagte: »Simon, mit der Pumpe am Gewächshaus stimmt was nicht, wir mussten das Wasser mit Gießkannen hinschleppen. Vielleicht kannst du es dir mal ansehen – wenn du hier fertig bist.«

»Ich kümmere mich darum«, antwortete Simon, ohne auch nur einen Zentimeter von Francesca abzurücken, deren Körper sich vor Schreck versteift hatte. Sie fing den Blick von Hannahs Huskyaugen auf. Die fast schon übertriebene Verbindlichkeit, mit der Saira gestern ihre Yogaschülerinnen angesehen hatte, war einem schwer bestimmbaren Ausdruck gewichen. Wut? Nein, das war zu stark. Wachsamkeit traf es schon eher. Bis Francesca reagiert und sich ein paar Schritte von Simon wegbewegt hatte, war Hannah bereits wieder gegangen.

Mist! So ein verdammter Mist!

»Seid ihr zusammen, du und ... Saira?«, fragte sie, als Simon Schaf Nummer drei in der Mache hatte.

Simon stellte sich dumm. Wie sie das meine?

»Wie schon? Ist sie deine Freundin, deine Lebensgefährtin, habt ihr eine Beziehung?« Kaum waren die Worte verklungen, ahnte sie bereits, dass er alle unpassend finden würde.

»In solchen Kategorien denkt Saira nicht, und ich auch nicht.«

Und da bist du dir ganz sicher, ja? dachte Francesca, die die Erfahrung gemacht hatte, dass sich Männer die Toleranz ihrer Partnerinnen häufig nach ihrem Geschmack schönredeten. Die Stimmung hatte sich verändert, jedenfalls was Francesca betraf. Das Knistern war weg. Sie durfte es sich nicht mit Hannah verderben. »Ich warte lieber draußen«, sagte sie und trat hinaus an die Sonne. Urplötzlich überkam sie das starke Bedürfnis, eine Zigarette zu rauchen. Dabei rauchte sie gar nicht, höchstens auf Partys, wenn sie zu viel getrunken hatte. Simons Worte klangen noch immer nach und ließen sie an jenen Sommernachmittag vor vielen Jahren denken: Sie war vierzehn oder fünfzehn gewesen. An einem der letzten Tage vor den großen Ferien war sie mit ihren Freundinnen in die Stadt gegangen, Eis essen. Pistazie und Banane mit Sahne, das wusste sie seltsamerweise noch ganz genau. Plötzlich hatte sie ihren Vater, der zu Hause stets das Hohelied der Familie anzustimmen pflegte, über den Kornmarkt schlendern sehen. Seinen Arm hatte er um die Taille einer blonden Frau geschlungen, die um einen halben Kopf größer war als er und höchstens halb so alt. Wahrscheinlich eine seiner Studentinnen oder Doktorandinnen, hatte sie später vermutet. In diesem Moment aber gingen bei Francesca all die romantischen Vorstellungen über Liebe und Ehe, die sie bis dahin gehegt hatte, den Bach hinunter. Da war ihr klargeworden, weshalb ihre Mutter ihr immer wieder predigte – gern auch vor ihrem Gatten –, eine Frau brauche einen anständigen Beruf, der sie wirtschaftlich unabhängig mache.

Bis heute hatte sie niemandem etwas von ihrer Beobachtung erzählt, schon gar nicht ihrer Mutter. Das geschah hauptsächlich aus Instinkt und weniger aus dem Wissen heraus, dass Dinge, die man aussprach, Realitäten schafften. Jahrelang hatte sie nicht mehr daran gedacht, bis eben. Eigenartig, dass es ihr gerade jetzt und hier wieder eingefallen war. Noch kurioser aber war, dass heute, wo sie einen vernünftigen Beruf hatte, der sie ernährte und unabhängig machte, ihre Familie einträchtig danach zu streben schien, sie zu verkuppeln – allen voran ihre Mutter.

Das Gehöft duckte sich in eine Senke wie ein lauerndes Tier, das nicht gesehen werden wollte. Trostlos war das erste Wort, das Jessen in den Sinn kam, als er vor dem ehemaligen Besitz der Familie Hiller anhielt. Das einstöckige Wohnhaus und der langgezogene Stall bildeten zusammen ein L. Die Wetterseite des Hauses war mit Eternitplatten bedeckt, womit in den Sechzigern ganze Landstriche verschandelt worden waren. Das Dach glich einem Flickenteppich, einige herabgefallene Ziegel waren gar nicht mehr ersetzt worden, und die Regenrinne war an manchen Stellen durchgerostet. Wo keine Eternitplatten die Fassade bedeckten, bröckelte der Putz, dessen Farbton genau dem entsprach, den Jessen »DDR-Grau« nannte. Um dieses Anwesen in jenen Traum vom Landleben zu verwandeln, wie ihn naive Städter hegten, die zu viel in der *Landlust* geblättert hatten, würden die neuen Besitzer noch einiges an Zeit und Geld investieren müssen, erkannte er. Aber offensichtlich hatten Thomas

Ritter und Juliane Fröhlich noch gar nicht mit dem Renovieren begonnen. Als das junge Paar den Hof ersteigert hatte, hatten beide in Göttingen gewohnt und Juliane Fröhlich war noch immer dort gemeldet. Thomas Ritter dagegen war vor einem Jahr nach Hamburg umgezogen. Tat sich hier nichts, weil die beiden sich getrennt hatten?

Nur widerwillig stieg Jessen aus. Hier, in dieser zu Stein gewordenen Tristesse, hatten Marcel und die beiden Frauen also gelebt. Als Marcels angeblicher Vater und tatsächlicher Großvater 1984 starb, war Marcel vier oder fünf Jahre alt gewesen. Beringers Andeutungen nach war der Tod des Alkoholikers wahrscheinlich kein großer Verlust für die Familie gewesen, weder emotional noch wirtschaftlich. Hatte Marcel gewusst, wer seine richtige Mutter war? Wenn ja, wann hatten sie es ihm gesagt? Sicher nicht von Anfang an, denn kleine Kinder waren nicht in der Lage, Geheimnisse zu bewahren. Also irgendwann später. Was bedeutete das für ein Kind, einen Jugendlichen, wenn er erfuhr, dass seine Schwester in Wirklichkeit seine Mutter war und seine Mutter seine Großmutter? Es musste ihn ziemlich aus der Bahn geworfen haben. Oder hatte er es bis zu seinem Tod nicht gewusst? Wie dem auch gewesen sein mochte, man konnte es Marcel nicht verübeln, sollte er den Wunsch gehegt haben, von diesem Hof wegzukommen. Hinter diesen schmutzgrauen Wänden musste man schon ein ausgesprochen sonniges Gemüt besitzen, um nicht in Depressionen zu verfallen. Hatte er sich deshalb auf den Plan seines Freundes Steffen Plate eingelassen? Weil er darin einen Ausweg sah?

Ein Laut ließ Jessen zusammenfahren. Auf der Betoneinfassung des in sich zusammengesunkenen Misthaufens –

längst hatte sich der süßlich-beißende Geruch von Schweinemist in Jessens Nase festgesetzt – saß eine Krähe und stieß einen verärgerten Ruf aus, wobei sie Jessen mit schief gelegtem Kopf beäugte. Das wiederum erinnerte ihn an Hannah Lamprecht, und er musste wieder einmal staunen, wie das menschliche Hirn funktionierte und wie sprunghaft der Geist doch war.

Er ging um das Gebäude herum, wobei er aus Rücksicht auf seine Schuhe einen weiten Bogen um den Misthaufen machte. Überall stieß er auf Ansammlungen von Krempel und Schrott: Bretter, Balken, eine rostige Schubkarre, ein Schrank ohne Türen, eine fleckige Matratze, Pflastersteine, Dachziegel, kaputte Eimer, eine durchgerostete Badewanne, ein Stück Gartenschlauch. Es kam ihm so vor, als hätte man seit Jahren alles, wofür man keine Verwendung mehr gehabt hatte, einfach irgendwohin gestellt, wo gerade Platz gewesen war. Jessen hätte gerne einen Blick ins Innere des Wohnhauses geworfen, aber im Erdgeschoss waren sämtliche Rollläden heruntergelassen, und da die Läden aus massiven Holzleisten bestanden, ließen sie sich nicht hochschieben. Bei den Fenstern des oberen Stockwerks blätterte die einst weiße Farbe von den Rahmen. Der Bereich zwischen Stall und Hof war asphaltiert, aus den vielen Ritzen spross gelbes, vertrocknetes Unkraut. Es sah aus, als hätte man es mit *Roundup* oder einer ähnlich segensreichen Errungenschaft der Pflanzenschutzmittelindustrie besprüht. Jemand hatte mitten auf dem Hof ein Feuer gemacht, verkohlte Holzstücke, ein Stück Stoff und undefinierbare Metallteile lagen in der fest gewordenen Asche. Anscheinend war eine Menge Zeug verbrannt worden, denn in manchen Ecken des Hofes lag ebenfalls schwarze, vom Regen verklumpte Asche, die der Wind dorthin geweht haben musste. Der Stall sah aus, als sei ein Stück davon erst später angebaut worden. Es gab einen Versatz im Mauerwerk, der Putz war im hinteren Drittel heller und die Dachziegel weniger verwittert. Der gesamte Stall besaß vergitterte, waagerechte Fensterschlitze, deren Scheiben schmutzverkrustet und beschädigt waren. Man hatte die zersprungenen Scheiben mit Luftpolsterfolie oder Pappe notdürftig repariert. An einer Stelle konnte Jessen durch einen Schleier aus Schmutz ins Innere spähen, aber der Anblick, der sich ihm bot, war nicht sehr aufschlussreich: ein leerer Stall mit leeren Schweinebuchten und allerlei Gerümpel. Hinter dem Stall gab es einen überdachten Unterstand, eine Art Carport, aber es stand kein Fahrzeug darin.

Das hier ist ein böser Ort. Der Gedanke drängte sich ihm auf, während ihm ein Schauder über den Rücken lief. Natürlich widersprach der Rationalist in ihm sofort: Es gibt keine bösen Orte. Nur Menschen und deren Taten waren böse. Aber das Gefühl blieb.

Er hatte sich die Telefonnummer der neuen Besitzerin des Hiller'schen Anwesens geben lassen, sie aber heute noch nicht erreicht. Nachdem er es noch einmal erfolglos probiert hatte, rief er Graham an. »Können Sie rausfinden, wo diese Juliane Fröhlich arbeitet?«

Selbstverständlich konnte er. Der Junge war fix und sehr nützlich, auch wenn er seine Macken hatte. Heute Morgen bei der Besprechung hatte Graham ihn in leicht forderndem Ton gefragt: »Haben wir eigentlich eine Strategie, und wenn ja, welche?« Wobei klar war, dass er mit »wir« eigentlich ihn meinte. »Abwarten und weiter recherchieren«, hatte Jessen ihm geantwortet. Sie hätten mit ihren Befragungen garantiert ein paar Leute nervös gemacht, und wer nervös sei, der mache Fehler. »Den Baum schütteln und schauen, was runterfällt« hatte Beringer ein derartiges Vorgehen immer genannt.

Beim Stichwort Macken musste Jessen nun unweigerlich an Francesca Dante denken. Auch nach deren Verbleib hatte Graham heute früh gefragt, und als Jessen absichtlich etwas gestelzt sagte, er wähne sie in Italien bei einer Beerdigung, war deutlich zu spüren gewesen, dass Graham die Geschichte genauso wenig glaubte wie er selbst. Die Kollegen vom LKA waren heute in Hannover geblieben, um mit den Beamten zu reden, die seinerzeit den Mord an Heiduck im Rotlichtviertel bearbeitet hatten. Dasselbe würden sie in Duderstadt, Kassel und Clausthal-Zellerfeld tun, was Jessen gelegen kam. So waren die zwei erst einmal aus dem Weg und man musste nicht jeden kleinen Ermittlungsschritt mit ihnen absprechen.

Er wurde abgelenkt, als sein Telefon klingelte. Graham. Juliane Fröhlich arbeite in einer Buchhandlung in der Göttinger Innenstadt. »Soll ich hinfahren?«

»Ja. Fragen Sie sie, was mit dem Hof los ist, den sie und ihr Freund gekauft haben, und ob sie vielleicht weiß, wo wir die Tochter der vormaligen Besitzerin finden können, Jette Hiller. Eine Handynummer wäre nicht schlecht.«

»Ah, verstehe, für eine Handyortung«, begriff Graham.

Jessen ging zurück zu seinem Wagen. Ob es wohl sinnvoll wäre, Elisabeth Hiller mit Beringers Stammtischwissen zu konfrontieren und die Frau noch einmal eindringlicher nach dem Aufenthaltsort ihrer Tochter zu fragen? Vielleicht hatte Francesca sich zu rasch mit dieser Thailandgeschichte abspeisen lassen. Andererseits musste man dann damit rechnen, dass die Mutter ihre Tochter warnte. Wahrscheinlich hatte sie das ohnehin schon getan. Womöglich steckten die beiden Frauen unter einer Decke. Falls Plate auf diesem Hof gefangen gehalten worden war, musste es so sein. Aber wo hatte er dann die letzten zwei Jahre verbracht, nachdem der Hof verkauft worden war? Er entschied sich dafür, abzuwarten und sich um eine richterliche Abhörgenehmigung des Telefonanschlusses von Elisabeth Hiller zu bemühen.

Wenn Jette Hiller die leibliche Mutter von Marcel war, dann hatte sie ein starkes Motiv, Plate umzubringen. Aber was war mit den anderen Opfern? Laut Koslowsky hatte Marcel nicht zu ihrer Clique gehört und Plates Clique hatte nichts mit dem Fall Lamprecht oder gar mit Marcels Tod zu tun gehabt. Plates Anwalt hatte die Freunde seines Mandanten als Zeugen geladen. Er hatte sie die Verhältnisse schildern lassen, in denen Steffen Plate aufgewachsen war, seinen Gemütszustand um den Tatzeitpunkt herum und sich nach dem Drogen- und Alkoholkonsum der Gruppe erkundigt. Ihre Aussagen sollten das Gutachten untermauern und deutlich machen, dass es kein Wunder war, dass Plate, salopp ausgedrückt, einen an der Waffel hatte. Der Anwalt hatte die vier auch nach Hannah Lamprecht gefragt, die sie jedoch allesamt nie zuvor gesehen haben wollten. Vielleicht hatte Marcels Mutter dies alles zwar gehört, aber nicht geglaubt, und machte die Clique mitverantwortlich für den Tod ihres Sohnes. Wer konnte wissen, was im Hirn einer Mutter vorging, die auf Rache aus war, weil sie mit dem Verlust ihres Sohnes nicht fertigwurde? Eltern schoben es ja gern der »schlechten Gesellschaft« zu, wenn ihr Nachwuchs auf die schiefe Bahn geriet.

Andererseits, sagte sich Jessen, mussten Radek, Kimming und Heiduck nicht zwangsläufig von derselben Person ermordet worden sein, auch wenn die Vermutung nahelag. Und sollte man den Täter oder die Täterin je fassen, dann konnte man ohnehin nur auf ein Geständnis hoffen, denn Beweise für die Morde an den Mitgliedern der Vorstadtgang gab es keine, weder eine einzige Zeugenaussage noch eine forensische Spur. Drei oder vier Morde, wenn man den verschwundenen Jan Trockel hinzuzählte – und sie hatten nichts. Das Motiv des Täters mochte einem Wahn entspringen, aber gleichzeitig war hier ein perfekt und gründlich arbeitender Geist am Werk. Wahnsinnige konnten sehr intelligent und logisch handeln, das wusste Jessen nur allzu gut. Er verzog den Mund zu einem zynischen Lächeln beim Gedanken an die Jungs vom LKA, die sich an diesen Fällen die Zähne ausbeißen durften. Nein, er beneidete sie nicht darum.

Da war noch ein Gedanke: Wenn Jette Hiller Marcels Mutter war und Plate aus Rache für den Tod ihres Sohnes getötet hatte, so war indirekt Beringer schuld daran. Und womöglich auch noch an den weiteren Morden. Ob ihm das wohl klar war? Und selbst wenn – würde ihn das irgendwie belasten? Jessen tendierte inzwischen zu der Überzeugung, dass man Beringers Geständnis nicht unbedingt als Beichte betrachten durfte. Gestern Abend, nachdem Sunderberg gegangen war und Jessen, leicht benebelt vom Wein, auf dem Sofa gelegen und an die Stuckdecke gestarrt hatte, war ihm der Gedanke gekommen, dass Beringer bei all dem, was er auf dem Kerbholz hatte, nicht besonders reumütig gewirkt hatte. Wie selbstgefällig er gelächelt hatte über das lückenhafte Protokoll, das er den beiden Rettungskräften zur Unterschrift vorgelegt hatte. Es schien ihm nicht darum gegangen zu sein, sein Gewissen zu erleichtern – vorausgesetzt, dass er überhaupt eines besaß –, nein, vielmehr wollte Beringer seinem Zögling und Nachfolger demonstrieren, dass er einen Mord begangen hatte und damit durchgekommen war. Zuweilen hatten sie darüber philosophiert, ob das perfekte Verbrechen möglich sei, und waren sich im Grunde einig gewesen, dass dies nur eine Sache der Planung und der Intelligenz sei. Beringer hatte noch eins draufgesetzt, indem er spontan gemordet und danach improvisiert hatte und dennoch unentdeckt geblieben war. Nein, sein alter Chef war nicht auf Absolution aus gewesen, sondern er war auch jetzt noch ein eitler, in die Macht verkrallter Despot. Irgendwie scheine ich solche Menschen anzuziehen, dachte Jessen, dessen Gedanken von Beringer zu seinem Vater mäanderten, um schließlich bei einer neu aufgetauchten Frage hängen zu bleiben: Wer war eigentlich Marcels Vater? Vielleicht hatte der eine größere Rolle in Marcels Leben gespielt, als bisher angenommen. Wer konnte das wissen? Beringer? Warum hat er es dann nicht erwähnt? Hätten die Hillers wenigstens Nachbarn gehabt, die man fragen könnte. Bauern, überlegte Jessen, hatten zwar oft keine direkten Nachbarn, doch die Bauern eines Dorfes oder Landkreises kannten einander und waren, wie man heute sagte, meistens gut vernetzt. Er rief Daniel Appel an. »Wie hieß der Bauer, der das Land um die alte Ziegelei gepachtet hatte?«

»Martin Konrad«, antwortete Appel, ohne zu zögern. »Sein Alibi war einwandfrei.«

»Suchen Sie mir bitte die Adresse raus und schicken Sie sie mir aufs Handy. Ist Graham in der Nähe?«

Der sei bereits in die Stadt gegangen, zu dieser Buchhandlung, in der Juliane Fröhlich arbeitet.

»Gut. Dann sind Sie jetzt dran. Ich muss wissen, welche Bauernhöfe es rund um Zwingenrode in den Jahren 1978 und 1979 gab. Besonders interessieren mich die Familien, die einen Sohn hatten, der zu der Zeit ungefähr zwischen sechzehn und zwanzig war. Außerdem hätte ich gerne eine Liste der Mitglieder der Landjugend von Zwingenrode um diesen Zeitraum herum.«

»Geht klar, Chef.«

Irgendjemand, dachte Jessen, nachdem er aufgelegt hatte, muss doch wissen, wer Jette Hiller geschwängert hat. Die Mutter, Elisabeth Hiller, wahrscheinlich, aber ob die es ihm sagen würde? Er sollte noch einmal bei Beringer vorbeischauen. Vielleicht hatte der seinerzeit im Wirtshaus noch ein paar Dinge aufgeschnappt, die wichtig sein konnten.

Es würde dem Alten eine Genugtuung sein, wenn Jessen ihn um Hilfe bat, aber wenn dadurch der Fall endlich vorankam, dann wollte er ihm diesen Triumph gern gönnen. Sehr viele Erfolgserlebnisse, realisierte Jessen, würde der Exkommissar in seinem Leben ohnehin nicht mehr genießen dürfen.

In der Fachbuchabteilung war wenig Betrieb. Robert Graham gefiel es dort: diese Ruhe, der Geruch nach neuen Büchern – und nicht zu vergessen die Buchhändlerin. »Der Hof?«, hatte Juliane Fröhlich sich über Grahams Frage gewundert. »Was wollen Sie denn darüber wissen?«

»Alles.«

»Dann setzen wir uns besser hin«, hatte sie gemeint und sich grazil auf dem roten Loriot-Sofa der Leseecke niedergelassen. Mangels einer anderen Sitzgelegenheit hatte sich Graham neben sie gesetzt und sie angelächelt. Sie sah aus, wie Robert Graham sich eine junge Buchhändlerin vorgestellt hatte: zarte Gesichtszüge, braunes, kinnlanges Haar und große, gefühlvolle Rehaugen hinter einer unauffälligen Brille. Also recht attraktiv, auf eine intellektuelle Art.

Der Hof, begann sie nun, und kreuzte ihre schmalen Fesseln, das sei ein trauriges Kapitel. Sie und ihr Freund Thomas – Exfreund verbesserte sie sich sofort – hatten den Hof zusammen ersteigert, um ihn nach und nach zu renovieren und dann einzuziehen. »Wir wollten auch den Stall schön herrichten und an Pferdebesitzer vermieten. So viele Pläne hatten wir: einen Gemüsegarten, ein Gewächshaus, mein Freund – Exfreund – wollte sogar Alpakas halten... Aber dann lief alles schief. Denn diese zwei Frauen sind da einfach nicht rausgegangen!« Ihre sonst angenehm leise Stimme hatte beim letzten Satz einen verzweifelten Klang angenommen. Etwas beherrschter fuhr sie fort: »Dieses Weibsbild – entschuldigen Sie, aber ich krieg die Krätze, wenn ich nur daran denke –, die Jüngere von den beiden, hat uns immer wieder vertröstet. Erst behauptete sie, sie wisse nicht, wohin mit der kranken Mutter, man könne sie ja nicht einfach an die Luft setzen, und eine bezahlbare behindertengerechte Wohnung zu finden wäre ja so schwer... Diese Leier mussten wir uns alle paar Wochen anhören und konnten nichts unternehmen, außer brav unseren Kredit abzuzahlen. Eine kranke Frau im Rollstuhl aus dem Haus zu klagen kann man vergessen. Das wussten die zwei natürlich ganz genau. Irgendwann haben wir durch Zufall erfahren, dass die Mutter längst in einem Altenheim lebte. Da waren schon gut sechs Monate ins Land gegangen. Danach meinte die Tochter, sie müsse jetzt erst noch für sich selbst eine Wohnung finden, aber das wäre auch so schwierig, weil sie gerade arbeitslos geworden sei...« Juliane Fröhlich hielt inne, ihre Wangen waren rot angelaufen. Das Thema schien sie sehr aufzuregen. »Ein Termin nach dem anderen verstrich. Wir haben einen Anwalt eingeschaltet, der hat ihr böse Briefe geschrieben und eine Räumungsklage angestrengt, aber das hat sie nicht beeindruckt. Auf der anderen Seite hatten Thomas und ich keine Lust, das Geld, das wir eigentlich in den Hof stecken wollten, nur für den Rechtsanwalt auszugeben. Das alles hat uns so viel Nerven und Geld gekostet, dass wir immer öfter gestritten haben und unsere Beziehung darüber zerbrochen ist. Thomas hat sich abgeseilt und ist nach Hamburg gezogen. Immerhin zahlt er seinen Anteil der Kreditraten ab. Allein krieg ich das Ding aber nicht renoviert, und mir ist auch die Lust daran vollkommen vergangen. Das Ganze war Thomas' Idee, er ist Architekt, er hatte alle möglichen Pläne. Damit wenigstens ein bisschen Geld reinkommt, haben wir dieser Jette Hiller einen Mietvertrag angeboten, der bis Ende Mai befristet ist.«

»Diesen Mai?«

»Ja. Danach wollen wir den Hof wieder verkaufen.«

»Wann haben Sie zuletzt mit Frau Hiller gesprochen?«

»Das ist schon fast ein Jahr her. Als ich mit ihr das mit dem Mietvertrag geregelt habe.«

»Wo fand dieses Gespräch statt?«

»In einem Café hier um die Ecke. Sie hat uns nie auf den Hof gelassen, wir wussten nicht mal, wie es da drin überhaupt aussieht.«

»Sie haben das Ding gekauft, ohne mal drin gewesen zu sein?«, wunderte sich Graham.

Sie nickte und sah dabei aus, als wolle sie sich für diese Dummheit bei ihm rechtfertigen. »Das ist bei Versteigerungen oft so. Man kann von Leuten, denen der Besitz gepfändet wird, kein Entgegenkommen erwarten. Das Risiko war uns schon klar, deshalb ist der Preis ja auch niedriger als bei einem regulären Kauf. Aber dass es uns so schlimm erwischt…«

»Klingt tatsächlich übel«, konnte Graham nur bestätigen. Als Nächstes wollte er wissen, wie Frau Fröhlich mit Jette Hiller für gewöhnlich Kontakt aufgenommen habe.

»Am Anfang hatten sie ein Telefon auf dem Hof, aber irgendwann ging da keiner mehr ran. Danach verkehrten wir nur noch schriftlich miteinander, bis auf dieses eine Mal in dem Café, als sie den Mietvertrag unterschrieben hat. Lächerliche vierhundert Euro im Monat, aber immerhin.«

Ob sie die Miete bezahlt habe?

»Ja. Nicht immer pünktlich, aber doch, ja.«

»Eine Handynummer haben Sie nicht zufällig von ihr?«

»Nein.« Juliane Fröhlich stieß einen tiefen Seufzer aus und gestand, sie habe jetzt schon Bauchschmerzen beim Gedanken an das Ende des Monats. »Falls die wieder nicht ausgezogen ist, weiß ich nicht, was ich tun soll. Das Haus muss leer stehen, damit man es besichtigen kann. Sonst finden wir nie einen Käufer.«

»Verstehe«, sagte Graham. »Dieser Hof – gibt es da Nachbarn?«

»Nachbarn? Nein. Der liegt zwei Kilometer außerhalb des Dorfes. Das hat uns doch gerade so gereizt, diese wunderbare Alleinlage. Sie wollen nicht zufällig aufs Land ziehen?«

Graham gönnte ihr sein charmantestes Lächeln. Nein, das wolle er lieber nicht.

Die Blutlache hatte sich auf den sandfarbenen Fliesen ausgebreitet. An den Rändern hatte das Blut bereits angefangen zu trocknen, in der Mitte, wo Beringers Kopf lag, schimmerte es noch feucht. Natürlich waren auch die Fliegen schon da, das war immer so im Sommer.

Jessen war schockiert, aber dennoch nicht allzu überrascht. Vorhin, als er seinen Besuch ankündigen wollte, war niemand ans Telefon gegangen, und Jessen war bereits mit einem diffusen Angstgefühl, das er sich jedoch nicht eingestanden hatte, nach Zwingenrode gefahren. Als er die Haustür nur angelehnt vorgefunden hatte und seine Rufe unbeantwortet geblieben waren, hatte er geahnt, was ihn erwartete. Danach musste er nur dem Summen der Insekten und dem Blutgeruch folgen, die ihn in die Küche führten, wo Beringers Leiche halb unter dem Tisch lag. Dem Küchentisch, an dem sie gestern Abend noch zusammengesessen hatten. Der Tote war barfüßig, trug ein kariertes Hemd und eine dunkelgrüne Cordhose. Mund und Augen waren halb geöffnet, an seiner rechten Schläfe erkannte man ein kleines schwärzliches Loch. Beringer war Rechtshänder gewesen. Seine alte Dienstpistole lag neben dem Leichnam, der Rückstoß hatte sie ihm aus der Hand gerissen, auch das war in Fällen wie diesem normal.

Um keine Spuren zu verwischen, blieb Jessen unter der Küchentür stehen, das geschah ganz automatisch. Im ersten Moment fühlte er nichts. Eine große innere Leere, ähnlich wie vor sechs Jahren, als er Ulrikas Wohnung betreten hatte, ausgestattet mit einer Flasche Champagner, einem Strauß roter Rosen und dem Ring, der ein kleines Vermögen gekostet hatte, in der Innentasche seines Anzugs. Wenige Wochen zuvor hatte sie ihm den Schlüssel gegeben, was er als Vertrauensbeweis gewertet hatte, und dieses Mal hatte er ihn zum ersten Mal benutzt, weil sie auf sein Klingeln nicht reagiert hatte. Und dann hatte er sie gefunden, im Bad. Sie lag in der Wanne und hatte ihr – nein, sein – Lieblingskleid getragen, das Rote mit den Spaghettiträgern, es war noch feucht, und auf ihrer Haut hatte man Rückstände des Wildrosenbadeöls gefunden, das er ihr geschenkt hatte. Das Wasser musste sie abgelassen haben, nachdem sie sich die Pulsadern mit einem Skalpell geöffnet hatte. Die meisten Frauen waren auch im Sterben noch eitel. Es gab keinen Abschiedsbrief. Einen Monat vor ihrem Tod hatte sie die Medikamente gegen ihre Depressionen abgesetzt, davon hatte Jessen erst hinterher von Ulrikas Schwester erfahren. Diese Nachricht hatte ihn beinahe noch einmal so sehr erschüttert wie Ulrikas Tod. Vielleicht sogar noch mehr. Ulrikas Tod passte auf fatale Weise in das Muster seines Lebens, das sich anscheinend unausweichlich wiederholte: Wann immer er etwas liebte, wurde es ihm genommen. Früher von seiner Mutter, jetzt vom Schicksal, vom Zufall, von einem grausamen Gott – egal. Aber was ihn wirklich fassungslos gemacht und an seinem eigenen Verstand hatte zweifeln lassen, war die Tatsache, dass er es nicht gemerkt hatte. Ausgerechnet er, der mit dem Wahnsinn groß geworden war. Er hätte doch spüren müssen, dass mit Ulrika etwas nicht stimmte. Blinder Idiot, der er gewesen war, hatte er Ulrikas Stimmungsschwankungen ihrem Temperament zugeschrieben. Seither hatte er sich oft gefragt, ob er bei ihr geblieben wäre, hätte er früher von ihrer Krankheit erfahren. Natürlich waren Depressionen und paranoide Schizophrenie zwei Paar Stiefel. Aber dennoch ... Die Antwort auf diese Frage war er sich bis heute schuldig geblieben.

Er löste sich aus seiner Starre, griff nach seinem Handy und rief, noch immer mechanisch und ohne groß darüber nachzudenken, Bommerlunder an. »Frank? Beringer hat sich erschossen. Bei sich zu Hause, komm mit deiner Mannschaft her.« Noch während er wieder auflegte, ließ er seinen Blick durch die Küche schweifen. Der Tisch war leer und auch auf der Ablage war nichts, was nach einer letzten Botschaft aussah. Kein Brief, wieder einmal.

Er dachte an Mareike, und dass es wohl das Beste war, wenn er selbst es ihr sagte. Hoffentlich wusste sie Bescheid über die Schwere der Krankheit ihres Vaters, damit die Nachricht für sie kein allzu großer Schock sein würde.

Verdammt, ich hätte es wissen müssen! Dieses seltsame Ultimatum von gestern, das war doch gar nicht Beringers Art gewesen. Es hatte nur dazu gedient, um ihn, Jessen, in Sicherheit zu wiegen. Warum hatte er diese plumpe Finte nicht sofort durchschaut?

In der Hoffnung, doch noch einen Brief oder etwas Ähnliches zu finden, streifte er durch die Räume. Die Luft war stickig, er hätte gerne die Fenster geöffnet, aber das ging selbstverständlich nicht. Das Wohnzimmer war tadellos aufgeräumt, die Ordner, die gestern überall herumgelegen hatten, standen wieder im Regal, die Kartons waren verschwunden. Er hatte seinen »Totenputz« also noch beendet. Er musste an Francesca denken, die sich am liebsten in Beringers Keller umgeschaut hätte, und weil er ohnehin auf Bommerlunder warten musste, ging Jessen jetzt die steilen Stufen hinab. Ein Heizungskeller, ein Raum zum Wäschetrocknen, ein Vorratskeller mit einem gut gefüllten Weinregal und ein weiterer Raum, in dem all das lagerte, was man üblicherweise in Kellern aufbewahrte. Es gab keine verschlossenen Türen, und die Maße der Kellerräume stimmten mit dem Grundriss des Erdgeschosses überein. Jessen schüttelte über sich selbst den Kopf und ging wieder nach oben.

Vielleich hätte er gestern das LKA nicht erwähnen sollen. Aber Beringer war lange genug Polizist gewesen, er wäre auch von selbst darauf gekommen, dass sich bei vier oder fünf ungeklärten Todesfällen, die einen gemeinsamen Nenner hatten, früher oder später das LKA einschaltete. Ihm muss klargeworden sein, dass nun so einiges ans Licht kommen würde, wenn auch nicht gerade das, was am Abend des 31. Januar 1998 wirklich geschehen war. Wie würde Mareike wohl reagieren, wenn sie erfuhr, dass ihr Vater ein Mörder gewesen war? Musste sie es überhaupt erfahren?

Die Jungs vom LKA würden die Ungereimtheiten rund um Marcel Hillers Tod sicherlich sehr bald aufdecken, allerdings deuteten die Indizien auf Lamprecht als möglichen Täter. Das hatte sogar Jessen selbst noch bis gestern geglaubt, und auch Francesca Dante war zu diesem Schluss gekommen. Beringer konnte man allenfalls seine nachlässige und selbstherrliche Art der Ermittlung und die unvollständige Aktenführung anlasten. Aber durfte man einen unschuldigen Toten belasten, um den guten Ruf eines anderen Verstorbenen zu bewahren, nur weil einem dieser näherstand? Und warum fühlte er, Jessen, sich immer noch verpflichtet, Beringer zu schützen? Aus Dankbarkeit? Sicher, Beringer hatte ihn protegiert, aber nicht uneigennützig. Jessen hatte einen beachtlichen Teil zu den Erfolgen ihres

Dezernats beigetragen, was wiederum auf Beringer zurückgefallen war, der die Lorbeeren mit großer Selbstverständlichkeit geerntet hatte. Heute wusste Jessen, dass sich hinter autoritären Polterern, wie Beringer einer gewesen war, stets ein unsicherer Charakter verbarg, damals jedoch hatte Jessen oft genug unter der cholerischen Art und den groben Manieren seines Chefs gelitten. Aber der Mensch neigte zur Verdrängung und solche Erlebnisse vergaß man nur allzu leicht und gern. Nein, er war Beringer nichts schuldig, im Gegenteil. Trotzdem war der Alte für ihn eine Art Angehöriger. Zumindest empfand er es so. Dennoch – sollte man nicht lieber endlich reinen Tisch machen? War er nicht auch, unter anderem, Polizist geworden, um die Wahrheit herauszufinden? Würde er es fertigbringen, zu schweigen und einfach so weiterzumachen, wie Beringer es getan hatte? Wo blieb da seine Selbstachtung?

Die Presse, durchzuckte es Jessen. Die Journaille würde sich darauf stürzen wie Straßenköter auf ein blutiges Steak. *Hochdekorierter Exhauptkommissar der Mordkommission tötete einen Wehrlosen!* Nein, das ging nicht. Solche Vorfälle wurden nur allzu gern und genüsslich ausgeschlachtet und brachten jedes Mal die gesamte Polizei in Misskredit. Er sah sich schon in Talkshows sitzen und sich und die Polizei rechtfertigen. Nein! Nein, das Beste würde sein, er gönnte Beringer post mortem seinen Triumph und schwieg. Wie er selbst damit weiterleben würde, das stand auf einem anderen Blatt. Was aber, wenn Peter Lamprecht seiner Frau davon erzählt hatte?

Sein Handy klingelte.

Es war Graham. »Ich hab was gelernt: Kauf nie ein Haus bei einer Versteigerung.«

Jessen wollte ihn gerade anfahren, dass er jetzt nicht in der Stimmung für Scherze sei, da hörte er Graham sagen: »Jette Hiller hat einen Mietvertrag für den Hof bis Ende dieses Monats.«

»Einen Mietvertrag!« Für einen Augenblick vergaß Jessen, wo er war und welche Probleme ihn eben noch beschäftigt hatten. Stattdessen spürte er jene fiebrige Anspannung, die ihn immer überkam, wenn in einem Fall ein Durchbruch bevorstand.

»Sind Sie noch dran?«, fragte Graham.

»Ja. Ich war gerade dort, auf dem Hof. Er wirkte verlassen. Aber ich kann mich auch täuschen.«

»Und jetzt?«, fragte Graham.

»Jetzt«, wiederholte Jessen, »sehen wir zu, dass wir einen richterlichen Durchsuchungsbeschluss bekommen.«

»Soll ich ...?«

»Nein, ich mach das schon. Nachher. Können Sie ein möglichst aktuelles Foto von Jette Hiller auftreiben und mir aufs Handy schicken?«

»Klar.«

»Danke. Ich bin noch im Haus von Beringer, meinem alten Chef. Er hat sich erschossen.«

»Oh. Das tut mir leid. Warum?«

»Er war sehr krank«, sagte Jessen.

An der Scheibe des Küchenfensters summten ein paar Fliegen, was Francesca halb verrückt machte, die anderen aber nicht zu stören schien. Landleben, dachte sie. Nichts für mich. Sie schnitt den Seitan in dünne Streifen und musste ein wenig vor sich hin grinsen, denn sie hatte sich gerade gefragt, was Jessen wohl sagen würde, wenn er sie hier sehen könnte. Ich sollte ihm eine SMS schicken: *Viele Grüße vom Monte Verità*. Gebildet, wie er war, würde er natürlich wissen, dass sie auf die Künstlerkolonie am Lago Maggiore anspielte, zu der vor hundert Jahren die Avantgarde gepilgert war, auf der Flucht vor bürgerlichen Zwängen und der Suche nach dem alternativen Leben. Aber leider war das nicht möglich, weil Jessen sie in Italien wähnte, trauernd um ihre Lieblingsgroßtante. Außerdem hatte sie ihr Telefon auf dem Zimmer gelassen. Hier herrsche Handy-Abstinenz, zumindest am Tag, darüber hatte man sie bei der Ankunft informiert. Die Gäste sollten sich vom Alltag lösen und sich auf sich selbst, ihre Kurse und die sie umgebende Natur konzentrieren, anstatt sich mit ihren Smartphones abzugeben. Außerdem gebe es Gäste und Bewohner, die sich nicht der schädlichen Strahlung von Mobiltelefonen aussetzen wollten, weshalb man darum bitte, die Geräte auch auf den Zimmern nach Möglichkeit ausgeschaltet zu lassen. Francesca hatte dem artig zugestimmt und hinzugefügt: »Es sollen ja auch Barcodes auf Lebensmittelverpackungen recht gefährlich sein.«

Tina, eine hagere Enddreißigerin, deren Haar bereits ergraut war und die fast schon demonstrativ nichts dagegen unternahm, hatte geantwortet, sie würden selbstverständlich nur solche Lebensmittel verwenden, bei denen der Barcode durch einen aufgedruckten Balken entstört wäre.

Jessen. Sie musste sich eingestehen, dass sie seinen Spott und seine Süffisanz vermisste. Was hätte er, der erklärte Misanthrop und Zyniker, hier nicht alles zu lästern gehabt!

Sie waren zu fünft in der Küche, neben ihr selbst und Saira, die sie anleitete, waren noch Gudrun und die zwei übergewichtigen jungen Frauen, Ricarda und Mona, mit der Zubereitung des Mittagessens beschäftigt. Gerade stand die Kursleiterin neben Francesca und pellte Paprikaschoten, die sie vorher gegrillt hatte.

»Sind Sie ... bist du Buddhistin?«, begann Francesca. Verdammt, sie war es einfach nicht gewohnt, Verdächtige zu duzen.

»Wie kommst du darauf?«, entgegnete die Gefragte.

»Weil ich irgendwo tibetische Gebetsfahnen gesehen habe, und da Saira so indisch klingt... Das ist nicht dein richtiger Name, oder?«

»Es ist der Name, der zu mir passt«, versetzte Hannah Lamprecht hoheitsvoll.

»Was bedeutet er?«, fragte Francesca.

»Er bedeutet die Reisende, oder auch die Suchende.«

»Bist du denn schon viel rumgereist?«, versuchte Francesca das Gespräch in Gang zu halten.

»Ja, ziemlich.«

»Wo denn überall?«

»Fast überall«, gab Hannah zurück.

»Warst du mal in Indien?«

»Ja«, kam es einsilbig.

Angeberin, verlogene! dachte Francesca. Sie hatte die Auflistung von Hannah Lamprechts angeblichen Aufenthaltsorten gesehen, die sie Jessen gemailt hatte. Demnach hatte sich Hannah größtenteils in Europa herumgetrieben, Indien war darin nicht vorgekommen, nur Sri Lanka. Drei Monate wollte sie dort gewesen sein, von Juli bis September 2007. Also genau um den Zeitpunkt herum, als hier Alexander Kimming zu Tode gekommen war.

Die Fragerei schien Saira ein wenig zu nerven, aber darauf konnte Francesca jetzt keine Rücksicht nehmen. »Hast du in Indien Yoga gelernt?«

»Teilweise.« Saira wandte sich um. »Ricarda, ich glaube, du kannst jetzt die Kichererbsen abgießen.«

»Ich habe mal mit dem Buddhismus geliebäugelt«, log Francesca, als Saira wieder neben ihr stand. »Meine Familie kommt ja aus Italien und sie sind alle sehr katholisch, besonders meine Eltern. Da dachte ich, wie die wohl gucken würden, wenn ich Buddhistin werden würde.«

»Aber du bist es nicht geworden«, stellte Saira fest.

Immerhin mal eine Reaktion, freute sich Francesca.

»Nein. Ich hatte ... ich hatte irgendwie Angst. Auch wenn das jetzt komisch klingt, aber ich habe irgendwie befürchtet, dass Gott mich dafür strafen würde.«

»Ja, Angst verbreiten, das können sie gut, die Katholiken«, sagte Saira.

»Hast du da auch Erfahrung?«, fragte Francesca.

»Womit?«, entgegnete Saira, scheinbar begriffsstutzig.

»Ist deine Familie auch katholisch?«, präsierte Francesca. Vielleicht war das ein Anknüpfungspunkt: die strenge religiöse Erziehung, der Hannah und ihre Schwester ausgesetzt waren.

»Meine Familie ist hier«, sagte Saira.

»Ich meinte deine Eltern.«

»Sind tot.«

»Das tut mir leid«, sagte Francesca, die recht lebendige Heike Lamprecht deutlich vor Augen. »Und deine Geschwister?«

»Ich habe keine. Bist du fertig damit?«

»Sorry, ich wollte nicht ...«

Aber Saira schaute nur prüfend auf die Seitanstreifen

und rief dann über ihre Schulter: »Gudrun, ist der Wok heiß?«

»Ja«, kam es von der anderen Seite des Raums.

»Dann gib zwei Esslöffel Ghee hinein, die Senfkörner und die anderen Gewürze. Francesca, du brätst den Seitan an. Gebt nach und nach das Gemüse dazu. Passt auf, dass das Fett nicht zu heiß wird und rührt immer wieder um.«

Jawohl, Frau Feldwebel, grollte Francesca und trug ihr Geschnippel zu Gudrun hinüber. Sie verspürte plötzlich eine rasende Lust auf Risotto Milanese.

»Die Mühe kannst du dir sparen«, flüsterte Gudrun, als sie zu zweit am Herd standen.

»Was meinst du?«, fragte Francesca ebenso leise wie irritiert.

»Mit diesem Eisberg ins Gespräch zu kommen.«

Francesca begriff, was Gudrun meinte. Sobald es persönlich wurde, machte Saira dicht. Dabei redete sie sonst gern und viel. Vorhin hatte sie das Küchenteam im Seminarraum versammelt und einen fast einstündigen Vortrag gehalten: über die verschiedenen menschlichen Konstitutionstypen, die ayurvedischen *Doshas*, und welche Lebensmittel für wen gut oder schlecht seien. Und gestern, vor dem Yoga, waren sie genötigt gewesen, ihrer »Meditation« zu lauschen. *Ihr müsst lernen, euch selbst gegenüber treu zu sein, gegen den Strom der anderen …* und so weiter, eine ausufernde Aneinanderreihung beliebiger, teils haarsträubend dämlicher Eso-Floskeln, bei der Francesca nur deshalb nicht eingeschlafen war, weil sie so unbequem saß. Dabei war ihr der Gedanke in den Sinn gekommen, dass sie schon sonntägliche Predigten gehört hatte, die weitaus klüger und horizonterweiternder gewesen waren. Vielleicht lag es auch nur daran, dass

Francesca dem Schneidersitz noch nie viel hatte abgewinnen können. Gegen diese fernöstliche Sitzhaltung war selbst eine kalte, harte Kirchenbank gemütlich.

Während sie in dem riesigen Wok herumrührte, überkam Francesca ein Anflug von Resignation. Was tat sie hier, was hatte sie eigentlich erwartet? Dass Hannah ihr vor versammelter Mannschaft einen Blick in die Abgründe ihrer Seele gewähren würde? Der Mordfall Plate und die Verbrechen, die möglicherweise damit in Zusammenhang standen, waren vielleicht der Jahrhundertfall der Polizeidirektion Göttingen, und ich dumme Kuh verkrieche mich hier, anstatt im Dienst zu sein und bei der Aufklärung mitzuhelfen. Das war wieder eine ihrer typischen Kurzschlusshandlungen gewesen, erkannte Francesca glasklar. Aus Enttäuschung über Jessen hatte sie dem Fluchtreflex nur allzu bereitwillig nachgegeben, ohne die Sache wirklich durchdacht zu haben. *Undercover-Ermittlung*, was für eine Schwachsinnsidee! Allein das Wort *undercover* hinterließ bei ihr einen faden Nachgeschmack. Dabei dachte man für gewöhnlich an coole Typen, die Rauschgift-, Waffen- oder Menschenhändlerringe infiltrierten oder sich unter Terroristen und Extremisten mischten, um sie auffliegen zu lassen. Sie dagegen hatte lediglich den Auftrag erhalten, sich in die Sprayer-Szene einzuschleusen. Irgendjemand im Dezernat hatte gewusst, dass sie malte, und ihr alter Chef hatte dies für einen Wink des Schicksals gehalten. An einer Eisenbahnbrücke prangte sogar noch ein kleines *piece* von ihr – schließlich hatte sie ja mit den Wölfen heulen müssen. Und es hatte, verdammt noch mal, Spaß gemacht – das Sprayen, nicht der Rest. Am Ende hatte sie tatsächlich die Identität jenes Sprayers aufgedeckt, der der Polizei, der Stadtverwaltung und den meisten Bürgern der Stadt schon lange ein Dorn im Auge war: Cerberus, der sein simples 3D-Tag an beinahe jedes Gebäude, jede Mauer und jede Brücke der Stadt gesprüht hatte. Ob Cerberus jemals in seinem Leben etwas von griechischer Mythologie gehört oder gelesen hatte, war indessen fraglich. Der Typ war neunzehn, ein pickliges Würstchen aus einer Hartz-IV-Familie, der mit Ach und Krach den Hauptschulabschluss geschafft hatte. Seine Aktionen waren ein Schrei nach Aufmerksamkeit, weil ihn im richtigen Leben niemand beachtete, am allerwenigsten seine Eltern. Ja, es war richtig gewesen, ihn endlich zu stoppen, ehe er die ganze Stadt zutaggte oder sich den Hals brach bei seinen waghalsigen Aktionen, aber Francesca hatte dennoch kein gutes Gefühl bei der Erinnerung daran. Denn zusammen mit Cerberus waren noch ein paar andere aus der Sprayer-Szene aufgeflogen, junge Leute, die ihr kreatives Talent lediglich am falschen Ort ausübten, Leute, die in den drei Monaten, die Francescas Einsatz gedauert hatte, ihre Freunde geworden waren oder die sie zumindest hatte gut leiden können.

Die Gefahr der Fraternisierung bestand bei Saira alias Hannah Lamprecht allerdings nicht, erkannte Francesca. Die Frau hatte irgendetwas an sich, was Francesca davon abhielt, sie zu mögen. Wenn sie Hannah noch länger mit dummen Fragen löcherte, machte sie sich verdächtig und riskierte es, aufzufliegen. Sie beschloss, fürs Erste ein wenig von ihr abzurücken und sich stattdessen mit den anderen Bewohnern und Gästen zu unterhalten. Denn bestimmt war es hier so wie überall, wo Menschen zusammenlebten: Es gab Klatsch und Tratsch und Gerüchte.

»Ich wollte immer gerne Hausfrau sein. Nur Hausfrau. Aber für mich war das kein *Nur*. Ich wollte für meine Familie da sein, das war mein einziger Wunsch. Heutzutage wird man deswegen ja schief angesehen.« Heike Lamprecht verzog den schmalen Mund und zuckte mit den Achseln.

Jessen übte sich in Geduld. Manche Leute brauchten einen Anlauf, bis sie sagten, was zu sagen war, und Heike Lamprecht hatte vielleicht sonst nicht viele Menschen, mit denen sie reden konnte. Er hatte ihr noch nicht mitgeteilt, dass Beringer tot war, hatte nur angedeutet, es gebe noch ein paar offene Fragen zu klären. Sie saßen wieder am Esszimmertisch, vor ihm stand eine Tasse Tee, um die er sie gebeten hatte. Die Wärme tat gut, auch wenn sie das Bild von Beringers Leiche, das sich für alle Zeiten in sein Hirn eingraviert hatte, nicht vertreiben konnte. Der Hund benahm sich heute besser als am Sonntag, vielleicht hatte ihn ja nur Francesca Dantes Absatzgeklacker irritiert. Nachdem er Jessen kläffend in Empfang genommen hatte, lag er jetzt in seinem Korb und schnarchte.

»Da gibt es eine Sache, die mich beschäftigt«, begann Jessen. »Hat Ihr Mann jemals mit Ihnen über den Unfall gesprochen?«

»Den Unfall?« Heike Lamprecht hob wachsam ihr Kinn. Heute trug sie wieder eines ihrer sackartigen Quäkerkleider, eine grauschwarze Barriere zwischen sich und dem sündigen Leben da draußen.

»Den Unfall, bei dem Marcel Hiller zu Tode gekommen ist.«

»Er sagte, dass der junge Mann aus dem Wagen geschleudert worden ist, weil er nicht angeschnallt war. Genauso hat er es doch auch bei der Polizei erzählt, das haben Sie doch alles schriftlich.«

»Hat er jemals einen Zeugen erwähnt, jemanden, der zum Unfallort gekommen ist, noch vor den Rettungskräften?«

Ihr Blick sagte ihm, dass sie keine Ahnung hatte, wovon er redete, noch bevor sie die Frage verneinen konnte. Gut so, dachte er und fragte: »Kennen Sie eigentlich die Familie von Marcel Hiller?«

Sie schüttelte den Kopf. »Ich weiß, dass sie einen Hof haben, außerhalb von Zwingenrode, ich bin dort schon vorbeigekommen, bei Spaziergängen. Aber ich bin den Leuten nie wissentlich begegnet. Wissen Sie, man denkt immer, dass sich auf dem Land alle kennen, aber das ist gar nicht so. Der Ort ist inzwischen nur noch eine Schlafstadt. Es gibt kaum Geschäfte, in denen man sich über den Weg laufen würde, nur noch eine Bäckerei, und die taugt nichts. Dabei steht Zwingenrode noch gut da, verglichen mit anderen Dörfern im Eichsfeld. Wir haben wenigstens noch den Kindergarten und die Grundschule. Die jungen Mütter kennen sich dadurch natürlich. Ich sehe oft das ganze Jahr über nur meine Nachbarn, die Mitglieder des Kirchenchors, die Leute, die sonntags zur Messe gehen, und die Friedhofsbesucher. Das sind im Großen und Ganzen dieselben. Vor fünf Jahren hat dann auch noch das Dorfgasthaus dichtgemacht – nicht dass ich vorher dorthin gegangen wäre«, fügte sie mit einem kleinen Lächeln hinzu.

»Ich verstehe«, sagte Jessen. Noch nie hatte er sie so viel sprechen hören. »Frau Lamprecht, was ist mit dem Flügel geschehen?«

Sie folgte seinem Blick zu der Stelle, an der jetzt nur noch der Hundekorb stand. »Ich habe ihn verkauft. Es ist mir nicht leichtgefallen, aber das Dach musste neu gemacht werden.«

Das Dach, so, so. Menschen wie die Lamprechts, Hausbesitzer, traten also eines sonnigen Tages vor ihr Haus, schauten nach oben, um – Überraschung! – festzustellen, dass das Dach dringend erneuert werden musste. Und um dies zu veranlassen, verkauften sie ihren Konzertflügel. Was für ein Schwachsinn! »Wann genau haben Sie den Flügel verkauft?«, fragte Jessen, ohne sich seine Zweifel anmerken zu lassen.

»Warten Sie!«

Sie stand auf, und Jessen hörte sie die Treppe hinaufgehen. In seinem Jackett summte sein Handy. Der Hund hob den Kopf und bellte einmal kurz auf. »Beruhige dich«, sagte Jessen. Eine MMS von Graham. Die Personalien und ein Passfoto von Jette Hiller. Das Foto zeigte ein herzförmiges Gesicht mit hohen Wangenknochen, etwas eng stehenden Augen und vollen Lippen. Körpergröße 1,74, Augenfarbe graublau. Der Personalausweis war vor acht Jahren neu ausgestellt worden. Er schickte Graham eine Kurznachricht: Man solle dafür sorgen, dass Dustin Koslowsky das Foto zu sehen bekäme. Vielleicht erkannte er darauf die Frau wieder, die seinerzeit Steffen Plate besucht hatte.

Heike Lamprecht kam wieder herunter mit einem dicken Ordner, den sie auf den Tisch legte, um wortlos darin zu blättern. Schließlich nahm sie ein paar zusammengeheftete Seiten heraus. »Das ist die Rechnung vom Dachdecker. Sie fiel höher aus als veranschlagt. Angeblich, weil die Balken morsch waren und ersetzt werden mussten. Also habe ich den Flügel verkauft, um den Betrag bezahlen zu können.«

Sie reichte ihm die Papiere über den Tisch. Das Rechnungsdatum war der 23. September 2010. Da war Plate bereits seit einigen Monaten von der Bildfläche verschwunden.

Jessen hatte den Verdacht, sie könnte die Neueindeckung des Daches als Grund vorschieben und das Instrument schon früher verkauft haben, deshalb fragte er nach einem Beleg über den Verkauf des Flügels.

Sie gab an, sie habe den Leuten eine Quittung ausgestellt, aber sie erinnere sich nicht, ob sie den Durchschlag aufgehoben habe. Die Leute hätten bar bezahlt, neuntausend Euro, bei Abholung.

»Neuntausend Euro?« Jessen verstand nicht viel von Musikinstrumenten, aber er hätte jederzeit darauf gewettet, dass dieses Trumm von einem Flügel deutlich mehr wert gewesen war.

Der Flügel habe einmal mehr als das Dreifache gekostet, meinte nun auch Frau Lamprecht mit schmerzlichem Lächeln. Aber so sei das eben mit gebrauchten Dingen.

»Wie hießen die Käufer?«

Das wisse sie nicht mehr. Ein älteres Ehepaar aus Göttingen. »Ich hatte dort inseriert. Ich wollte nicht, dass hier ...« Jessen verstand. Der Dorfklatsch. Andererseits dürfte der Abtransport eines Flügels bei der Nachbarschaft dennoch nicht unbemerkt geblieben sein. Das zu überprüfen war eine Aufgabe für Graham oder Appel. Er gab ihr die Rechnung zurück, und sie heftete sie ab und klappte den Ordner wieder zu. Dann neigte sie den Kopf ein wenig zur Seite, in einer Art, die ihn an Hannah erinnerte, und schaute ihn herausfordernd an. Ob sie erfahren dürfe, warum Jessen ihr all diese Fragen stelle?

»Hat Steffen Plate Sie erpresst?«

»Mich? Womit denn?«

»Mit seinem Wissen um die Beteiligung Hannahs an der Planung des Überfalls.«

Sie schwieg, ihr Gesicht war so ausdruckslos wie ein leerer Teller.

Jessen fuhr fort: »Frau Lamprecht, es dürfte Ihnen nicht entgangen sein, dass mein alter Chef Ihre Familie mit sehr viel ... nennen wir es mal Fingerspitzengefühl ... vernommen hat.«

Sie wisse nicht, wovon er rede, mauerte sie.

»Des Weiteren wurde Hauptkommissar Ludwig Beringer von Ihrem Mann in seiner Funktion als Leiter der Bankfiliale im Februar 1998 ein Kreditvertrag gewährt, der ungewöhnlich günstige Konditionen enthielt. Wissen Sie etwas darüber?«

Ihr Mann habe so gut wie nie über Berufliches mit ihr gesprochen.

Auch darauf hätte Jessen gewettet.

»Hat er je mit Ihnen über Beringer geredet?«

Frau Lamprecht schien es nun zu dämmern: »Sie denken, dass mein Mann Ihren alten Chef mit einem günstigen Kredit bestochen hat, damit er nicht weiter nachforscht, ob Hannah an der Planung des Überfalls beteiligt war?«

Besser hätte er es nicht ausdrücken können, bestätigte Jessen.

»Das ist Unsinn. Hannah und dieser Plate waren weder ein Paar noch Komplizen.«

Woher sie diese Sicherheit nehme?

»Ich weiß es einfach.«

Mit solchen Antworten konnte ein Polizist nichts anfangen, das musste ihr doch klar sein. »Was war es dann, das Sie und Hannah so auseinandergebracht hat?«, forschte er.

»Wer behauptet denn, dass wir *auseinander* sind«, gab Frau Lamprecht zurück.

»Hannah war am Montag bei mir.«

Dann hätte er sie ja das alles fragen können, erwiderte Frau Lamprecht.

Jessen seufzte.

Heike Lamprecht erhob sich erneut von ihrem Stuhl und ging in die Küche. Er hörte Wasser rauschen. Sie kam mit einem halb gefüllten Glas Wasser zurück und setzte sich an den Tisch.

»Herr Jessen, was ich Ihnen nun erzähle, werde ich niemals wiederholen und schon gar nicht zu Protokoll geben. Und sollten Sie es weitererzählen, werde ich Sie wegen Verleumdung verklagen.«

Jessen, der es nicht gern hatte, wenn man ihm drohte, hob warnend die Augenbrauen, aber er sagte nur: »Ich höre.«

Sie atmete tief durch. »Nicht Hannah und Steffen Plate waren ein Paar, sondern ...« Sie geriet ins Stocken.

»Judith?«, half Jessen nach.

»Mein Mann.«

»Ihr ...?«

»Mein Mann war homosexuell«, sagte Frau Lamprecht. Ihre Unterlippe bebte ebenso wie das goldene Kreuz, das sie um den Hals trug. Als Jessen, dem diese Mitteilung tatsächlich die Sprache verschlagen hatte, schwieg, fuhr sie fort: »Er hat zeit seines Lebens dagegen angekämpft. Er hasste sich selbst dafür und hat darunter gelitten. Er war immer ein guter Vater und ein guter Ehemann, aber ab und zu ...«

»… hatte er Affären«, beendete Jessen den Satz, während Frau Lamprecht einen Schluck Wasser trank.

Sie nickte. Die Sache mit diesem Jungen, Steffen Plate, habe angefangen, nachdem Plate in ihrem Haus gewesen sei, wegen des neuen Bades. Allerdings habe Frau Lamprecht diesen Zusammenhang nicht erkannt. Sie habe nur mit der Zeit gemerkt, dass etwas nicht stimmte. Zu viele Überstunden, Anrufe, bei denen aufgelegt wurde, das Handy, das er angeblich aus beruflichen Gründen brauchte, solche Dinge eben, man kenne das ja. So etwas habe es schon einmal gegeben, Jahre zuvor.

»Wie viele Jahre zuvor?«, fragte Jessen dazwischen.

Etwa zehn. Die Töchter seien noch klein gewesen. »Ich stellte meinen Mann zur Rede, und er gestand mir, erneut schwach geworden zu sein. Gleichzeitig schwor er mir, die Sache sofort zu beenden. Und das tat er auch, er hielt immer seine Versprechen.«

Abgesehen vom ehelichen Treuegelübde, stichelte Jessen im Geist und fragte laut, ob sie damals gewusst habe, um wen es sich bei dieser Affäre ihres Mannes gehandelt hatte.

Sie verneinte. Sie habe es vorgezogen, möglichst wenig darüber zu wissen. Erst am Ende seines Lebens, auf dem Sterbebett, habe ihr Mann sie darüber aufgeklärt, dass es Plate gewesen war.

Jessen tat sich schwer damit, das zu glauben.

Plate, fuhr sie fort, habe damals das Ende der Romanze nicht akzeptieren wollen. Er habe ihren Mann mit Anrufen bedrängt, ihm nach Dienstschluss vor der Bank aufgelauert und ihm gedroht, seinen Töchtern zu verraten, dass ihr Vater schwul sei. Er habe von ihrem Mann verlangt, dieser solle mit Plate fortgehen, in ein anderes Land, alles hinter sich lassen und ganz neu beginnen. »Was sich junge Leute eben erträumen, wenn sie verliebt und verzweifelt sind«, seufzte sie. »Da machte mein Mann den Fehler und stellte die rhetorische Frage, woher sie denn überhaupt das Geld für einen Neuanfang nehmen sollten.«

»Aber Plate hat das weniger rhetorisch, sondern vielmehr ganz praktisch aufgefasst«, dämmerte es Jessen.

Sie nickte. Danach habe ihr Mann ein paar Wochen lang nichts mehr von Steffen Plate gehört, so dass er schon zu glauben begonnen hatte, dieser habe das Ende der Beziehung nun endlich akzeptiert. »Aber stattdessen traf Plate Vorbereitungen, um meinen Mann seine eigene Bank ausrauben zu lassen. Es sollte wohl so eine Art ... Liebesbeweis sein.«

Ihr Mann müsse Plate während des Überfalls doch erkannt haben, wandte Jessen ein.

»Ja, das hat er, sofort. Aber was hätte er denn tun sollen? Plate war wild entschlossen und immerhin hatte er eine Pistole in der Hand. Deshalb schien es meinem Mann das Allerbeste zu sein, mitzuspielen.«

»Ich verstehe«, murmelte Jessen. Vor allen Dingen wollte Lamprecht wohl selbst in dieser gefährlichen Situation vor seinen Töchtern den Schein wahren. Er rief sich Hannahs Klage vom Montag ins Gedächtnis: *Immer musste alles Gott gefallen.* Mussten Lamprechts Töchter deshalb ein vorbildliches, fast schon klösterliches Leben führen, um seine eigenen »Verfehlungen« auszugleichen? Das wäre dann wohl der Gipfel der Scheinheiligkeit, dachte Jessen und war versucht, sich zu erkundigen, warum Frau Lamprecht sich nicht von ihrem Mann getrennt hatte, nachdem sie von dessen sexueller Neigung erfahren hatte. Sie musste sich doch belogen und betrogen gefühlt haben. Soweit Jessen sich mit den Regeln des katholischen Glaubens auskannte, hätte sie die Ehe sogar annullieren lassen können. Aber Jessen verkniff sich die Frage, denn er konnte sich die Antwort schon denken: das heilige Eheversprechen, die Kinder, der gute Ruf. Aber vor allen Dingen hätte ein solcher Schritt zuerst einmal Aufrichtigkeit und Mut verlangt. Da log man sich und den Töchtern lieber jahrelang etwas vor. Du bist ungerecht, ermahnte er sich. Vielleicht hat sie ihren Mann einfach geliebt und ist deshalb bei ihm geblieben, trotz allem. Allerdings sprach das fehlende Foto von ihm dagegen. Alles in allem war es jedoch müßig, darüber zu spekulieren, jetzt, wo Lamprecht längst tot war. »Und Sie hatten wirklich all die Jahre keine Ahnung davon, dass Plate der Liebhaber Ihres Mannes war? Er hat Sie nicht eingeweiht, nach all dem, was geschehen war?«

Jessen beobachtete, wie sie bei dem Wort Liebhaber zusammengezuckt war. »Nein«, versicherte sie. »Wie gesagt, ich erfuhr davon während seiner letzten Lebenstage. Es war wohl so eine Art Beichte.«

Das scheint hier der Usus zu sein, durchzuckte es Jessen. Fehlte nur noch, dass sie »Totenputz« sagte. Er konzentrierte sich wieder auf Heike Lamprecht, die weiterredete: »Nachdem mein Mann mir das Verhältnis mit Plate gestanden hatte, musste ich daran denken, was er an dem Abend zu uns gesagt hatte, bevor er mit dem anderen Täter das Haus verlassen hatte: Wir sollten uns keine Sorgen machen, der Herr würde uns beschützen. Es hatte für mich damals so bewundernswert ruhig und überzeugt geklungen. Jetzt weiß ich natürlich, warum.«

»Ihr Mann glaubte fest daran, dass sein Exgeliebter seiner Familie nichts antun würde«, sagte Jessen.

Sie nickte. »Im Nachhinein begriff ich, warum dieser junge Mann so außer sich war, als er von dem Unfall erfuhr – an den er ja gar nicht glaubte. Er musste nicht nur hinnehmen, dass sein Plan nicht aufging, sondern er fühlte sich auch von meinem Mann verraten. Der wollte ihn am Telefon beruhigen und zum Aufgeben überreden, aber das hat ihn nur noch wütender gemacht.«

Somit wäre die Frage der Komplizenschaft Hannahs endgültig geklärt, dachte Jessen. Wenigstens das. Aber das bringt uns nicht großartig weiter, erkannte er. Zwar hatte Frau Lamprecht ihre Tochter nicht schützen müssen, dafür aber den Ruf ihres Mannes, und der war ihr bestimmt noch wichtiger gewesen. Hatte Beringer ihm gestern doch nicht alles erzählt? War der günstige Kredit womöglich auch der Preis für Beringers Schweigen über Lamprechts sexuelle Orientierung? »Wissen Sie, ob Ihr Mann diese ... Zusammenhänge damals meinem Chef erklärt hat?«, fragte Jessen.

Nein, das wisse sie nicht. »Aber ich glaube es nicht. Mein Mann hat sich immer dafür geschämt, so zu sein.« Frau Lamprecht sah ihn eindringlich an. »Tun Sie mir einen Gefallen? Sagen Sie Herrn Beringer auch jetzt nichts davon. Es wäre meinem Mann nicht recht, und ich finde, man muss den Willen der Toten achten.«

»Beringer ist tot.«

Auf ihrem Gesicht zeichnete sich Erstaunen ab, dann aber meinte sie: »Er war krank, nicht wahr? Wir sind uns ab und zu auf dem Friedhof begegnet. Das Grab seiner Frau liegt nicht weit von dem meines Mannes. Gesprochen haben wir kaum miteinander, aber uns gegrüßt. Er sah von Mal zu Mal schlechter aus, das ist mir aufgefallen, besonders in letzter Zeit. War es Krebs?«

»Selbstmord.«

Sie bekreuzigte sich mit einem Blick zum Heiland über dem Tisch und murmelte: »Gott sei seiner Seele gnädig.«

Stimmt, fiel Jessen ein. Dafür kommt er ja in die Hölle. Er machte Anstalten, aufzustehen und zu gehen. Er hatte schließlich nicht den ganzen Tag Zeit und überdies schon mehr erfahren, als er sich erhofft hatte.

»War es ganz sicher ein Selbstmord?«, fragte Frau Lamprecht. Sie war sitzen geblieben und sah ihn nun von unten herauf aufmerksam an. Jessen setzte sich wieder hin. »Die Spurensicherung ermittelt noch, ich habe ihn vor einer Stunde gefunden. Warum fragen Sie?«

»Nur so.«

»Sie sind nicht der Typ Mensch, der etwas *nur so* fragt.«

Sie presste die Lippen aufeinander, aber Jessen rührte sich nicht vom Fleck und sah sie so lange abwartend an, bis sie anfing: »Es ist, weil... also... als mein Mann starb... Ich habe mich damals schon ein wenig gewundert, er war ja schließlich noch nicht alt, gerade einmal achtundfünfzig. Magenblutung. Diese Diagnose konnte ich mir nicht so recht erklären, mein Mann hatte vorher nie etwas mit dem Magen gehabt. Ab und zu hatte ich sogar den Gedanken, dass er... dass er irgendetwas geschluckt haben könnte.«

»Sie denken, er hat sich selbst vergiftet?«

»Wissen Sie, nach Judiths Tod war er keine Sekunde seines Lebens mehr glücklich. Das habe ich ihm angesehen, und das hat er mir kurz vor seinem Tod auch noch selbst gesagt. Mir ging es ja ähnlich, aber er machte sich dazu noch den Vorwurf, schuld an allem zu sein, was geschehen ist. Dabei war...«

»Ja, was wollten Sie sagen?«, hakte Jessen nach.

»Nichts. Aber ein Selbstmord – das sagte ich mir, wann immer diese Gedanken aufkamen –, für einen Selbstmord war er viel zu sehr in seinem Glauben verankert.«

In seinem Glauben. War es denn nicht auch der ihre?

»Frau Lamprecht, wollen Sie mir gerade sagen, dass Sie den Verdacht hegen, jemand könnte Ihren Mann umgebracht haben?«

Sie schwieg, zuckte nur die Schultern. Aber sie widersprach auch nicht.

»Wurde der Leichnam Ihres Mannes obduziert?«

»Nein! Das hätte ich nicht gewollt und es stand auch gar nicht zur Debatte. Er ist ja im Krankenhaus gestorben und den Ärzten ist nichts aufgefallen.«

Und falls er sich umgebracht haben sollte, wollten Sie das lieber nicht wissen, fügte Jessen im Stillen hinzu. Laut fragte er, ob sie eine Ahnung habe, wer es getan haben könnte.

»Nein! Ich weiß ja nicht einmal … Die Zweifel kamen mir eigentlich erst in letzter Zeit, nach der Sache mit Plate. Und nun auch noch der Kommissar …«

Jessen überlegte. Wenn Marcels Mutter auf Rache aus war, an allen, die ihrer Meinung nach etwas mit dem Tod ihres Sohnes zu tun hatten, dann hatte Lamprecht als Verursacher des Unfalls wohl ziemlich weit oben auf ihrer Liste gestanden. Er zog sein Mobiltelefon aus der Tasche, lud das Foto von Jette Hiller aufs Display und zeigte es Heike Lamprecht. »Kennen Sie diese Frau?«

Sie griff nach einem schwarzen Etui, das am Ende des Tisches lag, und holte eine Brille heraus. Dann studierte sie das Bild, während Jessen beobachten konnte, wie ihr das Blut in die Wangen schoss.

»Ja!«, stieß sie hervor. »Ja, ich kenne die Frau. Sie war ... sie war hier, ein paar Wochen bevor mein Mann starb. Eines Tages, es war im Frühjahr, stand sie am Zaun, als ich gerade im Garten war, und fragte, ob ich Arbeit für sie hätte. Sie könne alles, was in Haus und Garten zu tun sei. Mir fielen die Obstbäume hinter dem Haus ein, die längst einmal einen Schnitt gebrauchen konnten. Sie sagte, sie wüsste, wie man Obstbäume richtig schneidet, und sie würde das gerne machen.«

»Wie hat sie sich Ihnen vorgestellt?«

»Müller. Ines Müller. Ich hatte auch ihre Telefonnummer.«

Müller klang ähnlich wie Hiller, so dass es am Telefon nicht auffiel, wenn sie sich zuerst mit dem richtigen Namen meldete.

Frau »Müller«, berichtete Heike Lamprecht, habe sich sehr geschickt angestellt, so dass sie ihr auch noch andere Aufgaben überließen. Der Garten sei nach hinten hinaus ja recht groß, da gebe es immer etwas zu tun. »Sie war mir sympathisch und verlangte nicht viel Geld, und irgendwie tat sie mir auch leid. Sie erzählte, sie komme vom Land, ihr Mann habe sie verlassen und sie finde keine Anstellung, da sie jahrelang Hausfrau gewesen sei. Irgendwann habe Frau Müller dann diesen selbst gemachten Holundersirup mitgebracht. »Ich mag so etwas ja nicht so sehr, aber mein Mann hat fast jeden Tag etwas davon getrunken. Wenn ich mich recht erinnere, fingen um diese Zeit herum seine Beschwerden an. Er war zuerst bei unserem Hausarzt, aber der fand nichts. Schließlich musste ich eines Nachts den Notarzt rufen. Natürlich hätte ich nie im Leben gedacht ... « Sie blickte Jessen fragend und verwirrt an. »Aber wieso haben Sie dieses Foto von ihr, ich verstehe das alles nicht.«

»Das ist Marcel Hillers Mutter.«

Das könne nicht sein, widersprach sie. Ihr Mann habe einmal im Gericht kurz mit der Mutter des Verunglückten gesprochen und ihr sein Beileid ausgedrückt. Er hätte die Frau doch wiedererkannt, er habe sich Gesichter immer gut merken können.

Die Frau, mit der ihr Mann gesprochen habe, sei in Wirklichkeit die Großmutter gewesen. »Eine verschleierte Teenagerschwangerschaft«, erklärte Jessen.

Frau Lamprecht brauchte ein paar Sekunden, um das Gehörte zu verarbeiten. Dann fragte sie: »Aber warum sollte sie denn meinen Mann vergiftet haben?«

Jessen erklärte ihr auch das.

Sie riss die Augen auf und klang etwas atemlos, als sie sagte: »Aber sie konnte doch nicht wissen, dass nur mein Mann von diesem Sirup trinkt!«

Jessen erwiderte lakonisch, Jette Hiller habe Frau Lamprechts Tod wahrscheinlich als Kollateralschaden in Kauf genommen.

Frau Lamprecht vergaß, den Mund zu schließen. Der Hund schien einen lebhaften Traum zu haben, er stieß jaulende Laute aus und zappelte mit den Beinen.

»Hat sich ›Frau Müller‹ nach dem Tod Ihres Mannes noch einmal sehen lassen?«

Sie schüttelte den Kopf. Während der wenigen Tage, die ihr Mann im Krankenhaus verbracht habe, habe die Gärtnerin noch einmal den Rasen gemäht, daran erinnere sie sich, weil sie über diese Hilfe froh gewesen war. Sie selbst habe ja sehr viel Zeit im Krankenhaus verbracht. Nach der

Beerdigung ihres Mannes habe sie die Gärtnerin angerufen und ihr erklärt, dass sie sie vorerst nicht wieder beschäftigen könne, weil sie noch gar nicht wisse, wie sie finanziell dastehe, erklärte Heike Lamprecht. »Sie reagierte verständnisvoll und wünschte mir noch... oh mein Gott!« Jetzt war es um ihre Fassung geschehen. Ihre Schultern begannen zu zittern, als der Weinkrampf sie überrollte. Tränen liefen ihr über die Wangen und tropften auf die glänzende Tischplatte.

Jessen ging in die Küche und riss von einer Papierrolle zwei Blätter ab. Die Einbauküche war eine erbsengrüne Siebzigerjahre-Scheußlichkeit, die Jessen sofort wieder an Beringer denken ließ.

Er ging zurück und ließ Frau Lamprecht noch ein wenig Zeit, um sich zu schnäuzen und die Tränen zu trocknen, ehe er ihr den nächsten harten Brocken servierte: »Frau Lamprecht, wenn wir der Frau etwas nachweisen wollen, werden wir die Leiche Ihres Mannes exhumieren müssen.«

»Was?«, rief sie mit tränenerstickter Stimme. »Sie wollen ihn ausgraben?«

Jessen nickte.

Sie murmelte, dass sie darüber nachdenken werde. Jessen verkniff sich den Einwand, dass diese Entscheidung letztendlich nicht bei ihr liege. Das würde sie noch früh genug erfahren.

»Haben Sie diese Frau denn schon festgenommen?«, fragte sie.

»Nein«, antwortete Jessen. »Noch nicht.«

Er stand auf und sie brachte ihn zur Tür.

»Frau Lamprecht, darf ich Sie noch etwas Persönliches fragen?«

Das täte er ja wohl schon die ganze Zeit.

Stimmt auch wieder, musste Jessen zugeben. »Haben Sie Ihrem Mann eigentlich verziehen?«

Sie schaute ihn nachdenklich an, dann sagte sie: »Ach ja. Ihm schon.«

Ehe er fragen konnte, wem denn nicht, hatte sie die Tür hinter ihm geschlossen.

Obwohl ein kühler Wind über die Harzgipfel pfiff, wurde Francesca unter ihrer dünnen Jacke bald recht warm. Was Simon als »kleinen Spaziergang, um die Umgebung kennenzulernen«, bezeichnet hatte, war gerade dabei, in eine größere Wanderung auszuarten. Zum Glück blieb ihr Bergführer immer wieder einmal stehen, um sie auf schöne Ausblicke aufmerksam zu machen oder ihr Dinge zu zeigen, die sie normalerweise nicht beachtet hätte: seltene Pflanzen oder solche, die man als Kräuter oder Heilmittel verwenden konnte, bunt schillernde Käfer, Schmetterlinge und einmal einen Salamander. Trotz der ungewohnten Anstrengung genoss sie die Bewegung und die Aussicht. Ab und zu schielte Francesca dennoch auf die Uhr. Die Yogastunde um vier konnte sie wohl abhaken. Hannah wird bestimmt sauer sein, wenn sie erfährt, dass ich nicht daran teilgenommen habe, weil ich mit Simon durch die Wälder schweife, vermutete Francesca, die bei diesem Gedanken allerdings wenig Reue empfand. Sie musste sich eingestehen, dass sie Hannah nicht mochte. Was ja nicht schlimm war, sie war schließlich eine Verdächtige, da war es sogar besser, sie nicht zu mögen. Und Simon? Er war ein etwas kantiger Typ, aber sie fühlte sich wohl in seiner Gesellschaft. Er strahlte Ruhe und Sicherheit aus und sprach kaum über sich selbst, da war er wie Hannah. Aber bei ihm störte es

Francesca nicht, im Gegenteil. Männer, die ständig über sich redeten, fand sie anstrengend und langweilig zugleich.

Sie rasteten unter einer ausladenden Eiche, wo ein umgefallener, bemooster Baumstamm eine natürliche Sitzgelegenheit bot. Nicht weit von ihnen plätscherte ein Bach ins Tal hinunter, dessen Konturen sich im Dunst verloren. Die Blätter der Eiche filterten die Sonnenstrahlen, woben ein flirrendes goldfarbenes Muster auf den Waldboden und raschelten im sanften Wind wie seidene Unterröcke. Bestimmt war sie nicht die Erste, die er an dieses romantische Plätzchen führte, überlegte Francesca und forschte in ihrem Inneren nach, ob dieser Gedanke sie störte. Er tat es nicht.

»Es hört sich an, als würden die Bäume flüstern«, meinte Francesca.

»Das tun sie tatsächlich«, sagte Simon. »Wusstest du, dass Pflanzen kommunizieren?«

»Nein. Worüber reden sie denn so?«

»Übers Wetter, zum Beispiel«, sagte Simon ernsthaft.

»War ja klar.«

»Oder über Wassermangel oder eine Käferattacke«, fuhr Simon fort. »Pflanzen bedienen sich einer chemischen Sprache, um ihre Artgenossen zu warnen, damit diese Gegenmaßnahmen treffen können.«

»Was denn für Gegenmaßnahmen?«

»Zum Beispiel die Ausscheidung von Stoffen, die diesen Käfer oder jene Raupe abwehren. Pflanzen sind gegenüber ihren tierischen Schmarotzern und Fressfeinden gar nicht so hilflos, wie man glaubt.«

Francesca sah ein wenig skeptisch drein, doch er versicherte ihr, dass das keine esoterische Spinnerei sei, sondern Molekularbiologie, seriöse Wissenschaft. Die Pflanzen eines intakten Ökosystems seien vernetzt, fuhr er fort, offenbar in seinem Element. Dieser Wald hier, er machte eine ausholende Armbewegung, sei ein gigantisches unterirdisches Netzwerk ineinander verflochtener Wurzeln und Pilze. Er unterbrach sich, um hinter sich zu greifen und eine Handvoll Erde und altes Laub zusammenzukratzen und sie Francesca hinzuhalten. In diesen paar Krümeln Waldboden finde man ein kilometerlanges Netz sogenannter Mykorrhizen. Aber nicht nur im Wald sei dies der Fall, sondern auch auf einem Ackerboden, einem noch nicht von *Monsanto* und Konsorten degenerierten Boden natürlich nur. Eine Karotte aus der industrialisierten Landwirtschaft sei nicht mehr fähig, zu kommunizieren und Schädlinge abzuwehren, da sie auf ökologisch totem Boden heranwachse. Deshalb müsse man sie mit Kunstdünger päppeln und mit Pflanzenschutzmitteln spritzen. »Ein Riesengeschäft, nebenbei«, beendete er seinen Vortrag.

»Also ist der Salatkopf aus dem Supermarkt strohdumm«, schlussfolgerte Francesca.

»Genau«, bestätigte Simon mit leuchtenden Augen. »Die Frage ist nun: Was machen solch degenerierte Lebensmittel mit denen, die sie ständig essen, wenn man bedenkt, dass der Mensch bekanntlich ist, was er isst.«

»Ein interessanter Gedanke«, fand Francesca, wobei sie krampfhaft überlegte, wie man von kommunizierenden Pflanzen überleiten könnte zu Hannah Lamprecht.

Simons Vorträge waren anders als die von Hannah, die zu weltanschaulichen Exkursen neigte, egal, ob es um eine Yogaposition oder ein Gewürz fürs Essen ging. Simon war ein »realistischer Träumer«, wie sie ihn für sich nannte. Ein bisschen erinnerte er sie sogar an Jessen.

Er habe Versuche gemacht, erzählte Simon gerade. Tomaten gepflanzt, eine alte Sorte, auf kargem Boden. Alle hätten prophezeit, dass das niemals funktionieren würde. Er habe die Pflanzen weder gegossen noch gedüngt, auch nicht hochgebunden oder abgedeckt, sondern sie einfach sich selbst überlassen. Die ersten zwei Jahre seien sie dahingekümmert, aber seit dem dritten Jahr bescherten sie ihm jedes Jahr eine reiche Ernte von unvergleichlichem Geschmack. Weder zu viel Sonne noch zu viel Regen, weder Pilze noch Schädlinge könnten ihnen etwas anhaben.

Überleben durch Anpassung, dachte Francesca und hatte plötzlich Steffen Plate vor Augen und die furchtbaren Bedingungen seiner Gefangenschaft, wie Sunderberg sie aus dem Zustand seines malträtierten Körpers abgeleitet hatte. Ihr fiel auf, dass sie während der letzten Tage wenig an ihn gedacht hatte. Das war das Seltsame an einer Mordermittlung: Das Opfer selbst geriet ziemlich rasch aus dem Fokus. Allzu sehr war man mit den Verdächtigen und deren Motiven und Alibis beschäftigt. Aber jetzt fragte sie sich, was wohl mit einem Menschen passierte, den man jahrelang allein in irgendein Loch steckte. Wäre er überhaupt fähig gewesen, je wieder ein normales Leben zu führen, wenn man ihn rechtzeitig befreit hätte? Oder wäre sein Leben ein einziger Albtraum geblieben, und sein Tod war letztendlich eine Gnade für ihn gewesen? Schade, dass sie nicht mit Simon darüber sprechen konnte. Sie atmete tief ein. Die Waldluft roch wie ein Saunaaufguss. Sie streckte die Beine aus und ließ ihren Blick schweifen. Am gegenüberliegenden Hang war ein schroffer Steinbruch zu sehen, wie eine Wunde in der Landschaft. Unterwegs hatte Simon ihr erzählt, dass im Ostharz schon vor Jahrhunderten Bergbau betrieben worden war, Kupfer und Erze habe man gewonnen. Wenn sie wolle, könnten sie zusammen einen Bergbaulehrpfad abschreiten.

»Mal sehen«, hatte Francesca ausweichend geantwortet. Sie hielt sich grundsätzlich lieber oberhalb des Erdbodens auf.

Jetzt berichtete Simon von einem Stausee zum Hochwasserschutz, gegen den eine Bürgerinitiative und der Bund Naturschutz protestierten, aber Francesca hörte nur mit halbem Ohr zu, als er ihr das Für und Wider des Bauvorhabens erläuterte. Eine angenehme Müdigkeit sickerte ihr in die Glieder, und hätte sie den Rücken irgendwo anlehnen können, wäre sie wahrscheinlich eingedöst. Ich sollte wieder öfter laufen gehen und den Dienstsport nicht so schleifen lassen, dachte sie träge, während sich Simons sonore Stimme mit dem leisen Murmeln des Bachs verwob. Sie fühlte sich erst wieder zu einer Reaktion herausgefordert, als er sagte: »Du findest es sicher ein wenig exotisch, wie wir hier leben. Oder vielleicht sogar lächerlich.«

»Nein, gar nicht. Wäre ich sonst hier?«, entgegnete Francesca.

»Ich weiß, dass viele über uns lachen oder schlecht über uns reden. Sogar manche unserer Gäste. Von denen da unten«, er wies mit einer Kopfbewegung ins Tal hinab, »ganz zu schweigen. Dabei haben sie in Wirklichkeit nur Angst vor uns. Wir sind ihnen unheimlich, weil wir zufrieden sind mit dem, was wir haben. Du kannst heutzutage schwul sein oder bi oder sonst was, du kannst dir deine Religion aussuchen oder dir selbst eine stricken, du kannst in idiotischen Klamotten rumlaufen und skurrilen Hobbys nachgehen, alles ist erlaubt, nur eins darfst du nicht: dich dem Konsum verweigern. Damit wirst du automatisch zum Feind dieser Gesellschaft, die nur auf Wachstum ausgerichtet ist, oder anders gesagt: auf Gier. Die Gier macht den ganzen Planeten kaputt.«

Francesca hätte ihm antworten können, dass die Gier die Triebkraft der Wirtschaft und des Fortschritts sei. Ihr kam Mandevilles Paradoxon in den Sinn, jener Satz aus dessen Bienenfabel, den ihr Vater nur allzu gern zitierte, wenn es galt, den menschlichen Hang zur Lasterhaftigkeit gegen Tugendbolde und Gutmenschen zu verteidigen:

Stolz, Luxus und Betrügerei
muss sein, damit ein Volk gedeih'

Aber am Ende lächelte sie nur und meinte: »Ihr seid Rebellen.« Erst als sie es ausgesprochen hatte, kam ihr der Gedanke, dass er es als Zynismus auffassen könnte.

Dem war nicht so. »Ja«, bestätigte er. »Irgendwie schon.«

Er hatte anscheinend alles gesagt, was er gerne loswerden wollte, und für eine Weile schwiegen sie, jeder in Gedanken versunken, bis Simon meinte, sie wirke auf ihn gar nicht wie eine PR-Tussi von den Stadtwerken.

Ein Adrenalinschub machte Francesca schlagartig munter. Ahnte er etwas?

Sie bemühe sich darum, in ihrer Freizeit nicht wie eine »PR-Tussi« zu wirken, erwiderte sie.

»Das heißt, dass du dich mit der Tätigkeit, die deine Existenz sichert, nicht identifizierst. Das ist auf die Dauer nicht gut.«

»Ich weiß, aber ich will jetzt nicht über den Job reden.« Ihr Tonfall signalisierte leisen Unmut. Predigten sie einem hier nicht immerzu, man solle den Alltag hinter sich lassen?

Er kapierte und wollte wissen, was sie mache, wenn sie freihabe.

»Ich fahre mit dem Rad spazieren, und ich male.« Weil dies unvermintes Terrain war, erzählte ihm Francesca ein wenig über ihre Malerei. Er hörte ihr interessiert zu und fragte dann: »Und was hast du sonst noch vor mit deinem Leben?«

»Ich weiß es nicht«, antwortete Francesca.

»Willst du für alle Zeiten bei den Stadtwerken bleiben, willst du reisen, oder lieber Mann und Kinder und ein Häuschen im Grünen …?«

»Ich weiß es nicht«, sagte Francesca erneut und musste sich eingestehen, dass das die Wahrheit war.

Er griff nach ihrer Hand. Francesca fand die Geste sowohl teenagerhaft als auch anrührend. Um von ihrer Person abzulenken, fragte sie ihn, was er denn in seinem früheren Leben gewesen sei.

»Unternehmensberater.«

»Was? Echt jetzt?«, entschlüpfte es ihr verblüfft. Aber dann überlegte sie, dass der Schritt von der Optimierung von Unternehmen bis zur Verbesserung der Welt womöglich gar kein so großer war.

»Ich habe einen Haufen Geld verdient, aber irgendwann hatte ich so sehr die Schnauze voll davon, und dann habe ich vor acht Jahren den Hof hier gekauft und hergerichtet, zusammen mit Marius, dem Schreiner. Er ist ein Schulfreund von mir, er hat mich darauf gebracht. Der wusste schon lange vor mir, dass mein alter Job nichts für mich war. Du hast ihn vielleicht schon gesehen, er wohnt in dem Häuschen mit den Gebetsfahnen davor.«

»Ja. Ist er Buddhist?«

»Marius? Nein. Der ist kein Buddhist, der geht hier sogar zur Jagd. Aber seine Exfreundin war's.« Simon ließ ein schnaubendes Lachen hören. »Manche Leute...«, begann er und schüttelte den Kopf. »Als wäre die Weltanschauung etwas, das man sich wie auf einem Basar aussuchen kann. Man kann seine Kultur nicht einfach abstreifen wie eine alte Klamotte. Von einer Tradition in die andere zu schlittern funktioniert nicht. Das endet lächerlich oder traurig.«

Francesca dachte an Hannah und deren indischen Namen, während Simon erklärte, anfangs habe er hier noch Managerseminare gegeben, aber er habe keine Lust mehr auf diese Typen. Es gebe ja inzwischen genug andere, die hier etwas auf die Beine stellten.

»So wie Saira«, ergriff Francesca die Chance. »Sie ist eine gute Yogalehrerin.«

»Das ist sie.«

»Weißt du, was sie früher gemacht hat?«

Aber Simon ging nicht auf ihre Frage ein, sondern sagte: »Du könntest auch hier leben. Du könntest Malkurse geben.«

Francesca musste lachen. »Das ist jetzt nicht dein Ernst, oder?«

»Warum sollte ich darüber Witze machen?«, entgegnete er, während seine Hand scheinbar beiläufig ihren Nacken streichelte, was seine Wirkung nicht verfehlte.

Der Notfallplan. Francesca stellte sich vor, was ihre Brüder dazu sagen würden und ihre Mutter. Einzig ihr Vater fände vielleicht Gefallen daran, wenn eines seiner Kinder endlich einmal etwas Verrücktes machte. Allerdings war es fraglich, ob dem *professore* dabei der Aufenthalt in einer Landkommune vorschwebte. »Würde ich dann auch in so einem kleinen Häuschen wohnen wie du und die anderen?«

»Vielleicht, irgendwann. Ein Haus kriegt nur, wer sich bei uns einkauft.«

Es lebe die Klassengesellschaft. »Hat Ha... Saira sich auch eingekauft?«

Verdammt, verdammt, verdammt! Pass gefälligst besser auf! Hatte er etwas gemerkt? Anscheinend nicht, denn er antwortete, ohne zu zögern: »Ja, hat sie. Vor drei Jahren.«

»Dann seid ihr sozusagen Gesellschafter.«

»So in etwa. Es ist ein kompliziertes Konstrukt, aber ein paar grundlegende Dinge müssen eben geregelt sein, das lässt sich nicht vermeiden.«

»Welchen Betrag müsste ich denn da anlegen?«

Er grinste. »Da wäre zuerst einmal die Probezeit zu überstehen. Wir müssen ja gegenseitig herausfinden, ob wir zueinanderpassen. Aber da sehe ich bei dir kein Problem.«

Frag mal, was Hannah davon halten würde, erwiderte Francesca im Geist. »Du findest also, ich würde zu euch passen?« Sie wandte den Kopf, um ihn kokett anzulächeln. Ihre Blicke verhakten sich ineinander.

»Vor allen Dingen«, flüsterte er, während sich seine Finger in ihr Haar vergruben, »finde ich dich sehr süß.«

Seine Lippen fühlten sich weich und zugleich fest an, und sie mochte die bestimmte Art, mit der er den Arm um ihre Taille legte.

Das Summen von Francescas Handy hatte zur Folge, dass Simon abrupt von ihr abrückte und sie ansah, als hätte sie sich gerade in eine Kröte verwandelt. Francesca zog dennoch ihr Telefon aus der Jackentasche. Eine SMS von

Graham. »'tschuldigung, da muss ich mal nachsehen«, murmelte sie und las: *Beringer ist tot, hat sich die Kugel gegeben. Where the fuck are u?*

Martin Konrad musste sich gut von seiner Hüftoperation erholt haben, jedenfalls merkte man seinem Gang nichts an, als er Jessen mit schwungvollen Schritten entgegenkam. Der hatte mitten auf dem Hof geparkt, zwischen einem Mazda-Cabrio und einem Trecker, der so groß war wie ein Einfamilienhaus.

»Kripo?«, meinte Konrad, nachdem Jessen sich vorgestellt hatte. »Wieder wegen der Leiche im Brunnen?«

»Nur indirekt«, sagte Jessen. Laut Auskunft von Daniel Appel hatte die Zwingenroder Landjugend im Jahr 1978 zehn männliche Mitglieder gehabt und drei weibliche. Nur noch drei von ihnen bewirtschafteten Höfe, zwei waren nach Kanada und Australien ausgewandert, der Rest hatte andere Berufe ergriffen. Zwei von ihnen und die beiden Mädchen arbeiteten beim Duderstädter Prothesenhersteller Otto Bock, dem größten Arbeitgeber der Gegend. Dorthin hatte Jessen Appel und Graham geschickt. Er selbst hatte sich vorgenommen, die Höfe abzuklappern.

Jessen schaute sich um. Der Gegensatz zum Hiller'schen Anwesen hätte nicht größer sein können. Konrads Hof war ein High-Tech-Agrarbetrieb. Das alte Hofgebäude war schmuck renoviert worden, mit Geranien vor den Fenstern und Solarzellen auf dem Dach. Dahinter erstreckte sich eine weitläufige Wiese, auf der vier schottische Hochlandrinder grasten. In hundert Metern Entfernung hatte man einen neuen Stall errichtet: ein riesiges, langgezogenes Gebäude mit kleinen Fenstern und einer Lüftungsanlage auf dem

Dach sowie Solarzellen. Dennoch roch es hier nach Schwein. Da half wahrscheinlich nur die Reinigung, wollte man später den Gestank wieder aus dem Anzug bekommen. Jessen fiel gerade wieder ein, weshalb er Ermittlungen auf dem Land hasste.

Martin Konrad schlug vor, sich ins Büro zu setzen, dort könne man sich ungestört unterhalten. Der Mann entsprach nicht dem Bild eines Schweinezüchters, das Jessen sich, wie er nun registrierte, vorher zurechtgesponnen hatte. Er besaß hagere, markante Züge und wirkte eher wie ein Sportler, auch wenn er sich seine Sonnenbräune womöglich auf dem Trecker geholt hatte.

Auch das Büro war absolut auf der Höhe der Zeit, ein modernes Multifunktionsgerät spuckte gerade mit Tabellen bedruckte Blätter aus, ein junger Mann, der Martin Konrad wie aus dem Gesicht geschnitten war, saß an einem Laptop. »Mein Sohn Ferdinand«, erklärte Konrad und bat den jungen Mann, sie kurz alleine zu lassen. »Kaffee?«, fragte er Jessen.

»Ein Schluck Wasser wäre schön.«

»Bring ich«, sagte Ferdinand und verschwand.

»Ferkelmast mit eigener Futterproduktion«, hatte ihm Konrad auf dem Weg hierher erklärt. Dadurch sei man auf der sicheren Seite, was genmanipuliertes Futter anginge. »Wir haben vor ein paar Jahren mächtig investiert. *Wachsen oder weichen*, anders kommt man heutzutage nicht weiter. Man muss ja schließlich der nächsten Generation das Auskommen sichern. Wenn Sie wollen, zeige ich Ihnen nachher den Stall. Sie müssen aber Schutzkleidung tragen.«

»Damit ich mir nicht die Schweinepest einfange?«, war es Jessen herausgerutscht, aber der Landwirt hatte gegrinst und entgegnet: »Damit Sie mir keine Keime in den Stall tragen.«

Danke, er verzichte lieber, hatte Jessen abgelehnt. *Und künftig auch auf Schinken.* Wer den Anblick nicht ertragen kann, sollte konsequenterweise auch auf das Produkt verzichten, das wäre nur fair.

Ferdinand brachte eine Flasche eiskaltes Mineralwasser und zwei Gläser und verdrückte sich wieder. Der Drucker hatte aufgehört, Blätter auszuwerfen.

»Wie kann ich Ihnen helfen, Herr Kommissar?«

»Sie waren als Jugendlicher bei der Landjugend. Erinnern Sie sich an Jette Hiller?«

»Jette Hiller. Ja, natürlich.« Sein Gesichtsausdruck war nach wie vor freundlich, nur sein Tonfall verriet, dass er auf der Hut war.

»Wie war sie so?«, fragte Jessen.

»Wie sie war«, wiederholte Martin Konrad gedehnt und seine rechte Hand massierte dabei sein Kinn. »Schwer zu sagen. Sie war eine von der ruhigeren Sorte. Aber ganz hübsch. Sie war nicht sehr lange dabei«, setzte er hinzu.

»Wie lange?«

»Ein knappes Jahr vielleicht.«

»Haben Sie dafür eine Erklärung?«

Konrad tat einen tiefen Atemzug. »Nun ja ... im Herbst 1978 war sie plötzlich von der Bildfläche verschwunden. Es gab da so Gerüchte.«

»Erzählen Sie.«

»Im Dorf ging herum, dass sie schwanger war. Offiziell war der Junge, der dann im nächsten Frühjahr zur Welt kam, das Kind ihrer Mutter. Die war ja noch nicht gar so alt, Ende dreißig. Aber seltsam war schon, dass man die

Jette über den Winter überhaupt nicht mehr gesehen hat. Es hieß, sie würde in Kassel eine Lehre machen. Sie war ja fertig mit der Realschule, das hätte schon gepasst. Aber ich habe es trotzdem nie geglaubt, denn das hätte sie mir gesagt.«

»Wieso Ihnen? Hatten Sie ein engeres Verhältnis zu ihr?«

Der Mann wiegte den Kopf hin und her: »Sagen wir so: Ich hätte gern ein engeres Verhältnis zu ihr gehabt. Aber da lief überhaupt nichts. Wir waren befreundet, platonisch, sozusagen. Einmal hab ich versucht, sie zu küssen, und mir prompt eine eingefangen. Aber wir haben uns wieder vertragen, ich habe mich entschuldigt, und sie hat das akzeptiert. Ich hatte manchmal den Eindruck, dass ich die Stelle innehatte, die normalerweise die beste Freundin einnimmt. Deshalb war ich ja auch so empört, als plötzlich diese Gerüchte aufkamen, sie wäre schwanger. Ich habe sie verteidigt, das weiß ich noch, einer aus unserer Gruppe hat von mir sogar eine aufs Maul gekriegt deswegen.« Martin Konrad lächelte bei der Erinnerung daran. »Nachdem sie nicht mehr zu den Treffen der Landjugend gekommen ist, wollte ich wissen, was da los war, und bin hingeradelt. Da hat mich der alte Hiller quasi vom Hof gejagt. Der war meistens besoffen und galt als ziemlich jähzornig, aber ich hätte nie gedacht, dass der wegen mir so ausrastet. Er hat behauptet, Jette wäre nicht da. Ich habe aber gesehen, dass sich im ersten Stock eine Gardine bewegt hat.«

»Was haben Sie dann gemacht?«

»Nichts, was hätte ich tun sollen? Ich war schockiert und verstand die Welt nicht mehr. Ich war gerade mal siebzehn und ein verwöhntes Bürschchen. Meine Familie hatte schon damals einen der größten Höfe in der Gegend, also war ich es gewohnt, freundlich und – das mag jetzt seltsam klingen – mit Respekt behandelt zu werden. Nicht, dass ich mir den schon verdient gehabt hätte, aber meine Familie galt etwas im Ort, und entsprechend verhielten sich die Leute, auch mir gegenüber.«

»Ich weiß, was Sie meinen«, sagte Jessen, der Ähnliches erlebt hatte. Die Angestellten des väterlichen Betriebs waren ihm von Kindesbeinen an mit einer an Unterwürfigkeit grenzenden Höflichkeit begegnet, wenn sein Vater ihn mit ins Werk genommen hatte. Manchem Jungen wäre dies sicherlich zu Kopf gestiegen, doch Jessen hatte dabei immer ein diffuses Unbehagen empfunden. Als würde ihm eine Gunst gewährt, um die er nicht gebeten hatte und deren Preis zu zahlen er nicht bereit war.

Martin Konrad fuhr fort: »Bis dahin hatte ich noch nie einen erwachsenen Menschen erlebt, der mich mit der Mistgabel bedrohte und mir wüste Ausdrücke hinterherschrie. Ich war verängstigt, aber auch in meinem Stolz gekränkt. Trotzdem habe ich noch ein paar Mal dort angerufen, aber es wurde immer gleich aufgelegt, oder es war der Alte dran und ich habe aufgelegt. Sogar am Telefon habe ich mich vor dem gefürchtet. Ich habe Jette einen Brief geschrieben, extra ohne Absender auf dem Umschlag. Es kam aber nie eine Antwort. Meine Eltern meinten, die sei ohnehin nichts für mich, und nachdem ich wochenlang nichts mehr von ihr hörte, blieb mir auch nichts anderes übrig, als mich dieser Meinung anzuschließen.«

»Warum waren Ihre Eltern gegen die Verbindung? Immerhin war sie eine Bauerntochter.«

Er winkte ab. »Dieser typische Dünkel der alteingesessenen Einheimischen. Die Hillers kamen aus dem Vogtland. Haben in den Sechzigern rübergemacht. Der Hof gehörte einer entfernten Verwandten, die bald darauf starb. Die waren also Zugereiste, und dann auch noch von drüben, deshalb waren sie im Dorf nie so verankert wie unsereins. Man hatte auch den Eindruck, als ob sie das ohnehin nicht gewollt hätten. Die blieben unter sich, machten nirgendwo mit, weder bei der Feuerwehr noch im Kirchenchor. Nur der Alte saß ab und zu im Wirtshaus und spielte Karten. Meistens soll er verloren haben, auch höhere Summen. Vielleicht kamen die deshalb nie auf einen grünen Zweig.«

»Damals glaubten Sie also nicht, dass Jette schwanger war«, hielt Jessen fest. »Wieso glauben Sie es jetzt?«

»Weil man, wenn man älter wird, keine rosarote Brille mehr aufhat und über einige Dinge nachdenkt«, entgegnete der Landwirt.

Worüber er nachgedacht habe?

Konrad strich sich ein paar Mal übers Haar, ehe er antwortete: »Im Frühjahr, nachdem sie verschwunden gewesen war, wurde Jette wieder im Ort und in der Umgebung gesehen. Sie fuhr ihren kleinen Bruder im Kinderwagen herum. Damals glaubte ich das mit dem Bruder felsenfest, aber mit der Zeit kamen mir Zweifel. Vielleicht auch, weil im Dorf so viel darüber geklatscht wurde.«

»Was glauben Sie, wer der Vater des Kindes gewesen sein könnte?«

Er zuckte mit den Schultern. »Ich jedenfalls nicht. Falls Sie eine DNA-Probe von mir haben wollen – von mir aus jederzeit.«

Wieder einer, der zu viele Krimis gesehen hat, dachte Jessen und unternahm den Versuch, ihn aus der Reserve zu locken. »Vielleicht wollte sie sich von Ihnen nicht küssen lassen, weil sie einen anderen hatte.«

Martin Konrad runzelte verärgert die Stirn und seine rechte Faust ballte sich, als wolle er damit auf den Tisch hauen. Aber er bremste sich und sagte: »Nein, so war das nicht. Die Jette hat sich mit keinem Einzigen aus der Landjugend eingelassen, garantiert nicht!«

»Aber eine Windbestäubung wird's wohl auch nicht gewesen sein«, erwiderte Jessen.

Martin Konrad war hinter seiner Sonnenbräune rot angelaufen und platzte heraus: »Diesen ganzen verlogenen Mist hat der versoffene Alte doch selbst verbreitet! Weil er wahrscheinlich der Vater war!«

Jessen ließ die Aussage einen Augenblick sacken, ehe er fragte: »Gab es dafür Anhaltspunkte?«

»Na, wer soll's denn sonst gewesen sein?«, ereiferte sich sein Gegenüber. Er wurde wieder ruhiger, nachdem er sein Wasserglas in einem Zug geleert hatte, und erklärte: »Ich habe später einmal mit meiner Frau über die Geschichte gesprochen. Ich weiß gar nicht mehr, wie wir darauf kamen. Ah ja, doch: Als der Marcel... bei dem Unfall zu Tode gekommen ist, da kam bei mir so einiges wieder hoch. Meine Frau ist Erzieherin, die versteht mehr von solchen Sachen. Die meinte auch, dass Jettes damaliges Verhalten eigentlich recht typisch gewesen sei für... na ja, Sie wissen schon.«

»Für einen häuslichen Missbrauch, wollten Sie das sagen?«

Er nickte. »Ja. Heute mache ich mir Vorwürfe, weil ich damals so schnell aufgegeben habe. Aber mit siebzehn denkt man nicht an so was. Jedenfalls war das damals kein

Thema, und es gab auch niemanden, an den sie sich hätte wenden können – keine Beratungsstellen oder Hotlines im Internet, wie es heute möglich wäre. Sie hätte höchstens den Pfarrer um Hilfe bitten können, aber die Hillers hatten es nicht so mit der Kirche. Und wer weiß, ob der ihr geglaubt hätte. Das arme Mädchen tat mir im Nachhinein oft leid. Keiner hat ihr geholfen, alle haben nur über sie getratscht.«

Jessen nickte. So langsam bekam er eine Vorstellung vom Leben seiner Hauptverdächtigen. »Hatte sie sonst noch Verwandte?«

»Angeblich diese Tante in Kassel. Aber hier nicht, nein.«

»Hatten Sie danach, als Jette wieder da war, Kontakt zu ihr?«

»Erst nach ein paar Jahren. Bis zum Abi bin ich ihr aus dem Weg gegangen, dann habe ich in Bayern Land- und Forstwirtschaft studiert und war danach zwei Jahre in Ecuador. Als ich wieder zurückkam, habe ich von meinem Vater den Hof übernommen, und irgendwann habe ich die drei besucht. Der alte Hiller war inzwischen Gott sei Dank tot. Aber es war schon damals abzusehen, dass das mit dem Hof auf die Dauer nicht gutgehen würde. Sie waren viel zu klein, um wirtschaftlich arbeiten zu können. Ich schätze, die haben eher draufgezahlt. Ohne Jettes Gehalt von der Apotheke und die Witwenrente der Mutter hätten die gar nicht überleben können. Ich habe ihnen ab und zu geholfen – nennen Sie es ein schlechtes Gewissen oder Nachbarschaftshilfe, wie Sie wollen.«

Von Nachbarschaft hatte man hier wohl andere Vorstellungen als in der Stadt. Die Höfe lagen auf entgegengesetzten Seiten des bewaldeten Hügels, an dessen Flanke sich die alte Ziegelei mit dem bewussten Brunnen befand. Jessen hatte mit dem Wagen von Tür zu Tür sechs Kilometer zurückgelegt. Wie denn diese Hilfe ausgesehen habe, wollte er von Konrad wissen.

»Ich habe ihnen ab und an mal ein Feld umgepflügt, wenn ihr uralter Fendt wieder nicht laufen wollte, oder mal eine Fuhre Brennholz auf den Hof gekippt, die sie nicht bezahlen mussten.«

»Könnte man sagen, dass Sie befreundet waren?«

»Nein. Dazu waren beide, Mutter und Tochter, nicht der Typ. Da war immer so eine gewisse Distanz, so ein Argwohn gegenüber allen und jedem. Selbst wenn man ihnen einen Gefallen tat, hatte man den Eindruck, dass es ihnen im Grunde nicht recht war. Das waren keine geselligen Menschen. Dabei konnte Jette durchaus charmant sein. Wenn man sie in der Kronen-Apotheke antraf, war sie auf eine zurückhaltende Art sehr freundlich, und sie besaß sogar Humor, wenn auch einen recht trockenen.«

»Zu wem sagte Marcel eigentlich ›Mama‹?«, wollte Jessen wissen.

Konrad blickte ihn überrascht an, dann kratzte er sich am Kopf. »Das ist eine gute Frage«, meinte er dann. »Ich erinnere mich nicht. Ich hab den Kleinen allerdings auch nicht sehr oft gesehen. Aber wann immer ich auf den Hof kam, wuselte immer eine von ihnen um ihn herum. Ich hatte den Eindruck, das Leben von allen beiden drehte sich einzig und allein um Marcel.«

Jessen fragte sich, warum Konrad ihm das alles so bereitwillig erzählte. Er musste doch ahnen, dass er Jette Hiller verdächtigte. War das die späte Rache dafür, dass sie ihn seinerzeit verschmäht hatte? Obgleich er die wahrscheinlichen Gründe dafür eben selbst genannt hatte? Aber Mitleid war eine Sache, gekränkte männliche Eitelkeit eine andere. Im Geist hörte er Francesca Dante sagen, er sei wieder einmal viel zu misstrauisch und vielleicht sei dieser Bauer einfach ein gesprächiger Mensch, der sich vor der Polizei gern ein bisschen wichtigmachte. Aber mehr als die Frage nach Konrads Beweggründen beunruhigte Jessen, dass Francesca Dante nun schon die Stimme seines Gewissens okkupiert hatte.

»Die Apotheke heißt Kronen-Apotheke, sagten Sie?«

»Hieß. Die hat vor gut einem Jahr dichtgemacht. Jetzt ist da drin ein Handyladen oder so was.«

»Wo hat Jette Hiller danach gearbeitet?«

»Das weiß ich nicht.«

»Ich war vorhin auf dem Hof. Von außen wirkt das Ganze sehr verwahrlost.«

Das sei nicht immer so gewesen, meinte Konrad, und es klang fast so, als wolle er die Besitzerin in Schutz nehmen. Erst nach Marcels Tod sei es bergab gegangen. Als hätten die beiden damit ihren Lebensinhalt verloren und nicht mehr gewusst, für wen und wozu sie den Hof noch erhalten sollten. »Und dann wurde die Mutter immer kränker. Ich glaube, die zwei haben sich noch einmal verschuldet, um für irgendwelche dubiosen Therapien Geld aufzutreiben. Jedenfalls musste der Hof zu guter Letzt versteigert werden.«

Jessen nickte.

Konrad habe überlegt, ihn ihr abzukaufen. Aber seine Frau und seine beiden Söhne hätten davon abgeraten. Das Gebäude sei praktisch abbruchreif und das Land, das früher dazugehört hatte, sei über die Jahre nach und nach verkauft worden – teilweise sogar an sie, die Konrads. Also hätten sie die Finger davon gelassen.

»Haben Sie sich nicht gewundert, dass Jette Hiller auch nach der Versteigerung noch immer dort gewohnt hat?«, fragte Jessen.

»Ja, schon«, gestand Konrad. »Ich dachte erst, die Bruchbude hätte vielleicht gar keiner gekauft, und war doppelt froh, dass ich die Finger davon gelassen hatte.«

»Herr Konrad, wann waren Sie zum letzten Mal auf dem Hof der Hillers?«

Er blies die Backen auf und ließ die Luft hörbar entweichen. »Das muss schon Jahre her sein, drei mindestens. Es ging um den Verkauf eines Waldstücks.«

»Waren Sie bei der Gelegenheit auch im Gebäude?«

»Ja, in der Küche.«

»Sonst nirgends?«

»Nein. Wir haben nur kurz geredet.«

»Ist Ihnen irgendetwas aufgefallen?«

»Nein, was hätte mir denn auffallen sollen? Es tat mir nur in der Seele weh, zu sehen, wie heruntergekommen das alles inzwischen war.«

»Mit wem haben Sie geredet, als Sie dort waren?«

»Nur mit Jette. Die Mutter war zwar auch da, die ging an Krücken, daran erinnere ich mich noch, aber sie hat sich rausgehalten. Mit der bin ich nie so richtig warm geworden, die war immer so verbittert. Kein Wunder, wenn das alles stimmt, was ich vermute. Und dazu noch die Krankheit. Manche Leute scheinen das Pech geradezu anzuziehen.« Er seufzte und meinte: »Nachdem der Alte sich totgesoffen hatte, behaupteten böse Zungen, die Damen des Hauses hätten möglicherweise ein bisschen nachgeholfen, damit er über den Jordan ging. Mit Rattengift oder mit was anderem. Jette saß ja an der Quelle, die hatte damals gerade ihre Lehre als Apothekenhelferin beendet.«

Jessen nahm sein Gegenüber scharf aufs Korn: »Wissen Sie, was Sie da sagen?«

Das sei nur der Dorfklatsch, den er wiedergebe, meinte Konrad leichthin. Schaden könne er Jette oder ihrer Mutter damit nicht.

»Woher wollen Sie das denn so genau wissen?«, fragte Jessen.

»Der alte Hiller wurde eingeäschert«, grinste Konrad. »Da hilft dann auch kein *CSI* mehr.«

Jessen verdrehte die Augen, während Konrad fortfuhr: »Wie gesagt, die waren ja aus dem Osten, also nicht katholisch, womöglich gar nicht getauft. Kann sein, dass deshalb dieses Geschwätz entstand, wegen der Einäscherung. So was war '84 hier im Dorf noch recht ungewöhnlich.« Konrads Grinsen wurde noch breiter. »Nun gucken Sie nicht so entsetzt, Herr Kommissar. Der Mistkerl hätte es doch verdient gehabt, oder nicht? Nur hätte man vielleicht nicht so lange damit warten sollen.«

Jessen ließ das unkommentiert und erkundigte sich, ob Konrad zufällig wisse, ob Marcel auch eingeäschert worden sei.

Nein, der habe ein richtiges Grab auf dem Duderstädter Friedhof.

Interessant, dachte Jessen. Offenbar waren die beiden nicht besonders gut auf die Dorfbewohner zu sprechen, sonst hätten sie Marcel doch hier in Zwingenrode beerdigt.

»Haben Sie jemals mit Jette oder ihrer Mutter über Marcels Tod gesprochen?«

»Nein«, antwortete Konrad bestimmt. »Nein, das Thema haben wir beide gemieden. Wie gesagt, wir waren nicht mehr miteinander befreundet, es war nur ein sehr lockerer, nachbarschaftlicher Kontakt.«

»Eine letzte Frage habe ich noch: Wann haben Sie Jette Hiller zum letzten Mal gesehen?«

»Keine Ahnung, das ist bestimmt schon Monate her«, antwortete Konrad. »Aber als ich im Krankenhaus war, wegen meiner neuen Hüfte, hat mein Sohn sie mit dem alten Fendt herumbrettern sehen. Er meinte noch, es hätte ihn gewundert, dass das Ding immer noch läuft. Der Trecker würde längst ins Museum gehören, hat er gesagt. Die Jugend! Sie wissen ja, wie die sind.«

Das Zentrum des Kräutergartens war ein rundes Becken mit einem kleinen Springbrunnen, davor stand eine steinerne Bank. Ein Halbkreis aus groben Felsbrocken umschloss das kleine Refugium, in dem es intensiv nach Thymian, Minze und Rosmarin duftete, so dass Francesca unweigerlich an den Lammbraten ihrer Mutter denken musste. Aber ob sie je wieder Lamm essen würde, war ziemlich fraglich, jetzt, wo sie mit den Tieren engere Bekanntschaft gemacht hatte.

Francesca war gerade von ihrer Wanderung mit Simon zurückgekommen und hatte sich nach einer Dusche und einem Nickerchen gesehnt, als Gudrun ihren Weg gekreuzt und sie zu einer »Erfrischung« eingeladen hatte. Jetzt tranken sie das, was der Kräuterkursus heute früh gesammelt und zubereitet hatte. Es sah aus wie gequirlter Rasen, und im Grunde schmeckte es auch so.

»Bist du sicher, dass wir das überleben werden?«, fragte

Francesca, nachdem sie ihr Glas tapfer bis zur Hälfte geleert hatte.

»Das fällt dir jetzt ein?«, erwiderte Gudrun, meinte dann aber gelassen: »Wenn sie uns vergiften wollten, würden sie es doch hoffentlich raffinierter anstellen. Wer mischt schon Gift in ein giftgrünes Getränk?«

»Das ist doch gerade das Geniale daran. Einen Baum versteckt man am besten im Wald.«

Aber Gudrun versicherte, Francesca könne getrost davon trinken, sie habe hier schon ganz andere Sachen probiert als geschredderten Giersch und Löwenzahn. »Davon kriegst du höchstens Blähungen«, prophezeite sie und grinste, als Francesca den Rest des Glases ins Kräuterbeet entleerte.

Blähungen konnte Francesca heute nun wirklich keine gebrauchen. Sie lehnte sich gegen die Mauer, deren von der Sonne aufgeheizte Steine ihr den Rücken wärmten. Von hier aus hatte man einen schönen Blick über das Areal, das zum Selkehof gehörte. Sie betrachtete die kleinen Häuschen, die sich über das riesige Grundstück verteilten. Mittendrin stand das Seminargebäude, in dem die Pilates- und Yogastunden stattfanden. Er war einem fernöstlichen Tempelbau nachempfunden worden, jemand hatte sich viel Mühe mit den Schnitzereien gemacht. Vielleicht dieser Marius, der Schreiner und Mitbegründer der Gemeinschaft. Ein anderes kleines Haus schien aus Lehmquadern zu bestehen, es hatte Fensterläden und ein Dach aus »Mönch-und-Nonne«-Ziegeln, was dem Ganzen einen Hauch von Toskana verlieh. Vermutlich gehörte es Ursula, der Frau, die hier die Töpferkurse gab. Gleich dahinter stand nämlich ein riesiger gemauerter Brennofen, der Francesca an Hänsel und Gretel denken ließ.

Angenommen, die Häuser spiegelten den Charakter der Bewohner wider, wie würde wohl das ihre aussehen?

Das Blockhaus von Hannah Lamprecht erinnerte an eine große finnische Sauna; dicke Holzbohlen, kleine Fenster. Simons Domizil dagegen war einstöckig und mit seinem ochsenblutroten Anstrich und der weißen Veranda einem schwedischen Sommerhaus nachempfunden. Hübsch, wenn auch vielleicht ein bisschen zu sehr Bullerbü. Hatte diesen Ausdruck nicht Koslowsky benutzt? Ob Appel wohl schon weiterrecherchiert hatte? Sie würde ihn anrufen, morgen vielleicht. Zum Zeitvertreib versuchte sie, sich auszumalen, wie es wohl wäre, hier zu leben, sich dem Takt der Natur anzuvertrauen, das Diktat des Konsums mit dem der Kommune zu tauschen… Nein, das wäre nichts für sie, sie war ein Geschöpf der Zivilisation. Abgesehen davon käme man im Winter hier wahrscheinlich vor Langeweile um.

»Die Eisprinzessin war ein bisschen sauer, weil du unentschuldigt beim Yoga gefehlt hast, du böses Mädchen«, hörte sie Gudrun sagen.

»Na und? Sind wir hier im Internat?«, entgegnete Francesca patzig. »Entschuldige«, fügte sie rasch hinzu.

»Wofür? Es stimmt doch. Manchmal benimmt sie sich wie ein Feldwebel und als wären wir ihre Rekruten und nicht zahlende Gäste.«

Francesca stimmte ihr zu und fragte Gudrun, wie lange sie schon hier sei.

»Seit einer Woche.«

»Selbstfindungstrip?«, fragte Francesca mit ironischem Lächeln. Sie hatte zwischenzeitlich den Eindruck gewonnen, dass auch Gudrun das alles hier nicht so ernst nahm wie manch andere Gäste.

»Nein, nein. Das Übliche ...«

Francesca wusste sofort, was Gudrun meinte. Der überwiegende Teil der Gäste des Selkehofs waren Frauen. Beim unfreiwilligen Belauschen verschiedener Tischgespräche hatte Francesca herausgefunden, dass bei den meisten ein Mann hinter ihrem Aufenthalt in der Weltabgeschiedenheit steckte, einer, der sie gerade verlassen hatte. Typisch, dachte Francesca. Kerle besaufen sich und halten dann Ausschau nach der Nächsten, Frauen suchen den Fehler bei sich und unterziehen sich den jeweiligen Torturen, die der Zeitgeist gerade vorgibt.

Auch Gudrun hatte, wenn sie sich unbeobachtet fühlte, einen bitteren Zug um den Mund. Allerdings wirkte sie auf Francesca nicht wie eine, die nach Ersatz für einen Verflossenen suchte, sondern sie machte vielmehr den Eindruck, als wäre sie sich selbst genug und hätte sich mit dem Alleinsein ausgesöhnt. »Tut mir leid, ich wollte nicht neugierig sein«, sagte Francesca.

»Keine Ursache. Und du? Was führt dich in diese Einöde?«

»Ein Kerl hat mich schwer enttäuscht«, sagte Francesca wahrheitsgemäß. »Ich brauchte etwas Abstand.«

»Du bist noch jung«, meinte Gudrun aufmunternd. »Dir steht noch alles offen – Familie, Kinder ... Und sollte das Erscheinen des Traumprinzen ausbleiben, dann ist das auch in Ordnung. So wichtig, wie man in jungen Jahren glaubt, sind die Kerle gar nicht. Man kommt auch ohne sie zurecht. Du machst mir den Eindruck, als kämst du ganz gut klar.«

»Wirklich?« Francesca war nicht sicher, wie diese Einschätzung zu bewerten war. Hieß das im Klartext, dass bei ihr bereits altjüngferliche Charakterzüge zum Vorschein kamen? Ehe sie fragen konnte, wodurch Gudrun diesen Eindruck gewonnen habe, meinte die: »Deshalb ist unser Oberguru auch so scharf auf dich. Nichts stachelt den Jagdtrieb mehr an als eine unabhängige Frau.«

Unabhängig klang schon besser. Und was Simon anging, da war bestimmt etwas dran. Alles eine Sache der Triebe und Hormone, nichts weiter. Sie wandte sich an Gudrun: »Ich muss jetzt unter die Dusche. Ich werde heute übrigens nicht zum Abendessen kommen. Falls jemand nach mir fragt, dann ... dann bin ich zu müde.«

»Aha, verstehe.« Gudrun lächelte so abgeklärt wie jemand, der solche Kindereien längst hinter sich hatte, aber dennoch Verständnis dafür aufbrachte.

»Er hat mich zum Abendessen eingeladen – zu sich«, erklärte Francesca, der es ein wenig leidtat, Gudrun zwischen den anderen Pärchen und Gruppen allein zu lassen. Aber sie hatte es ja vor Francescas Ankunft auch hingekriegt.

In Gudruns Miene blitzte etwas auf, was Francesca wie Schadenfreude vorkam. Ging es ihr auch so, mochte sie Saira ebenfalls nicht besonders? Tatsächlich sagte sie nun halb warnend, halb belustigt: »Oh-oh, das wird der Eisprinzessin vermutlich nicht verborgen bleiben. Ich sehe schon, wie sich ein Drama anbahnt.«

Wenn schon, dachte Francesca, während sie in ihren Wanderstiefeln auf das Hauptgebäude zuging. Vielleicht konnte sie Hannah auf diese Weise aus der Reserve locken. Wenn nichts anderes half, war eine Konfrontation oft nicht das schlechteste Mittel.

Einen Zimmerservice gab es auf dem Selkehof natürlich nicht. Die Gäste mussten ihre Räume selbst sauber halten, ihr Bett machen und konnten sich bei Bedarf frische Handtücher und Bettwäsche bei Tina abholen, die als eine Art Empfangs- und Hausdame fungierte.

Francesca war Welten entfernt von Jessens neurotischem Hang zur Ordnung, und niemals würde sie es bemerken, wenn jemand Stift und Notizblock auf ihrem Schreibtisch verrückte. Auch jetzt hätte sie nicht sagen können, was es genau war, das ihr den Eindruck vermittelte, dass während ihrer Abwesenheit jemand hier gewesen war. Dass ihre T-Shirts ein wenig unordentlich im Schrank lagen, konnte auch sie selbst gewesen sein. Im Fach darunter stand der Kulturbeutel. Shampoo und Duschgel steckten mit dem Verschluss nach unten zwischen den anderen Fläschchen und Tuben. Das war etwas, das Francesca normalerweise vermied, da sie schon oft genug erlebt hatte, wie der Inhalt des Beutels durch ausgelaufene Flaschen versaut worden war. Aber auch das konnte sie vorhin selbst bewerkstelligt haben, als sie kurz vor dem Verlassen des Zimmers noch rasch nach einer Haarspange gesucht hatte. Nein, einen Beweis, dass jemand – Hannah, wer sonst? – ihre Sachen durchsucht hatte, gab es keinen. Es war nur so ein Gefühl.

Selbst wenn, sagte sich Francesca, so dürfte sie nichts Verräterisches gefunden haben. Die Geldbörse mit ihren Papieren, in der auch ihr Dienstausweis steckte, hatte sie dabeigehabt, ebenso das Handy. Aber dennoch: *Falls* Hannah hier gewesen war, hieß das, dass sie Verdacht geschöpft hatte.

Seufzend schlüpfte Francesca aus den verschwitzten Klamotten und ging über den Korridor zum Damenwaschraum, der um diese Zeit zum Glück leer war. Unter der Dusche stehend, überlegte sie, ob sie Graham auf seine SMS antworten sollte. Andererseits – sie hatte einen Urlaubsschein eingereicht und bewilligt bekommen, was ging es ihn an, wo sie war? Vorhin hatte er sogar noch eine zweite SMS geschickt, darauf war aber nur der Link zu einem dämlichen Spiel gewesen. Was dachte sich der Kerl? Würde er sie ab jetzt dauernd mit irgendwelchem Quatsch zumüllen, ähnlich wie Anke Mellenkamp? Allmählich konnte Francesca die Philosophie der Selkehof-Bewohner immer besser verstehen. Heute Abend würde sie das Ding jedenfalls nicht mitnehmen. Oder wenn, dann nur ausgeschaltet.

Nebel hing über den Feldern, der Morgen dämmerte grau herauf. Jessen, Graham und Appel saßen im Dienstwagen, Jessen am Steuer. Ihnen folgten zwei Streifenwagen und der Golf von Staatsanwältin Nina Ulrich. Jessen hatte auf das Sondereinsatzkommando verzichtet, jedoch trugen er und seine Mitarbeiter kugelsichere Westen. Immerhin, so hatte er argumentiert, war Jette Hiller eine potentielle Mehrfachmörderin, auch wenn Schusswaffen bis jetzt nicht zu ihren bevorzugten Mordwerkzeugen gehört hatten. Jessen war allerdings der Überzeugung, dass die Gesuchte den Hof zwischenzeitlich verlassen hatte. Aber auch er konnte sich irren. Mittlerweile wusste man, dass ein zehn Jahre alter Fiat Punto auf ihren Namen zugelassen war. Von dem Wagen war gestern weit und breit nichts zu sehen gewesen. Und wo war der alte Trecker, den Ferdinand Konrad erwähnt hatte, abgeblieben?

Weder Graham noch Appel hatten ein Wort darüber verloren, dass sie in aller Frühe zum Einsatz antreten mussten. Noch nicht einmal gegähnt hatte einer der Jungs, seit Jessen sie um 4.45 Uhr am Parkplatz der Polizeidirektion aufgesammelt hatte. Nur jetzt, kurz vor ihrer Ankunft, hielt Graham zum wiederholten Mal die Nase witternd in die Luft und meinte: »Irgendwie riecht es hier drin komisch. Daniel, was hast du gestern gegessen?«

»Pizza.«

»Nein, das ist es nicht«, meinte Graham. »Es riecht ganz widerlich nach Metzgerei.«

»Das ist meine Schuld.« Jessen deutete auf das Handschuhfach. »Bedienen Sie sich.«

Zum Abschied hatten die Konrads Jessen eine Eichsfelder Stracke aufgenötigt, hergestellt aus dem Fleisch der eigenen Schweine. *Aus eigener Massentierhaltung*, hatte Jessen dabei gedacht. Seine Abwehrversuche von wegen Bestechung und Vorteilsnahme im Amt hatten die Konrads schlichtweg nicht gelten lassen. Am Ende hatte Jessen klein beigegeben und das kulinarische Highlight des Eichsfelds eingesteckt, mit der Absicht, die fette Wurst bei nächster Gelegenheit an Sunderberg zu verfüttern. Wegen des penetranten Geruchs hatte er sie ins Handschuhfach gelegt und später dort vergessen.

Die Angaben von Ferdinand Konrad passten zur Aussage des Jungen, der vor genau zwei Wochen, am 8. Mai, den »Geist« im Brunnen gesehen hatte. Konrad junior hatte sich erinnert, den Trecker von Jette Hiller am 6. Mai gesehen zu haben, als er früh am Morgen rausgefahren sei, um ein Feld umzupflügen. Der alte Fendt von Jette Hiller sei den Hügel heruntergekommen, auf der schmalen Betonpiste, die zur alten Ziegelei führte, und habe einen kleinen »Gummiwagen« im Schlepptau gehabt. Ein Gummiwagen sei ein simpler, größerer Anhänger. Der Ausdruck stamme aus einer Zeit, als Gummireifen noch keine Selbstverständlichkeit gewesen waren, hatte der junge Schweinemäster den Hauptkommissar aufgeklärt. Leider habe er nicht erkennen können, wer den Trecker gesteuert hatte, dafür sei er zu weit weg gewesen. »Aber wer außer Jette Hiller soll es denn gewesen sein?«, hatte er gemeint, und Jessen hatte ihm im Stillen recht gegeben.

Aufgrund der Aussage Ferdinand Konrads hatte Jessen

ein kurzfristiges Treffen mit Werner Zielinski und Nina Ulrich einberufen, die beide der Meinung waren, dass eine Durchsuchung des Hofes der zwingende nächste Schritt sei. Die Staatsanwältin hatte versprochen, sich um den Durchsuchungsbeschluss zu kümmern, und sie hatte Wort gehalten. Außerdem hatte sie darauf bestanden, mitzukommen.

»Das wird früh um fünf sein«, hatte Jessen sie gewarnt.

Das sei ihr egal. Endlich komme Bewegung in die Sache.

»Diese Beweissicherung muss wasserdicht sein«, hatte sie noch gemeint.

Offenbar hatten weder die Ulrich noch Zielinski den Kollegen vom LKA Bescheid gesagt, denn die hätten sich bestimmt eingemischt oder, noch wahrscheinlicher, die Koordination des Einsatzes an sich gerissen.

Sie waren da. Im fahlen Morgenlicht ragte das graue Gebäude aus den Nebelfetzen, die über dem Gras schwebten.

Graham zog fröstelnd die Schultern hoch und meinte sarkastisch: »*Sweet country home!*«

Nina Ulrich war offenbar zu allem bereit, denn sie trug Jeans und einen modischen Parka und tauschte ihre Pumps gerade gegen ein Paar Reitstiefel, die sie aus dem Kofferraum holte. Jessen bat sie dennoch, im Wagen zu warten, bis das Gebäude gesichert sei. Sie gehorchte ohne Widerrede.

Daniel Appel und zwei der vier Uniformierten wurden von Jessen angewiesen, sich zur Rückseite des Gebäudes zu begeben, um zu verhindern, dass die Verdächtige womöglich durch einen Hinterausgang floh. Zusammen mit Robert Graham ging Jessen auf die Tür zu. Sie klingelten und machten sich durch Rufe, »Polizei, bitte öffnen Sie«, bemerkbar. Wie erwartet geschah nichts.

Jessen winkte die anderen beiden Uniformierten heran, die schon mit Werkzeug bereitstanden. Der Beamte musste nur einmal das Brecheisen ansetzen, schon sprang das Schloss auf. Mit gezogenen Waffen betraten Jessen und Graham das Innere des Hauses. Ein muffiger, feuchter Geruch schlug ihnen entgegen. Jessen knipste den Lichtschalter an. Eine schwache Funzel erhellte den Flur, der mit einem Schuhschrank, einem Telefonschränkchen und einer leeren Garderobe ausgestattet war. Die zwei Streifenpolizisten schickte Jessen die Treppe hinauf. Ihre Schritte dröhnten überlaut auf den Stufen und den Böden der oberen Räume. Der untere Bereich war schnell durchgesehen: die große Wohnküche, die Speisekammer, eine Art Hauswirtschaftsraum und das Wohnzimmer. Eine klamme Kälte herrschte in den Räumen, die wenigen vorhandenen Möbel bedeckte eine dünne Staubschicht und auf den Fensterbänken lagen tote Fliegen.

Ein Krachen von oben ließ Jessen und die Staatsanwältin erschrocken zusammenfahren.

»Was ist los?«, rief Jessen.

»Eine abgeschlossene Tür«, rief einer der Polizisten, und sein Kollege meinte lakonisch: »Jetzt nicht mehr.«

Als sichergestellt war, dass niemand im Haus war, steckte Jessen seine Pistole wieder weg, rief Appel und die beiden Polizisten von ihren Posten hinter dem Haus ab und winkte der Staatsanwältin, die daraufhin mit langen Schritten über den Hof marschiert kam.

Jessen bedankte sich bei den Kollegen von der Streife und meinte, die Durchsuchung des Gebäudes würden sie nun alleine bewerkstelligen. Derweil betrat Graham, noch immer mit gezogener Waffe, den Stall, hinter ihm ging wie ein

Schatten Daniel Appel. Jessen selbst wollte sich im Wohnhaus umsehen, ob es irgendwo einen Hinweis auf den Verbleib von Jette Hiller gab. Wenn nicht, müsste man sie zur Fahndung ausschreiben und ihre Mutter in die Mangel nehmen.

Plates Leiche war vor genau einer Woche gefunden worden. Hatte Jette es daraufhin mit der Angst bekommen und sich abgesetzt, obwohl ihr Mietvertrag noch bis Ende des Monats gültig war? Aber wohin war sie geflohen? Viel Geld dürfte sie nicht besitzen. Währen Jessen darüber nachdachte, blickte er sich suchend auf dem Fußboden um. Teppiche gab es keine und im rissigen Linoleum war nichts zu sehen, das auf eine Falltür zu einem Kellerraum hindeutete. In der geräumigen Küche gab es neben einer schäbigen Küchenzeile ein altmodisches Küchenbuffet und einen Tisch mit drei hölzernen Stühlen. Darüber hing eine fünfarmige Deckenlampe, ein Schätzchen aus den Fünfzigern, an der noch drei Birnen aufflammten, nachdem Jessen den Lichtschalter betätigt hatte.

»Lecker«, meinte Nina Ulrich und deutete auf einen spiralförmigen Fliegenfänger, an dem etliche Fliegen klebten.

Jessen rückte das Buffet, in dem sich noch ein wenig Geschirr befand, von der Wand weg, sah aber nur Staub und Spinnweben.

»Hier, sehen Sie mal!« Die Staatsanwältin – ausgestattet mit Latexhandschuhen – hatte den Schrank unter der Spüle geöffnet und deutete auf zwei Fünfliterkanister. Sie schraubte einen davon auf und schnüffelte daran. »Ein eigenartiger Aufbewahrungsort für Reservebenzin«, stellte sie fest. Jessen konnte dem nur zustimmen.

Das Wohnzimmer war leer geräumt bis auf einen Sessel

mit senfgelbem Stoff und durchgesessener Polsterung und einen betagten Röhrenfernseher auf einem Schränkchen. An der vergilbten Wand waren Ränder zu sehen, wo Bilder oder Fotos gehangen hatten. Jessen warf einen Blick in die Speisekammer. Die offenen Metallregale beherbergten ein paar Dosen mit Bohnen und Linseneintopf, eine Packung Kaffee, zwei Tüten Zucker und einen weiteren Benzinkanister. Auch der war voll. Nebenan, im Hauswirtschaftsraum, standen Eimer, Wannen, Putzzeug, ein Bügelbrett, eine alte Waschmaschine und zwei Waschmittelflaschen. Einem Impuls gehorchend, streifte sich nun auch Jessen Handschuhe über und schraubte die Flaschen auf. »Benzin«, konstatierte er und tauschte einen vielsagenden Blick mit Nina Ulrich, die heute auf ihre Brille verzichtet hatte.

»Sie hat wohl vor, zurückzukommen und die Bude abzufackeln«, schlussfolgerte die Staatsanwältin.

Vom Wirtschaftsraum aus führte eine Hintertür, deren obere Hälfte aus dickem, geriffeltem Glas bestand, ins Freie. Sie war abgeschlossen, ein Schlüssel war nirgends zu entdecken. Jessen ging die Treppe hinauf ins obere Stockwerk, dicht gefolgt von seiner Begleiterin. Im oberen Flur ließ ihn eine Bewegung, die er im Augenwinkel wahrnahm, erschrocken nach der Waffe greifen. Aber es war nur er selbst in einem halb blinden Spiegel, der zwischen zwei Türen hing. »Verzeihung. Ich sehe schon Gespenster«, murmelte er.

»Kein Wunder, ich finde es hier auch recht gruselig.«

Hinter einer schmalen Tür gleich rechts von der Treppe verbarg sich ein Badezimmer, dessen Ausstattung wohl noch aus den Sechzigern stammte: mintgrüne Fliesen mit verdreckten Fugen, die Badewanne war aus emailliertem Blech und hatte einige Macken und dicke Kalkränder. Ein von unten her angeschimmelter Duschvorhang hing müde von einer Plastikstange herab. Durch das Waschbecken zog sich ein schwarz verfärbter Sprung, ein zerklüftetes Stück Seife lag neben dem Wasserhahn. Jessen wandte sich mit leichtem Ekel ab und fragte sich, wie man in so einem Raum seiner Körperhygiene nachkommen konnte. Auch Nina Ulrich zog angewidert ihre spitze Nase hoch.

Es gab hier oben ein größeres Zimmer und zwei kleine. Im größeren befand sich ein Kleiderschrank ohne Inhalt, in einem der kleineren stand ein Bettgestell am Fenster. Die Matratze fehlte, ebenso ein Schrank, nur ein paar Kleiderbügel hingen an einem Alugestänge, wie man es oft auf Flohmärkten sah. Das dritte Zimmer war das abgeschlossene gewesen. Marcels Zimmer, ganz sicher. Zwar waren überhaupt keine Möbel mehr vorhanden, aber an der Innenseite der Tür hafteten noch einige Aufkleber: die berühmte Mick-Jagger-Zunge und ein *Peace*-Zeichen, ausgerechnet neben einem Ausländer-raus-Aufkleber. Weiter unten gab es ein Anti-Atomkraft-Symbol und eine Sonnenblume von den Grünen. Anscheinend hatte Marcel seine politische Überzeugung noch nicht gefunden gehabt, oder er hatte wahllos Aufkleber gesammelt. Der Rest wies auf Rockbands hin und auf Klamottenlabels.

Beide ließen den kahlen Raum auf sich wirken, ohne ein Wort zu sagen.

Wie hatte Jette Hiller sich gefühlt, als sie Marcels Möbel entsorgt hatte? fragte sich Jessen, und überfallartig war da wieder der Gedanke an Ulrika. Er hatte sich keine Gedanken um ihre Sachen machen müssen, das hatte alles ihre Familie »geregelt«. Damals war er erleichtert gewesen, derlei Entscheidungen nicht treffen zu müssen, denn er selbst hätte es bestimmt nicht übers Herz gebracht, irgendetwas wegzuwerfen oder zu verschenken, das ihr gehört hatte. Heute hatte er das Gefühl, dass ihm diese Tätigkeit, dieser ... »Totenputz« – da war es schon wieder, dieses seltsame Wort –, vielleicht geholfen hätte, ihren Tod zu begreifen. So war sie einfach aus seinem Leben verschwunden, fast so, als hätte es sie nie gegeben. Lediglich ein paar Fotos waren übrig geblieben und die wenigen Dinge, die sie ihm in den drei Jahren ihres Zusammenseins geschenkt hatte: Bücher hauptsächlich, und eine kleine Bronzefigur von Kaiser Augustus, die aus einem römischen Touristenkitschladen stammte, den sie zusammen besucht hatten. Sie stand bis heute auf seinem Schreibtisch, warum dort und nicht zu Hause, vermochte er nicht zu sagen.

»Das Zimmer ist noch nicht lange leer«, hörte er Nina Ulrich sagen.

Der Holzboden wies helle Rechtecke und Streifen auf, wo Möbel gestanden hatten. Was hatte sie wohl damit gemacht? Und mit den anderen Dingen und Möbeln des fast leeren Hauses? Diese Feuerstelle im Hof ... Waren Mobiliar und Hausrat dort gelandet? Aber wozu die Mühe, wenn andererseits überall im Haus Benzinkanister lagerten? Nina Ulrich war wieder auf den Flur getreten und wies auf eine Luke an der Decke. Die Tür zum Dachboden. Hatten die Beamten dort oben nachgesehen? Jessen fand den Stab mit dem Haken neben der Badezimmertür. Er öffnete die Luke, wobei ein Schwall aus Dreck und Staub auf ihn herunterprasselte. Jessen fluchte leise und ihm war, als hätte Nina Ulrich gerade ein wenig gegrinst. Die ausklappbare Treppe knarzte gefährlich, als Jessen vorsichtig mit der Waffe in der Hand Stufe um Stufe hinaufging. Dem erhöhten Aufkommen von Staub und Spinnweben nach zu urteilen, war hier schon sehr lange niemand mehr gewesen. Der Eindruck täuschte nicht: Außer ein paar mottenzerfressenen Teppichen und Brettern gab es dort oben nichts zu sehen. Er stieg wieder hinab, die Luke ließ er offen. »Ich denke, wir sind hier fertig.«

Dem kalten, düsteren Haus entronnen, kam Jessen draußen das rötliche Licht des Sonnenaufgangs geradezu grell vor. Er befreite sein Jackett so gut es ging von Staub und Spinnweben und zog die kugelsichere Weste aus, die er darunter getragen hatte. Er hatte das Gefühl, endlich wieder richtig atmen zu können, doch das lag nicht am fehlenden Gewicht der Weste. Es war das Haus gewesen, diese Gruft, in der der Wahnsinn in den Ecken lauerte, als hätte er nur auf einen wie ihn gewartet, einen, der die Zeichen zu deuten wusste.

Er beschloss, dem Gerümpel, das um das Haus herumlag, ein wenig mehr Aufmerksamkeit zu schenken als bei seinem gestrigen Besuch. Dabei fiel ihm wieder der alte Fendt ein. »Der Trecker fehlt«, sagte er zu Nina Ulrich.

»Vielleicht hat sie ihn verkauft, um an Geld für ihre Flucht zu kommen.«

Jessen nickte. Ferdinand Konrad hatte gestern erwähnt, dass es verrückte Sammler gab, die für einen Fendt aus den Sechzigern ordentlich Geld hinlegten. Sicher gab es im Internet Börsen dafür. Er würde sich erkundigen, wie viel so ein Ding einbrachte.

Nina Ulrich war an der Betonbrüstung angekommen, die den Misthaufen umschloss. Mit ihren Reitstiefeln war sie tatsächlich bestens für die heutige Aufgabe gerüstet. Aber auch Jessen hatte heute etwas derberes Schuhwerk gewählt, weshalb er sich näher heranwagte, als sie ihm zurief: »Herr Hauptkommissar, was meinen Sie, ist es das, was ich denke?« Sie deutete auf einige Gitter, die auf dem Boden lagen. Sie waren schwarz, als hätte man sie Flammen ausgesetzt. Beim genauen Hinsehen sah Jessen, dass sie aus mehreren übereinanderliegenden Schichten bestanden. Er wollte gerade eines davon hochheben, als Appel aus dem Stall gestürzt kam. »Chef!«

»Ja, bitte?«

»Wir haben was gefunden, das wird Sie vom Hocker reißen!« Appel glich einem Welpen, der sein erstes Stöckchen apportiert.

»Die Frau Staatsanwältin hat gerade ebenfalls etwas Bemerkenswertes entdeckt«, entgegnete Jessen.

»Okay, Sie zuerst«, sagte Graham, der nun hinter Appel aufgetaucht war.

»Sehr großzügig von Ihnen«, bemerkte Jessen und wies auf die Gitter: »Könnten das plattgedrückte Rattenkäfige sein?«

Die beiden kamen näher und schauten sich die Sache an. »Ja«, meinte Graham. »Das wäre gut möglich. Es würde auch zu unserem Fund passen.«

»Das wäre?«, fragte Jessen, um Graham, der es ja gern spannend machte, den Gefallen zu tun.

»Ich denke, wir haben Steffen Plates Gefängnis entdeckt.«

Die Sonne schickte ihre allerersten Strahlen über den Grat. Sie ließen die Tautropfen glänzen wie Diamanten, als Francesca die Wiese überquerte und hoffte, ungesehen von Simons Schwedenhäuschen ins Haupthaus und in ihr Zimmer zu gelangen. Allerdings bezweifelte sie, dass ihr das gelingen würde, denn die Bewohner des Selkehofs schienen notorische Frühaufsteher zu sein. Marius, der Schreiner, saß schon mit einer Tasse in der Hand auf den Stufen vor dem Eingang seiner Hütte. Aber falls er sie überhaupt bemerkt hatte, so tat er, als würde er sie nicht sehen. Auch manche Gäste waren schon munter: Auf der Wiese neben dem Schafstall übte die Bad Hersfelder Hormonyogatruppe Tai-Chi.

Bei Hannahs Blockhütte war alles ruhig und niemand war zu sehen, aber das mochte nichts heißen. Bestimmt war auch sie schon irgendwo am Werkeln. Oder sie saß hinter einem der kleinen Fenster und beobachtete sie.

Du musst kein schlechtes Gewissen haben, sagte sich Francesca zum wiederholten Mal, wir sind erwachsene, freie Menschen. Aber dennoch blieb ein schales Gefühl zurück. Schließlich war sie hergekommen, um etwas über Hannah zu erfahren, und nicht, um mit deren Freund herumzumachen. Andererseits hatte es auch mal wieder ganz gutgetan, hofiert und verführt zu werden. Sie hatten wirklich kein Klischee ausgelassen, angefangen vom köstlichen Essen bei Kerzenschein, das er gezaubert hatte, bis zum knisternden Feuer im Schwedenofen und dem biologischen Rotwein, der stärker gewesen war als gedacht. Auch als Liebhaber war Simon keine Enttäuschung gewesen, ganz im Gegenteil, das einzige Manko des Abends hatte sich postkoital offenbart: Simon schnarchte wie ein Wasserbüffel. Deshalb wäre Francesca am liebsten noch in der Nacht in ihr Zimmer zurückgekehrt, hatte aber befürchtet, sich im Stockdunkeln zu verlaufen. Denn da draußen gab es keine Beleuchtung, und an eine Taschenlampe für den Rückweg hatte sie nicht gedacht.

Sie erreichte unbehelligt ihr Zimmer, schlüpfte aus dem blauen Kleid und sofort in ihr Bett. Das Frühstück würde sie ausfallen lassen, nach den drei Gängen von gestern Abend war sie ohnehin noch immer satt. Als hätte Simon ihre geheimsten Wünsche erraten, hatte es zur Vorspeise ein Safranrisotto gegeben, wie es nicht einmal ihre Mutter besser hinbekommen hätte, danach einen Gemüseauflauf mit Mandelsoße und als Dessert ein veganes Tiramisu. Da nun auch das Schnarchgeräusch weg war und man nur das frühmorgendliche Vogelgezwitscher hörte, schlief Francesca ziemlich rasch wieder ein.

»Das war sicher mal die Sickergrube«, erklärte Daniel Appel. »Wahrscheinlich lag sie früher draußen, vor dem Stall, denn dieser Teil kommt mir so vor, als hätte man den später erst angebaut.«

Sie standen im hinteren Stallbereich, in dem es noch immer nach Schwein roch. Es war dunkel, was daran lag, dass in diesem Bereich die Fenster mit Pappe abgedichtet waren. Alle vier starrten durch ein massives Eisengitter hinab in eine Grube. Sie wurde vom Strahl einer Taschenlampe ausgeleuchtet, die Graham in der Hand hielt. Die Grube war ein zwei mal drei Meter tiefes Rechteck aus rauem Beton von knapp zwei Metern Tiefe. Der Boden bestand aus fester Erde. Das massive Gitter, das die Grube bedeckte, besaß eine Klappe, die mit einem Schloss gesichert war. Die Versorgungsklappe, kombinierte Jessen. Über der Grube hing eine Glühbirne, die jedoch nicht funktionierte, als Appel den Schalter an der Wand umlegte. Der Lichtstrahl der Taschenlampe fing nun einen in die Wand einbetonierten Eisenring ein, und Jessen dachte an die Spuren rostiger Fesseln, die sich laut Sunderberg in Plates Fußknöchel gegraben hatten. Offenbar hatte die Staatsanwältin gerade den gleichen Gedanken gehabt, denn sie flüsterte: »Oh mein Gott!«

Jessen bat Graham um die Lampe. An der Seite, die parallel zur Außenwand des Stalls verlief, hatte die Betonwand auf Höhe des Bodens eine kreisrunde, etwa tellergroße Aussparung. So viel Jessen im Lichtschein erkennen konnte, führte ein Rohr, das aufgrund der leichten Hanglage des Grundstücks ein Gefälle aufwies, nach draußen. Zur Entsorgung der Exkremente, begriff Jessen. An der Stallwand bemerkte er einen Wasseranschluss mit einem Schlauch daran. Neben dem Schlauch stand ein Blecheimer, aus dem ein zusammengerolltes Seil hervorschaute. Hatte man ihm damit das Essen hinuntergelassen?

Er hob den Kopf und atmete trotz des Gestanks einmal tief durch. All dies war keine Überraschung, Sunderberg hatte es in seinem Obduktionsbericht ja bereits zum Ausdruck gebracht. Aber dieses ... Loch vor sich zu sehen, das war doch etwas ganz anderes. Gestern noch, als Jessen mit Martin Konrad über Jette Hiller gesprochen hatte, hatte er Mitleid für sie empfunden. Jetzt war er geneigt, Appel zuzustimmen, der gerade seine Meinung kundtat: »Wer das macht, muss ein Ungeheuer sein.«

Schön wär's, dachte Jessen. Aber leider ist sie ein Mensch wie wir, auch wenn uns der Gedanke nicht behagt.

Graham deutete auf ein paar dünne Bretter aus gepressten Spanplatten, wie sie oft für die Rückseiten von Billigmöbeln verwendet wurden. »Die hat sie wohl auf das Gitter gelegt und ihm auch noch das letzte bisschen Licht weggenommen. Sieht aus, als hätten wir es mit einer lupenreinen Psychopathin zu tun.«

Nina Ulrich hatte ihre Fassung zurückgewonnen und sagte: »Keine voreiligen Schlüsse, bitte. Noch ist dies nichts weiter als eine alte Sickergrube, in der *möglicherweise* ein Mensch gefangen gehalten wurde. Ob es tatsächlich forensische Beweise ...«

Dies war der Punkt, an dem Appel seine Hand vor den Mund presste und aus dem Stall hinausrannte. Keiner machte eine Bemerkung. Jessen kämpfte selbst gegen einen Anflug von Übelkeit, sei es vom süßlichen, dumpfen Schweinegeruch oder von den Bildern, die ihm im Kopf herumgingen, und auch Robert Graham und die Staatsanwältin hatten schon gesünder ausgesehen. Sie folgten Appel nach draußen. »Sehen Sie mal«, sagte Nina Ulrich auf dem Weg und deutete in eine der Schweinebuchten gleich neben dem Eingang. Vier Kanister aus Plastik. Jessen nickte. Er verzichtete darauf, nachzusehen, ob sie voller Benzin waren. Er musste dringend an die frische Luft.

Appel lehnte schwer atmend am Dienstwagen und machte ein zerknirschtes Gesicht. Jessen nickte dem Anwärter aufmunternd zu. Dann bat er Graham, die Spurensicherung zu rufen, und stellte dabei fest, dass seine Stimme wie eingerostet klang.

»Sind unterwegs«, sagte Graham wenig später.

»Das Telefon«, murmelte Jessen, ehe er sich räusperte und präzisierte: »Im Flur habe ich ein Telefon gesehen. Das sollten wir überprüfen.«

Nina Ulrich zog es vor, draußen zu warten. Sie brauche etwas Sauerstoff, gestand sie.

Damit sich Daniel Appel nicht unnütz vorkam, wies Jessen ihn an, sich die Feuerstelle im Hof etwas genauer anzusehen, ehe er und Graham noch einmal das Haus betraten.

Das Telefon war ein älteres Schnurlostelefon. Es stand auf einem niedrigen Möbel, das ein Nachtschränkchen gewesen sein musste. Außer der Ladestation des Telefons lag ein Kugelschreiber auf der staubigen Glasplatte, der den Aufdruck *Kronen-Apotheke Duderstadt* trug. Einen Block dazu sah Jessen nicht, auch nicht in der Schublade des Schränkchens, in der nur eine mehrere Jahre alte Ausgabe der *Gelben Seiten* zu finden war. Graham nahm derweil das Telefon in die Hand und drückte auf die grüne Taste. »Nichts«, seufzte Graham. »Tot.«

»Dann sollten wir es zum Leben erwecken«, meinte Jessen, der das Nachttischchen beiseitegeschoben hatte. Dahinter befanden sich eine Steckdose und daneben die Telefonbuchse. Das Netzteil steckte in der Dose, aber die Anschlussleitung war herausgezogen.

»Und das mir«, meinte Graham erschüttert. »Megapeinlich!« Er schloss den Apparat wieder an und machte noch einen Versuch. »Funktioniert noch!« Er drückte auf die Wahlwiederholungstaste. Im Display erschien eine Nummer und es läutete, aber niemand hob ab. Nach dem zehnten Läuten legte Graham auf, zückte sein Smartphone und tippte die Nummer in die Maske der Suchmaschine. »Ein Pizzaservice in Duderstadt«, sagte er zu Jessen. Der war inzwischen in die Knie gegangen und hob etwas auf. Es waren die letzten Seiten eines Notizblocks, der hinter das Nachtschränkchen gerutscht war. Leider stand nichts darauf, wie Jessen feststellte, nachdem er die Staubflusen von dem Papier entfernt hatte. Mit dem Hinweis, er müsse mal ans Licht damit, trug er den Fund nach draußen. Er ging schnurstracks zum Dienstwagen und legte den Block auf die Kühlerhaube des Audi. Nun würden sie Zeugen von guter, alter Polizeiarbeit werden, verkündete Jessen mit feierlicher Ironie. Appel, die Staatsanwältin und Graham, der ihm gefolgt war, sahen ihm halb belustigt, halb neugierig zu, während Jessen einen Bleistift aus der Innentasche seines Jacketts zog und damit den Block schraffierte. Weiße Linien zeichneten sich ab, wo sich die Schrift des ehemals darüberliegenden Blattes in das Papier gedrückt hatte. Eine Nummer wurde sichtbar.

»Googeln Sie die mal«, sagte Jessen zu Graham, was dieser sofort in die Tat umsetzte. Ein paar Sekunden später meinte er: »Oh-oh.«

»Darf ich erfahren, was oh-oh heißen soll?«, erkundigte sich der Hauptkommissar.

»Das ist nicht gut, das ist überhaupt nicht gut«, jammerte Graham.

»Graham! Wären Sie so freundlich ...«

»Das ist die Nummer vom Selkehof. Dieses Öko-Dingsda im Harz, wo Hannah Lamprecht ...«

»Ich weiß, was Sie meinen«, unterbrach Jessen. »Und das bedeutet, dass Jette Hiller jetzt möglicherweise hinter Hannah Lamprecht her ist.«

»Ja«, bestätigte Graham und sah noch immer aus, als hätte ihn gerade ein Bus gestreift. »Aber weiß das auch Francesca?«

Francesca hatte hin und her überlegt, ob sie zur Yogastunde am Vormittag gehen sollte oder nicht, aber schließlich hatte sie beschlossen, dass es noch viel auffälliger wäre, schon wieder zu fehlen. Außerdem, sagte sie sich, habe ich ja für den ganzen Zauber hier bezahlt.

Als sie vor dem Seminarraum eintraf, warf ihr Gudrun

einen süffisanten Blick zu, den Francesca mit einem breiten Grinsen beantwortete. Und schon kam Saira herangeflattert, offenbar bester Laune und voller Tatendrang. Sie meinte, für später wären Gewitter angesagt, weshalb man jeden Sonnenstrahl nutzen und die Yogaübungen im Freien abhalten sollte. Brav gehorchend, ging die Gruppe im Gänsemarsch zu der frisch gemähten Wiese neben der Schafweide. Während der Stunde trat Saira zwei Mal zu Francesca, um deren Haltung zu korrigieren, jedes Mal war sie sanft, aber bestimmt, wie es ihre Art war. Falls sie etwas mitbekommen hatte, ließ sie sich nichts anmerken. Oder sie war die Eskapaden ihres Freundes gewohnt und es machte ihr nichts aus, dachte Francesca, die in Hannahs Gegenwart dennoch ein leises Unbehagen spürte, das einfach nicht weichen wollte.

Was das Wetter anging, schien Hannah recht zu behalten. Hatte man bei Sonnenaufgang noch keine Wolke am Himmel gesehen und vorhin nur einige, die weit entfernt schienen, zogen nun, als am Ende der Stunde alle auf ihren Matten lagen und sich der Entspannungsphase hingaben, dunkle Wolkengebirge auf und es wurde schlagartig kühl. Francesca, die sonst immer aufpassen musste, dass sie bei der Entspannung nicht einschlief, fröstelte sogar ein wenig und war froh, als Saira die Stunde beendete und ihnen noch einen erfüllten Tag wünschte. Sie rollte ihre Matte zusammen und richtete sich langsam auf, als Saira plötzlich dicht vor ihr stand. Sie hielt den Kopf schräg wie eine Amsel und lächelte freundlich. Ob sie Francesca vielleicht einen Tee anbieten könne, zum Aufwärmen? Sie würde auch gerne kurz mit ihr sprechen.

»Äh, ja, klar«, antwortete Francesca verdattert und ihr

blieb nichts anderes übrig, als Hannah zu folgen. Sie sah, wie Gudrun ihr im Gehen einen Blick zuwarf, der auch von ihrer Mutter hätte stammen können. *Das hast du nun davon* schien er zu sagen.

Andererseits, dachte Francesca, habe ich so die Gelegenheit, Hannahs Behausung von innen zu sehen.

Die Hütte bestand, abgesehen vom Badezimmer, nur aus einem Raum, der Küche, Wohn-, Arbeits- und Schlafraum zugleich war.

»Mein Loft«, sagte Hannah. »Mehr braucht der Mensch nicht.« Wie versprochen machte sie sich daran, Wasser aufzusetzen und Kräuter aus einer Dose in einen Teefilter zu löffeln.

»Gemütlich«, urteilte Francesca.

Die Einrichtung war schlicht bis auf das Bett, das mit seinem türkisfarbenen Moskitonetz und der geschnitzten Bettlade an ein Himmelbett erinnerte. Als Kind hatte Francesca immer von so einem Bett geträumt. Vielleicht war es Hannah genauso gegangen. Francesca hatte auf einmal das karge Bett mit dem Kruzifix am Kopfende vor Augen, das auf den Tatortfotos zu sehen gewesen war. Das Bett, auf dem Hannahs tote Schwester Judith gelegen hatte.

Im Küchenregal standen viele beschriftete Gläser, gefüllt mit getrockneten Pflanzen, Beeren und Gewürzen, und es gab ein Poster, das die Wirkung von Heilkräutern erläuterte. An den Wänden bemerkte Francesca einige Landschaftsaquarelle, die sie auf seltsame Weise berührten, weil darin etwas zum Ausdruck kam, das schwer zu fassen war und sich am ehesten mit dem Wort Sehnsucht beschreiben ließ. Zu ihrer Verwunderung entdeckte sie eine zusammengeklappte Staffelei neben dem kleinen Schreibtisch.

»Hast du die Bilder gemalt?«, fragte sie Hannah.

»Ja. Die Motive sind von hier. Ich mag diese Gegend. Sie ist ein wenig rau, aber sie hat Charakter.«

»Es ist wunderbar hier«, stimmte Francesca dem zu. »Nur die Ortschaften sind nicht so mein Ding, dieses viele putzige Fachwerk, das wirkt ... ich weiß nicht recht ... so kleinkariert.« Das, dachte Francesca, könnte doch ein Anknüpfungspunkt sein, um sich über Hannahs Heimatort Zwingenrode zu unterhalten.

Prompt sagte Hannah: »Geht mir auch so. Ich meide diese spießigen Dörfer, wenn ich mal hier wegkomme, fahre ich immer gleich nach Göttingen. Aber hier oben ist es ganz anders.« Sie goss das heiße Wasser auf und schwenkte den Teefilter im Krug herum. »Das Bild, das neben dem Bett hängt – wart ihr da oben schon?«

Francesca durchquerte den Raum und sah sich das Gemälde noch einmal an, wobei sie sich fragte, ob das Wort »ihr« wohl die Überleitung zur *causa Simon* war. Das Aquarell zeigte eine Waldlichtung, auf der eine Handvoll Schafe grasten, rechts erhoben sich ein paar Felstürme, im Hintergrund reihten sich die Silhouetten der sanft geschwungenen Bergketten. An sich nichts Besonderes, und doch übte das Motiv bei genauerer Betrachtung einen Sog aus, man wollte sich am liebsten in die Weite dieser Landschaft tragen lassen, die so harmonisch daherkam und über der – schwierig zu sagen, woran es lag – gleichzeitig auch ein Hauch von Bedrohlichkeit und Gefahr lag.

»Nein, ich glaube nicht«, sagte Francesca. »Das Bild ist sehr gut, du hast wirklich Talent«, fügte sie mit aufrichtiger Bewunderung hinzu. Ihre Abneigung gegen Hannah war gerade ein wenig gebröckelt.

»Ist schön da oben, einer meiner Lieblingsplätze. Manchmal bringen wir die Schafe dorthin, zum Weiden. Aber setz dich doch!« Hannah deutete auf einen Sessel und stellte einen mit Tee gefüllten Becher vor sie hin, der nach Töpferwerkstatt aussah. »Wenn dir kühl ist ...« Sie wies auf eine farbenfrohe Häkeldecke, die zusammengefaltet über der Armlehne lag.

»Nein, geht schon«, sagte Francesca, die sich allmählich fragte, was das hier werden sollte. Hannahs Fürsorge und dieses Lächeln, als befände sie sich kurz vor der Heiligsprechung, dazu Tee und Kuscheldecke, das sah verdächtig nach einer Kulisse für ein Von-Frau-zu-Frau-Gespräch aus. Weil ihr nun doch ein wenig kalt war, schlüpfte sie in ihre Trainingsjacke, die sie hauptsächlich mitgenommen hatte, um darin ihr Handy unterzubringen. Sie hatte es während der Stunde ausgeschaltet, um niemanden zu belästigen oder gar Hannah zu provozieren, und wagte auch jetzt nicht, es herauszunehmen und einzuschalten.

Hannah ließ sich ihr gegenüber im Schneidersitz auf dem Sofa nieder und trank von ihrem Tee, ebenso Francesca. Der Tee war süß und schmeckte nach Zimt und Kakao. Sie legte die Hände um die Tasse, die Wärme tat gut.

»Ich weiß, wer du bist«, sagte Hannah.

Francesca zuckte zusammen. »Was meinst du?«

»Du bist Polizistin und arbeitest für Jessen.«

Leugnen war zwecklos. »Du hast in meinem Zimmer herumgeschnüffelt. Was hat mich verraten?«

Hannah lächelte noch immer, wobei sie den Kopf schüttelte. »Du irrst dich, ich war nicht in deinem Zimmer. Das war gar nicht notwendig. Es war ein bisschen leichtsinnig, sich mit dem richtigen Namen hier anzumelden.«

»Hannah, es ist nicht, wie Sie denken...«

»Bleiben wir doch beim Du«, schlug Hannah vor und hob ihre Tasse, als wollte sie ihr damit zuprosten. »Und Saira ist mir lieber.«

Francesca nahm einen Verlegenheitsschluck, ehe sie erklärte: »Es ist wirklich nicht, wie du denkst. Lieber Himmel, wie sich das nun wieder anhört! Ich musste ein paar Tage freinehmen, sonst wären meine Überstunden verfallen, und als ich den Prospekt sah, den du Jessen dagelassen hast, da dachte ich...«

»Da dachtest du, du könntest das Angenehme mit dem Nützlichen verbinden«, vollendete Hannah den Satz.

»Ja«, gab Francesca zu. »Es war aber meine ganz private Entscheidung. Jessen weiß nichts davon, es ist keine verdeckte Ermittlung oder so etwas in der Art.«

»Hast du denn schon das Versteck gefunden, wo ich Steffen Plate jahrelang gefangen gehalten habe?«, spöttelte Hannah.

»Nein. Ich habe auch nicht danach gesucht.«

»Wirklich? Warum bist du dann hier? Und komm mir jetzt nicht mit Yoga und der schönen Aussicht.«

»Es kam mir seltsam vor, dass du und deine Mutter... dass ihr keinen Kontakt mehr habt. Sie hat auch kein Bild von dir in der Wohnung. Da dachte ich, vielleicht macht deine Mutter dich mitverantwortlich für das, was mit deiner Schwester passiert ist.«

Für den Bruchteil einer Sekunde wirkte sie irritiert, aber dann fragte Hannah mit einem leicht überheblichen Lächeln: »Ach je. Fängst du auch noch damit an. Sehe ich wirklich so aus, als hätte ich mich mit diesem Plate eingelassen?«

»Nun, du warst siebzehn…«

»…und ich hatte ein Verhältnis mit einem acht Jahre älteren Referendar unserer Schule! Auf grüne Jungs stand ich noch nie. Ich habe es schon Jessen gesagt und sage es dir auch noch einmal: Mit dem Überfall hatte ich nichts zu tun, ich kannte Plate davor nicht und ich habe ihn auch nicht umgebracht.«

Francesca ließ es dabei bewenden. Sie hatte keine Lust, die Diskussion, die Jessen bereits mit Hannah geführt hatte, noch einmal zu führen. Hannah würde ihr bestimmt nicht mehr sagen als ihm. Sie hatte das Gefühl, dass sie hier nur ihre Zeit vergeudete. Immerhin war sie erleichtert, dass sie anscheinend um eine Eifersuchtsszene wegen Simon herumgekommen war. Vielleicht hatte Hannah von Francescas Rendezvous ja wirklich nichts mitbekommen.

Sie war müde und sehnte sich zurück in ihr Zimmer, um dort ein Stündchen zu schlafen und danach zu packen und nach Hause zu fahren. Gerade als sie sich verabschieden wollte, platzte Hannah heraus: »Willst du wissen, was an dem Abend wirklich passiert ist?«

»Ja, natürlich«, antwortete Francesca überrascht. Sie registrierte, wie Hannah sie forschend taxierte, als wollte sie sich ihrer uneingeschränkten Aufmerksamkeit versichern. Dann begann sie zu erzählen: wie wütend Plate nach dem Anruf ihres Vaters wegen des Unfalls gewesen sei und wie er gedroht habe, eine seiner Geiseln zu erschießen.

Francesca, die diesen Teil der Geschichte schon kannte, musste ein Gähnen unterdrücken. Die Yogastunde und vielleicht auch die vorangegangene Nacht hatten sie offenbar angestrengt. Aber sie zwang sich, Hannah zuzuhören, die gerade berichtete, wie Plate ihre Schwester Judith vom Stuhl losgebunden und verkündet hatte, er werde eine von beiden erschießen. Er müsse dies tun, habe er gemeint, um Hannahs Vater zu bestrafen.

»Wofür denn bestrafen?«, fragte Francesca dazwischen.

»Weil er ihn belogen und enttäuscht hätte«, antwortete Hannah. »Das hat er mehrere Male gesagt, das mit dem Bestrafen, es war wie eine fixe Idee. Dabei hat er immer wieder einer von uns die Pistole an den Kopf gehalten, und so langsam habe ich eine Heidenangst gekriegt. Der war so nervös und total neben der Spur, ich dachte, gleich geht das Ding aus Versehen los. Meine Mutter hat ihn angefleht und versucht, an seine Vernunft zu appellieren, aber der hat ihr gar nicht zugehört.« Sie stockte, nahm einen Schluck Tee, ebenso Francesca.

Soweit nichts Neues, dachte Francesca, aber an der Art, wie Hannah sie jetzt ansah, merkte sie, dass es gleich ans Eingemachte gehen würde. »Irgendwann muss der Typ wohl so eine Art Machtrausch bekommen haben oder seine sadistische Ader kam zum Durchbruch. Er sagte zu meiner Mutter, sie solle bestimmen, welche von uns beiden er erschießen solle: Judith oder mich. Dabei grinste er so fies...«

Francesca traute ihren Ohren nicht. Was Hannah da berichtete, klang schockierend und unglaublich, und warf ein völlig neues Licht auf Steffen Plate, den Jungen mit der schweren Kindheit. Hatte er eines der sadistischen Spielchen wiederholt, die sein Stiefvater mit ihm getrieben hatte? Nur hatte dieses Mal er selbst die Waffe in der Hand gehabt...

»Natürlich hat sich meine Mutter geweigert«, fuhr Hannah fort, und ihr Tonfall changierte zwischen Bitterkeit und Spott. »Aber er packte uns abwechselnd bei den Haaren und drückte uns den Pistolenlauf an die Schläfe. ›Einen Namen, ich will einen Namen hören, welche soll ich erschießen, welche darf am Leben bleiben?‹, schrie er. Und wenn meine Mutter sich weiterhin weigern würde, dann würde er uns beide erschießen, das läge nun ganz bei ihr.«

»Das ist ja ... pervers.«

»Allerdings«, bestätigte Hannah trocken. »Und ehrlich gesagt: Allein dafür gönne ich ihm, was jetzt passiert ist. In meinen Augen hat er das verdient!«

Draußen hörte man Donnergrollen. Das Zimmer hatte sich verdunkelt, Hannahs Gesicht war nur noch ein diffuser heller Fleck.

»Und dann?«, fragte Francesca. »Wie ging es weiter?«

»Dann hat meine Mutter einen Namen genannt.«

Francesca schluckte und hauchte: »Judith?«

Hannah beugte sich nach vorn, sah Francesca an, und der Ausdruck ihrer tiefblauen Augen ließ Francesca erneut frösteln. Dazu lächelte Hannah, ein böses Lächeln, das vor Francescas Augen zu einer Fratze verschwamm. »Nein. Sie sagte ›Hannah‹.«

Wenn das stimmte, dann war klar, warum Hannah den Kontakt zu ihrer Mutter abgebrochen hatte. Dann hatte Heike Lamprecht obendrein ein sehr, sehr starkes Motiv, Plate auf so grausige Weise zu beseitigen. Gerade als Francesca fragen wollte, weshalb denn dann Judith erschossen worden war, sprach Hannah weiter: »Der Typ hatte allerdings nicht mitgekriegt, dass ich inzwischen meine Hände frei bekommen hatte. Der andere hatte das Klebeband nicht fest genug herumgewickelt. Ich tat aber die ganze Zeit über so, als wären sie noch gefesselt, weil ich auf eine Gelegenheit wartete, um dem Kerl irgendwas über den Schädel zu ziehen. Als dann aber meine liebe Mutter mein Todesurteil ausgesprochen hatte, da war mir alles egal, da bin ich ausgerastet und auf den Kerl losgegangen. Schließlich hatte ich ja nichts zu verlieren. Ich habe ihm in die Eier getreten und ihm den Ellbogen ins Gesicht gerammt.« Sie lächelte und meinte: »Selbstverteidigungskurs. Immer nützlich, so etwas. Er war vollkommen überrascht, klappte zusammen, röchelte und die Pistole fiel ihm aus der Hand. Gleichzeitig hat Judith angefangen zu kreischen, und anstatt mir zu helfen, ist sie nach oben gerannt. Typisch. Sie hat sich immer verdrückt, wenn's brenzlig wurde. Bevor Plate wieder Luft kriegen konnte, habe ich die Pistole aufgehoben. Ich hatte vorher noch nie so ein Ding in der Hand gehabt. Es fühlte sich irgendwie gut an. Aber ich war nicht schnell genug, leider ist er in den Flur entwischt. Ich bin ihm hinterher, doch da war er schon wie ein Blitz zur Tür raus und rannte die Straße runter. Es war zu dunkel, um ihn noch zu treffen.« Hannah zuckte bedauernd mit den Schultern. »Im Wohnzimmer schrie und heulte meine Mutter derweil die ganze Zeit hysterisch herum, es täte ihr leid, sie hätte das nicht so gemeint. Aber was, bitte schön, war da falsch zu verstehen gewesen? Sie hatte deutlich ›Hannah‹ gesagt, da gab es keine Verwechslung.« Hannah blickte Francesca herausfordernd an. Deren Kopf dröhnte und das Gefühl, sich gleich übergeben zu müssen, wurde von Sekunde zu Sekunde stärker. Sie wusste, was nun folgen würde – es gab ja gar keine andere Möglichkeit. Vielleicht hatte Hannah sich bis dahin, wann immer sie sich zurückgesetzt fühlte, eingeredet, dass ihre Mutter Judith nur wegen ihres Talents bevorzugt behandelte. Dass sie Hannah als Person, als ihr Kind, genauso gernhatte wie Judith. Aber Plate hatte Heike Lamprecht gezwungen, Farbe zu bekennen, und das musste unweigerlich zur Katastrophe führen.

Hannahs Stimme war ruhig und emotionslos, als sie weiterredete: »Danach bin ich die Treppe raufgegangen und habe meine Schwester erschossen. Mamas und Papas Lieblingskind. Drei oder vier Schüsse, ich weiß es nicht mehr. Jedenfalls hat sie sich nicht mehr gerührt.«

Francesca schwieg und starrte ins Leere, während sie Hannah sagen hörte: »Ich habe sie gehasst, seit ich denken konnte. Bei jeder Gelegenheit ist sie mir in den Rücken gefallen, hat mich angeschwärzt und verpetzt, nur damit sie selbst noch besser dastand. Immer drehte sich alles nur um sie und um ihre scheiß Musik, immer war sie die Liebe, die Brave, die *Gottgefällige* und ich die Aufmüpfige, die Querulantin, die, die alles falsch machte, die den Jungs hinterherschielte und ihnen ach so viel Kummer bereitete. Jetzt hatten sie endlich einmal einen Grund, mich zu hassen.«

Warum erzählte Hannah ihr das alles, ausgerechnet ihr? Sicher nicht, um ihr Gewissen zu erleichtern. Ein Geheimnis zu hüten war für jeden Menschen eine Herausforderung, und wie schwer musste es sein, ein solch dunkles Geheimnis ein Leben lang zu bewahren. Francesca versuchte, sich vorzustellen, wie die Last mit jedem Jahr, das verging, immer erdrückender wurde, wie einen das geheime Wissen immer einsamer machte. Deshalb passierte es so häufig, dass Täter, deren Verbrechen für alle Zeiten unentdeckt geblieben wären, aus Eitelkeit Geständnisse ablegten, Tagebücher führten, Fotos, Videos oder gar makabre »Souvenirs« ihrer Taten aufbewahrten, die ihnen eines Tages zum Verhängnis wurden. Ein Ausspruch von Jessen kam ihr in den Sinn: *Das Geständnis sitzt im Hirn des Täters, man muss es nur herauslocken*. Dazu kam die Eitelkeit, von der kein Mensch ganz frei war, und schon gar nicht Hannah Lamprecht. Sie wollte, dass jemand es wusste. Nicht nur ihre Mutter, sondern jemand von außen, jemand, der die Tragweite des Geschehenen beurteilen konnte, jemand wie sie. Oder jemand wie Jessen. Ja, im Grunde, dachte Francesca, war diese Botschaft wohl an Jessen gerichtet, und sie war nur die Botin.

»Und dann bist du aus dem Fenster gesprungen, damit es aussah, als wärst du geflohen«, sagte Francesca.

»Ja«, bestätigte Hannah.

Wie kaltblütig, wie berechnend. »Und die Waffe?«, presste Francesca hervor. Sie merkte, wie ihr schwindelig wurde, so als wäre sie zu schnell aufgestanden, dabei saß sie doch noch immer in diesem Sessel und hatte Mühe, den Kopf aufrecht zu halten. Verdammt, was war bloß mit ihr los, vertrug sie keinen Sex mehr? In der nächsten Sekunde wusste sie, was los war: der Tee! Ich dämliche Kuh! Sie wollte aufstehen, aber ihre Beine gehorchten ihrem Willen nicht. Gleichzeitig war ihr, als würde irgendeine geheime Kraft auch noch das letzte Quäntchen Energie aus ihrem Körper saugen. Sie hörte Hannahs Stimme, nah an ihrem Ohr: »Da man ja regelmäßig unsere Zimmer inspizierte, wie bei Häftlingen, hatte ich ein geheimes Versteck im Gartenschuppen. Später habe ich sie in die Leine geworfen. So, Kommissarin Dante, jetzt weißt du, wie das damals war.«

»Wusste denn … deine Mutter … dass du Judith …?«

»Ja, klar! Sie hat ja Plate rausrennen sehen. Zuerst wollte sie es meinem Vater verheimlichen. Aber der hat das irgendwie schon geahnt und am Ende hat sie es ihm doch gesagt. Denk nicht, dass ich das bereue. Sie haben es verdient, alle miteinander. Meine Eltern, die mich immer nur gemaßregelt, gedemütigt und tyrannisiert haben, und Judith sowieso, diese eingebildete Ziege.«

»Aber wieso ... wieso hat Plate ...?«, presste Francesca, die kaum noch die Augen aufhalten konnte, hervor.

»Wieso er den Idioten gespielt hat, der sich an nichts erinnert? Weil mein Vater ihm dafür Geld versprochen hat, wenn er aus der Klapse kommt. Aber keine Sorge, das taten sie nicht, um mich vor einer Gefängnisstrafe zu bewahren, sondern wegen der Schande. Weil sie um ihren guten Ruf in der Gemeinde fürchteten. Was hätten denn die frommen Mitglieder vom Kirchenchor und vom Kirchenvorstand dazu gesagt, wenn sie erfahren hätten, dass die vorbildlichen Lamprechts eine Mörderin großgezogen hatten? Außerdem hätte ich dann ja auch vor Gericht aussagen müssen, dass mich meine eigene Mutter ans Messer liefern wollte, um ihr Schäflein Judith zu retten. Nein, sie haben in aller Stille das mit dem Internat klargemacht, und sobald die Polizei meine Aussage hatte, haben sie mir eine Zugfahrkarte gekauft und mir ein Taxi gerufen, das mich zum Bahnhof gebracht hat. Keiner hat mehr ein Wort mit mir gesprochen. Francesca? He, du Miststück, bist du noch wach?«

»Als Sie sagten, Oberkommissarin Dante wäre auf einer Beerdigung in Italien, da dachte ich mir gleich, dass das nicht stimmt«, erklärte Graham. »Ich meine, sie war doch so geil auf ihren ersten richtigen Mordfall, die hat sich da voll reingehängt, da geht man doch nicht zur Beerdigung von irgendeiner Großtante, und das gleich für mehrere Tage. Ich glaubte zuerst, Sie hätten sie in den Harz geschickt, um als Undercover an Hannah Lamprecht dranzubleiben. Sie hat nämlich den Prospekt von dort studiert, das habe ich zufällig mitbekommen. Allerdings fand ich es ein wenig seltsam, dass wir anderen nichts davon wissen sollten, und weil ich gerne weiß, was um mich herum so abgeht, habe ich ihr diesen Link aufs Handy geschickt ... Es ist ein GPS-Ortungsprogramm, was sonst gern von eifersüchtigen Ehepartnern verwendet wird. Deswegen weiß ich, dass sie dort ist.«

Jessen, der am Steuer saß und mit hundertdreißig über die Landstraße schoss, biss die Zähne zusammen und schüttelte den Kopf. »*Undercover.* Was für ein Unfug!«

»Na ja ... hätte doch sein können«, meinte Graham.

Grahams Idee war gar nicht so abwegig. Jessen selbst hatte sogar mit dem Gedanken gespielt. Aber dann war ihm Francesca mit ihrer Beerdigungsgeschichte zuvorgekommen. Außerdem glaubte er sich zu erinnern, dass sie ihren ersten und einzigen Einsatz als verdeckte Ermittlerin, der noch in ihrem vorherigen Dezernat stattgefunden hatte, nicht in sonderlich guter Erinnerung hatte. Und wenn er ehrlich war, so musste er zugeben, dass Francesca auch nicht der ideale Typ für so eine Aktion war. Dafür war sie zu aufrichtig, zu geradeheraus, zu sehr sie selbst. Lügen war, wie man dieser Tage hatte sehen können, wirklich nicht ihre Stärke, und als verdeckter Ermittler tat man Tag und Nacht nichts anderes.

»Sollten Sie jemals auf die Idee kommen, mir so etwas aufs Handy zu schicken, werde ich Sie nach allen Regeln der Kunst vierteilen, haben wir uns verstanden, Oberkommissar Graham?«

»Ja, Herr Hauptkommissar.«

Damit war der Fall für Jessen erledigt. Über das eigenartige, selbstherrliche Benehmen von Francesca Dante würde er nachdenken, wenn er Zeit dazu hatte. Jetzt gab es Wichtigeres: »Rufen Sie Zielinski an. Wir brauchen das SEK vor Ort. Und eine Hundestaffel soll sich bereithalten und der Hubschrauber. Das volle Programm eben. Mit der Frau ist ja offenbar nicht zu spaßen. Und dann versuchen Sie es noch einmal bei Oberkommissarin Dante.«

»Ich schreib ihr schon mal eine SMS«, meinte Graham und begann bereits zu tippen.

»Schicken Sie ihr auch ein Bild von Jette Hiller. Sie weiß vermutlich gar nicht, wie die Frau aussieht. Schreiben Sie ihr, sie soll nichts, ich betone, nein ich befehle, NICHTS unternehmen, ehe wir da sind. Schreiben Sie das genauso.«

»Mach ich.«

»Herrgott, wieso geht dieses Frauenzimmer nichts ans Handy!«, regte sich Jessen auf.

»Vielleicht hat sie gerade eine Yogastunde«, meinte Graham. »Oder sie ist Kräuter sammeln.«

»Hoffen wir es«, sagte Jessen. »Hoffen wir es.«

Er hatte das Blaulicht aufs Dach gesetzt, die Sirene angeschaltet und fuhr wie ein Berserker. Er konnte sich nicht erinnern, jemals eine längere Strecke so gerast zu sein. Ein paar Mal bat ihn Graham fast flehend, etwas langsamer zu fahren, und Jessen zwang sich mit zusammengebissenen Zähnen dazu. Graham hatte ja recht. Es nützte niemandem, wenn sie im Graben landeten oder jemanden über den Haufen fuhren.

Appel, der hinten saß, sagte gar nichts mehr. Kurz nachdem sie losgefahren waren, hatte er Jessen gefragt, ob er ein Stück von der Stracke haben könne. Er habe heute noch gar nicht gefrühstückt und bekomme langsam einen schrecklichen Hunger. Er und Graham könnten sich die Wurst seinetwegen gern teilen, hatte Jessen großzügig geantwortet, aber Graham hatte dankend abgelehnt. Er sei Veganer. Inzwischen musste man allerdings befürchten, dass Appel die Stracke jeden Moment wieder von sich geben würde. Er war käsebleich, seit Jessen den Audi über die kurvigen Sträßchen des Ostharzes jagte. »Ich werde nicht anhalten, wenn Ihnen übel wird, benutzen Sie die Wursttüte«, hatte Jessen zu ihm gesagt.

Während der Fahrt telefonierte Graham auf Jessens Anweisungen hin wiederholt mit dem Einsatzleiter des SEK und mit Zielinski. Dazwischen klingelte Jessens Handy und er bat Graham, ranzugehen. Es war Anke Mellenkamp. Der Richter habe der Exhumierung von Peter Lamprecht zugestimmt, und die Kollegen vom LKA fragten, wo Jessen und seine Mitarbeiter denn blieben, sie hätten eigentlich seit einer Viertelstunde ein gemeinsames Meeting.

»Das Meeting fällt aus, wir haben einen Einsatz wegen eines dringenden Tatverdachts«, brüllte Jessen in sein Handy, das Graham ihm ans Ohr hielt. »Auflegen«, befahl er dann.

»Es gibt da so etwas, das nennt sich Freisprechanlage«, meinte Graham.

Jessen erwiderte, dass er Autofahrten normalerweise zum Nachzudenken nutzte, nicht zum Reden.

Als das Navigationsgerät nur noch zwei Kilometer Strecke anzeigte, holte Jessen das Blaulicht wieder ein und drosselte die Sirene, ehe er den Audi über eine steile, nicht geteerte Straße steuerte, dass es nur so staubte. Das Wetter hatte sich verschlechtert, der Himmel drückte schwarzgrau auf die Gipfel des Harzes, es sah nach Gewitter aus. Inzwischen war klar, dass das SEK frühestens in einer Stunde hier sein würde.

»Was machen wir? Warten wir auf die?«, fragte Graham.

Jessen überlegte. Zu warten würde ihn wahnsinnig machen. Andererseits ging es jetzt nicht um sein Befinden, sondern darum, eine vernünftige Entscheidung zu treffen. Aber er war nicht hierhergerast wie ein Irrer, um dann auf diese Typen zu warten. Verdammt, würde Francesca doch endlich an ihr Telefon gehen, dann wüsste man die Situation einzuschätzen.

»Graham, was sagt Ihre Spyware, wo ist Oberkommissarin Dante beziehungsweise ihr Handy?«

Graham klappte sein MacBook auf. »Ich kann es leider nicht genau sagen«, bedauerte er. »Hier ist die Dichte der Sendemasten zu gering für eine präzise Ortung.«

»Natürlich«, maulte Jessen. »Wenn man die Technik *ein Mal* braucht.«

Sie waren am Ziel und bogen auf den Parkplatz des Selkehofs ein. Ein älterer schmutziger Jeep stand zwischen bonbonfarbenen Kleinwagen und sauberen SUVs in Wohnzimmergröße.

»Ihr Mietwagen ist jedenfalls noch da.« Jessen deutete auf den Opel Corsa mit dem Aufdruck *stadt-teil-auto*. Francesca Dante besaß keinen eigenen Wagen. Wozu gebe es schließlich die Verwandtschaft und die Teilautos?

»Da ist der Fiat von Jette Hiller«, sagte Graham, während er seinen Blick über das Gelände schweifen ließ. »Ist ja putzig hier«, meinte er dann, triefend vor Ironie.

»Und jetzt?«, krächzte Appel von der Rückbank. Es war das erste Lebenszeichen, das man sein längerer Zeit wieder von ihm hörte. Jessen sah im Rückspiegel, dass Appels rosige Gesichtsfarbe langsam wieder zurückkehrte, und musste daran denken, wie Francesca Dante einmal bemerkt hatte, Appel erinnere sie immer an einen gekochten Schinken.

»Wir sollten unauffällig die Lage sondieren«, meinte er und stellte den Motor ab.

Graham warf Jessen einen skeptischen Seitenblick zu. »Entschuldigen Sie, Herr Hauptkommissar, aber Sie sehen weder aus wie ein Wandersmann, noch nimmt man Ihnen den Sinnsuchenden ab.«

»Dann leihen Sie mir doch einen Hoodie!«

Prompt bat Graham Appel, ihm mal seinen Rucksack nach vorn zu reichen. Daraus zog er ein dunkelblaues Kapuzensweatshirt hervor, das er auseinanderfaltete und an den Schulternähten in die Höhe hielt. »Dürfte Ihnen passen.«

Fassungslos betrachtete Jessen den Aufdruck des Shirts und stöhnte: »Was habe ich nur falsch gemacht in meinem Leben?«

»Haben Sie was gegen *SpongeBob*?«, erwiderte Graham und meinte dann ernst: »Vielleicht sollte erst mal nur einer von uns da reingehen. Es muss ja so etwas wie eine Rezeption geben.« Er deutete auf das restaurierte Fachwerkgebäude, vor dem gerade eine Gruppe Nordic Walker ankam und aus den Schlaufen ihrer Stöcke schlüpfte. Sie sandten kritische Blicke nach oben, in Richtung der schwarzen Wolken, die auf die Berggipfel drückten. Jessen musterte die Leute, aber es war keine der Gesuchten dabei.

»Das Wetter wird mies, wenn wir Glück haben, ist Jette Hiller im Haus, oder sie macht gerade irgendeinen Kurs«, setzte Graham hinzu.

»Gehen Sie«, bestimmte Jessen. »Sie passen von uns dreien am ehesten hierher.«

Etwas lag auf Francescas Gesicht, es fühlte sich kalt an, und als sie danach greifen wollte, ging es nicht. Sie konnte ihre Arme nicht bewegen, was daran lag, dass sie verschnürt war wie ein Paket: die Oberarme an den Körper gepresst, die Handgelenke hinter ihrem Rücken gefesselt, die Beine an den Fußknöcheln zusammengebunden. Sie lag auf einem harten Untergrund, Motorengeräusch drang an ihre Ohren, und es schaukelte und rumpelte, so dass sie sich den Kopf anstieß, sobald sie die Nackenmuskeln entspannte. Sie ahnte, wo sie sich befand: auf der Ladefläche des Pick-ups, den sie schon einige Male auf dem Gelände des Selkehofs hatte herumfahren sehen. Was ihr die Sicht nahm, war eine schwarze Plastikplane, die man lose über sie gebreitet hatte. Francesca begann, um Hilfe zu rufen, so laut sie konnte. Irgendjemand musste sie doch hören, ein Wanderer, ein Jäger, *irgendwer*. Aber bei der gestrigen Wanderung mit Simon war ihnen kein Mensch begegnet. »Endlich mal nicht so ein Gedrängel wie in der Stadt«, hatte sie sich da noch gefreut. Dazu kam der Motor dieses Fahrzeugs, der so laut war, dass er kaum zu übertönen war.

Wäre es möglich, herunterzuspringen? Na ja, vielleicht nicht gerade springen, eingeschnürt, wie sie war, aber sie könnte versuchen, sich von der Ladefläche fallen zu lassen. Und dann? Sich den Hals brechen, weil sie sich nicht mit den Händen abfangen konnte? Diese Überlegungen waren ohnehin überflüssig, denn als sie versuchte, sich aufzurichten, schaffte sie es nur wenige Zentimeter, dann spürte sie Widerstand. Sie war angegurtet. Hannah mochte durchgeknallt sein, aber sie war nicht blöd. Der Pick-up fuhr jetzt bergauf. Die Plane verrutschte und Francesca bekam das Gesicht frei. Das Erste, was sie sah, war ein bleigrauer

Himmel. Das Gewitter! Garantiert war jetzt kein Mensch mehr unterwegs. Sie schrie dennoch um Hilfe, schrie, was ihre Lungen hergaben, brüllte wütend und verzweifelt gegen das Rauschen des Windes und den Motor des Wagens an. Wieder ging es steil bergauf. Sie rutschte nach unten, bis ihre Füße gegen die Ladeklappe stießen und ihr der Gurt, mit dem sie an zwei Haken festgemacht war, in die Rippen schnitt. Der graue Himmel, den sie sehen konnte, wurde flankiert von düsteren Fichten, deren Kronen sich wild hin und her bogen. Mein Totentanz, dachte Francesca in einem Anflug von Pathos. Ihre Angst wuchs. Was hatte Hannah vor? Wozu karrte sie sie gefesselt den Berg hinauf, in den Wald?

Zuletzt hatte sich ihr Handy in der Tasche ihrer Trainingsjacke befunden. Die Jacke hatte sie immer noch an, aber ob das Handy noch darin war? Und selbst wenn, was würde ihr das nützen, wenn sie nicht rankam? Sie versuchte, ihre Handgelenke zu bewegen, doch die Schnüre gaben keinen Zentimeter nach, gruben sich nur schmerzhaft in die Haut. Jetzt wurde die Strecke wieder eben, aber sehr holprig. Die Bäume waren aus ihrem Blickfeld verschwunden, und ein schwerer Regentropfen zerplatzte auf Francescas Gesicht. Ein weiterer folgte.

Der Wagen hielt an, der Motor wurde abgestellt. Francesca schrie erneut gegen den Wind an, bis Hannah in ihrem Blickfeld erschien, die Ladeklappe öffnete, den Gurt löste und Francesca mit einer kräftigen und schwungvollen Bewegung unsanft auf den Boden beförderte, als wiege sie nicht mehr als ein Schaf. Dabei, schätzte Francesca, war sie mindestens so schwer wie Hannah selbst. Im Gras liegend, schaute Francesca sich um und wusste sofort, wo sie waren.

Sie erkannte die Lichtung und die Felsformation wieder, die sie auf dem Aquarell in Hannahs Hütte gesehen hatte. Nur war da der Himmel heller gewesen und jetzt standen keine Schafe auf der Weide. Hier waren nur Hannah und sie selbst. Der Regen fiel jetzt dichter, Windböen fuhren durch das frische, noch weiche Gras.

»Du kannst mit dem Geschrei aufhören, hier ist kein Mensch«, sagte Hannah ruhig. Sie hatte ihr Haar zusammengebunden, und in der Hand hielt sie ein Jagdmesser mit einem Griff aus Hirschhorn.

»Was hast du vor?«

Hannah antwortete nicht, ihr Blick war auf die Felsen gerichtet. Den Regen schien sie gar nicht zu spüren, obwohl sie nur ein T-Shirt trug. Sie schnitt die Fesseln um Francescas Fußgelenke auf und zog sie in die Höhe. Francesca konnte kaum stehen, so sehr zitterten ihr die Beine.

»Geh da rüber, zu den Felsen.«

Hannah war nun so dicht hinter ihr, dass Francesca ihren Atem im Nacken spürte, und im Augenwinkel sah sie die Messerklinge aufblitzen.

Es donnerte und über einen der Gipfel zuckten Blitze.

Francesca rührte sich nicht vom Fleck. »Hannah, sei doch vernünftig. Was du mir vorhin erzählt hast, das hat doch keine Bedeutung. Selbst wenn ich es in die Welt hinausposaunen würde, so kann dir das nichts anhaben. Es gibt keinen Beweis, es steht Aussage gegen Aussage. Du musst keinen weiteren Mord begehen. Verdirb dir doch nicht das schöne Leben, das du hier hast.«

»Das schöne Leben«, wiederholte Hannah höhnisch. »Das hast du mir schon versaut, Francesca Dante. Musstest du mit deinen braunen Kulleraugen unbedingt Simon becircen, ja? Und jetzt geh endlich!« Sie versetzte Francesca einen Stoß. Die hatte Mühe, ihr Gleichgewicht zu bewahren und nicht zu stürzen. »Was, darum geht es?«, rief sie verblüfft. »Um Simon?«

Hannah antwortete nicht, stieß sie nur weiter vor sich her, durch das hohe, nasse Gras. Der Regen fiel nun wie ein dichter Vorhang.

»Das ist doch lächerlich!«, platzte Francesca heraus.

»Für dich ist das vielleicht lächerlich«, fauchte Hannah. »Für mich ist Simon der einzige Mann, an dem mir jemals etwas gelegen hat.«

»Aber ich will ihn doch gar nicht«, schrie Francesca. Ruhiger fuhr sie fort: »Es war falsch von mir und es tut mir leid. Hätte ich gewusst, dass du ... dass ihr ... dann hätte das natürlich ...«

»Um dich geht es nicht! Dass Simon für dich nur ein Zeitvertreib ist, habe ich sofort gemerkt. Aber für ihn scheint es mehr zu sein, denn so kenne ich ihn nicht. Klar legt er hier schon mal die eine oder andere flach, aber das war ... nicht relevant. Aber heute Morgen, als ich ihn zur Rede stellte, hat er mir eröffnet, dass er sich in dich verliebt hätte und dass er dir vorgeschlagen hat, hier zu wohnen.«

Francesca fing an zu begreifen. Hannah Lamprecht war in einem streng religiösen Elternhaus aufgewachsen, in dem moralische Werte einen hohen Stellenwert gehabt hatten. So etwas legte man nicht so leicht ab, auch wenn Hannah sich von ihren Eltern losgesagt und sich sogar einen anderen Namen gegeben hatte. Hannah mochte den Begriff »Treue« vielleicht anders definieren als ihre Eltern, aber im Grunde ihres Herzens war sie ihr wichtig, denn so war sie erzogen worden. Und sie, Francesca, war jetzt ihre Feindin, ihre Rivalin, das Böse, das von außen in ihre kleine heile Welt eingedrungen war und ihren Geliebten auf Abwege gebracht hatte. Nicht als Polizistin war sie ihr gefährlich geworden, sondern als Frau.

»Scheiße, nein!«, keuchte Francesca, die plötzlich sah, wohin Hannah sie brachte. Verborgen hinter einem ausladenden, gelb blühenden Ginsterbusch tat sich zwischen den Felsen ein Spalt auf, offenbar der Eingang zu einer Höhle. Wenn Francesca irgendetwas verabscheute, dann waren es finstere, unterirdische Räume respektive Höhlen. Das Messer in Hannahs Hand ignorierend, wandte sie sich um. »Hannah, das ist doch Irrsinn. Simon meint das mit mir doch nicht ernst. Vielleicht denkt er das, im Moment, aber er kennt mich doch gar nicht, und ich ihn auch nicht. Und ich würde *niemals* hierherziehen, ich bin nicht der Typ für so was, ich mag mein Leben in der Stadt und meinen Beruf und ich möchte auch nicht mit Simon zusammen sein, weder hier noch woanders.«

Doch Hannah war taub für Argumente. Sie sagte nur, Francesca solle endlich den Mund halten, packte sie mit einem schmerzhaften Griff am Arm, und Francesca spürte das kalte Metall der Messerklinge an ihrem Hals. Hannah zerrte sie an dem Busch vorbei bis zu der Felsspalte, hinter der sich ein trichterförmiger, dunkler Schlund auftat.

Francesca geriet in Panik. Sie stemmte sich mit einem Bein gegen den Fels und unternahm einen letzten Versuch, Hannah umzustimmen: »Es ist wie damals, mit Judith, nicht wahr? Du dachtest, deine Eltern mögen sie lieber als dich, vielleicht war es ja auch so, aber was hat es dir gebracht, sie zu töten?«

»Es hat mein Leben verändert«, erwiderte Hannah. »Ich

bin ins Internat gekommen, dort war es viel besser als zu Hause.«

Mist! Francesca fiel ein Satz ein, den sie auf dem Band von Jessens Vernehmung von Hannah gehört hatte: Sie, Hannah, hätte so gern gesehen, was aus ihrer Schwester und deren Talent geworden wäre. Was für ein scheinheiliges Luder! Oder stimmte es? Bedauerte Hannah, die Mörderin ihrer Schwester, dass sie sich in einem Anfall von Wut und Raserei darum gebracht hatte, zu erleben, wie ihre verhasste Schwester an zu hohen Anforderungen scheiterte oder im Mittelmaß unglücklich wurde? Immerhin war Hannah in die Unterhaltung eingestiegen, das war schon mal ein gutes Zeichen. Hoffnung schöpfend, fragte Francesca rhetorisch zurück: »Aber haben dich deine Eltern danach geliebt, so wie du es dir als Kind gewünscht hast? Nein, haben sie nicht! Im Gegenteil. Man kann Liebe nicht erzwingen, verdammt, Hannah, ich weiß, das ist der platteste Kalenderspruch, den es gibt, aber es stimmt doch.«

Der Griff um ihren Arm hatte ein wenig nachgelassen, die Messerklinge lag nicht mehr direkt an ihrem Hals. Hatten ihre Worte Hannah erreicht? Im Beschwatzen von Leuten war sie echt gut, das hatte man ihr schon des Öfteren gesagt. Als sie noch Streife fuhr, hatte sie einmal eine junge Frau mit Selbstmordabsichten überzeugt, doch nicht vom Dach eines Hochhauses zu springen. Das war sogar Jessen zu Ohren gekommen, er hatte es erwähnt, als sie sich um den Job in seinem Dezernat beworben hatte. Jessen. Jessen mit seinen Anzügen, seinem schiefen, sarkastischen Lächeln, seinem Römertick und dem staubtrockenen Humor, der viel zu selten durchblitzte… Verdammt, warum dachte sie jetzt an Jessen? Hatte sie keine anderen Sorgen? Trug nicht auch er eine Mitschuld daran, dass sie in dieser desperaten Lage war? Sie standen jetzt beide im Eingang der Höhle, Francesca noch immer mit gefesselten Handgelenken und eingeschnürtem Oberkörper. Ein Felsvorsprung über ihnen hielt den ärgsten Regen ab. Was könnte sie noch sagen, um Hannah zur Besinnung zu bringen? Sie ist eifersüchtig, analysierte Francesca. Übertriebene Eifersucht ist immer ein Ausdruck mangelnden Selbstwertgefühls. Also musste man da den Hebel ansetzen: Schmeichelei auf Teufel komm raus. »Du hast doch was aus dir gemacht, Saira, du hast dir nicht umsonst einen neuen Namen gegeben. Du bist nicht mehr Hannah, die unterdrückte Siebzehnjährige ohne Selbstachtung, die nur schwarz und weiß denken kann. Du bist in der Welt herumgekommen, und du bist eine der schönsten Frauen, die ich je gehen habe. Die Leute vom Selkehof mögen dich, du wirst von den Gästen geschätzt und Simon liebt dich auch. Du bist ihm sehr wichtig, sonst hätte er doch gar nicht mir dir über mich geredet. Das mit mir ist nur eine kindische Schwärmerei und ein bisschen überschüssiges Testosteron, das legt sich wieder. Aber was glaubst du, wird Simon von dir halten, wenn du einen Mord aus Eifersucht begehst?«

»Los, rein da!«

»Ich geh da nicht rein. Ich hasse Höhlen, lieber werde ich nass, lieber lass ich mich hier draußen erstechen!«, protestierte Francesca.

»Und halt endlich den Mund!« Hannah gab ihr einen Schubs, der sie mit der Schulter gegen die Felswand prallen ließ. Aber reden konnte sie immer noch: »Denk doch nach, Hannah – Saira! Wenn ich am Leben bleibe, wird Simon sehr bald merken, dass er sich in mir getäuscht hat. Aber wenn du mich jetzt tötest, wird Simon mich nie vergessen! Dann werde ich für immer zum Symbol seiner ungestillten Sehnsüchte! Wie ein Denkmal.«

Konnte es sein, dass ihre Worte endlich angekommen waren? Hannah hatte jedenfalls gerade ihren Griff gelockert.

»Komm, bind mich los, lass uns umkehren, und wir vergessen ...«

Die Worte blieben ihr im Hals stecken. Plötzlich tauchte hinter Hannah eine Gestalt auf, Haar und Kleidung völlig durchnässt und das Gesicht vor Wut verzerrt.

»Gudrun!«, rief Francesca. »Gott sei Dank, dich schickt der Himmel.«

Jessen saß im Wagen und beobachtete, was um ihn herum vorging. Ein hochgewachsener Typ mit braunen Locken war gerade dabei, eine kleine Herde Schafe in einen Stall zu treiben. Vor einem der kleineren Häuschen topfte ein Mann mit langem, strähnigem Haar offenbar Pflanzen um. Jessen stutzte. Waren das etwas Hanfpflanzen? Es lebe das Klischee, dachte Jessen und fragte sich, wie es Francesca wohl hier gefallen hatte. Hin und wieder blickte der Langhaarige von seiner Arbeit auf und sah abwechselnd zu ihnen herüber und dann zu dem Mann, der mit der Schafherde beschäftigt war. Jessen hatte den Eindruck, dass er auf den mit den Schafen wartete.

Wo blieb nur Graham so lange? Der machte doch hoffentlich keine heldenhaften Alleingänge?

»Chef, da ist etwas, was ich Ihnen sagen wollte«, meldete sich Appel vom Rücksitz zu Wort.

»Was denn?«

»Also, wegen diesem Häftling, diesem Dustin Koslowsky... ich hab mal gecheckt, wo der jeweils war, als seine Kumpels ermordet worden sind. Bei dem ersten war er ja sowieso in der Nähe, jedenfalls bis er angeblich mit seiner Freundin...«

»Ich habe das Protokoll gelesen«, unterbrach Jessen ungeduldig und nicht wirklich bei der Sache. Er starrte nach wie vor gebannt auf die Tür, hinter der Graham verschwunden war. Wie lange war der jetzt wohl schon da drin? Bestimmt fünf Minuten. Eine gebe ich ihm noch, dann schau ich nach, beschloss Jessen. Notfalls mit *SpongeBob*.

»Dieser Koslowsky war ja beim Bund, bevor er in den Knast kam«, hörte er Appel sagen. »Und wir dachten doch, dass der möglicherweise nur deshalb noch lebt, weil er meistens auf Auslandseinsätzen war.«

»Ja, und?«

»Als Kimming und Heiduck ermordet wurden und Jan Trockel verschwunden ist, war der Koslowsky immer in Deutschland, auf Heimaturlaub.«

Jessen wurde hellhörig. Gleichzeitig fragte er sich, warum Appel ihm das ausgerechnet jetzt sagte, wo Graham gerade ausgestiegen war. »Das ist interessant. Was sagt denn Ihr Kollege Graham dazu?«

Appel zögerte, dann gestand er: »Der weiß gar nichts davon.«

Diese kleine Pause hatte ihn verraten. Wäre die Idee zu dieser Recherche auf Appels Mist gewachsen, hätte er dies sofort herausposaunt. Wenn es also nicht Graham war, der ihn auf diese Spur angesetzt hatte, dann blieb nur Francesca Dante übrig. Was in aller Welt trieb dieses Frauenzimmer für Spielchen? »Danke, Herr Appel, gute Arbeit. Das sollten sofort unsere Freunde vom LKA erfahren, die wälzen ja gerade die Ermittlungsakten der alten...« Sein Telefon klingelte. Es war Graham. »Die Frau, die hier so eine Art Hausdame ist, hat Jette Hiller auf dem Foto wiedererkannt. Sie ist als Gudrun Brandt angemeldet und schon seit über einer Woche hier. Ihr Zimmer ist im Haupthaus, auch das von Francesca. Wo die Damen im Moment sind, weiß sie nicht. Einen Kurs haben sie jedenfalls gerade keinen.«

»Warten Sie«, sagte Jessen. »Wir kommen rein und überprüfen die Zimmer.«

»Das haben wir schon getan. Sie sind nicht da, alle beide nicht!«

»Graham, verdammt!«

»Wieso? Ich habe Tina vorgeschickt. Alles gut.«

»Wo wohnt Hannah Lamprecht?«

»Hannah Lamprecht, die sie hier Saira nennen, wohnt in dem Einzelgebäude, das aussieht wie eine finnische Sauna.«

Jessen murmelte, dass es ihm schnurzegal sei, wie sie Hannah Lamprecht hier nannten, und schaute hinüber zu dem Blockhaus, das als Einziges zu der Beschreibung passte. Dann sagte er zu Graham: »Fragen Sie, ob die Blockhütte auf der Rückseite, zum Hang hin, ebenfalls Fenster hat.«

Sekunden später antwortete Graham: »Ja, hat sie.«

Schlecht, erkannte Jessen. Das Haus stand zentral, es war unmöglich, sich ungesehen zu nähern. Aber er wollte es nicht riskieren, diese Tina dorthin zu schicken.

»Kommen Sie raus«, befahl Jessen Graham und legte auf. Die ersten Regentropfen trommelten auf die Windschutzscheibe.

»Wir kriegen Besuch«, meldete Appel.

Der Typ, der vorhin die Schafe zusammengetrieben hatte, kam auf ihren Wagen zu. Jessen kramte schon mal in der

Innentasche seines Jacketts nach der Dienstmarke. Dann ließ er das Seitenfenster herunter.

»Kann ich Ihnen helfen?«, fragte der Mann halb freundlich, halb misstrauisch.

»Polizei. Setzen Sie sich bitte hinten in den Wagen.« Jessen sah, wie der Mann zum Protest ansetzte, und fuhr ihn an. »Sofort! Wir suchen eine mehrfache Mörderin, und wenn Sie hier noch lange rumzicken, riskieren wir eine Geiselsituation.«

Der Mann kapierte und setzte sich neben Appel. Auch Graham war inzwischen wieder zurückgekommen und ließ sich wortlos auf den Beifahrersitz gleiten.

»Ich bin Hauptkommissar Jessen, Morddezernat Göttingen, das sind meine Kollegen Robert Graham und Daniel Appel. Wie ist Ihr Name?«

»Simon. Simon Holm.« Klare, männliche Züge, athletischer Körperbau, auffallend waren seine wachen grünen Augen. Alles in allem ein attraktiver Typ, hätte er nur nicht so streng nach Schaf gerochen.

»Sind Sie hier so was wie der Chef im Ring?«, fragte Jessen ohne Umschweife.

»So würde ich das nicht nennen ...«

»Also ja«, konstatierte Jessen. »Können Sie irgendwie feststellen, ob Hannah Lamprecht ...«

»Saira«, warf Graham in süffisantem Tonfall dazwischen.

»... ob sie in ihrem Haus ist und ob jemand bei ihr ist?«

»Sie verdächtigen doch nicht Saira?«

»Nein«, sagte Jessen ungeduldig. »Aber sie ist möglicherweise in Gefahr. Graham, das Foto!«

Graham zeigte Simon Holm das Bild von Jette Hiller und fragte: »Wo ist diese Frau jetzt?«

»Keine Ahnung. Aber Saira ist nicht in ihrem Haus. Ich habe sie vorhin mit dem Pick-up wegfahren sehen, und sie ist noch nicht wieder zurück, sonst stünde der Wagen ja da.«

»Wo ist sie hin?«

Simon Holm deutete in nördliche Richtung, den Berg hinauf. »Da rauf. Ich habe mich auch gewundert, wo sie hinwill, noch dazu bei dem Wetter.«

»War sie allein?«

»Ich habe niemanden bei ihr gesehen.«

»Können Sie sie anrufen?«

»Sie hat kein Handy. Wir lehnen ...«

»Wissen Sie, wo Francesca Dante gerade ist?«, unterbrach ihn Jessen.

Der Mann schaute ihn mit gerunzelter Stirn an. »Nein. Was ist mit Francesca?«

Die Art, wie er ihren Namen aussprach, gefiel Jessen gar nicht. Lief da was zwischen Francesca und diesem Schafstypen? »Sie ist eine verdeckte Ermittlerin und möglicherweise ebenfalls in Gefahr«, antwortete er.

»Sie ist bei der Polizei?« Holm wirkte überrascht, beinahe fassungslos. Jessen dachte sich seinen Teil und wollte wissen: »Wohin führt der Weg, den der Pick-up genommen hat?«

»Eigentlich nirgendwohin. In den Wald. Es ist ein Wirtschaftsweg für die Holzfäller. Und oben ist noch eine kleine Schafweide, die wir aber selten benutzen. Ich wüsste nicht, was sie bei dem Wetter da oben zu suchen hätte.«

Jessen wandte sich an Graham. »Der Hubschrauber soll starten, sofort.«

Graham zückte sein Handy, während Simon Holm vor Erstaunen vergaß, den Mund zu schließen.

»Kommen wir da mit unserem Wagen rauf?«, fragte Jessen.

»Nein. Höchstens bis zur Hälfte«, antwortete Holm. »Aber wir könnten meinen Jeep nehmen oder den von Marius.«

»Dann los«, sagte Jessen.

Sie stiegen aus. Der langhaarige Pflanzenfreund, der sie vorhin von seiner Veranda aus beobachtet hatte, kam jetzt mit raschen Schritten durch den Regen auf sie zu. Er musterte Jessen, Graham und Appel und fragte dann Simon Holm: »Polizei?«

»Ja«, sagte der. »Marius, weißt du, wo Gudrun ist?«

»Gudrun?«, wiederholte der langsam. »Wer ist Gudrun?«

Graham hielt Marius sein Telefondisplay mit dem Foto vor die Nase.

»Nein, keine Ahnung.«

»Oder Francesca. Diese hübsche Kleine, die so ein bisschen italienisch aussieht?«, forschte Holm weiter.

»Nein, woher soll ich das wissen? Du bist doch der, der ständig von Damen umringt ist«, grinste Marius. »Aber gut, dass ich dich sehe. Ich wollte dich gerade fragen, ob du vielleicht weißt, wer meinen Wagen genommen hat.«

Simon Holm klang recht barsch, als er antwortete: »Nein. Wieso fragst du, hast du auf einmal ein Problem damit?«

»Ich glaube, du verstehst mich nicht richtig«, antwortete Marius in seiner langsamen, umständlichen Sprechweise.

Jessen wollte gerade intervenieren und fragen, ob sie ihre internen Querelen vielleicht ein andermal austragen könnten, er habe es eilig, als Marius sagte: »Es war keiner von *uns*.«

Simon Holm fixierte ihn mit gerunzelter Stirn. »Das ist allerdings ...«

»Und meine Schrotflinte ist auch weg.«

»Was?«, riefen Jessen und Simon Holm im Chor.

»Meine Flinte ist weg«, wiederholte Marius seelenruhig. »Und mein Wagen auch.«

»Gudrun, bitte hilf mir, mach mich los!«

Die Angesprochene schleuderte ihr einen vernichtenden Blick zu. »Mein Name ist nicht Gudrun. Ich heiße Jette. Jette Hiller. Und die da«, sie deutete mit den Läufen der Schrotflinte auf Hannah, »ist eine von denen, die schuld am Tod meines Sohnes sind.«

Hannah starrte Jette Hiller verständnislos an. »*Wer* bist du? Was willst du von mir?«

Statt Jette reagierte Francesca, der gerade einige Lichter aufgingen. »Du bist die *Mutter* von Marcel?«

Es schien Jette Hiller nicht zu wundern, dass Francesca den Namen ihres Sohnes kannte. Also wusste sie Bescheid. Hatte sie in Francescas Zimmer geschnüffelt und dabei etwas entdeckt, was sie verraten hatte? Oder war Francescas Fragerei, neulich in der Küche, doch zu auffällig gewesen? Vielleicht hatte eine Verbrecherin wie Jette Hiller aber auch ganz einfach einen Blick für Polizisten?

»Meine Mutter wollte es so«, sagte Jette. »Wegen der Schande, und weil ich mit einem ledigen Kind keinen Mann mehr kriegen würde. Als ob ich je einen gewollt oder gebraucht hätte! Was ich von Männern gesehen habe, reicht mir für den Rest meines Lebens, das kannst du mir glauben. Mein Marcel hat mir vollauf genügt, er war ein wunderbarer Junge. Bis dieser verfluchte Plate in seinem Leben auftauchte, und dieses Dreckstück hier. Lass dir eines gesagt sein, Hannah Lamprecht: Dein Vater war schon vor Jahren an der Reihe, und jetzt bist du dran. Oder habt ihr etwa alle gedacht, ihr kommt damit davon?«

Hannahs Blicke waren während Jettes Monolog zwischen dieser und Francesca hin und her gewandert. Jetzt packte sie Francesca an beiden Schultern und hielt sie wie einen Schutzschild vor sich. Wieder spürte Francesca das Messer an ihrem Hals und sie hörte Hannah rufen. »Leg das Gewehr hin, oder ich stech sie ab!«

»Das ist mir doch vollkommen schnuppe«, erwiderte Jette.

»Gud... Jette! Warte!«, rief Francesca. »Du irrst dich. Hannah hat nichts mit Marcels Tod zu tun, gar nichts.«

»Oh doch! Von alleine wäre dieser Idiot doch nie auf die Idee gekommen.«

»Nein, hat sie nicht«, widersprach Francesca, während sie sich fragte, warum sie eigentlich die Frau verteidigte, die ihr gerade ein Messer an die Kehle hielt. Außerdem – wer sagte ihr denn, dass Hannah sie vorhin nicht belogen hatte?«

Denselben Gedanken hatte offenbar auch Jette. »Die lügt doch, wenn sie den Mund aufmacht. Was denkst du, warum sie sich hier verkriecht und sich einen albernen Namen zulegt?«

»Ich verkrieche mich nicht!«, erwiderte Hannah wütend. »Mein voller Name steht im Impressum der Webseite des Selkehofs, jeder, der lesen kann, kann mich finden. Und die kleine Polizistenschlampe sagt ausnahmsweise die Wahrheit. Ich hatte mit dem Überfall nichts zu tun.«

»Jette, komm zur Besinnung. Was hast du denn von deiner Rache?«, fragte Francesca, um einen ruhigen Ton bemüht, der ihr jedoch nicht besonders gut gelang, denn ihre

Stimme zitterte und spiegelte ihre Angst wider. »Bringt dir das etwa Marcel zurück?«

»Nein. Aber es fühlt sich ein kleines bisschen besser an, wenn die, die dafür verantwortlich sind, endlich dafür bezahlen müssen.«

»Also hast du Plate gefangen gehalten und diese Ratten in den Brunnen geworfen«, stellte Francesca fest, deren Polizistenhirn gerade die Oberhand gewann.

Ein grimmiges Lächeln erschien auf ihrem Gesicht. »Über zehn Jahre habe ich auf diesen Mistkerl gewartet.«

»Scheiße«, flüsterte Hannah an Francescas Ohr. »Das ist eine waschechte Psychopathin!« Dann brüllte sie Jette entgegen: »Falls Plate behauptet hat, ich wäre eingeweiht gewesen, dann lügt er!«

Der Druck des Messers an Francescas Hals hatte nachgelassen. Offenbar hatte Hannah endlich erkannt, dass es im Moment nichts brachte, sie zu bedrohen.

Jette stand noch immer draußen im Regen, während Hannah und Francesca im Eingang der Höhle einigermaßen geschützt waren. Jetzt kam sie näher. Das Haar klebte nass an ihrem Kopf, ihr Gesicht glänzte vor Nässe, und Francesca erkannte plötzlich die Ähnlichkeit mit Marcels Foto: die etwas eng stehenden Augen, die hohen Wangenknochen. Verdammt, hätte ihr das nicht ein bisschen früher auffallen können?

»Glaubst du, dein Marcel hätte das hier gewollt?«, fragte Francesca. »Wenn er so anständig war, wie du sagst, sicher nicht. Rache ist nämlich eine ganz, ganz feige Art zu trauern!«

»Spar dir deine Weisheiten, das Gewäsch ist ja nicht zu ertragen! Geh zur Seite!« Jette hob die Schrotflinte an, so dass Francesca direkt in die Läufe blickte. Sie überlegte fieberhaft: Wäre es nicht das Klügste, Jettes Anweisung zu gehorchen, ins Dunkel der Höhle zu fliehen und die beiden Mörderinnen die Sache unter sich austragen zu lassen? Wie, zum Teufel, hatte sie es nur geschafft, ins Kreuzfeuer dieser Furien zu geraten? Aber dann hörte sie sich mit einigermaßen fester Stimme sagen: »Nein. Wenn, dann musst du uns schon beide erschießen.«

»Glaubst du, das wäre für mich …?«

Der Rest von Jettes Antwort wurde übertönt vom Geräusch eines Helikopters, der über den Berggipfel geflogen kam und nun, über der Lichtung, tiefer herabsank. Die Rotoren zerschnitten die Regenschleier, und wären ihre Arme nicht noch immer gefesselt gewesen, hätte Francesca ihm wohl zugewinkt. In ihrem Kopf ging es derweil turbulent zu: Woher kam der Hubschrauber? War der zufällig hier? Saß Jessen da drin? Würde er sie vom Dienst suspendieren? Hatte der Pilot sie überhaupt gesehen? Und wenn ja, war die Lichtung groß genug, um zu landen?

Auch Jette und Hannah sahen nach oben, und Francesca nutzte die Gelegenheit, um Hannah aufzufordern, sie von ihren Fesseln loszuschneiden, sonst könne sie ihr nicht helfen.

Aber Hannah reagierte nicht, oder jedenfalls nicht so wie gewünscht. Stattdessen packte sie Francesca am Arm und zerrte sie hinter sich her, in die Höhle.

»Du bleibst hier!« Jettes vor Wut kreischende Stimme wurde von den Wänden der Höhle zurückgeworfen. Dann schoss sie. Der Knall war so laut, dass Francesca glaubte, ihr würde der Kopf zerspringen. Sie warf sich instinktiv auf den Boden, was mit den gefesselten Händen und Armen keine gute Idee war, das merkte sie, als sie mit dem Kinn hart auf einem Stein aufschlug.

»Bist du getroffen?«, hörte sie Hannah fragen. Ihre Stimme hörte sich an, als wäre sie weit weg.

»Nein«, ächzte Francesca. Sie versuchte, den Schmerz zu ignorieren und sich wieder aufzurappeln, aber auch das misslang. Hannah zog sie mit einer groben Bewegung hoch. »Lauf weiter, verdammt noch mal!«

»Stehen bleiben! Bleibt sofort stehen!« Jettes Stimme wurde verstärkt durch den Widerhall der Höhle.

Francesca fragte sich, ob sie Munition dabeihatte. Wenn nicht, dann hatte sie nur noch einen Schuss. Aber was hieß schon »nur«?

Die ersten paar Meter hatte Francesca noch einigermaßen sehen können, aber jetzt waren sie von völliger Dunkelheit umgeben. Wie hilflos der Mensch sofort wurde, wenn er nichts sah! Francesca hätte gern schützend die Hände ausgestreckt und war fast froh, dass Hannah sie hinter sich herzerrte. Die schien die Höhle gut zu kennen, aber dennoch waren sie nicht schnell genug. Sie hörten Jette näher kommen, oder vielmehr ihre Schreie nach Mord und Vergeltung. »Ihr glaubt doch nicht, dass ihr so davonkommt?«, brüllte sie. »Ihr denkt doch nicht, ihr könnt meinen Sohn ermorden, und einfach so damit davonkommen? Das lasse ich nicht zu! Bleibt hier, verdammt noch mal! Hannah Lamprecht, du mieses Stück Scheiße, bleib sofort stehen!«

Und Hannah blieb stehen.

»Was ist, was machst du denn?«, flüsterte Francesca erschrocken. Als Nächstes spürte sie Hannahs kräftige Hände an ihrem Rücken, als sie ihr einen Stoß versetzte, der sie ins Dunkel taumeln ließ. Francesca schrie auf, als sie den

Boden unter den Füßen verlor. Die Augenblicke, die sie im freien Fall verbrachte und ins schwarze Nichts stürzte, waren definitiv die längsten und schrecklichsten ihres Lebens. Es dauerte etwa zwei Sekunden, dann kam der Aufprall. Eiskaltes Wasser umschloss sie und schlug über ihrem Kopf zusammen. Ihr Herzschlag setzte aus, sie strampelte mit den Beinen, versuchte vergeblich, die Arme freizubekommen, und war nicht einmal sicher, ob sie sich in Richtung Wasseroberfläche kämpfte oder noch tiefer hinabtauchte. Das also war das Ende. Das hatte Hannah mit ihr vorgehabt: sie gefesselt in einen unterirdischen See zu werfen. Sie wartete darauf, dass jener Film anfing, der ihr Leben im Zeitraffer zeigen würde, aber die Vorstellung – sehr lang wäre sie vermutlich ohnehin nicht gewesen – schien auszufallen. Plötzlich war ihr Kopf wieder über Wasser. Sie schnappte nach Luft. Jemand machte sich an ihrem Körper zu schaffen.

»Halt doch mal still!«, hörte sie Hannah zischen, gedämpft durch das Wasser in ihren Ohren. Oder hatte der Schuss ihre Trommelfelle beschädigt?

»Wenn ich stillhalte, gehe ich unter«, keuchte Francesca. Dann merkte sie, dass sie die Arme wieder bewegen konnte.

»Los, mir nach«, befahl Hannah.

»Wie denn, ich ... seh nichts!«, japste Francesca.

»Pscht! Brüll nicht so! Leg eine Hand auf meine Schulter und schwimm.« Schwimmen? Francesca war überzeugt, jeden Moment an der Kälte zu sterben. Sie spürte Stiche in der Brust und ihre Atemwege schienen sich zusammengezogen zu haben, sie bekam kaum Luft. Aber es gelang ihr irgendwie, Hannah durch das eisige Wasser zu folgen. Stumm glitten sie durch die Dunkelheit, aber plötzlich war

Hannahs Schulter weg und ehe Francesca erneut in Panik geraten konnte, spürte sie Grund unter ihren Füßen.

»Hierher!«

Sie kroch und stolperte in die Richtung, aus der Hannahs Stimme kam, bis sie schließlich zusammengekauert auf einem Untergrund hockte, der sich wie Geröll anfühlte. Ihr Haar hing schwer und kalt um ihre Schultern, und sie fror wie noch nie in ihrem Leben. Die Temperatur in der Höhle schien kaum höher zu sein als die des Wassers, dem sie gerade entstiegen waren. Francesca hätte alles gegeben für einen einzigen wärmenden Sonnenstrahl.

»Los, k... komm weiter«, hörte sie Hannah sagen, und Francesca stellte mit Genugtuung fest, dass auch sie vor Kälte schnatterte. »Noch ein p... paar Meter, dann k... kann sie uns nicht mehr treffen. Gib mir die Hand.«

Großartig! Durchnässt und halb erfroren händchenhaltend mit Hannah Lamprecht durch eine stockdunkle Höhle zu stolpern, das hat schon immer ganz oben auf meiner Wunschliste gestanden, dachte Francesca in einem Anfall von Galgenhumor. Woher kam auf einmal diese Fürsorge? Warum hatte sie sie nicht in diesem Loch ertrinken lassen, wie sie es ursprünglich geplant hatte? Die Antwort lag auf der Hand: weil draußen ein Hubschrauber kreiste und Jette eine Zeugin ist. Eins musste man Hannah wirklich lassen: Sie war eine Meisterin im Improvisieren. Schon als Siebzehnjährige hatte sie nach dem Mord an ihrer Schwester die Nerven behalten und sofort alles richtig gemacht: Sie war aus dem Fenster ihres Zimmers gesprungen, um ihre Flucht glaubhaft aussehen zu lassen, sie hatte die Pistole gut versteckt, und sie hatte sogar daran gedacht, dass man in ihrem Zimmer Fetzen von Klebeband fand, obwohl sie sich ja bereits im Wohnzimmer davon befreit hatte. Geistesgegenwärtig hatte sie alles getan, damit auf sie kein Verdacht fiel.

Es gelang Francesca fast nicht, aufzustehen, denn ihr Körper fühlte sich noch immer an, als wäre er eingefroren. Langsam und gebückt bewegten sie sich vorwärts. Auch Hannah schien nun die Orientierung verloren zu haben, sie musste sich den Weg ertasten. Francescas Sneakers machten bei jedem Schritt ein quatschendes Geräusch. Ihre Kleidung klebte wie eine zweite Haut aus Eis an ihrem Körper, trotzdem musste sie ihre Trainingshose festhalten, denn der dicke Baumwollstoff hatte sich so vollgesogen, dass die Hose jeden Moment über die Hüften zu rutschen drohte. »W... warte!« Francesca blieb stehen.

»Was ist?«, fragte Hannah ungeduldig.

»Mein Handy.«

»Hier unten ist kein Empfang.« Hannah sprach jetzt lauter, anscheinend waren sie inzwischen aus der Schussbahn von Jettes Flinte. Wäre es dieser gelungen, ihnen durchs Wasser zu folgen, hätten sie es gehört. Außerdem hätte das Wasser der Waffe sicher nicht gutgetan.

»Ich w... weiß!« Francesca hatte kein Gefühl mehr in den Fingern. Mühsam gelang es ihr, ihr Handy aus der Jackentasche zu fummeln. Hatte ihr Bruder Sergio, von dem sie es geschenkt bekommen hatte, nicht sogar behauptet, es wäre wasserdicht? Sie ging in die Hocke, aus Angst, das Ding fallen zu lassen und nicht wiederzufinden. Sie hauchte gegen ihre Finger, die von der Kälte schon gefühllos geworden waren, und es gelang ihr, das Handy einzuschalten. Dann fand sie die Taste. Und tatsächlich: Als wäre nichts geschehen, leuchtete das Display auf. Ein kaltes graues und doch so tröstliches Viereck aus Licht. »D... dachte, ein b... bisschen Licht kann ja nicht sch... schaden.« Ihre Zähne klapperten wie Kastagnetten. Das Display war zwar nicht so effektiv wie eine Taschenlampe, aber wenigstens durchbrach der elektronische Lichtschimmer diese absolute Schwärze und ermöglichte es ihnen, einen oder zwei Meter weit zu sehen.

»Manchmal sind sie ja doch nützlich«, gab Hannah zu. »Los, komm, bis zum Ausgang ist es nicht weit.«

»Wie weit?«

»Paar Hundert Meter nur. Aber du musst den Kopf einziehen – obwohl ... du vielleicht nicht.«

Ein *paar* Hundert Meter?

Sie überließ Hannah das Handy, damit die den Weg notdürftig ausleuchtete. Nach etlichen Metern über Steine und Felsbrocken, die sie schweigend und nur leise vor sich hin keuchend zurücklegten, wollte Hannah wissen, wer noch mal diese Verrückte von eben gewesen sei.

»Die Mu... Mutter von Plates Komplizen Marcel Hiller«, antwortete Francesca, wobei sie sich größte Mühe gab, das Zähneklappern in den Griff zu bekommen »Offiziell die sechzehn Jahre ältere Sch... Schwester.«

»Das ist wieder mal so was von typisch für dieses bigotte Scheißkaff!«, stieß Hannah hervor.

Francesca sagte nichts. Sie konzentrierte sich auf das Vorwärtskommen. Einen Schritt nach dem anderen. Irgendwann registrierte sie, dass sie zwar noch immer erbärmlich fror, aber aufgehört hatte zu zittern. Sie war nicht sicher, ob das ein gutes oder ein schlechtes Zeichen war. »Darf ich dich mal was fragen?«

»Wenn's sein muss«, entgegnete Hannah.

»Simon hat mir erzählt, dass du dich hier eingekauft hast, auf dem Hof.«

»So, hat er das.«

»War sicher nicht billig, oder?«

Es entstand eine Pause. Der Gang wurde enger, sie mussten über scharfkantiges Geröll steigen und gebückt gehen, sogar Francesca. Meter für Meter kämpften sie sich voran. Als schon mit keiner Antwort mehr zu rechnen war, sagte Hannah, sie habe dreißigtausend Euro bezahlt und außerdem den Bau der Blockhütte selbst finanziert. »Warum fragst du? Willst du dich jetzt doch hier niederlassen?«

Francesca lehnte dankend ab. Aber es interessiere sie, woher Hannah das Geld dafür genommen habe.

»Ich habe den Flügel meiner Schwester verkauft.«

»Aber ... aber war deine Mutter damit denn einverstanden?«

»Nein. Aber ich habe ihn trotzdem durch eine Spedition abtransportieren lassen und dann verkauft. Das verdammte Ding hat mal fast fünfzigtausend gekostet. Mein Vater hat dafür einen Kredit aufgenommen. Alles für die liebe Judith. Und da ich sonst nichts von ihm geerbt habe und sicherlich auch nichts von meiner Mutter erben werde, fand ich es nur gerecht, wenn ich den Flügel nehme. Der stand doch eh nur aus sentimentalen Gründen im Haus rum.«

Francesca hatte es die Sprache verschlagen. Seltsam, dachte sie, immer wenn ich gerade anfange, Hannah ein bisschen netter zu finden, dann kommt die nächste kalte Dusche. Apropos Dusche. Sollte sie jemals lebend hier rauskommen, so würde sie sich für mindestens zwei Stunden in eine heiße Badewanne legen. Mit ganz viel Schaum. Dieser Gedanke hatte etwas Tröstliches und zugleich Verheißungsvolles, sie versuchte, sich an dieser Vorstellung festzuhalten, die imaginäre Badewanne mit dem duftenden Schaumberg war ab sofort ihr Ziel.

»Komm, weiter, nicht trödeln, wer weiß, wie lang der Akku hält«, mahnte Hannah. Francesca stolperte hinter dem schwachen Schein des Telefondisplays her. »Du kennst dich gut aus in dieser Höhle. Warst du schon öfter hier?«

Ein kurzer Lacher. Ja. Simon habe ihr die Höhle gezeigt. Er habe sie früher für seine Seminare benutzt, um Führungskräfte buchstäblich ins kalte Wasser springen zu lassen, natürlich auch im Dunkeln. Dann mussten sie den Weg hinaus suchen. Allerdings mit Taschenlampen. Angeblich habe das den Teamgeist gefördert.

»*Pazzo*«, murmelte Francesca.

»Ja, das ist ziemlich verrückt«, bestätigte Hannah. »Vor allem, weil die auch noch einen Haufen Geld dafür bezahlt haben!« Hannahs Lachen hallte von den Wänden wider, dass es Francesca gruselte.

Mitten hinein in das Gelächter platzte der Schuss. Durch die größere Entfernung war der Knall nicht ganz so ohrenbetäubend wie der erste, aber die Schallwellen rissen nicht nur Hannahs Lachen in Fetzen, sondern lösten auch einen kleinen Steinschlag aus, direkt hinter Francesca, die leise aufschrie und ein paar rasche Schritte vorwärts machte.

Jessen, dachte Francesca. Hat Jessen geschossen? Oder Gudrun, vielmehr, Jette? Hat sie Jessen erschossen, hat Jessen sie erschossen? Sie vermochte nicht zu sagen, ob der Schuss mehr nach Schrotflinte oder nach einem Pistolenschuss geklungen hatte. Aber woher wollte sie überhaupt wissen, dass Jessen da war? Es war blödsinnig, das anzunehmen, es konnte doch auch das SEK sein, das hier auflief. Das war sogar viel wahrscheinlicher.

»Verdammt«, keuchte Hannah und trieb Francesca zur Eile an. »Wir müssen raus, ehe diese Idioten hier noch mehr rumballern und der ganze Berg runterkommt.«

Die Worte hatten so gar nichts Beruhigendes. Hechelnd vor Anstrengung und Angst hastete Francesca über lose Steine und sperrige Felsen hinter Hannah her, folgte wie hypnotisiert dem schwachen, elektronischen Leuchten, den das Telefon in die Dunkelheit sandte, eine Dunkelheit wie schwarzer Samt, so dick und dicht, dass Francesca glaubte, man müsse sie greifen können. *Er ist hier*, dachte sie. Jessen. Sie spürte es. Nein, sie *wusste* es einfach.

Mit röhrendem Motor holperte der Geländewagen einen steilen Waldweg hinauf und dann, als der Wald sich lichtete, sahen sie die beiden Wagen: den Pick-up, den Hannah gefahren hatte, und gleich dahinter den Defender von Marius. Inzwischen regnete es Bindfäden, und der Wind peitschte durch das hohe Gras der Lichtung. Vielleicht waren es auch die Rotoren des Hubschraubers, der über der Lichtung in der Luft stand wie eine riesige Libelle.

»Keine Ahnung, was sie hier wollten, aber bei dem Regen haben sie bestimmt in der Höhle Schutz gesucht«, meinte Holm.

»Welche Höhle?«, fragte Jessen.

Simon Holm hielt an und wies durch die regennasse Scheibe auf eine kleine Gruppe von Felsen. »Dort, hinter dem Ginster. Man sieht den Eingang erst, wenn man kurz davor steht.« Sie hatten die schusssicheren Westen mitgenommen, darauf hatte Jessen trotz der Eile bestanden. Jetzt vergewisserte er sich, dass Graham und Appel sie auch anhatten. Er selbst trug sie unter dem albernen Sweatshirt von Graham, das ihm für diesen Einsatz geeigneter schien als ein Sakko.

»Sie bleiben im Wagen.« Das galt Simon Holm, dessen Schafsgeruch sich im Innern des Jeeps ausgebreitet hatte. Heute früh der Schweinegestank, jetzt das, allmählich hatte Jessen wirklich genug. Er befahl Graham und Appel, mindestens zehn Meter hinter ihm zu bleiben. »Haltet eure Waffen einsatzbereit. Aber dass mir keiner ohne meinen Befehl Gebrauch davon macht, ist das klar?«

»Hier, nehmen Sie die!« Simon Holm reichte Jessen eine Taschenlampe, die er aus dem Handschuhfach genommen hatte. Sie stiegen aus. Der Regen hatte sich zu einem satten Gewitter verdichtet, über den Bergen zuckten Blitze. Jessen machte dem Hubschrauberpiloten ein Zeichen, damit der abdrehte. Er hatte Angst. Weniger um sich als um seine zwei Begleiter und vor allen Dingen um Francesca Dante. Vielleicht, dachte er, lastet so eine Art Fluch auf mir, der alle Menschen umbringt, an denen mir etwas liegt. Er zog seine Waffe. Er hegte eine Abneigung gegen Schusswaffen und versuchte so gut es ging, ohne sie auszukommen. Aber er würde es nicht zulassen, dass diese Irrsinnige jemanden tötete oder verletzte, vorher würde er sie erschießen, notfalls ohne Vorwarnung und gegen die Regeln. Bei Wahnsinnigen, das hatte ihn das Leben gelehrt, zählten keine Regeln. Und Jette Hiller war ganz bestimmt eine davon.

Jetzt konnte er den Felsspalt erkennen, den Eingang zu der Höhle. Wenn Jette Hiller sich dort drin verschanzt hatte und Hannah Lamprecht und Francesca Dante als Geiseln benutzte, hatten sie schlechte Karten. Mit Reden und Verhandeln würde man bei dieser Frau sicherlich nichts ausrichten. Sie war hergekommen, um Hannah zu töten, und nun war sie im Zugzwang. Sie hatten wahrscheinlich nur dann eine Chance, wenn sie sie überrumpelten. Jessen blieb stehen und wandte sich seinen Begleitern zu: »Wir gehen im Bogen bis zum Höhleneingang. Graham geht links herum, Herr Appel, Sie folgen mir.«

Graham nickte und setzte sich in Bewegung, ebenso Jessen. Er konnte beinahe hören, wie sein Herz gegen die Brust schlug, während er durch das hohe Gras stapfte und sich der kleinen Felsformation näherte. Hinter sich hörte er die Saurierschritte von Appel. »Mehr Abstand und leiser!«, zischte er dem Anwärter zu.

Kurz bevor Jessen den Eingang der Höhle erreicht hatte, machte er Graham, der von der anderen Seite herankam, ein Zeichen, stehen zu bleiben. Er gehorchte. Die Pistole hielt er mit beiden Händen schussbereit vor sich.

Jessen pirschte sich an der Felswand entlang. Am Höhleneingang blieb er stehen, holte tief Atem und brüllte so laut er konnte: »Polizei. Jette Hiller, kommen Sie mit erhobenen Händen raus, es ist vorbei!«

Keine Antwort. Man hörte nur das Rauschen des Regens und des Sturms.

Jessen schaltete die Taschenlampe ein. Es war eine große Mag-Lite, kräftig genug um eine Person zu blenden, die sich schon länger in der Dunkelheit aufgehalten hatte. In der linken Hand hielt er die Lampe, seine Rechte umklammerte die Waffe. Zwei Schritte zur Seite, dann stand er ohne Deckung vor dem Höhleneingang. Sofort richtete er den Strahl der Lampe ins Innere der Höhle. Ziemlich weit hinten schimmerte etwas Helles, und im selben Sekundenbruchteil, in dem er begriff, dass das ein Gesicht war, krachte der Schuss.

»Wir müssten es gleich geschafft haben.«
Das, dachte Francesca, würde ich wirklich sehr begrüßen.
Nach dem zweiten Schuss war es still geblieben, und es fielen auch keine Steine mehr herab. Im Geheimen betete Francesca, dass der Akku ihres Handys durchhielt. Wenn nicht, wären sie verloren in dieser absoluten Dunkelheit. Ständig mussten sie über Felsbrocken steigen und durch niedrige Röhren kriechen, es grenzte an ein Wunder, dass sich noch keine von ihnen den Fuß verknackst hatte. Ohne Licht würden sie nicht vorankommen und hier an Unterkühlung und Erschöpfung sterben. Vielleicht, dachte Francesca, hätten sie besser an diesem unterirdischen See auf Hilfe warten sollen. Wer immer in dem Hubschrauber gesessen haben mochte, wäre mit Jette Hiller ja wohl fertiggeworden. Konnte es sein, dass Hannah sich manchmal überschätzte?

Um sich abzulenken, überlegte Francesca, ob sie Hannah wegen Mordversuchs drankriegen könnte. Es stand ihre Aussage, immerhin die einer Oberkommissarin, gegen die von Hannah. Wenn man ihr bald eine Blutprobe abnahm, würde man vielleicht noch das Mittel nachweisen können, das sie ihr in den Tee getan und das sie eingeschläfert hatte, und möglicherweise konnte man die durchgeschnittenen Fesseln in dem unterirdischen See finden und sicherstellen. Es waren Nylonschnüre gewesen, die müssten sogar oben schwimmen. Falls man Jette Hiller verhaften würde, würde die Francescas Angaben bestätigen, und sei es nur, um ihrer vermeintlichen Widersacherin zu schaden – was sie natürlich als Zeugin eher diskreditierte. Die andere Seite der Medaille war jedoch, dass Francesca bei alldem, was geschehen war, seit sie sich auf dem Selkehof befand, nicht gerade *bella figura* gemacht hatte. Sich mit ihrem richtigen Namen einzumieten und von Hannah Lamprecht zur Teestunde einladen zu lassen, nachdem sie eine Nacht mit deren Was-auch-Immer verbracht hatte... Jessen würde sich zu Recht an den Kopf fassen, und Graham und Appel würden sich die Mäuler zerreißen, sollten sie davon Wind bekommen. Vielleicht, sagte sich Francesca, wäre es besser, den Mantel des Schweigens über die Vorkommnisse der letzten Stunden zu breiten. Immerhin hatte Hannah sie ja am Ende doch noch vor dem Ertrinken gerettet, wenn auch nicht unbedingt aus Barmherzigkeit. Aber egal.

Da! War das gerade ein Lichtschimmer gewesen, oder litt sie bereits an Halluzinationen? Während der ganzen Zeit, die sie frierend über Geröll gestolpert war und sich abwechselnd die Ellbogen und den Kopf an Felsvorsprüngen angeschlagen hatte, hatte Francesca sich vorgestellt, wie sie aus dieser eisigen Finsternis hinaustreten würden ins gleißende Sonnenlicht. Nun aber fiel ihr ein, dass es ja vorhin geregnet hatte. Das schien sich nicht gebessert zu haben, denn das Licht, das nun tatsächlich in die Höhle fiel, war schwach grau. Aber es war Tageslicht! Ganz, ganz im Geheimen hatte sie nicht nur auf Sonnenlicht gehofft, sondern sich irgendwie vorgestellt, dass dort draußen Jessen auf sie wartete. Was natürlich blödsinnig war, das sah sie nun ein, denn wäre er wirklich hier, dann wäre er ihnen wohl mit einer Lampe entgegengekommen.

Hannah hatte die letzten Meter zurückgelegt und auch

Francesca stolperte kurz hinter ihr nach draußen. Noch immer goss es in Strömen und jetzt stürmte es auch noch. Das Gewitter schien sich gerade richtig auszutoben.

»Ich hätte wenigstens einen Regenbogen erwartet«, maulte Francesca und bemerkte, wie Hannah kaum wahrnehmbar lächelte. Sie standen an einem steilen Hang, der mit hohem Gras und dornigem Gestrüpp bewachsen war. Ein schmaler Trampelpfad war erkennbar, der nach unten führte, auf einen Wald zu.

»Aber dafür scheint es, als würden wir abgeholt«, sagte Hannah.

Es stimmte. Durch das Regenrauschen drang ein Motorengeräusch. Ein Geländewagen quälte sich gerade den Hang hinauf.

»Das ist der Defender von Marius«, meinte Hannah. »Komisch.«

Es war nicht zu erkennen, wer am Steuer saß. Und wenn es Jette ist? schoss es Francesca durch den Kopf.

»Kennt Gudrun ... ich meine Jette ... diesen Höhlenausgang?«, fragte sie Hannah.

Die blickte sie erschrocken an.

»Lass uns ein paar Meter zurückgehen«, sagte Francesca, obwohl allein der Gedanke an die kalte Höhle sie vor Kälte erschauern ließ.

Erneut verschluckte sie die Dunkelheit. Nach etwa zwanzig Metern blieben sie stehen, und Hannah knipste das Handy aus. Francesca jammerte: »Oh verdammt, dieser Albtraum nimmt kein Ende!«

»Still jetzt«, mahnte Hannah. Aus irgendeinem Grund griff sie nach ihrer Hand und hielt sie so fest, dass es schmerzte.

Das Motorengeräusch war nicht mehr zu hören, dafür knallten jetzt Türen. Zwei Mal. Dann hörten sie Stimmen.

»Das ist Simon«, sagte Hannah. »Und noch jemand.«

Ein Lichtstrahl irrte durch das Dunkel, erfasste sie und verharrte auf ihren Gesichtern.

»Da sind sie! Ich hab sie gefunden«, hörte Francesca eine nur allzu bekannte Stimme rufen. Jetzt bloß keine Schwäche zeigen! Mit letzter Kraft um eine einigermaßen feste Stimme ringend, erwiderte sie: »Hör auf mich zu blenden, leuchte lieber auf den Boden!« Aber dann überwog doch die Erleichterung und Francesca ließ sich zu der Bemerkung hinreißen: »Appel, ich hätte nie gedacht, dass ich das mal sagen würde. Aber ich bin echt froh, dich zu sehen.«

Vor der Höhle angekommen, stieg Hannah ohne ein weiteres Wort den Hang hinab, bis zu der Stelle, an der der Jeep stand. Simon war Appel gefolgt und stützte Francesca bei ihrem Gang bis zum Auto. Das war auch notwendig, denn Francescas Beine zitterten plötzlich vollkommen unkontrolliert, mehr noch als vorhin in der Höhle, und sie hatte Mühe, das kurze steile Stück bis zum Wagen zu bewältigen. Wäre nicht ausgerechnet Appel hier, vor dem es um jeden Preis galt, die Contenance zu bewahren, wäre sie vermutlich in Tränen der Erleichterung ausgebrochen. Simon dagegen meinte, das Zittern sei ein gutes Zeichen, erst wenn das aufhöre, würde es kritisch.

Dann, endlich, saß sie neben Hannah auf der Rückbank, und Simon holte zwei Wolldecken aus dem Laderaum und warf sie ihnen zu.

»Ihr müsst sofort die nassen Klamotten ausziehen!«

»Das würde euch so passen«, entgegnete Francesca, während Hannah bereits ihr T-Shirt abstreifte und es nach hinten warf.

Aber Simon blieb unerbittlich. »Los! Oder willst du dir lieber eine Lungenentzündung holen?«

»Appel, die Augen geradeaus«, befahl Francesca und begann, unter der Decke an ihrer Hose zu zerren. Als sie nur noch in Unterwäsche unter der kratzigen Decke saß, fragte sie den Anwärter: »Bist du etwa alleine hier?« Was im Klartext hieß: *Wo ist Jessen?*

»Nein, ich ...«, stotterte Appel. »Die anderen ... es gab da oben, bei der Höhle, einen Zwischenfall.«

Der zweite Schuss! Jessen. Er ist tot, sie hat ihn erschossen.

»Was für einen Zwischenfall? Verdammt, was ist passiert?«, hörte sich Francesca leicht hysterisch krächzen.

»Jette Hiller hat sich erschossen.«

Ein Seufzer der Erleichterung kam über Francescas Lippen. Der Gewohnheit gehorchend, schlug sie ein Kreuz über ihrer Brust, was Hannah zu einem spöttischen Lächeln und der Bemerkung, es sei also doch nicht alles gelogen gewesen, veranlasste.

»Sie hatte eine Schrotflinte dabei, und wir dachten, sie hätte euch als Geiseln genommen. Und als Jessen rief, sie solle aus der Höhle rauskommen, da hat sie sich erschossen. Deswegen mussten Jessen und Graham dortbleiben. So was gibt ja immer eine Menge Ärger, man kennt das ja!«, sagte Appel und klang geradeso, als würde sich jede Woche eine tatverdächtige Person vor seinen Augen erschießen.

Nun meldete sich Simon zu Wort, der den Jeep im Schritttempo den rutschigen Grashang hinabmanövrierte: »Könnt ihr mir mal verraten, was ihr da oben gemacht habt?« Er sah im Rückspiegel Hannah an, aber es war Francesca, die antwortete: »Wir wollten die Höhle besichtigen.«

»Ja«, hörte sie Hannah nach ein paar Sekunden Pause sagen. »Das wollten wir.« Sie wich Simons Blick aus, der argwöhnisch erwiderte: »Bei dem Wetter?«

»Um eine Höhle zu besichtigen, muss es ja nicht schön sein«, antwortete Francesca schlagfertig. »Und dann kam Jette Hiller mit der Flinte.«

»Aha«, sagte Simon.

Sowohl Hannah als auch Francesca starrten – jede auf ihrer Seite – durch die inzwischen stark beschlagenen Seitenfenster in den Regen hinaus. Niemand sagte mehr etwas, bis sie den Waldweg erreicht hatten. Francesca war, als hörte sie erneut das Geräusch eines Hubschraubers, aber sie war zu erschöpft, um sich den Hals nach ihm zu verrenken. Daniel Appels Handy klingelte. Offenbar war Jessen am Apparat. Appel versicherte diesem, dass es beiden Frauen gutgehe. »Den Umständen entsprechend«, fügte er hinzu und grinste nach hinten. »Der Chef fragt, ob er den Notarzt zum Selkehof schicken soll.«

Sie brauche keinen Notarzt, versetzte Francesca, nur eine heiße Dusche und ein warmes Getränk. Als Appel dies weitergegeben und aufgelegt hatte, fragte Francesca Simon: »Hat dieses Fahrzeug vielleicht auch eine Heizung?«

»Ja«, sagte Simon, für einen Moment kreuzten sich ihre Blicke im Spiegel. »Die ist aber schon seit Jahren im Eimer.«

»War ja klar.« Francesca hüllte sich ein in die kratzige Decke, die einen undefinierbaren Tiergeruch verströmte, sich jedoch wunderbarer anfühlte als das weichste, wärmste Daunenbett. Sie schwieg, während sie dem einschläfernden Takt der Scheibenwischer lauschte.

Sie hätte es wissen müssen. Natürlich wartete auf dem Parkplatz ein Rettungswagen, und zwei Sanitäter stürzten sich sofort auf sie und Hannah und überprüften ihre Vitalfunktionen. Danach meinte einer von ihnen zu Simon, er brauche sofort heißes Wasser und große Handtücher.

»Kriegt jemand ein Kind?«, fragte Francesca.

Grinsend klärte sie der Notarzt auf, es handele sich um eine Erste-Hilfe-Maßnahme bei Hypothermie.

Wenig später lag sie in ein warmes, feuchtes Handtuch gewickelt auf einer Liege in dem Raum, in dem normalerweise Massagen durchgeführt wurden, und ein junger Sani flößte ihr pappsüßen Tee ein, während Francesca sich die Haare föhnte. Vermutlich genoss Hannah gerade dieselbe Behandlung, sie hatte jedoch darauf bestanden, dies in ihrem Zuhause über sich ergehen zu lassen. Auch Francesca wäre jetzt am liebsten allein gewesen, aber der Notarzt, der inzwischen auf den Plan getreten war, hatte andere Pläne. »Verdacht auf Lungenentzündung«, hatte er diagnostiziert und angekündigt, Francesca ins Krankenhaus bringen zu lassen, sobald sie wieder aufgewärmt sei.

Es klopfte an der Tür.

»Ja«, rief Francesca, die dabei ein Kratzen im Hals verspürte. Wahrscheinlich gesellte sich zur Lungenentzündung gerade eine satte Bronchitis. Sie schaltete den Fön aus, und die Tür ging auf.

Einen Augenblick lang sah es so aus, als wolle Jessen sie in die Arme schließen, aber dann seufzte er nur erleichtert auf, setzte sich auf den Hocker neben der Pritsche und drückte ihr kurz die Hand. »Ich konnte leider nicht früher...« Er hielt inne, als er Francescas entgeisterten Blick bemerkte. »Soll ich lieber später wiederkommen?«

Sie schüttelte den Kopf. »*Cavolo!* Sie in einem *Sponge-Bob*-Shirt, sag mir sofort jemand, dass ich nicht spinne.«

Nach einer Nacht im Krankenhaus durfte Francesca nach Hause, ausgestattet mit Antibiotika und der Auflage, sich zu schonen und täglich ihren Hausarzt aufzusuchen. Tatsächlich war sie doch ziemlich angegriffen und verbrachte das Wochenende mehr oder weniger schlafend. Sie hatte keinem Familienmitglied etwas von ihrem Aufenthalt im Harz erzählt und erst recht nichts von den gesundheitlichen Folgen ihrer Eskapade. Anderenfalls hätte sie sich vor Fürsorge nicht mehr retten können, und das war das Letzte, was sie jetzt brauchte. Ihr erneutes Fehlen beim sonntäglichen Familientreffen entschuldigte sie mit ihrem Dienstplan und einem Fall, der sie zurzeit sehr in Anspruch nehme.

Am Montagmittag kamen per Fleurop ein Blumenstrauß und eine Karte mit Genesungswünschen. Den Strauß hatte Anke Mellenkamp ausgesucht, er war in deren Lieblingsfarben Rosa und Lila gehalten. Das ganze Dezernat hatte auf der Karte unterschrieben, aber keiner hatte eine persönliche Bemerkung hinterlassen. Mit jedem Tag, den sie gezwungenermaßen zu Hause verbrachte, wuchs Francescas Unbehagen und die vage Furcht, was sie wohl erwartete, wenn sie wieder den Dienst antrat. War Jessen sauer auf sie? Würde es eine disziplinarische Maßnahme geben? Was wurde wohl im Dezernat über sie und ihr dämliches Verhalten getuschelt? Und was war mit Hannah Lamprecht? Francesca hatte Jessen noch in jenem Massageraum über Hannahs Geständnis in Kenntnis gesetzt. Er hatte nicht allzu überrascht gewirkt, aber vielleicht hatte er seine Gefühle auch nur gut verborgen. Darin war er ja gut. Über ihr Verhalten hatte er kein Wort verloren. Bestimmt nur aus Rücksicht auf ihren geschwächten Zustand. Das würde sich garantiert ändern, wenn sie erst wieder diensttauglich wäre.

Es machte sie fast verrückt, zu Hause herumzusitzen und nicht zu wissen, was sich auf der Dienststelle tat. Sollte sie Graham anrufen? Oder wenigstens die Mellenkamp? Sie könnte sich für die Blumen bedanken und sie dabei ein wenig aushorchen. Aber irgendetwas, sie konnte nicht genau benennen, was es war, hielt sie davon ab.

Am Dienstag um die Mittagszeit rief Appel an. Er klang aufgeregt. Wie es ihr gehe, ob er vorbeikommen könne, er müsse ihr etwas Wichtiges erzählen.

Man muss dem Schicksal auch für kleine Gaben dankbar sein, sagte sich Francesca und antwortete, er solle auf einen Kaffee vorbeikommen und ein paar frische Croissants mitbringen.

Sie zog sich Jeans und eine Bluse an, legte etwas Rouge auf und da läutete es auch schon. Daniel Appel stand vor der Tür und streckte ihr die Tüte vom Bäcker entgegen.

Sie führte ihn in die Küche, die sie aus schierer Langeweile aufgeräumt und geputzt hatte. Auf dem Tisch stand der Blumenstrauß.

»Espresso?«

»Gern.«

Wie durch ein Wunder brach der Klappstuhl nicht zusammen, als sich Appel wie ein Sack Kartoffeln daraufplumpsen ließ. »Was für ein verrückter Tag«, murmelte er vor sich hin, während Francesca den Espressokocher zuschraubte und auf die Gasflamme setzte.

»Ach ja, wirklich?«

»Heute früh wurde Peter Lamprechts Leiche exhumiert.«

»Sehr gut«, sagte Francesca. Sie hörte plötzlich wieder Jette Hillers Stimme. *Lass dir eines gesagt sein, Hannah Lamprecht: Dein Vater war schon vor Jahren an der Reihe...* Es würde sicher noch einige Tage dauern, bis man Ergebnisse haben würde. Aber um ihr das mitzuteilen, war Appel ganz bestimmt nicht hier.

»Und heute Nachmittag wird Ludwig Beringer beerdigt«, fuhr Appel fort. »Auf demselben Friedhof wie Lamprecht. Irgendwie makaber, oder?«

Aber Francesca meinte nur, auf einem Friedhof lägen nun einmal Tote und solange Beringer nicht in Lamprechts Grab landete, könne sie daran nichts Makabres finden. Sie stellte die Zuckerdose neben die Blumen und fragte: »Gehst du hin?«

»Nein. Ich kannte den ja nicht. Jessen geht hin, ist ja klar. Der war schließlich so etwas wie sein Mentor, und dann hat ausgerechnet er auch noch die Leiche gefunden... Es war übrigens ganz eindeutig Selbstmord. Diese Hiller war schon im Harz, als Beringer sich erschossen hat. Aber zugetraut hätte ich es ihr. Du hättest dieses Loch sehen sollen, in dem sie Plate jahrelang gefangen gehalten hat. Mir wird immer noch übel, wenn ich nur daran denke...«

»Habt ihr Elisabeth Hiller vernommen?«, fragte Francesca dazwischen.

»Ja. Sie behauptet, sie hätte von alldem nichts mitbekommen. Angeblich hat sie den Stall schon seit Jahren nicht mehr betreten, das sei ihr mit dem Rollator und später mit dem Rollstuhl viel zu mühsam gewesen und es habe auch kein Grund bestanden, dorthin zu gehen.«

»Sie lügt«, sagte Francesca. »Sie hat mich schon wegen der Postkarten aus Thailand belogen, die angeblich Jette geschrieben haben soll. Aber es wird schwierig werden, ihr Beihilfe nachzuweisen, wenn sie nicht von selbst gesteht.«

»Dumm gelaufen«, meinte Daniel.

Ein Schweigen entstand. Dann fragte Francesca: »Machen die von der Inneren sehr viel Wirbel wegen Jette Hillers Selbstmord?«

»Es geht. Da sie sich ja eindeutig selbst erschossen hat und nicht einer von uns, hält sich der Ärger bis jetzt in Grenzen. Aber sie werden dich sicher auch noch zu der Sache befragen, wenn du wieder im Dienst bist.«

Francesca seufzte. Nicht, weil sie sich vor der Befragung durch die Leute des Dezernats für Innere Angelegenheiten fürchtete, sondern weil sie sich fragte, wie lange Appel wohl noch um den heißen Brei herumreden würde.

Der Kaffee war gerade in die Kanne gelaufen, da brach es aus ihm heraus: »Und außerdem hat Koslowsky dem LKA vier Morde gestanden.«

»Ach!«

»Ja. Nachdem ich den Jungs vom LKA – auf Jessens Anweisung übrigens – den Tipp gegeben habe, den du mir gegeben hast, nämlich mal nachzusehen...«

»Ja, ja«, unterbrach ihn Francesca. »Ich bin noch nicht senil, ich weiß, was ich zu dir gesagt habe.« Sie goss zwei Tassen voll, stellte sie auf den Tisch und setzte sich ihm gegenüber.

»Sie haben noch mal alles genau nachgeprüft und dann haben sie ihn in die Mangel genommen. Gestern Nacht hat er dann gestanden. Den letzten, Jan Trockel, hat er erschlagen und ihn in einem See im Harz versenkt. Dort suchen sie jetzt nach der Leiche.«

»Wow«, sagte Francesca. »Und das Motiv? Nein, lass

mich raten: Er hat es als Einziger von dieser Truppe ernst gemeint mit dieser Nazisache, nicht wahr? Die anderen haben sich davon distanziert oder sich so verändert, dass sie seinem Feindbild entsprachen: Alexander Kimming wurde ein Junkie, Boris Heiduck ein koksender Yuppie, Jan Trockel fraternisierte mit Chinesen und mit Radek wird auch irgendwas gewesen sein, was ihm nicht gepasst hat.«

»Das stimmt. Radek hatte sich um hundertachtzig Grad gedreht, er war ein Grüner geworden, trug Kröten über die Straße und nahm an Lichterketten teil – Koslowskys Worte«, fügte Appel hinzu. Er wirkte heute viel erwachsener als sonst und hatte auch noch keinen einzigen dummen Spruch losgelassen. Nun fuhr er fort: »Beim Verhör hat Koslowsky behauptet, dass der Mord an Radek spontan erfolgt ist. Angeblich hat er ihm das Benzin nur rausgelassen, weil er ihm einen Streich spielen wollte. Danach sei er die Straße entlanggefahren, um zu sehen, ob sein Plan funktioniert. Als er dann Radek am Straßenrand nach Hause gehen sah, sei so einiges von früher wieder hochgekommen und er habe die Beherrschung verloren und Gas gegeben.«

»Was ist hochgekommen?«, wollte Francesca wissen.

»Anscheinend war Koslowsky in der Gruppe der Rangniedrigste. Der, den immer alle verarschten und schikanierten, wenn gerade kein anderes Opfer zur Verfügung stand. Der Radek war wohl der Anführer der Bande, wahrscheinlich hat der ihn am meisten getriezt.«

Francesca nickte. Schmerz und Leid konnte man verwinden, Demütigungen nicht. »Und die anderen?«, fragte sie. »Wie war es bei denen?«

»Akribisch durchgeplant«, antwortete Appel. »Darauf scheint er direkt stolz zu sein. Das Ganze hat wohl auch mit seinem Beruf als Soldat zu tun«, führte Appel aus. »Ein ehemaliger Führungsoffizier hat zu Protokoll gegeben, dass Koslowsky auf seinen Einsätzen in Afghanistan immer ganz vorn dabei war, wenn es zum Schusswaffeneinsatz kam. Im Gegensatz zu vielen seiner Kameraden sei er sehr gut damit klargekommen, auf Menschen zu schießen. Er habe es vielmehr als eine Art Sport aufgefasst, so viele Taliban wie möglich zu töten. Das waren für ihn keine Menschen, sondern einfach nur *der Feind*.«

»Und den zu töten ist ja legal und erwünscht«, ergänzte Francesca.

»Genau. Und da seine Kumpels ihre Gesinnung geändert hatten, waren sie für ihn auch Feinde. Eigentlich ganz logisch«, fügte Appel hinzu.

»Vollkommen logisch«, murmelte Francesca angewidert.

»Übrigens ist Koslowsky beim Bund nicht freiwillig ausgeschieden, sondern weil man es ihm nahegelegt hat. Seine Vorgesetzten haben wohl mitgekriegt, dass er ein bisschen zu viel Freude am Töten hatte.«

»Na toll! Da züchten sie eine Kampfmaschine heran, und nachdem ihnen die Sache über den Kopf gewachsen ist...« Francesca schnaubte und vollführte eine ratlose Geste.

»...lassen sie den Typen einfach wieder auf die Menschheit los«, ergänzte Appel.

»Hatte er vor, auch Plate umzubringen?«, fragte Francesca, nachdem sie vom Espresso getrunken hatte.

Appel, der seinen Kaffee vor Aufregung noch nicht angerührt hatte, verneinte. Plate habe bei Koslowsky einen Bonus gehabt, weil er so lange in der Psychiatrie gewesen war. Und weil er »die gemeinsame Sache« nicht verraten habe.

»Fein«, meinte Francesca. »Da haben wir ja so ganz nebenbei einen Serienmörder geschnappt.«

Appel grinste. »Wie bist du draufgekommen?«, wollte er wissen.

»Bin ich nicht wirklich«, gestand Francesca. »Es war nur so ein Gefühl. Etwas in seinen Augen.«

»Etwas Böses, meinst du?«

»Nein«, seufzte Francesca. »Eher etwas Abgestumpftes und Dumpfes.« Sie wechselte das Thema: »Du hast ja sicher durchblicken lassen, von wem du den Tipp bekommen hast, oder?« Sie schob den Blumenstrauß ein wenig zur Seite, um ihm ungehindert in seine Schweinsäuglein schauen zu können.

»Äh... ja«, sagte Appel und schaufelte Zucker in seine Tasse. »Na ja, dazu war irgendwie noch gar keine Gelegenheit. Heute Morgen war das Meeting mit dem LKA und die waren ganz aus dem Häuschen. Der eine hat mich sogar gefragt, ob ich nicht zum LKA wechseln möchte, er würde bei seinem Dezernatsleiter ein gutes Wort einlegen, sobald wieder eine Stelle für einen Kommissar frei werden würde. Aber ich werde natürlich so bald wie möglich zu Jessen...«

Francesca hob die Hand und machte dem Gestotter ein Ende. Jetzt lächelte sie und fragte: »Daniel, du kennst doch den Film *Der Pate*. Du weißt schon, Marlon Brando als Don Corleone...«

»Klar kenn ich den«, sagte Appel. »Ist 'n Klassiker.«

»Gut«, sagte Francesca. »Ab jetzt bin ich dein Don Corleone, denn du stehst in meiner Schuld. Das ist dir doch klar, oder?«

»Äh... ja. Ja, ist klar.«

»Irgendwann, möglicherweise aber auch nie, werde ich dich bitten, mir eine kleine Gefälligkeit zu erweisen.«
Appel schluckte.
»Dein Kaffee wird kalt, Daniel.«
Aber der Kollege stand auf und meinte, er müsse jetzt los.

Als er gegangen war und Francesca in ihr Croissant biss, dachte sie: Eigentlich schade, sollte Appel tatsächlich zum LKA wechseln. Jetzt, wo er ihr gerade so schön aus der Hand fraß.

Nahezu die Hälfte des Göttinger Polizeipräsidiums drückte sich zwischen den Grabsteinen des kleinen Zwingenroder Friedhofs herum. Dazu kamen noch einige frühere Kollegen Beringers aus Duderstadt und Nörthen-Hardenberg und Teile der Dorfbevölkerung. Auch Heike Lamprecht war gekommen, ganz in Schwarz stand sie ziemlich weit hinten, genau wie Jessen. Er hatte ihr zugenickt und sie hatte den Gruß erwidert.

Wo Jessen stand, war kaum etwas zu verstehen von dem, was der Pfarrer am Grab noch zu sagen hatte. In seiner Traueransprache hatte der Geistliche den Selbstmord Beringers mit keinem Wort erwähnt, hatte nur von dessen schwerer Krankheit gesprochen und ihn für die aufopferungsvolle Pflege seiner bereits verstorbenen Frau Gertrud gelobt, die ähnlich gelitten hätte wie er. Offenbar war Gertrud die bessere Christin gewesen, zumindest schien sie einen besseren Draht zum Pfarrer gehabt zu haben. Die Andacht hatte ewig gedauert, da nach der Predigt etliche Weggefährten von Hauptkommissar a. D. Ludwig Beringer ans Rednerpult getreten waren, um dessen Verdienste zu würdigen. Jessen hatte sich vor einer Ansprache gedrückt und diese Pflicht Zielinski überlassen, obwohl der genaugenommen nur zwei Jahre lang Beringers Vorgesetzter gewesen war und wenig Persönliches über ihn zu sagen wusste.

Nachdem der Sarg hinabgelassen worden war, drängelte sich Jessen nach vorn an das mit grünem Filz ausgeschlagene Grab, um wenigstens noch Mareike zu kondolieren. Sie war mit ihrem schwedischen Ehemann und ihrer achtjährigen Tochter angereist. Er drückte beiden die Hand und suchte vergeblich nach ein paar verbindlichen Worten. Vor einigen Tagen hatte er lange mit ihr telefoniert. Den Grund, den er hinter dem Selbstmord ihres Vaters vermutete, hatte er ihr verschwiegen. Wozu sie damit belasten? Er und Mareike waren sich absolut fremd geworden, da war keine Spur mehr von der früheren Vertrautheit.

Nachdem er Platz gemacht hatte für andere Kondolierende, warf Jessen noch einen letzten Blick auf den Sarg in der Grube, fast so, als erwarte er eine letzte telepathische Botschaft des Toten. Aber da war nichts als Leere in ihm, Leere und der Wunsch, sein Leben möge nicht so verlaufen wie das von Beringer.

Inmitten anderer schwarz gekleideter Menschen trat Jessen den Rückweg an, als er Heike Lamprecht bemerkte, die am Familiengrab der Lamprechts stand. Sie blickte traurig auf die aufgewühlte Erde, die die Exhumierung ihres Gatten hinterlassen hatte. Jessen trat neben sie. »Dr. Sunderberg, der Rechtsmediziner, der Ihren Mann obduzieren wird, ist ein Freund von mir. Er wird ihn mit Respekt behandeln.«

Sie nickte.

»Falls Sie es noch nicht wissen – Jette Hiller ist tot. Sie starb bei dem Versuch, Ihre Tochter Hannah zu ermorden.

Sie hielt sie für mitschuldig am Tod von Marcel und wollte sich rächen, wie vermutlich bereits an Ihrem Mann.«

Sie nickte. »Ich hörte davon.«

»Von Hannah?«

Sie antwortete nicht.

»Hannah hat Oberkommissarin Dante erzählt, was an dem Abend wirklich geschah.«

Heike Lamprecht starrte ins Leere. Ihr Ausdruck war schwer zu deuten, etwas zwischen Angst und Argwohn.

Jessen wurde deutlicher: »Hannah hat gestanden, dass sie ihre Schwester Judith erschossen hat, mit Plates Pistole. Sie hat auch gesagt, was Plate kurz zuvor von Ihnen verlangt hat, nämlich sich für eine von den beiden Töchtern zu entscheiden.«

Sie rang nach Luft, ein leiser klagender Ton kam dabei tief aus ihrer Brust. Dann begegnete ihm ihr Blick: hart und kalt wie der Grabstein, vor dem sie stand.

»Gehen Sie«, zischte sie.

»Frau Lamprecht, ich möchte Sie bitten, morgen Vormittag zu mir aufs Präsidium zu kommen und eine Aussage zu machen.«

»Ich soll gegen Hannah aussagen?«, unterbrach sie ihn.

»Nun, Hannah hat ja bereits selbst...«

»Hat sie das gestanden? In einem richtigen Verhör?«

»Lassen Sie uns das morgen klären. Wir brauchen Ihre Aussage, damit...«

»Ich werde nicht gegen Hannah aussagen. Lassen Sie mich in Frieden!«

Aber Jessen gab noch nicht auf. So ruhig wie möglich sagte er: »Wie lange wollen Sie noch mit dieser Lüge leben? Immer nur Lügen, das hält doch niemand aus. Zuerst Lügen über Ihren Mann, dann Lügen über Ihre Tochter Hannah... Finden Sie nicht, dass es an der Zeit ist, reinen Tisch zu machen, damit die Wahrheit endlich ans Licht kommt?«

Jetzt war es um ihre Fassung geschehen. »Sie wagen es! Am Grab meiner Tochter!« Heike Lamprechts Stimme bebte. »Gehen Sie! Gehen Sie weg, lassen Sie mich in Ruhe!«

Ein paar Köpfe wandten sich nach ihnen um.

»Ich gehe«, sagte Jessen und hob abwehrend die Hände. »Aber wir sehen uns morgen im Präsidium. Betrachten Sie das als eine Vorladung. Und denken Sie bis dahin darüber nach, was Judith gewollt hätte!«

Am Donnerstag hatte Francesca genug und beschloss, dass sie sich auch auf der Dienststelle schonen konnte. Sie langweilte sich zu Hause, denn zum Malen fehlte ihr die innere Ruhe. Außerdem wollte sie endlich das überfällige Gespräch mit Jessen hinter sich bringen.

Der begrüßte sie mit einem erstaunten Heben der Augenbrauen. Ob sie nicht noch krankgeschrieben sei?

Ja, aber ihr fiele zu Hause die Decke auf den Kopf, erwiderte Francesca.

»Das wollen wir ja nicht riskieren«, meinte Jessen.

»Ich mache nur Innendienst«, versicherte Francesca.

»Allerdings«, sagte Jessen bestimmt, ehe er sie den ganzen Vormittag über im eigenen Saft schmoren ließ. Endlich, gegen Mittag, bat er sie in sein Büro.

Noch immer unsicher darüber, was sie wohl erwartete, betrat Francesca sein Allerheiligstes. Er trug ein Jackett vom selben Anthrazitgrau wie der Himmel vor dem Fenster, und um ihrem Unbehagen ein wenig Herr zu werden, rief Francesca sich den Anblick von Jessen im *SpongeBob*-Sweatshirt ins Gedächtnis. Die Jalousien an den Trennscheiben zum großen Büro waren geschlossen. Sie ließen sich beide an dem kleinen runden Tisch nieder, auf dem eine Thermoskanne Kaffee stand. Ein gutes Zeichen, registrierte Francesca. Wollte er sie rauswerfen, bräuchte es wohl keine Kanne Kaffee dazu.

»Es gab eine Beschwerde«, begann Jessen.

»Von wem?«

»Eine Frau Fosshage, Lehrerin der Grundschule in Zwingenrode, hat mir mitgeteilt, dass einer ihrer Schüler einem anderen, größeren Schüler bei einem Schulterwurf das Schlüsselbein gebrochen hat. Der kleinere Schüler hat behauptet, er kenne den Trick von Ihnen.«

»Oh. Das ... das war nicht beabsichtigt, das tut mir leid.«

»Die Lehrerin sagte außerdem, der größere Schüler hätte das Malheur durchaus verdient und der kleine Übeltäter genieße seither einen gewissen Respekt in der Klasse.«

»Ah.«

»Da gibt es nichts zu grinsen, Frau Dante! Natürlich ist Ihr Verhalten nicht hinnehmbar, und ich habe mich im Namen unserer Dienststelle in aller Form bei der Lehrerin entschuldigt.«

»Danke. Ich werde sie natürlich noch selber anrufen und ...«

»Frau Fosshage lässt fragen, ob Sie nicht einen Selbstverteidigungskurs in der Schule anbieten möchten. Ich habe ihr versichert, dass Sie bestimmt gern dazu bereit sein werden!«, grinste Jessen. »Natürlich in Ihrer Freizeit. Strafe muss sein.«

»Boah! Sie sind ...« Den Rest verschluckte Francesca lieber.

Jessen war wieder ernst geworden. »Frau Dante, wie wäre es mit einer Stunde der Wahrheit?«

Ob das denn auch für beide Seiten gelte, wollte Francesca wissen, die sich über die eigene Frechheit wunderte.

»Sicher«, meinte Jessen irritiert. Über seiner Nasenwurzel erschienen zwei kleine Falten, während er den Kaffee in zwei Becher füllte.

Anke Mellenkamp hatte vergessen, Milch dazuzustellen, aber Francesca wagte nicht, danach zu fragen.

»Gut, dann will ich mal anfangen«, sagte er. »Tatsächlich hatte ich kurzzeitig erwogen, Sie als verdeckte Ermittlerin in diese Kommune zu schicken. Andererseits war ich mir nicht sicher, ob das von Nutzen sein würde und ob man es Ihnen zumuten könnte. Aber dann sind Sie mir ja mit Ihrem Urlaubswunsch unter diesem etwas plumpen Vorwand zuvorgekommen. Darf ich fragen, warum Sie so gehandelt haben?«

»Ich ... ich hätte nicht gedacht, dass Sie einen Undercover-Einsatz auch nur in Erwägung ziehen würden«, sagte Francesca.

Jessen gab sich seiner Lieblingsdisziplin hin, dem Schweigen, was nebenbei der älteste Verhörtrick überhaupt war.

Francesca fuhr fort, gespannt auf Jessens Reaktion auf das, was sie zu sagen hatte. »Am Abend zuvor habe ich mich mit Dr. Alf Schleifenbaum getroffen. Das ist der Sanitäter, der seinerzeit an der Unfallstelle von Peter Lamprecht und Marcel Hiller war. Er hat im Lauf des Gesprächs einen Ersthelfer erwähnt, der nirgends in den Akten auftauchte und der verschwand, als seine Kollegen eintrafen. Er war Polizist, das hat der Sani noch mitbekommen. Er sei blond gewesen, von athletischem Körperbau und habe einen dunklen Volvo Kombi gefahren. Als ich das hörte, dachte ich…«

»Daraufhin haben Sie natürlich sofort überprüft, wer zu der Zeit Halter eines dunklen Volvo Kombi war«, sagte Jessen.

Eine heiße Welle schwappte über Francesca hinweg. »Äh, nein. Diese Anfragen werden ja inzwischen alle dokumentiert und ich befürchtete, wenn Sie merken, dass ich Ihnen nachschnüffle… Ich wusste wirklich nicht, was ich tun sollte. Also habe ich Salvatore angerufen, meinen ältesten Bruder.« Sie tat, als würde sie nicht sehen, wie Jessen die Hände rang und die Augen in Richtung Decke verdrehte. Er wollte die Wahrheit und jetzt bekam er sie. Oder wenigstens fast. »Salvatore riet mir, ein paar Tage Urlaub zu nehmen, um über alles nachzudenken. Und als ich dann den Prospekt sah, da hatte ich die Idee, meinen Urlaub im Harz zu verbringen.«

»Nur, damit wir uns richtig verstehen: Sie dachten also, ich wäre dort an der Unfallstelle gewesen?«

»Nun ja…«, begann Francesca, wurde aber von Jessen unterbrochen, der fragte: »Denken Sie das immer noch?«

»Ich weiß nicht«, sagte sie verunsichert. »Ich meine, Sie waren damals mit der Tochter von Beringer zusammen. Sie hätten also ohne weiteres an einem Samstagabend durch Zwingenrode fahren können, auf dem Weg von oder zu Ihrer Freundin.«

»Sie sind gut informiert«, warf Jessen ein.

»Das sind uralte Gerüchte, die hier so herumschwirren. Was hätte ich denn sonst glauben sollen?« Francescas Stimme hatte sich vor Verzweiflung in die Höhe geschraubt.

Jessen verzog das Gesicht, als hätte er Zahnschmerzen.

Betont leise sagte er: »Glauben, Frau Dante, hat die Menschheit noch nie auch nur einen Schritt weitergebracht. Aber dieses Thema hatten wir zwei ja schon. Nur so aus Neugierde: Was *glauben* Sie, aus welchem Grund hätte ich mich vor dem Eintreffen der Kollegen so eilig von der Unfallstelle entfernen sollen?«

»Vielleicht hatten Sie zu viel getrunken«, murmelte Francesca, die sich gerade ganz weit weg wünschte.

Ihr Vorgesetzter stand auf, ging ein paar Schritte in seinem Büro auf und ab. Offenbar war er sehr erregt, um nicht zu sagen: stinksauer. »Und ich Trottel habe mich die ganze Zeit gefragt, was ich falsch gemacht habe, dass ich diese dämliche Geschichte mit Ihrer Tante ... wie hieß sie noch?«

»Ersilia. Großtante. Sie lebt übrigens noch.«

»... um mit einer so dummen Lüge konfrontiert zu werden.«

Er setzte sich wieder hin. Mit mühsam beherrschter Stimme fuhr er fort: »Hätten Sie recherchiert, anstatt zu *glauben* und sich ins Hinterland zu flüchten, hätten Sie herausgefunden, dass ich den Volvo erst im Jahr 2004 erworben habe.«

»Aber ... aber Sie erzählen doch jedem ständig, wie gut der seit zwanzig Jahren fährt!«

»Weil ich das Auto schon so lange kenne. Ludwig Beringer war der Vorbesitzer. Und hätten Sie noch ein wenig gründlicher recherchiert, hätten Sie herausgefunden, dass ich im Jahr 1998 mein Haar kurz geschoren trug, während mein Chef, als er noch gesund war, eine recht athletische Figur hatte und dichtes dunkelblondes Haar.«

»Also war Beringer am Unfallort.« Francesca brauchte

ein paar Momente, um die Tragweite des eben Gehörten zu ermessen. »Und ... und warum hat er ...?« Sie verstummte unter Jessens Blick. Der Ärger darin war verschwunden, er sah sie ernst und auch ein wenig traurig an, als er sagte: »Frau Dante, schwören Sie mir bei allen Ihnen bekannten Heiligen, dass das, was ich Ihnen nun sage, diesen Raum nie verlassen wird?«

Francesca nickte und hob drei Finger, was den Anflug eines Lächelns auf Jessens Gesicht zauberte, der aber sofort wieder verschwand, als Jessen ihr von seinem letzten Gespräch mit Beringer berichtete: von dessen Geständnis des Mordes an Marcel Hiller und von all den Folgen und Konsequenzen, die diese Tat nach sich gezogen hatte. Francesca hörte ihm mit wachsendem Entsetzen zu, aber auch mit Erleichterung. »Oh mein Gott!«, flüsterte sie, als Jessen fertig war.

»Ja, so ähnlich habe ich auch reagiert«, meinte dieser trocken.

»Dann ist ja eigentlich Beringer an allem schuld.«

»Indirekt, ja.«

Francesca war versucht, ihm zu sagen, dass sie von dem günstigen Kredit gewusst hatte. Aber dann hätte er wissen wollen, woher und warum sie dieses Wissen für sich behalten hatte. Manchmal, dachte sie, ist Schweigen wirklich die bessere Alternative. Außerdem war es jetzt an Jessen, zu reden: »Ich wusste schon damals die ganze Zeit über, dass an dem Fall etwas nicht stimmte, aber ich war auf der falschen Spur, und ich habe mich von Beringer manipulieren lassen. Ich war überzeugt, dass Hannah und Plate gemeinsame Sache gemacht hatten und dass Beringer das wusste und sich aus irgendeinem Grund weigerte, dem nachzugehen. Dass in Wirklichkeit Steffen Plate und Peter Lamprecht ein Liebespaar gewesen waren, habe ich nie auch nur eine Sekunde in Erwägung gezogen. Das werfe ich mir vor, dass ich auf diesem Auge die ganzen Jahre über blind war.«

»Nun seien Sie mal nicht so streng mit sich«, meinte Francesca. »Darauf wäre selbst ich nicht gekommen.«

Das tröste ihn natürlich ungemein, versetzte Jessen.

»Das erklärt auch die Grausamkeit Plates gegenüber Heike Lamprecht«, meinte Francesca. »Dieses perverse Spielchen, ihre Mutter wählen zu lassen, welche Tochter er erschießen solle.«

»Er hätte es bestimmt nicht gemacht«, sagte Jessen. »Dieser Überfall war die Verzweiflungstat eines unglücklich Verliebten. Das Kind seines Geliebten zu töten, das hätte er ihm nicht angetan, auch wenn er gerade schrecklich wütend und enttäuscht war. Er wollte gewiss nur seine Rivalin, die Ehefrau, quälen und die Harmonie innerhalb der Familie zerstören. Das ist ihm dann allerdings bemerkenswert gut gelungen.«

»Dabei war die Harmonie schon längst im Eimer«, brachte es Francesca auf den Punkt.

»Nach Hannahs Geständnis, dass sie ihre Schwester ermordet hat, hat sie Ihnen vorgeschlagen, diese Höhle zu besichtigen, obwohl ein Gewitter aufzog. Und Sie haben eingewilligt, oder wie muss ich mir das vorstellen?«

Francesca wich seinem bohrenden Blick aus. Jetzt fing er schon wieder damit an! Bei ihrem Zusammentreffen, unmittelbar nach ihrem überstandenen Höhlenabenteuer, hatte Francesca ihm zwar von Hannahs Geständnis, jedoch nichts von dem Tee mit dem Schlafmittel darin erzählt. Schon da hatte er ihr genau dieselbe Frage gestellt. Die Worte *Sind*

Sie eigentlich noch ganz bei Sinnen? hatte er wahrscheinlich nur aus Rücksicht auf ihren Gesundheitszustand nicht ausgesprochen. Aber sie hatten wie ein rosa Elefant im Raum gestanden.

»Ja, so in etwa«, sagte Francesca.

»Es fällt mir schwer, mir das vorzustellen. Ich meine, sie gesteht Ihnen einen *Mord* – und Sie machen mit ihr einen Ausflug, und das, obwohl ein Gewitter im Anzug ist? Sie hätte Sie in dieser Höhle niederschlagen und in diesen unterirdischen See werfen können, man hätte Sie in hundert Jahren nicht gefunden!«

»Von dem See wusste ich ja nichts«, sagte Francesca matt. Es ist kein Zufall, erkannte sie, dass er hier der Chef ist. Er hatte in ihrem Bericht sofort die Schwachstelle erkannt. »Können wir diesen Punkt einfach überspringen?«

»Stunde der Wahrheit!«, mahnte Jessen.

»Okay«, schnaubte Francesca. »Wenn es Ihnen dann besser geht: Hannah hat mir während des Gesprächs in ihrer Hütte einen Tee serviert und ich war so dämlich, ihn zu trinken. Als ich wieder zu mir kam, lag ich gefesselt auf der Ladefläche des Pick-ups! Aber da auch hier Aussage gegen Aussage steht und sie mir später aus der Höhle geholfen hat, möchte ich nicht, dass das an die große Glocke gehängt wird!«

»Das war dennoch ein Mordversuch!«

Francesca zuckte nur mit den Schultern. »Ich hatte eben Glück«, sagte sie. »Danke, dass Sie den Hubschrauber geschickt und mich gerettet haben!«

Na bitte! Er lächelte. Welcher Mann hörte nicht gern solche Worte? Dann fragte er: »Was denken Sie, warum hat Hannah Ihnen von ihrer Tat erzählt?«

»Aus Eitelkeit«, sagte Francesca. »Was nützt ein perfektes Verbrechen, wenn keiner davon erfährt? Sie wollte, dass wir es wissen – Sie vor allen Dingen.«

»Aber wenn ihr Plan, Sie in dieser Höhle zu entsorgen, aufgegangen wäre, dann hätte ich es doch nie erfahren.«

»Inzwischen glaube ich, sie wollte mir nur einen Denkzettel verpassen.«

»Wofür?«

»Herrgott! Es ist nichts, das Sie unbedingt wissen müssten.«

»Es hat doch nicht etwa mit diesem grünäugigen Oberguru zu tun?«

Francesca fixierte eine angeschlagene Stelle am Rand des Kaffeebechers.

Jessen zog seine linke Augenbraue noch höher als sonst. In seinen Augen blitzte der Spott: »Ich wusste es doch!«

Francesca lenkte ab: »Es bereitet Hannah bestimmt eine diebische Freude, zu wissen, dass wir Bescheid wissen und doch nichts gegen sie unternehmen können.«

»Und wenn Sie verkabelt gewesen wären?«

»Sie war sicher, dass ich es nicht war. Sie hat während der Yogastunde meine Übungen korrigiert und mich dabei angefasst. Gleich danach hat sie mich in ihre Hütte eingeladen. Aber mal was anderes: Woher wussten Sie eigentlich, dass ich auf dem Selkehof war?«

»Wussten wir das?«, entgegnete Jessen mit falscher Unschuldsmiene.

»Stunde der Wahrheit!«

»Fragen Sie am besten Graham«, sagte Jessen ausweichend.

Francesca runzelte die Stirn, dann dämmerte es ihr. »Hat

er etwa mein Handy geortet?« Sie schlug mit der Faust auf den Tisch. »Dieser Freak! Ich bring ihn um!«

»Schicken Sie Ihre Brüder, um ihn zu verhauen.«

Das museumsreife schwarze Telefon auf Jessens Schreibtisch klingelte. Er murmelte eine Entschuldigung, stand auf und nahm ab.

Ob der Herr Doktor nun endlich die Ergebnisse seiner Kunst präsentieren werde, hörte ihn Francesca fragen. »Interessant«, meinte er wenig später. – »Ja, ich glaube dir, dass das schwierig war.« – »Und das kann man selbst herstellen?« – »Darüber reden wir ein andermal!« – »Sie sitzt mir gerade gegenüber, wir haben eine wichtige Besprechung.« – »Danke und *arrivederci dottore*!« Er warf den Hörer auf die Gabel und setzte sich wieder an den Tisch. »Ich soll Ihnen ganz herzliche Grüße von Dr. Sunderberg bestellen.«

»Danke.«

»Peter Lamprecht wurde durch Rizin vergiftet. Man gewinnt es aus Weidenrinde. Die Herstellung ist nicht ganz einfach, aber mit den nötigen Kenntnissen und einem kleinen Labor, wie es in einer guten Apotheke vorhanden ist, ist es durchaus zu bewerkstelligen. Rizin ist schwer nachweisbar, aber Lamprecht wurde ohnehin nicht obduziert.«

»Warum hat sie so lange gewartet?«, fragte Francesca. »Der Unfall geschah 1998 und Lamprecht starb 2008.«

»Möglicherweise hatte sie vorher keine Gelegenheit. Ich nehme an, Plate war die Nummer eins auf ihrer Liste, aber da er nach zehn Jahren immer noch nicht aus der Psychiatrie entlassen war, suchte sie sich erst einmal ein anderes Ventil für ihre Rachegelüste.«

»Schade, dass wir sie nicht mehr fragen können.« Francesca schüttelte den Kopf und fuhr fort: »Ich verstehe das nicht. Sicher ist es das Schlimmste, was einem passieren kann, sein Kind zu verlieren. Aber wie kann man sich danach sein Leben noch mehr verderben, indem man nur noch für die Rache lebt?«

»Für sie gab es wohl kein Leben danach«, meinte Jessen. »Ihr Leben vor Marcels Geburt war ja auch schon nicht rosig. Vielleicht war diese Rache das Einzige, was sie überhaupt noch am Leben hielt.«

»Denken Sie, Sie werden Hannahs Mutter dazu bringen, gegen Hannah auszusagen?«, fragte Francesca.

Jessen zuckte mit den Achseln und seufzte resigniert. »Ich habe auf dem Friedhof mit ihr gesprochen und sie gestern zwei Stunden lang vernommen. Aber ich habe auf Granit gebissen. Die Lamprecht-Frauen«, resümierte er, »sind harte Brocken. Jede auf ihre Weise.«

»Also kommt Hannah mit dem Mord an Judith davon.«

»Sieht so aus. Manchmal ist der Job frustrierend, ich weiß«, räumte Jessen ein. »Aber immerhin konnten die Kollegen vom LKA dank der erstaunlichen Kombinationsgabe des Kollegen Appel den mehrfachen Mörder Koslowsky überführen und zu einem Geständnis bewegen. Zielinski hat sich gestern vor Freude fast überschlagen, und aus der Landeshauptstadt kam ein dickes Lob und Dankeschön an unser Dezernat.«

Francesca bemerkte, wie er sie bei diesen Worten mit Blicken sezierte. Sie lächelte engelsgleich und meinte: »Wie gut, dass wir dieses blitzgescheite Kerlchen in unseren Reihen haben.«

Jessen schmunzelte. Nein, jetzt grinste er sogar.

Eine Pause entstand, sie tranken beide von ihrem Kaffee, der nur noch lauwarm war und scheußlich schmeckte.

»Jette Hiller...«, begann Francesca. »Ich war in den zwei Tagen öfter mit ihr zusammen, wir hatten uns sogar ein bisschen angefreundet. Sie war hilfsbereit und wirkte klug, und sie hatte einen wunderbar abseitigen Humor. Ich habe mich gut mit ihr unterhalten, sie war *nett*, verdammt noch mal! Ich mochte sie.«

»Heike Lamprecht hat sie auch als sehr sympathisch beschrieben.«

»Trotzdem. Ich zweifle wirklich an meiner Menschenkenntnis!«

»Nein, das müssen Sie nicht«, sagte Jessen und wirkte auf einmal traurig. Traurig und müde. »Man erkennt den Wahnsinn oft nur schwer«, sagte er. Dann stand er ziemlich abrupt auf. »Danke, für Ihre Ehrlichkeit. Und für Koslowsky!«

Beim Aufstehen wurde Francesca plötzlich schwindelig. Wahrscheinlich vom zu starken Kaffee.

»Sie sehen blass aus, Francesca, gehen Sie nach Hause.«

Hatte sie richtig gehört, hatte er sie gerade beim Vornamen genannt? »Aber ich...«

»Sie sind krankgeschrieben. Machen Sie...« Das waren die letzten Worte, die Francesca hörte, ehe sich die Welt um sie herum zu drehen begann und dann eine große Schwärze alles verschluckte.

»Meine Mutter war wahnsinnig. Was heißt *war*, sie ist es noch. Sie leidet an paranoider Schizophrenie. Eine ihrer Wahnvorstellungen war, dass ich nicht ihr richtiges Kind wäre, sondern ihr Feind, der ihr von höheren Mächten untergeschoben worden war. Sie hat mich als ihre Nemesis betrachtet und alles getan, um mir das Leben schwer zu machen. Einmal gab sie mich auf einer Polizeiwache ab und behauptete, ich wäre ein außerirdisches Geschöpf, man solle mich sezieren, dann würde man es schon sehen. Ein andermal ließ sie mich im Supermarkt stehen, und als die Polizei mich nach Hause brachte, behauptete sie, ich sei nicht ihr Kind.«

Jessen hielt inne, sein Blick streifte gedankenverloren den Blumenstrauß, den er mitgebracht hatte, und dann Francescas Gesicht. Das Haar hing ihr wirr in die Stirn und ihre Lider zuckten ein wenig. Ob er nicht später wiederkommen könne, die Patientin schlafe gerade, hatte ihn die Krankenschwester aufgefordert.

Wie es ihr gehe?

»Sind Sie ein Angehöriger?«

»Kripo Göttingen, Morddezernat. Sie ist eine wichtige Zeugin!« Auch ohne seine Dienstmarke konnte Jessen sehr überzeugend sein.

»Sie hat sich nach der Unterkühlung zu wenig geschont, deshalb bekam sie den Kreislaufkollaps. In ein paar Tagen ist sie wieder auf dem Damm. Wann Sie sie vernehmen können, muss allerdings der Arzt entscheiden.«

Jessen hatte sich bedankt, sich einen Stuhl herangezogen und sich neben das Bett gesetzt. Er werde sie bestimmt nicht aufwecken, hatte er der verblüfften Schwester versprochen. Eine Weile hatte er dagesessen und Francesca Dante beim Schlafen zugesehen, dann war da auf einmal dieser Drang gewesen, zu reden, ihr einige Dinge zu erklären. Gleichzeitig war er froh darüber gewesen, dass sie schlief. Ansonsten hätte er wahrscheinlich kein Wort über die Lippen gebracht.

»Sie haben mich gestern gefragt, wie Sie auf Jette Hiller hereinfallen konnten. Wissen Sie, Francesca, Verrückte können recht faszinierend sein. Mein Vater ist dem Charme seiner ›kapriziösen‹ Frau, wie er sie nannte, vollkommen erlegen. Und hätte man Außenstehende gefragt, Freunde, Bekannte, sie hätten meine Mutter alle als charmante, liebenswürdige und höchstens vielleicht etwas überdrehte Frau beschrieben. Das Perfide daran war, dass meine Mutter hinter ihrer Verrücktheit intelligent war. Wie gut sie sich zu verstellen wusste und was für ein feines Gespür sie hatte! Mit der Zeit lernte sie es immer besser, keine Beweise und keine Spuren zu hinterlassen, dazu war sie zu raffiniert. Nebenbei sabotierte sie auch das Verhältnis zu meinem Vater. Der hatte lediglich ein Auge darauf, dass sein kleiner Carolus, wenn er ihn denn mal zu sehen bekam, körperlich unversehrt war. Da er aber trotzdem ahnte, dass man mich ihr nicht schutzlos ausliefern konnte, hatte ich eine ganze Reihe von Kindermädchen. Doch wann immer ich eine von ihnen zu mögen begonnen hatte, wurde sie von meiner Mutter unter fadenscheinigen Vorwänden entlassen und gegen eine neue ausgetauscht. So ist es mit allem gewesen, was ich gemocht habe; sobald meine Mutter es bemerkte, sorgte sie dafür, dass es verschwand, kaputtging, starb. Folglich habe ich gelernt, meine Gefühle niemals zu zeigen, und wurde zu dem verkorksten Typen, den Sie kennen.«

Jessen hielt inne, ging ein paar Schritte im Zimmer auf und ab und setzte sich wieder hin.

»Ich dachte immer, ich würde aufgrund dieser Erfahrungen den Wahnsinn erkennen, wenn er mir begegnet. Aber so war es nicht. Die Frau, die ich heiraten wollte, hat sich umgebracht. Sie litt an Depressionen und hatte die Medikamente abgesetzt. Ich habe es nicht bemerkt. Oder wollte ich es nur nicht sehen, genau wie mein Vater?«

Für ein paar Momente lauschte er Francescas regelmäßigen Atemzügen, dann fuhr er fort: »Sie wundern sich bestimmt, warum ich Ihnen das erzähle. Aber ich habe eine Entscheidung getroffen und ich möchte, dass Sie sie nachvollziehen können. Ich bin damals Polizist geworden, um meinem Vater eins auszuwischen, der natürlich den Wunsch hatte, dass ich die Firma übernehme. Ich hasste meinen Vater – stellvertretend für meine Mutter. Denn die durfte man ja nicht hassen, die war ja krank. Natürlich hat sich auch mein Vater schuldig gemacht, weil er mich nicht vor dem Wahnsinn meiner Mutter beschützt hat. Inzwischen, denke ich, ist es an der Zeit, meine Trotzreaktion zu korrigieren. Ich bin durch das Vermögen meiner Familie gut versorgt, ich muss nicht unbedingt arbeiten. Arrogant wie ich bin, habe ich dieses außerordentliche Privileg bisher kaum zu schätzen gewusst, es nie ausgekostet. Aber warum sollte ich es nicht endlich nutzen? Sie, Francesca, glauben ja vielleicht an ein Paradies im Jenseits, aber ich habe auf meine alten Tage allmählich erkannt, dass wir im Diesseits leben und deshalb das Beste daraus machen und es genießen sollten.

Heute Morgen habe ich bei Zielinski meinen Abschied eingereicht. In Zukunft werde ich mich den Dingen widmen, die mich wirklich interessieren. Der Archäologie, zum Beispiel. Meinem ›Römertick‹, wie Sie es vermutlich nennen würden.« Er hielt inne. War sie aufgewacht? Nein, sie hatte sich nur ein wenig zur Seite gedreht.

»Es ist nicht so, dass mir meine Arbeit gar keine Freude gemacht hätte. Nein, halt, das stimmt nicht. Freude wäre zu viel. Es gab über die Jahre Erfolgserlebnisse, die mich befriedigt haben, das schon, aber ich war nie mit Leib und Seele Polizist. Es fühlte sich für mich immer so an, als würde ich eine Rolle spielen, als würde ich ausprobieren, wie es ist, Polizist zu sein. Ich weiß nicht, ob Sie das verstehen. Es klingt verrückt, das gebe ich zu. Liegt in der Familie. Aber all diese schlimmen Schicksale, diese ganzen dysfunktionalen Familien … ich möchte das nicht mehr an mich heranlassen. Nicht mehr so *nah*, verstehen Sie? – Wissen Sie, das Einzige, das mir in letzter Zeit auf der Dienststelle wirklich Freude gemacht hat, das waren Sie. Mit Ihnen zu reden, zu arbeiten, Ihnen beim Telefonieren zuzusehen. Ihre Gegenwart hat etwas … Befreiendes. Und als ich dann hörte, dass Sie auf diesem Hof sind, zusammen mit Jette Hiller … Als ich auf diese Höhle zuging, dachte ich, dass es mir mit Ihnen genauso geht wie mit allem, woran mir je etwas lag. Ich hatte Angst, und ich war überzeugt, dass diese Frau Sie bestimmt gleich töten wird. Ich befürchte nämlich, dass so eine Art Fluch auf mir liegt. Ja, ich, Carolus Jessen, spreche über Flüche, das erheitert Sie natürlich, das ist mir schon klar. Ich werde unsere Unterhaltungen sehr vermissen. Ich hätte gerne einmal Ihr Zuhause gesehen und Ihre Familie kennengelernt. Ja, das wäre … schön. Vielleicht könnten wir ... vielleicht möchten Sie ...« Er unterbrach sein Gestammel und stand auf. »Ich lasse Sie jetzt weiterschlafen und komme morgen wieder, wenn Sie wach sind. Ich weiß nicht, ob ich Ihnen das alles dann noch einmal erzählen werde. Wahrscheinlich nicht, denn ich bin ein erbärmlicher Feigling, was solche Dinge angeht.«

Er ließ ein paar Sekunden vergehen, dann strich er ihr eine Haarsträhne aus der Stirn und ging aus dem Zimmer.

Francesca schlug die Augen auf. Ihr schwirrte der Kopf und sie war nicht sicher, ob das alles gerade nicht doch nur ein Fiebertraum gewesen war. Dann sah sie die Blumen auf dem Nachttisch, Sonnenblumen, so leuchtend gelb wie ein gutes Vorzeichen, und sie musste lächeln, denn ihr war gerade etwas eingefallen. Großtante Ersilia galt im Familienkreis und im Dorf als anerkannte Hexe. Wenn es um das Bannen von Flüchen ging, war sie genau die richtige Adresse.